제주 고전문학의 지평과 해양문화

25 한국문학연구신서

제주 고전문학의 지평과 해양문화

동국대학교 문화학술원 한국문학연구소 편

보고사
BOGOSA

서문

이 책은 우리 연구소의 연구총서이자 특성화 가운데 하나인 한국문학지리의 결과물이다. 우리 연구소는 그동안 문학지리학의 관점에서 한국문학의 다기한 심상공간과 장소정체성 등을 연구하여 『한국문학지도』(1996), 『문학지리·한국인의 심상공간』(2007), 『고향의 창조와 재발견』(2007), 『제국의 지리학, 만주라는 경계』(2010), 『근대 한국의 문학지리학』(2011) 등을 발간하였다. 이 책은 그 연장선상에서 기획된 것이다. 그런데 왜 제주 고전문학인가 하는 점에 다소간 의구심이 들 법하다. 이에 대한 소견을 간단히 덧붙여 둔다.

한마디로 이 기획은 그동안 육지 중심으로 구성된 문학지리학의 면모를 바다와 도서 일대까지 확장하는 것이자 전통시대 '잃어버린 해양지대'에 대한 복원의 일환이다. 물론 제주와 그 문학에 대한 연구와 자료 집성은 꾸준히 이루어졌으며, 그 성과 또한 만만치 않다. 그러나 제주라는 지역성, 또는 그 독자성에만 주목한 나머지 이 분야는 별개의 영역으로 남은 것도 사실이다. 이는 육지와 바다 권역이 분리된 채 이해된 우리의 인식의 패러다임과 동일한 궤적이기도 할 터다. 이제는 육지문화와 해양문화가 따로 분리된 것이 아닌 상호 환류하고 연결되는 지점들을 상정하고, 그런 속에서 각각의 차이에 주목하는 과정이 필요해 보인다. 한국 고전문학, 나아가 한국문화의 복수성

(複數性)을 복원하는 실마리로써 말이다. 이런 취지에서 이 책은 한반도에서 바다와 섬, 그리고 해양문화 권역의 핵심지대이자 상징적인 공간인 '제주'를 육지 밖으로까지 연결된 한국 문학지리의 새로운 장을 여는 하나의 푯대를 세우는 과정의 산물이라 하겠다.

이 책은 총 4부로 구성하여 제주의 문학과 정체성, 시선과 인식, 공간과 문화, 해양문화권역 등을 다룬 16편의 연구 성과를 집약하였다. 먼저 제1부는 제주 고전문학을 통한 제주와 제주인의 정체성을 담론화 하였다. 다른 지역의 무속 본풀이에서 찾아볼 수 없는 〈원천강본풀이〉에는 주인공 '오늘이'와 '원천강'이라는 공간을 통해 인물의 고난과 성취, 대칭성에 기반한 인간과 자연의 상호호혜성은 물론 시간의 순환성까지 확인할 수 있다.(허남춘) 또 제주본풀이에는 토착신과 도래신 사이, 조상신과 당신(堂神)이 좌정하는 과정에서 협력과 저항의 결이 형성되어 있으며, 이 변주되는 협력과 저항의 결들에서 집안과 마을공동체의 집단기억이 자신들의 정체성으로 자리하기도 한다.(조현설) 그런가하면 〈세화 본향당 본풀이〉의 경우 입도(入島) 여신계가 좌정하는 과정에서 제주 당본풀이의 일반적인 서사 관습을 활용, 변주하면서 그 신화적 논리를 구축해 간 사례로 주목해 볼 만하다.(정진희) 마지막으로 조선후기 표해록의 백미라 할 수 있는 장한철(張漢喆)의 『표해록』이 당대 제주 출신 문인의 정체성을 가늠하는 주요 자료로 보고, 선상과 외부세계와의 갈등 국면을 통해 유동하는 제주지식인의 면모를 확인하기도 하였다.(정환국)

제2부는 한시문을 중심으로 제주를 바라보는 내부와 외부의 시선과 그 인식을 함께 톺아볼 수 있는 성과를 모았다. 16세기 유기(遊記)로 남다른 임제(林悌)의 「남명소승(南冥小乘)」은 제주 유람 기록물로

거의 시초 뻘인데, 여기에는 육지인이 바다를 '상상의 공간'에서 '현실의 공간'으로 이해한 정황이 잘 드러나 있다. 뿐 아니라 제주를 선계(仙界)로 표상하면서도 제주민의 삶의 애환을 놓치지 않은, 사실과 상상이 교직하고 있다.(임형택) 신광수(申光洙)의 「탐라록」은 관리로 제주에 파견된 저자의 시 58수가 수록되어 있는 작품으로, 제주에 대한 직접 경험의 산물이다. 고립무원의 두려운 공간이자 선계로서 동경하는 공간이 교차하며, 그에 따른 정서가 잘 드러나 있다.(박용만). 한편 유배인과 관리라는 외부자와 제주 출신 문인이라는 내부자가 제주를 어떻게 바라보고 있는지 하는 점도 궁금하다. 큰 틀에서 유배인은 불안과 상실의 감정에서 제주를 노래하고, 관리로 파견된 이들은 동경과 교화의 시선이 엇갈리며, 제주문인의 경우 애증이 교차하는 제주로 바라보는 등 다양한 시선이 자리한다.(김새미오) 또한 이런 세 가지 층위를 횡단면으로 접근해 보는 것도 흥미로울 법한데, 19세기 중엽 추사 김정희와 이원조(李源祚), 그리고 제주문인 매계(梅溪) 이한우(李漢雨)가 같은 시기에 교유를 했다. 이들은 각자의 한시에서 제주를 자신을 탐구하는 공간으로 삼았는가 하면, 겸선천하의 실천 공간으로 이해하거나 자연에 자족하는 고향이기도 하는 등 각자의 위치와 상황에 따른 제주 이해의 국면은 달랐다.(손기범)

제3부는 제주의 지리와 공간, 그 속에서 구성된 문화 전통을 조망한 장이다. 제주지리지는 1653년 이원진(李元鎭)이 처음 정리한 이래 일제강점기까지 지속적으로 편찬되었던바, 이 지리지가 축적되면서 지리지 자체의 변화뿐만 아니라 제주의 역사와 문화에 대한 자료도 점차 확대되어 왔다. 이는 앞으로 제주학의 거시적인 시각을 견인하는 역할을 할 것이므로 세심한 접근이 요구된다.(김새미오) 한편 제주

는 경제적, 지리적 중요성 때문에 17세기 이후 60여 종 넘는 지도가 제작되었다. 대축척 단독지도에서부터 군현지도책이나 전국지도첩, 각종 지리지에 수록된 제주지도도 적지 않고, 심지어 족보 등에서 민간 제작 지도도 확인된다. 이들 지도의 성격도 각각 유별한 만큼 그 기능과 성격, 그리고 제주의 지리와 역사를 구성하는 부분으로 더 주목해야 한다.(오상학) 이런 지리지와 지도를 통해 제주 안으로 들어가 보면 어떨까. 역시 17세기를 기점으로 제주의 교방문화가 눈에 들어온다. 이 교방문화를 중심으로 가곡창이 전승되면서 문학 작품으로 구현되기도 했으며, 언젠가부터 제주민의 삶과 애환을 담은 '창민요'가 활발히 전승되고 있었다. 교방 중심으로 불린 가곡창과 제주민의 생활 정감이 우러난 창민요는 근대전환기까지 주요한 가창 예술로 자리하였다.(강경호) 한편 제주 기행가사인 「탐라별곡」도 주목할 만하다. 18세기 중엽 제주목사였던 정언유(鄭彦儒)의 작품으로, 비록 애민의 시선에서 바라보는 한계에도 불구하고 아담하고 특이한 제주라는 공간과 가난한 제주 백성의 풍속들이 제주만의 현실과 환상이 교차하는 문화라는 점을 확인케 해준다.(박수진)

제4부는 해양권역으로서의 제주와 제주인의 해외 경험과 인식을 다루었다. 역사적으로 제주는 '탐라'와 '제주'라는 명칭으로 불리며 주체적인 면과 육지에 포섭되는 속성을 동시에 지니고 있었다. 그러나 해양적 위상은 뚜렷하여 바람을 통한 동력과 네트워크를, 해류를 이용한 자연과 인간의 교섭을 이끌어낸 명실공히 '딸린 섬'이 아닌 북서태평양 일원으로 자리매김해 왔다.(주강현) 이런 해양루트는 제주의 신화 속에도 잘 드러나, 바다를 건너 온 신이나 바다를 관장하는 용신 따위가 신화 구성의 주요소였다. 그러니 제주는 외방 신들의 길목이

자 중국 강남과 일본, 조선 육지 등 바다 바깥과 교류하고 소통하던 해양신의 좌정처였다.(허남춘) 한편 제주인들은 바다를 통한 외부세계와 적극적으로 교섭했던 주체들었다. 우연한 표류가 아닌 고의로 표류를 가장하여 외부 해양문화권으로 이동하기도 했다. 이 고표(故漂)는 생활고나 과중한 부역, 밀무역 등의 이유로 발생했으며, 단순히 제주에서 외국으로 가는 경우도 있었으나 외국인으로 변장하여 다시 조선으로 들어오는 경우도 있었다. 또 다른 제주인의 해외경험이자 해양권역의 특성을 보여준다.(김나영) 제주 표류민의 인터뷰라 할 수 있는 정운경(鄭雲慶)의 『탐라문견록』은 제주인의 동아시아 인식을 엿볼 수 있는 자료이다. 일본, 오키나와, 중국 남방, 대만, 베트남 등을 표류하고 생환한 이들은 이국적인 취향과 정취를 확인하면서 해역을 중심으로 한 동아시아 세계에 대한 새로운 관계망을 구축하였다.(한창훈)

해양문화와 한반도 남방문화 권역으로서 제주는 그야말로 전통시대 우리가 잃어버렸거나 도외시해왔던, 흥미로운 문명 양태를 보여준다. 그것은 제주와 제주인이 아니면 경험하지 못했거나 향유할 수 없는 그 무엇이었다. 그 역사와 지리적 위치가 바다로 열려 있었던 거의 유일한 공간이기도 했다. 그에 따른 고전문학의 양태도 유다른 점이 적지 않다. 이는 한반도가 육지-연안지대-도서 지역을 포괄하는 권역인바, 그 가장 외연을 구축하면서 외부로 통하는 위치에 있음을 의미한다. 그러니 제주 고전문학은 이런 구도에서 이해되어야 할 것이며, 그럴 때 한국문학의 지평확대에 관건으로 자리할 것이다.

이런 기대에 어느 정도 부응하기를 기대하며 연구 성과들을 편제하다보니 일부 고전문학 분야가 아닌 연구 성과도 함께 실게 되었다.

이는 제주라는 공간과 문화/역사를 아울러 조망하기 위한 불가피한 구성이었으나 오히려 논의와 전망은 더 풍부하고 다각화되지 않았나 싶다. 아무튼 이 책은 한국 문학지리의 확장성과 해양문화권역의 이해를 제고하는데 일정한 기여를 하리라 믿어 의심치 않는다. 물론 이번 총서를 통해서 제주와 고전문학, 그리고 해양문화에 대한 총체적 규명이 이루어진 것은 결코 아니다. 이제 시작일 뿐이다. 앞으로도 이쪽 분야에 대한 연구의 심화와 영역의 확장에 매진할 것을 다짐하는 것으로 그 시작에 대신한다.

2022년 1월

동국대학교 문화학술원 한국문학연구소
소장 정환국

차례

서문 … 5

제1부
제주 고전문학의 정체성

허남춘 • 〈원천강본풀이〉의 시공간적 의미와 사유체계 ………… 19

1. 서
2. 원천강
3. 사계절
4. 결

조현설 • 제주 본풀이에 표현된 집단기억과 제주인의 정체성 ………… 53

1. 협력과 저항의 복수성
2. 조상신본풀이에 표현된 협력과 저항
3. 변주되는 협력과 서항의 결들
4. 본풀이와 집단기억, 그리고 제주인의 정체성

정진희 • 당본풀이로 당본풀이 읽기 85
제주 〈세화 본향당 본풀이〉의 사례

1. 〈세화 본향당 본풀이〉, 그 특수성의 해명 방법
2. 채록의 양상과 선편의 문제
3. 〈천잣도 본풀이〉의 전형성과 신격의 위상
4. 입도 여신의 좌정담과 〈백줏도 본풀이〉의 대비
5. 문국성형 장수신의 좌정담과 〈금상님 본풀이〉의 거리
6. 당본풀이 서사의 변주 원리

정환국 • 18세기 제주문인 정체성의 일단 117
장한철 『표해록』의 경우

1. 프롤로그: 제주 고전문학 연구의 시좌
2. 18세기 제주문인 장한철(張漢喆)과 『표해록(漂海錄)』
3. 장한철의 표류 체험에 구현된 제주/제주인과 외부세계
4. 제주지식인으로서의 면모와 그 정체성의 일단

제2부
제주에 대한 시선과 인식

임형택 • 『남명소승』을 읽는다 157
백호문학(白湖文學)에 있어서 현실과 상상

1. 시작하는 말
2. 『남명소승』의 이본 및 교감 문제
3. 『남명소승』의 문학적 특성: 사실과 상상의 교직(交織)

4. 백호문학에서 유선(遊仙)의 이미지와 유선시
5. 맺는 말

박용만 • 신광수의 「탐라록」에 나타난
제주에 대한 인식과 정서 185

1. 머리말
2. 제주에 대한 인식의 층위
3. 「탐라록서(耽羅錄序)」에 나타난 당대 문인들의 인식
4. 「탐라록(耽羅錄)」 수록 한시의 정서
5. 맺음말

김새미오 • 고독한 공간, 제주에 대한 제 인식 221

1. 들어가며
2. 제주도 인식의 제 양상
3. 나오며

손기범 • 제주를 바라보는 19세기 유학자의 관점 247
이한우, 김정희, 이원조를 중심으로

1. 서론
2. 본론
3. 결론

제3부
제주의 공간 지리와 문화

김새미오 • 제주지리지의 형성과 변화에 관한 소고 ········ 277

『이원진_탐라지』 이후의 제주지리지를 중심으로

1. 들어가며
2. 조선시대 『이원진_탐라지』 이후의 제주지리지
3. 일제강점기 이후의 제주 지리지
4. 제주지리지 『탐라지』의 의미
5. 나오며

오상학 • 조선시대 제주도 지도의 현황과 유형별 특성 ········ 319

1. 서론
2. 조선시대 제주도 지도의 현황과 유형
3. 조선시대 제주도 지도의 유형별 특성
4. 결론

강경호 • 제주 교방 예술의 전통과 가창 문학의 전승 ········ 369

1. 머리말
2. 조선 중후기, 제주 교방 예술의 전통과 가곡
3. 근대 전환기, 제주 교방 예술의 전통과 창민요
4. 맺음말

박수진 • 〈탐라별곡〉에 드러난 제주의 문화 공간 연구 401

1. 문제제기
2. 〈탐라별곡〉의 내용과 주제
3. 작품에 드러난 제주의 문화적 특성
4. 〈탐라별곡〉에 실현된 문화지리적 양상
5. 맺음말

제4부
해양문화권역으로서의 제주와 제주인

주강현 • '탐라'와 '제주'의 해양문명사적 성찰 449

1. 제주 해양사연구의 몇 가지 한계와 그 전제 조건
2. 바람 : 탐라의 해양적 동력과 바람의 네트워크
3. 해류 : 쿠로시오를 통한 자연과 인간의 교섭
4. 해양력 : 항해전문가로서의 성주에 관한 가설
5. 맺음말 : '육지에 딸린 섬'이 아니라
   북서태평양의 일원으로서의 제주

허남춘 • 제주 신화 속의 해양문화 483

1. 바다를 건너 온 신
2. 바다를 관장하는 용신
3. 해양능력과 탐라국 신화
4. 바다 바깥과의 교류
5. 결

김나영 • 조선후기 제주인의
고표(故漂) 양상에 대한 고찰 ······ 523

1. 머리말
2. 고표(故漂)의 의미와 존재양상
3. 제주인의 고표 실태
4. 고표의 원인분석
5. 맺음말

한창훈 • 『탐라문견록』에 나타난
제주인의 동아시아 인식과 그 의미 ······ 563

1. 서론
2. 『탐라문견록』의 성격과 자료적 가치
3. 『탐라문견록』에 나타난 제주인의 동아시아 인식
4. 제주인의 동아시아 인식론의 문화적 의미
5. 동아시아 해양 문화의 특징

참고문헌 ··· 585
논문출처 ··· 607

제1부

제주 고전문학의 정체성

허남춘 • 〈원천강본풀이〉의 시공간적 의미와 사유체계

조현설 • 제주 본풀이에 표현된 집단기억과 제주인의 정체성

정진희 • 당본풀이로 당본풀이 읽기

정환국 • 18세기 제주문인 정체성의 일단

〈원천강본풀이〉의 시공간적 의미와 사유체계

허남춘

1. 서

오늘이 이야기는 특별하다. 인간과 동식물과 선녀를 만나 목적지에 도달하지만, 거기 머물지 않고 자신에게 도움을 준 모든 존재의 운명을 바꾸어 준다. 오늘이의 부모가 있는 원천강은 사계절이 함께 공존하는 특별한 곳이었다. 시간이 멈춘 곳이던가. 이런 특이한 이야기는 1930년대 일본인에 의해 제주도에서 채록되었다. 무속의 신화인데 무당이 부른 노래여서 서사무가라 한다. 그런데 이 〈원천강본풀이〉가 지금은 제주도 어디에서도 불리지 않는다. 미미하게 전승되다가 사라진 것이다. 일반신 열두 본풀이에서 탈락한 것은 아닐까 조심스럽게 타진해 본다.

진성기 선생은 이 〈원천강본풀이〉를 특수본풀이라 분류한 바 있다. 특수본풀이 속에 12편을 수록해 놓았지만 같은 속성의 본풀이는 〈원천강본풀이〉를 비롯하여 〈세민황제본풀이〉 〈허궁애기본풀이〉

〈삼두구미본풀이〉 4편이 있는데, 죽음의 세계 혹은 이계 여행과 연관된 것들이다. 이 본풀이들은 민담과 밀접한 관계가 있다. 〈원천강본풀이〉도 제주에만 남은 독특한 신화이지만 우리나라 전역의 민담, 특히 〈구복여행〉 민담과 유사성이 여러 학자들에 의해 지적되었다. 오늘이의 이야기는 〈구복여행〉의 석숭이야기와 유사하되, 제주 무속적 요소를 지닌다고 해석하였다. 〈원천강본풀이〉가 민담을 수용하였을 가능성보다 중요한 것은 여러 층위의 존재가 지닌 상징성이라 하겠다.[1] 최근에 나온 박사논문은 〈구복여행〉 민담과 비교를 세심하게 하면서도, 특수본풀이의 용어를 바로잡아 '특수신본풀이'라 명명하면서 〈원천강본풀이〉가 지닌 독자적 영역의 특성을 '이곳과 저곳의 경계 넘어서기'로 구체화한 바 있다.[2]

〈원천강본풀이〉에서 주인공 오늘이가 들판에서 솟아났는데 부모가 있다는 것은 2중출생담이라 하면서, 본디 자연에서의 출생담이 있었는데 구복여행담이 덧붙은 것이라 한 경우도 있다. 아울러 땅 중심 사고방식에 후에 하늘 중심 사고가 개입되었다고 한다.[3] 오늘이는 주변 사람들의 묻는 말에 "나는 강님드를에서 소사낫습니다."[4]라고 말한

---

1 민담 수용 가능성보다 중요한 것은 질적 속성이며, 신화적 상징으로 가득한 원형적 화소를 탐구하고, 인간 동식물 옥황시녀 등 여러 층위의 존재를 포괄적으로 표상하는 바를 주목해야 한다고 했다.(신동흔, 『살아있는 한국신화』, 한겨레출판, 2014, 69~70쪽) 강권용은 특수본풀이에 대해 일찍 석사논문을 쓴 바 있는데, 거기서 민담 속성 이외에 군문열림과 '연유닦음' 요소 등 제주 무속적 요소가 가미되었음을 밝힌 바 있다.(강권용, 「제주도 특수본풀이 연구」, 경기대학교 석사학위논문, 2001)

2 고은영, 「제주도 특수신본풀이의 성격과 의미」, 제주대학교 박사학위논문, 2019, 58~64쪽.

3 권복순, 「원천강본풀이의 본디 모습 연구」, 『배달말』 제56집, 배달말연구회, 2015, 179~187쪽.

다. 제주 영웅신화의 보편적 탄생과정은 바로 땅에서 솟아나기이다.

> 을축 삼월 열사흘날 모흥굴로 ᄌ시에 고이왕이 솟아나고 축시에 양이생이 솟아낫수다 인시에 부이민이 솟아낫수다. (신연봉본)

> 반고씨가 해음엇이 솟아진다 … 천왕씨가 열두양반 솟아지고 … 단군님이 단군날로 솟아지연 … 고량부(高良夫) 삼성왕(三姓王)이 무운굴(毛興穴)로 솟아지연 (강태욱본)

> 동방으로 청의동ᄌ 반고씨가 솟아나니 … 대밸왕 솟아나고 소밸왕이 솟아나고 … (고창학본)[5]

제주도 〈탐라국 건국신화〉에서 3신인이 땅에서 솟아난 사정은 주지의 사실이다. 문헌신화의 근원이라 할 구비신화 속에는 많은 신이 땅에서 솟아난다. 고양부 3성이 땅에서 솟아난 것뿐만 아니라, 민족의 시조인 단군도 땅에서 솟아났다고 하고, 중국 창세신화의 주인공인 반고씨도 땅에서 솟아났다고 할 정도로 관용적 표현이 되었다. 대별왕과 소별왕은 천지왕과 총멩부인 사이에서 난 쌍둥이인데도 '솟아났다'고 구연된다. 제주의 중요한 신들은 땅에서 솟아난다. 그러니 인간과 동식물과 선녀를 만나 길을 찾는 여정이 모두 민담의 영향을 받은 것은 아니고, 제주적 독자성도 있고 일정 정도 영향을 받은 것도 인정된다. 식물이 땅에서 솟아나듯 인간의 탄생이 땅에 기원을 둔다

---

4 아키바·아카마스, 『조선무속의 연구 상』, 대판옥호서점, 1938. 이하 〈원텬강본푸리〉의 원문은 이 자료에서 인용한다. 별도의 주석을 달지 않는다.

5 진성기, 『제주도무가본풀이사전』, 민속원, 2002, 371·656~665쪽.

는 원시적 사고는 인류 보편적인 것이었다가 제주도에만 많이 남아 있다.

제주신화가 땅에서 솟아난 화소가 중심을 이룬다고 해도, 땅에서 솟아난 신의 배우자는 대개 바다 저 멀리에서 도래(渡來)하는 신격들이다. 제주 당신본풀이의 대표격인 〈송당본풀이〉에서 소천국은 땅에서 솟아나지만 백주또는 강남천자국 백모래밭에서 솟아난 후 바다를 건너온다. 제주 건국신화에서도 3여신이 벽랑국에서 제주로 배를 타고 온다. 오늘이의 여정은 긴 수평적 이동이고, 이무기의 도움으로 청수바당을 건너기도 한다. 이런 수평적 이동만 있는 것은 아니다. 제주신화에서 천지왕과 명진국 따님아기 등 숱한 신들이 천상에서 하강한다. 오늘이가 선녀를 돕고 선녀가 보답으로 원천강을 안내하는데, '지상에서 천상으로 수직적 이동을 위한 계기'[6]를 마련했다고 보았듯이 오늘이는 부모를 만나기 위해 선계 혹은 천상계로 가는 중간 정도의 이계로 이동한다. 〈원천강본풀이〉에는 땅에서 솟아나는 이동 이외에 수평적 이동과 수직적 이동이 두루 나타난다. 제주적 신화소와 남방적 북방적 신화소가 복합되어 〈원천강본풀이〉가 형성되었다고 본다.

이야기의 핵심은 오늘이가 부모를 만나기 위해 원천강을 찾아가는 과정이고, 운명의 변곡점인 '원천강'의 의미일 것이다. 원천강을 찾아가는 오늘이를 돕는 존재들은 자신의 처지에 대해 알아봐 달라고 청한다. 장상이는 옥황님의 분부 대로 언제든 글을 읽어야 하는 운명인

---

6 유정월, 「〈원천강본풀이〉의 운명관 연구」, 『한국고전연구』 제42집, 한국고전연구학회, 2018, 252쪽.

데, 왜 밤낮으로 글만 읽어야 하는지 그 '이유'를 물어봐 달라고 한다. 연꽃은 봄이 되면 상가지에만 꽃이 피는데 이런 자신의 '팔자'를 알아봐 달라고 한다. 이무기(천하대사)는 용이 되어 승천하는 '방법'(어쩌면 좋겠는가)을 물어봐 달라고 청한다. 매일이는 글만 읽고 있는 자신의 '팔자'를 물어봐 달라고 한다. 그 청의 내용이 '팔자'와 '이유'와 '방법'이다. 대부분 운명에 대해 알고자 한다. 그래서 원천강을 '인간의 운명을 관장하는 신들의 공간'[7]으로 정리하였다. 그간의 많은 학자들이 이 '원천강'의 정체를 밝히는 데 많은 공을 들였다. 장주근, 이수자, 강권용 등 초기 원천강 연구자들이 논한 바를 김혜정이 정리하였고, 부모국으로서의 공간, 점서(占書)인 책, 사람이름 점쟁이(무당) 이렇게 세 가지로 보았다.[8] 점서나 운명을 바꾸는 능력이 지나치게 강조된 측면이 있는데, 원천강은 '하늘이 정한 운명을 알 수 있는 곳' 혹은 '이미 결정된 운명이 있는 곳'[9]이라고 단정하는 데까지 이른다. 운명은 정해져 있더라도 스스로 바꿀 수 있는 것이라는 '운명의 코드'를 알게 된 사정이 소중하다. 이 운명의 코드에 집중하자.

많은 사람들과 학자들까지도 운명은 정해진 것이라는 전제를 너무 신봉한 것은 아닐까. 여기 이야기 속에서도 운명은 바꿀 수 있는 것으로 나오지 않는가. 그러니 운명의 반은 정해진 것이라 하더라도 나머지 반은 바꿀 수 있는 것이라는 제주신화의 사유를 읽어야 한다. 〈삼

---

7 조현설, 『신화의 언어』, 한겨레출판, 2020, 105쪽.

8 김혜정, 「제주도 특수본풀이 〈원천강본풀이〉 연구」, 『한국무속학』 제20집, 한국무속학회, 2010, 257~262쪽. 여기서 원천강이 춘하추동 사계절이 모여 있다는 것은 시간을 다스릴 수 있다는 의미이고, 운명을 주재하는 능력과 연관된다고 했다.

9 유정월, 앞의 글, 258~259쪽.

공본풀이〉에서 인간은 좋은 전상과 나쁜 전상(혹은 상소록과 하소록)이 있는데, 머리가 좋은 것은 상소록이고 술을 잘 먹는 것은 하소록이라 하면서, 상소록을 잘 살리고 하소록은 털어내면 우리의 운명이 바뀐다고 알려주고 있다. 이처럼 운명은 정해진 바도 있지만 바꿀 수 있다는 능동적 힘을 이 〈원천강본풀이〉가 일깨워 준다고 본다. 그래서 이 논문은 오늘이를 중심으로 운명을 개척하고 바꾸는 능동적인 힘을 찾아 나선다. 그래서 원천강으로 가는 과정을 꼼꼼히 살피고 다시 돌아오는 과정도 거시적으로 바라볼 것이다. 원천강이라는 장소성과 사계절이 모두 있는 시간성이 무엇을 환기하는지 신화 원형을 토대로 살필 것이다. 마지막으로 인간과 자연과 우주를 대등하게 바라보는 신화적 세계관을 중시하면서 이야기를 마치고자 한다. 너무 딱딱하지 않게 필자의 경험담을 섞어 쓰면서 우리 시대의 파탄 난 삶을 돌아보는 자세로 글에 임한다. 그리고 신화가 탈근대 패러다임의 작은 부분을 감당하여 인간과 자연을 구원하길 기대한다.

2. 원천강

1) 원천강 가는 길

어느 날 강님들에서 옥같은 여자아이가 솟아났다. 학이 날아와 한 날개로 깔고 다른 날개로 덮고 그 여자아이를 키웠다. 동네 사람들은 그 여자아이에게 이름과 나이를 물었으나 모른다고 하자 '오날이'라는 이름을 지어 주었다. 오날이가 백씨 부인을 만나 부모가 원천강에 있음을 알고 부모를 찾아 길을 떠났다. 오날이는 도중에 장상이를 만나 원천강으로 가는 길을 묻자, 장상은 서천강 가의 성 안에서 글만 읽어야 하는 이유를 알아봐 달라고 부탁하면서 연꽃을 찾아가 보라고 일러 준다. 오날이가 연꽃을 만나 길을 묻자, 연꽃은 제일 윗가지에만 꽃이 피고 다른 가지에는 꽃이 피지 않는 이유를 알아봐 달라고 부탁하면서 이무기(천하대사)를 찾아가 보라고 일러 준다. 또 이무기를 만나 길을 묻자, 이무기는 야광주를 세 개나 갖고 있는데도 용이 되어 승천하지 못하는 이유를 알아봐 달라고 부탁하면서 청수바당을 헤엄쳐 오늘이를 건네주고 매일이에게 가 보도록 원한다. 매일이를 만나 길을 묻자, 매일이는 자신이 항상 글만 읽고 있어야 하는 이유를 알아봐 달라고 부탁하면서 선녀에게 가 볼 것을 권한다. 마지막으로 옥황의 세 시녀를 만나 길을 묻자, 바가지에 큰 구멍이 뚫려 있어 물을 퍼낼 수가 없다며 도와달라고 부탁하였다. 이에 오날이는 정당풀과 송진으로 바가지의 구멍을 막고 물을 대신 퍼 주었다. 시녀들은 크게 기뻐하며 오날이에게 백배사례하고는 원천강까지 동행하며 길을 인도해 주었다.

이렇게 해서 오날이는 원천강에 도착하지만, 문지기가 오날이를 안으로 들어가지 못하게 하였다. 오날이가 서럽게 울자 냉정하던 문지기가 동정의 눈물을 흘리며 오날이의 부모에게 가서 고하였다. 오날이를 만난 부모는 옥황상제로부터 원천강을 지키라는 명을 받아 이곳에 오게 된 연유와 멀리서 지켜 본 사정을 말한다. 오늘이는 춘하추동 사계절이 모두 존재하는 원천강의 성 안을 둘러 본 후, 집으로 돌아가겠다며 오는 도중에 부탁받은 것들을 부모에게 물었다. 부모는 장상과 매일이는 부부가 된다면 만년 영화를 누릴 것이고, 연꽃은 윗가지의 꽃을 따서 처음 만나는 사람에게 주면 다른 가지에도 꽃이 만발할 것이며, 이무기는 야광주 두 개를 처음 만나는 사람에게 주면 용이 되어 승천할 것이라고 알려 주었다. 그리고 그 야광주와 연꽃을 받으면 신녀가 되리라고 알려 주었다. 되돌아오는 도중에 부탁받은 일을 모두 마친 오날이는 백씨 부인을 찾아가 감사의 인사를 올리고 보답으로 야광주 하나를 선사한 후에 옥황의 신녀가 되어 승천하였다. 승천한 오날이는 옥황의 명을 받들어 인간 세상에 강림하여 '원천강'이라는 책을 등사하게 되었다.[10]

오늘이는 혼자였는데 백씨부인을 만나 원천강의 부모 사연을 듣고 부모를 찾아 떠난다. 별층당의 푸른 옷을 입은 장상도령을 만나 다음 행로를 알게 되고, 대신 매일 책만 읽는 사연이 무엇인지 어떻게 난국을 헤쳐가야 하는지 알아주기로 하고 떠난다. 연화못 연꽃을 만나 다음 행로를 알게 되고, 대신 한 가지에만 꽃이 피는 사연이 무엇인지 어떻게 가지가지 꽃을 피울 수 있는지 알아주기로 하고 떠난다. 청수바다 천하대사(大蛇)를 만나 다음 행로를 알게 되고, 대신 여의주가 셋이나 있는데 용이 되지 못하는지 어떻게 하면 용이 되어 승천할 수 있는지 알아주기로 하고 떠난다. 글 읽는 여자아이 매일이를 만나 다음 행로를 알게 되고, 대신 매일 책만 읽는 사연이 무엇인지 어떻게 운명에서 벗어나는지 알아주기로 하고 떠난다. 옥황 시녀를 만나 물 푸는 일을 돕고 드디어 시녀의 도움으로 원천강에 다다른다. 반복적인 행로가 이어지는데 사연은 제각각이다.

주인공이 목표를 향해 끊임없이 도전하는 여정이 특별하다. 누구

---

10 『한국민속대백과사전』, 원천강본풀이(박봉춘 본). 번다한 말을 빼고 긴요한 말을 덧보탰다.

든 최종 목적지를 알지 못하고 다음 목적지만 알고 있다. 단박에 목적지를 알고 떠나는 것이면 좋겠는데 그런 일이 쉽지 않음을 일깨워준다. 다음 목적지를 알려 줄 수는 있지만 최종 목적지는 그들도 모른다. 한 단계 한 단계 나가는 수밖에 없는 것이 인생이라고 일러 준다.

인생에서 목표를 한 번에 찾아 도달하는 경우는 없다. 단번에 목적지에 데려다주는 직행 이동방법이 인생에는 없다. 단계 단계를 밟아야 하고, 과정을 차분히 거쳐야 목표에 도달할 수 있는데, 이 이야기는 그런 인생 담론을 담고 있다. 심방의 목소리는 신앙민에게 향하고 그 메시지는 가족들에게 상기되었을 것이고, 특히 젊은 청년들에게 환기되었을 것이다. 그래서 이 메시지는 제주도 전체 민중의 생활철학이 되었는지도 모르겠다.

그 단계별 성장과정을 다음처럼 상정해 볼 수 있겠다. 초등학교에서는 몸에 대해 배우고, 중학교에서는 정신에 대해 배우고, 고등학교에서는 교양을 배우고, 대학교에서는 전문지식에 대해 배우고, 이후에도 끊임없이 공부해야 세상의 진리에 다다르게 된다. 지속적으로 마음 수양을 해야 세상의 진리에 가까워진다. 좋은 대학에 갔다고 인생이 결정되는 것은 아니다. 거기서 또 탐구해야 한다. 좋은 직장에 갔다고 그것이 종착지는 아니다. 거기서 또 자신의 삶을 모색하고 다음 단계를 준비해야 한다.

우리 사회에 존재하는 지식의 작은 조각이 단박에 최종 결론을 줄 수 없다. 작은 지식이 모이고 쌓여 점점 진리의 세계에 접근하게 됨을 상징한다. 그런 지식의 조각을 모아 엮어야 최종 해답을 얻을 수 있는 것이다. 각 단계마다 지속적으로 묻고 답을 구해야 한다. 묻고 답하는 것이 학문(學問)이다. 높고 낮은 것을 가리지 않고 두루 물어야

길이 있음을 알게 된다. 아랫사람에게도 물어야 하고, 동식물에게도 물어야 한다. 그렇게 어려운 단계를 거쳐야만 목표에 다다를 수 있다고 이 신화는 말하고 있다. 인생의 묘리가 오늘이의 여정 속에 있다.

여럿의 도움으로 길을 가지만 그 도움을 주는 등장인물들도 모두 결핍을 지닌 존재다. 오늘이는 자신이 누군지 모르고, 연꽃은 적화(摘花, 꽃 솎아내기)를 몰라 결핍을 지닌 존재이고, 이무기는 욕심이 지나쳐 오히려 결핍을 지닌 존재고, 선녀는 구멍 뚫린 바가지 하나 고치지 못하는 존재다.[11] 매일이와 장상이는 별층당에 눌러앉아 홀로 해결책을 찾기 위해 궁리하고 있지만 이는 '자신을 가두어버린 사람들 내면의 감옥'[12]을 의미한다. 인생의 풀리지 않는 숙제를 마냥 붙들고 있는 어리석음이 느껴지기도 하고, 인생의 답도 되지 않는 공부에 매달린 듯도 하다. 요즘 젊은이들의 고민으로 환원한다면 암기식 교육에만 매달리고 본의를 아랑곳하지 않는 입시생 공부나, 공무원 시험에 매몰되어 인생의 방향을 가늠하지 못하는 세대의 무모한 공부에 비견된다고 하겠다.

그러나 그들의 고민을 쉬운 문제이고 쉬운 해답이라고 단정하여, '왜 그리 쉬운 것도 모를까.' 반문해서는 안 된다. 하늘나라 옥황의 시녀들은 뚫어진 바가지로 하염없이 물을 푸고 있다. 오늘이의 눈에도 너무 이해가 가지 않는 장면이다. 천상계는 모두 전지전능하지 않다. 그곳에도 분란이 있고 전쟁이 있고 사랑과 반목이 있다. 천상

---

11 조현설, 앞의 책, 106쪽.

12 조홍윤, 「〈원천강본풀이〉의 서사에 나타난 시간의 의미 연구」, 『남도민속연구』 제23집, 남도민속학회, 2011, 421쪽.

계 출신이라고 모든 것을 잘 알 수는 없다. 마찬가지로 인간계의 존재들은 천상계의 방식을 모른다. 살아온 세상이 다르고 사는 방식이 다르면 모를 수도 있다. 서로의 한계를 인정해야 한다. 동물계의 대표인 이무기가 여의주 세 개를 가지고도 승천할 수 없는 상황이나, 식물계의 대표인 연꽃이 가지마다 꽃을 피울 수 없는 사연을 인정해 주어야 한다. 별층당의 매일이와 장상이가 하염없이 공부만 해야 하는 상황을 우리가 감싸 안아야 한다. 무언가 피치 못할 사정이 있을 것이다. 말하고 있지는 않지만, 그들 때문이 아니라 그들 부모의 과다한 욕심 때문인지도 모른다.

우리 인생도 살아온 세상이 다르고 사는 방식도 제각각이다. 이쪽이 저쪽을 온전히 이해할 수 없는 법이다. 유럽이 아랍계를 잘 알 수 없다. 유럽이 아시아를 아는 척하지만 오해 투성이다. 왕이 백성의 사정을 잘 알 수 없다. 남녀가 서로의 처지를 온전히 이해할 수 없다. 부부의 처지도 그렇고 부모와 자식 간의 사정도 그러하다. 그러니 쉬운 문제를 모른다고 타박해서 안 되고 서로의 한계를 인정해야 옳다. 그 다음 그 한계를 넘어설 방법을 일러주면 된다. 우리 인생의 묘리가 오늘이의 여정 속에서 빛난다. 제주 신화에는 간결하면서도 필수적인 인생철학이 보석처럼 박혀 있다.

2) 격정과 성취

어렵게 원천강에 다다른 오늘이는 문지기의 벽을 만난다.

> 문직의 거절은 넘우나 냉정하얏고
> 가련헌 오날이에게는 최후의 절망인 것갓치 하야

하날이 문허지는 것 갓텃다.
(울음, 눈물) 여기서 죽자 (흐느낌)
그 비명허는 소래는 부모에게까지 흘러갓든 것이다.

문지기 앞에서 이루어지는 오늘이의 격정은 길게 부연되는데 줄이고 일부 상황은 괄호 안에 넣었다. 오랜 과정을 견디며 차분히 단계를 밟아 원천강까지 오긴 했지만, 문지기가 막아섰다. 상황은 냉정함과 절망이 쌓여 하늘이 무너지는 것 같았고, 오늘이는 울음과 눈물과 흐느낌으로 죽음을 다짐하는 지경에 이르자 문제가 해결된다. '간절한 마음으로 진심을 보여주어야 경계를 나누는 문이 열린다는 것'[13]을 의미하고, '울음의 공감력'[14]이 있어 천지신명을 움직이게 되었다.

〈원천강본풀이〉는 서사무가다. 이야기를 지닌 무당의 노래여서 단순히 이야기를 구성하면서도 어떤 측면에서는 노래에 걸맞는 감성을 발휘한다. 〈원천강본풀이〉에 등장하는 오늘이와 매일이와 장상이가 한데 어울리는 노래가 덕담창에 있다. "오늘 오늘 오늘이여 날도 조아 오늘이여. ᄃᆞᆯ(月)도 조아 이 오ᄂᆞᆯ이로구나. 이 오ᄂᆞᆯ로 놀자ᄒᆞ니 성도 언만 조을선가. 송도리도 내 ᄎᆞ지라. 오늘 가저 닐 가저 성도 언만 가실서냐."[15]로 이어지는데, 오늘이 날이 좋은데 오늘처럼 잘 놀

---

13 고은영, 앞의 글, 28쪽.

14 신동흔, 「서사무가 속의 울음에 깃든 공감과 치유의 미학」, 『한국무속학』 제32집, 한국무속학회, 2016, 41쪽.

15 현용준, 『(개정판) 제주도무속자료사전』, 도서출판 각, 2007, 80쪽. 이 노래의 다른 유형을 소개한다. "이제 오널은 오널이라 / 날도 좋구나 오늘이라 / ᄃᆞᆯ도 좋다 오늘이라 / 네일 장삼은 오늘이면 / ᄇᆞ름 산도 놀고 가자"(강정식 외, 『동복 정병춘댁 시왕맞이』, 제주대학교 탐라문화연구소, 2008, 194쪽) 오늘과 내일과 장삼이 등장한다. '매일' 대신에 '내일'이 구연되기도 한다.

면 마음인들 얼마나 좋을 것인가 하는 내용이다. '오늘'은 주인공 오늘이와 금일(今日)이 2중적으로 쓰였다. 이 노래는 석살림 중 '놀판'에서 신앙민이 인정을 걸고(돈을 내고) 춤을 추는 과정과 연관되는데, 인정을 거는 행위는 자비와 적선의 의미를 가지고 있어서 〈원천강본풀이〉의 주제와도 상통한다.[16] 석살림의 신명과 노래와 원천강본풀이의 주제의식이 연관되어 있다. 자비와 적선의 주제인 〈세민황제본풀이〉는 오늘이와 매일 장상이 서두에 나온다.

오늘 오늘 오늘이라 돌도 좋아 오늘이여.
오늘 오늘 오늘이라 날도 좋아 오늘이여.
매일 장삼 오늘이면 성도 언말 가실서냐.
오늘 날은 날이 좋아 돌 중에도 상돌이여 날 중에도 상날이여[17]

"오늘 오늘 오늘이라" 노래가 불린 바로 뒤에 "매일이는 하늘 사람 장삼이는 지하 사람 매일이는 남자이고 장삼이는 여자우다"라는 주인공 이름이 나열된다. 〈원천강본풀이〉에서는 장상이가 남자이고 매일이가 여자인데, 여기서는 매일이가 남자이고 장삼이가 여자이다. 그러니 주인공 이름으로서의 '매일(每日)' '장상(長常)'이 순간순간의 시간과 오랜 시간의 시간 관념과 중첩되어 있음을 알게 된다. 〈세민황제본풀이〉는 세민황제가 죽어 저승에 갔는데 곳간이 비어 저승의 매일이와 장삼이의 곳간 곡식을 꾸어 쓰고, 다시 이승에 잠시 돌아와 그 빚을 갚고자 하였지만 매일이와 장삼이가 재물 축적보다 베푸는

16 고은영, 앞의 글, 96~97쪽.
17 진성기, 앞의 책, 611쪽.

삶을 사는 모습을 보고, 자비와 적선이 얼마나 중요한가를 강조하는 이야기다. 이승과 저승을 오간다는 측면이 '현실계와 원천강이라는 이계'를 오가는 〈원천강본풀이〉와도 긴밀히 연결된다.

"오늘 오늘 오늘이여"라는 노래가 불리는 놀판은 석살림의 제차에서 '신메움-놀판'으로 이루어지는데, 석살림 제차 연행은 다음과 같다. 초감제의 신청궤에서 군웅일월을 청하여 놀릴 때 '신청궤-젯다리 앉혀 살려옴' 제차에서 조상신이나 군웅일월신을 놀리는 경우에 연행할 수 있다. 둘째, 초감제와 맞이굿 사이에서 독립제차로 연행되는데 독립제차로 '신메움-놀판'을 여러 번 연행할 수 있다. 셋째, 맞이굿의 마지막 제차로 연행되는데 불도맞이, 일월맞이, 초공맞이, 이공맞이 등 '메어들어 석살림' 제차에서 연행할 수 있다. 놀판에서는 덕담, 서우제소리, 담불소리 등이 연행된다.[18] 그러니 신굿의 천신일월맞이 과정에서 매일·장삼의 노래가 불려지니 〈원천강본풀이〉는 심방의 신굿에서 불려졌을 가능성을 타진[19]한 것은 협소하기 이를 데 없다. 이를 근거로 〈원천강본풀이〉가 신굿의 비밀스런 의례에서 불린 노래[20]처럼 오해를 불러일으킬 수도 있다 이 노래는 석살림 '놀판'의 신명난 자리에서 주로 불렸다.

"오ᄂᆞ리 오ᄂᆞ리나 ᄆᆡ일에 오ᄂᆞ리나 / 졈므디도 새디도 오ᄂᆞ리 /

---

18 송정희, 「제주도 굿 재차 중 〈석살림〉 연구」, 제주대학교 석사학위논문, 2015, 25~40쪽.

19 강권용, 「제주도 특수본풀이 연구」, 『민속학연구』 제12집, 국립민속박물관, 2003, 18쪽.

20 조현설, 앞의 책, 107쪽. 이승과 저승을 오가는 이야기, 혹은 오늘이라는 심방의 저승 탐방과 연관시켜 상상하면 '시왕맞이' 제차에서 〈원천강본풀이〉가 불릴 수는 있겠으나, 그 흔적을 큰굿 제차에서 찾을 수 없다. 특수신본풀이 〈허궁애기본풀이〉는 〈차사본풀이〉와의 연관성을 통해 시왕맞이 제차에서 불렸음을 짐작할 수 있다.

새리나 ᄆᆡ일 당샹의 오ᄂᆞ리 오쇼셔"(〈금합자보〉)라는 노래가 가곡창 시조로 등장하는데, 진본 〈청구영언〉에는 1번 노래로 등장하고, 〈양금신보〉에 '심방곡(心方曲)'으로 알려져 있다. 심방은 제주의 무당을 이르는 말로써, 심방곡은 무가와의 연관성이 지속적으로 논의되어 왔다. 17세기 초반, 가곡창 중대엽의 '오ᄂᆞ리' 시조에 심방곡이라는 명칭이 부기된 것은 이 노래가 무가계 노래에서 전승된 사정을 반영한다.[21] 이것이 널리 알려질 수 있었던 것은 굿의 흥겨운 제차에서 불린 때문일 것이다. '오늘·매일·장상' 노래와 셋의 연관성이 제주에 국한하지 않고 널리 알려진 것임을 확인할 수 있었다.

이처럼 제주도 굿의 제차에 대해 길게 부연한 것은 덕담창과 본풀이와의 연관성 때문이었다. 오늘이와 매일 장상이의 관계가 흥겹게 결말지어지는 장면과 흥겨운 덕담창의 관계를 보여주기 위함이다. 그런데 성취에 앞서 고난의 절정이 전개되고 있으니, 오늘이가 원천강에 도착하여 겪는 비애감은 아주 슬픈 노래로 이어진다. 고난의 격정적 외침 뒤에 성취가 있게 마련이다. 그래서 원천강에 도착하여 겪는 오늘이의 슬픔을 주목한다.

제주도의 무속 제차에는 '영게울림'이 있다. 죽은 영혼의 이야기를 심방이 대신 서럽게 울면서 말하기 때문에 영게울림이라 한다. '영게'는 영혼의 뜻이고 '울림'은 울음의 뜻이다.[22] 오늘이가 심방처럼 이계를 만나 서럽게 울면서 발하는 대목이 마치 영게울림의 비애처럼 느

21 강경호, 「'오ᄂᆞ리' 노래의 무가적 전통과 「심방곡」과의 관련 양상」, 『영주어문』 제17집, 2009, 29~33쪽.

22 현용준, 앞의 책, 767쪽.

껴진다. 본풀이 속에는 이처럼 굿의 제차 '영게울림'과 같은 격정적인 감성이 표출되고, 영혼의 울음을 통해 해원(解冤)이 이루어지듯이 문제를 해결하게 된다. 죽은자의 목소리를 빌려 산자에게 말을 건네기 때문에 산자는 죽은자의 사정을 이해하고, 반대로 죽은자의 심정을 이해하면서 산자가 죽은자에 대한 오해를 풀고 서로 화해하는 장면이 연출된다. 굿의 효용성은 이처럼 산자의 심리를 위무하는 데 있다. 여기 〈원천강본풀이〉에서도 긴 울음 뒤에 부모에게 진심이 전달되고 화해하게 되는 계기를 마련하니, 어느 굿에서나 마찬가지겠지만, 제주도 무가의 본질은 '이야기하기'에만 국한하지 않고 '감성으로 노래하기'가 결합되어 극적 분위기를 배가함을 알 수 있다.

3) 원천강에서 돌아오는 길

원천강에서 부모를 만나고 잠시 머무른 후 오늘이는 본디 살던 곳으로 돌아온다. 문지기에게 가로막혀 부모를 만나지 못한 상황에서도 "팔자 부탁 어찌 할이 / 모든 은혜 엇디 할이"라고 걱정한 것을 보면 부모를 만난 후, 즉 자신의 정체성을 확인한 후 부탁한 바의 운명에 대한 해답을 위해 다시 인간계로 돌아가려 했음을 확인할 수 있다. 잠깐의 원천강 체류 후 부모에게 팔자를 바꾸고 은혜를 갚을 해답을 얻는다.

앞의 요약에도 제시한 바처럼, 오늘이의 부모는 장상과 매일이가 부부가 된다면 만년 영화를 누릴 것이고, 연꽃은 윗가지의 꽃을 따서 처음 만나는 사람에게 주면 다른 가지에도 꽃이 만발할 것이며, 큰 뱀은 야광주 두 개를 처음 만나는 사람에게 주면 용이 되어 승천할 것이라고 알려 주었다.

공부를 아무리 해도 남녀가 만나 사랑을 나누고 음양의 원리를 실현시키는 것만 못하다고 말하는 것 같다. 이무기의 여의주 세 개는 탐욕을 경계하게 한다. 하나씩 얻은 것이 아니라 한꺼번에 두세 개를 얻은 과거가 있다. 이것은 일확천금의 욕심을 질타하는 것이고, 그 교훈은 지금의 우리에게도 유효하다. 연꽃이 상가지에만 꽃을 피우고 나머지 가지에는 꽃을 피우지 못한 것에도 의혹이 있다. 너무 하나에 집착한 나머지 다른 가지를 등한시했던 것 같다. 연꽃 스스로도 몰랐을 수도 있는데, 큰아들만 위하다가 나머지 자식들이 상처를 입는 경우가 허다하다. 위쪽의 개화에만 신경을 쓰다가 아래쪽의 문제에는 소홀한 것일 수도 있고 지나치게 상부 지향 이데올로기를 가진 결함일 수도 있다. 이 이야기는 그런 결함을 돌아보게 만든다.

욕심을 버려야 진정 원하는 것을 얻을 수 있다는 해답은 잘 알지만 정작 실천은 어려운 게 우리의 삶이다. 술잔을 채우게 되면 잔은 그 양만큼만 받고 가진 것을 덜어내는데, 우리 인간은 무한정 욕망을 채우다가 결국 과도함 때문에 망하고 만다. 필요 이상 갖고도 그 나머지를 남에게 베풀거나 비울 생각을 안 한다. 그런 세상을 경계하고 있다. 상가지의 것을 남에게 주었더니 가지가지 꽃피었다고 한다. 정말 자신에게 소중하다고 여기는 것을 남에게 주면 그 이상의 엄청난 보답을 받게 되는 것이 인생이다. 내 전 재산을 내어주는 결단을 내렸을 때 상대를 감동시키게 되고, 내 마음에 있는 신뢰를 모두 쏟아 누군가를 믿었을 때 그 보답은 상상 이상인 경우가 있다. 혹은 상가지에 치우친 사랑과 편견을 없애자 연꽃의 몸과 마음이 치유된 것일 수도 있다. 비워야 채워지고, 한쪽을 버려야 다른 쪽이 채워진다는 인생철학을 알려 주고 있다.

오늘이는 도움을 받았던 상대에게 다시 은혜를 돌려준다. 그래서 인생살이에 대한 철학적 성찰을 제안하는 '도움과 나눔의 서사'[23]가 이루어지고, 이타적 전환[24]과 상생 원리가 전개된다. 서로의 결핍을 채워주는 과정이다. 그래서 '베풀고 보답하는' 원리라 정의한다. 인간의 긴 역사 속에서 1차 형이상학의 혁명이 신화의 탄생이라면 2차 형이상학의 혁명은 종교의 출현이라 한다. 신화가 지닌 관념을 종교가 상당 부분 이어받아 발전시킨 것은 바로 자비와 이타적 세계관이다. 그래서 〈축의 시대〉의 가장 큰 미덕이라 할 자비와 공감의 철학[25]을 신화가 간직하고 있다면, 무속도 축의 시대 종교와 철학을 만나면서 진화한 흔적일 것이다.

원시 고대 신화는 잔인하고 비논리적이고 비이성적이라고 속단하는 경우가 허다하다. 그러나 중세 종교가 보여준 잔혹의 역사에 비하면 미미한 정도다. 근대의 명료한 과학정신으로 무장한 현대인들은 고대 태양신을 숭배하는 자들이 인간의 심장을 내서 제물로 바치던 잔인함을 들추며 그들의 신앙과 신화를 비난하는데, 정말 맞는 말일까. 그들은 경쟁에서 이긴 명예로운 대표가 자기들의 생존을 도와준 자연의 신, 특히 태양의 신에게 가장 귀한 영광을 바치고자 스스로 자청하여 죽고 그 심장을 바친 것이다. 자연의 은혜에 감사하는 마음을 읽으면 그 죽음이 어느 정도 이해될 것이다. 무모한 전쟁으로 수천

---

23 고은임, 「원천강본풀이연구: 오늘이 여정의 의미와 신화적 사유」, 『관악어문연구』 제35집, 서울대 국문학과, 2010, 213쪽.

24 박명숙, 「한중 구복여행 설화 비교연구」, 『구비문학연구』 제22집, 한국구비문학회, 2006, 371~407쪽.

25 카렌 암스트롱, 『축의 시대』, 교양인, 2010, 670~673쪽.

만 명을 죽이고, 구제역으로 수 억 마리의 소와 돼지를 죽이면서 아무런 가책을 느끼지 않는 현대인의 삶이 과연 온전한 것이던가.

베풀고 보답하는 은혜의 연결고리가 사람끼리의 관계에 그치지 않고 동물계와 식물계에까지 미치고 있다. 인간과 자연의 폭넓은 관계에 대해서는 다음 장에서 상세히 언급하고자 한다. 여기서는 그 호혜성과 이타성을 강조하고자 한다. 인간의 지혜가 가장 밝았던 축의 시대에 마련된 '자비와 공감'의 정신이 신화에도 영향을 주고, 현대 인간들에게도 각성의 계기를 마련해 준다는 점에서 인간의 미래는 어둡지 않다. 예전 제주 사람들은 굿에서 불리는 신화 본풀이를 통해 위대한 인간 정신을 터득해 왔다. 그러나 그 전통은 서서히 소멸해 간다. 〈원천강본풀이〉는 20세기 초반까지 남아 채록되었지만, 지금 굿에서는 잊혀졌다. 그러나 〈원천강본풀이〉는 〈오늘이〉로 살아남아 애니메이션(이성강, 2003)이 되었고, 초등학교 교과서에 실리는 행운을 얻었다. 오늘이가 다양한 존재들과 호혜성의 관계를 맺으면서 '행복은 스스로 만들어가는 것'[26]임을 강조하여 콘텐츠적 활용도가 높아졌다.

오늘이가 부모를 만나고 다시 길을 떠나는 이야기 속에서 우리는 위대한 철학을 만나게 된다. 혼자였던 오늘이는 부모님의 존재를 알고 부모를 만나러 간다. 그런데 부모를 만나 거기 머물지 않고 다시 인간세상으로 놀아온다. 홀로 살아온 주인공 오늘이의 형상이 "거친 세상에 훌쩍 던져져 한 몸으로 존재를 감당해야 하는 인간의 모습"[27]

---

26 정제호, 「〈원천강본풀이〉의 문화콘텐츠화 요인 분석」, 『동양고전연구』 제77집, 동양고전연구회, 2019, 137~138쪽.

이라고 했다. 그리고 부모를 잠시 만나 수만 리 길을 다시 돌아온 것은 '나'라는 존재가 홀로가 아님을 확인하는 여행이었고, 불행한 여러 존재도 "세상과 더불어 하나가 될 때 그들은 더 이상 혼자가 아니었다."[28]고 했다. 그렇게 오늘이는 주변 존재들과 '베풀고 보답하는' 관계성을 회복하고 세상과 화합하는 존재가 된 것이다.

혼자였던 오늘이가 부모님을 만나게 되는 과정은 '부모에게 의존하기'의 시간이다. 다시 부모를 떠나 혼자의 길을 가는 것은 '부모에서 벗어나기'의 과정이다. 나이 어린 오늘이는 부모의 존재를 알고 찾아가는 과정을 겪는다. 당연한 행로다. 몇 단계의 행로를 거치면서 오늘이는 성숙하여 간다. 하지만 부모가 있는 원천강으로 가는 역정을 포기할 수 없다. 그것이 자기정체성의 확인[29] 절차이기 때문이다. 사람과 동식물과 선녀를 만나고 인생 학습이 쌓여가면서 부모를 만나는 시점에서는 훌쩍 성장한 오늘이를 만나게 된다. 이제 더 이상 부모의 품에서 응석을 부리고 누구의 도움만 받는 처지가 아니다. 이제 그를 구원했던 존재들을 위해 길을 떠나야 한다. 20세가 넘으면 부모의 곁을 떠나 당당하게 자기의 길을 가라던 선배들의 조언이 이 신화 속에 녹아 있다. 시간이 흐른 뒤에 다시 부모를 찾을지언정 20세 어간의 청년이 되면 길을 떠나 스스로 삶을 개척해야 한다는 가르침이 생생하다. 요즘 21세기 젊은이들에게 던지는 화두이기도 하다. 사물인터넷과 AI가 인간의 노동을 대신하면서 일자리가 줄어든 상황에

27 신동흔, 『살아있는 한국신화』, 한겨레출판, 2014, 69쪽.

28 위의 책, 72쪽.

29 고은임, 앞의 글, 206쪽.

서, 젊은이들은 부모의 곁을 지키며 부모의 유산을 물려받아 안위의 삶을 영위하고자 하는 사토리(得道)세대를 탄생시켰다. 개척정신도 창조정신도 없는 어두운 삶의 그림자가 드리우는 이때, 〈원천강본풀이〉는 '부모에서 벗어나기'를 이야기하면서 당당히 자신의 길을 가라고 젊은이들을 가르치고 있다. 우리는 이런 신화의 화두에 귀 기울여야 한다.

3. 사계절

1) 시간관

오늘이, 그가 다다른 원천강은 어떤 곳인가. 봄 여름 가을 겨울이 함께 있는 신비한 곳이다.

> 만리장성 둘러싸흔 곳에
> 곳곳마다 문을 열어 보앗다.
> 보니 춘하추동 사시절이 모다 잇는 것이엇다.
> 구경을 씃치고 오날이가
> 쏘다시 온 길을 돌아갈여 할 때

텍스드에는 사계설이 모두 있는 상황에서 곳곳마다 문을 열어보았다고만 했다. 그런데 원문이 너무 간결한 탓에 "첫째 문을 여니 따듯한 바람이 불고 온갖 꽃이 피어 있었다. 둘째 문을 여니 햇볕이 따갑고 풀과 나무가 울창하게 우거져 있었다. 셋째 문을 여니 들판에 곡식들이 익어가고 온갖 열매들이 달콤한 냄새를 풍기고 있었다. 넷째 문을 여니 하얀 눈이 날리고 찬 바람이 불고 있었다."[30]라고 멋지게 수식하여 부회한 바 있다. 사계절이 하나인 세상이다. 우리가 나뉘어 있다고 여기는 시간이 여기서는 하나다. 계절은 순환되지만 원래 하나라는 것이다. 조금 덥다고 조금 춥다고 느낄 뿐이지 실은 시간은 하나의 방향으로 흐를 뿐이다. 우주는 구분되어 있으면서도 하나임을 알려 준다.

이집트 스핑크스의 이야기가 환기시켜 주는 세상도 하나다. 스핑크스는 네 가지의 모습을 지니고 있다. 사람의 얼굴, 사자의 몸, 독수리의 날개, 뱀의 꼬리-이는 하늘의 네 귀퉁이를 지키는 별자리를 상징하였다고 한다. 아울러 봄에는 사람, 여름에는 사자, 가을에는 독수리, 겨울에는 뱀의 모습을 하고 있는 형상이라고 한다. 이 네 가지는 하나의 우주를 표현한 다른 모습일 뿐이다.[31] 동서남북과 봄여름가을겨울 시공간이 하나임을 일깨워준다. 그런 세상이 과연 있을까. 우리의 눈을 통해 볼 수 있는 명료한 세상, 논리정연한 세상에는 없다.

사계절이 하나인 세상은 눈에 보이지 않는 세상이다. 그렇다고 그곳을 천상계나 이계(異界)라고 밀쳐둘 필요는 없다. 눈에 보이는 세상이 우리의 전부가 아니다. 우리 현실 삶 속에는 끈과 줄이 많이 보인다. 빨래줄도 보이고 개줄도 보이고, 노끈과 포장끈도 다양하다. 그런데 우정의 연줄이나 사랑의 끈은 보이지 않는다. 인연의 끈과 같은 소중한 것은 눈에 보이지 않는다. 정말 소중한 세상은 눈에 보이지

30 아침나무, 『세계의 신화』, 삼양미디어, 2009.

31 김융희, 『삶의 길목에서 만난 신화』, 서해문집, 2013, 20~21쪽.

않고, 눈 감아야 보인다. 눈 감고 보이는 세상만이 참 세상이다. 오늘이는 그런 세상을 만나고 왔다.

스핑크스의 수수께끼를 오이디푸스가 풀고 난 후 오만한 모습을 보이는 내용이 소포클레스가 쓴 〈오이디푸스 왕〉에 나온다. 인간의 문제를 푼 오이디푸스는 오만했고 결국 비참한 운명에 빠지게 된다. 스핑크스가 지닌 신비한 문제는 아직 풀지 못 했다. 스핑크스는 신의 모습이기도 하고 우주의 에너지여서 늘 겸허하게 대하여야 함을 일깨운다.[32] 우리는 이런 그리스 철학은 아는데 제주 철학은 모른다. 우리는 오이디푸스의 오만처럼 신을 모두 안다고 하면서 스스로 비참한 운명을 자처하기도 한다. 제주 철학은 그리스 철학처럼 우주의 시간관을 제시하여 놓고 수수께끼를 풀지 못한 사람들의 무지에 대해서도 훈계한다. 그리스에서는 오이디푸스의 비극적 인생을 그렸지만, 제주에서는 수수께끼를 풀지 못한 사람들의 인생을 낙관적으로 그려냈다.

그들은 각자 자신의 문제를 풀게 된다. 장상이와 매일이는 만나 부부가 되어 만년 영화를 누리게 되었고, 큰 뱀은 여의주 두 개를 포기하자 드디어 용이 되어 승천하고, 연꽃은 하나뿐인 꽃가지를 꺾어 주자 가지가지 꽃이 피어나는 행운을 누리게 된다. 물론 갖은 고난을 헤쳐 원천강에 도달하고도 거기 머무르지 않고 다시 인간 세상에 돌아와 주변을 챙겨 준 오늘이도 결국은 천상의 옥황 시녀로 들어가 세상 사람 돕는 일을 계속하게 되었다고 한다. 무슨 말을 하는 것인가. 분절된 시간 속에서는 시련과 불행이 지속되지만 시간을 통합하

32 위의 책, 26~38쪽.

여 보면 세속적 문제가 해결되고 행복을 누리게 된다는 메시지가 담겨 있다. 제주 신화 속의 철학은 통합된 시간관을 제시한다. 여름에는 덥다고 푸념하고 겨울에는 춥다고 투정하는 순간적 불화를 버리라고 하고, 여름에는 여름이니 덥다고 지나고 겨울은 겨울이니 춥다고 지나는 순환적 시간관을 긍정하고, 더 나아가 통합적 시간관을 내장하고 있다. 시간이 하나라고 생각하면 불행을 벗어나 행복해질 수 있다는 깨달음이 있다.

오늘은 시간의 상징이다. 매일이와 장상이도 '하루하루'와 '기나긴 시간'의 상징이고, 그 둘은 순간과 영원이 한짝이 되었다. '오늘'이 개입하여 순간과 영원을 결합시켰다.[33] 둘의 만남이 바로 '지금 여기'를 환기시킨다. 과거와 미래의 시간이 지금 여기에서 통합된다. 신호등을 기다리는 나는 미래 어느 순간 신호등이 바뀔 것을 알고 서 있다. 신호등을 기다리는 나는 일주일 전에 다리를 다쳤기 때문에 파란불을 더욱 주시한다. 느린 발걸음 탓에 신호가 바뀌는 순간 출발하기 위해서다. 오늘의 '어제'는 어제의 '오늘'이며, 오늘은 내일의 어제다. 시간은 전적으로 상대적인 것이다.[34] 지금 여기의 내게 과거와 미래가 하나다. 봄이 오면 꽃 피어 돌아올 식물의 부활을 우리는 안다. 그런데 꽃도 우리를 알아본다.

인사했더니
꽃이 말했다.

---

33 신동흔, 『살아있는 한국신화』, 74쪽.

34 카렌 암스트롱, 『축의 시대』, 500쪽.

– 기다리고 있었어요!
– 내가 올 걸 어떻게 알고?
– 제가 꽃피어 올 것을 당신도 아셨지요?
그렇게, 저도 그렇게 알았어요. (이철수, 〈꽃과 만나서〉)

순환적 시간을 알면 시간을 통합하여 인식할 수 있다. 봄이 아름답지만 열매 맺고 가을이 와 그것이 수천 개의 생명으로 분산되어야 한다. 가을이 가고 긴 휴식의 시간을 거쳐 또 우리 곁에 봄이 와야 한다. 어느 순간 머무를 수 없다. 〈산천도량〉에서 '새푸른 새각시'가 퇴치되고 '붉은 선비'가 살아나야 하는 이유는 봄과 여름의 신록이 지나가야 산천에 붉은 단풍이 지는 계절이 오고, 열매를 맺고 결실의 시간을 획득하기 때문이 아닐까.[35] 봄 속에 가을이 있고, 가을이 지나는 바람소리에 봄이 녹아 있다. 그러나 소중한 것은 '오늘'에 대한 인식이다. 오늘 여기를 직시하는 것이 중요하다.

오늘이는 사계절이 하나인 세상을 만나 거기 머무르지 않고 다시 자기가 살던 곳으로 돌아온다. 이제 자기가 살던 곳, 현실에서 오늘이는 사계절이 하나인 세상을 만날 수 있을 것이다. 이런 오늘이의 각성은 길을 떠나고 거기서 지혜를 얻고 다시 돌아오는 여정 속에 있다. 오늘이가 사계절이 하나인 세상을 만나고 온 것은 스핑크스의 신비를 만나고 온 것과 비견된다. 그래서 나는 오늘이의 역정을 〈연금술사〉의 산티아고와 견준다. 피라미드를 향해 갔던 산티아고와 스핑크스의 사계절을 만나고 온 오늘이의 내력, 다시 자기가 살던 곳으로

---

35 김헌선, 『함경도 망묵굿 산천도량 연구』, 2019, 141~170쪽. 최복녀 소장 〈산천도량〉 원문 참조.

돌아와 보물을 발견하고 지금 여기의 삶을 소중하게 여긴 산티아고와 오늘이를 함께 바라보고 싶다.

먼 길을 떠났다가 돌아온 그에게 새로운 각성이 있다. 자신이 누구라는 것, 이 세계와 자신이 하나의 끈으로 연결되어 있다는 것, 자신이 누구인지 알게 된 자는 자연 속의 모든 존재들과 들리지 않는 말을 주고받을 수 있다는 것, 그것이 하찮고 비천한 일상을 황금과 같은 것으로 바꿔 놓을 수 있다는 깨달음이다.[36] 그래서 목표를 향해 긴 여정의 길을 떠났다 돌아온 자는 세상 모든 존재와 소통할 수 있다.

우주 자연과 소통하게 된 오늘이를 더 알아 보자. 산티아고는 자연 속의 존재들과 들리지 않는 말을 주고받을 수 있다는데, 자연 속의 존재와 '들리는 말'을 주고받는 오늘이의 사연으로 가 보자.

2) 대등한 관계

신화를 보면 동물이 말을 하거나 인간이 자유롭게 동물과 결혼을 한다. 동아시아를 보면 자기 조상이 늑대라고 하면서 인간과 늑대의 결혼 뒤에 태어난 인물이 부족의 시조가 되었다고 한다. 조상이 곰인 경우도 있고, 그때 부족의 시조는 인간과 곰의 결혼에서 태어난 아이다. 그런데 우리의 단군신화는 곰이 사람의 몸을 얻은 후 결혼하는 것으로 바뀌어 있다. 인간과 동물이 어떻게 자유롭게 결혼할 수 있을까 의문이 들면서 바뀐 문맥일 것이다. 현대를 사는 우리도 이렇게 한 공간 속에 인간과 동물이 놓인 것을 의아해 한다.

인간과 동물의 교호라는 사고와 똑같은 유형의 사고를 '시간'의 축

---

36 김융희, 앞의 책, 134쪽.

에 투영한 것이 불교적 윤회관이다. 인간이 다음 생에 동물로 태어난다든가, 전생에 동물이었다가 현생에 인간으로 태어난다는 불교적 윤회관은 앞의 신화의 축을 자연스럽게 바꾼 전말이 있다. "불교는 신화적 사고가 공간축에서 전개되는 사상을 시간축에 투영해 전개하는 사상"[37]인 셈이다. 〈원천강본풀이〉 속의 인간과 동물은 현실계[38]의 동일 공간에서 자연스럽게 소통하고 있다. 그런데 초월계인 원천강에 사계절이 공존하고 있는데, 스핑크스의 몸을 빌려 말한다면 사람의 머리와 사자의 몸과 독수리의 날개와 뱀의 꼬리를 한 존재가 공유하고 있는 형상이다. 잉카 부족들은 콘도르의 날개와 퓨마의 몸과 뱀의 꼬리를 한 신을 모시고 있다. 인간과 동물이 구분되지 않고 한 몸인 존재를 상정하고 있다. 시간이 공간으로 표출되고, 공간이 시간으로 표출되는 신화의 세계관을 알 수 있다. 시간이 상대적인 것처럼, 공간도 상대적인 것이다.

〈산해경〉의 촉음(燭陰)은 사람의 얼굴에 뱀의 몸을 하고 있다고 하여, 〈원천강본풀이〉의 천하대사(뱀) 모습이 연상된다고 했다.[39] 촉음은 눈을 뜨면 낮이고, 감으면 밤이 된다. 거세게 숨을 내뿜으면 겨울이고, 부드럽게 숨을 내쉬면 여름이라 한다. 이 촉음의 모습 속에

---

37 나카자와 신이치(김옥희 역), 『대칭성 인류학』, 동아시아, 2005, 170쪽.

38 이 논문을 쓰면서 천상계에 대응하는 세계를 인간계로 상정해 왔는데, 이곳에는 인간만 존재하는 것이 아니고 뭇 생명이 두루 존재한다. 날짐승, 길짐승, 뭍짐승뿐만 아니라 물고기와 나무와 풀도 있다. 인간은 인간 스스로 생존하는 것이 아니고 자연계 존재의 도움으로 살아간다. 그러니 인간 중심으로 '인간계'라 해서는 안 되고 현실계로 고쳐 써야 할 것이다.

39 권복순, 「서사무가 원천강본풀이의 인물기능과 우주인식」, 『국제언어문학』 35집, 국제언어문학회, 2016, 97쪽.

사계절이 합친 모습이 떠오르니 동양의 스핑크스라 할 만하다. 〈원중기(元中記)〉에서는 촉룡을 설명하는데, 왼 눈은 태양인데 열면 낮이고, 오른 눈은 달인데 열면 밤이 된다. 입을 벌리고 있을 때는 봄과 여름이고, 입을 다물고 있을 때는 가을과 겨울이란다. 하나의 공간에 펼쳐지는 원천강의 사계절 풍경을 떠올린다. 이런 경우 봄과 가을이 순차적일 수 없고 시간과 계절의 구획이 무화된다. 다만 시간을 공간 감각으로 표출하였다는 점이 주목을 끈다. 사람의 얼굴과 뱀의 몸, 사람과 뱀이 하나의 공간 속에서 소통하고 있다.

오늘이의 여정을 따라가 보면 인간과 자연이 서로 말을 건네고 서로의 결핍을 말하고 함께 해결해 나간다. 현대 인간이야 삶의 중심에 그 잘난 인간을 두고 나머지 생명들은 하찮게 여기는 것이 일반적이지만, 조금만 시간을 거슬러 올라가면 그렇지 않다. 인간이 필요한 만큼만 자연에서 가져온다. 암컷과 새끼는 함부로 죽이지 않고, 알을 함부로 깨트리거나 먹지 않았다. 조기 한 마리가 2~3만 개의 알을 낳는데, 알이 꽉 차 있을 때 먹어야 맛있다고 여겨 남획을 일삼다가 결국 조기는 우리의 밥상에서 사라졌다. 더 오만해지고 있는 우리의 식습관이 지구를 남김없이 파괴하고, 2050년에는 바닷속 물고기가 모두 사라진다고 하는 유엔 녹색성장보고서의 경고를 무시하고 살고 있다. 역사의 종언, 이제 이것은 위협적 언사가 아니다. 이 독선적인 근대 이데올로기를 벗어나 탈근대의 새로운 패러다임을 구축하기 위해서, 우리는 좀더 오래 된 과거로 눈길을 돌릴 필요가 있다.

중세의 삶에서 좀 더 거슬러 올라가면 인간이 자연을 배려하는 단계를 넘어, 자연이 인간을 배려하고 인간과 자연의 구별이 무화된다. 인간이 동물에게 의존하고, 식물의 품에서 큰다. 동물과 인간은 서로 다른 존재가 아니라, 서로 같은 본질을 공유하고 있다는 사상을 가지고 있었다. "예전에는 동물도 인간과 마찬가지로 말을 하거나, 결혼을 하거나, 서로의 부를 나누어 가지며 생활하던 사이였습니다."[40]라고 하여 대등한 관계를 찾아 밝히고 있다. 동물이 자기 아내이거나 형제자매일 수 있다는 이야기를 엮어서, 동물에 대한 불필요한 포획이나 파괴를 억제하는 제어장치를 만들었다. 그래서 고대신화 속에는 자연에 대한 배려와 자연에 대한 경외심이 가득하고, 인간이 지녀야 할 윤리적 사고방식과 생활방식을 형성시켰다.[41]

대등한 관계는 얼마 후 동물이 말을 할 수 없게 되고, 인간과 동물의 관계가 소원해지면서 깨지고 말았던 것 같다. 제주도 〈천지왕본풀이〉에 보면 대별왕과 소별왕이 해가 둘 나타난 변괴를 해결한 후에, 이승과 저승 차지 내기를 끝내고 나서, 그 다음으로 인간세계의 존재들을 구분한다. 그때는 인간과 귀신이 함께 동거하였는데 저울을 가져다 백 근이 차는 것은 인간으로, 백 근이 못 차는 것은 귀신으로 구획했다고 한다. 아울러 인간과 새와 나무도 함께 말을 했는데 송피 닷 말 닷 되를 뿌려 인간만 말을 하고 모든 동식물의 말을 빼앗았다고 한다. 그래서 인간세계의 질서를 잡았다는 이야기인데, 문명(文明)의 세상이 구축되어 가고 있었고 인간과 만물이 함께 소통하던 신명(神明) 세상은 종말을 고하고 말았다.[42] 〈원천강본풀이〉의 세상은 아직

---

40 나카자와 신이치, 앞의 책, 168~169쪽.

41 위의 책, 171쪽.

42 근대는 너무 인간 중심주의였다. 인간의 유익함을 위해 자연이 너무 희생되었다. 이제 인간과 자연이 대등해지는 세상이 필요하다. 천지왕본풀이에서 인간과 짐승과 새와 나무가 함께 말하면서 소통했던 그런 세상이 다시 요구된다.(허남춘, 『설문대할망과

인간과 자연이 소통하는 신명 세상이다.

〈원천강본풀이〉 속 대등한 관계는 안과 밖에도 존재하고 있었다. 오늘이의 여정은 현실계에서 초월계로 향한다. 사계절이 있고 인간의 운명을 가늠해주는 공간인 것을 보면 인간세계와 구별되는 이계(異界)다. 오늘이의 부모가 옥황상제의 부름을 받고 벼슬살이를 하는 것을 보면 선계(仙界)라 할 수도 있고 천상계라 추정할 수도 있다. 그러나 오늘이란 인간이 다다른 곳이어서 이쪽과 구분되는 저쪽이라 하자. 이쪽과 저쪽, 내부적 세계와 외부적 세계가 교호하고, 지상과 선계과 유대[43]를 맺어 상보성의 서사를 갖는다. 오늘이를 처음 보고 이름을 지어준 사람들이나, 백씨부인도 그렇고, 매일이와 장상이도 함께 대등한 소통을 이루고 있다. 내외(內外)·인물(人物)의 대등한 관계가 이야기 속을 관통한다.

조동일은 "人으로써 物을 보면 人이 貴하고 物이 賤하며, 物로써 人을 보면 物이 貴하고 人이 賤하다. 하늘에서 보면 人과 物이 均하다."(홍대용, 의산문답)을 들면서 인물균론(人物均論)을 말하고 있다. 여래의 눈으로 보면 살아가는 우리 처지가 모두 같다는 말이다. 우리가 살고자 하는 세상은 세상 만물의 차별을 벗어난 것만으로는 안 되고, 인간세계의 차별도 벗어나야 한다. 그래서 화이(華夷)·내외(內外)가 같다는 내외균론(內外均論)을 덧보태 대등한 화합을 말하고 있다.[44] 그런데 〈원천강본풀이〉의 '원천강'이 바로 인물균론(人物均論)과 내외

제주신화』, 민속원, 2017, 232쪽)

43 고은임, 앞의 글, 210~212쪽.

44 조동일, 『대등한 화합』, 지식산업사, 2020, 20~21쪽.

균론(內外均論)이 모두 실현된 공간이다. 사람과 사람의 대등한 관계는 사람과 다른 생물의 대등한 관계를 근거로 함을 알 수 있다. 탈근대 패러다임이 저 먼 과거 이야기 속에 내장되어 있다. 오래된 미래다.

4. 결

오늘이가 만난 원천강의 사계절은 시간의 구분이 없는 곳이고, 모든 시간이 응축되어 있는 곳이기도 하다. 큰 시간의 틀로 보면 과거와 현재가 함께 공존하는 것이고, 전생과 현생이 공존하는 것이다. 하나의 공간에 과거-현재-미래가 있다는 사고로 본다면, 삶과 죽음도 하나의 공간 속에 있다는 셈이다. 과거 고대인들의 공간관이 그러한데, 하나의 공간 속에 삶과 죽음이 있다는 사유다. 죽음은 한 공간의 이쪽에서 저쪽으로 이동하는 단순한 변화에 불과하다고 믿었다. 그러니 죽음은 슬퍼할 필요가 없는 일이다. 오히려 삶에서 죽음으로 가는 길이 막혀 이쪽에 인구가 과밀하여지고 온갖 오물이 가득하고 먹을 것이 부족하게 되는 사태가 발생하자, 문을 틔웠더니 사람들이 저쪽으로 이동하여 평화가 찾아왔다는 신화도 있다. 과거 삶과 죽음을 대하는 태도를 읽을 수 있고, 그런 세상이 아마 사계절이 구분되지 않는 원천강과 같은 곳이었을 것이다.

원천강을 찾아가는 오늘이의 여정에서, 우리는 인생의 목표를 향해 가는 길이 쉽지 않음을 알게 된다. 누구에겐가 묻고 또 다음 단계를 위해 누군가를 만나 묻는 연속이다. 우리 인생도 그처럼 단박에 찾아가는 목표는 존재하지 않는다. 인생의 최종 목적지에 닿는 직행은 존재하지 않는다. 단계를 수없이 거쳐야 원하는 바에 도달할 수 있으니, 멈춰서지 말고 끈기 있게 나아가야 한다.

숱한 존재들에게 신세를 지고 원하는 목적지에 도달했다면 이제 할 일은 거기 안주하는 것이 아니라, 다시 돌아와 보답하는 길이 남았다. 베풀고 보답하는 삶이 거기 있었다. 누군가를 위해 운명적인 만남을 주선하기도 하고, 원하는 세상으로 가도록 돕기도 하고 원하는 풍요로움을 누리도록 배려하는 삶이 거기 있었다. 그런데 제약된 운명을 바꾸는 데는 깨트려야 할 장벽이 있었으니, 협소한 자기 안위의 테두리를 깨거나 과다한 욕망을 버리거나 소중하게 여기는 것도 과감히 포기할 수 있는 용기가 필요했다. 지금 우리의 삶도 마찬가지다. 공부만 하면 안 되고 어느 정도가 되면 결혼해 행복해질 선택이 요구된다. 과다한 욕망은 자신을 망가트리는 독임을 깨달아야 한다. 우리 주변을 보면 욕망을 좇다가 패망하는 삶을 수없이 확인하지 않던가. 이기에 빠지지 말고 이타적 삶을 사는 것, 사랑과 공감과 자비라는 덕목은 '축의 시대' 성인들이 남긴 소중한 말씀이고, 자본주의의에 의해 피폐해진 인간을 구원할 방식도 거기에 있다. 제주 서사무가는 축의 시대가 구축한 '공감과 자비'의 정신을 터득하고 있다.

원천강을 가고 살던 곳으로 돌아오는 오늘이의 여정은 묘하게도 부모에 의존하기의 전반부와 부모에서 벗어나기의 후반부로 구성되어 있다. 오늘이는 긴 여정을 만나면서 성숙하게 되고 성년의 판단력과 깨달음이 있을 즈음, 부모로부터 벗어나 자기의 삶을 향해 길을 떠난다. 우리 젊은이의 여정도 이처럼 어린 시절 부모에 의존해 성장했다면, 이제는 과감하게 벗어나 홀로 그 길을 가야 한다. 그래야 자기정체성을 찾고 인간답게 살게 될 것이다.

오늘이의 여정에서 함께 한 존재들은 인간과 동식물과 선계 선녀들인데, 인간과 자연과 우주의 존재를 망라하고 있고, 이 존재들이 서로 말하면서 소통하고 있다. 누군가가 위압적이지도 않고, 누군가가 일방적으로 우월하거나 열등하지도 않다. 인간과 동식물이 대등하고, 인간세계 안쪽과 바깥쪽이 대등하게 교류하고 서로를 돕고 있다. 우리 현대문명은 지나치게 인간 위주로 흐르면서 자연의 생명들을 홀대하고 함부로 죽이고 파괴했다. 먹히는 것들에 대한 예의조차 갖지 못한 문명 속에서 인간만의 욕망만 부풀렸다. 숲이 파괴되어 그곳에 사는 동물들이 100년 전의 6%에 불과해지자, 바이러스는 자신의 생존을 위해 인간 숙주를 택해 도시로 나왔다. 그것이 작금 우리가 겪는 코로나 19 바이러스 사태다. 인간이 생존하기 위해서는 이제 다른 생명체를 배려해야 하고, 그런 정신을 오래 된 신화로부터 환기시킬 수 있다는 것은 다행이다.

제주 본풀이에 표현된 집단기억과 제주인의 정체성

조현설

1. 협력과 저항의 복수성

금부도사와의 대결에서 패한 〈양이목사본풀이〉의 주인공은 목이 잘린 채 이렇게 말한다.

> 흔고향(還故鄕) 들어가건, 영평(永平) 팔년(八年) 을축(乙丑) 삼월(三月) 열사을(十三日) ᄌᆞ시생(子時生)은 고의왕(高爲王) 축시생(丑時生)은 양의왕(梁爲王) 인시생천(寅時生天) 부의왕(夫爲王) 삼성(三姓) 가온데, 토지관(土地官) 탐라 양씨(耽羅梁氏) ᄌᆞ손만데(子孫萬代)ᄁᆞ지 데데전손(代代傳孫)을 헤야 신정국을 내풀리고 이 내 역ᄉᆞ상(歷史上)을 신풀어 난산국을 신풀민 우리 ᄌᆞ손덜에 만데유전(萬代遺傳) 시겨 주마.[1]

요컨대 대대손손 자신의 역사를 '풀어주면' 자신의 후손들이 끊어

---

1 현용준, 『제주도무속자료사전』(개정판), 각, 2007, 693쪽.

지지 않게 해주겠다는 조건부 약속이다. 왜 탐라 양씨 명월파의 일월조상인 양이목사는 이렇게 말하는가?

군사 삼천을 거느리고 대국을 치러 가기 전, 배묘(拜墓) 차 제주에 잠시 들린 부대각은 진퇴양난의 처지에 처하자 이렇게 말한다.

> 영 허여, 아이고 이 군사덜은 ᄆᆞᆫ(모두) 굶어죽게 뒈난, '나부떠 죽어부러야 이 군사덜이 살아날 거니, 죽어보자.' 허여, 죽젠 허연 옥황(玉皇)에 등소(等訴) 등장(等狀)을 드는 게, "무쉐설캅을 내리와 줍서." 방석을 떡 내리우난(내리니), 물 우에 무쉐방석이 둥들둥글 뜨난, 그 부대각 하르방은 펏짝허니 그 무쉐방석드레 떡 앉아, 그래도 물 알르레(아래로) 내려가질 아녀니(아니 하니), "나를 누군 줄 아느야. 어서 물 알러레(아래로) 인도(引導)허라." 영 허여 서르르 하게 이제는 물 알러레 ᄀᆞ라앚아(가라앉아).[2]

군사들과 함께 제주에 발이 묶인 상황에서 부대각은 군사들을 살리기 위해 목숨을 던져 옥황상제한테 등장(等狀)하러 떠난다. 옥황에게 무쇠방석을 요구하고, 무쇠방석한테 물 아래로 인도하라고 명령한다. 제주 부씨의 일월조상 부대각하르방은 왜 이렇게 말하는가?

이 물음에 대해 필자는 이전의 논고에서 다음과 같은 답변서를 작성한 바 있다.

> 개인이든 집단이든 존재를 지속시키려쪽 존재를 위협하는 힘에 대해 경우에 따라서는 저항도 해야 하고 협력도 해야 한다. 〈양이목사본〉은 저항을, 말의 저항을 찬미했고, 협력을 비판했다. 저항은 자기 집안의 선

---

2 김헌선·현용준·강정식, 『제주도 조상신본풀이 연구』, 보고사, 2006, 330~331쪽.

의적 행위로 표현했고, 협력은 경쟁 관계에 있는 다른 집안의 악의적 행동으로 묘사했다. 〈부대각본〉은 부씨 집안 내의 저항과 협력의 문제를 다뤘다. 부대각은 저항했고, 집안사람들은 권력에 협력했다. 그래서 〈양이목사본〉이 구연되는 굿의 현장에서는 탐라 양씨 명월파 집안사람들의 집단적 자부심은 내부로, 적대의식은 외부를 향해 발산되지만 〈부대각본〉이 구연되는 현장에서는 평대리 부씨 집안사람들의 자부심도 내부로, 적대의식도 내부로 발산된다. 자부심과 스스로에 대한 적대의식(곧 죄책감)이 〈부대각본〉의 재현 현장에는 공존하고 있는 것이다.[3]

이 답변서는 영웅신화에 표현되어 있는 영웅의 형상을 논의하는 과정에서 '영웅의 말' 혹은 '말하는 영웅'이라는 '독특한' 영웅의 성격을 〈양이목사본풀이〉와 〈부대각본풀이〉의 분석을 통해 얻은 결과를 담은 것이다. 두 인물 모두, 탁월한 능력에도 불구하고 그 능력의 발휘가 아니라 능력을 눌러 패배자가 됨으로써 영웅이 되고 특정 가문의 상징적 조상으로 좌정하였으며, 특정 성씨집단은 의례를 통해 이런 상징적 조상의 서사를 되새김으로써 집단기억을 구축하고, 그 기억을 통해 개인과 집단의 정체성을 구성해 나간다는 답변이었다.[4]

---

3 조현설, 「말하는 영웅: 제주 조상본풀이에 나타난 영웅의 죽음과 말을 중심으로」, 『동방문학비교연구』 제7집, 동방문학비교연구회, 2017, 130쪽.

4 이런 주장과 관련하여 최근 '고·양·부 집안 간의 세력 다툼을 전제로 한 이해'이고, '텍스트 내적 분석에 한정된 연구'이기에 한계를 갖는다는 비판(류진옥, 「조상신본풀이 전승 양상: 〈부대각본〉과 〈양이목사본〉을 중심으로」, 『한국무속학』 제38집, 한국무속학회, 2019, 116~117쪽)이 제기된 바 있다. 류진옥은 부대각 이야기를 필사한 '부하봉 수기본' 자료, 제주 북촌리 고씨 집안에서 조사된 양이목사에 관한 전설 자료를 새로 거론하면서 두 조상신본풀이의 이본들이 지닌 전승 상의 '차이'에 주목해야 한다고 했는데 이는 경청할 만한 견해이다. 그러나 이 논문은 〈부대각본풀이〉와 〈양이목사본풀이〉를 과녁으로 삼고 있지 않기 때문에 본격적인 토론은 논고를 달리 하기로 한다. 다만 '수기본' 부대각전설의 경우, 잘 알려진 '양창보본'과 세부적인 차이는 있지

그런데 본풀이와 의례를 통해 발휘되는 '기억의 정치학'과 관련하여 몇 가지 자문이 더 제기되었다. 먼저 외부의 힘이 폭력적으로 작동할 때 그 힘에 대한 반응이 협력과 저항이라는 이원적 양태로 다 해명될 수 있는가 하는 질문이다. 협력과 저항이라는 이분법이 외력에 대한 대응의 다양성을 놓칠 수 있지 않을까 하는 의문이다. 둘째는 〈양이목사본〉·〈부대각본〉 이외의 조상신본풀이로 자료를 확장해도 같은 결론에 이를 수 있겠는가 하는 질문이다. 제주에는 이른바 양씨·부씨·고씨와 같은 토착 성씨 외에도 다양한 도래계 성씨들이 존재하는데 이들 성씨들도 조상신본풀이를 통해서 협력이나 저항과 같은 정체성을 예민하게 표현하고 있는가 하는 의문이다. 셋째는 가문이 아니라 마을공동체의 정체성을 드러내는 당신본풀이로 자료를 더 확장해도 동일한 결과에 이를 수 있겠는가 하는 질문이다. 이 논고는 이런 물음을 스스로 제기하여 이전의 견해를 수정하고 보완하기 위해 시작되었다.[5]

만 부대각신화의 원형화소를 공유하고 있을 뿐만 아니라 구조적 차이가 보이지 않는다는 점, '양이목사전설'의 경우, 죽은 양이목사의 원혼이 구렁이가 되어 고씨 어부를 살려준 뒤 고씨집안의 일월조상으로 모셔지는 서사를 축조함으로써 안사인본 〈양이목사본풀이〉와는 달리 양·고 성씨간의 화해의 담론을 구축하고 있다는 점은 미리 지적해두기로 한다.

5 이 논고는 〈고전문학과 제주 - 그 이미지와 시선〉이라는 주제로 제주대학교에서 개최될 예정이었던 한국고전문학회 290차 학술대회(2020.2.3.)의 요청에서 비롯되었다. 그러나 학술대회는 '코로나19'로 인해 여러 차례 연기되다가 취소되었음을 밝혀둔다.

2. 조상신본풀이에 표현된 협력과 저항

논의를, 서귀포시 표선면 토산리 아랫당 당신(堂神)의 내력을 담은 〈토산여드렛당본풀이〉[6]에서 시작하는 것이 좋을 듯하다. 왜냐하면 〈토산여드렛당본풀이〉는 당신본풀이이면서 강씨·한씨·오씨의 일월조상신본풀이를 겸하고 있으므로 당신본풀이 자료를 확장하면서 동시에 조상신본풀이까지 함께 논의할 수 있기 때문이다. 더구나 토산리는 설촌 내력이 오래된 마을[7]이고 외세에 대한 제주인의 저항을 표현하고 있는 호종단 관련 단혈전설[8]이 전해지는 지역이기도 해서 논의의 실마리로 삼기에 안성맞춤이다.

토산리는 행정구역상 1, 2리로 나뉘어져 있지만 당 신앙을 중심으로 보면 웃당과 아랫당으로 나뉘는데 토산1리는 웃당, 토산2리는 아랫당에 상당 부분 대응된다. 웃당은 일렛당인데 〈일뤠또본풀이〉에 따르면 일뤠또는 웃송당 금백주와 알손당 소로소천국 사이에서 태어난 아들 여럿 가운데 막내이다. 전반부만 보면 불효한 죄로 무쇠석함에 실려 동해에 유기되어 동해용왕국으로 가는 형식으로 전개되고[9] 있어 구좌읍 김녕리의 〈괴눼깃당본풀이〉와 유사하다. 당본풀이의 당가름·가지가름의 형식으로 보면 〈일뤠또본풀이〉는 송당계본풀이 계

---

6 조사자에 따라 야드렛당·야드랫당·요드렛당·여드렛당 등으로 표기되는바 논의의 편의를 위하여 '여드렛당'으로 통일한다.

7 "토산1리는 1000여 년 전에 제주 부씨가 들어오면서 마을이 형성되었다고 한다."(〈서귀포시 표선면 설촌유래〉, https://www.seogwipo.go.kr/local/pyoseon/intro/origin.htm)

8 한국정신문화연구원, 「고종다리」, 『한국구비문학대계 9-2』, 1981, 652~657·722~723쪽.

9 관련 자료는 현용준, 앞의 책, 492~497쪽 참조.

열에 속한다.[10] 그러나 일렛당의 일뤠또는 이름만 있는 형식적인 당신이고, 중심이 되는 당신은 일뤠또의 본처와 후처다. 본처는 용왕국의 막내딸이고, 후처는 오백장군 말잣딸아기다. 그리고 이들 여신의 특징적인 기능은 아이들의 피부병이나 안질을 돌봐주는 것이다.

마을 조사보고서에 따르면 1,000여년에 제주 부씨가 토산봉 서쪽에 들어오면서 토산리 마을이 시작되었고, 이후 광산 김씨가 성산읍 고성리에서, 경주 김씨가 남원읍 의귀리에서 들어와 살면서 마을의 규모가 확대되었다고 한다.[11] 이 마을이 웃토산이고 행정구역상 토산1리에 해당한다. 이런 마을 유래는 일렛당을 중심으로 형성된 웃토산이, 입촌의 선후는 있었겠지만 토착 성씨나 일찍부터 제주에 정착했던 성씨들을 중심으로 구성되었다는 사실을 알려준다. 〈일뤠또본풀이〉가 제주인의 외부에 대한 인식을 보여주지 않는 것도 이 때문이다. 용왕국의 막내딸이 결혼을 통해 일렛당의 당신이 되지만 막내딸은 제주 당신화에 두루 나타나는 수신(水神) 신앙을 보여주는 지표일 뿐이다.

토산 아랫당의 신화인 〈토산여드렛당본풀이〉는, 위에서 간략하게 정리한 웃당 신화 〈일뤠또본풀이〉와의 관계 속에서 살펴야 그 진상이 드러나고, 외부와의 관계 속에서 구성된 제주인의 정체성 문제가 포착될 수 있다. 〈토산여드렛당본풀이〉는 이렇게 시작된다.

---

10 자세한 것은 강정식, 「제주도 당신본풀이의 전승과 변이 연구」, 한국정신문화연구원 한국학대학원 박사학위논문, 2002 참조.

11 「토산1리 마을 연혁」(http://jejumaeul.or.kr)

어진 한집님은, 엿날 엿적 나주 금성산(羅州錦城山) 영기(靈氣)가 쎄여지고 혼령(魂靈)이 쎄여질 때, 나주목ᄉ(羅州牧使) 죽어서도 석 ᄃᆞᆯ 열흘 봉급파직(封庫罷職) ᄒᆞ고 살아서도 석 ᄃᆞᆯ 열흘 봉급파직허여 올 때,[12]

먼저 서두에 제시된 어진 한집님의 출신이 나주 금성산이라는 점에 주목해야 한다. 이어지는 이야기에 따르면 금성산 혼령의 센 영기 때문에 나주목사가 계속 죽어나가자 어떤 인물이 새로 나주목사로 내려와 이 영기와 대결한다. 금성산의 영기란 기실 금성산 '웃당'과 '알당'의 당신의 영기이고, 그 정체는 '천구아구대맹이', 곧 구렁이[蛇神]다. 목사의 명에 따라 정포수와 정사령이 신당에 불을 놓자 구렁이는 금바둑돌·옥바둑돌로 변신하여 서울 종로 네거리[13]에 떨어진다. 그리고 이 바둑돌은 진상을 하러 온 제주의 강씨(康氏)·오씨(吳氏)·한씨(韓氏) 선주의 눈에 띄어 제주로 들어온다.

그런데 제주 입도와 토산리 아랫당 좌정 과정에서 몇 차례의 난관이 있었다는 사실을 놓치지 말아야 한다. 먼저 성산읍 온평리 수전개 포구에 들어와 온평리 본향당신인 멩호부인한테 명함을 드렸을 때 거부당한다. 멩호부인은 토지관이 둘일 수 없다며 토산리로 내보낸다. 여기서 '명함을 드린다'는 것은 새로 온 신이 먼저 자리를 차지하고 있는 신한테 신고식을 하는 무속적 행위이다. 멩호부인이 말한 대로 토산한집은 성산면 삼달리, 표선면 하천리를 거쳐 토산리로 가는 과정에서 하천리 본향당신인 '개로육섯도(개로육서또)'와 대면하게 된다.

---

12 현용준, 앞의 책, 479쪽.

13 현용준이 조사한 안사인 본에는 '서울 종로 네거리' 대목이 없으나 한평원 본에는 있다.(김헌선 외, 앞의 책, 393쪽)

토산한집은 열룬이(溫平里) 혼연개(婚姻浦)를 나사 신하천미(新, 下川里)를 지나가단 바려보니 개로육섯도가 벡만근(白網巾)에 벡도포(白道袍)에 앚안 장기(將棋) 바독을 띠염더라.

"설우시던 개로육서님아, 어들로 가민 저 토산(兎山) 메때기 ᄆᆞ루 가집네까?"

"나가 앞의 나사 질 인도(引導)를 시겨주마."

활딱 일어사며, 그 때야 홀목을 폭ᄒᆞ게 잡으난,

"아따 보건디는 양반 ᄀᆞ따지어도 개쌍놈만 못내ᄒᆞ고나. 더로운 놈 심어난 홀목인덜 그대로 내불리야."

은장도(銀粧刀) 가져들어 삭삭ᄒᆞ게 홀목다리 가까두고 물멩지(－明紬) 전데(戰帶)로 드리칭칭 내칭칭 감아가는구나.[14]

멩호부인과의 대면에 비해 개로육섯도와의 만남은 더 적대적으로 묘사되어 있다. 길을 인도하겠다던 남신 개로육섯도가 손목을 잡자 욕을 하면서 잡혔던 손목을 은장도로 깎아내고 명주로 감는다. 외래신격과 토착 신격 사이에 벌어지는 이런 상징적 대결은 송당계본풀이에 보이는 백주또와 소천국의 만남을 연상시킨다. 〈세화본향당본풀이〉의 도래신 백주또(임정국따님애기, 백조애기)는 외조부 천자또의 집사라고 자신을 소개한 소천국이 손목을 잡자 손목을 칼로 잘라 버린다. 이는 토착신과 도래신의 첨예한 갈등을 상징화한 사건이다. 유사한 양상이 개로육섯도와 토산한집 사이에서 벌어졌다는 것은 이 사례도 두 신 사이의 좌정을 둘러싼 갈등으로 읽을 수 있다는 뜻이다. 개로육섯도는 토산웃당의 일뤠또와 마찬가지로 송당신 백주또의 셋

---

14 현용준, 앞의 책 483쪽.

째 아들이므로 송당계열의 당신이다. 부모 대에 벌어졌던 갈등(토착신 소천국 대 도래신 백주또)이 자식 대에서 유사하게 반복되고 있는 셈이다.

여기서 우리는 제주 당신들의 좌정 원리 하나를 발견할 수 있다. 도래신들은 토착신들과 만나는 과정에서 갈등을 불러일으키는데 최종적으로는 갈등을 조정하여 토착신의 공간과는 다른 공간에 자리 잡게 되고, 이 도래신은 시간의 경과에 따라 다시 선주신(先住神)의 위상을 확보하여 새로 들어오는 도래신들과 다시 갈등·조정 관계를 반복한다는 원리가 그것이다. 신들의 이런 갈등·조정 서사는 기실 해당 신들을 모시고 입도한 집단이 이미 터를 잡아 형성된 마을 곁에 새로운 마을을 만드는 과정에서 발생하는 알력과 화해의 과정을 신화적으로 표현한 것이고, 마을굿·당굿은 이를 의례적으로 재현하는 것이다.

토산한집의 두 번째 난관은 전혀 다른 국면에서 발생한다. 멩호부인이 말한 토산 '메떼기ᄆᆞ루'에 들어가 두 이레를 보냈는데도 모시는 사람이 아무도 없자 어느 날 오씨 하녀를 거느리고 빨래하러 나섰다가 봉변을 당한다.

> 묵은 각단 새각단밧 ᄃᆞᆯ려드니 조롬에 마을에청 근당(近當)허여, 꿩 곱아난디 곱아보저 머리를 숙여가니 뒤으로 ᄂᆞᆯ려들어 은쫄 ᄀᆞ뜬 홀목을 비여잡나, 연적(硯滴) ᄀᆞ뜬 젓동을 비여잡아 이쩡저쩡 좌우행천, 금시상(금세상)을 ᄇᆞ려간다.

파선이 되어 토산리 해안에 상륙한 왜구들의 공격에 도망치다 붙잡힌 것이다. 본풀이에는 모호하게 표현되어 있지만 정황상 토산한

집은 왜구들에 성폭행당한 후 살해된 것으로 판단된다. 금성산 신당의 사신(蛇神)이 바둑돌의 형상으로 도래한 뒤 여성의 모습으로 폭행을 당한다는 식의 사건 전개에는 서사적 합리성이 결여되어 있는 것으로 보이지만[15] 〈토산여드렛당본풀이〉은 이렇게 죽은 억울한 혼령이 시집가는 강씨 아기씨한테 실려 아기씨를 죽어가게 만든다. 이 문제를 해결하기 위해 점을 치고 새남굿을 하자 살아난 아기씨는 자신의 방에 있는 궤 안에 부친이 서울에서 가져온 명주가 있으니 풀어보라고 말한다. 이 물명주 안에서 나온 것이 바로 뱀이다. 뱀은 각편에 따라 살아 있기도 하고, 죽어 있기도 하지만 이 뱀은 금성산에서 세 성씨를 따라 입도한 사신이고, 그래서 강씨 아기가 상단골, 오씨 아기가 중단골, 한씨 아기가 하단골이 되어 사신을 모신다는 사설로 본풀이는 마무리된다. 당신을 세 성씨 집안의 일월조상으로도 볼 수 있는 근거가 여기에 있다.

두 번째 난관에서의 대립은 토산한집과 왜구 사이에서 발생한다. 왜구는 세 성씨를 따라 들어온 금성산 당신으로 표상되는 집단과는 전혀 다른 성격의 적대자이다. 제주는 역사적으로 끊임없이 왜구에 시달렸고 토산리도 예외는 아니었다. 조선 초기에 설치된 토산오름 서쪽의 봉수대 흔적이 그 좌증이다. 토한한집이 겁탈을 당하고 원혼이 되어 강씨 아기한테 실린 것은 토산리 아랫당 마을의 역사적 경험과 무관치 않을 것이다. 이 본풀이에는 나주 금성산에서 옷감을 따라

15 서사의 표면에는 불분명하게 처리되어 있지만 맥락상 표선면 가시리로 시집가는 강씨 집안 딸의 예단에 붙어 사신이 자리를 옮겨간 것이다. 가시리는 토산리에 이어져 있는 표선면의 중산간 마을이다.

입도한 뱀신, 노략질하러 왔다가 파선해 입도한 왜구라는 이질적인 외부 세력이 존재하는 셈이다.

〈토산여드렛당본풀이〉를 길게 논의하지 않을 수 없었던 것은 이 본풀이에 보이는 토산마을의, 나아가 제주인들의 외부 세력에 대한 인식을 포착하기 위해서였다. 〈토산여드렛당본풀이〉는 외부에 대한 부정적인 인식을 강하게 드러낸다. 토산아랫당의 당신은 원적이 나주 금성산이다. 금성산 '웃당·알당'의 당신들은 조정에서 파견된 목사와 맞선다. 고려시대 이래 금성산 산신은 국사(國祀)의 규모로 모셔졌고,[16] 그 전통은 조선시대에도 지속되었지만 금성산의 당신들은 사정이 달라진다. 조선시대가 열리자 당신에 대한 숭배가 음사(淫祀)로 규정되면서 배척된다. 전라도관찰사로 부임하는 김종직(金宗直)이 성종에게 청원한 실록의 기사가 그 현장을 증언한다.

> 본도는 음사를 숭상하는데, 나주가 더욱 심합니다. 금성산에 나라에서 제사하는 사우(祠宇) 외에 사설(私設)한 신사(神祠)가 대여섯이나 되며 가까운 고을의 사녀(士女)가 구름처럼 모여서 유숙하는데, 혹은 그 배우자를 잃는 자도 있으니, 이는 풍속에 관계되는 바이므로 금하지 아니할 수 없습니다. 그러나 수령이 그 폐단을 비록 알면서도 금하지 아니하는 것은 신당의 세(稅)를 거두기 때문입니다. 청컨대 그 세를 없애고 금하는 법을 엄하게 하소서.[17]

---

16 충렬왕 … 3년 2월 초하루 경신일에 대궐 안에서 왕이 친히 초제를 지냈다. 5월 임진일에 전번 탐라 전역에 금성산신(錦城山神)이 은근히 도와 준 징험이 있었다 하여 그 지방 관리들에게 명령하여 해마다 쌀 5석씩 보내 제를 지내게 하였다.(『고려사』)

17 성종실록 204권, 성종 18년 6월 20일 무자 2번째 기사.

신임 목사가 당신의 정체를 밝히고 신당을 불태우는 사태는 이런 음사 담론의 결과다. 그래서 금성산 '웃당·알당'의 신이 제주로 '자리를 옮겼다'는 것인데 새로 '자리 잡은' 토산리 아랫당의 단골인 세 성씨들의 처지에서는 '쫓겨났다'는 이야기보다는 '옮겨왔다'는 이야기가 더 긴요했을 것이다. 바둑돌이 하필 '종로 네거리에 떨어졌다'는 진술이 그런 심증을 갖게 한다. 왕도(王都)의 권위가 필요했다는 뜻이다.

그러나 왕도의 권위를 경유한 자리옮기기였음에도 불구하고, 또 배를 띄울 때 보자기에 싸여 있는 바둑돌을 발견하고는 세 성씨들이 그것을 '보물'로 인식했음에도 불구하고 이미 자리 잡고 있던 기존의 당신들로부터 배척당한다. 그만큼 외부의 힘에 대한 배타적·부정적인 인식이 제주 내에 강했다는 사실을 보여준다. 거기에 왜구에 의한 폭력이 더해지면 〈토산여드렛당본풀이〉는 외부세력에 대한 강한 배타성을 드러내는 텍스트가 된다. 심방이 "주손가정(子孫家庭)에 열두숭엄(十二凶險) 주어가민 지어진봉(進封) 받아오던 영급(靈給) 좋은 한집님."[18]이라고 구술하는 데서 알 수 있듯이 토산아랫당 여드렛당의 당신은 영기가 세고 두려운 존재였다.

〈토산여드렛당본풀이〉의 배타성은 〈나주기민창본풀이〉와 비교할 때 더 분명해진다. 〈나주기민창본풀이〉 역시 나주 뱀신의 제주 도래를 이야기하고 있어 최상의 비교 대상이다. 이 '부군칠성'은 조천읍 선흘리 순흥 안씨의 일월조상으로, 성편(姓便)을 따라 내려오는 조상신이다. 이 조상신본풀이가 제시하는 문제적 상황은 '칠년한발구년흉년'으로 표현된 제주의 기근이다. 그리고 문제해결의 핵심은 목사로

---

18 김헌선 외, 앞의 책 402쪽.

상징되는 한양 조정과 지역민의 대표인 안씨 선주의 협력, 나아가 제주민을 위한 안씨 선주의 희생이다.

안씨의 조상신본풀이기 때문에 본풀이는 안씨 선주의 훌륭함을 진술하는 데서 시작된다. 안씨 삼형제가 제주에 입도한 뒤 막내는 조천읍 선흘리에 자리 잡고 천하거부로 산다. 제주의 대기근을 해결하기 위해, 목사의 협조 요청을 받은 안씨 선주는 "저의 힘이 다 퉤도록 죽는 백성을 살려 보리웨다."[19]라고 약속하고는 전 재산을 털어 배에 싣고 양식을 구하러 출항한다. 이 구휼의 장정에서 주목해야 할 장면은 우호협력이다. 제주목사와 안씨 선주의 협력에 이어 구휼미를 구하는 과정에서 나주의 백성들과 안씨 선주가 다시 협력한다. 기민창의 무곡을 구하기는 했는데 옮기는 일이 문제가 되자 사건이 벌어진다. "'안씨선조 어려운 ᄉᆞ정(事情)을 독부족하여 주기 어찌ᄒᆞ까?' 이논공논(議論公論)이 퉤여, ᄒᆞ를날은 영암(靈岩) 덕진ᄃᆞ리 베진고달또 포구(浦口) 안 꽉 차게 나줏고을 벡성덜이 다 모다듭데다."[20] 이처럼 〈나주기민창본풀이〉는 위기 상황에 대처하는 민과 관, 제주 내부와 외부의 협력을 강조한다. 물론 그 중심에는 안씨 선주가 있다.

이 우호협력의 분위기 속에서 선흘리 안씨의 일월조상신은 '슬쩍' 제주에 입도한다. 기만창의 구휼미를 실은 배가 출항할 즈음 대바구니를 든 처녀아기씨가 배에 오른다. 그리고 이 아기씨의 정체는 곧 밝혀진다. 베가 '여호돌'을 시나면서 돌풍을 만나 배 밑창이 터져 물이 들어오는 위기의 상황에서 안씨 선주가 "멩천(明天) ᄀᆞ뜬 하늘님

---

19 위의 책, 215쪽.

20 위의 책, 219쪽.

아, 이 무곡섬이 들어가사 제줏백성(濟州百姓) 다 살릴 게 아닙네까. 멩천(明天) ᄀ뜬 하늘님아, 어서 고이 제줏땅을 고이 고이 인로(引導) 허여 줍소서."[21]라고 기원하자 가라앉던 배가 다시 둥둥 뜬다. 똬리를 튼 '대맹이'가 구멍 난 밑창을 막고 있었기 때문이다. 이 큰 뱀이 아기씨의 정체이고, 안씨 선주한테 현몽하여 스스로 밝힌 바에 따르면 '나주 기민창을 지키던 무곡섬의 조상'이다. 요컨대 기민창의 창고신이 자신이 지키던 무곡을 따라 제주로 들어와 조천리 새콧알 할망당에 자리 잡고 어부와 해녀들의 생업을 관장하는 당신이자 안씨 선주 집안의 조상신이 된 것이다. 성소를 옮겼을 뿐만 아니라 그 과정에서 신의 기능변화까지 이뤄진다. 의례의 재구축이 이뤄진 셈이다.

두 본풀이 모두 나주의 뱀신(부군칠성)이 제주로 입도한 경우인데 〈토산여드렛당본풀이〉에 표현된 자리잡기의 과정이 지난하고 파괴적인 데 비해 〈나주기민창본풀이〉의 자리잡기는 원만하고 생산적이다. 왜 이런 차이가 발생했을까? 이는 입도할 때 신의 상태와 유관하다. 여드렛당신은 국가 권력과의 대결에서 패배한 한을 품고 바둑돌이 되어 입도했는데도 외면당하다가 왜구한테 성폭행을 당한 원혼에 태워져 비로소 좌정한다. 원한이 큰 만큼 영기가 세고 두려운 신이다. 선흘리 안씨 조상신은 국가 권력과 제주민, 나아가 나주민의 우호협력관계 속에서 무곡선의 침몰을 막는 좋은 신의 이미지로 입도·좌정한다. 영기가 약하지 않지만 친근한 신, "삼멩일(三名日) 기일제ᄉ(忌日祭祀) 일년(一年) ᄒ번 철갈이로 나에게 상(床) 바찌면 좋은 제산(財産) 일루와 주곡 천하거부(天下巨富) 시겨주마"[22] 약속한 신이다.

---

21 위의 책, 221쪽.

당신이기도 하고 조상신이기도 한 두 도래신의 이미지는 제주민의 외부에 대한 이미지이기도 하다. 외래신, 그리고 신과 더불어 입도한 외래집단에 대한 제주 선주민들의 인식이기도 하다. 이런 타자와의 관계에 의해 제주인의 정체성은 구성된다. 안씨 선주는 목사로 상징되는 외부의 힘에 협력하기는 했지만 부씨 집안처럼 멸문의 공포 때문에 협력한 것은 아니다. 오히려 제주민의 안녕을 위해 국가가 하지 못하는 일을 수행한다. 외부 권력에 대한 협력은 협력이되 협력의 성격이 다른 것이다. 그러나 강씨·오씨·한씨 집안 조상신본풀이이자 토산리 아랫당의 당신화에는 협력이 없다. 선주자들은 외래자들과 지속적인 갈등 관계를 보여주고, 새로운 선주자들은 또 다른 도래자의 폭력에 노출된다. 외래자들로부터 지속적으로 피해를 입는 상황에서 외래자들을 경계하지 않을 수 없다. 이는 〈양이목사본풀이〉가 보여주는 외부 권력에 대한 저항과는 다른 질감을 가진 저항이다. 양이목사의 저항이 탐라 양씨의 제주 내의 위상을 드러내기 위한 의식적이고 정치적 저항이라면 토산리 아랫당신화의 저항은 외부의 힘에 대한 두려움에서 발산되는 무의식적이고 비정치적인 저항이다.

3. 변주되는 협력과 저항의 결들

1) 조상신본풀이의 경우

상당수의 조상신본풀이는 일월조상으로 모시게 된 계기를 '서울

---

22 위의 책, 223쪽.

(한양)'과 연관 짓는다. 〈고전적본풀이〉에서 사돈지간으로 설정되어 있는 고씨와 김씨 집안의 일월조상은 고전적이 정의현감을 마치고 고향으로 돌아올 때 딸이 선물로 가져간 옷감을 따라 온다. 조상신의 정체는 '한양일월조상'이다. 고전적의 벼슬도, 고씨·김씨의 조상신도 한양에서 온다. 〈윤대장본풀이〉의 윤대장은 서울 궁전에서 대정현감 벼슬을 받아오고, 〈이만경본풀이〉의 이만경은 경상도 성주에서 입도한 뒤 부자가 되어 검은 말 300필을 진상한 공으로 한양에서 만경 벼슬을 받아오고, 〈안판관본풀이〉의 안동 땅에서 입도한 삼형제 가운데 막내는 선흘리에서 일월조상이 태워져 대대로 벼슬을 하고 서울에서 제주판관 벼슬을 받아온다. 제주의 일월조상신 신화도 시조신화나 건국 신화처럼 시조(조상)를 신령하고 숭고한 존재로 현창하려고 하는데 이 경우 권위의 근거가 되는 것은 '서울'이다. 서울의 인정을 받은 인물이나 인정받는 과정에서 실려 온 존재를 일월조상으로 내세우는 것은 일종의 '상징자본(symbolic capital)' 만들기다. 상당수의 조상신본풀이에서 '서울(조정)'은 제주인들의 정체성 만들기의 상수(常數)로 호출되는 장소이다.[23]

그런데 이 상수는 상징자본의 형식으로만 나타나지 않는다. 제주는 원(元) 간섭기에는 고려의 영토가 아닌 원나라의 직할령이었고, 조선 개국 후 세종 27년(1445)에 와서야 비로소 조선의 영토로 귀속된

23 피에르 부르디외는 막스 베버가 제기한 지배의 세 가지 유형 가운데 카리스마적 지배를 모든 권력관계의 바탕이라고 보고 이를 '상징자본'이라고 했다.(피에르 부르디외(이상길 역), 「상징자본과 사회계급」, 『언론과 사회』 21권 2호, 사단법인 언론과 사회, 2013 참조) 제주에 대한 서울의 지배를 카리스마적으로 인식한 제주인들은 그 카리스마를 제주 내부의 성씨들과 신당들 간의 역학 관계의 '자본'으로 삼기 위해 서울을 반복적으로 불러내는 것이다.

다. 고종은 광무 1년(1897)에 제주라는 식민지의 존재를 근거로 삼아 '대한제국'을 선포한다. 제주는 조선의 영토일 뿐만 아니라 일종의 '내부식민지(Internal Colony)'였던 것이다.[24] 따라서 식민지 종주국의 심장인 '서울 조정'은 제주와의 관계 속에서는 카리스마적 권위의 상징이면서 동시에 '부당한 권력'의 출처일 수밖에 없다. 1702년 제주목사로 부임한 이형상(李衡祥, 1653~1733)의 제주 신당 파괴 사건을 배경으로 삼은 〈고대장본풀이〉의 외부(서울) 인식이 그런 경우이다.

안사인 심방이 구연한 〈고대장본풀이〉는 세 가지 사건의 연쇄로 구성되어 있는데 첫째·셋째 사건에 주목할 필요가 있다. 이들 사건에는 제주목사와 상신충(수심방) 고만호대정(高萬戶大靜)의 대결 구도가 설정되어 있기 때문이다. 새로 부임한 이형상 목사는 삼문(三門) 밖의 신당을 불태우고 마지막으로 삼문 안의 신당을 파괴하기 전에 고씨 심방의 '영급(靈及)'을 시험한다. 목사의 주문은 '굿을 하여 남문 밖 각시당한집에 꽂아놓은 '벵맷기'를 관덕정(觀德亭) 앞까지 걸어오게 하라!'는 것. 고씨 심방이 일주일의 말미를 얻어 굿을 하자 "삼천벵맷기(三千兵馬旗)가 동안(東軒)마당ᄁᆞ장 걸어온 건 아니우다마는 삽시간에 천아가 요동ᄒᆞ고, 천만년 폭낭이 홀연광풍(忽然狂風)을 만난 듯이 낭썹 낭가지에서 훼후리는 소리가 지나가더니, 밧작 삿던 삼천벵맷기가 하늘과 땅에 와드드드 털기 시작"[25]한다. 그래서 삼문안 신당의 영급이 세다는 것을 깨달은 이형상 목사는 결국 신당을 혁파하지

---

24 내부식민지론에 대한 논의는 황태연, 「내부식민지와 저항적 지역주의」, 『한독사회과학논총』 제7호, 한독사회과학회, 1997 참조.

25 김헌선 외, 앞의 책, 244쪽.

못하고 출도(出島)했다는 것이다.

셋째 사건에는 '칠년대한구년흉년'이라는 〈나주기민창본풀이〉와 동일한 문제적 상황이 제시되어 있다. 이런 상황에서 〈나주기민창본〉은 안씨 선주의 구휼미로 문제를 해결하지만 〈고대장본〉은 기우제를 해결책으로 내놓는다. 문제는 '사또(목사)'가 기우제를 통해 비를 내리게 할 능력이 없다는 데 있다. 아무 일도 할 수 없는 사또는 '고대장'이 술 먹으면서 "내 비우젤 지내민 ᄀᆞᆮ 비가 오컬"[26]이라고 했다는 말을 전해 듣고는 기우제를 지내달라고 요청한다. 큰 굿판이 벌어지고 "신전(神前)은 상(床)받아 고이 돌아사건마는 신의 성방(신의 刑房)은 이 오놀 동안안(東軒內) 들어가민 목을 ᄀᆞᆯ려 죽게 뒙네다. 멩천(明天) ᄀᆞ튼 하늘님도 이리 무심ᄒᆞ옵네까?"[27]라는 고대장 눈물어린 축원에 큰 비가 내려 '칠년대한'은 해소된다.

〈고대장본풀이〉는 제주목사가 제주의 굿당을 파괴하는 대결 국면을 제시한 뒤 서울 조정에서 파견된 목사가 해결하지 못하는 상황을 영급이 있는 고씨 심방 고대장으로 하여금 해결하게 함으로써 고대장과 고씨 집안 일월조상의 힘을 표현한다. 동시에 제주의 정체성을 집약하고 있는 신당을 파괴하려는 제주목사로 표상되는 서울 조정의 부당한 권력을 드러낸다. 고대장은 제주목사의 요청에 응하는 협력의 자세를 취하지만, 그것이 비록 무술(巫術)을 경유한 일종의 상상적 승리라 할지라도 그 승리를 통해 부당한 권력에 맞서는 자세를 함께 보여준다. 이런 점에서 〈고대장본풀이〉는 협력과 저항의 이중주를

---

26 위의 책, 251쪽.

27 위의 책, 253쪽.

연출하는, 다시 말해 협력하면서도 저항하는 본풀이 텍스트라고 해도 좋을 것이다.

〈광청아기본풀이〉(안사인 본)는 〈고대장본풀이〉와는 또 다른 방식으로 문제에 대응한다. 〈광청아기본풀이〉는 비극적 애정서사다. 제주 김녕리 송동지영감이 서울에 진상하러 가던 중 광청고을 허정승 댁에 유숙했다가 부모가 정한 혼처를 받아들일 수 없었던 허정승의 딸과 동침한다. 그 뒤 두 번째 진상을 바치고 돌아오는 길에 다시 허정승 댁에 들렀더니 아기씨는 이미 임신 중이었다. 여기서 이들의 결합을 가로막는 장애물이 나타난다. 그것은 고전 서사에 공식구처럼 등장하는 부모의 반대가 아니라 "그 때 그 시절, 육짓사름(육지인) 제주 못오고 제줏여ᄌᆞ(제주여자) 육지 못갈 때"[28]라는 제도의 문제였다. '출륙금지령'이 시행되고 있던 조선시대의 제주는 여성이 함부로 드나들 수 없는 공간이었다. 금지령에 사로잡힌 송동지영감은 아무 말 없이 영암 덕진다리 포구로 도망친다. 진상하는 송동지와 도망치는 송동지는 둘이 아니다.

제도와 권력의 포로가 된 둘의 애정은 비극적인 결말에 이를 수밖에 없다. 허정승의 딸은 죽음을 들고 있는 아버지의 집을 벗어나 포구로 달려가 송동지가 탄 배를 찾는다. 그런데 이상한 점은 송동지를 만나려고 배에 오르려는 아기씨를 위해 발판을 놓아준 이물 사공이 발판을 당겨 아기씨를 수장시킨다는 사실이다. 이승춘 심방이 구연한 〈광청아기본풀이〉에는 광청아기씨에 대한 사공들의 거부가 더 심각하게 표현되어 있다.

---

28 위의 책, 238쪽.

> 물드레 풍덩허게 빠지난, 베 밑창드레 하올하올 부떠가난, 부터(가까이 지키어) 샀던 선사공이 사울대(상앗대)로 밀려부난(밀어버리니), 시내 방천(防川)이 뒈였구나.[29]

사공들은 물에 빠진 광청아기가 살아나지 못하도록 삿대로 밀어버리기까지 한다. 왜 사공들은 한사코 광청아기가 승선하는 것을 막았을까, 나아가 살해했을까? 이는 여성이 배에 타는 것을 꺼리는 뱃사람들의 일반적 금기로는 다 설명하기 어렵다. 외부인들이 함부로 입도하는 것을 꺼리는 제주인들의 집단의식, 출륙금지령이라는 국가의 통제 정책으로 형성된 외부인에 대한 두려움의 결과라고 해석하는 것이 더 적절하리라 생각한다.

문제는 이렇게 수장된 광청아기가 어떻게 동김녕리 송씨 집안의 일월조상신이 되었는가에 있다. 수장된 광청아기의 원혼은 먼저 포구로 마중 나온 송동지 영감의 막내딸한테 실린다. 그러자 막내딸은 미친 듯이 물로 달려든다. 막내딸의 허리를 붙잡고 묻자 '광청고을 광청아기로다' 중얼거린다. 그때야 송동지 영감은 자신의 잘못을 깨닫고는 원한을 풀어주려고 넋을 건지는 새남굿을 벌인다. 굿의 결과는 '삽시간에 거부되기'였고, 이후로 송씨 집안은 광청아기를 일월조상으로 모시고 만대유전하게 되었다는 것이다.

〈광청아기본풀이〉는 원혼을 일월조상으로 모시는 본풀이인 셈인데 문제는 그 원혼이 '서울 조정'의 제주지배정책에서 탄생했다는 데 있다. 고대장이 제주목사와 대결하면서도 어쩔 수 없이 협력했듯이

---

29 위의 책, 308쪽.

송동지영감이나 사공들도 외부 권력의 담장을 뛰어넘을 수가 없어 광청아기를 외면하고 배신한다. 그 대신 불가피한 과오를 인정하고 원혼을 위로함으로써 불행을 '승화'하려고 한다. 불운을 행운으로 바꾸려고 한다. 동시에 의례와 본풀이를 통해, '서울 조정'에 협력하는 과정에서 의식적으로든 무의식적으로든 저질렀던 과오를 집단의 기억으로 소환하기를 반복한다. 그 과정에서 협력과 저항 사이에서 줄타기할 수밖에 없는 내부식민지의 정체성을 재확인하려고 하는 것이다. 이처럼 협력하면서 저항하고, 저항하면서도 협력할 수밖에 없는 상태를 '내부식민지 주민의 윤리적 정체성'이라고 불러도 좋지 않을까 생각한다.

2) 당신본풀이의 경우

이상의 사례에서 살폈듯이 제주의 당신본풀이에서든 조상신본풀이에서든 '서울 조정'은 권위와 권력의 상징으로 나타난다. 따라서 이들 본풀이의 표현 전략은 이 상징적 권위/권력과의 관계를 어떻게 조절하느냐에 달려 있다. 그렇다면 외부의 권력이 '서울 조정'에 반하는 역적의 얼굴로 입도할 때 제주 본풀이의 대응은 어떠했는가? 그 일단을 잘 보여주는 사례가 고려 말 삼별초의 제주 입도와 관련하여 형성되었을 것으로 추정되는 〈고내본향당본풀이〉와 〈광정당본풀이〉다.

고내본향당은 애월면 고내리에 있는 신당인데 본풀이에 따르면 김통정을 죽인 삼장수(三將帥)가 좌정한 당이다. 한데 문제는 김통정이나 김통정을 제거한 삼장수나 모두 '대국 천자국' 출신으로 설정되어 있다는 데 있다.

> 고내리 본향은 옛날 옛적이 탐라 때에 제주도가 축산과 각종 생산이 좋다고 ᄒᆞ니 대국 천ᄌᆞ국에서 짐통정을 제주로 보내고 상태를 알아서 오라고 ᄒᆞ니, 제주에 와서 보니 도든 생산이 탐이 나니 제주도를 자기가 먹기 목적으로 애월면 황바두리 토성으로 만리를 끼려 쐬문을 ᄃᆞᆯ고[30]

주지하듯이 김통정은 1271년 5월 진도의 삼별초가 여몽연합군에게 패배한 뒤 남은 무리를 이끌고 제주도에 들어와 애월읍 항파두리에 성을 쌓고 마지막까지(1273년 2월) 저항했던 인물이다. 김통정은 고려의 무장이었지만 몽골제국과 연합한 고려 조정의 입장에서 보면 반역자였다. 그런데 본풀이는 김통정을 천자국 출신에, 탐심이 강한 인물로 형상화하고 있다. 이런 형상화는 고내리 본향당 의례를 중심으로 한 공동체가 김통정을 부정적으로 인식하고 있었다는 것을 뜻한다. 나아가 이 공동체가 암묵적으로든 명시적으로든 원제국과 고려국 조정의 태도에 동조하고 있었다는 것을 보여준다.

이 같은 동조가 더 극적으로 표현되어 있는 대목이 뒤이어 진술된다. 천자국은 반역자 김통정을 잡기 위해 삼장수를 파견했지만 무쇠문으로 막혀 있는 '황바두리'(항파두리) 성에 들어갈 수가 없었다. 그때 "어떤 지집아이가 '삼장수가 어리석기 짝이 엇고나!' 무쇠문에 석ᄃᆞᆯ열흘 불을 살람시민 무쇠문이 뿌서지건 짐통정일 포착ᄒᆞᆸ서"[31]라고 말한다. 아이의 말대로 불을 질러 무쇠문이 녹자 김통정은 할 수 없이 임신한 부인을 죽이고는 성을 탈출하여 관탈섬 앞바다에 무쇠방석을 던져놓고 올라앉는다. 김통정의 1차 패배를 초래한 계집아이의 정체

30 진성기, 『제주도 무가본풀이사전』, 민속원, 1991, 585쪽.

31 위의 책, 585쪽.

는 불분명하지만 삼장수에 협력한 제주민인 것은 분명하다. 더 적극적으로 말한다면 이 아이 업은 계집아이는 외부권력에 적극 협력한 내부자의 표상이다.

이 동조와 협력의 극점에, 김통정을 죽인 삼장수가 그 후 용왕의 막내딸한테 반해 본국으로 돌아가지 않고 고내리 본향당의 신으로 좌정하는 사건이 있다. 기실 삼장수는 김통정 세력을 정벌하기 위해 제주에 파견되었던 고려군의 지휘자 김방경, 몽골군의 지휘자 흔도와 홍다구를 말한다. 정벌을 마친 뒤 탐라 지배를 위해 몽골군과 고려군이 현지에 주둔한 것은 분명하지만 이들 삼장수가 제주에 남은 것은 아니다. 그러나 본풀이는 여몽연합군의 지휘관들을 삼장수로 표상하고 이들이 당신이 되었다고 말함으로써 당신의 위력의 근거를 외부 권력에 돌리고 있다. 동시에 외부 권력에 맞선 반역자 항파두리의 김통정을, 마치 자신들의 반역자인 것처럼 이야기하고 있다. 전설의 세계에서는 반드시 그렇지 않지만 의례와 결부된 본풀이의 세계는 이런 집단인식의 굴레에서 벗어나지 않는다.

그렇다면 왜 본풀이는 김통정과 삼장수를 모두 천자국 출신으로 설정했을까? 이는 삼별초 정벌 이후 원제국의 직할지가 된 제주의 사정이 〈고내본향당본풀이〉에 철저히 반영된 결과가 아닌가 생각한다. 고려는 이미 원 제국 내에 있었고 제주도 직할령이 되었으므로 김통정이든 여몽연합군의 삼장수든 '대국=천자국'에서 도래한 인물로 이해했던 것이다. 한편으로는 이런 '대국으로의 우회'가 당본풀이의 주체인 제주민과 메인심방의 회피전략의 일종일 수도 있겠다. 김통정이 부정적으로 인식된 영웅이었으므로 '서울 조정' 자리에 '대국 천자국'을 덮어씌운 것으로 해석할 여지도 있다는 뜻이다. 이런 사례는 〈부대각본풀이〉에서도 발견된다. 부대각이, 포상하겠다는 '서울 조정'을 향해 '대국'을 치러가겠다면서 군사와 전함을 요구할 때에도 유사한 전략이 보이는 것이다. 이런 맥락에서 보면 계집아이의 적극적 협력도 두려움에서 비롯된 협력이자 책임 회피 전략일 수도 있겠다는 생각이 든다.

그런데 같은 김통정 서사가 항파두리에서 상당한 거리에 있는 안덕면 덕수리의 〈광정당본풀이〉에 수용되자 큰 변형이 발생한다. 〈광정당본풀이〉에서 김통정과 맞서는 인물은 삼장수가 아니라 삼형제이고, 삼형제는 대국 출신도 아니다. "옛날 서촌양반 시성제가 있었는디, 큰성님은 성내 과양당이고, 셋성님은 정이 선앙당이고, 말줏아시는 대정 광정당입네다."[32]라고 진술하고 있으니 대국하고는 거리가 멀다. 〈광정당본풀이〉는 제주 신당 가운데 지위가 높은 제주목(제주시 이도동)의 광양당,[33] 정의현(서귀포시 표선면 성읍리)의 정의서낭당을 끌어와 신당의 위상을 고양하는 과정에서 김통정의 서사를 끌어들인 것으로 보이는데 상당한 변형에도 불구하고 김통정에 대한 적대적 인식은 다르지 않다. 제주인 혹은 제주인이 된 삼형제가 삼장수와 동일한 방법으로 김통정을 제거하고 있는 데서 그런 인식이 확인된다.

김통정을 끌어들인 제주 서쪽 지역의 두 본풀이에 비하면 동쪽의 송당계본풀이인 〈세화본향당본풀이〉의 반역자는 좀 더 추상화되어

---

32 위의 책, 530쪽.

33 『신증동국여지승람(新增東國輿地勝覽)』 제주목 풍속조에 광양당(廣壤堂)은 차귀당(遮歸堂)과 함께 제주도를 대표하는 신당으로 "매년 봄가을에 남녀가 무리지어 술과 고기를 올려 제사를 지낸다."라고 했을 만큼 고려시대부터 유명한 신당. 『탐라지(耽羅志)』에는 광양당이 '한라산호국신사(漢拏山護國神祠)'로 기록되어 있음.

있다. 〈세화본향당본풀이〉는 구좌읍 세화리 본향당에 함께 모셔진 세 당신, 천자또·백주또·금상님의 내력을 순차적으로 서술하고 있는데 이 가운데 김통정과 대비되는 인물은 금상님이다. 주지하듯이 금상님은 서울 남산에서 솟아난 거인으로 궁궐을 향해 흉험(凶險)을 주는 영웅이고, 조정의 임금이 팔도의 명장들을 불러 잡으려고 해도 잡을 수 없었던 역적이다. 문제는 이 역적을 "제주 절도섬"이 어떻게 인식하고 있었느냐는 것이다. 이 인식에 따라 제주인의 집단정체성이, 세화본향당 공동체의 정체성이 드러나기 때문이다.

억만 군사를 거느리고 입도한 금상님은 '천생배필'이라면서 백주또를 찾아간다. 둘이 부부가 되기로 언약하고 구좌면 세화리 손드랑ᄆᆞ루에 올라가 천ᄌᆞ또한테 인사를 하자 천ᄌᆞ또는 "무슨 음식을 억읍네까?"[34]하고 금상님의 식성을 묻는다. 식성은 신화공동체의 문화적 성격과 관련된 것으로 식성이 다르면 공존할 수 없다. 송당본풀이에서 알 수 있듯이 식성이 다른 도래자 백주또와 선주자 소천국은 결혼했다가도 살림을 분산하고 신당을 가른다. 그러나 〈세화본향당본풀이〉의 백주또와 금상님은 식성을 양보하면서까지 공생하려고 애쓴다. 이 양보의 과정에서 드러나는 금상님의 피골상접, 외조부 천자또를 설득하는 백주또의 간절한 형상에 주목할 필요가 있다. 이들의 공존의 배후에 어떤 집단이 있었는지 아직 분명히 밝혀지지는 않았지만 도래자와 선주자의 양보와 협력에 의해 이들은 세화본향낭의 당신으로 더불어 좌정하게 된 것이다.

이 주제에 대해 필자는 이전에 "만약 금상이 중앙의 국가 권력의

34 진성기, 앞의 책, 392쪽.

표상으로 도래했더라면 받아들였을까?"라고 묻고 "금상이 소외된 존재, 스스로 제주를 선택한 존재였기 때문에 백주는 자신의 주체성을 유보하면서까지 수용했던 것"[35]이라고 대답한 바 있다. 서울 조정과 맞선 금상님의 역적 이미지가 오히려 백주또와의 협력을 이끌어내고, 공존을 가능케 한 또 다른 '상징사본'이었다고 주장했던 것이다. 이는 반역자 김통정을 긍정적으로 보는 입장이 없지 않다는 설화적 사실과도 통한다. 김통정이 죽어가면서도 '내 백성은 물이라도 맘껏 먹고 살아라'라면서 바위를 발로 찍자 그곳에서 샘물이 솟아났는데 지금까지도 물이 끊어지지 않고 있다는 장수물 전설[36]이나 김통정이 산신의 방조로 재물을 약탈하고 여성들을 겁탈하는 "되놈들"을 물리쳐 나라에서 큰 상금과 벼슬을 받았기 때문에 그 보답으로 산신을 모시는 당을 세웠다는 애월면 금덕리당(종신당, 유수암당) 본풀이[37]의 인식은 금상님과 공존하려는 세화리 당공동체의 태도와 크게 다르지 않은 것으로 보이는 것이다.

4. 본풀이와 집단기억, 그리고 제주인의 정체성

4·3의 작가 현기영은 「순이 삼촌」에서 아이들도 참여한 제주의 제사 광경을, 화자의 목소리를 통해 이렇게 묘사한다.

---

35 조현설, 「제주 무속신화에 나타난 이중의 외부성과 젠더의 얽힘」, 『한국고전여성문학연구』 제18권, 한국고전여성문학회, 2009, 472~473쪽.

36 현용준, 『제주도전설』, 서문당, 1976, 98쪽.

37 진성기, 앞의 책, 607~608쪽 참조.

> 자정 넘어 제사 시간을 기다리며 듣던 소각 당시의 그 비참한 이야기도 싫었다. 하도 들어서 귀에 못이 박힌 이야기. 왜 어른들은 아직 아이인 우리에게 그런 끔찍한 이야기를 되풀이해 들려주었을까?[38]

화자는 제삿날 어른들한테서 귀에 못이 박히도록 들은 이야기에 대해 묻는다. 어른들은 왜 되풀이하여 그 이야기를 했을까? 그 이야기란 다름 아닌 4·3이란 이름으로 불리는, 제삿날 한꺼번에 호명되는 원혼들에 대한 이야기다. 여기서 4·3사건을 다시 소환할 필요는 없겠지만 이 논문의 주제와 관련하여 '제삿날 되풀이되는 망자들의 이야기'는 재음미할 필요가 있다. 「순이 삼촌」의 물음이 반복적 의례를 통해 구성되는 집단기억과 정체성 문제를 제기하기 때문이다.

집단기억은 어떻게 구성되는가? 「순이 삼촌」의 '어른들'은 1948년 제주에서 벌어졌던 '소각' 이야기를 한다. 그 이야기는 자전적 기억에서 호출된 것이다. 그러나 이 자전적 기억은 제삿날이라는 공통의 이야기마당에서 반복적으로 재현되면서, 타인들의 기억과 충돌·조정의 과정을 거쳐 재구성된다. 이렇게 재구성된 자전적 기억은 사적인 기억이면서 동시에 4·3 사건을 경험한 집단의 사회적 기억이 되고 역사적 기억이 된다. 어른들이 끔찍한 이야기를 되풀이했던 까닭은 사적인 기억이 된 집단의 기억, 역사적 기억을 소환하여 다음 세대에게 전하고, 그런 행위를 통해 다음 세대를 공통의 역사적 기억 안으로 통합하려는 것이다. 그것이 자신들의 정체성이기 때문이다.

왜 양이목사는 목이 잘린 채 '내 역사를 풀어주면 대대로 복을 주

---

38 현기영, 「순이 삼촌」, 『순이 삼촌』, 창작과비평사, 1980, 49~50쪽.

겠다'고 약속했을까? 양이목사의 음성은 「순이 삼촌」의 어른들의 목소리와 크게 다르지 않다. 죽은 자의 목소리는 산 자의 목소리의 거울이미지다. 제주의 '식겟(제사)공동체'는 작게는 조상본풀이, 크게는 당본풀이와 연결되어 있다. 형식과 내용의 차이에도 불구하고 조상본풀이란 일월조상을 부르는 굿에서, 당본풀이는 마을수호신을 모시는 굿에서 되풀이되는 '이야기'이기 때문이다. 따라서 당연하게도 이 이야기들에는 한 일월조상신을 모시는 집안과 한 당신을 모시는 마을공동체의 집단기억이 표출되어 있고, 자신들의 집단적 정체성에 대한 인식이 표현되어 있다.

앞에서 논의한 바를 정리해 보자. '외부는 제주도 신화의 의미를 여는 열쇠말 중의 하나'[39]인데 외부의 도래자들, 외부의 권력에 대한 특정 집안·마을 구성원들의 태도는 집안·마을의 정체성을 드러내는 지표이고, 크게 보면 이 지표는 제주인의 정체성과 무관하다고 할 수 없다. 이전에 필자는 〈양이목사본풀이〉와 〈부대각본풀이〉에 대한 논의를 통해 저항과 협력이라는 두 가지 상반된 제주민의 태도를 추출한 바 있지만 자료를 확장하여 더 세부적으로 살핀 결과 저항과 협력에도 세부적 차이들이 있다는 것을 확인했다. 저항에도 의식적·정치적인 저항과 무의식적·비정치적인 저항이 있고, 협력에도 자발적·능동적 협력과 비자발적·수동적 협력이 있다는 것이다.

〈양이목사본〉의 경우는 의식적이고 정치적인 저항을 분명히 표현한다. 저항은 금부도사로 표상되는 한양 조정의 공마진상(貢馬進上) 명령에 대한 저항이고, 한편으로는 고동지로 표상되는 제주의 헤게모

39 조현설, 앞의 글(2009), 456쪽.

니에 대한 저항이다. 〈양이목사본〉은 내외부에 대한 정치적인 발언을 동시에 수행하고 있는 본풀이다. 〈고대장본〉의 경우, 한양 조정을 대리하는 제주목사의 명령에 대해 드러난 저항을 보이지는 않는다. 오히려 목사의 요청에 부응하면서 목사가 하지 못하는 칠년대한을 해소함으로써 제주 목사보다 제주 고대장이 우월하다는 주장을 은연중에 드러낸다. 겉으로는 협력하면서 속으로는 저항하는 형식이라는 점에서, 양이목사의 드러난 저항에 대해 숨은 저항이라고 할 수 있겠다. 〈고대장본〉의 이런 시각은, 〈양이목사본〉의 시각에서는 고동지로 표상되는 고씨 집안이 권력의 부역자로 묘사되었지만, 고동지의 행위가 부역이 아니라 내재적 저항을 표현일 수도 있다는 반론을 제기할 여지를 드러낸다.

〈여드렛당본〉은 무의식적이고 비정치적 저항의 본풀이화에 해당한다. 강씨·오씨·한씨 집안 조상신본풀이이자 당본풀이인 〈여드렛당본〉은 제주의 선주자들과 외래자들의 지속적 갈등을 보여주는 신화다. 나주 금성산에서 쫓겨난 당신들은 '종로 네거리에서 얻은 보물'이라는 고귀한 이미지로 입도했음에도 불구하고 제주의 당신들로부터 배척된다. 이 배척은 조정의 권력에 대한 정치적 저항의 형식은 아니다. 오히려 그것은 외부자에 대한 막연하고도 무의식적 배척이다. 이 배척은 외래자들에 의해 지속적으로 피해를 받는 과정에서 형성된 제주인의 문화적 무의식 소산이다.

〈여드렛당본〉에 비해 〈광청아기본〉·〈부대각본〉·〈고내본향당본〉의 주인공들은 저항하지 않고 협력한다. 이들 본풀이에서 협력을 이끌어내는 힘은 공포다. 광청고을 광청아기는 제주 김녕리 송동지와 인연을 맺어 임신을 했음에도 불구하고 살아서 제주에 입도하지 못한다. 한양 조정의 출륙금지령에 뱃사람들이 협력한 결과다. 이때 송동지를 포함한 제주 뱃사람들을 사로잡은 것은 금지위반에 대한 두려움이다. 공포에 굴복한, 어쩔 수 없는 협력이다. 〈부대각본〉의 부씨 집안도 마찬가지다. 아기장수로 태어난 부대각은 한양 조정에 들어가 대국을 치겠다고 선언할 정도로 두려움 없는 영웅이었지만 제주 부씨 집안은 멸문의 공포에 휩싸인다. 영웅과 집단 사이의 이 같은 괴리에서 비극이 탄생한다. 공포에 사로잡힌 '부집'은 살아남기 위해, 뱃사람들이 광청아기를 수장시키듯 부대각을 수장시킨다. 부대각하르방을 낳은 선산의 장군바위를 파괴함으로써. 명시적으로 드러나 있지 않지만 〈고내본향당본〉의 '어떤 계집아이(애기업게)'에게도 두려움이 있었던 것으로 봐야 한다. 애기업게는 김통정을 잡으러 온 대국의 삼장수한테 항파두리성의 무쇠문을 깨뜨릴 수 있는 전략을 제공한다. 자신을 두고 문을 닫은 항파두리성과 김통정에 대한 불만도 있었겠지만 그보다 그녀를 협력으로 견인한 것은 삼장수로 표상되는 대국의 공포였을 것이다.

어쩔 수 없는 협력과 달리 자발적이고 적극적인 협력도 있다. 〈나주기민창본〉·〈세화본향당본〉이 그런 사례들이다. 〈나주기민창본〉의 안씨 선주는 대기근을 해결하기 위한 제주 목사의 요청에 적극 협력한다. 〈세화본향당본〉의 백주또는 한양에서 내려온 역적 장수 금상님과 식성의 차이에도 불구하고 인연을 맺고 같은 신당에 좌정한다. 자신의 식성(본성)을 양보하면서까지 도래한 영웅과의 공생을 도모한다. 이 역시 다른 형식의 협력이라고 할 만한다.

그런데 같은 협력이라도 둘은 질감이 다르다. 두 본풀이 모두 외부 권력의 양상을 보여주고 있지만 〈나주기민창본〉의 경우에는 제주 목사로 표상되는 외부 권력에 대한 두려움이 없다. 제주 목사는 명령하지 않고 제주 백성을 구휼해 달라고 안씨 선주에게 당부한다. 주도권은 오히려 안씨 선주한테 있다. 〈세화본향당〉의 경우에는 한양에서 도래한 권력이지만 그것은 조정의 권력이 아니라 조정에 반하는 권력이다. 그렇기 때문에 천자또·백주또의 처지에서는 저항의 대상이 아니라 협력의 대상이었다. 〈나주기민창본〉에서 안씨 선주의 능동적인 협력을 이끈 동인은 제주 백성의 구휼에 있었고, 〈세화본향당본〉에서 그것은 천하영웅인 금상님이 한양 조정에 반발하여 제주에 입도했다는 데 있었다. 이 또한 협력을 통해 제주인의 정체성을 드러내는 또 하나의 방식이다.

본풀이는 무엇인가? 본풀이는 굿에서 모시는 신들의 내력을 이야기로, 말로 풀어내는 것이지만 그 이야기와 말은 결국 인간들의 그것이다. 제주의 본풀이는, 제주인들 스스로는 영주(瀛洲)라고 일컫지만 고려 이래 제주(濟州)라고 부르는 섬에서 살아온 사람들의 이야기다. 이 이야기는 오랜 기간 전승되는 과정에서 선택과 배열을 거쳐 형성된 이야기이고, 그런 의미에서 집단기억의 한 형식이다. 이 집단기억은 「순이 삼촌」의 제삿날에서 볼 수 있고, 지금도 굿의 현장에서 재현되고 있는 본풀이에서 확인할 수 있듯이 문화적 무의식을 형성하고 제주인의 정체성을 구성한다. 크게는 저항과 협력의 서사로 계열화될 수 있는 제주인들의 본풀이는 굿의 현장에서 저항과 협력의 미세한 결들을 발산하고 있는 구술서사라고 할 수 있을 것이다.

당본풀이로 당본풀이 읽기

제주 〈세화 본향당 본풀이〉의 사례

정진희

1. 〈세화 본향당 본풀이〉, 그 특수성의 해명 방법

제주도의 마을에는 '당'이라고 하는 전래의 성소가 여럿 존재한다. 이 가운데 특히 마을 공동체의 제향 대상이 되는 당을 '본향당'이라고 한다. '당 맨 심방', '매인 심방'이라고 하는 당의 고정 사제가 마을 사람들이 모여 치르는 '당굿'이라는 의례를 연행하는데, 이 때 구연되는 무가가 '당본풀이'[1]이다. 당의 근본을 풀어내는, 다시 말해 당의 내력에 대한 신화다.

〈세화 본향당 본풀이〉는 말 그대로 세화 본향당의 본풀이, 즉 제주도 구좌읍 세화 마을 본향당 의례에서 구연되는 무가로서, 수많은 본

---

1 당에 좌정한 신의 근본을 풀어내므로 '당신본풀이'라고도 한다. 그런데 당굿에서 구연되는 무가는 신의 근본뿐만 아니라 단골의 기원을 포함한 당의 전반적 근본을 풀이한다는 점에서, 여기에서는 좀더 포괄적인 명칭인 '당본풀이'라는 용어를 사용하기로 한다. '신'이라는 단어가 당 신앙 문화권의 민속 용어가 아니라는 점도 고려해야 하리라 본다.

향당에서 각기 전승되고 있는 여러 당본풀이 가운데 하나다. 세화 본향당 의례에서 제향되는 '천잣도', '백줏도', '금상님' 등 세 신위에 대한 본풀이가 각각 채록되어 있으며, 〈세화 본향당 본풀이〉라 하면 이 모두를 동시에 일컫게 된다.

선행 연구는 〈세화 본향당 본풀이〉가 각 신위에 대한 본풀이를 각각 구연하는 것에 대해 특히 주목하여 그 의미를 해명해 왔다. 마을 공동체의 역사가 신격들의 내력으로 서술된 것으로 간주하기도 했고,[2] 제주 당신 체계의 변화에 따른 것이라고 이해하기도 했으며,[3] 수렵과 농경의 정착 과정을 보여주는 것으로 평가하기도 했다.[4] 구체적 내용은 다를지언정, 세화 본향당에서 세 신격이 제향되고 그 본풀이가 각각 구연되는 데 대해 통시적 차원에서 이루어진 신화 재편의 결과로 본다는 점에서 공통적이다.

한편 선행 연구는 〈세화 본향당 본풀이〉의 형성에 송당 본향당의 본풀이가 어떤 영향을 미쳤는가에 대해서도 주목해 왔다. 주지하다시피 세화 본향당의 백줏도는 제주 신당의 뿌리라고 널리 알려져 있는 송당 본향당의 여성 신격과 그 이름이 같다. 또, 〈세화 본향당 본풀이〉에서 백줏도는 '소천국'이라는 인물은 거부하고 금상님은 받아들여 부부가 되는데, 백줏도가 거부한 소천국이 송당 본향당의 남성

2 고광민, 「당본풀이에 나타난 葛藤과 對立」, 『탐라문화』 제2호, 제주대학교 탐라문화연구소, 1983.

3 문무병, 『제주도 본향당 신앙과 본풀이』, 민속원, 2008, 133~137쪽 참조. 이 책은 문무병, 「제주도 당신앙 연구」, 제주대학교 박사학위논문, 1993을 토대로 출판된 것이다.

4 김헌선·오정아, 「〈세화리당신본풀이〉의 식성 갈등 구조」, 『한국무속학』 제23집, 한국무속학회, 2011 참조.

신격과 이름이 같다. 〈세화 본향당 본풀이〉에서 송당 본향당의 본풀이를 상기하게 되는 지점은 이뿐만이 아니다. 세화 본향당의 금상님은 돼지 한 마리를 통째로 제물로 올리는 '돗제'를 받는데, 돗제를 받는 신격으로 널리 알려져 있는 것이 김녕 궤내깃당의 '궤내깃도'이다. 이 궤내깃도가 바로 송당 본향당의 부부 신격인 소천국과 백주의 아들이라는 점은 궤내깃당의 본풀이에 잘 나타나 있다. 이처럼 〈세화 본향당 본풀이〉는 송당 본향당의 본풀이 및 그 아들 신에 대한 본풀이와 몇몇 접점이 발견되기에, 송당 본향당의 자장 하에서 이루어진 것으로 논의되기도 했던 것이다.[5]

제주도의 당은 그 수를 일일이 헤아리기 어려울 정도로 많지만 신격의 직능이나 出自 등을 기준으로 유형화 및 계열화가 가능하고,[6] 각 당의 의례를 통해 전승되어 온 본풀이 역시 기능적, 서사적 유사성에 따른 몇몇 유형이 부분적으로 추출된 바 있다.[7] 특정 신당의 당본풀이는 개별적임에 틀림없지만, 그 개별성은 당본풀이의 일반성이나 전형성과 무관하지 않다. 따라서 〈세화 본향당 본풀이〉를 이른바 송당 본향당계 본풀이와의 관련 하에서 이해하려는 최근의 연구 경향은, 제주도 당본풀이의 전체적 체계를 염두에 두면서 특정 본향당 본풀이의 형성 과정을 추적하고 그 위상을 밝히려 했다는 점에서 유의

5 위의 글 및 조현설, 「제주 무속신화에 나타난 이중의 외부성과 젠더의 얽힘」, 『한국고전여성문학연구』 제18권, 한국고전여성문학회, 2009 참조.

6 제주도 당(堂)의 체계적 분류 및 유형화, 계열화에 대해서는 현용준, 『巫俗神話와 文獻神話』, 집문당, 1992; 문무병, 앞의 글; 강정식, 「제주도 당신본풀이의 전승과 변이 연구」, 한국정신문화연구원 한국학대학원 박사학위논문, 2002 등 참조.

7 정진희, 「제주도 당본풀이의 유형과 변천 양상 연구」, 서울대학교 석사학위논문, 1999.

미한 연구 시각을 보여주었다고 말할 수 있다.

문제는 선행 연구가 주로 백줏도와 소천국, 금상님에 대한 서사에 집중하고 이른바 송당계 본풀이에만 착목하여 그 관련 양상을 논의해 왔다는 것이다. 당본풀이의 전형성이나 일반적 양상을 염두에 둘 때, 〈세화 본향당 본풀이〉의 특이성은 다음과 같은 지점에서 특히 두드러진다. 무엇보다, 세 신격이 동좌하는 데다 그 관계가 특수하다. 여러 신격이 하나의 본향당에서 제향될 때 그 신격들은 보통 부부 관계의 남녀신인 경우가 흔한데, 세화 본향당의 세 신격은 부부 관계인 백줏도와 금상님 뿐만 아니라, 또다른 남신인 천잣도로 이루어져 있다. 조손 관계로 설정된 천잣도와 백줏도가 본향당에 동좌하고 있음은, 또 천잣도와 금상님이라고 하는 두 남성 신격이 함께 제향받고 있음은 매우 특이한 사례이다. 돼지를 제물로 하는 '돗제'의 형식을 취하면서 금상님을 따로 모시는 의례를 시행하며 그 유래를 전한다는 점도 〈세화 본향당 본풀이〉에서 확인되는, 흔치 않은 면모라 할 수 있다. 이러한 특수성을 해명해 내지 못한다면, 당본풀이로서의 〈세화 본향당 본풀이〉가 지니는 의미를 온전히 드러냈다고는 하기 어려울 것이다.

이런 맥락에서 여기에서는, 당본풀이 서사의 일반성과 특수성이라는 차원에서 〈세화 본향당 본풀이〉를 살피고자 한다. 세화 본향당의 세 신격에 대한 본풀이 각각을 제주 당본풀이 서사에 반복적으로 나타나는 전형적이거나 유형적인 서사에 견주어 살필 것이다. 세화 본향당에서 제향하는 세 신위에 대한 본풀이를 〈천잣도 본풀이〉, 〈백줏도 본풀이〉, 〈금상님 본풀이〉라 명명하고, 세 본풀이 각각을 제주 당본풀이의 '일반적' 면모와 대비해 봄으로써 그 특성을 고찰해 보려는 것이다. 송당 본향당이 제주의 중요한 신당임은 틀림없지만, 여러 마을의 당과 당본풀이가 송당 본향당 및 그 본풀이의 단선적 분화나 확장만으로 이루어진 것은 아니다. 따라서 〈세화 본향당 본풀이〉에 대한 대비적 접근은, 송당계 본풀이에만 착목하는 시야를 확장하여 당본풀이 일반의 유형성이나 서사 관습, 당신앙의 보편성이나 일반성을 고려하며 이루어질 필요가 있다고 본다. 〈세화 본향당 본풀이〉에 대한 연구사적 주요 관심사 중의 하나인, 그것의 역사적 변천 또는 형성 과정에 대한 해명 역시, 이러한 논의를 바탕으로 더 심화될 수 있을 것이다.

당본풀이로 당본풀이를 이해하기, 다시 말해 제주 당본풀이의 일반성에 비추어 〈세화 본향당 본풀이〉의 특성을 확인하여 그 갈래적 의의를 밝히려는 것이 이 글의 연구 목적이자 연구 방법이다. 〈세화 본향당 본풀이〉는 제주 고유의 문학 갈래인 당본풀이 가운데 하나다. 개별 본풀이의 특성을 여타의 본풀이에 견주어 드러냄으로써, 〈세화 본향당 본풀이〉의 당본풀이로서의 위상과 가치를 확인해 보고자 한다. 이른바 '일반적 신화론'에 경도된 자의적 판단이나 편견에 따른 해석의 개입 가능성을 최소화할 때, 당본풀이의 의미는 당본풀이가 알려줄 터다.

2. 채록의 양상과 선편의 문제

주지하다시피 장주근, 진성기, 현용준 등 세 선학은 일찍이 1950년대 중후반부터 당본풀이를 채록하고, 그 결과를 정리하여 사계에 선

보였다.[8] 세화 본향당의 본풀이도 이들의 밝은 눈과 촘촘한 그물로 세상에 널리 알려졌다. 장주근은 세화리 본향당의 매인심방이자 동시에 송당 본향당의 매인심방이기도 했던 고대중 심방의 구연본을 채록하여 남겼고, 진성기는 고대중 심방뿐만 아니라 조산옥, 양기정, 김병생, 강자생, 안사인 심방의 구연본을 채록했다. 진성기가 채록한 각편은 안사인 심방이 구연한 본풀이를 제외하면 구좌읍(채록 당시에는 구좌면) 심방이 구연한 각편들이다. 현용준은 이달춘 심방 구연본을 채록했는데, 이달춘 심방을 제주시 건입동의 심방으로 기록하고 있다. 이달춘 심방은 이달춘-안사인-김윤수로 이어지는 계보가 잘 알려져 있는, 제주시 건입동 칠머리당의 매인심방이다.

어느 곳의 심방이 구연했는가를 기준으로 하면 세화 본향당의 본풀이는 다음과 같이 분류할 수 있다. 세화 본향당이 있는 세화의 자료, 세화 마을 인근의 구좌읍(면) 자료를 각기 세화 자료, 세화권 자료로 묶고, 그 이외 지역 심방이 구연한 자료를 非세화권 자료로 묶었다.

---

8 장주근의 채록 성과는 『韓國の民間信仰』(東京:金花舍, 1973)에 처음 정리되었으나 한국 학계에서 거의 활용되지 않다가 『제주도 무속과 서사무가』(역락, 2001)로 출간되었다. 진성기의 성과는 『제주도 무가집』 Ⅰ·Ⅱ·Ⅲ을 거쳐 『남국의 무가』(제주민속문화연구소, 1968)로 정리되었다가 『제주도무가본풀이사전』(민속원, 1991)으로 정식 출간되었다. 현용준의 성과는 『제주도무속자료사전』(신구문화사, 1980; 개정판은 도서출판 각, 2007)에 집록되어 있다.

[표1] 세화 본향당 본풀이의 채록지별 분류

자료 번호	분류	구연자 소재지	구연자	채록자	비고
1	Ⅰ 세화	구좌 세화리	고대중	장주근	
2		구좌 세화리	고대중	진성기	
3		구좌 세화리	조산옥	진성기	
4	Ⅱ 세화권	구좌 하도리	양기정	진성기	
5		구좌 한동리	강자생	진성기	*신직, 직능 나열
6		구좌 연평리	김병생	진성기	
7	Ⅲ 非세화	제주 용담동	안사인	진성기	*천잣도 본풀이만 수록
8		제주 건입동	이달춘	현용준	

위의 자료들 가운데 선행 연구에서 주된 분석의 대상이 된 것은 현용준이 채록한 이달춘 심방의 구연 자료다. 구연자인 큰 심방 이달춘 심방에 대한 신뢰,[9] 현용준·현승환의 표준어역에 따른 접근의 용이성,[10] 다른 구연본에 비할 때 풍부한 삽화 등이 이러한 선택의 요인일 듯하다.

그러나 〈천잣도 본풀이〉, 〈백줏도 본풀이〉, 〈금상님 본풀이〉는 세화 본향당이라는 특정한 당의 본풀이이고 당본풀이는 원칙적으로 매인심방에 의해 배타적으로 전승되는 것인바, 그 선편으로 우선적으로 고려해야 할 자료가 세화 본향당의 매인심방인 고대중 심방이 구연한 자료가 아닐 이유를 달리 생각하기 어렵다. 이달춘 심방의 구연본은 고대중 심방의 구연본과는 달리 천잣도의 제향 경위, 입도한 백주를 안내하는 당신의 존재, 천잣도가 백주의 식성을 확인하는 삽화 등

---

9 김헌선·오정아, 앞의 글, 33쪽 참조.

10 이달춘 심방이 구연한 자료 8의 표준어역은 현용준·현승환 역주, 『제주도 무가』, 고려대민족문화연구원, 1996 참조. 일례로 조현설, 앞의 글은 표준어로 옮겨진 이달춘 본을 기준으로 하여 다른 자료를 참조하고 있다.

이 더 포함되어 있기 때문에 그 풍부한 서사가 선편의 근거가 될 수 있을지도 모르나, 외려 그것은 '문서'가 많고 연행력이 좋은 큰 심방의 구연본이 지니는 특성일 가능성이 없지 않다. 매인심방의 구연본에는 없는 이야기가 다른 지역 큰 심방의 구연본에는 등장하는 까닭이 무엇인지 해명해야 할 필요성이 오히려 제기되는 지점이다.

따라서 여기에서는 세화 본향당의 매인심방인 고대중 심방이 구연한 〈자료 1〉과 〈자료 2〉를 우선적인 분석의 대상으로 삼는다. 두 자료는 같은 심방의 자료로 삽화의 구성이나 서사의 흐름은 거의 같고, 구비적 특성상 구체적인 표현 면에서 약간의 차이가 있을 뿐이다. 함께 고려할 자료는 역시 세화 마을의 심방인 조산옥 심방이 구연한 〈자료 3〉이다. 조산옥 심방은 현용준이 채록한 세화 일렛당과 돈짓당 본풀이의 구연자인바, 본향당의 매인 심방은 아니지만 세화 마을 신당의 내력을 알고 있었던 심방이었음이 짐작된다. 〈자료 3〉은 백줏도가 입도하여 세화 본향당에 좌정하기 전 예컨대 '허선장집 따님아기'와 같은 인물과 먼저 조우하여 따로 상단골을 맺는 삽화가 없다는 점, 백줏도가 소천국을 떨쳐 버리고 천잣도를 찾아간 후 천잣도가 소천국을 징벌하는 삽화가 없다는 점, 금상이 입도할 때 제주의 삼천선비가 이를 방해했다는 삽화가 보이는 점 등이 고대중 심방의 〈자료 1〉, 〈자료 2〉와 다르다. 세화 본향당 당맨심방의 구연본인 〈자료 1〉과 〈자료 2〉, 역시 세화 심방의 구연본인 〈자료 3〉을 선편 삼아 주된 분석 대상으로 올리되, 〈자료 3〉에서 확인되는 〈자료 1〉, 〈자료 2〉와의 차이를 고려하여 논의를 진행하기로 한다.

3. 〈천잣도 본풀이〉의 전형성과 신격의 위상

고대중 심방이 구연한 〈자료 1〉과 〈자료 2〉의 〈천잣도 본풀이〉는 '서사'라 이를 만한 사건이 별달리 없다. 〈자료 3〉을 포함한 세화의 자료와 인근 세화권의 자료들 모두 이런 점에서 유사하다. 한라산에서 솟아났다는 천잣도의 출자, '생산, 물고, 호적, 장적'을 담당하는 본향당 신격으로서의 직능이 제시되고, 신격의 외양을 문관이나 글 하는 선비처럼 서술하는 표현이 나열되기도 한다. 〈자료 1〉의 경우를 예로 든다.

> 한로영산 지질개 백록담 무이동자 유작후 솟아나 (출자)
> 천자 유합 동문선십 통달ᄒᆞ고
> 소슬와지 백망근 백철영
> 안은 버운 금책 좀이 버운 금붓대
> 삼천장 베릿돌에 일천장 먹을 ᄀᆞᆯ려 (외양)
> 올라 옥황 문세 ᄂᆞ려 이문세 호적문세 장적문세
> 낳은 날은 생산 잡고
> 죽는 날은 물고 낙점 ᄎᆞᆽ이ᄒᆞ던 천ᄌᆞ또[11] (직능)

이렇게 구성되는 당본풀이가 특별한 것은 아니다. 이것은 일찍이 현용준이 태동형, 기원형으로 분류한 당본풀이에 해당되며,[12] 제주도 당본풀이 가운데에는 당의 제의와 신격의 내력, 당의 영험에 대한 내

---

11 장주근, 앞의 책, 219쪽.

12 현용준, 앞의 책(1992), 75~76쪽 참조(초출: 현용준, 「堂神話의 Motif와 基本形式」, 『國文學報』 2, 제주대학 국어국문학회, 1964).

용이 교술적 양식으로만 표현되는 당본풀이가 적지 않다.[13]

그런데 〈천잣도 본풀이〉의 여러 채록 자료 가운데에는, 정도는 다를지라도 시간적 순서에 따른 이야기가 확인되는 자료도 있다. 非세화권 자료인 안사인 심방의 구연본(〈자료 7〉), 이달춘 심방의 구연본(〈자료 8〉)이 그것이다. 다음은 상대적으로 간략한 〈자료 8〉의 일부이다.

> (전략) (가)옥황의 멩을 받아 상서화리 손드랑ᄆᆞ르 떠렁쉐ᄆᆞ를 ᄂᆞ려사서 좌정ᄒᆞ려 ᄒᆞ니 (나)굿동장 굿좌쉬 당소미 당공소원 거느리고 팔간 장방 집을 지어 좌정ᄒᆞᆫ 후, (다)마은 ᄋᆞ톱 상단골 서른 ᄋᆞ톱 중단골 시물ᄋᆞ톱 하다골 만민 수한 단골, (후략)[14] (가, 나, 다 표기는 필자)

인용문의 (가)는 천잣도가 '상서화리 손드랑ᄆᆞ르 떠렁쉐ᄆᆞ르'라는 곳에 좌정하려 했다고 하고, 그 다음 (나)는 천잣도가 '굿동장 굿좌쉬 당소미 당공소원' 등의 사제자를 거느린 신당에 좌정했음을, 또 그 다음 (다)는 천잣도를 모시는 단골들이 많음을 말하고 있다. 다시 말해 천잣도가 '상서화리'에 좌정하여 단골들의 제향을 받는 신격이 되었음을 보여주는 이야기이다.

〈자료 7〉 역시, 천잣도가 어떤 연유로 세화 사람들의 제향을 받게 되었는지를 이야기하는데 그 경위가 〈자료 8〉에 비해 비교적 상세하다. 천잣도의 외양을 묘사하는 부분이나 당에 좌정한 신격으로서의 권능, 제향할 때 올리는 제물 서술 등을 제외한 대략의 내용은 다음과 같다.

---

13 정진희, 앞의 글(1999), 17쪽.

14 현용준, 앞의 책(2007), 571쪽.

> 천자님은 하늘과 땅을 부모로 한라산 중허리에서 솟아났다. 어느 날 좋은 땅을 찾아 손드랑ᄆᆞ루에 갔는데, 세 이레가 지나도록 아무도 모시는 자가 없었다. 천자님은 청부채를 부쳐 강풍을 일으켰다. 사람들이 근심하여 모여들어 의논하는데, 한 노인이 말을 꺼냈다. "상서화리 손드랑ᄆᆞ루에 백망건 백도폭을 차려 입은 어떤 영감이 와 있는데, 아마도 사람 같지는 않다. 가서 祭나 드려 보자."이를 계기로 천자님은 상서화리 마흔 여덟 상단골을 얻어 제사를 받아 오고 있는데, 천자님이 부채를 들어 흔들면 강풍도 잔잔하고 해상 영업도 좋아지고 농업 농사도 좋아진다.[15]

사실 이러한 내용의 서사는 별반 특별한 것이 아니다. 제주도 당본풀이에서 어렵지 않게 확인할 수 있는 전형적 서사에 가깝다. '신격이 좌정할 만한 곳을 찾아갔으나, 자신을 알아보고 제향하는 이가 없었기에, 흉험을 주어 자신의 존재를 알리고, 제향을 받음으로써 당의 신격으로 좌정하게 되었다'라는 내용으로 구성된, 이른바 '제향 경위담'으로 분류할 만한 자료이다.[16] 앞서의 〈자료 8〉 또한 제향 경위담 서사의 '제의 요구' 과정이 생략되어 있을 뿐, 제의의 부재 혹은 제의의 결손 상태에서 신격과 인간의 소통을 통해 제의가 실현되는, 제향 경위담의 전형적 서사가 드러나 있다고 하겠다.

전형적인 제향 경위담 당본풀이의 서사 유형을 내포하고 있는 非

---

15 원문은 진성기, 앞의 책, 407쪽 참조. 안사인 심방이 구연한 〈세화 본향딩 본풀이〉인데, 천잣도에 대한 본풀이만이 〈천ᄌᆞ당〉이라는 이름으로 채록되었다. 앞뒤 내용을 살펴 서사의 순서를 자연스럽게 재조정해 본다면, 천자님은 제향을 약속받은 후 자신이 일으킨 앙화를 해결하고, 이를 계기로 본향당의 신격으로 좌정한 것으로 이해할 수 있다.

16 제주 당본풀이의 제향 경위담에 대해서는 정진희, 앞의 글(1999), 21~31쪽 참조. 제향 경위담은 '제의 결손→제의 요구→제의 실현'의 과정으로 이루어져 있으며, 제의 요구의 단계에서 신격과 단골 사이의 의사 소통이 실현된다.

세화권의 자료 두 편은, 세화 본향당의 형성 기원을 '천잣도'라는 신격과 단골들의 관계 맺음에서 찾고 있다. 다시 말해 세화 본향당 신앙의 중추가 다름아닌 천잣도임을 보여 주고 있는 것이다. 이는, 세화나 인근 세화권 심방이 아닌 非세화권 심방들에게 세화의 본향당 신격이 다름아닌 '천잣도'로 인식되고 있었음을 잘 보여 준다.

이러한 천잣도의 신격적 위상은, 세화 및 세화권의 자료에서는 천잣도의 제향 경위담이 두드러지지 않는 것에서도 역설적으로 이해할 수 있다. 당에 좌정한 신격과 그 신격을 모시는 단골들이 관계를 맺게 된 시원을 환기하면서 제향의 경위를 재현하는 당본풀이의 제향 경위담은, 특정 신당에 대한 신앙의 당위성을 증명하는 동시에 그 신당을 중심으로 한 신앙 집단의 공동체성을 새삼 강조하는 효과가 있다.[17] 그럼에도 불구하고 세화와 세화권의 심방들이 천잣도를 제향하게 된 경위를 언급하지 않는 것은, 굳이 그것을 강조하지 않아도 될 정도로 천잣도에 대한 믿음과 그 믿음을 기반으로 한 공동체성이 공고했다는 의미일 터다. 천잣도에 대한 제향 경위담을 굳이 거론하지 않는 세화 및 세화권의 본풀이는 非세화권의 본풀이에 비할 때 천잣도의 신격적 위상에 대한 인식은 동일하되, 그 신성성의 정도가 더욱 강하게 드러난다고 말할 수 있다.

〈천잣도 본풀이〉가 세화 본향당의 다른 본풀이에 비해 단순하게 구성되어 있다는 이유로 천잣도가 후대에 본향당에 추가된 신격이라고 그 위상을 낮잡아 보아도 좋은 것일까? 세화 마을에서 천잣도의 위상은, 당굿에서 구연되는 당본풀이에서 신격의 이름과 출자와 직능

---

17 정진희, 앞의 글(1999), 31쪽.

을 제시하는 것만으로도 족하다는 점에서 충분히 가늠할 수 있다. 동시에, 다른 마을 심방의 구연본을 통해서는 천잣도야말로 세화 본향당의 주된 신격임이 새삼 확인된다. 천잣도를 묘사할 때 종종 문신(文神)적 외양이 강조된다고 해서, 천잣도는 '문'이 중요해진 시기에 등장한 신격이라고 단언해도 좋은 것일까? 이것 역시 그 답은 부정적일 수밖에 없다. 신격은 세화 본향당 설립의 계기가 된, 고유의 오래된 신격이되, 글공부와 글로 인한 입신출세에 가치를 두는 후대적 사고가 신격의 외양 표현에 삽입되었을 가능성이 오히려 커 보이기 때문이다. 요컨대 〈천잣도 본풀이〉는, 천잣도가 세화 본향당을 둘러싼 신앙의 중추이자 그 신앙 공동체 성립의 출발점임을 보여주는 본풀이라고 할 수 있다.

4. 입도 여신의 좌정담과 〈백줏도 본풀이〉의 대비

〈백줏도 본풀이〉의 서사적 핵심은 '제주 섬 밖'에서 출생한 신격이 '입도'하여 세화 본향당에 좌정하였다는 것이다. 섬 바깥 타지에서 출생한 신격이 입도하여 신격으로 좌정한다는 내용의 당본풀이는 다른 사례를 어렵지 않게 찾을 수 있는 보편적 당본풀이 서사 가운데 하나이다. 특히 외부에서 입도한 신격이 '여성'일 경우, 그 좌정의 선형적 양상은 다음의 두 가지로 나타나곤 한다. 하나는 입도한 여신이 좌정처를 찾아 그 곳 사람들과 당신-단골 관계를 맺은 후 좌정하는 것이고,[18] 다른 하나는 입도 여신이 토착 남신과의 혼인 관계를 통해 특정 신당에 좌정하는 것이다.[19] 흥미롭게도, 세화 본향당의 〈백줏도 본풀이〉에서 입도한 여신 백줏도는 이 두 가지의 좌정 양상을 모두 보여주는 한편, 또 전형적 양상과는 다른 면모를 보이기도 한다. 지면의 한계로 〈백줏도 본풀이〉를 모두 옮겨오기는 어려우니, 고대중 심방이 구연한 〈자료 1〉과 〈자료 2〉를 대상으로 주요 사건을 순서대로 정리해 보자.

(가) 외부 출생
- 백줏도는 서울 남산 송악산 이미임정국 따님아기로 태어난다.

(나) 용궁 부술 획득
- 부모에게 쫓겨나 용왕황제국에 가서 열두 부술을 얻어 서울로 온다.

(다) 삼천선비 등과의 갈등
- 풍악놀이하던 삼천선비 등에게 거문고를 빌려 달라고 했는데 삿된 여자라고 무시받자, 재앙을 내린다. 결국 삼천선비가 무릎을 꿇는다.

(라) 입도
- 제주 섬 세화리 좌정한 할아버지를 찾아가 벼룻물이라도 떠놓으며 살리라고 입도한다.

---

18 구체적 사례로는 현용준, 앞의 책(2007), 552쪽의 김녕 큰당 본풀이 참조. 조천의 정중부인, 김녕의 관세전부인, 온평의 멩호부인은 강남천자국 출신으로 제주에 입도하여 좌정처를 찾아 각기 좌정한다.

19 입도녀와 토착남의 혼인도 크게 두 가지 유형이 있다. 외부의 여성이 홀로 입도하여 제주의 토착남과 혼인하여 좌정하는 경우, 제주 토착남이 외부에 가 그 곳의 여성과 혼인한 다음 입도하여 좌정하는 경우가 그것이다. 이들의 혼인은 종종 배우자 한 쪽이 다른 배우자를 축출함으로써 별거하는 것으로 귀결된다. 혼인 후 별거로 이어지는 당본풀이의 하위 유형에 대해서는 정진희, 「제주도와 오키나와 미야코지마 신화에 보이는 입도녀·토착남 혼인 화소의 비교 고찰」, 『구비문학연구』 제28집, 2009, 245~248쪽 참조.

(마) 상단골 맺음

- 도중에 만난 허숭장 따님아기에게 요기를 요구하여 음식을 받고, 부술 주머니를 건네어 죽을 지경에서 구해 줄 것임을 약속한다. 허숭장 따님아기가 상단골이 된다.

(바) 멍동 소천국과의 갈등

- 멍동소천국에게 속아 그의 거처로 따라가게 되는데, 말뼈와 소뼈가 가득한 누린내가 진동하는 곳이었다. 멍동소천국에게 잡힌 손목을 깎아버리고 그에게서 돌아선다.

(사) 세화 본향당 좌정

- 천잣도 할아버지를 찾아가니, 천잣도는 자신의 자손을 겁탈하려 한 멍동소천국과의 경계를 명확히 나눠 교류하지 못하게 한다. 백줏도는 할아버지와 함께 좌정한다.

이 가운데 (마)는 입도 여신이 좌정처를 찾아 단골을 맺고 좌정하는 양상과, (사)는 입도 여신이 토착 남신과 관계를 맺고 좌정하는 양상과 유사한 면모를 보인다. 그러나 (마)는 입도 후 단골을 맺은 여신이 그 자리에 머물러 좌정하지 않고 이동한다는 점에서 특이하며, (사)는 입도 여신이 혼인에 의한 부부 관계가 아니라 '외조부-외손'이라는 혈연 관계를 근거로 토착 남신과 함께 좌정한다는 점에서 변별적이다. (바)도 입도 여신과 토착 남신의 관계라는 점에서 주목할 만한데, 혼인 관계로 토착남 소천국과 맺어짐직한 백주가 소천국을 거부한다는 점, 또 그 거부도 보통은 입도 여신과 토착 남신의 혼인 이후에 일어나는데 그와는 달리 애초에 결연 자체가 거부된다는 점이 전형적이지 않다.

요컨대, 〈백줏도 본풀이〉는 입도 여신 백주가 입도 여신 본풀이에 나타나는 두 가지 좌정 양상(홀로 단골을 맺어 좌정하는 독좌 및 토착 남신과 관계를 맺어 좌정하는 동좌)을 모두 보인다는 점, 소천국이라는 토착 남신과의 관계 자체를 거부하는 한편 또다른 토착 남신 천잣도와는 혼인이 아닌 혈연 관계를 이유로 동좌하게 된다는 점에서 특이하다고 할 수 있다. 백줏도의 좌정도, 토착 남신과의 동좌도 모두 두 차례의 시도 끝에 완결되고 있고, 이러한 점 때문에 〈백줏도 본풀이〉가 여타의 당본풀이와 변별되는 특징적 면모를 보이게 되는 것임이 확인된다.

백줏도의 초월성, 즉 신격으로서 지니는 신이한 능력이라는 측면에서도 이러한 면모가 확인된다. 입도 여신은 보통 '제주 밖'에서 태어난 인물이라는 점이 신격적 초월성의 근거가 된다. 가령 조천의 정중부인, 김녕의 관세전부인, 온평의 멩호부인은 강남천자국 출신이라는 것만으로 입도하여 좌정하며, 제주시 다락쿳당의 은기선승 놋기선승도 강남 출생으로 입도 후 토착남신과 부부 인연을 맺어 좌정한다. 용왕의 딸 용궁녀가 제주 출신인 남신을 따라 입도하여 좌정하는 경우도 적지 않은데, 이 때에도 출생지의 외부성이 신격적 초월성의 토대가 된다. 〈백줏도 본풀이〉에서 백줏도 역시 출생지는 외부로, 많은 입도 여신들과 공통적이다. 여기에 더하여, 백줏도의 신격적 초월성은 비단 출생뿐만이 아닌 또다른 요소에 의해 비롯되는 것이기도 하다.

부모에게서 쫓겨난 백줏도는, (나) 단락에서 보는 바와 같이 '용궁'에서 '부술'을 '획득'한다.[20] 〈백줏도 본풀이〉에서 그 부술은 백줏도를 무시하는 삼천선비를 징벌하는 데 쓰이기도 하고, 처음 단골을 맺은

---

20 백주가 획득한 부술은 종종 용궁의 삼촌들이 내어 준 '주머니'라는 형태로 형상화된다.

인간에게 주어지기도 한다. 용궁이라는 외부에서 획득한 초월성이 백줏도가 지니는 초월성의 근거였던 것이다. 다시 말해 백줏도의 초월성은 '출생의 외부성'에 더하여 '획득된 외부성'으로 확보되고 있는 바, 〈백줏도 본풀이〉에서 백줏도가 지니는 신격으로서의 초월성 역시 두 차례에 걸쳐 드러나되 두 번째에 더욱 확고해진다는 점이 주목된다.

외부에서 출생했지만 또다른 외부에서 초월성을 획득하고, 입도하여 단골과 관계를 맺지만 그 곳에 좌정하지 아니하고 이동하여 토착 남신과 함께 좌정하며, 혼인으로 맺어지는 토착 남신과의 관계를 거부하고 혈연에 기반한 토착 남신과의 관계를 찾아 좌정하는 백줏도는, 당본풀이의 전형성을 보여주되 연이어 독특한 면모를 보인다는 점에서 특수하다고 할 수 있다. 당본풀이로서의 보편성이나 일반성 측면에서 볼 때, 〈백줏도 본풀이〉가 보여주는 이러한 특성은 〈백줏도 본풀이〉의 '중첩성' 혹은 '복합성'이라 할 수 있을 터다.

이러한 중첩성 내지 복합성은 〈백줏도 본풀이〉라는 서사만이 아니라 백줏도의 신격적 속성에서도 확인된다. 당본풀이에 등장하는 신격은 어디에서 비롯했는가에 따라 제주 내부의 신과 외부의 신으로 분류가 가능하다. 다시 말하자면, 제주에서 '솟아난' 신격과 타지에서 제주로 입도한 신격이 있는 것이다. 그런데 백줏도는, 제주 밖에서 태어나 입도한 외부의 신격이면서 동시에 한라산에서 솟아난 제주 내부의 신인 천잣도의 외손이라는 점에서 혈통상으로는 내부의 신격이기도 하다. 백줏도가 지니는 이러한 복합성과 〈백줏도 본풀이〉에 보이는 당본풀이 서사의 일반성 측면에서의 중첩성 내지는 복합성이 무엇을 의미하는가를 생각해 보지 않을 수 없다.

입도한 신격의 좌정은 외부에서 비롯한 존재를 내부의 신격으로 자리매김하는, 다시 말해 외부 신격의 내부화를 의미한다. 입도 여신의 좌정 서사는 독좌 혹은 동좌 유형으로 나뉘는데, 두 유형의 당본풀이 서사는 외부 여신의 내부화 방법을 각기 설명하고 있다. 입도 여신은 이미 좌정한 신이 없는 지역을 찾아가 사람들과 단골 관계를 맺고 홀로 좌정하거나, 이미 좌정한 토착 신격과 혼인 관계를 맺음으로써 동좌하여 제향받는 신격으로서의 거처를 마련한다. 전자와 같은 독좌 형태는 이미 좌정처가 있는 다른 신들과 별다른 관계를 맺지 않고 단독으로 좌정한다는 점에서 '병렬적 내부화'라 명명할 수 있을 듯하다. 이러한 입도 여신의 좌정은 내부에서 솟아난 신이 좌정처를 찾아 단골과 관계를 맺고 신격으로 좌정하는 것과 다르지 않고 또 입도 여신이 좌정한 신당은 독립적인 신앙권을 형성하기에, 입도 여신이 좌정하여 형성된 신당은 다른 신당들과 병렬적이라고 말할 수 있기 때문이다. 이에 비할 때, 이미 존재하는 내부의 신격과 관계를 맺음으로써 내부의 신격과 동좌하는 형태의 후자는 다른 신격과 관계 맺음을 통해 내부화되는 것이기에 '관계적 내부화'라 할 수 있다. 특히 이 경우 입도한 외부의 여신은 내부 남신의 배우자로 자리하므로, 이는 '수평적 내부화'의 논리에 따른다고 말할 수 있을 것이다.[21]

---

21 부부 관계에서 남편과 아내의 관계가 과연 수평적인가 하는 의문이 있을 수 있겠는데, 적어도 당본풀이에서는 혼인한 여신과 남신 사이에 성별로 인한 위계는 잘 드러나지 않는다. 가령 혼인하여 동좌한 여신과 남신은 종종 별거에 이르는데, 이 때 별거의 원인은 상대의 '잘못' 때문으로 남신이 여신을 축출하기도 하고 여신이 남신을 축출하기도 한다. 수평적 관계의 부부가 상대의 잘못에 의해 다른 한 쪽이 우위에 서면서 수직적 관계에 놓이게 되고, 그것이 한 쪽이 다른 한 쪽을 축출하는 별거로 이어지는 것이다. 따라서 입도 여신과 토착 남신의 혼인으로 이루어지는 상호 관계는, 다른

그렇다면 입도 여신의 세화 본향당에의 좌정 내력을 이야기하는 〈백줏도 본풀이〉는 어떤 내부화의 논리가 작동하고 있는 본풀이인가? 백줏도는 이미 좌정해 있는 토착 남신 천잣도의 외손이라는 관계에 토대하여 기존의 당에 좌정하므로 관계적 내부화의 논리에 따른다고 말할 수 있을 것이다. 그러나 여느 입도 여신이 토착 남신과의 혼인을 통해 수평적으로 내부화되는 데 반해, 백줏도는 소천국을 거부함으로써 수평적 내부화 과정을 따라가지 않고 '외할아버지'인 천잣도의 외손으로 좌정한다. 관계적 내부화이되, 부부 관계가 아닌 혈연적 위계 관계가 명확한 조손 관계로 내부화된다는 점에서 '위계적 내부화'라고 말할 수 있다. 요컨대, 〈백줏도 본풀이〉는 외부 여신의 관계적 내부화, 특히 위계적 내부화의 논리로 이루어진 당본풀이인 셈이다. 많은 당본풀이에서 발견되는 병렬적 내부화나 관계적-수평적 내부화와 다른, 관계적-위계적 내부화 논리를 구현하고 있다는 것이 〈백줏도 본풀이〉의 특성이다.

〈백줏도 본풀이〉는 천잣도를 상위로 하는 위계적 내부화로 종결된 백줏도의 관계적 내부화가, 소천국과의 결연을 통한 수평적 내부화의 실패 끝에 이루어졌음을 말하고 있다. 이는, 백줏도라는 신격을 내부화하려는 시도가 세화 마을이 아닌 멍동소천국의 갯마리, 즉 평대 마을에서도 시도되었을 가능성을 보여준다. 평대의 본향당 본풀이에는 부모에게 축출된 외부 출생의 신격이 입도하여 좌정하였다가 '소천국'이라는 토착 남신과 혼인하여 함께 좌정한다는 내용의 서사

한 쪽이 잘못을 저지르기 전까지는 기본적으로 수평적 관계라고 보는 것이 타당해 보인다.

가 보인다.[22] 세화에서는 외부에서 입도한 신격이 갯마리가 아닌 세화 마을의 신격으로 좌정했다고 말하는 반면, 평대에서는 외부 입도 신격이 이미 좌정해 있던 본향당의 남성 신격과 혼인하여 동좌했다고 말한다. 인근 월정 마을의 본향당 본풀이에도, 입도하여 좌정한 여성 신격이 재차 '신산국'이라는 토착 남신과 부부로 좌정하는 사례가 보인다.[23] 세화와 인접한 마을의 이와 같은 본향당 본풀이를 참조하면, 입도 신격의 내부화가 병렬적으로 이루어졌다가 다시 본향당을 중심으로 관계적으로 내부화된 것이 세화 마을에만 국한된 특수한 현상은 아니었던 것으로 판단할 수 있다.

다만 세화 본향당의 경우, 그 관계적 내부화의 논리가 부부 관계로 표상되는 수평적 내부화가 아니라 조손 관계로 그려지는 위계적 내부화였다는 것이 특수한 양상이다. 백줏도가 소천국과의 수평적 관계를 거부하고 천잣도와의 위계적 관계를 자청했다는 내력을 통해, 세화 본향당에 먼저 좌정해 있던 천잣도의 위상이 얼마나 강력했던가를 짐작해 볼 수 있을 듯하다. 백줏도는 소천국을 거부하고 천잣도와 위계적 관계를 맺었고, 천잣도는 백줏도를 겁탈하려 한 소천국을 징벌하고 지역의 경계를 나누었다. 적어도 〈백줏도 본풀이〉에서만큼은, 천잣도의 위상은 백줏도 및 소천국보다 높은 곳에 있고, 천잣도가 좌정한 세화 본향당의 위세 역시 소천국의 마을인 갯마리(평대)보다 배타적으로 우월하다.

요컨대 〈백줏도 본풀이〉는 세화 마을 본향당에 좌정한 백줏도라

---

22 장주근, 앞의 책, 218~219쪽.

23 현용준, 앞의 책(2007), 562~566쪽.

는 신격의 역사, 달리 말하면 백줏도라는 외부 신격이 세화 마을 본향당에서 제향받는 신으로 내부화되기까지의 내력을 세화 마을 중심의 시각에서 풀이한 신화라고 할 수 있다. 세화 마을 신앙사의 특수성이, 중첩적이고 복합적인 특이성을 지닌 〈백줏도 본풀이〉 서사의 주요한 원인이었을 것으로 짐작된다.

이런 맥락에서 보면, 당맨심방 고대중 심방의 〈자료 1〉, 〈자료 2〉의 〈백줏도 본풀이〉가 같은 세화리 심방 조산옥 심방이 구연한 〈자료 3〉의 백줏도 본풀이와 차이가 나는 부분에 대해서도 해명할 여지가 생긴다. 〈자료 3〉의 〈백줏도 본풀이〉는 백줏도가 입도 후 단골을 맺는다는 좌정 양상이 없고, 천잣도가 소천국을 징벌하는 삽화도 포함되어 있지 않다. 백줏도를 둘러싼 신앙의 역사, 평대 본향당에 대한 세화 본향당의 우위 등에는 관심이 없다는 뜻이다. 대신 〈자료 3〉의 〈백줏도 본풀이〉는 백줏도가 내린 흉험을[24] 서술하고 백줏도가 '무색옷'을 가지고 온 '맑고 맑은 조상'임을 밝힌다. 고대중 심방의 구연본에는 없는 이 내용은, 영험한 능력을 지닌 백줏도의 신성성에 대한 강조와 관심이 두드러진다. 본향당의 당맨심방인 고대중 심방의 구연본은 세화 본향당의 역사에, 돈짓당과 일렛당 등 특수 직능을 지닌 신당의 본풀이를 구연하는 조산옥 심방은 신의 영험에 더 관심이 높기 때문에 이러한 편차가 생긴 것이 아닌가 하는 추측이 가능해 보인다.[25]

---

24 백줏도는 백줏도가 여자이기 때문에 제주로 가는 배에 태울 수 없다는 선주의 말에 부채를 내어놓고 바람을 일으킨다.

25 자료별 동차 양상을 한 가지 더 지적하자면, 非 세화권의 〈백줏도 본풀이〉인 〈자료 8〉의 이달춘 심방 구연본은 세화 및 세화권 자료와는 달리 배줏도가 입도 후 조천 정중부인을 찾아가 길 안내를 부탁하는 장면이 포함되어 있다. 이는 제주도 당 신앙 체계에서 조천 정중부인이 차지하는 위상을 보여주는 삽화라 할 수 있는데, 세화와

5. 문국성형 장수신의 좌정담과 〈금상님 본풀이〉의 거리

〈금상님 본풀이〉는 송당 본향당 신격의 아들이자 궤내깃당에 좌정한 신격 궤내깃도에 대한 본풀이인 〈궤내깃도 본풀이〉와 종종 대비되어 왔다. 〈궤내깃도 본풀이〉는 송당 본향당신의 자신(子神) 신화로 널리 알려져 있지만, 기실 제주 당신앙과 당본풀이의 세계에서 송당 본향당 신격의 아들 신격을 대표하는 이름은 '문국성'이지 궤내깃도가 아니며,[26] 〈궤내깃도 본풀이〉 서사의 핵심이라 할 수 있는 '송당 본향당신에게 쫓겨남-용궁녀와 혼인-무공 세움-용궁녀와 함께 귀환-좌정'의 서사는 〈궤내깃도 본풀이〉만의 고유한 서사도 아니다. 예컨대 제주 내왓당의 본풀이나 토산 웃당의 본풀이 역시도 아버지에게 버릇없이 굴었다는 이유로 축출당했다가 용궁 사위가 된 후 무공을 세우고 돌아와 신격으로 좌정한 송당 본향당의 아들에 대해 이야기하고 있다. 〈궤내깃도 본풀이〉는 이러한 송당 본향당의 아들 신격에 대한 본풀이들 가운데 하나로 간주될 수밖에 없으며, 따라서 대비의 대상이 되는 당본풀이가 유독 김녕 궤내깃당의 본풀이에 한정될 필요는 없다. 여기에서는 이러한 본풀이들을 '문국성형 본풀이'로 묶어 〈금상님 본풀이〉와 대비해 보기로 한다. 고대중 심방의 구연본을 중

세화권의 자료들은 이에 대한 관심이 전무하다. 외부인들이 조천항을 통해 입도하곤 했던 역사적 경험에 대한 인식이, '외부에서 입도한 신격을 안내하는 조천관 정중부인'이라는 형상으로 큰심방 이달춘의 구연본에 삽입되었을 가능성을 생각해 볼 수 있을 것이다.

26 〈궤내깃도 본풀이〉가 송당 본향당의 대표적인 아들 신 본풀이로 떠오른 배경과 연유에 대해서는 김진하, 「송당 신화의 분화와 새로운 영웅 문곡성의 탄생」, 『탐라문화』 제30호, 2007, 21~27쪽 참조.

심으로 한 〈금상님 본풀이〉의 주요 내용을 정리하면 다음과 같다.

(가) 외부 출생
- 금상님은 제주 섬 밖 나라에서 솟아난다.

(나) 외부로부터의 배척
- 장수로서 전란에서 공을 세우지만, 역모의 위험 때문에 오히려 죽임을 당할 위험에 처한다.

(다) 입도
- 제주 섬 백주나 배필로 삼아 살 요량으로 군사를 거느리고 입도한다.

(라) 대식(大食) 포기
- 대식 식성을 포기할 것을 전제로 천잣도의 허락을 받아 백주와 혼인한다.

(마) 돗제 설연과 정화 의식
- 대식 포기로 전과 같은 기상을 잃은 금상을 위해 돼지 한 마리를 통째로 진설하는 돗제를 마련하고, 본향당에 다시 좌정하기 전에 정화 의식을 거치게 하였다.

〈금상님 본풀이〉와 문국성형 본풀이는 유사한 삽화나 화소를 여럿 공유하고 있다. 태어난 곳으로부터의 축출, 입도, 무공, 혼인, 좌정 등이 그것이다. 그러나 두 본풀이는 화소나 삽화의 순서가 동일하지 않으며, 각 화소 및 삽화의 서사적 기능도 같다고 말하기 어렵다. 가령 〈금상님 본풀이〉에서 금상님의 입도는 외부에서 출생한 외부자의 '입도'일 뿐이지만, 문국성은 내부에서 축출되었다가 다시 돌아온 것이기에 문국성의 입도에는 금상님의 입도에는 없는 '귀환'의 의미가 있다. 금상님은 제주 섬 외부로부터 축출되어 제주 섬 내부로 입도하는 데 반해, 문국성은 외부인 용왕국에서 축출되었을 뿐 아니라 그 전에 이미 제주 섬 내부로부터도 축출된 바 있다. 금상님에게 축출은 입도의 계기이지만, 문국성에게 축출은 입도 뿐만 아니라 출도의 계기이기도 했던 것이다. 금상님의 혼인은 입도 이후에야 이루어지지만, 문국성의 혼인은 입도 이전에 이루어진다는 것도 차이다.

본풀이 서사의 유형성 측면에서만 보자면 유사하다고 하기 어려운 두 본풀이를 견줄 수 있는 까닭은, 금상님과 문국성이 모두 '장수신'으로서의 면모를 지니고 있다는 데 있다. 금상님은 나면서부터 장수의 자질을 지니고 태어나 나라를 위한 무공을 세우고, 문국성은 축출 이후 찾아간 용왕국에서 획득한 능력으로 무공을 세운다. 이들의 입도 장면에 보이는 장수적 면모는, 금상님과 문국성이 장수신이라는 신성을 지닌 채 제주에 입도하였음을 잘 보여준다.

문국성은 '버릇없음/불효' 때문에 제주 밖으로 축출되고, '대식' 때문에 용궁에서도 쫓겨난 존재다. '버릇없음/불효'는 아버지로 표현되는 질서 안에 수용되지 못한다는 뜻이고, 주지하다시피 '대식'은 제주 설화 세계에서 영웅성을 지녔으나 그 영웅성이 오히려 쓸모가 없게 된 이른바 '장사'의 대표적 속성이다. 이런 문국성이, 용왕국에서 얻은 능력을 바탕으로 무공을 발휘하게 되자 비로소 귀환하여 자기 자리를 찾아 좌정하게 된다. 그러니 부모의 축출로부터 비롯된 문국성의 여행은, 사실은 제주의 신격으로 좌정할 수 있는 자격을 얻기 위한 탐색과 획득의 여정이었다. 이로 인해 문국성은 송당 본향당의 신성을 잇는 이른바 '가지가른 당'이 아니라, 장수신으로서의 새로운 신성에 기반한 새로운 당에 좌정할 수 있었던 것이다.[27]

문국성은 장수신적 속성을 갖춤으로써 제주의 당신으로 좌정할 수 있었지만, 이와는 대조적으로 금상님의 장수신적 속성은 제향 대상으로서의 좌정에 오히려 걸림돌이 된다. 금상님은 세화 본향당의 천잣도를 찾아가 좌정 여부를 타진하는데, 이 때 천잣도가 확인하는 것은 금상님의 식성이다. 금상님이 지니는 신격적 속성을, 그 식성을 통해 확인하고자 한 것이다. 금상님은 '술도 장군, 밥도 장군, 제육 안주도 한 마리 통째로 먹는' 자신의 식성을 말하는데, 결국 이 때문에 동좌를 거부당한다. 술도 밥도 장군으로 먹는 식성을 지닌 장수신은 세화 본향당에 받아들여질 수 없었던 것이다.

장수신 금상님이 세화 본향당에서 제향받는 신으로 좌정할 수 있었던 것은, 다시 말해 세화 본향당에 이미 좌정해 있던 백줏도와 혼인 관계를 맺어 동좌할 수 있었던 까닭은, 그 식성을 포기하는 데 동의했기 때문이다. 외부에서 입도한 금상님이 세화 본향당에 좌정할 수 있었던 것은, 식성 포기를 전제로 한 관계적-수평적 내부화[28]의 결과였다.

세화리의 조산옥 심방이 구연한 〈자료 3〉, 연평리의 김병생 심방이 구연한 〈자료 6〉의 〈금상님 본풀이〉는 장수신 금상님에 대한 거부를 의미하는 이야기가 포함되어 있기도 하다. 〈자료 3〉에서는 제주의 삼천 선비가 군사를 이끌고 입도하는 금상님의 배를 입김으로 멀리

---

27 게다가 문국성은 용왕녀와 함께 귀환한다. 주지하다시피 용왕녀는 종종 아이들을 돌보는 일렛당의 신격으로 분화해 간다. 문국성형 인물과 용왕녀가 좌정한 당은, 문국성의 부모 소천국과 백줏도가 좌정한 송당 본향당과는 구분되는 새로운 신성으로서 믿어졌을 가능성이 높다. 신앙의 변화가 문국성형 본풀이의 출현과도 밀접한 관계가 있다고 추론할 수 있는 부분이다.

28 이 때의 수평적 관계는 물론 백줏도와의 관계를 말한다. 백줏도와 천잣도 사이에는 위계적 관계가 성립하므로, 금상 역시 천줏도와는 위계적 관계에 놓인다.

보내어 사라봉으로 입도하는 것을 막고, 〈자료 6〉에서는 천잣도가 '외국 장수'의 침입을 감지하고 배가 들어오지 못하도록 바람을 일으킨다. 장수신 금상님의 입도는 삼천 선비나 천잣도의 시각으로는 '우리 국을 망하게 하려는', '우리 국을 치려는' 것으로 보였기 때문이다. 이러한 위험성 때문에, 금상님은 장수신적 속성을 버리고서야-자신의 식성을 버리고서야- 내부의 신격으로 전화할 수 있었던 것이다.

그러나 한편, 제향을 통해 기대되는 금상님의 신격적 위력 역시 그의 장수신적 속성에 기반하는 것이다. 예컨대 〈자료 6〉에서 금상님의 입도를 저지하기 위해 천잣도가 일으킨 하늬바람 앞에, 금상님은 자신의 '용맹'을 두었다가 무엇에 쓰겠느냐며 샛바람을 일으킴으로써 입도에 성공한다. 샛바람을 일으킬 수 있는 것은 금상님의 '용맹', 다시 말해 장수신적 속성이었다. 그러니 금상이 장수신 금상님으로 제향되기 위해서는 내부화를 위해 포기된 식성을 제한적으로나마 회복할 필요가 있었다. 이를 위해 활용된 의례적 기제가, 바로 금상님만을 위해 행해진 '돗제'다. 〈금상님 본풀이〉는 식성을 포기하고 여위어만 가는 금상을 위해 돼지 한 마리를 통째로 먹을 수 있는 돗제를 시행하였다고 전하고 있다. 본향당의 주된 신격인 천잣도를 상위로 하는 위계 하에 금상님을 내부화하는 동시에[29] 금상님의 신격적 속성을 신앙적으로 향유하려는 의도가[30] 금상님을 위한 돗제로 구현된 것

---

29 돗제를 받는 신격은 돼지고기가 금기되는 신격에 비할 때 위계적으로 하위의 신으로 여겨진다. 유요한, 「신들 사이의 영역 구별, 신과 인간의 영역 구별: 제주 토착종교의 정결 개념에 관한 연구」, 『종교와 문화』 25호, 2013, 37~43쪽 참조.

30 현승환은 세화 마을에서 금상님을 위하는 돗제는 혼인식 직전에 주로 행해졌으며, 이는 금상님이 나쁜 액을 막아준다는 믿음에서 비롯된 것임을 보고하고 있다. 현승환, 「제주도 신화와 공동체 그 현대적 변용 양상」, 『구비문학연구』 제22집, 2006, 258~259

이다.

돗제는 궤내깃도나 금상님과 같은 장수신에게만 행해지는 것은 아니다. 월정 서당이나 평대 수데깃당에서는 심지어 여신도 돗제의 대상이 된다. 돗제는 장수신을 위한 의례가 아니라는 말이다. 강정식은 돗제가 마을 공동 의례의 대상이 되는 본향당이 아니라 개별적 의례와 수시적 의례를 받는 非본향당의 신격을 위해 고안된 의례임을 지적한 바 있다.[31] 이러한 지적을 수용한다면, 〈금상님 본풀이〉는 백줏도와의 혼인을 통해 세화 본향당의 주신 천잣도의 질서 체계로 내부화된 금상님의 내력을 말함과 동시에, 백줏도의 배려로 돗제를 받게 된 금상님 이야기를 하면서 본향당의 통제와 주선 하에 그 장수신적 속성의 신앙적 실현이 돗제를 통해 이루어졌음을 전하고 있는 셈이다. 금상님이 돗제를 받는 신으로 따로 좌정하는 것이 아니라 본향당에 함께 모셔지므로, 〈금상님 본풀이〉는 금상님이 돗제를 받은 후 정화 의례를 통해 그 식성으로 인한 부정을 씻어냄으로써 다시 본향당에 좌정한다는 이야기도 덧붙인다. 요컨대 〈금상님 본풀이〉는 외부의 장수신 금상이 어떤 내부화의 논리에 의해 어떤 신격으로 세화 마을에서 제향받을 수 있었는가를 상세히 전하는 좌정 내력담이라 할 수 있다.

장수신 본풀이로서 〈금상님 본풀이〉와 비교되는 문국성형 본풀이에서, 문국성은 내부 존재가 외부로 나가 특정한 신성을 획득해 귀환

쪽 참조. 금상님의 장수신적 면모는 횡액과 싸워 그것을 물리친다는 차원에서 환기되고 있음을 확인할 수 있다.

31 강정식, 「당신본풀이와 돼지고기 금기」, 『한국구비문학회 2012년 추계학술대회 발표논문집』, 2012.

한 것이기에 신격의 내부화를 위한 논리가 따로 마련될 필요가 없다. 그러나 〈금상님 본풀이〉는 금상이 외부에서 유래한 신이기에 그 신의 내부화 논리를 마련하지 않을 수 없었던 것으로 보인다.[32] 〈금상님 본풀이〉는 식성을 포기하고 백주와 혼인 관계를 맺음으로써 세화 본향당에서 모시는 신격에 포함된 금상님의 내력을 통해, 신성의 전환을 통한 외부 신격의 수용 및 내부화의 과정을 드러낸다. 동시에, 금상님을 위한 돗제를 마련함으로써 포기된 신성을 제한적으로 회복하여 신앙적으로 수용하는 방법과 논리를 보여주고도 있다.

6. 당본풀이 서사의 변주 원리

당본풀이는 마을 신앙의 근본과 내력을 풀어낸다. 여러 마을 당본풀이가 서로 유사한 모습을 보이는 주된 요인은 마을 신앙 역사의 유사성과 일반성이며,[33] 종종 눈에 뜨이는 당본풀이의 독특한 모습은 마을 신앙 역사의 특수성 및 개별성과 관련되어 있다. 유사하지만 각기 개별적으로 전개되어 온 당신앙의 역사가 비슷하면서도 같지는 않은, 때로는 매우 독특하기까지 한 여러 당본풀이를 낳은 것이다.

---

32 〈금상님 본풀이〉를 천잣도가 주관하는 체계가 백주의 중재로 금상을 수용함으로써 재조정되는 이야기로 읽은 선행 연구가 있다. 허용호, 「세화리 금상님본풀이 연구」, 『제주도 본풀이의 세계』, 경기대학교 인문과학연구소 학술세미나 자료집, 2003. 논의의 방법이나 구체적 내용은 차이가 있지만, 〈금상님 본풀이〉에 외부 신을 내부화하는 논리가 드러나 있다고 보는 점에서 본고와 일맥상통한다.

33 신앙과 본풀이의 상관성을 사례적으로 논의한 선행 연구로 고광민, 「堂神들의 역할 분화와 그 신앙 형태」, 『비교민속학』 제1집, 1985를 참조할 것.

이 글은 〈세화 본향당 본풀이〉라 통칭되는 세 신위에 대한 본풀이 각각을 다른 당본풀이에 견주어 그 일반성과 특수성을 가늠하고, 그 특수성의 출현 배경과 의미를 해명해 보고자 했다.

〈세화 본향당 본풀이〉의 근간은 〈천잣도 본풀이〉이다. 본향당의 주신 천잣도에 대한 본풀이는 교술적 요소만으로도 천잣도에 대한 제향의 당위성을 보증한다. 세화 본향당은 원래 금상님을 모시다가 송당의 백줏도를 모셔와 형성되었다는 추론이 제기되기도 하였지만,[34] 적어도 본풀이가 풀어내는 이력에 따르면 세화 본향당 설립의 뿌리는 천잣도에게 있다. 본풀이에서 묘사되는 천잣도의 문신적 면모가 후대적 변모나 첨가일 가능성은 충분하나, 본풀이는 세화 본향당을 중심으로 한 신앙의 기원이 천잣도에 있음을 분명히 서술하고 있다. 선행 연구에서 상대적으로 소홀하게 다루어지면서 심지어 폄훼되기조차 했던 〈천잣도 본풀이〉의 가치는 결코 간과할 만한 것이 아니다.

〈백줏도 본풀이〉와 〈금상님 본풀이〉는 천잣도를 제향하는 세화 본향당에 백줏도와 금상님을 함께 모시게 된 내력을 풀이한다. 백줏도와 금상님은 모두 제주 섬 밖 외부에서 입도한 신격으로, 본풀이는 그러한 신격들이 기존의 본향당 신격과 어떤 관계를 맺으며 내부화되었는가를 설명한다. 다시 말해 외부에서 입도하여 세화 본향당에 좌정한 두 신격에 대한 본풀이는, 신앙 대상의 확대로 늘어난 신격들이 어떤 위상을 부여받아 마을의 신앙적 우주 속에 자리하게 되었는가를 보여 주는 것이다. 따라서 〈백줏도 본풀이〉와 〈금상님 본풀이〉

34 조현설, 앞의 글, 464쪽.

는, 외부 신격에 대한 신앙적 내부화 논리가 담겨 있는 본풀이라고 볼 수 있다. 〈백줏도 본풀이〉에는 초월성을 지닌 외부의 여성 신격이 이미 좌정해 있는 본향당의 신격과 위계적 관계로 내부화되는 양상과 논리가, 〈금상님 본풀이〉에는 외부에서 유래한 장수신을 수용하되 그 위력의 위험성은 제거하는 장치를 마련한 채 내부화하는 양상과 논리가 서사화되어 있다.

'백주'는 특정한 신, 예컨대 송당 본향당에서 모셔지는 여성 신격의 고유한 이름이기도 하지만, 다른 한편으로는 제주 당본풀이의 세계에서 외부로부터의 입도 여신을 거듭 지칭하는 일반 명사에 가까울 수 있다. 따라서 세화 본향당의 〈백줏도 본풀이〉는 '백주'라는 고유 명사를 지닌 송당 본향당신과의 관계 속에서 해명하기보다는, '백주'라는 일반 명사의 한 사례로 논의하는 것이 유용할 수 있다. 이 글에서 본격적으로 다루지는 않았으나, 세화 본향당에서 돗제를 받는 신격인 '금상'은 제주 섬 밖 한반도의 나주 금성산 신격이 다른 지역으로 수용되면서 그 명칭과 성격이 변주된 것일 가능성도 고려해 볼 수 있다.[35] 〈세화 본향당 본풀이〉가 천잣도의 좌정에서부터 시작하여 통상적인 토착 남신과의 결연 대신 천잣도의 외손녀임을 근거로 한 백줏도의 좌정, 백줏도와의 혼인 및 돗제를 통해 천잣도의 세화 마을에서 제향받게 된 금상의 좌정 내력을 차곡차곡 보태어 형성된 본풀이라

---

35 서울굿 신령 '금성'의 정체는 '금성대군'이 아니라 나주 금성산 신격임을 주장한 홍태한, 「서울굿 신령 '금성'의 정체성 고찰」, 『실천민속학연구』 제31호, 실천민속학회, 2018 참조. 나주 금성산 신격이 제주 본풀이에 유입된 사례에 대해서는 정진희, 「제주도와 미야코지마 신화의 비교 연구: 외부 권력의 간섭과 신화의 재편 양상을 중심으로」, 서울대학교 박사학위논문, 2008, 150~155쪽 참조.

고 할 수 있다면, 〈세화 본향당 본풀이〉는 세화 본향당 신앙의 변화를 보여주는 한편 당본풀이의 역사적 변천과 서사적 변주 및 신화적 논리의 전개 양상을 엿볼 수 있게 해 준다는 점에서 의미있다고 그 의의를 부여할 수 있을 것이다.

당본풀이는 제주에서 형성되고 향유되어 온 구비문학 갈래이다. 당본풀이는 당본풀이가 자리하고 있는 체계 안에서 해석될 때 그 해석의 타당성을 확보할 수 있다고 믿는다. 여기에서는 〈세화 본향당 본풀이〉를 대상으로, 당본풀이의 일반성 혹은 전형성이라는 체계 안에서 그것을 고찰해 보았다. 〈세화 본향당 본풀이〉는 송당 본향당 본풀이나 김녕 궤내깃당 본풀이에 한정되는 특수한 영향 관계에 의해 형성된 본풀이가 아니라, 제주도 당본풀이의 일반적 서사 관습을 활용하고 변주하면서 신앙 대상의 확대에 따른 수용과 조정의 신화적 논리를 구축해 간 본풀이임을 추론해 낼 수 있었다. 당본풀이의 특수성을 당본풀이의 일반성을 통해 읽어낸다는 여기에서의 연구 시각과 방법이, 다른 당본풀이에 비할 때 서사가 특수하다고 하여 특히 주목되어 온 제주의 다른 당본풀이를 고찰하는 데에도 유용하지 않을까 한다. 후고를 기약한다.

18세기 제주문인 정체성의 일단

장한철 『표해록』의 경우

정환국

1. 프롤로그: 제주 고전문학 연구의 시좌

인조 효종 연간의 제주인 김복수(金福壽)는 베트남에 표착했다가 일본을 거쳐 생환한 인물로 알려져 있다. 또한 제주도의 대표적인 민요 가운데 하나인 〈오돌또기〉는 그가 베트남에 두고 온 아내를 그리워하며 부른 노래로 지금껏 전승되고 있다. 그에 관한 전승담에는 표류와 생환, 그리고 회한의 정서가 깊게 배어 있거니와, 이는 과거 제주인의 현실을 응축한 사례로 손색이 없다.[1] 한편 18세기 말 목만중(睦萬中, 1723~1810)은 「김복수전(金福壽傳)」을 남겼다. 그런데 그 내용은 제주에서 전승되는 양상과는 판이하다. 표류인 김복수를 베트남을 교화시키고 서학을 배척한, 다시 말해 조선유교를 해외에 이식

---

1 이에 대해서는 진성기 편저, 『남국의 전설』(「오돌또기와 김복수」, 일지사, 1968, 252~255쪽. 1956년 채록)과 이석범, 『제주전설집2』(「오돌또기」, 제주문화원, 2012, 269~277쪽) 등 참조.

시킨 주체로 추켜올렸다. 그 시선은 저 바다 밖 변방의 표류자가 조선 유교의 첨병 역할을 했다는 점에 맞춰져 있다. 필자는 이 사례를 두고 김복수에게 '어울리지 않은 옷을 입혀 실상을 조작했다'는 혐의를 씌운바 있다.[2] 요컨대 제주에서 전승되는 김복수와 육지인, 특히 조선후기 사대부의 시선에 포착된 김복수는 아예 다른 존재였다.

물론 한 인물이 후대에 다양한 버전으로 해석되는 점 자체는 흥미로운 사안이다. 그러나 그것이 실상을 벗어나 과도한 방향으로 변형되는 것은 문제다. 특정한 쪽으로 왜곡될 수 있기 때문이다. 그런데 목만중이 김복수를 입전한 과정을 보면 다소 환기할 점도 없지 않다. 작품의 끝에 붙인 사평(史評)에, 애초 제주 출신의 장령 변경우(邊景祐, 1745~1836)가 김복수 이야기를 강준흠(姜浚欽, 1768~1833)에게 들려준 것으로 나온다. 강준흠은 이를 기(記)로 남겼으며, 목만중은 이 기문에 의거하여 다시 입전했다는 것이다.[3] 목만중과 강준흠은 동파(同派)로 서학을 배척하는 공서파이기도 했다. 따라서 이미 강준흠의 기문에서 어느 정도 변형된 김복수가 만들어졌을 가능성이 없지 않다.[4]

그렇다면 처음 변경우가 강준흠에게 김복수 사적을 어떻게 들려주었을까가 궁금해진다. 참고로 실록에 의하면, 변경우는 1793년 장령에 제수되었고 같은 해 제주 백성의 고충과 폐단을 진언하는가 하면,

---

2 정환국, 「조작되는 하위/하위주체들 - 횡재 소재 표류서사의 변이양상과 하위주체의 성격」, 『민족문학사연구』 68호, 민족문학사학회, 2018, 152~156쪽.

3 목만중, 「金福壽傳」(『餘窩集』 권16). "野史氏曰 (중략) 姜君浚欽, 得其事於耽羅人掌令邊景祐, 記以示余, 余讀之而歎曰 (중략) 遂就而略刪爲傳." 참고로 이 점은 안대회, 「여와 목만중의 표류인 전기 「김복수전」 연구」(『한국문화』 37집, 규장각 한국학연구원, 2014)에서도 언급된바 있다.

4 현재 이 記文은 따로 남아 있지 않아 그 실제를 확인할 수 없다.

1795년에는 사창(社倉)을 설치하여 제주민을 구휼할 것을 청하는 등 남다른 애향심을 보인 인물이다. 그런 그가 김복수 이야기를 강준흠에게 들려줄 때 어느 정도 윤색했을 가능성도 없지는 않다. 그럼에도 베트남을 유자의 나라로 거듭나게 하고, 나가사키에서 서학 철폐의 선봉에 선 인물로까지 조정되지는 않았을 것이다.[5] 결과적으로 「김복수전」은 자신의 당파적 입장이나 제주 지역을 바라보는 육지인의 일방적인 시선에 의해 재구성된 작품이라 하겠다.

지금 이 「김복수전」을 장황하게 거론한 것은 모종의 중심(성)이 작동하여 제주, 또는 제주인을 표상한 하나의 사례로 보이기 때문이다. 실제 최소한 18세기까지 제주와 제주인의 모습은 텍스트를 지배한 주체들에 의해 철저하게 대상화되어 왔다. 그 흔적을 고전문학에서 확인하기는 어렵지 않다. 거기에는 일정한 오해와 편견이 개입되고 있었다.

그러나 제주 관련 고전문학이 이쪽만 있는 것은 물론 아니다. 제주 자체로 역사와 문화를 축적하며, 주체적인 삶의 자취를 따라 수많은 이야기와 노래를 공유해 왔다. 이 명백한 결과물은 전설과 민담, 무가

---

5 참고로 탐라지 후대본인 동경대 소장 『耽羅志』에는 제주 전승담에 없는 김복수가 구라파 사신을 만난 화소가 들어 있다. 하지만 견문과 체험의 요소가 첨가되었을 뿐이지 그가 구라파나 서학에 대해 특별히 반응한 내용은 없다. 『耽羅志』·「邊情(戰守·異船·漂流)」조. “州人金福壽, 漂到安南國, 同船者皆死, 不能獨還, 居數年. 有琉球林女春香者漂來, 與之同居, 生三子三女. 後隨日本使行, 入大板[阪]城, 同館有仇羅姿[婆]國使者, 形貌極怪, 削鬚髮, 跣足露, 頭着氍毹周衣, 坐則下體盡露, 亦不爲恥. 有方書十二卷, 其俗不尙儒術. 別立門戶, 名之日伎利, 又日偈關. 關伯聞之, 遣使求其法, 故來聘云. 又逢琉球使者, 其中林春榮, 卽春香之弟也, 邂逅相逢, 得傳其妹消息. 竣事後發船, 復路出大洋, 遙見漢拏山, 遂出還鄕之計, 瞞告同船人日: ‘故國尙遠, 甘水將竭, 今幸大陸在邇, 請汲水而來.’ 乘小艇, 脫身而歸至老死. 不忘林女, 有時登高號哭云.”

와 민요로 꾸준히 전승되어 왔으며, 이에 대한 연구도 제주 안팎에서 진지하게 다루어져 왔다. 이런 상황이고 보면 이 내부에서 생산된 작품들과 타자의 시선에 의해 포착된 작품들이 제주 고전문학의 두 축을 형성하고 있다. 그에 따른 연구도 자체의 독자성을 강조하거나 타자에 의해 조정된, '역외성'에 주목하는 두 가지 방향으로 진행되어 왔다. 이 두 가지의 시각이 교차되거나 정합된 사례는 아직까지 없는 것 같다. 이것이 필자가 판단하는 제주 고전문학 연구에 있어서 주요한 현상이자 난제이다.

그런데 이 점을 차치하더라도 다른 문제도 남아 있다. 한국 고전문학에서 제주 고전문학을 어떻게 위치시키느냐 하는 것이다. 앞에서 언급한 대로 한쪽은 독자성을, 또 한쪽은 역외성을 강조하다보니 제주 관련 고전문학은 한국고전문학에서 별개의 것 인양 치부되어 왔다. 당연히 제주 고전문학은 한국고전문학의 다양성(또는 다종성)과 입체성을 구현하는 거점이 되어야 한다. 하나의 딴 영역이 아닌 한국고전문학의 주요 범주로 상정되어 그 확장성에 관심이 두어져야 한다는 것이다. 제주 고전문학이 한국고전문학의 교집합 안에서 정합적으로 작동된다면 양자는 새로운 활로를 열 수 있을 것이다. 그만큼 한국고전문학 연구에서 제주 고전문학은 중요하다.

한편 최근 제주 출신 문인들의 저작이 소개되면서 제주민요나 무가 같은 집단적 창작물과는 결을 달리하는 의식세계의 일단을 상정할 수 있게 되었다. 나아가 육지 문인들의 제주를 바라보는 시각과도 다뤄볼 여지가 생겼다. 제주와 의주에 특설했던 승보시(陞補試)는 제주지식인들이 중앙과 관료로 진출할 수 있는 유일한 통로였다. 급제자들 중에는 출륙(出六)을 하는 등 중앙정계와 지방관을 수행하면서 애향심을 고취하거나, 제주인으로서 자기정체성을 고민하기도 했다. 제주 출신이지만 일반 제주 백성과는 구별되고, 육지지식인들과는 다른 위계에 있었던 이들 제주문인들의 의식세계는 그 자체로 상당히 흥미로운 연구 대상이라 하겠다. 그러나 정작 이들의 의식세계를 확인할 수 있는 문집이나 관련 자료는 희소하다. 현재 가장 이른 시기의 문집은 1790년대에 중앙 정계에 진출하여 장령 등을 역임한 변경붕(邊景鵬, ?~?)의 것으로 알려져 있다.[6] 그 외에는 19세기 후반에서 20세기까지 활약한 문인들의 문집이 대부분이다.

마침 이 글에서 다루고자 하는 장한철(張漢喆, 1744~?)은 변경붕보다 10년 먼저 중앙정계에 진출한 인물이다. 그런데 그는 따로 문집을 남기지 않았다. 대신 자신의 표류 체험을 『표해록』으로 남겼다. 이 작품의 흥미로운 점은 다른 표해록과는 달리 작자의 내면세계와 제주지식인으로서의 면모를 확인할 수 있는 내용을 풍부하게 담고 있다는 것이다. 따라서 이 작품은 18세기 후반 제주문인의 의식세계와 그 정체성을 확인할 수 있는 거의 유일한 자료이다.[7]

---

6 김새미오, 「『일재 변경붕 문집』에 나타난 18~19세기의 제주사회 성격에 관한 일고: 유교사회로의 변화 양상을 중심으로」, 『영주어문』 제20집, 영주어문학회, 2010.

7 그동안 『표해록』에 대한 연구는 처음 정병욱이 이 자료를 학계에 소개한 이래(「표해록」, 『인문과학』 6집, 연세대 인문학연구원, 1961) 그 서사적 성격(서인석, 「장한철의 「표해록」과 수필의 서사적 성격」, 『국어교육』 67집, 한국국어교육연구회, 1989)과 야담으로의 전이 양상(윤치부, 「장한철의 〈표해록〉과 한문단편의 관련 양상」, 『고소설연구』 2집, 한국고소설학회, 1996; 정솔미, 「장한철 『표해록』의 야담적 전이양상 - 『기리총화』와 『청구야담』을 중심으로」, 『민족문학사연구』 67호, 민족문학사학회, 2018), 해외체험의 면모(김경옥, 「18세기 장한철의 『표해록』을 통해 본 해외체험」, 『역사학연구』 48집, 호남사학회, 2012) 등이 조명되었다. 최근에는 제주도와 섬사람들의 면모에 주목하거나(김미선, 「〈표해록〉으로 본 18세기 제주도선비 장한철과 섬사람들」, 『동양학』 78집, 단국대 동양학연구원, 2020), 텍스트 형성 문제를 밝히는 등(강문종, 「장한철

2. 18세기 제주문인 장한철(張漢喆)과 『표해록(漂海錄)』

장한철은 1770년 가을 제주 향시에서 수석을 차지한 뒤 마을 어른들의 주선과 세 읍에서 마련해준 여비로 곧장 회시를 치르기 위해 상경길에 나섰다. 그러나 이 첫 육지 나들이 길이 표류로 이어졌고, 생사를 넘나들다 생환한 끝에 남긴 기록물이 『표해록』이다. 이후 1774년 제주 승보시에 다시 합격하고, 1775년 문과 별시에 급제하여 벼슬에 나아가게 되었다. 지금까지 확인된 그의 관력은 1775년 6월 가주서(假注書), 1777년 8월 성균관 학유(學諭), 1779년 2월 학록(學錄), 6월 학정(學正), 7월 성균박사, 1780년 6월 전적(典籍), 12월 이조의 가낭청(假郎廳), 1781년 6월 상운찰방, 1783년 흡곡현감, 1787년 대정현감, 1792년 평시서 주부(平市署主簿) 등이다. 특히 상운찰방으로 있을 때 역폐(驛弊)를 진달하여 정조로부터 '먼 지방 출신으로 관의 일을 힘껏 수행했다'는 평가를 받았고, 그 치적으로 흡곡현감으로 승진된바 있으며,[8] 대정현감으로 있을 때는 당시 유배인 김우진(金宇鎭)의 출륙을 막지 못했다는 죄로 의금부에 압송되어 투옥되는 고초를 겪기도 했다. 그런데 약 3개월 만에 풀려나 평시서 주부로 서용된 사실이 확인되며,[9] 이후의 사적은 보이지 않는다.[10] 따라서 그의 만년

〈표해록〉의 텍스트 형성 동인 연구」, 『해양도시문화교섭학』 23집, 한국해양대 국제해양문제연구소, 2020) 점차 다변화하고 있다. 하지만 아직까지 본 연구와 맥락을 같이하는 사례는 없었다.

8 『일성록』, 정조 7년 계묘(1783) 11월 10일조. "教曰: 祥雲察訪張漢喆, 家在絕域, 視官如家, 事事殫竭, 聲績如許. 似此之人, 尤合奬勸, 今日政道內守令窠調用, 該察訪有闕代, 各別擇差, 亦令待明朝辭朝."

9 이 시점이 1789년 6월경이다. 여기까지의 관력 사항은 『조선왕조실록』과 『일성록』

이 어떠했는지는 알 수 없다.

이런 부침이 있었지만 제주 출신 인사로는 전례에 없는 관력을 거쳤다는 점에서 장한철의 중앙 정계 진출은 주목할 만 하다.[11] 공교롭게도 그를 이어 약 10년 뒤에 대정 출신으로 변경우와 변경붕이 연이어 과거에 합격하여 장한철과 비슷한 과정을 밟는다. 특히 변경우는 1790년대에 사헌부 장령(掌令) 등을 지내 장한철보다 높은 품직에 오르기도 했다. 여기 변경우와 변경붕은 육촌간으로 대정의 유력한 양반 가문 출신이었다.

이에 반해 장한철의 집안은 제주에서 그리 유망하지 않았다. 그의 6대조인 장일취(張一就)가 입도조(入島祖)인바, 애월에 정착한 시점이 17세기 어디쯤이었다. 그는 애초 제주 사족 출신이 아니었다. 증조 양소(揚蘇), 조부 선일(善逸), 부친 차방(次房) 등은 향시에 입격한 예도 없다.[12] 더구나 부친은 일찍 세상을 떠 장한철은 중부(仲父)인 쌍오당(雙梧堂) 장중방(張重房)에게 양육되었다. 그는 『표해록』에서 숙부의 은혜에 보답하고자 과거공부에 매진했다고 밝힌 바 있다.[13] 그러

등을 참조했다.

10 『표해록』을 한문단편으로 재구한 『기리총화』 제25화 「張漢喆漂海錄」의 제목 아래에 "漢喆濟州人, 官至高城郡守"라는 주가 달려 있다. 고성군수를 지냈다는 것인데, 실제 고성군수를 지냈는지 아니면 상운찰방이나 흡곡현감을 지낸 관력을 이렇게 잘못 표기한 것인지는 알 수 없다. 그런데 장한철의 후손이 강원도에 살았다는 전언도 있는 걸 보면 이 기록도 마냥 무시할 수만은 없다.

11 같은 애월 출신으로 강봉서(姜鳳瑞, 1746~1823)도 장한철과 같은 해에 과거에 합격하여 1793년에는 장령을 지낸 바 있긴 하나, 장한철보다는 관력이 늦은 편이다.

12 제주 과거 합격자를 기록한 『耽羅賓興錄』이나 『龍榜錄』은 물론, 제주 향시 합격자 기록인 『蓮榜錄』에도 이들의 이름은 보이지 않는다. 참고로 장한철의 가계는 장한철(김지홍 역), 『표해록』(지만지클래식, 2009)의 「해설」 부분을 일부 참조했다.

13 장한철, 『표해록』 12월 26일조. "蓋雙梧仲父堂號也. 噫! 余幼而孤, 養於雙梧堂膝下,

나 장중방도 어떤 위치에 있었는지는 확인되지 않는다.

참고로 제주도의 양반제는 다른 지역과는 좀 달랐다고 한다. 즉 유학(幼學)이나 유생(儒生) 등 과업을 일삼는 부류가 있었는가 하면 주로 평민층이 담당해 왔던 좌수나 별감, 훈장 등의 자리도 양반이 차지하고 있었다. 말하자면 두 층위의 양반이 존재했던 것이다.[14] 그렇다면 장한철의 집안은 후자에 속하지 않았을까 싶다. 비슷한 시기 대정의 변경우, 변경붕 집안과는 상당한 차이가 있었던 셈이다. 더구나 그는 부친도 일찍 작고한 터 녹록한 상황은 분명 아니었던 것 같다. 그런 그가 『표해록』을 정리한 시점, 즉 그의 의식세계가 드러나는 텍스트를 구현한 것은 나이 26세 때였다. 이런 정황들은 장한철의 제주문인으로서의 처지를 확인하는데 환기할 지점들이다.

한편 『표해록』은 1770년 12월 25일 출항한 당일에 표류를 시작하여 이듬해 1월 6일 청산도에 도착한 이후 5월 8일 제주로 귀향하기까지의 기록이다. 군이 3월 3일 서울에 올라가 회시에 낙방한 일과 제주에 돌아온 뒤 불귀의 객이 된 생환자들을 일일이 찾아 조문하는 등 표류 이후의 행적까지 덧붙였다. 그리고 그 달 하순에 이를 정리하였다.[15] 표류 경험이 당장 정리된 사례다. 물론 그는 이미 호산도(虎山島)에 1차 표착했을 때부터 자신의 표류 경험을 적고 있었다. 처음부

鍾愛甚篤, 有鄧伯道存兄兒之風, 則余之所宜仰報者, 顧何如, 而至恩未報, 倏夜隔紙." 자료는 친필본으로 알려진 국립제주박물관 소장본을 기준으로 한다. 이하에서 『표해록』을 인용하는 경우 책명과 일자만 밝히기로 한다.

14 조성윤, 「조선후기 제주도 지방의 신분구조」, 『사회와 역사』 27집, 한국사회사학회, 1991, 185~195쪽.

15 『표해록』 필사기. "歲舍辛卯之仲夏下澣, 鹿潭居士識."

터 그 체험을 기록으로 남기려는 의도가 있었음을 짐작하게 한다.

실제 이 『표해록』은 그가 5년 뒤 정계에 진입했을 때 자의든 타의든 자신의 문필력을 과시하는 도구가 된 듯하다. 1781년 그는 상운찰방으로 있을 때 조정에 입시하여 국왕을 접견할 기회가 있었다.

> 상운찰방 장한철이 임금을 알현하였다. 임금이 "도정에 있을 때 이 사람이 낭청으로 있었지."라고 하자, 서명선이 아뢰었다. "이 사람은 제주에 살고 있는데 글을 잘 짓습니다. 그의 『표해록』을 보니 제법 볼만하였습니다." 임금이 물었다. "어느 곳으로 표류를 했더냐?" 장한철이 아뢰었다. "표류하여 안남국이 이르렀는데 그 중에는 대명 유민의 자손들도 있었습니다. 조선 사람이 왔다는 소식을 듣고 모두 기쁘게 맞아주었습니다."[16]

임금은 그가 낭청으로 있을 때를 기억했고, 정조의 신임이 두터웠던 영의정 서명선(徐命善, 1728~1791)은 장한철이 제주 출신이며 글을 잘하는 인물로 평가하면서, 그의 『표해록』을 직접 읽은 경험을 소개하고 있다. 당시 국정의 최고의 자리에 있었던 서명선이 이 책을 보았으니 다른 조정의 신료들도 접했을 가능성은 농후하다. 분명 장한철이 서울에 올라올 때 이 『표해록』을 가지고 왔고, 그것이 조정 신료들에게 읽히고 있었음을 보여주는 사례이다.

이어 정조는 그에게 어느 곳을 표류했는지 물었는데, 그 답이 좀 이상하다. 표류하여 안남국에 이르렀고, 거기에는 대명 유민도 있어

---

16 『승정원일기』 1781년 11월 5일(계묘)조. "祥雲察訪張漢喆進伏, 上曰: '都政時, 此人爲郞廳矣.' 命善曰: '此人居在濟州, 能善文, 而見其漂海錄, 則頗有可觀矣.' 上曰: '漂到何處乎?' 漢喆曰: '漂至安南國, 而其中有大明遺民子孫, 聞朝鮮人來到, 皆欣迎矣.'"

서 조선 사람인 자기 일행을 잘 대접해 주었다는 것이다. 그러나 이는 실제와 차이가 있다. 아마도 베트남 국적의 상선에 구출된 정황과 선상에서의 임준(林遵) 일행과의 조우를 대명 유민의 환영으로 적시한 것으로 보인다. 이는 자신이 유자로서의 정체성을 구현하고자 일부러 부각시킨 부분이 아닌가 싶다.

이와 연관된 제주 전승담도 있다. 장한철이 과거를 보러 가서 이 표류기를 국왕에게 보이고, 국왕은 이를 가상히 여겨 대정현감에 제수했다는 이야기가 그것이다.[17] 물론 실제와는 다르다. 하지만 이 이면에는 장한철과 『표해록』은 불가분의 관계이며, 이 저작이 그의 관직 진출에도 일정한 영향이 미쳤을 것이라는 기대가 들어 있다 하겠다. 아무튼 『표해록』은 장한철의 역량을 과시하는데 직간접적인 효과가 적지 않았던 저작이었다.

뿐만 아니라 이 책은 당시 육지 인사들에게도 관심거리였다. 유만주(俞晚柱, 1755~1788)는 앞서 서명선이 국왕에게 『표해록』의 존재를 보고한 그 해에 이 책을 읽고 있었다. 그의 일기 『흠영(欽英)』 신축년(1781) 6월 초4일조에 "見耽羅張氏庚寅漂海錄(一冊)"이라 하고, 이어서 이 책을 통해 생사의 고뇌에서 어느 정도 초월하게 됐다는 감회를 적고 있다.[18] 유만주는 이틀 뒤에도 계속 『표해록』을 읽고 있었다.

---

17 김영돈 외, 『제주설화집성(1)』, 탐라문화연구소, 1985, 373~374쪽. "장한철 할아바지가 배를 타고 잇엇는디 바름이 불어서 유리국을 떠내려가서 자꾸 표류기를 일기를 즉앗다고. (중략) 당도해서 이제 목심을 살아서 그뒷해 또 서월 과거를 보레 갓댄 말여. 대정현감을 벌레 가니까, 그 표류기를 베왓댄 말여 표류기를 베우니, 아 이왕께서 '아직ᄁᆞ지는 우리나라에 이 표류기를 따까서 내안티 배와 본 백성은 ᄒᆞ나도 읎다 ᄒᆞ나도 읎는디 너 소원이 뭐냐?' ᄒᆞ니 '내 대정현감 ᄒᆞ나 소원입니다.'고."

18 유만주, 『欽英』 신축부(1781년) 6월 초4일조. "死生命也, 苟其命不宜死, 則雖萬難千危,

이번에는 이 책에 나오는 다섯 가지 신기한 장관으로 신기루와 고래 및 용오름, 쌍진주와 상선(商船)을 들고 있다.[19] 이처럼 한 서울의 문사에게 이 책은 사생의 문제를 음미하고, 바다 위의 장관과 사건을 경험하게 한 흥미로운 텍스트로 수용되고 있었다.

더구나 이미 알려져 있듯이 『표해록』은 19세기 전반 이현기(李玄綺, 1796~1846)의 『기리총화』와 『청구야담』 등에서 한문단편으로 각색되기에 이른다.[20] 또 어느 정도 알려져 있듯이 한문단편 중에는 기존의 문집 등에서 전재된 이야기가 적지 않으나 이처럼 실기 한 편이 이른 시점에 야담화된 예는 없었다. 그만큼 흥미로웠다는 증거다.

이렇게 『표해록』이 당대에 관심을 끈 데는 장한철의 표류 체험이 강렬했을 뿐만 아니라 여타 표류 기록과는 달리 그 소재와 구성 등에서 서사적인 흥미를 끌 만한 요소가 많았기 때문이었다. 지금까지 연구에서도 일부분 지적된 만큼, 그 특징을 몇 가지로 요약하면 다음과 같다. 첫째, 제주인이 표류한 기록은 많지만 제주인이 직접 경험한 표류기록을 작품으로 남긴 사례로는 이것이 유일하며, 따라서 육지인이 남긴 표해록과는 그 심상이 상당히 다르다. 둘째, 이 작품은 표류와 항해를 통해서 경험할 수 있는 최대치가 수렴되었다. 즉 뱃사람들의 습속, 신기루와 용오름, 해산물 횡재, 해적과의 조우, 무역선의 구

無一可生，而終竟不死．觀乎此，則可以夷曠於死生之際矣."

19 위의 책, 6월 초6일조. "漂海之錄，環觀有五，蜃樓也，鯨魚也，升龍也，異珠也，林舶也."

20 특히 처음 한문단편화 된 『기리총화』(임형택소장본)에는 이야기 제목을 '張漢喆漂海錄'이라고 하여 『표해록』을 그대로 가져와 재구성하였음을 보여준다. 더구나 『청구야담』에서는 주인공을 3인칭으로 처리한 것에 반해 여기서는 1인칭 시점을 유지하고 있다.

조 등등이 요소요소에 배합되어 흥미를 제고한다. 자칫 작위적이란 느낌이 들 만큼 다양한 요소들이 첨입되어 있다. 셋째, 다른 표해록류에서 볼 수 없는 저자의 내면심리와 승선한 이들과의 갈등 등 선내(船內)의 서사가 다채롭다. 넷째, 꿈이나 복선에 해당되는 소재를 적절히 배치하여 문학적인 완성도를 높이고 있다.

이 점은 이를 각색한 『기리총화』와 『청구야담』의 이야기와 비교되는 부분이다. 이쪽은 작자의 내면심리나 선상의 갈등, 그리고 상기한 문학적 요소들이 사건 위주로 구성되면서 대부분 탈락해 버렸다. 최근 연구에서 이 한문단편화를 상당히 성공적인 사례로 평가한바 있으나,[21] 오히려 그렇지 못하다. 사건 위주로 구성하다보니 주인공의 내면이나 갈등의 국면들이 반감돼 재미가 덜하다. 그만큼 『표해록』은 문학적인 요소가 풍부한 저작이다. 단언하건대 이 책은 최부(崔溥)『표해록』의 전통을 이은 것이지만, 다른 표해록과는 질적으로 구분되는 18세기 한국 실기문학의 정수라 할 만하다. 그것은 독특한 위치에 있었던 제주 문인이 자신의 의식세계로 구성했기에 가능한 것이기도 했다.

3. 장한철의 표류 체험에 구현된 제주/제주인과 외부세계

『표해록』의 풍부한 내면세계의 표출과 외부세계와의 대응 등은 크게 두 가지 방면에서 확인된다. 표류하는 배 안에서 동승자들과의

---

21 정솔미, 앞의 글 참조.

갈등과 화해의 과정이 그 하나이다. 기실 표해록 중에 이 자료만큼 선상에서의 사건을 다룬 것도 없거니와, 그런 속에서 장한철의 내적 번민도 과감 없이 드러나 있다. 다른 하나는 배 밖, 즉 외부세계와의 조우이다. 안남 국적의 상선을 만나 1차 구출되었다가 다시 청산도에 표착하여 생환하기까지 연이어 다른 세계와 접속하게 되는데, 이 과정에서 장한철의 의식세계의 일단이 드러나면서 각각의 층위를 구성하게 되었다.

1) 선상 갈등과 '제주사람들'

애초 장한철은 제주 출신임에도 항해의 경험이 전무했던 것 같다. 그는 승선한 직후 지나치는 화탈도(관탈섬)를 보고 저곳에 사람이 사는지, 제주와 육지와는 거리가 얼마나 되는지 묻기 바쁘다. 그런데 이것부터가 화근이었다. 화난 사공을 본 노잡이 고득성(高得成)은 '배에서는 손을 들어 한 곳을 가리키거나, 바다 위에서는 길의 멀고 가까움을 물어서도 안 된다'는 뱃사람들의 속기(俗忌)를 알려준다.[22] 장한철로서는 당혹스러웠다. 그러던 중에 큰 고래가 나타나 배를 삼킬 듯 덤벼들었다.

> 뱃사람들은 모두 질린 낯빛으로 배 안에 엎드려 고래와 마주치지 않으려 하였다. '관세음보살'을 외는 소리가 그치질 않았다. 이윽고 고래가 지나가 멀어지고 나사 파도가 잔잔해지고 배도 안정되었다. 나는 뱃사람들을 나무랬다. "소리 내거나 기척하지 않으면 저것이 배가 있는지도 모

---

22 『표해록』 12월 25일조. "余以手指點曰 (중략) 沙工目余而不答, 如有所欲言而不發, 高得成在旁, 密謂曰: '舟中本不擧手指點, 海上不問前路遠近者, 俗忌卽然, 不可不知也.'"

> 를 것이야. 그게 옳지 관세음 소리는 무엇 하러 내는가? 저것이 도를 닦는 중도 아니거늘, 어찌 관음불이 존귀함을 안다고? 설령 관세음의 남은 영혼이 있다하더라도 어찌 저것을 옭아매 우리 배를 지켜주겠는가? 자네들이 관음에게 비는 게 무엇이란 말인가?" 뱃사람들은 그래도 내 말이 그렇지 않다 하며 저들끼리 속삭였다. "배안에서의 일은 당연히 뱃사람에게 맡겨 둬야지 어찌 저이는 자기가 많이 안다고 저러지?"[23]

뱃사람들이 생사의 위협에 직면했을 때, '관세음보살'을 외며 구원을 바라는 것은 아주 오랜 연원을 가지고 있다. 바로 동아시아 해양문화에서 보편적으로 확인되는 관음신앙이다.[24] 그런데 장한철은 이런 뱃사람들의 오랜 습속을 완전히 무시한다. 관음에게 빌어서 무슨 득이냐는 것이다. 예의 유가지식인이라면 얼마든지 할 만한 발화이다. 그렇다고 제주인 장한철이 뱃사람들의 습속을 아예 모르고 있었다고 짐작되지는 않는다. 말하자면 의도적인 도발일 수 있다. 이것이 뱃사람들의 생리와 정면으로 부딪치고 있기에 향후 갈등의 요인으로 작용하거니와, 저들과 자신을 구분하는 논리로 제격이었다. 뱃사람들의 '뱃일은 뱃사람들에게 맡겨야 하지 지식분자가 나설 게 아니다'는 멘트는 문인 장한철이 바다의 금기와 생리에 대해 도전하고 있음을

---

23 『표해록』 12월 25일조. "舟人皆失色, 俯伏於船中, 欲其不相見, 而猶誦觀音菩薩之聲, 不絕于口. 頃之, 鯨去已遠, 波靜舟平, 余責舟人曰: '屛息聲氣, 使彼物不知有舟船, 則可也, 而觀音之聲, 何爲而發也? 彼物非修道之僧, 豈知尊觀音之佛? 觀音之殘魂餘靈, 亦豈能𩍰羈彼物擁護此船耶? 爾於觀音, 抑何所祝?' 舟人猶以余言爲不然, 而密相語曰: '船上之事, 固當付之於舟人, 何如彼自多知識耶?'" 이하 번역은 김지홍 역, 앞의 책을 참조하되 필자가 대폭 조정하였다.

24 그 사례가 초기 동아시아 표류담에 잘 드러나 있다. 이에 대해서는 정환국, 「동아시아 漂流敍事 서설」, 『대동문화연구』 100집, 대동문화원구원, 2017 참조.

확인시켜 준다.

그런데 항해 첫날 폭풍우에 휘말려 표류가 시작되면서 상황은 급변한다. 사실 선장격인 사공 이창성(李昌成)을 비롯해 동선한 누구도 지금까지 본격적인 표류를 경험해 본 적은 없었다. 당연히 뱃사람들은 표류하고 나면 죽는 것 밖에는 도리가 없다고 여겼을 터다. 실제로 이들은 표류가 시작되자 두려움에 떨며 죽음을 기다릴 뿐이었다. 하지만 장한철은 자신의 식견을 총동원하여 이들을 꾀기 시작한다. 바람과 방향에 따라 중국이나 유구 같은 육지에 닿을 수 있을 것이라는 기대를 심어준 것이었다. 이런 생환의 기대로 뱃사람들은 점차 장한철을 의지하고 따르기 시작한다. 이로 인해 배안에서의 위치가 서서히 역전되고 있었다.

그럼에도 이들 사이의 괴리는 여전하여 사안마다 다툼은 지속되었다.[25] 그러다보니 걸핏하면 뱃사람들을 두고 '어리석고 미련한' 존재라며 불만을 쏟아낸다.[26] 물 받는 일을 두고 제주 상인 김재완(金才完)이 악담을 해대자, 그를 두고 장한철은 사납고 흉포한 자로 매도해 버린다.[27] 뿐만 아니다. 자신과 같은 처지의 김서일(金瑞一)마저도 악다구니를 퍼 붙는다.

---

25 『표해록』 12월 26일조. "蓋余所以百道誘引, 使自慰安者, 欲使舟人宣力於卸水救船, 而亦不欲見衆人哭泣之景色也. 其爲苦心焦思, 殫盡心力, 則非衆人之所知也. 衆人則見欺於余, 而知有可生之路, 故不甚用心, 惟祝天而祈活性命, 或誦觀音菩薩, 以祈神佑."

26 『표해록』 12월 25일조. "(전략) 有此設詭而慰解之, 然而隨風漂流之船, 安知其必泊於外煙乎? 且維楫盡失傾覆可慮, 安得以涉萬里之海, 泊中土之岸乎? 舟人皆愚騃, 見欺於我, 船上執役, 惟命是從."

27 『표해록』 12월 26일조. "余於昨夜風雨之時, 問知水桶所儲不多, 欲使舟人承雨, 而貯之水桶, 則金才完素冥頑者也, 乃曰: '龍宮之廚, 自有甘泉, 何必賫雨而入去耶?' 語道極凶, 故不欲多提辭說.(후략)"

> "집사는 일찍이 '남아가 이 섬에 사는 건 가마솥의 물고기 신세와 다를 바 없으니, 어찌하면 태서인의 40리나 되는 종려선을 타고 사해를 돌아다니며 세상의 장관들을 볼 수 있을까. 내 평소 소원이 이러하네.'라고 하더니, 지금 일엽편주를 타서 만리창파에 떠다니니 흥취는 어떻고 원하는 바는 이미 펴셨소?" (중략) 김생이 순간 나와 등을 지며 드러누워서는 "내 아들 손자들과 자네 아들 손자들과는 이제 불구대천의 원수가 될 거야." 라고 하였다.[28]

언젠가 장한철은 김서일에게 제주에 살고 있는 게 솥에 들어있는 물고기 신세라며 한탄하면서 서양의 종려선을 타고 세계를 주유할 꿈을 얘기했던 모양이다. 잠깐이지만 호기로운 그의 모습이 김서일의 이 발화를 통해 드러나기도 한다. 그러나 김서일은 지금 이 작은 배 안에서 표류하고 있으니 어떠냐며 비아냥거린다. 괜히 자신을 꼬드겨 사지로 몰아넣었다며 원망하는 것이다. 이런 김서일에 대해 장한철은 서운한 감정을 감추지 않는데, 같은 제주 출신 유자이거니와 지금 뱃사람들과 치열한 생존 경쟁 속에서 불안감을 숨긴 채 애쓰는 자신을 이해해 주기는커녕 저들과 한통속이 된 것이 못내 아쉬웠다. 그럼에도 그를 다독이려 애쓴다.[29]

실제 장한철은 누구보다도 이 표류 상황을 두려워하고 있었다. 비

---

28 『표해록』 12월 26일조. "執事嘗自言, '男兒生此島中, 無異釜中之魚, 安得泰西人四十里棕櫚船, 周遊四海壯觀天地間耶? 平日所願, 每如是矣.' 今幸駕一葉之扁舟, 泛萬里之滄波, 興趣如何? 志願已伸乎? (중략) 金生忽背余而頹臥曰: '吾之子子孫孫, 當與君之子子孫孫, 結戴天之讎矣.'"

29 『표해록』 12월 26일조. "余非木石, 非不摧肝裂腸, 情理罔極, 而所以矯情抑懷, 不示幾微色於人者, 莫非慰衆心而得死力之計也. 然則瑞一之責我無心者, 不知我者也. 余難於爲答, 但笑而答曰: "君不知我心, 自有穩敍心事之日矣."

록 자신이 주도하는 표류항해가 이어지고는 있었으나, 호기롭게 출발할 때의 모습은 간데없이 불안과 수심이 교차하는 나약한 표류자의 심리를 작품 곳곳에서 드러내고 있다.[30] 2차 표류로 노화도 앞바다에서 생사의 기로에 놓였을 때는 피를 토하며 혼절하고 만다. 이 한계 상황에 봉착하자 작년에 죽은 동향의 인물들이 저승길을 인도하는가 하면, 온갖 도깨비들이 눈에 아른거려 삶에 의지를 놓게 만든다.[31] 이런 그 자신의 상황을 가감 없이 기술하고 있는 것이다.

그렇지만 지속되는 표류는 이들을 점차 하나로 뭉치게 한다. 마치 관계회복과 의기투합이 생환으로 귀결되는 양태다. 그 일차적인 실마리는 장한철이 저들의 생리나 행위를 이해하고 용인하면서부터였다.[32] 여기에 뱃사람들의 속죄와 제주상인의 성의[33]가 화답하여 뜻밖

---

30 그 한두 가지 사례다. "余則明知有必死之理, 雖外作泰然之色, 以自寬抑, 而心地抑塞胸膈, 煩燥頻索水飮. 以至眼花赤如血."(12월 26일조) "余則高臥舷頭, 耿耿不寐, 撫躬自憐眇然天水間一隻影也. 仍自念命道之險釁, 身世之漂落, 不覺悲淚盈襟."(12월 27일조)

31 『표해록』 정월 6일조. "余聞此言, 驚魂飛越, 不能自定, 欲哭而聲不出, 仍嘔血數掬以昏仆不省, 已住冥途人矣. 濟州人金振龍·金萬石者, 余之同里閈, 而曾於己丑秋漂沒於海中者也. 今於昏倒中, 卽見兩人在前 (중략) 其他魍魎之怪, 千態萬象, 而皆接于眼. 蓋是時神不守舍, 身在幽明間矣."

32 『표해록』 12월 26일조. "蓋余所以百道誘引, 使自慰安者, 欲使舟人宣力於卸水救船, 而亦不欲見衆人哭泣之景色也. 其爲苦心焦思殫盡心力, 則非衆人之所知也, 衆人則見欺於余, 而知有可生之路, 故不甚用心, 惟祝天而祈活性命, 或誦觀音菩薩, 以祈神佑, 余則明知有必死之理, 雖外作泰然之色, 以自寬抑, 而心地抑塞, 胸膈煩燥, 頻索水飮, 以至眼花赤如血. 鄭寶成披包中, 饋余黃柑五枚, 其他或以橘柚, 或以酒脯, 爭先饋余, 衆人之至誠事我, 則有如是矣."

33 『표해록』 12월 28일조. "沙工曰: '島中若無甘泉, 則勢將坐而待死, 誰能行尋甘泉之所在乎?' 金才完應聲而出曰: '頃於海上, 吾有妄發惡談之罪, 願辦尋泉之功, 以贖妄言之罪.' 遂治屨而將行…." 12월 30일조. "日晴, 諸人或往浦口而採鰒, 或登山頭而掘薯, 暮而諸人皆來會, 山菜滿襭, 海錯盈筐, 而姜才裕持大鰒來, 示余曰: '此鰒極大, 故欲作鱠以進, 別包持來矣.'"

에 화해모드가 조성된다. 이 과정은 장한철이 제주 뱃사람들을 새롭게 이해하는 계기가 되었다. 급기야 그는 이들의 삶을 무한한 연민의 정으로 담아내기에 이른다.

> 아! 뱃사람들의 업이란 배와 노를 집삼아 오랫동안 바다 위에 있으니, 그 일이 지극히 고될 밖에. 하물며 아침에 배 한 척이 표류하면 뱃사람들이 다 죽고, 저녁에 배 한 척이 침몰하면 뱃사람들이 다 죽게 됨에랴! 이 때문에 뱃사람은 그 뼈를 고향 선산에 묻는 일이 아주 드물다. 그래서 탐라 사람들은 뱃일 피하기를 마치 함정과 덫 피하듯 한다. 죄를 지어 교화하기 힘든 백성이 있으면 으레 뱃일을 맡게 하는데, 이는 사지에 두는 것이라 다들 반드시 죽게 되리라 생각하여 더욱 더 어질지 못한 술수를 부리게 된다. 그러니 사람들은 이들을 '죽일 놈'으로 못 박고 만다. 허나 지금 저들의 행실을 보면 본래 그 성품이 착하다는 것을 알 수 있다. 노화도에서 바람을 만나기 전까지 내게 복종하지 않았던 것은 저들의 마음이 악해서가 아니라 습속이 그렇게 만든 것이었다. 배가 표류하여 죽음의 문턱에 이르렀을 때 진심으로 슬퍼한 것은 나를 따르고자 해서이지 나의 덕이 저들의 악함을 교화한 것이 아니다. 저들의 성품이 본래 착해서, 죽을 때 선한 말을 하는 것이리라. 내 이제 참으로 세상에는 본성이 악한 사람은 없다는 걸 알겠다. 무릇 선하고 악한 차이가 있음은 맡은 일에 따라 만들어지고 길들어진 차이일 뿐이다. 맹자의 성선설을 나는 여기서 그 실증을 얻었다.[34]

---

34 『표해록』 정월 6일조. "噫! 船人者人役也, 以舟楫爲家, 長在海上, 其爲役也至苦, 而況朝漂一船焉而船人死, 暮沒一船焉而船人死! 是故, 船人之瘗骨故山者, 鮮矣. 而耽羅之人, 避其役, 如避穽罟. 若有作罪犯科難化之民, 則必付役於船人, 置諸死地, 故皆懷必死之心, 益肆不仁之術, 人皆目之以可殺. 而今以此行觀之, 則其性之善, 固自如也. 鷺島逢風之前, 果多不服於余者, 非其心之惡也, 其習使然也. 漂船臨死之時, 則誠心惻怛, 惟余是從者, 非余之德能化其惡也, 以其人性本善, 將死善言而然也. 吾固知世無性惡之人, 而若夫有善有惡之不同, 職由所養所習之有異也. 孟夫子性善之說, 余於是得其實矣."

청산도 암초에서 배가 난파되어 일부만 살아남았다. 그들은 장선비가 이미 죽었을 것이라며 통곡하였다. 이 소리를 듣고 그들을 위와 같이 이해한 것이다. 뱃일의 고됨과 죽음, 그것은 분명 육지인의 삶과는 다른 것이란 점, 제주 사람들이 얼마나 뱃일을 피하려고 했고, 그들에 대한 싸늘한 시선 등도 제주 출신으로 어느 정도 짐작하고 있었을 터다. 여기에 착한 심성의 이들이 고된 뱃일을 통해 사나워질 수밖에 없는 현실을 표류를 통해 몸소 체험하게 되었다. 맹자의 성선설까지 끌어온 점이 좀 지나치기는 하지만, 이 뱃사람들에 대한 음미는 저들의 생리와 현실을 가장 절실하게 이해한 부분이라 하겠다. 처음 장한철에게 '어리석고 미련하며' '어둡고 사나운 자'이던 뱃사람들은 이제 완전히 다른 연민의 대상이 되었다. 어느 순간 제주 문사 장한철과 제주 뱃사람들은 그 위계를 넘어 그야말로 함께 배를 탄 사람들이 되었다.[35]

이 제주사람들의 재발견은 다른 표해록에서는 결코 만나볼 수 없는, 오직 이 제주인이 기록한 『표해록』에서만 구현된 면모이다.

2) 외부세계와의 만남과 그 대응

장한철 일행은 유구의 호산도(虎山島)라는 무인도에 표착하면서

35 이에 앞서 표류 중에 한라산을 발견한 이들이 '白鹿'과 '詵麻(선문할망)'을 외치면서 울며 환호하는 장면은 인상적이다. 그 속에 장한철도 포함되어 있었다. 제주인으로서의 상징성이 남다르기 때문이다. 『표해록』 정월 5일조. "平明, 見大山在東北, 乃漢拏山也. (중략) 漂人輩忽見漢拏之近前, 喜極而不覺放聲號哭曰: '哀我父母, 陟彼岵矣.' '哀我妻子, 陟彼岡矣.' 或起拜向漢拏而祝曰: '白鹿仙子, 活我活我! 詵麻仙婆, 活我活我!' 蓋耽羅之人, 諺傳仙翁騎白鹿, 遊于漢拏之上, 又傳, 邃古之初, 有詵麻姑步涉西海而來, 遊漢拏云, 故今者, 所以祈活於詵麻·白鹿者, 無所控訴而然也. 余亦悲喜謿中, 無以爲喻."

본격적인 외부세계와 접촉하게 된다. 그런데 장한철은 남해(南海)의 세계, 다시 말해 한반도가 제외된 동서의 무역라인이 펼쳐진 남양 바다에 접어들면서 자신들이 탐라인임을 숨기려한다. 그것은 17세기 초에 일어났던 사건 때문이었다. 일명 '유구세자 살해 사건'이다. 우선 장한철은 이 사건을 신해년(1611) 제주에 표착한 유구 태자가 제주목사에게 죽임을 당한 사건으로 알고 있었다. 이 때문에 유구와는 화친이 끊어졌고, 유구인은 제주 사람을 보면 복수하려한다는 것이다.[36] 그러면서 유구에 표착하면 살아날 가망이 없으니 조선인, 다시 말해 육지인 행세를 해야 한다며 소지하고 있는 호패를 바다에 던져 버리도록 한다.[37]

하지만 정작 호산도에 표착했을 때는 '남해불(南海佛)'이라는 해적들에게 호되게 당한다. 장한철은 이 해적을 왜구라고 확정했는데, '남양 바다의 부처'라는 이 닉네임은 왜구만이 아니라 중국 남서 해안과 동남아 해양 지역을 통관하던 해적들이 자칭하던 용어이다. 대개 다국적, 또는 무국적의 해적집단으로 남양의 무역루트에 출몰하였다. 최부의 『표해록』이나 조위한(趙緯韓)의 「최척전(崔陟傳)」 등에서 확인되듯이 표류에서의 해적과의 조우는 통과 의례 중에 하나였다.

그런데 장한철 일행은 이 해적에 이어서 당시 남해의 무역루트를 오가던 무역선과도 조우한다. 이 무역선은 선원 구성과 선체의 규모

---

36 『표해록』 12월 26일조. "余曰: "在昔琉球與我國通好, 而琉球使臣玉之, 泊舟昇平館, 乃全羅道順天府也. 海路隔遠, 雖不得頻通使价, 前後琉使之至者三, 其二忘其名也. 逮至光海朝辛亥年間, 琉球太子飄船到濟州, 其時牧使誣以寇邊, 火攻殺之, 奪其貨貝. 自此, 琉球絕和云矣. 彼見濟州人, 則豈無復讎之心乎?"

37 『표해록』 12월 27일조. "(전략) 舟人所佩號牌, 皆令投之海中者, 到琉球後, 欲諱其耽羅蹤跡也."

면에서 흥미를 끈다. 상선의 국적은 안남인데, 임준 등 중국인도 승선하고 있었다. 즉 대명유민과 베트남인으로 구성된 다국적 상선인 셈이다. 여기 임준의 실체도 주목할 만하다. 그는 자신을 안남에 넘어와 생활한 지 오래된 명나라 유민이라 소개한다. 그리고 지금은 일본과 베트남을 오가며 무역을 하고 있다는 것이다.[38] 그러나 대명유민이라면 이미 선대에 안남으로 내려와 장사를 하며 터를 잡은 '화교(華僑)'였을 터다. 이 시기 동남아 지역의 화교와 상업 활동의 정황이 이 임준을 통해 드러나고 있다. 더구나 이 상선은 4층의 규모를 자랑하는 그야말로 대외 무역선이었다.[39] 이 표류를 통해 장한철 일행이 목도하고 있는 남양의 광경은 조선사회에서는 상상도 못한 것이었다.

문제는 앞서 장한철이 염려했던 일이 이 무역선에서 벌어진다는 것이다. 구출된 장한철 일행이 일본을 향해 가던 중 선상에서 한라산을 보고 환호작약한 게 화근이었다. 이윽고 배 안에서는 생각지 못한 소요가 일어났다.

> 곧 임준이 저들과 말을 주고받는 게 보이는데, 알아들을 수가 없었다. 얼마 뒤 서로 크게 소리를 지르며 싸우려 하였다. 두건을 쓴 임준 등 수십여 명이 한쪽에 둘러섰고, 머리를 깎은 80명도 갈라서서 다른 한쪽에 모여들었다. 저들은 험악하게 굴며 고성을 지르는가 하면 성난 눈으로 고함을 치며 임준 일행과 한바탕 붙을 기세였다. 임준 일행은 얼굴빛을 누그러뜨리고 저들을 달래려는 기색이 역력했다. 이렇게 서로 대치하는 가운데

---

38 『표해록』 정월 2일조. "答曰: '俺大明人, 遷居安南國, 在古矣. 今因販豆, 將往日本.'"

39 해외 무역선의 규모와 제도를 기록한 것 중에 이렇게 상세하고 현실감 있게 묘사한 사례도 따로 없다.

> 정오가 넘어서고 있었다. 그러나 통 영문을 알 수 없었다. 저물녘에야 임준이 글을 써서 보여주었다. '옛날 탐라의 왕이 안남의 세자를 살해했기에 안남 사람들은 상공이 탐라 사람이라는 걸 알고는 칼을 가지고 배를 갈라 나라의 원수를 갚고자 하는 것이었소. 우리가 극구 달래고 달래 겨우 저들 마음을 돌리기는 했으나, 여전히 원수들과는 한 배를 타고 갈 수 없다고 하는구려. 상공과는 여기서 길을 나누어야겠소.' 세상에 전해지기로 옛날 제주목사가 유구 태자를 죽였다 했는데 그것이 유구 세자가 아니고 안남 세자였단 말인가?[40]

이 선상에서 벌어진 임준 측과 베트남인들 사이의 살벌한 대치는 다름 아닌 구조한 일행이 탐라 사람들이었기 때문이다. 이 소요를 겪으면서 장한철은 자신이 알고 있었던 제주에서 살해된 이가 유구 태자가 아니고 안남세자일 수 있다는 점에 곤혹스러워 한다. 결국 이 때문에 장한철 일행은 이 상선에서 강제로 하선하여 다시 망망대해를 떠도는 신세가 되었다.

사실 이 사건은 광해군·인조 시기에 정치적 사안으로 떠오를 만큼 논란이 컸으며, 피의자로 이 시기 제주목사를 지낸 이기빈(李箕賓)이 지목된 바 있다. 또한 후대에도 이를 두고 여러 자료에서 언급되거나 조명되기도 했다. 현재 이 사건의 실상을 따지는 연구도 여러 편 제출

40 『표해록』 정월 5일조. "(전략) 卽見林遵與彼人輩, 有酬酢之語, 而不可曉也. 已而, 相與喧噪, 有爭鬨之狀, 而着巾者林遵輩數十餘人, 環立一邊, 削髮者八十人, 亦分做聚立於一邊, 肆惡高聲, 怒目咆喝, 向林遵輩, 若將鬪鬨者然. 林遵輩則皆有緩頰相誘之色, 而如是相持, 日已過午, 莫知其故也. 至晩, 林遵書示曰: '昔耽羅王殺安南世子, 故安南人知相公爲耽羅人, 皆欲手刃其腹, 以報國讐. 俺等萬方勉喩, 僅回其心, 而猶以爲不可與讐人同舟而濟, 相公當自此而分路矣.' 蓋世傳在昔濟州牧使, 殺琉球太子云者, 非琉球而乃安南世子耶?"

된 상황이다. 최근에는 1610~1612년 사이 제주에 표착한 황당선과 이를 공격한 두세 가지 사건이 결합돼서 만들어진 허구로 보고 있다.[41] 이는 일본에서도 관심을 가져 왔고, 비슷한 맥락에서 '만들어진 전설'로 파악하고 있다.[42] 특히 일본쪽에서는 사츠마와 베트남 사이의 교린과 상업 활동에 관한 자료를 활용하여 이를 증명하고자 했다.

문제는 이 사건이 분명 제주에서 일어났었다는 것이다. 살해된 주체가 태자가 아니었을 뿐이다. 그러니 조작된 허구나 전설로 따질 성질의 것이 아니다. 유구 상선이었든 안남, 또는 사츠마 상선이었든 표착한 이들은 재물을 약탈당하고 살해까지 당한 사실은 분명하기 때문이다. 따라서 장한철이 안남 상선에서 겪은 이 경험은 이 사건을 새롭게 환기시켜 준다. 이를테면 당시 제주에 표착한 상선에는 유구 선원과 베트남 선원이 함께 승선하고 있었을 가능성이다. 그들이 모두 피해를 입었고, 이후 양국에서는 모두 자국 사람들이 피해를 입은 것으로 받아들였을 가능성이 크다. 정작 우리 쪽에서만 이런 정황을 갈파하지 못했던 셈이다. 결과적으로 이 사건은 한 제주목사의 탐욕과 표류정책이 제대로 정비되어 있지 않았던 조선정부의 민낯을 보여준다. 이로 인해 조선후기 '제주'는 해역세계에서 폭력적인 공간으로 각인되고 있었고, 무고한 제주민은 선상에서 이런 고초를 겪어야 했다.

---

41 홍진옥, 「'유구 세자 살해설'과 김려의 〈유구왕세자외전〉」, 『대동한문학』 47집, 대동한문학회, 2016.

42 후지타 아키요시(藤田 明良), 「17世紀初頭の濟州島地方官による「荒唐船」攻擊事件と島津氏の安南通交 - 『增補耽羅誌』にみる琉球王子殺害事件の實相」(천리대 조선학회 2019년 발표집).

주목할 것은 장한철과 대명 유민 임준의 만남이다. 임준과 그 일행은 장한철을 조선 선비로 대접했고, 장한철은 이들이 야만과 폭력이 앞서는 바다 위에서 만난 은인이었다. 여기 대명유민을 대하는 장한철의 태도와 임준의 반응은 예사로 넘길 부분이 아니다.

> 나는 그가 명나라 사람임을 알고는 절로 눈물을 흘리며 글을 써서 말했다. "(중략) 이제 만 리 떠도는 물결 위에서 다행히 상공을 만났으니, 이는 사해의 형제일 뿐만 아니라 일가의 신자(臣子)와 같답니다. 만일 구조해 주어 살아 고국으로 돌아가게 된다면, 나의 삶은 황명이 내려주신 것입니다. 내가 죽을 곳이 어디이겠습니까?" 곧 두건을 쓴 그를 보니, 나의 글을 읽으면서 슬퍼 오열하는 뜻이 말과 얼굴빛에 넘쳐났다. 붓을 잡아 점을 찍었다. 또 읽고 그때마다 점을 찍었다.[43]

대국의 은인을 만난 감격을 가감 없이 드러내고 있다. 그는 임준을 두고 '사해의 동포이자 한 나라의 신자'라며 눈물을 흘린다. 아울러 자신이 살아 돌아갈 수 있다면 이는 거듭 재조지은(再造之恩)을 입은 격이라며 숭명의리를 곧추세운다. '두건을 쓴' 임준도 장한철의 정성스런 글을 보고 감격해 한다. 지금 고향을 떠나 바다 위에 난민이 된 장한철과 고국을 떠나 타국에서 생활하는 임준은 중화를 매개로 하여 하나가 되었다. 이 때면 조선 중앙 학계에서는 일부 지식인들에 의해 '북학'이 한창 무르익고 있는 즈음이다. 그런 터라 이들의 만남

---

43 『표해록』 정월 2일조. "余知其人之爲明人也, 不覺涕泣而書曰: '(중략) 今於萬里萍水, 幸逢相公, 非徒四海之兄弟, 同是一家之臣子, 若蒙拯活生還故國, 則惟我一生, 無非皇明之賜也. 不知何處是我死所?' 卽見着巾者, 讀我書而悲咽之意, 溢於辭色, 援筆點之, 且讀且點."

이 시절 지난 행태로 비춰지기도 한다. 그러나 실상 이때도 여전히 다수의 조선 유자들은 장한철과 비슷한 대명의리를 개진하고 있었다. 여하튼 이 발화를 통해 유가지식인 장한철의 대외인식의 기저가 드러나고 있다.

본선에 승선한 뒤에도 이들의 대화는 이어졌는데, 주로 조선의 상황을 묻고 대답하는 내용이었다. 장한철은 유교국가로서의 조선의 면모를 임준에게 각인시켜 주었고, 그 효과는 적지 않았다. 어느덧 '귀국(貴國)'이니 '상공(相公)'이니 하며 서로 존대하게 되자, 장한철은 남쪽 바다 오랑캐에게 존경을 받았다며 느꺼워 한다.[44] 무질서가 판을 치는 바다 위 선상에서 유교질서가 구현되고 있으며, 섬 지역 한미한 출신의 문사가 일약 예의지방인 조선을 대표하는 상징적인 존재로 부상하는 순간이다. 그리고 이 모습이 함께 표류한 제주사람들에게 보여주고 싶었던 자신의 이미지였을 터다. 제주 출신이지만 제주를 넘어선 유가지식인으로서 거듭나고 싶었던 욕망의 투영이라 하겠다.

이런 장한철의 외부세계와의 대응과 분투는 2차 표착지인 청산도에선 좀 다른 차원에서 전개된다. 그곳에서 그는 예상치 못한 대접을 받는다. 도민(島民)들의 호의는 말할 것도 없고, 조씨녀(趙氏女)와의 하룻밤은 뜻밖의 성사였다. 그것은 양반인 장한철에 대한 특전이자 수혜였다. 이 때문인지 장한철과 섬사람들 사이엔 모종의 위계가 상

---

44 『표해록』 정월 4일조. "自此, 彼人之問我文字間, 不曰爾國, 而必稱'貴國'; 不曰爾們, 而必稱'相公'. 噫! 我東以禮爲邦, 天下慕之, 雖以余之鄙夷, 猶見敬於蠻貊. 書不云乎, '民之秉彝, 好是懿德.' 信乎! 斯言之不我欺也."

정된다. 이는 그의 시선을 통해 잘 드러난다. 장한철은 청산도민이 직면한 현실, 즉 육지인의 횡포와 수탈을 목격하고[45] 이 고통에 누구보다도 공명한다. 또한 이곳을 다스리는 관리가 이를 직시하고 폐단을 없애야 한다는 메시지도 내보인다.[46] 그렇지만 제법 분위기 있고 현실적인 감각으로 그려낸 조씨녀와의 하룻밤이나, 청산도 문사 정재운(丁載運)과의 만남에서 저들의 무식함과 문사들의 고루함을 확인한다.[47] 이런 부분에서는 적잖은 불편함도 느껴진다. 한편으로는 이들의 현실에 공명하면서도 또 다른 하위를 바라보는 장한철의 시선이 교차하고 있기 때문이다. 그렇기에 처음 청산도를 스케치했을 때 자신이 살고 있는 제주와의 거리를 상정하고, 저들의 생활과 시스템을 짚은 것[48]은 의식적, 무의식적으로 하위를 바라보는 그의 시선이 투과된 예라 하겠다.

이처럼 장한철은 외부세계와 접촉했을 때 때로는 자신의 출신을 숨겨야 했고, 때로는 조선을 대표하는 지식인으로 거듭나기도 했다. 그리고 청산도에선 저들을 위무하는 상위자로 행세하기도 한다. 그

---

45 『표해록』 정월 10일조. “暮時, 忽聞喧鬨之聲在街上, 問其故, 主人答曰: ‘海島遐遠, 王化不霑, 北陸之人入島作弊者, 多矣.’”

46 『표해록』 정월 10일조. “今此島人, 寧失所重之牛, 而含憤忍性, 不敢與千吏李弁相訟者, 可知積威之所約, 而可哀者非島人耶? 爲邊海守宰者, 當譏察諸島, 使無是弊也.”

47 『표해록』 정월 11일조. “有丁載運者, 携酒來慰, 坐語良久, 余問其所業何事, 載運曰: ‘粗攻翰墨, 將欲觀科矣.’ 然而言語之間, 多愚懵之說. (중략) 蓋島人無識, 只知有抄家禮中所載之祝文, 而不復知有弔祭文字, 故有是問也. 自處以文士者, 其無知識如此, 則它尙何論?”

48 『표해록』 정월 8일조. “本島在海中, 而隷新智島鎭, 北距本鎭水路爲百餘里, 南距耽羅七百里. 島之幅員三十里, 居民累百家, 山赭而無獸, 野淸而無雉. 水田最沃, 海錯亦饒, 富兼農利, 貧賴海採, 地産草席甚美. 民俗等級不明, 草屋櫛比, 男少而女多, 漁艇絡繹, 朝出而夕返. 有屯長一人, 檢察一人, 主管本島, 而規模如鄕里間風憲·約正矣.”

런 과정에서 제주문사로서의 복잡한 속내가 여실히 드러나고 있었다.

4. 제주지식인으로서의 면모와 그 정체성의 일단

앞에서도 잠깐 언급했듯이 이 『표해록』의 특징은 표류 과정에서 항해의 경험이 전혀 없는 선비 장한철이 선상을 주도하게 된다는 점이다. 뱃사람들의 경험은 아무 소용이 없고, 바다와 지리에 대한 그의 지식이 모든 걸 좌지우지한다. 사실 이 과정은 매우 낯선 풍경이다. 그는 과거를 치르기 위해 상경하는 일개 선비였다. 더구나 이 배에서 관원 같은 지위도 있지 않았다. 그런데 표류가 시작되는 순간부터 그는 이 배의 선장이 되어 갔다.[49] 이 어색한 구도가 실제였는지는 알 수 없으나 워낙 자신의 관점과 시선에서 처리했기 때문에 자연스러워 보이기도 한다. 주목할 점은 그의 지식이 이 주도 과정에서 전면적으로 드러난다는 것이다.

『표해록』을 읽다 보면 어디서 많이 봐 온 소재가 있는가 하면, 작자의 해양과 관련한 지식이 족출하는 점을 발견하게 된다. 필요에 따라 각종 서적이나 지도 등을 인용하기도 한다. 이런 점을 주목하여 최근 이 저작이 다양한 문헌의 활용과 여러 해양 이미지를 수용하여 성립되었다는 연구도 나왔다.[50] 확실히 신기루니 고래, 용오름 현상

---

49 『표해록』 12월 26일조. "自此, 舟人皆俯首從命, 凡係指揮, 惟余是望, 卓然作一船中篙師焉."

50 강문종, 앞의 글.

같은 소재가 불과 10여 일 사이에 다 일어났을까 싶을 정도로 집약되어 있다. 또한 앞에서 거론한 연이은 배들과의 조우도 상당히 극적으로 비춰진다. 이런 점에서 좀 작위적이라는 인상이 강하게 든다.

그럼에도 이런 여러 상황에서 발휘되는 장한철의 지적 표지들은 특별히 주목해 볼 만하다. 후대 표류서사를 견인한, 고려시대 탐라인 정일(貞一) 일행의 표류 사적과 최부의 『표해록』을 인용한 것이야 충분히 예상할 수 있으나, 각종 야사나 제주 및 해양과 관련된 지적 도구들은 저자 장한철의 역량을 판단하는데 요긴해 보인다. 무엇보다 이런 그의 해양 관계 지식은 뱃사람들의 생리와 습속들을 불식시키는 방향으로 전개됐다는 점에서 요긴했다.

먼저 장한철은 닻의 원리(12월 25일조)나 지남철로 방위를 측정하는 법(12월 26일조 등), 무인도의 생리(12월 28일조), 바닷물로 소금을 만드는 법(12월 28일조) 등 적지 않은 실용적인 지식을 갖추고 있었다. 대개 바다와 섬에 관련한 것들로, 그가 제주 출신이라는 점을 환기시켜준다. 또한 사인(士人)이면 으레 하는 점복술을 적극적으로 활용하여 하루를 점치거나 앞날을 예측하곤 한다. 또 다양한 경전(『맹자』, 『장자』, 『시경』 등)과 사서(『사기』, 『고려사』 등)가 활용되고 있음은 꽤 자연스러워 보인다. 그런데 일반 표해록에서는 거의 수용되지 않은 문체, 이를테면 청산도에서 조씨녀와의 하룻밤 에피소드에는 전기(傳奇)서사의 문체가 농후하며,[51] 죽은 뱃사람들을 위해 지은 제문(祭文)

51 해당 부분은 다음과 같다. 『표해록』 정월 11일조. "是夜, 余至堂村, 投入女家, 見窓外短墻下, 有一樹梅花, 山月已斜, 花影婆娑, 竚立花下, 以待梅月之出來. 是時, 夜已深, 群動寂然, 而惟有短猇吠余. 梅月聞犬吠, 呀然開門而出, 引余入室, 澗月在窓, 室中晄然. 而見趙女擁衾在床, 驚起而坐, 始而嚴辭峻拒, 若將不相容者. 及聞余慇懃說話, 眼波乍轉,

은 일반 제문과는 다른 글쓰기를 보여준다. 이런 점은 이 작품의 문학적 면모로 주목받을 만하다.

그러나 뱃사람들을 결정적으로 움직이게 만드는, 그래서 자신이 선상을 주도하게 된 계기는 그의 서적과 지도를 통한 지식이었다. 처음 노화도 앞바다에서 표류가 시작된 후 배는 남쪽으로 하염없이 떠내려갔고, 어느 순간 망망대해로 떠내려갔다. 이때부터 장한철은 지도와 야화(野話)들을 동원하여 뱃사람들을 안심시키는 한편 유인하는 방책으로 삼는다. '일찍이 지도를 보니',[52] '이는 야화로 앞사람들이 적어놓은 책에 들어있다'[53] 같은 멘트가 25일, 26일조에 빈번하다. 그는 또한 유구에 대한 지식도 풍부했는데, 이를 두고 뱃사람들이 유구를 몇 번이나 다녀왔기에 그렇게 잘 아느냐고 묻기까지 한다. 장한철

話岸漸低, 或含羞而露態, 或佯怒而强罵, 曰: '可殺哉! 梅月之賣我也.' 及其昵枕頡頏, 神魂蕩漾, 而怒罵之聲已絕, 繾綣之情難禁, 陽臺雲雨之夢, 不足以喻其樂矣. (중략) 仍斂衽而向余曰: '妾之情勢, 郎何知之? 妾本長興人也, 母嫁于此島, 只與[擧]一子一女而早寡, 子卽此島人趙起白也, 女卽妾也. 妾亦命薄, 年十七而嫁, 嫁之翌年, 良人見背, 母憐我孀居, 每欲更求賢婿而不得奪志者, 久矣. 今聞郎子之言前日夢裡之逢事, 非偶然, 今夜枕上之歡, 天與其便, 以前生未了之緣, 辦今宵多情之會. 從今以往, 妾當矢死靡它, 百年苦樂, 惟郎子是仰, 不知郎子將何以處之乎?' 余曰: '月老已結三生之緣, 星期僅借一會之便, 去天比翼, 在地連理, 豈非吾兩人之發願耶? 然而一別之後, 弱水便隔, 千里之外, 重逢無期, 此當奈何? 若欲馱爾而歸, 則爾無捨母之理; 若欲留我而居, 則我有懷土之愁, 此亦奈何? 若蒙仁天俯佑, 使我早年決科作官南中, 則蓬島之約可踐, 灞上之逢可期矣. 不然則隔鴛鴦於今世, 豈不悲乎? 會斗牛於來生, 是所願也.' 女掩泣而對曰: '顧妾薄命, 不如無生. 妾之母倘, 多在陸地, 或爲長興府吏, 或作碧沙驛人. 妾當往托母倘, 以待郎子之決科矣. 顧此島中, 人煙杳隔, 魚鴈難憑, 何可終老於此中乎? 郎如不棄, 可因南風時惠德音也. 妾當以五年爲限而待之, 郎若過限不來, 則始可委質他門矣.' 已而, 水村鷄唱, 東天向曙, 握手相別, 嗚咽不能語矣.

52 『표해록』 12월 26일조. "余曰: '嘗閱地圖, 大小琉球, 在南方之外, 卽漢拏山之正南也. (후략)'"

53 『표해록』 12월 25일조. "(전략) 此皆拾得於野話, 乃先人所紀之書也."

은 유구에 대한 이해가 실제 경험이 아니라 서적을 통한 지식이란 점을 분명히 한다.[54] 더 놀라운 점은 자신이 직접 '남해제국도(南海諸國圖)'란 지도를 제작한 사실이다.

> 나는 일찍이 여러 책을 널리 고구하여 '남해제국도'를 저작한 적이 있다. 대개 탐라의 한라산이 큰 바다 한가운데에 있어서 북쪽으로 조선과 연결돼 물길로 9백 80십여 리이다. 동서남 삼면은 바다만 있고 육지는 없어 아득하니 끝이 없다. 일본의 대마도는 한라의 동북쪽에 있고, 일기도는 정동쪽에 있으며, 여인국은 동남쪽에 있다. 한라의 정남쪽은 바로 대유구와 소유구이며, 서남쪽으로는 안남과 태국, 참파와 말레이 등의 나라가 있다. 정서쪽은 옛날 민(閩)땅으로 지금의 복건성 가는 길이다. 복건 북쪽은 바로 서주(徐州)와 양주(楊州) 지역이다. 옛날 송나라가 고려와 왕래할 때 명주(明州)에서 배를 띠워 항해하였으니, 이 명주는 곧 양자강이남 땅이다. 청주(靑州)와 연주(兗州)는 한라의 서북쪽에 있다. 이상의 여러 나라는 탐라와 바다를 사이에 두고 멀리 떨어져 있어서 그 거리가 몇 천리가 되는지 알 수 없다. 가장 먼 곳은 동해의 벽랑국으로 일본의 동쪽에 있고 거인국은 일기도의 동남쪽에 있는데, 사람의 발길이 통하지 않고 정교가 미치지 못하니 절로 세상과 떨어진 별세계이다. 옛날 탐라에 인물이 없었을 때 삼을라가 처음 강림하였으나 아직 짝을 찾지 못하고 있자 벽랑국왕이 세 딸을 아내로 삼아 주었다. 이는 비록 황당한 설이지만, 송나라 천성(天聖) 기사년(1029) 탐라 사람 정일(貞一) 등이 거인도에 표류했다가 그 섬사람들에게 겁박을 받으며 붙잡혀 있다가 탈출해 살아 돌아온 이는 겨우 일곱 명이었다고 한 바, 이것이 동사(東史)에 실려 있다.[55]

---

54 『표해록』 12월 26일조. "衆皆喜日: '幾度來往於琉球而諳得琉球事如是之詳耶?' 余日: '見其書而知之矣.'"

55 『표해록』 12월 26일조. "余嘗博攷群書, 著南海諸國圖矣. 蓋耽羅漢拏山在大海中, 惟北通朝鮮, 而水路爲九百八十餘里, 東西南三面, 則有海無地, 浩茫無邊. 日本之對馬島, 在

여기 거론된 해양 지역과 나라들은 기실 이전의 자료에서 다양하게 언급돼 왔던 것들이라 그리 새롭다고 할 수는 없다. 그럼에도 주목을 끄는 점은 이 동아시아 해양 권역의 지리가 탐라, 즉 한라산을 기준으로 비정되고 있다는 것이다. 그러다 보니 육지인 조선도 대상 권역으로 자리한다. 확실히 장한철은 제주를 중심으로 한 해양 지역의 지도를 구성해 본 경험이 있었던 것 같다. 여러 도서들을 참고하여 제작했다고 하니 그럴 만하다. 이를 제주를 중심으로 구성해 본 것이다.[56] 그런데 주변 공간들을 자신이 제작한 지도로 설명한 것인지는 분명하지 않다. 그 구체적인 공간 자체가 불분명한 여인국이나 벽랑국, 거인도 등도 언급하고 있는데 실제 지도에 이들 섬나라가 배치되어 있는지도 궁금하다. 또한 삼을라와 벽랑국의 결연 전설도 소환하였다. 지식인 장한철은 이쪽에 대해서는 황당설로 보고는 있으나, 고려대에 탐라인 정일 일행이 대인도에서 생환한 사적을 끌어와 덧붙임으로써 유예적인 자세를 취하고 있다. 실제 이 지도가 있었다면 조선후기 지도사에서 상당히 중요하게 거론될 수 있을 정도로 그의

漢拏之東北, 一岐島在正東, 女人國在東南. 漢拏之正南, 卽大小琉球也. 西南卽安南·暹羅·占城·滿剌加等國也. 正西卽古閩中, 今之福建路也. 福建之北, 卽徐楊州之域也. 昔宋之交通高麗也, 自明州發船浮海, 明州卽大江以南之地也. 青州·兗州, 在漢拏之西北. 以上諸國, 皆與耽羅隔海絕遠, 不知其相距爲幾千萬里, 而最遠者, 東海之壁浪國, 在日本之東, 巨人島在一岐之東南, 人跡不通, 政教不及, 自是隔世之別界也. 在昔耽羅無人物, 三乙始降, 未有配耦, 壁浪王妻之以三女云. 是雖荒唐之說, 昔在宋天聖己巳, 耽羅人貞一等, 漂到巨人島, 爲島人所劫留, 逃躲生還者, 纔七人, 此則在東史矣."

56 참고로 동남아시아를 포함한 동아시아 해역 중심의 지도는 17세기 무렵 처음 제작되었다고 알려져 있다. 이른바 셀던의 지도가 그것이다.(티모시 브룩(조명헌·손고은 역), 『셀던의 중국지도』, 너머북스, 2018) 이 지도의 제작 주체는 밝혀져 있지 않지만, 남양의 해역 무역 루트를 위해 제작된 것이다. 이 지도의 해역 공간이 여기 '남해제국도'와 상당 부분 겹친다.

지도 제작 정보는 주목할 만하다.[57]

이런 제주 중심의 지리 인식은 사공 이창석과의 대화에서도 이어진다. 배가 남양(南洋)으로 떠내려 오자 바다도 잔잔하고 파도도 험하지 않았다. 이 점을 궁금해 하는 사공에게 장한철은 이렇게 설명한다.

> 천하의 지형은 중국의 경우 평원과 광야가 많고, 그 변두리에 높은 산과 큰 못이 많다네. 우리나라 산천은 흐르고 솟음이 몹시 급하여 5리마다 산이 하나 있고, 10리마다 강이 있을 정도네. 지맥은 백두산에서 흘러내려 조선의 땅을 형성하였는데, 그 여맥이 남으로 내려와 소안도, 추자도, 제주도 등이 되고, 동남의 한 갈래가 대마, 사츠마, 대판 등 일본 땅이 되었다네. 동래에서 일본, 남해에서 탐라까지 수천리가 되고, 큰 바다가 가로 막고 있지만 바다 밑은 천봉만학으로 이루어져 있지. 이 때문에 조선은 촉급하고 빽빽한 산천이 된 것이라네. 그러니 바다 위에 풍파가 일어 배를 운항하기가 극히 위험하게 되는 것은 물 흐름의 충격으로 바다 밑의 봉우리와 골짜기에 진동하여 부딪치기 때문이라네. 대저 한라산 이남은 바다 밑이 평평하고 넓어서 더 이상 해저의 높은 산과 깊은 골짜기로 인해 격렬한 물결을 일으키지 않기 때문에 물길이 위험하지 않다네.[58]

---

57 물론 이런 제주 중심의 지도와 관련하여 제주목사 李衡祥(1653~1733)의 지시로 畵工 金南吉이 그린 『耽羅巡歷圖』의 제1폭 '漢拏壯矚' 같은 사례가 있었다. 아마도 이런 그림이 이 지도 제작에 영향을 주었을 것이다. 강문종도 『표해록』 성립에 『탐라순력도』의 영향을 주목한 바 있다.(앞의 글)

58 『표해록』 12월 30일조. "天下之地形, 中土則多平原曠野, 四裔則多高山大澤, 而其中我國, 山川流峙促急, 五里一山, 十里一水地脈矣. 自白頭山而鬪, 爲朝鮮之地, 朝鮮之餘脈, 南下而爲所安·楸子·耽羅等諸島, 東南一派, 爲對馬·薩摩·大阪等日本之地, 自東萊而距日本, 自海南而距耽羅, 其間雖隔之以數千里大海, 海底之千峯萬壑, 自是, 朝鮮促密之山川. 故海上風波極其危險者, 以其水勢之衝擊, 震搏於海底之峯壑也. 若夫漢拏以南, 則海底平衍, 無高山深壑之激波揚濤, 故水勢不甚危險也."

한반도의 산맥과 남쪽 바다 지역, 그에 따른 수세(水勢)를 설명하는 내용이다. 조선 땅의 남쪽 지역은 물론 일본 도서까지 포함하여 바다를 중심으로 한 지리 감각을 보여준다. 비록 해류의 문제로 수렴되는 사안이기는 하지만 육지의 시선에서 좀처럼 보기 힘든 조망이다. 게다가 그 설명이 상당히 그럴 듯해 보인다. 이 말을 들은 사공은 자신의 경험으로 그것이 틀림없는 사실이라며 감탄하기까지 한다.[59] 하지만 현재의 해양지질학에서는 이 현상을 바닷물의 온도나 판구조론 등으로 설명하기에 실제와는 일정한 차이가 있다. 그럼에도 과거 남해안과 제주, 그리고 제주 남쪽의 해양지리에 대한 장한철의 이해는 분명 독자적이다.

이런 그의 논리는 27일 밤에 남극노인성을 발견하고 그 이치를 설명하는 대목에서 더 확장된다. 한라산에서만 볼 수 있다는 남극노인성은 이전에도 널리 회자된 볼거리 가운데 하나였다. 여기에 장한철은 제주 남쪽 바다 위에서 이 별을 볼 수 있는 이유를 천체의 구조로 설파한다. 남극성은 남쪽에 위치한 별이기에 북쪽에서는 관찰할 수 없고 제주 아래에서만 관찰이 가능하다는 것이다.[60]

---

59 『표해록』 12월 30일조. "沙工曰: '果然矣! 聞此而吾亦有自覺者也. 小的乘船, 過耽羅海者多矣, 自耽羅而發船, 向北陸, 舟到半洋, 西指大小火脫之嶼, 東望餘鼠·青山之島, 則雖平風靜浪之時, 水勢必洶湧滙潏, 故過此者, 皆危之. 此則所謂水底峯壑激波之險也. 今行過漢拏而南, 則四望無一點島嶼, 而水勢不甚險急, 此則所謂水底平衍, 無激波峯壑之驗也.'"

60 『표해록』 12월 27일조. "余曰: '君之惑滋甚矣. 衡山爲中原之南岳, 漢拏在朝鮮之南海, 衡漢之所以見此星者, 以其山在極南而然也, 非以山之獨高於天下也. 若以獨高而見此星, 則天下之山, 莫高於崑崙·太白, 而未聞有登覽老人星者. 蓋天之體, 北極高而南極下; 地之形, 西北高而東南下, 以崑崙之高, 又在西北地高之上, 則雖以衡山之高, 亦在崑崙之地下. 是故, 登崑崙而視之, 則南極之天入地而不見, 衡山·漢拏, 則皆在南極之地,

그런데 이 남극성을 천체의 원리로 설명하는 이 부분에 이본인 국립중앙도서관본에는 추가된 내용이 들어 있다. 김서일이 천체는 기운이 쌓여 형성된 것이어서 높고 낮은 형체가 있을 수 있냐며 따지자, 장한철이 그 구조와 거리 등을 구체적으로 제시해 준 부분이다.[61] 이 부분은 실제 장한철이 설명한 내용은 아니었던 듯싶다. 다른 누군가가 가필한 것으로 판단된다.[62] 아마도 19세기 천체에 대해 더 구체적인 지식을 갖추고 있던 지식인의 가필이 아닌가 싶다.[63] 어디까지가 장한철의 실제 지식이냐는 점은 더 따져봐야 하겠지만, 이 제주를 중심으로 한 그의 해양과 지리 등에 대한 지식과 이해는 분명 제주지식인의 이미지를 상징적으로 보여준 사례임에 틀림없다. 이처럼 『표해록』은 젊은 제주문인 장한철의 지적 역량이 유감없이 발휘된 결과물이었다.

故得見南極之星, 況此衡漢以南之海中眼界, 尤近於南極者乎!" 국립제주박물관본에는 이 부분에서 누군가가 그의 지식을 두고, "비단 강해의 근원을 꿰고 있을 뿐만 아니라 천체도 알고 있으니 평소 박식함을 알만 하다.[非但知得江海根派, 亦知天體, 居常博涉, 可知.]"라고 감상평을 두주로 붙였다.

61 국도본 『표해록』. "瑞一曰: "吾聞天者積氣耳, 蒼蒼非正色, 則非天之有形也, 而今言有高下之體, 何也?" 余曰: "南斗北斗, 天之樞紐, 而北斗出地三十六度, 南斗入地三十六度, 此所以爲天高下之形也. 且夫氣者, 未始有形而亦未始無形也. 故山之氣, 積而爲雲, 火之氣, 積而爲烟, 見山之雲火之烟, 而無其形, 可乎哉? 我且告子乎方圓之形, 天包水, 水包地, 天則四極相距, 各爲二億三萬三千五百里七十五步, 而圓之形成焉; 地則經短緯長, 經爲二萬六千里, 緯爲二萬八千里, 而方之形成焉. 由是觀之, 地之浮於天水之間者, 譬如彈丸黑子也. 吾與子, 蟬蛻彈丸之壤, 浮沈天海之間, 玩天地倚付之形, 吸日月出納之光, 所謂呑雲夢八九者, 何足以喩其大也?" 瑞一洒然稱服矣."

62 참고로 친필본과 이 이본과는 거의 차이가 없으나 작품의 첫머리와 이 부분을 포함한 한두 군데에서만 차이가 난다.

63 따라서 지금 장한철의 천체에 대한 지식과 18세기 후반 조선지식계에서의 이해의 거리를 따져보는 것도 추가적으로 필요해 보인다.

한편 『표해록』은 장한철의 지적 역량뿐만 아니라 그의 의식의 저변을 확인할 수 있는 적실한 자료이기도 하다. 이미 앞에서 어느 정도 드러났으나 이 점을 마지막으로 좀 더 따져보기로 한다. 먼저 호산도에서 해적 및 안남 상선과 접촉했을 때, 보인 중국과 일본에 대한 인식이다. 임준을 향해서는 '재조지은'의 은혜를 설파하면서[64] 중국과 조선의 선린우호를 적극적으로 개진한 반면 일본에 대해서는 정반대의 감정을 숨기지 않는다.

> 슬프다! 왜놈들은 우리의 원수다. 뜻으로 보면 하늘을 같이 일 수 없다. '한강에 다다라 강 위를 보노라면, 두 능의 소나무와 잣나무 가지조차 나지 않았네.'라는 시를 읊조릴 때면 나는 절로 소리치고 피눈물을 흘렸다. 저 왜놈들! 목을 벨 수 있다면 천 번이라도 칼을 들 것이고, 활로 쏠 수 있다면 만 번이라도 활을 당기리라! 대개 하늘이 만물을 창조함에 모두 사람들에게 이로움이 있는 법이다. 비록 태산 호랑이가 포악하나 그 가죽을 깔고 자면 내 몸이 편안하고, 영주(永州)의 뱀이 독하나 약으로 쓰면 내 병이 나을 수 있는 법이다. 그러나 오직 저 한 종자 왜놈은 사람들에게 할 올의 이로움도 없고, 해로움은 태산 호랑이와 영주 뱀보다 더 심하다. 하늘은 어찌 이놈들을 태어나게 했을까, 어찌 이놈들을 만들어냈을까. 당장이라도 천제에게 죄를 내리도록 하고 싶으나 그럴 수 없구나![65]

---

64 『표해록』 정월 2일조. "余知其人之爲明人也, 不覺涕泣而書曰: '吾屬亦是皇明赤子也. 壬辰倭寇, 陷我朝鮮, 魚肉我, 塗炭我, 其能拯我於水火之中, 措我於衽席之上者, 豈非我皇明再造藩邦之恩耶? 噫嘻痛哉! 甲申三月, 天崩之變, 尙忍言哉? 以我東忠臣義士之心, 孰欲戴一天而生也, 孰不欲蹈東海而死也? 然而父母之亡, 孝子不能殉從者, 以其天命不同, 存亡有異也.'"

65 『표해록』 정월 1일조. "噫! 倭奴我讐也, 義不可共戴天. 而每吟'試到漢江江上望, 二陵松栢不生枝'之詩, 不覺吼我膽而泣我血. 倭乎倭乎! 如可斬兮人千其劍, 如可射兮人萬其弩. 夫天之生物也, 俱有益於人, 雖以泰虎之惡焉, 而寢其皮, 則可以安吾軀; 永蛇之毒焉,

『표해록』의 내용 중에 가장 격앙된 부분으로, 장한철에게 왜는 그야말로 불구대천의 원수다. 임진왜란을 떠올리며 치를 떠는가 하면, 윤안성(尹安性, 1542~1615)의 시구[66]를 인용하여 왜란 이후에도 저들이 우리를 기만한 것에 분개한다. 뿐만 아니다. 인간에게 해를 끼치는 태산의 호랑이와 영주(永州)의 뱀을 끌어와 '한 올도 이로움이 없는' 이런 종자를 하늘은 왜 가만두지 않느냐면서 한탄한다. 이 과도해 보이는 왜에 대한 적개심은 재조지은을 강조하며 무한한 애정으로 대하는 중국에 대한 태도와는 극단적으로 대비된다. 물론 이 발화가 남해불에게 약탈을 당하고 난 뒤였고, 한편으로는 임준 일행에게 구조되기를 바랐던 절박한 사정이 자리하고 있었다. 각각 상황논리가 작동하고 있었다는 말이다. 그럼에도 그의 외부에 대한 의식세계를 짐작하는데 이 반응은 상징적이라 할 만하다.

그런데 이런 사례들이 장한철의 지적 역량과 그의 대내외적인 의식세계를 보여주는 것들이기는 하나, 다분히 의식적인 발화일 가능성도 없지 않다. 저 중국과 일본에 대한 견해는 장한철 자신의 정체성일 수도 있지만 중앙-정계 따위-을 향해 웅변하는 제스처로 보이기 때문이다. 자신의 역량과 정치적 견해를 어필하려는 의도가 읽혀지기도 한다는 것이다. 앞에서 살펴봤듯이 실제 이 저작이 중앙정계에

而用爲餌, 則可以已吾疾, 而惟彼一種倭奴, 則於人無一毛之利, 而其爲害也, 有其甚泰虎永蛇. 天胡生此? 天胡生此? 直欲罪眞宰, 而不可得也."

66 이 시구는 尹安性의 「聞回答使發行」(『冥觀遺稿集』 권1)의 3,4구이다. 1606년 도쿠가와 이에야스가 화해의 취지로 선정릉을 도굴한 범인을 압송해 왔는데, 이를 조정에서 받아들여 화답사를 보내게 되었다. 윤안성은 이것이 저들의 기만행위라며 받아들일 수 없다는 뜻에서 이 시를 지었다고 한다. 참고로 앞 1,2구는 다음과 같다. '使名回答向何之? 此日交鄰我未知.'

서 활용된 사례가 이런 정황을 뒷받침한다. 이래저래 장한철은 이 표류를 통해서 다양한 국면과 맞닥뜨렸고, 해당 사건들을 통해 자신의 의식세계를 구축할 수 있었다. 따라서 『표해록』은 장한철을 드러내는 가장 유용한 도구였다.

이런 맥락에서 볼 때 장한철의 『표해록』은 하위-뱃사람들-와 외부세계를 통해 불가명(不可名)의 상위에 대한 인정투쟁의 산물이라 할 만하다. 여기에 18세기 후반 한 제주 문인의 현실, 그 고뇌와 원망(願望)이 응축되어 있는 것이다. 이것이 18세기 후반 제주지식인이 가졌던 정체성 가운데 하나로 봐도 무방하겠다. 공교롭게도 육지인 누군가에 의해 전사된 것으로 판단되는 국도본 첫머리는 친필본에 없는 제주와 제주 문사의 현실이 스케치되어 있다. 이 부분을 인용해두면서 향후 이에 대한 좀 더 심도 있는 접근이 이루어지기를 기대해 본다.

> 탐라의 한라산은 바로 전겁의 영주이다. 그 웅장하고 기이한 경관은 세상 밖으로 높이 솟아 있다. 위로는 은하수를 잡을 수 있고, 아래로는 푸른 바다를 압도한다. 「우공(禹貢)」에도 올라있지 않고 진나라의 교화도 미치지 않았다. 삼성(三姓)이 나라를 열지 않았다면 어찌 일엽편주로라도 세상과 통했으랴! 어지러운 때는 세상의 병화를 피해 온 자들의 거처가 되었고, 다스려질 때는 천리 길 푸른 파도를 건너 육로로 9백 리를 달려 서울에서 벼슬자리를 구하기도 하였다. 그러나 종종 바다에 표류하거나 길에서 죽어 돌아오지 못한 이들도 있었다. 그러니 이곳은 바로 난리 때는 낙원이지만 치세 때는 모진 땅인 것이다. 나는 태평성대에 불행하게도 여기에서 태어나 뛰어나고 호방한 선비들과도 함께 하지 못하고 엎드린 채 뛰쳐나오지 못했다. 고기 잡고 땔나무하는 무리들 사이에 빠져서 마시며 즐기면서도 적이 오나라 계찰(季札)이 상국(즉 노나라)의 소(韶)를 들은 일을 그리워한지 오래되었다. 나라에서 특별히 멀고 외진 사람이 과거

보기가 어려움을 안타까워하여, 개성(開城)의 예처럼 승보 초시를 배설해 주었다.[67]

---

67 국도본『표해록』첫머리. "耽羅之漢拏山, 卽前劫之瀛洲也. 磅礴奇環, 高出世外, 上挹星漢, 下壓滄溟. 禹貢之所未奠, 秦烟之所未通, 如無三姓之開國, 豈有一葦之通世? 在亂時, 則逃世避兵者之所盤旋; 在治世, 則涉滄波千里, 陸走九百有餘里, 以求科宦于京師, 而往往有漂于海殣于道而不返者. 是固亂時之樂土, 治世之惡地也. 余於治平聖代, 不幸而生于玆, 不能與賢豪之士, 伏以不出者, 酣嬉顚倒於漁樵之間, 竊慕吳季子之聞韶上國者, 厥惟久矣. 國家特軫遠人赴試之難, 設陞補初試於島中, 如開城府之例."

제2부

제주에 대한 시선과 인식

임형택 • 『남명소승』을 읽는다

박용만 • 신광수의 「탐라록」에 나타난 제주에 대한 인식과 정서

김새미오 • 고독한 공간, 제주에 대한 제 인식

손기범 • 제주를 바라보는 19세기 유학자의 관점

『남명소승』을 읽는다

백호문학(白湖文學)에 있어서 현실과 상상

임형택

1. 시작하는 말

『남명소승(南溟小乘)』은 백호 임제(林悌, 1549~1587)가 1577년에서 1578년 사이에 제주도를 여행하고 남긴 기록이다. 최초의 본격적인 제주도 여행기이다. 한국문학사에서 유기, 혹은 기행문학으로 높이 평가되는 작품이다.

이 『남명소승』이 학계나 독자 일반이 접할 수 있도록 제공된 것은 아주 최근의 일이다. 지난 1958년에 와서 비로소 간행을 보기에 이르렀다. 그나마 원본 자체가 훼손이 심해서 문맥이 통하기 어려운 상태였다. 필자는 이 점을 안타깝게 여겼다. 그러다가 행운이라면 큰 행운인데, 그 이본 2종을 시차를 두고 구해 검도할 수 있세 되어 원형을 재현하게 된 것이다. 『백호전집』(1997)에 그 결과를 가지고 편역이 이루어졌고, 다시 『신편 백호전집』(2014)으로 진전을 시키게 되었다.

우리는 경험의 보고적 성격의 기록들을 문학으로서 어떻게 인식할 것인가? 방법론적인 과제이다. 둘러보면 여행의 기록류에 속하는 자료들이 산적해 있다. 국내의 산수유기는 물론, 해외여행의 연행록(燕行錄)·해사록(海槎錄) 등등 거의 무궁무진하다. 최근 들어 연행록과 해사록은 국제적인 관심의 대상이 되고 있는 형편이다. 그런데 연구물들을 살펴보면 대체로 소재적인 차원에 머물거나 시류를 타고 교류사로 편향한 사례가 많은 것 같다. 인식 주체의 시각과 고민을 찾아보기 어려운 데다가 방법론적인 모색 또한 뚜렷하지 못하다.

'『남명소승』을 읽는다'고 표제한 본 소고는 필자 자신이 전에 수행한 작업의 후속인 셈이다. 나름으로 하나의 시론이다.

2.『남명소승』의 이본 및 교감 문제

현재 파악이 된『남명소승』의 이본은 다음 3종이 있다.

A)『林白湖文集』(1958년 石印本)의 제3책 실린 것.

* "여러 종족들과 의논하여『백호집』을 다시 인출하되『남명소승』·「화사」 등 글을 따로 묶어 한 책을 만들기로 하였다."(戊戌, 1958년 초봄에 12대 손 鍾弼은 삼가 씀)

B)『白湖逸稿』(연대 미상의 필사본 1책)에 수록된 것.

* 「愁城誌」(殘)·『南溟小乘』·「柳與梅爭春」·「餞東君序」가 함께 실려 있다.

C)『謙齋遺藁』(필사본 1책)에 수록된 것.

* 『겸재유고』는 백호의 30대로 들어서기 직전의 시 작품과『남명소승』이 실려 있는 책이다.

A) 문집본은 간행연대가 근래이긴 해도 『남명소승』의 존재를 세상에 처음 알린 것으로서 의미를 갖는다. 하지만 착간이 있는데다가 글자의 결손이 심한 상태여서 작품을 제대로 읽을 수 없는 정도이다.

B) 일고본은 작품의 전모를 손상 없이 읽을 수 있다는 점에서 가장 선본이다. 다만 주(註)가 많이 탈락되었고 오자도 드물게 보인다.

C) 유고본은 작자의 친필로 추정되므로 제일 중시해야 할 이본이다.[1] 그런데 대단히 유감스럽게도 원본의 하단부가 온통 손상을 입은 상태여서 역시 결정적인 결함이 되고 있다.

다음에 『남명소승』의 한 대목이 위 3종의 이본에 어떻게 나와 있는지를 제시해서 각 이본의 실태를 구체적으로 들여다볼까 한다. 11월 25일에 경험한 일의 기록인데, 작자가 제주도를 일주하는 도중이다. 예시문은 서귀포에서 서쪽으로 이동하며 들렸던 산방산(山房山) 기슭에서 남쪽 바다를 향해 앉아, 지는 해를 바라보는 장면이다.

A) 문집본: 落照漏雲, 倒影重溟, 一笛響亮, □□□□, □氣飛越, 神遊汗漫, 彼回仙七百之潮, 無異於□□□□塘之□耳.

1 『겸재유고』는 현재 성균관대학교 동아시아학술원 존경각의 우전문고(雨田文庫)에 소장되어 있다. 시고 2권에 『남명소승』이 부록되어 전체 1책이다. 시고에서 『남명소승』으로 넘어가는 장에 '錦里編次'라고 적힌 것이 보인다. '금리'는 백호의 고향 마을인 회진의 별칭이다. 수정한 글자나 표시가 지면의 곳곳에 보인다. 이런 점들로 미루어 이 책을 백호의 친필 초고로 추정한 것이다. 이 자료에 대한 연구 논문으로는 이현일의 「林悌의 『謙齋遺藁』 연구」(『한국한문학연구』 제46집, 한국한문학회, 2010) 가 있다.

B) 일고본: 落照漏雲, 倒影重溟, 一笛響亮 吹徹遙空, 豪氣飛越, 神遊汗漫, 彼回仙七百□之湖, 無異於瀉一杯坳塘之上耳.

C) 유고본: 落照漏雲, 倒影重溟, 一笛響亮, □□□□, 豪氣飛越, 神遊汗漫, 彼回仙七百里之湖, □□□□□塘之上耳.

위에서 확인되듯 문집본은 오서낙자에다 결락이 심해서 도무지 의미 불통이고 일고본은 한 글자가 빠진 것 말고는 오류가 없다. 유고본의 경우 오서낙자는 없으나 역시 결락이 많아 제대로 해독하기 불가능한 상태다.

나는 지난 1997년에 『백호전집』을 우전(雨田) 신호열(辛鎬烈) 선생님과 공동번역으로 간행했고, 2014년에 『신편 백호전집』을 다시 편역·간행했다. 먼저 『백호전집』의 번역작업을 할 때는 일고본에 의거하면서 문집본을 참고했다. 다음 『신편 백호전집』에서는 『겸재유고』까지 확보하게 되어, 역시 일고본을 바탕으로 하되 다른 2종과 대조, 복원작업을 수행할 수 있었다. 그런 결과로 원문을 재차 정리하게 된 바 위 예시문은 다음과 같이 정리되었다. 원문과 함께 역문도 제시해 둔다.

落照漏雲, 倒影重溟, 一笛響亮 吹徹遙空, 豪氣飛越, 神遊汗漫, 彼回仙七百里之湖, 無異於瀉一杯坳塘之上耳.

낙조가 구름 사이에서 새어나와 아득한 바다 위로 거꾸러지는데, 한가락 젓대소리는 메아리 쳐서 먼 하늘을 뚫는다. 호탕한 기운은 날아오르고 신유(神遊)는 무한히 펼쳐지니, 저 회선(回仙)*의 7백리 호수는 조그만

웅덩이 위로 쏟아 부은 물과 다름이 없는 듯 생각되었다.[2]

* 回仙: 신선으로 유명한 여동빈(呂洞賓)의 별칭. 여동빈이 동정호에서 놀았다는 전설이 있다.("朗吟飛過洞庭湖")

위 대목은 깊이 음미해봄직한 내용이다. "회선의 7백리 호수"—동정호는 예전의 우리나라 사람들에게 있어서는 태산과 더불어 특별한 의미를 갖는, 사실상 상상의 공간이었다. 큰 산이라면 태산, 큰 물이라면 동정호라고 이르지 않았던가. 그런 동정호가 지금 바라보는 대양에 견주면 "조그만 웅덩이 위로 쏟아부은 물" 정도라고 한다. 지금 우리가 양자를 물리적 크기로 대비해 보면, 동정호는 웅덩이 물에 지나지 않는다고 한 위의 비유적 표현은 조금도 과장이 아닐 터다. 동정호의 상대적 왜소성에 대한 인식은 바위처럼 굳어진 상념을 깨트리는 의미가 담겨 있다. 중국 중심의 인식구도를 탈피하는 의미를 지닌 것으로 해석할 수 있다. 이 의미심장한 대목이 위에서 살펴본바 이본의 교감을 통해서 확연히 드러나게 된 것이다.

백호는 제주도에서 한라산을 등지고 남쪽 바다를 바라보며 느낀 감회를 "호탕한 기운은 날아오르고 신유(神遊)는 무한히 펼쳐지"는 것으로 표현하고 있다. 중국 중심의 인식구도에서 탈피, '상상의 공간'으로부터 '현실의 공간'을 각성한 것이다. 하여 현실의 바다를 발견하게 되지만, 바다와 아울러 제주도를 백호는 '선유(仙遊)의 세계'처럼 의식하는 경향성을 띠고 있었다.

---

2 임제(신호열·임형택 외 역), 『신편 백호전집』 하, 창작과비평사, 2014, 563쪽. 이하 본고의 번역문은 이 책에서 인용하되 약간의 손질이 가해지기도 했다.

3. 『남명소승』의 문학적 특성: 사실과 상상의 교직(交織)

『남명소승』은 여행기, 한문학의 용어로는 유기(遊記)라고 하는 것이다. 작자 자신 언제 어디를 다녀 온 도정에서 보고 들은 사실들을 적은 글이다. 이 경우는 백호가 1577년 11월 초에 길을 떠나 이듬해 3월 초 돌아온 때까지 제주도라는 특별한 공간을 여행한 보고이다.(연월일은 모두 음력, 이하 같음)

예전의 여행기가 대개 그렇듯 『남명소승』도 일기 형식을 쓰고 있다. 실학의 노작이자 위대한 문학 작품이기도 한 박지원의 『열하일기』도 기실 여행기의 일종이다. 이 경우 일기체로 되었기에 서명부터 『열하일기』라고 했던 것이다. 여행기의 일기적 구조는 시간에 따라 공간을 배치하는 방식이다. 일기적 구조 자체가 경험한 사실에 입각해서 서술하는 형식이라고 말할 수 있겠다.

『남명소승』을 펼쳐보면 산문을 기조로 하면서 시편의 비중이 크다는 점을 일견에 알 수 있다. 시편이 많다는 점은 사실을 표현하는 데서 그치지 않고 정서를 대폭 개입시키는 태도라고 보아도 좋을 것이다. 그리고 더 들어가 보면 상상력이 활발하게 작동하고 있는 것을 감지할 수 있다. 이는 『남명소승』 읽기에서 가장 주목처이다. 사실과 상상의 교직(交織)은 그 중요한 특성이다. 하지만 물리적 짜임이 아니요, 상상이라도 어디까지나 사실로부터 일어난 상상이다. 그렇긴 해도 '사실의 영역'과 '상상의 영역'을 구분해 볼 필요가 있다.

1) 『남명소승』에서 사실의 영역

제주도는 조선시대 문인들에 있어서는 글쓰기의 아주 좋은 소재로 생각되었다. 백호 역시 이색 체험을 하게 된 터이므로, 이 여행에 비상한 의미를 두어서 기록을 남겼다. 따라서 사실의 영역에 일차적 관심이 두어졌던 것은 너무도 당연했다. 그리하여 시작부터 끝까지 자신이 견문한 사실에 기초하고 있었다.

『남명소승』은 요컨대 16세기 한 문인에 의해 인식된 제주도이다. 고향인 나주의 회진(會津) 마을을 떠나 강진서 배를 타고 제주도에 도착, 유람하고 고향으로 회귀하기까지 자신이 보고 듣고 겪은 여러 물사와 떠오른 상념들을 예민하게 포착해서 경쾌한 필치로 그려냈다. 그런 가운데서 시선이 가는 몇 가지 사항을 들어서 소개한다.

제주도의 전체 개관

제주도에서 백호는 우선 바다를 따라 한 바퀴 돌며 유람을 하고 다음으로 넘어가는 대목에서 제주도에 관한 인문지리적인 서술을 하고 있다. 행정과 방어(防禦)의 체계며, 지형·물산·생활·풍속 및 언어·기후 등에까지 요령 있게 정리한 내용이다. 끝에 시 한 편을 붙인 것도 인상적이다. 여기서는 큰 눈으로 포착한 서두 부분을 제시해서 16세기 당시의 제주도에 대한 전체적 개관이 될 수 있도록 한다.

> 제주도는 우리나라의 정남방인데 한라산이 중앙에 우뚝 솟아 좌우로 날개를 펼쳐서 한일자가 옆으로 놓인 형국이다. 제주진은 북쪽에 위치해서 두무악(頭無岳, 한라산의 별칭)과 마주 대하고 있다. 정의현은 왼편 날개의 남쪽에 위치하고 대정현은 오른편 날개의 남쪽에 위치하니, 이 3개 진(鎭)이 세발솥을 이룬 모양으로 북동서의 세 모서리를 각기 점거하고 있다.

제주도 사람들의 삶의 실상과 애환

제주도는 토질이 워낙 척박하여 먹고 살기 어려운 모습을 곳곳에서 드러내고 있다. 제주도로 건너가는 선상에서 한 뱃사공을 만난다.

> 그날 밤 덕돌이라는 사공의 이야기를 들었다. 그가 말하기를, 일찍이 왜구에게 사로잡혀 일본 땅으로 끌려가서 7년이나 머물러 있었다 한다. 거기서 먹고 살기는 부족한 줄 몰랐으나 고국 땅이 그리워 돌아오고 싶은 마음이 간절하기에 몰래 작은 배를 얻어 타고 간신히 돌아왔다. 그럼에도 관가에서는 고달픈 역(役)을 조금도 감면해주지 않는다고 길게 탄식하였다. 또한 일본의 풍속에 대해서도 자못 상세하게 들려주었다.

16세기에 제주도는 왜구의 침략이 잦았다. 덕돌이는 왜구에게 붙잡혀가서 7년이나 있다가, 거기는 먹고 살기 괜찮았음에도 고국 땅이 그리워 몰래 탈출해 돌아온 사람이다. 그럼에도 관에서는 부역을 면제해 주지 않아 고역(苦役)에 시달리는 중이라고 하는 그의 탄식이 참으로 안타깝게 들린다.

제주도 사람들은 생계가 곤란하기 때문에, 남자들은 고기를 잡으러 늘 바다로 나가야 하는데 풍랑으로 인해 익사자가 속출하였다. 그래서 남녀의 성비가 균형을 잃어 짝이 없는 여자들이 많았다. 이에 육지에서 군인들이 수자리를 살러 들어오면 홀로 된 여자들이 사내를 맞으러 배가 닿는 포구로 나간다. 사내는 봄에 왔다가 가을이면 떠난다. 이런 풍속을 백호는 민요조의 「영랑곡(迎郎曲, 임을 맞이하는 노래)」과 「송랑곡(送郎曲, 임을 떠나보내는 노래)」으로 노래한다. "삼월이라 삼짇날 복사꽃 활짝 피어 / 돛단배들 두둥실 바다를 건너오면 / 곱게 단장하고 별도포에 노닐다가 / 해 지는 언덕 위로 팔짱 끼고 돌아온다네."(「영랑곡」) 참으로 고난에 애환이 서린 사연임에도 더없이 흥겹다. 현실을 낭만적으로 호도한 것이라기보다 그럴밖에 없는 삶의 현실을 깊이 이해해서 서민적 낙관주의로 표출한 것이라고 해석할 수 있을 듯하다.

귤유보(橘柚譜)

제주도는 기후가 훨씬 온난해서 식물의 분포가 육지와는 사뭇 다르다. 지금도 사람들이 제주도에 남국적인 정취를 느끼는데 백호 당시에는 더더욱 정취가 달라 보였을 것이다. 『남명소승』은 이런 데에도 민감한 반응을 드러냈던바 귤유보를 작성해 남기기도 했다. 귤유보는 특히 문헌적 가치를 높이 평가받는 문헌이다. 귤유보에는 지초(芝草, 영지의 일종)라는 신비로운 균류 식물이 부록으로 들어있다. 지초에는 모형도가 그려져 있다고 적혀 있으나 지금 전하는 이본들 어디에도 그림이 보이지 않아 유감이다.

제주도의 언어

이곳의 언어는 왕왕 한자를 섞어 쓰는데, 이를테면 남자의 존칭은 '관관(官官)'이라 하며, 흙토(土) 자나 마늘산(蒜) 자는 모두 방언을 쓰지 아니하고, '不好'와 같은 글자는 한자음으로 말한다. 이런 따위가 아주 많다. 귀양 와 있는 신장령(申長齡)이라는 사람은 원래 역관이었는데, 그의 말에 의하면 "이곳의 말소리는 중국과 흡사하다. 소나 말을 모는 소리는 더욱 구분할 수 없는 정도이다"라고 한다. 아마 풍토가 중국과 동떨어지지 않아서 그런 것인가. 일찍이 원나라가 차지하여 이곳에다 관리를 두었던 까닭으로 중국말과 섞여서 그런 것인가.

위에 거론된 언어적 현상은 제주도어 연구에 귀중한 정보가 아닌가 한다. 이 밖에 대화나 서술 가운데 제주도 사람들이 쓰는 말을 그대로 드러내 놓기도 하여 흥미롭다. 이 또한 연구 자료가 될 수 있지 싶어 옮겨 둔다.

육지(陸地): "제주 사람들은 본국을 육지라고 이른다." — 원주
목관(牧官): "제주 사람들은 통판(通判)을 목관이라 부르며, 목사를 절도사라 부른다." — 원주
산척(山尺): 사냥꾼

2) 상상 영역으로서의 선계(仙界)

『남명소승』에 있어서 제주도는 현실적 공간임이 물론이다. 백호 자신 과거 급제의 영예를 안고 제주목사로 계시는 부친을 뵙기 위해 어렵게 바다를 건너갔기에 한동안 머물면서 두루 유람을 하게 된 것이다. 그리하여 『남명소승』은 방금 살펴보았듯 현실적 의미를 풍부하게 내포한 기록이 되었다. 그런 한편, 제주도는 처음부터 그의 뇌리에 상상적 공간으로서 입력되어 있었다.

꿈속에 황학(黃鶴)을 타고 영주(瀛洲)로 찾아를 가니
그곳의 신선님네 나를 보고 맞이한다. (「思仙謠」의 1~2구)

'영주'란 상상적 공간으로서 신선계를 가리키는 말인데 제주도의 별칭이기도 했다. 신선은 속세에서 사람들과 섞여 살지 않을 터이므로 선계(仙界)라면 아무래도 한라산이 될 것이다. 백호에게 선계로 각인된 것은 한라산이었다. 그런데 이 한라산에 진입하는 데는 난관이

있었다. 한라산의 정상부는 겨울로 접어들면서 백설이 천 길이나 쌓여 올라가기 불가능했기 때문이다. 그렇기에, 위의 시구부터 신선을 동경하는 꿈을 꾸었던 것이다. 그 꿈은 기어코 꼭 이뤄야할 소원이었음이 물론이다.

내면의 서사적 구성

『남명소승』은 일기형식을 취하고 있기 때문에 단선적인 기록처럼 되기 쉽겠지만 실은 전혀 그렇지 않다. 찬찬히 읽어나가면 나름으로 서사적 구성이 있고 복선도 깔려져 있는 것이다. 먼저 복선을 찾아보자. 복선이라고 하면 본디 소설에서 개발된 수법이다. 경험의 보고적 기록인 『남명소승』에는 해당하지 않는데 여기에 도입되어 있다니 흥미롭다.

> 길에서 한 스님을 만났다. 그 스님은 눈썹 사이에 운하(雲霞)의 기운이 감돌아, 자못 신이한 느낌이 들기에 말을 붙였다.
> "대사는 어디 계시오?"
> "존자암(尊者菴)에 머물고 있습니다."
> "내가 바다를 건너온 지 한 달이 가까워 오는데 선산(仙山)에 꼭 가고 싶으나 얼음이 얼어붙고 눈이 쌓여서 이제껏 올라가질 못했다오. 속절없이 눈앞이 갑갑하고 꿈도 고달플 뿐이라오." (11월 25일의 기록)

이 대목은 제주도를 평지로 돌 때 서귀포에서 대정읍으로 가는 중간지점이다. 처음에 원용했던 산방산 기슭에서 대양을 바라보는 대목 또한 이날의 일이었다. 길에서 우연히 만난 스님의 첫 인상을 "눈썹 사이에 운하의 기운이 감도는" 것으로 표현하고 있다. 속세를 벗어난 느낌을 받은 때문이다. 오다가다 마주친 사람이지만 무슨 인연이라도 있었던 듯 이어지고 있다. 그는 청순(淸淳)이란 승려다. 백호는 그 해를 넘겨서 2월 10일에야 한라산 등반을 하게 된다. 존자암에 머무는데 거기서 이 스님을 다시 만나, 선경으로 들어가는 안내를 받게 되는 것이다. 의도된 허구라고 보기는 어렵다. 선연(仙緣)이 있었다고 할까. 복선으로 간주할 수 있는 사례 하나를 더 들어보자. 이듬해 2월 5일 밤이다.

> 한라산에 눈이 가득 쌓여 올라가고 싶은 뜻을 이루지 못하였다. 2월 초닷새 밤 꿈에, 고원에 올라가서 멀리 바라보니 봉우리들이 의구하고 푸른 수목이 겹겹이 둘렸는데 무언가 학처럼 희고 깨끗해 보이는 것이 있었다. 나는 처음에 학으로 여겼는데 곁에 어떤 사람이,
> "학이 아니라 잔설(殘雪)이오."
> 라고 말하기에 자세히 보니 과연 눈이었다. 그래서 나는 농담으로
> "흰 눈의 흰 것이 흰 학의 흰 것과 무엇이 다른가?"
> 라고 말했다.

선경을 몹시 동경하는 심경이 꿈을 빌어서 극화되어 있다. 그것은 복선이기도 했다. 이 꿈을 꾼 5일 후에 드디어 정상 등반길을 나섰는데 존자암에서 연일 비가 내려 며칠을 죽치고 있어야만 했다. 그러다가 비가 개어, 경관을 둘러보며"지난 닷샛날 밤에 꾸었던 꿈이 이제와서 비로소 맞는가 싶다"고 혼자 말을 한다. 비가 여러 날 발걸음을 붙잡았지만 얼음과 눈이 대부분 녹아서 전의 밤 꿈에 학으로 오인했던 잔설이 눈앞의 실제로 나타난 것이다.

한라산은 작가의 뇌리에 입력된 동경의 세계로서 범접하기 결코

용이하지 않았다. 고난의 길은 선경을 찾아가는, 선유(仙遊) 그것이다. 온갖 난관을 극복해서 마침내 선경에 진입하는 전후의 과정 자체가 그대로 서사구조를 만들어 낸다. 방금 보았듯 의도하지 않는 복선이 생기게도 되었다. 『남명소승』은 현실영역과 상상영역이 교직된 상태인데, 상상영역이 내면적으로 중심부를 형성함에 따라 전체로서 서사적 구성이 성립하게 되었다고 하겠다.

오랜 기다림 끝에 2월 10일, 산척(山尺, 사냥꾼)으로부터 눈이 거의 다 녹아 인마(人馬)의 통행이 가능하다는 보고를 받고 한라산을 향해 출발, 존자암에 당도했던 것이다. 존자암이 중간 기착지처럼 되어, 거기서 한라산 정상까지가 작품구성의 중심부에 해당하고 있다. 정점을 눈앞에 둔 지점에다 구성상의 위기를 설정한 셈이다. 『남명소승』에서 최대의 장시이자 걸작으로 평가할 수 있는 작품 「한라산가」와 「발운가」가 바로 이 지점, 존자암에서 지어진 것이다. 「한라산가」는 존자암에 오른 첫날 지은 작품이고 「발운가」는 연일 내리는 비에 발이 묶여서 지은 작품이다. 이 두 시편을 각별히 중시하여 다뤄보기로 한다.

한라산가

장백산 남녘이요 약목(若木)의 동쪽
푸른 연꽃이 파도 위에 높이 꽂힌 듯.

선학(仙鶴)은 하늘에서 훨훨 내려오고
신오(神鰲)는 태곳적부터 기세도 웅장해라.

정상을 바라보면 언제나 검은 구름 감돌고
하늘이 어둑할 때부터 해바퀴 붉게 솟네.

(… 6구 생략 …)

들판에 수많은 좋은 말들 나라에서 기르는 말
마을마다 귤과 유자, 가을의 풍광일세.

멀리서 온 나그네의 구경거리 풍족한데
눈 사치 끝없는 욕망 괴이하다 하지 마오.

선계를 그려 꿈꾸기 몇 번이던가?
한해 수자리 사는 땅에 방황하노라.[3]

지금 나 여기 청명절에 오르니
산비는 부슬부슬 월계수를 적시네.

이 「한라산가」는 무심코 지은 듯이 말했으나, 의식적이건 무의식적이건 큰 의미가 두어져 있었다. 그토록 꿈에 그리던 선산에 올라와 지금 중간 기착지에서 밤을 보내고 있기에, 저절로 한라산 주제의 시상이 떠오르지 않았겠는가.

서두의 4구는 제주도라는 공간 전체를 압축해 표현한 대목이다. 앞서 인용해 보았던 '제주도의 전체 개관'과는 사뭇 다른 인상이다.

---

3 원문은 "一年海戍爲孤蓬"이다. '孤蓬'을 어떻게 보느냐는 것이 문제인데 처음에는 쪽배로 보았다가 심리적으로 외롭게 방황한다는 뜻으로 생각하여 위와 같이 번역한 것이다. '一年海戍' 바닷가에 한해 수자리를 산다는 뜻으로 제주도를 가리킴.

제주도의 위치를 표시하는데 '장백산'과 함께 '약목'을 끌어온 점이 특이하다. '약목'은 곤륜산(崑崙山) 서쪽에 있다는 붉은 나무로 신화적인 어휘이다. 여기서도 실재와 가상이 어울려 있다. '신오'는 큰 자라로 등에 선산을 지고 바다에 떠 있다고 한다. 이 또한 신화적인 상상의 산물이다. 상상의 공간으로 인식된 신화적인 제주도이다. 그런 한편에 현실 공간으로서도 인식되고 있다. 벌판에 말들이 떼로 뛰놀고 마을마다 귤과 유자가 익어가는 눈앞의 사실적 풍경은 싱싱하기 그지없다. 전편 내에서도 상상적 인식과 사실적 인식이 교합되어 있다. 그런 중에 상상의 신화적 이미지가 전편을 압도하는 양상이다.

위 시를 끝맺는 대목에서 청명절에 이른 지금 겨우 선계로 들어섰는데 비가 부슬부슬 계수나무를 적신다고 한다. 시적 분위기를 십분 느끼게 하면서 무언가 불길한 예감도 든다.

발운가(撥雲歌)

「한라산가」를 지은 이튿날에는 존자암에 머물면서 영곡(靈谷, 영실)을 다녀온다. 작중에서 오백장군동이라고 일컫는데 이 제목으로 시를 짓는다. 그리고 돌아와서도 선흥(仙興)을 이기지 못해 또 「보허사(步虛詞)」란 제목의 시 한편을 짓는다.

> 옥동진인(玉洞眞人) 뵙고 나서 학을 타고 돌아오니,
> 맑은 구름 나직하여 자연의(紫烟衣)를 적시누나.

「보허사」라는 시제부터 신선들의 표묘(縹渺)한 자태를 표현한 노래임을 느끼게 한다. 선경에서 노닐며 선흥에 몰입한 모습이다. 하지

만 기껏 선경에 입문을 한 셈이었고 다시 또 어려운 고비를 넘어야 했다. 다음 날 12일부터 14일까지 3박 3일을 안개와 비로 발이 묶여 있었다. 12일에는 그래도 여흥으로 유선의 정서를 담은 시를 읊는다. 다음 날은 진종일 꼼짝 못하고 있던 끝에 등불을 돋우고 오롯이 앉아, 「발운가」라는 일편의 장시를 지어서 읊는다. 천지신명께 구름이 흩어지고 밝은 해를 볼 수 있게 해달라는 간절한 기원이다. 『남명소승』에 실린 많은 시편 중에서 가장 장편이고 혼신의 정성이 담긴 것이었다.

만력 육년 봄 이월에
하계의 어리석은 자가 소원이 있삽기로
바다 가운데 산 위에서 사흘을 재숙(齋宿)한 다음
심향(心香) 한 가지 꽂아놓고 지극정성으로 비나이다.

위로 더없이 높으신
옥황상제께 감히 비옵나니
운사(雲師) 풍백(風伯) 산신령님들까지
굽어 살펴주옵소서.

(… 중간 23구 생략 …)

저는 바라옵나니
바람 맑고 구름 걷히고
바다 푸르고 하늘 열려
망망한 대천세계를
저로 하여금 상상두에 올라 마음껏 둘러보고

가슴속에 막힌 찌꺼기
한꺼번에 씻어내게 해주옵소서.

(… 중간 2구 생략 …)

내일 아침이면 보겠지요.
밝은 해 솟아오르는 것을,

『남명소승』 전체의 클라이맥스다. 작품은 선계의 중심, 즉 한라산의 정상을 밟기 직전의 단계에다가 구성상의 최대 위기를 설정한 것이다. 그 위기를 극복하기 위한 방법론으로 「발운가」가 지어졌다. 다음날 14일에도 비는 주룩주룩 내렸다. 오후에 빗줄기가 그치고 안개가 걷힌다. 이에 간밤에 지은 「발운가」를 읊어보니 호방한 흥취가 절로 치솟는 것 같다고 한다. 그러자 어디서 구름이 몰려들어 비가 쏟아지는 것이었다. "사나이로 태어나 초목과 다름없단 말인가? 신명을 감동시키지 못하다니. 내일도 쾌청하지 않는다면 채찍을 휘둘러 제주성으로 돌아가리라." 이렇듯 절망의 극한에 도달한 것이다.

한라산의 최정상

2월 15일 아침, 그만 포기하고 하산하느냐, 정상을 오를 수 있느냐는 갈림길이었다. "아침 해가 창문을 환히 비추고 바람이 산들산들 새가 지저귀었다." 드디어 정상으로 향한 발걸음이 가볍게 옮겨졌다.

이 대목에서 청순의 존재에 대해 한 번 더 짚어 보자. 전에 길에서 우연히 만났던 청순을 존자암에서 재회하여 선산의 안내자가 되었다. 정상에 오르는 도중에서도 영지(靈芝) 몇 뿌리를 캐서 건네며 "어젯밤 꿈에 어떤 사람이 영지를 족하에게 줍디다. 깨고 나서 마음에 몹시 이상히 여겼는데 지금 이걸 은근히 드리게 되니 꿈과 부합합니다."고 말한다. 영지는 복용하면 신선이 될 수 있다는 신비로운 약재이다. 청순은 작중에서 백호와 선연을 가진 인물로서 존재감이 뚜렷하다.

『남명소승』에는 기록자를 주인공으로 본다면 그 밖에 조역들이 허다히 등장하고 있다. 그런 중에 비중이 있는 인물로는 금반(琴伴)으로 일컬어진 유정걸(柳廷傑)이 있다. 그리고 역관으로서 귀양 와 있는 신장령이 한라산행에 합류하여, 유정걸과 신장령이 바둑판을 가끔 벌이고 앉아 주인공의 무료함을 달래주는 역을 담당하곤 한다. 그리고 산척이 정상 등반길에 잠깐 출연하지만 계수나무 찍는 장면을 보여서 주인공이 "너 역시 계수나무를 찍는 사람이냐?"는 인상적인 발언이 나오도록 만든다. 이런 여러 보조역들 가운데서 청순이 제일로 돋보이는 존재이다.

존자암에서 정상에 오르는 도정은 그야말로 선유처럼 그려지고 있다. 방금 지적했던 '계수나무 찍기'나 '영지 채취'도 그때 일어난 일화이다. 한라산을 선계로 미화했던 만큼 마지막 경관을 절묘하게 그려서 선계와 조화를 이루고 있음이 물론이다. 중간도정을 묘사한 부분은 여기서 생략하는 대신, 최정상에 도착해서 경관과 심회를 묘사한 대목을 소개한다. 이에 대한 논평은 독자의 몫으로 남겨 둔다.(작중에서 백록담이란 지칭은 나오지 않는다. 그때는 이 명사가 쓰이지 않았던 것으로 추정이 된다.)[4]

최정상에 당도하자 그곳은 움푹 파여 못을 이루고 있다. 석봉(石峰)이 둘러싸서 주위가 7, 8리나 되어 보였다. 바위에 기대어 굽어보니 물은 유리알같이 맑아 깊이를 측량할 수 없다. 못 주위로 흰 모래가 깔리고 향기로운 덩굴이 뻗어 구질구질한 것이라고는 한 점도 눈에 뜨이지 않았다. 인간세계의 바람과 3천리나 떨어져 있으니 난소(鸞簫)가 들리는 성싶고 황홀히 지거(芝車)가 보이는 듯하다. (중략) 산 위의 돌은 다 적흑색으로 물에 들어가면 둥둥 뜨니 또한 진기한 일이다. 눈앞에 펼쳐진 것으로 말한다면 해와 달이 비치는 데 따라 배와 수레가 닿지 못하는 곳까지 두루 미칠 수 있겠으나 나의 시력의 한계로 단지 하늘과 물 사이에 그칠 따름이다. 역시 한스러운 노릇이다.

4. 백호문학에서 유선(遊仙)의 이미지와 유선시

이상에서 백호의 제주도 유기—『남명소승』이 현실과 상상의 교직으로 어울린 글임에 주목을 해서 읽었다. 양자를 구분지어 보긴 했지만, 상호 연관성이 있을 뿐 아니라 혼연일체를 이루었다. 그러면서 '상상의 영역'이 전체의 분위기를 주도한 형국이었다. 낭만적 경향성을 띤 작품이라고 규정지어도 무방할 것이다.

『남명소승』은 유선적 이미지가 핵심이다. 해서 유선시의 범주에 속하는 시편들이 적지 않게 들어 있게 되었다. 유선의 이미지와 함께 유선시(遊仙詩)는 백호문학의 세계에서 간과할 수 없는 의미를 지닌 것으로 여겨진다. 나아가서 한문학을 비롯해 우리문학 전반에 걸쳐

---

4 白鹿潭의 지명전설로, 金斗奉이 지은 『耽羅誌』에 다음과 같은 기록이 보인다. "諺傳, 群仙飮白鹿於此, 故名." (『耽羅誌·形勝條·白鹿潭』 1933년 유인본)

한번쯤 시선을 돌릴 필요가 있는 대목이 아닌가도 싶다.

이 사안은 한국문학연구에서 아직까지 제대로 규명되지 못한 주제이다. 지금은 본격적인 논의를 펼 자리가 아니지만, 『남명소승』 읽기의 연장으로서 간략히 언급해 두려고 한다.

『남명소승』에서 유선시, 선계로 기운 심리적 동기

먼저 『남명소승』에서 유선시의 전형으로 생각되는 작품 한편을 예로 들어보자. 시제가 「고풍(古風)」인데 적선체(謫仙體)를 본떠 지은 것으로 되어 있다.[5] '적선체'란 이백(李白)의 독특한 시 형식을 가리킨다. 이백은 시선(詩仙)으로 일컬음을 받듯, 유선시로서도 걸출한 시인이다. 백호가 이 「고풍」을 지은 뜻은 이백의 시정신과 소통하는데 있었다.

선랑(仙郞)이 흰사슴 타고
높은 대(臺)에 올라서 휘파람 분다.

머리 돌려 우주를 둘러보니
영웅은 과연 어디 있느뇨?

자부(紫府)*에 앉아 계시는 진관(眞官)님들
나더러 재주 많다 어여삐 여겨
여러 옥녀(玉女)**를 아래로 내려 보내
유하주(流霞酒) 잔에 따라 권하는구나.

---

5 「古風一篇 效謫仙體」, 『南溟小乘』 11월 20일의 기록.

유하주 마시자 골격이 바뀌는지
문득 봉래산을 향해 날아가고 싶어라.

학 타고 가면 멀지 않으리니
운거(雲車)는 어느 날 돌아오려나.

동방의 땅덩이를 내려다보니
아득히 먼지만 자욱하여라.

* 자부(紫府)는 옥황상제가 있는 선계. 진관(眞官)은 선계의 관인, 즉 신선.
** 옥녀(玉女)는 선녀. 유하주(流霞酒)는 선계의 술.

위 시는 선어(仙語)로 점철되어 있어서 의미맥락이 쉽게 잡히지를 않는다. 우선 시를 읊는 현장을 복원해 보는 것이 필요하겠다. 11월 20일인데 제주도 일주 유람을 떠나기 이틀 전이다. 그날 바다와 하늘이 유난히 파래서 혼자 말을 타고 동망봉(東望峰)에 올라서 바다를 바라보고 서 있었다. 때 마침 목관(牧官, 판관)이 술과 기생을 보내준다. 이 정경이 서장의 "선랑이 흰사슴 타고 높은 대에 올라서 휘파람 분다"로 바뀌어졌다. 그리고 기생이 따르는 술은 '옥녀의 유하주'로 바뀌었다. 이처럼 시적 미화가 일어나게 된 원인은 다른 무엇이 아니고 유선의 이미지가 시인의 뇌리에 입력된데 있다. 그리하여 유하주를 마심에, "문득 봉래산을 향해 날아가고 싶어라"고 시적 상상력이 비상하는 것이다. 서장의 흰사슴은 곧 백록이다. 백록은 가시적인 것이 아니다. 신선이 타는 자하거(紫霞車)를 끈다는 상상의 동물이었다.

존자암에서 비에 갇혀 있을 적에도 청순 스님에게 백록 이야기를 듣고 나서, "이 산속 백발의 늙은이 백록을 타고 노을을 마신다네."(「驥

白鹿仙翁」)라고 백록을 탄 신선을 노래했다. 하산한 다음 날에도 다시 백록을 만나지 못하고 돌아온 아쉬움을 시로 표현하고 있다. “한라산은 선계인지라 선록(仙鹿)이 무리지어 논다네.” 이처럼 무리지어 노는 백록을 전혀 볼 수 없었던 데는 까닭이 있다 한다. 전에 어떤 지방관이 한 마리를 사냥하게 해서 죽인 때문이라는 것이다.

너 어찌 자신을 돌보질 않다가
사냥꾼의 손에 잡혔단 말가.

해월(海月)은 찬 산에 떠서 시름겨운데
숲속의 동무들 슬피 부르누나.

숲속에 몸을 숨긴 백록들이 죽은 친구를 그리워하여 애달프게 부르고 있다는 의미다. 백록을 만나지 못한 아쉬움 속에는 세속 권력의 폭력적 작동에 의해 선경이 망가지는 현상에 대한 탄식이 담겨진 듯도 하다.

그런데 위에서부터 지나쳐 온 의문점이 있다. 『남명소승』의 기록 주체가 선계를 동경해 마지않았던 심리적 동기는 대체 어디에 있었을까? “동방의 땅덩이를 내려다보니 아득히 먼지만 자욱하여라.” 방금 유선시의 전형으로 예시한 「고풍」의 종장이다. ‘동방의 땅덩이’는 물론 한반도를 가리킨다. 이 현실공간이 세속의 진애에 휩싸인 상태로 치부하고 있다. 자신이 발을 딛고 있는 세상을 회의적으로 인식한 때문이리라. 자기 시대와 타협하지 못한, 방달불기(放達不羈)의 자유인이라는 것이 백호에 대한 당세의 인물평이었다. 구체적으로 지적해 보자면 백호가 살던 16세기 후반의 조선은 고질적인 당쟁이 발발한 시간대로 접어들고 있었다. 정치권력을 둘러싼 싸움이 날로 오탁(汚濁)해 지는데 따라 비분과 환멸의 감정이 증폭되었다. 예전 문인들이 세상을 진애라고 표현하는 것은 대체로 상투적이었지만, 백호의 경우 실로 심각한 비판정신이 전환된 표현이었다.

백호시에서 유선적 이미지

『남명소승』뿐 아니라 백호시 전반에서 유선시 내지 유선적 이미지를 만날 수 있다. 백호문학의 세계에 있어서 개성적 측면으로 생각된다. 이에 대한 본격적인 연구는 후인의 과제로 미뤄두고 여기서는 한두 편 언급하는데 그치기로 한다. 「무제(無題)」라고 되어 있는 시 한편을 들어보자.

미운 님 그리는 마음이사 다만지 칼의 눈동자
요지(瑤池)에서 돌아오던 처음 일이 유유합니다.
월궁(月宮)의 독수공방 살아도 낙이 없고
거울 앞의 외로운 울음,* 춤이 곧 시름이라.

몇 밤이냐 신녀(神女)의 비, 밤 꿈만 차웁고,
5년을 물가의 아가씨 이 봄도 늦어 가는데.

하늘 길 머나멀어 파랑새** 보이질 않는구나.
끊어진 애간장 다시 이을 수 있으려나.[6]

* '거울 앞의 외로운 울음'은 원문이 菱鏡孤鳴이다. 난(鸞)이란 새가 외로워

---

6 "商略寃家祇劍眸, 瑤池初返事悠悠. 桂宮孀宿生非樂, 菱鏡孤鳴舞是愁. 幾夜夢寒神女雨, 五年春晚小姑洲. 天長不見三青鳥, 才斷心腸續得不."(『신편 백호전집』 상, 585쪽)

보여 거울을 비춰주자 제 짝인 줄 알고 슬피 울다가 죽었다 한다. '춤이 곧 시름'이란 반가워 춘 춤이 슬픔이라는 뜻으로 이해된다.

** '파랑새'는 그리운 님에게 소식을 전해 준다는 새. 원문은 三靑鳥인데, 李白의 시에 "願因三靑鳥, 更報長相思."(「相逢行」)의 구가 있다.

위 시는 제목마저 「무제」여서 의미 파악이 쉽지 않다. 대단히 특이한 느낌을 주면서 난해하다. 역시 시적 상황을 유추해 보는 것이 좋겠다. 작중의 서정자아는 고독녀다. 님과 이별하고 그리움이 쌓여 원망이 되고 미움이 되어 첫 구절에서 '칼의 눈동자[劍眸]'라고 오싹한 감을 일으키게 만든다. 님과 함께 있었던 곳은 요지였고, 지금 여자 홀로 외롭게 있는 곳도 '월궁[桂宮]'으로 되어 있다. 모두 선계이다. 서정자아는 곧 여선(女仙)이다. 앞서 인용했던 유선시에서도 여선을 만났다. 백호시에 여선이 종종 어른거린다. 한국 한시사에서는 특이한, 신비감을 주는 이미지다.

이어서 「금선요(金仙謠)」 한편을 더 들어보자.[7] 장편의 노래 형식이다. '금선'은 석가여래를 지칭한다지만 어감부터 신선이 떠오른다. 시는 "태백산 우뚝 솟아 아스라이, 아득히 옛 신선 살던 곳, 그윽한 연무(煙霧)의 굴"로 시작이 된다. 여기서 태백산은 지금 태백산이라고 부르는 산이 아니고 금강산으로 여겨진다.[8] 그곳을 선계로 상정하여 유선굴(遊仙窟)의 의미를 띠게 하였다. 따라서 「금선요」는 유선시의 범주에 속하는 것이 되었다. 마지막에 서정 주체가 속세로 나오는

---

7 『신편 백호전집』 하, 239~244쪽.

8 배경으로 잡은 공간을 묘사하는데 8만 봉이 빼어나고 3백 사찰이 아름다우며, 인호대(引虎臺) 비로봉 같은 지명이 나온다. 처음부터 가상의 공간이라면 말할 것 없지만 어디를 상정한 것이라면 금강산으로 간주해야 할 듯하다.

경계에 서서 선경의 소식을 전한다는 구절로 전편을 끝맺는다. 중간의 4구를 절취해서 제시해 본다.

> 자양진인(紫陽眞人) 학을 타고 이 사이에서 노니시니
> 속객의 발길 닿질 않아 풍진(風塵)이 끊겼어라.
> 이 가운데 금선 법왕(法王)의 별세계
> 푸른 절벽에 매달린 다래넝쿨 몇 천 척일런고?

위의 시적 경지는 아주 세상과 단절된 별천지로 그려져 있다. 『남명소승』에서 읽었던 선계보다 한층 더 비경이다. '금선 법왕'은 석가모니에 대한 지고의 존칭이지만 선계의 존재로서 변상(變相)을 시켜 놓은 모습이다.

유선적 이미지의 맥락

유선시의 출현은 한자권에서 일종의 문화현상이었다. 그것은 한자권에서도 중국과 한국에 존속했던바 존재 양상은 양쪽이 많이 달랐던 것 같다. 그렇게 될 밖에 없었던 요인은 그 문화현상의 현실기반이 같지 않은 데 있었던 같다. 중국과 달리 한국에는 도교가 종교로서 수용되지 못하고 오직 사상으로서 도입되었다. 유선은 다분히 지식인들의 정신적 취향이었다. 한국 선도(仙道)의 계보에서 매우 중요한 위치에 있는 김시습의 경우도 그가 현실권을 이탈할 때 선도로 가고 싶었으나 그 길은 현실적 방도가 부재했기 때문에 부득이 중의 복색을 하고 나섰다는 것이다. 그 자신이 고백했던 바다.[9]

9 「宕遊關西錄後志」, 『金時習全集, 詩四遊錄』.

임백호는 현실권을 등지고 나서지 않았다. 다만 정신 자세로서 유선적 취향으로 경도해 있었다. 그가 성취한 문학이 방외인문학의 성격을 띠었던 것이다. 「금선요」에서 부처님이 선계의 존재로 변상이 된 것 또한 조선적 문맥에서 일어난 현상으로 해석이 된다. 임백호와 동시대에 취향이 통했던 시인으로 정지승(鄭之升, 1550~1589, 호 天游子)이 있었다.

한편으로 유선적 이미지는 확산되면서 유흥으로 흐르기도 하고 부귀한 이들의 꿈으로 바뀌기도 했다. 앞의 사례로는 「관동별곡」, 뒤의 사례로는 『구운몽』을 손꼽을 수 있다.

5. 맺는 말

『남명소승』의 평가문제에 관해 필자의 소견을 간단히 밝혀두는 것으로 본고의 맺음말을 대신한다. 논지는 제주도의 여행기라는 차원에서, 그리고 여행기 일반의 차원에서 잡는다.

제주도의 여행기는 『남명소승』 이후로 청음(淸陰) 김상헌(金尙憲, 1570~ 1650)의 『남사록(南槎錄)』이 있다. 『남사록』은 『남명소승』의 24년 후에 나온 것이다. 임진왜란과 정유재란을 겪은 직후의 뒤숭숭한 상황에서 길운절(吉雲節)이란 인물이 제주도로 잠입, 선동을 하였다. 반란은 곧 수습되었으나 민심을 안정시킬 필요가 있어서 김상헌이 국왕의 특명으로 제주도에 내려갔다. 어사로서 공무를 수행해야 했으므로, 자유로웠던 임백호와는 처지가 달랐다.

『남명소승』과 『남사록』은 기록주체의 처지가 다르고 개성도 달랐다. 『남명소승』에서 중요한 '상상의 영역'은 끼어들 여지가 없었다. 송시열(宋時烈)은 『남사록』의 서문에서 "기록이 상세한 바가 본도의 풍토 물산에 있었고 공물(貢物)에 더욱 자세하다"고 지적하였다. 그럼에도 기록 내용이 대단히 풍부하게 되어, 이 측면이 『남사록』의 장점이다. 제주도 관련 기록 자료들을 두루 수집, 서술과정에 적절히 배치해 놓은 것이다. 『남명소승』 소재의 글들도 거기에 대폭으로 수용되었다. 김상헌이 제주도로 떠날 임시에 『남명소승』을 구해 휴대했다는 말이 전하고 있다. 『남명소승』과 『남사록』은 제주도 여행기의 대표작으로 손꼽을 수 있다.

박지원의 『열하일기』는 전체로서 '위대한 문학작품이라고 나는 주장해 왔다.[10] 여기서는 『남명소승』과 대비해서 몇 마디 붙여두기로 한다. 양자는 일기체로 쓴 기행문학이라는 공통점을 빼고 보면 서로 다른 것이다. 『남명소승』은 족적이 국내에 한정된 데 비해 『열하일기』는 당시 세계의 중심부인 중국을 견문하고 분석한 보고서다. 작중에서 『남명소승』은 시작품의 비중이 압도적임에 대해 『열하일기』는 시가 드물고 전편에 걸쳐서 의론성이 주도하고 있다. 양자는 2백년의 시차가 있는데 문학적인 주의 또한 같지 않다. 서로 다르다는 전제하에, 우리 문학사에서 기행문학의 대표작으로 『남명소승』과 『열하일기』를 평가할 수 있다. 『남명소승』이 낭만주의적인 것이라면 『열하일기』는 현실주의적인 것이다.

---

10 임형택, 「朴趾源의 주체의식과 세계인식: 『熱河日記』 분석의 시각」, 『동아시아 삼국 고전문학의 특징과 교류』, 대동문화연구원, 1985; 『실사구시의 한국학』, 창작과비평사, 2000.

신광수의 「탐라록」에 나타난 제주에 대한 인식과 정서

박용만

1. 머리말

제주는 쉽게 갈 수 없는 공간적 특징으로 인해 육지의 문인들에게 관념적 공간 인식이 주로 나타난다. 그러나 관료 또는 유배인에게 제주는 더 이상 관념적 공간에 그치지 않았다. 육지에서 바라보는 것과 제주의 경험 사이에 존재하는 현실성의 차이가 인식의 차이로 나타난다. 특히 당시 제주는 군마를 공급하는 곳이었으며 동시에 왜구의 침입에 대비하는 요충지의 성격을 지녔다. 매년 봄과 가을에 도내를 순회하며 고을의 폐단을 파악하고 방어 상태를 살피는 순력(巡歷)이 중요하였다. 1702년 제주목사로 부임한 이형상(李衡祥, 1653~1733)은 영토의 끝자락을 효과적으로 통제하기 위한 지역파악이 필요하였다. 이에 『탐라순력도(耽羅巡歷圖)』와 『남환박물(南宦博物)』 등을 저술하여 제주의 상세한 통계자료를 수록하였다.

조선후기 사대부의 제주에 대한 인식은 각자의 처지와 현실에 따라 차이를 보인다. 첫째는 제주 문인의 시선으로 보는 제주, 둘째는 조정에서 파견된 관료의 시선에 비친 제주, 셋째는 유배 간 지식인의 시선으로 보는 제주이다. 조선후기 문인들이 처한 서로 다른 현실 속에서 제주는 동경(憧憬)의 공간이 되기도 하고, 질곡(桎梏)의 공간이기도 하며, 두려움의 공간이 되기도 한다. 이러한 여러 문인들의 서로 다른 인식을 비교한다면 피상적, 관념적 공간이었던 제주를 입체적으로 이해하는데 도움이 될 것이다. 나아가 제주라는 공간에 대한 여러 층위의 인식과 감정을 살핀다면 인문공간으로서 제주를 이해할 수 있을 것으로 기대한다.

2. 제주에 대한 인식의 층위

선생[송시열]이 말씀하였다.

"젊을 적 항상 소원이, 글 읽어 벼슬하여 바닷길로 중국을 가게 되면 망망대해의 출렁거리는 풍랑이 흉금을 쾌활하게 하리라는 것이었는데, 지금 걸음에 이 소원을 얻게 되었으니 다행이다. 그리고 한번 한라산을 올라가 보았으면 하는 것도 소원이었는데, 가는 즉시 우리에 갇히는 몸이 되어서 소원을 이룰 수가 없겠으니 이것이 한이다."[1]

1689년 원자의 호칭을 정하는 문제로 기사환국(己巳換局)이 일어

1 權尙夏, 『寒水齋集』 권21, 「己巳行中語錄」. "先生日, '少時常願讀書決科, 得以海路朝天, 則長風破浪, 快豁心胸矣. 今行得諧此願, 幸也. 然一上漢拏山, 亦所願也, 而去作圍中之人, 無由獲遂, 是可恨也.'"

나자 송시열은 제주도로 유배되었다가 그해 6월 서울로 압송되다 정읍에서 사사되었다. 권상하(權尙夏)가 기록한 이 어록(語錄)은 송시열이 과거에 급제하여 사신으로 중국에 가며 대장부의 흉금을 펼치고 싶다는 젊었을 적 바람을 기록한 것이다. 사신으로 중국 가는 바람과 절도(絕島)[2]로 유배 가는 현실이 대비되지만, 그래도 망망대해를 건널 수 있다는 기대가 드러나 있다. 또 신선이 산다는 한라산을 등람하고 싶지만 현실에서 불가능한 일임을 한으로 여겼다. 유배라는 극한의 상황에서 송시열처럼 선망하는 제주는 지식인이 보고 싶은 동경의 공간이었다.

김창협(金昌協) 역시 전라도 화순의 동복현감(同福縣監)으로 부임하는 조경망(趙景望)을 전송하며 지은 글에도 제주는 가고 싶은 공간이었다. "서석산(瑞石山)은 호남의 여러 산 가운데 특별히 높고 큰데, 그 위에 오르면 한라산도 바라볼 수 있다고 한다. (중략) 서석산 정상에 올라 남해를 굽어보고 바다 속에 구름처럼 아른아른한 것을 바라보며 손가락으로 그곳을 가리켜 '저것이 한라산이다.' 할 것이니, 이 어찌 참으로 뛰어난 장관이 아니겠는가. 조공은 먼저 가서 저를 기다리십시오."[3]라고 하였다. 송시열이 실제 제주에서 한라산을 볼 수 있었다고 한다면 김창협은 멀리서나마 한라산을 바라볼 수 있어도 좋다는 희망이다. 이처럼 실제 가서 보지 못하더라도 바다 너머로 멀리

---

2 許穆, 『記言』 속집 권48, 「耽羅誌」. "乇羅, 南海中小國, 幅員四百里, 海路九百七十里而遙."

3 金昌協, 『農巖集』 권21, 「送趙使君【景望】宰同福序」. "瑞石在湖南, 諸山特高大, 登其上, 可以望見漢拏云. (중략) 登瑞石之巓, 以臨南海, 望見海中隱隱有若雲氣者, 指而語曰, '此漢拏之山也', 不亦瑰特殊絕壯觀也哉. 公行矣, 且須我."

바라보는 것조차 동경하는 공간이 제주였다. 한라산은 금강산, 지리산과 더불어 삼신산이라 불릴 만큼 영험한 산으로 인식되어 있었다. 그러나 먼 거리에 위치하였고, 바다를 건너야 하는 위험을 감수해야 하기 때문에 유람이 일반적인 것은 아니었다. 따라서 제주 유람은 희소한 일이었기에 호기심과 동경은 육지의 다른 명승과 근본적으로 달랐다.

김희정(金羲正: 海隱先生文集)처럼 제주의 문인도 있지만, 제주에 대한 시문을 남긴 경우는 대부분 제주에 부임한 관원이거나 제주에 유배를 간 지식인이었다. 특히 17세기에는 전쟁 직후 민심수습을 위해 파견되었던 안무어사, 재해가 일어났을 때 사태 진정을 위해 파견되었던 순무어사 등 양난 이후 지방을 살피고자 하는 중앙의 노력으로 인하여 제주에 파견되는 관원들이 있었고, 18세기 이후에는 정치적 상황에 따라 중앙에서 멀리 떨어진 제주에 유배를 당한 경우가 적지 않았다.[4]

조선시대 육지와 차폐된 공간이었던 제주도에 대한 인식은 주체에 따라 제주의 문인, 관료, 유배인의 세 가지 범주로 나눌 수 있다.[5] 이 중 조선후기 문인들의 제주에 대한 인식은 부임한 관료와 유배인의 시선에 집중할 필요가 있다.[6] 먼저 관리의 입장에서 제주도는 자신이

---

4 송민경, 「조선후기 문인들의 제주명승 인식과 변화」, 제주대학교 석사학위논문, 2015, 22~24쪽.

5 제주에 대한 인식을 제주 문인, 관리, 유배인의 세 시각으로 구분하여 탐색하는 작업은 손기범(「제주를 바라보는 19세기 유학자의 관점」, 『영주어문』 제17집, 영주어문학회, 2009)과 김새미오(「고독한 공간, 제주에 대한 제 인식」, 『한문학논집』 제37집, 근역한문학회, 2013)에서 이미 시도되었다.

6 김새미오는 제주 문인의 경우 제주도는 '떠나고 싶어도 쉽게 떠날 수 없고 떠나서

경험한 육지와 전혀 다른 공간이었으며 유교적 문치(文治)가 미처 실현되지 않은 지역이었다. 그러나 유교적 문명이 미치지 못한 지역이기 때문에 관료로서 유교적 사회로 전화시키려는 책임의식이 강하였다. 그에 비해 유배인에게 제주는 기약 없는 불안과 정서적 상실감이 교차하는 공간이었다. 제주는 중죄인이 부처되는 절도였으며 이에 따라 항상 죽음을 염려하는 불안의 공간이었으며, 한편으로는 왕명에 의해 언제든 풀려날 수 있는 희망이 공존하는 공간이었다.

육지에 가족을 두고 온 관리나 유배인에게 제주는 처음 경험하는 공간이자 외로운 공간이었다. 그들은 육지와 많이 다른 제주의 문화, 유교적 교화가 채 미치지 못한 곳이라는 차별적 인식으로 제주문화를 바라보았다. 이는 기본적으로 감정적이고 상황적 단절이지만, 결국 자신이 익숙했던 공간을 그리워하는 또 다른 고독감이라고 할 수 있다.[7] 관료로 오는 이들은 기본적으로 목민관의 임무가 우선이었다. 또 이들은 기본적으로 유교 지식인이었고, 현실적인 상황에 그에 대한 상세한 기록을 우선하였다. 육지와 다른 이질적 문화에 대한 감성적 괴리는 어쩔 수 없었지만, 목민관의 상황은 개인적 감정을 자제하고 자신의 책무를 완수하는 성격을 강하게 지니고 있었다.

김상헌(金尙憲, 1570~1652)은 1601년(선조 34) 제주도에서 발생한 길운절(吉雲節)과 소덕유(蘇德兪)의 역옥(逆獄)을 다스리고 주민을 선무하기 위한 안무어사(安撫御史)로 제주도에 왔다가 『남사록(南槎錄)』

그리워하는 애증의 공간'이라고 하였다.(위의 글, 163쪽) 그러나 제주에 대한 제주 문인의 인식은 필자가 접근하기에는 지리적, 문화적 한계가 있어 이번 논의에서 제외한다.

7 김새미오, 앞의 글, 163쪽.

을 지었다. 제주에 이르기까지의 노정, 제주 지역의 지지(地誌)와 관아의 위치, 산물에 대한 자세한 설명이 있다. 여기에는 유배인과 달리 관리로 제주도에 왔기 때문에 안무어사의 책무와 백성에 대한 사랑을 주제로 한 작품이 많다.

民知畏吏不知親	백성은 관리를 꺼릴 줄만 알고 친할 줄 모르지만
自視千金未敢珍.	천금 보기를 보배로 여기지 않는다네.
聞說向來多枉死	듣자니 얼마 전 억울하게 죽은 사람 많다고 하니
可憐孤寡幾家人.	불쌍하구나, 고아와 과부 몇 집이련가.

이 시는 김상헌이 김종직(金宗直)의 「탁라가(乇羅歌)」를 차운하여 지은 것이다. 이 시의 주석에는 "풍토 물산 같은 것은 선생께서 일찍이 말씀하신 바이므로 모두 빼고 거론하지 않는다."라고 되어 있다. 이 시에서 김상헌은 제주 백성들의 순박한 마음과 함께 역모로 억울하게 숨진 이들을 안타까운 시선으로 바라보았다. 이에 불행해진 힘없는 아이와 여인들의 실상을 시로 표현하고 있다. 또한 김상헌이 이렇게 표현한 것은 제주가 임금의 은혜를 입지 못하는 곳이라는 의미를 담고 있다. 그는 제주 백성의 이런 소외감을 정확하게 읽었고, 이는 관리로 부임한 그에게 해결해야 할 책임이었다. 이런 김상헌은 제주목사가 아니라 안무어사였기에 그의 시각은 길운절의 역모사건으로 위축된 도민을 위로하고 안정시키는데 있었다. 안무어사로서 김상헌은 관료나 유배인들과 다른 처지였다. 그렇기 때문에 유교적 문명을 전파하는 관료나 생명의 불안을 느끼는 유배인들과 달리 제주 백성의 삶을 무순(撫順)하는 시선으로 바라보았다.

다음 시는 임징하(任徵夏, 1687~1730)가 지은 「제주잡시(濟州雜詩)」

의 일부이다.

海上天常晤	바닷가 하늘은 항상 어둑하고
山南地益低.	산 남쪽이라 땅은 더욱 낮구나.
宿春黐化蠹	봄이 되어 좀 벌레 깨어나고
新汲半成泥.	새로이 물 길어도 절반은 흙탕물이라네.
飢鼠走床下	배고픈 쥐는 밥상 아래 돌아다니고
怪烏啼屋西.	괴상한 까마귀는 서쪽 지붕에서 깍깍거리네.
風濤來擊石	성난 파도 몰려와 바위에 부딪쳐
客枕警鞞鼙.	나그네 잠자리를 북소리처럼 깨우네.[8]

1726년(영조 2) 임징하는 장령으로 소론제거를 주장하다가 평안도 순안으로 유배를 갔다가 다음 해인 1727년 제주도 정현 감산리로 이배되었다. 1730년 왕권의 확립과 국가기강을 세운다는 명분에 따라 고문 끝에 옥사하였다. 그는 제주로 유배 가는 여정은 물론 제주에서의 삶을 시와 일기로 기록하였다. 그의 「제주잡시」은 김춘택의 「제주잡시(濟州雜詩)」를 본받아 총 20편으로 지은 것인데, 위의 시는 그 중 11번째 작품이다.

이 시에서 임징하가 느끼는 제주자연은 그가 경험하지 못했던 삶의 모습이다. 해무로 늘 어두운 하늘, 한라산 남쪽의 낮은 지대, 부화한 좀 벌레, 흙탕물인 우물, 밥상 아래 돌아다니는 쥐며 괴상한 까마귀 등의 제주 환경은 서울살이에 익숙한 그에게 불안과 공포의 대상이었다. 미련(尾聯)의 하구(下句)에서 임징하는 바위에 부딪치는 성난

---

8 任徵夏, 『西齋集』 권2, 「濟州雜詩 二十首」 중 제11수.

파도소리에 잠이 깬다는 표현으로 극도로 불안한 자신의 현실을 표현하였다. 바닷가에 사는 사람들에게는 파도소리는 일상의 소리이겠지만, 같은 파도소리라도 유배인에게는 전쟁의 북소리, 불안에 쿵쾅거리는 심장소리다. 삶의 한계선이었던 유배지에서 그는 언제 죽을지 모르는 불안감을 안고 견디고 있었다.

유배인에게 제주는 죽음의 땅이었다. 실제 제주 유배는 중죄인에게 내려지는 가혹한 형벌이었다. 그들에게 제주는 살아서 벗어나기 힘든 곳이었으며, 해배에 대한 일말의 기대도 가지기 어려운 공간이었다. 그렇기에 그들은 편안한 마음으로 제주의 풍광이나 백성의 삶을 살피기 한계가 있었다. 따라서 제주라는 공간은 그들이 경험한 생활과의 단절을 의미하며, 돌아갈 수 없다는 불안은 유배 생활을 더욱 힘들게 하였다. 더구나 육지와 다른 이질적인 문화의 체험은 유배인을 더욱 당황스럽게 하였다. 김춘택(金春澤)이 제주 사람들의 옷을 털가죽 옷이라고 표현한 것은 예를 모르는 미개한 백성이라는 인식에서 비롯된 것이다. 즉 서로 다른 이질적인 풍속은 김춘택에게 자신의 경험에 비추어 고독을 느끼는 요소가 되었다. 이러한 이질적인 문화요소들은 유배라는 특수한 상황에서 극대화되어 유배인에게는 외로움과 불안을 배가시키는 요인이 되었다.

관리이든 유배인이든 거의 대부분 제주를 처음 경험하는 사람들이었다. 처지에 따라 이들의 감정적 층위에 차이가 있지만, 제주는 결국 그들이 당연시하는 유교의 문명이 미치지 않는 소외된 지역이었다. 제주의 풍물을 통해 고독감이나 이질감을 표현하는 경우가 많았는데, 이는 기본적으로 제주문화를 하위단계로 차별하려는 시각에서 발생한 것이었다. 이들의 고독감은 공간의 단절에서 비롯한 것도 있지만,

근본적으로 감정적, 상황적 단절의 의미가 크다고 할 수 있다.[9]

이처럼 파견된 관리나 유배인의 인식에 비해 제주에 대한 조정의 인식은 지극히 피상적이고 관념적이었다. 정조는 1790년 무렵부터 중앙에서는 성균관과 사학(四學)의 유생을 대상으로 강경(講經)과 제술(製述)을 치러 인재를 양성하는 정책을 추진하였다. 이후 지방의 유생들을 대상으로 이 정책을 확대하면서 빈흥과(賓興科)를 실시하였다. 제주도는 1793년 탐라빈흥과(耽羅賓興科)를 시행하고, 과거 시험의 방목과 뛰어난 답안을 편집하여 1794년 『탐라빈흥록(耽羅賓興錄)』을 간행하였다.[10] 이 글은 제주 유생을 시취(試取)하기 위해 정조가 직접 지어 내린 책문이다.

여기에서 정조는 탐라의 명칭, 고씨와 양씨의 계승, 소와 말과 가축의 여부, 원대(元代) 군민안무부(軍民按撫府)의 정확한 지점, 하(河)와 막(幕) 양도의 설치 본말, 한라산의 정기를 받고 태어난 현인의 숫자 등 제주의 역사와 연혁에 대한 책문을 짓게 하였다.[11] "아, 그대 제주의 제생아. 그대 제생이 생장한 땅은 옛날 구한(九韓)의 하나인 동방 영주(瀛洲)가 이곳이다. 성좌와 토양과 풍속과 제도와 산물은 비록 『직방기(職方記)』에 기록된 것이 없고 『왕회도(王會圖)』에 그려진 것이 없다 하여도, 지역이 구분된 차례와 풍속의 순박하고 경박함

9 김새미오, 앞의 글, 183쪽.

10 『正祖實錄』 18년 4월 21일. "濟州御史沈樂洙, 試取儒生收券上送, 親臨科次. 論居首大靜幼學邊景鵬, 策居首旌義幼學夫宗仁, 詩居首旌義幼學高鳴鶴, 賦居首濟州幼學洪達勛, 銘居首濟州幼學李台祥, 頌居首濟州幼學鄭泰彦, 并直赴殿試. 策之次大靜幼學金命獻, 以八十一歲, 特賜第. 命依嶠南關東例, 該載事實及入格諸作, 刊印以頒, 名曰耽羅賓興錄."

11 正祖, 『弘齋全書』 권51, 策問4, 「耽羅」.

과 연혁의 유래와 수륙의 알맞은 풍토에 대해서는 그대 제생이 이 고을에서 태어났고 이 고을에서 성장하며 귀로 듣고 눈으로 보았으니 자연히 듣는 것도 아는 것도 많을 것이다."[12] 이것은 이곳에 사는 지식인이라면 어렵지 않게 쓸 수 있는 시제였다. 정조가 시행한 빈흥과가 소외된 지방의 유생을 격려하는 우대정책이라고 하더라도 그 저변에는 제주는 절도로 문화적 향유가 어려운 낙후지역이라는 인식이 깔려 있다.

정약용(丁若鏞)의 경우에도 그게 다르지 않았다. 그는 「탁라공귤송(乇羅貢橘頌)」에서 제주는 먼 바다에 위치하여 장기(瘴氣)가 심하고 토질이 척박하여 흉년이 잦은 곳으로 전제하였다.[13] 이어 말과 귤을 공납하는 현실을 서술한 뒤, 당시 비바람에 귤꽃이 떨어져 백성들이 눈물로 하소연하는 정경, 그에 감응하여 세 그루 귤나무에 꽃이 다시 피고 열매를 맺어 진상할 수 있었던 사연을 기술하였다. 송(頌)에서는 제주 백성들의 이러한 정성을 칭송하며,

(전략)	
於皇我王	아 높으신 우리 임금님
懷殊俗兮	외방(外邦)을 감싸되
視民如傷	백성을 아픈 사람 다루듯 아끼시니

---

12 正祖, 『弘齋全書』 권51, 策問4, 「耽羅」. "咨爾濟州子諸生. 子諸生生長之地, 古之九韓之一也, 東瀛洲是已. 星土也, 風俗也, 制置也, 產植也, 雖職方所不載, 王會所不圖, 其區分之次, 淳漓之殊, 因革之由, 水陸之宜, 子諸生, 生於是鄉, 長於是鄉, 耳之得目所親, 自有聞博而識明者."

13 丁若鏞, 『與猶堂全書』 文集 권12, 「乇羅貢橘頌」. "乇羅爲國, 遼絕海中, 地瘴土瘠, 歲數飢荒."

后所燭兮	후토가 통촉하시어
錫玆奇祥	이 상서를 내림으로써
俾德彰兮	그 덕화를 빛나게 하셨네.
(후략)	

라고 하였다. 절도의 지리 조건, 척박한 토지, 백성의 굶주림은 서울의 조정 신하 및 사대부의 현실적 이해가 부족한 감상적 인식의 일면이다. 정약용이 「탁라공귤송」에서 이러한 제주의 낙후한 상황을 제시한 것은 마지막에 제시한 임금의 덕화를 빛나게 하는 요소였다.

이외에도 허목(許穆)의 「탐라지」, 이종휘(李種徽)의 「탐라열전(耽羅列傳)」 등도 탐라에 대한 지식의 수준을 넘어 탐라에 대한 인식의 차원에 도달하지 못하였다. 기존의 역사, 지리, 신앙에 대한 단순 기술은 지식이지 인식은 아니다. 상황에 대한 정확한 이해와 자기 견해가 있어야 인식이라고 할 수 있다. 이런 점에서 조선후기 사대부들의 제주에 대한 관심은 이국적 풍물에 대한 호기심을 넘어서기 어려웠다.

3. 「탐라록서(耽羅錄序)」에 나타난 당대 문인들의 인식

1) 「탐라록」의 배경

신광수(申光洙, 1712~1775)는 53세였던 1764년 의금부 도사로 죄인을 잡아오는 임무를 띠고 제주를 다녀왔다. 돌아오는 길에 풍랑으로 인해 45일간 머물며 지은 시가 『석북집(石北集)』에 실린 「탐라록(耽羅錄)」이다. 58제의 시가 실려 있는데, 이 「탐라록」은 '부해록(浮海錄)'으로도 알려져 사람들에게 널리 애송되었다고 한다.[14]

39세에 진사시에 입격한 신광수는 과체(科體)에 능하여 「등악양루탄관산융마(登岳陽樓歎關山戎馬)」는 그의 문명을 알린 작품이다. 또한 악부체(樂府體)에 능하여 농촌의 현실과 하층민의 고난, 관리의 부정 등 당시 사회의 모습을 사실적인 필치로 표현하였다. 이에 대해 채제공(蔡濟恭)은 "득의작(得意作)은 삼당(三唐)을 따를 만하고, 그렇지 못한 것이라도 명나라의 이반룡(李攀龍)과 왕세정(王世貞)을 능가하며 동인(東人)의 누습을 벗어났다."고 평하였다.

> 의금부 도사로 죄인을 잡아오기 위해 탐라에 갔다. 매일 말을 타고 300리를 달리고 배를 타고 반일 만에 탐라부에 들어갔다. 다음날 순무어사와 함께 배를 타고 앞뒤로 출발하여 한밤중에 700리 큰 바다에 이르러 큰 바람이 일고 하늘이 어둑해지니 파도가 돛을 10장 넘게 내려쳤다. 배를 회오리바람이 한번 몰아쳐 상선 2척을 순식간에 눈앞에서 부수어버렸다. 뱃사람도 크게 두려워하며 울부짖고, 동료 금오랑이 공의 손을 잡고 통곡하였다. 그대는 천천히 "두려워하지 마소. 죽고 사는 것은 명이 있으니 통곡한다고 어찌 하겠소."라고 하였다. 장차 새벽이 될 무렵 배가 정박하니, 뱃사람이 "필시 소주(蘇州)나 항주(杭州)일 것입니다."라고 하였다. 날이 밝아 살펴보니 곧 탐라였다. 어사가 바람으로 표류한 일을 임금에게 알리니, 소식을 들은 자들이 모두 크게 경악하며 "아무개는 충신한 사람이니 어찌 바다에서 죽겠는가?"라고 하였다. 그대의 부해록(浮海錄)이 있어 세상에 전한다. 그대는 기이한 재주를 가진 인물이니 하늘도 기이한 일로 그대를 시험하여 문장의 기이함으로 드러내길 바란 것이다.[15]

---

14 申光河, 「行狀」(申光洙, 『石北集』 附錄). "公留舘四十日, 日與同僚郎及書吏朴壽喜爲歌詩, 紀其人民風土山川鳥獸羇旅困頓之狀, 有浮海錄, 行於世."

15 蔡濟恭, 『樊巖集』 권54, 「通政大夫承政院右承旨兼經筵參贊官春秋館修撰官石北申公墓誌銘」. "其以禁府都事拿罪人赴耽羅也. 日馳馬三百里, 舟半日入耽羅府. 明日, 同巡

벗인 채제공이 신광수를 위해 지은 묘지명의 일부이다. 신광수의 살아서 행적 중 탐라에 갔던 일을 적으면서 전후 사정을 빠른 필치로 기록하였다. 특히 탐라에 간 사연, 들어가기까지의 과정, 출발할 때의 광경은 유독 빠르고 당당하게 기술하였다. 또 풍랑을 만나 표류하다 다시 제주로 돌아온 위험했던 사정은 다급하고 격렬하게 표현하였다. 정작 그 이후 생산한 「탐라록」에 대한 부분은 부해록이 세상에 널리 읽힌다고 간단히 처리하면서, 기이한 재주를 가진 신광수를 하늘도 시험한 것이라고 평가하였다. 공적인 행적을 기술하는 묘지명의 특성을 감안하더라도 「탐라록」의 전후 사정에 대해서는 간단히 처리하고 그 의미를 기술함으로써 신광수의 면모를 부각시키고 있는 점이 특이하다. 표류하다가 정박했을 때 뱃사람이 항주나 소주로 착한 것은 송대(宋代) 제주의 배가 표류하다가 중국에 정박했던 사실을 상기시킨다.[16]

'奇士', '奇事', '文章之奇' 등 '기(奇)'를 반복하여 「탐라록」의 배경과 하늘의 의도를 풀이함으로써 이 「탐라록」이 '기(奇)'의 산물임을 강조하였다. 여기에는 제주에 대한 여타 기록처럼 그곳의 풍속이나 명승에 대해 일체 언급하지 않고 하늘이 기이한 재주를 가진 신광수를 기이한 일로 시험한 것만 부각하였다. 하늘의 의도가 기이한 일을 경험하게 하여 그것을 기이한 문장으로 드러내게 한 것임을 강조한

撫御史舟先後發, 夜半到七百里洋, 大風作天黑色, 水擊飄過十丈. 舟旋飄一踔, 商船二艘忽碎於前. 舟人大恐啼, 同僚郎執公手痛哭. 君徐日, '無恐也. 死生有命, 哭奈何.' 天將曉舟泊, 舟人日, '必蘇杭也.' 平明視之, 乃耽羅也. 御史以漂風聞, 聞者皆大驚錯愕, 以爲 '某忠信人, 豈死於海者. 君有浮海錄行於世. 君奇士也, 天亦以奇事戲君, 要以發文章之奇也."

16 李瀷, 『星湖僿說』, 「乇羅麻子」.

것이다. 정범조(丁範祖) 역시 신광수가 탈 없이 살아난 것을 하늘의 뜻[17]이라고 하였다. 이 「탐라록」은 당시 문인들 사이에 상당히 회자되었다. 허훈(許薰)은 탐라록을 제주기행기록의 백미로 평가하여 서울의 종이값을 올렸다고 할 정도였다.[18]

2) 서문 찬자의 인식

이 「탐라록」에는 이익(李瀷), 목만중(睦萬中), 정범조(丁範祖)의 서문과 신광수의 자서(自序)가 실려 있다. 신광수가 제주에 간 것은 1764년(영조 40) 1월 26일이었다. 의금부 도사로 죄인을 잡아오기 위해 명을 받고 동료인 도사 이익[19]과 함께 제주로 들어갔다.[20] 명을 마치고 돌아오는 길에 풍랑으로 네 차례나 배를 띄웠다 돌아오기를 반복하다가 3월 13일에야 해신(海神)에게 제사를 지내고 비로소 제주를 벗어날 수 있었다.[21]

---

17 丁範祖, 『海左集』 권3, 「聞聖淵船泊楸島無恙」. "南溟聲息繡衣傳, 拍案聞來喜欲顚. 風雨不驚楸子島, 文星依舊濟州船. 一心忠信寧知海, 萬死生全始有天. 何日玉墀歸復命, 淸明花發禁城烟."

18 許薰, 『舫山集』 권6, 「上外舅海蓮李公」. "當與石北耽羅錄抗衡, 而洛陽之紙貴."

19 당시 함께 제주도에 들어간 李瀷은 자가 穎源으로, 호가 星湖이며 자가 子新인 여주이씨 李瀷(1681~1763)과는 다른 인물이다.

20 『承政院日記』 英祖 40년(1764) 1월 18일. "又以義禁府言啓曰, 再明日擧動時, 大駕各差備都事, 當爲備員, 出使都事李瀷·申光洙·朴相玉·申大觀, 竝令該曹, 口傳相換, 以爲分排備員之地, 何如? 傳曰, 允." 또 같은 날: "吏曹口傳政事, 禁府都事李瀷, 北部奉事李敬倫, 禁府都事申光洙, 繕工奉事李沇, 禁府都事朴相玉, 漢城主簿趙漢鎭, 禁府都事申大觀, 訓鍊主簿兪漢輔相換."

21 申光洙, 『石北集』, 「耽羅錄序」. "凡四發船, 輒遇風回泊, 前後留舘, 盖四十五日. 至三月十三日, 夜祭海神, 始出海, 宿楸子島, 十四日無風, 下碇宿洋中, 十五日夜, 冒雨登陸."

> 내가 갑신년(1764년) 정월 16일 금오랑으로 명을 받고 탐라에 가게 되니 동료 신광수(申光洙)가 실로 이 일에 함께하였다. 26일 바다를 건넌 뒤 매서운 바람이 매일 불어 파도가 심하게 일었다. 앞뒤로 네 번이나 배를 띄웠다가 되돌아 와 정박하는 지경에 이르렀으니, 도중에 폭풍을 만나 거의 배가 전복될 뻔한 것도 여러 번이었다. 화북진(禾北鎭) 환풍정(喚風亭)에 머무니 앞뒤로 40여 일이었다. 성에 올라 북쪽을 바라보니 하늘과 바다는 망망하고 게다가 왕사(王事)가 더뎌짐을 생각하니 마음이 더욱 황공하였고 집안의 소식도 끊어지니 회포가 또한 울적하였다. 성연과 마주앉아 서로 바라보며 종일토록 침묵하며 소일거리가 없었으니 거의 광증이 일어날 지경이었다. 그러나 성연이 평소 시를 잘하고 따라온 관리 박수희(朴壽喜)도 시에 능하여 매일 시를 지어 근심을 다스렸다. 내가 비록 시율을 등한히 하지는 않았지만 또한 때때로 수창하는 일을 면치 못하였다. 체류한 날이 많아지니 어느새 긴 시축이 되었다. 예를 들어 성운이 화락하지 못하고 시어에 극심한 근심이 많은 것은 무릇 그 마음에 쌓여 말에 드러난 것이니, 아마도 보는 사람이면 그 본래 마음을 알 수 있을 것으로 질탕(跌宕)한 심회를 읊었다고 보지 않는다면 다행이다. 마침내 세 개의 시축으로 깨끗하게 써서 각기 하나씩 가져 책상자에 보관하여 훗날 대면할 때로 삼는다.[22]

앞서 살핀 채제공의 묘지명이 신광수가 제주를 벗어날 때 겪었던 고초를 상술했다면, 이익의 서문에서는 풍랑 때문에 머물렀던 기간의

---

22 李瀷, 「耽羅錄序」. "余於甲申歲正月十六日, 以金吾郎, 出使耽羅, 僚官申光洙, 實同此役. 二十六日渡海後, 因盲風日吹, 波濤甚盛. 前後四發船, 輒致回泊, 中經颶作, 幾覆舟亦屢矣. 留禾北鎭喚風亭, 首尾四十餘日. 登城北望, 天水茫然, 加以王事稽遲, 情甚惶懔, 家信隔絶, 懷亦蔚悒. 與聖淵對坐相視, 嘿嘿終日, 無以聊遣, 殆發狂疾. 而聖淵素善詩, 隨吏朴壽喜, 亦能詩, 乃日日拈韻, 以撥愁悶. 余雖不閑於詩律, 而亦弗免時時唱酬. 留日旣多, 奄成巨軸, 若其聲韻不暢, 語多愁絶, 盖以蔚於中而發於言者, 覽者庶可得其本情, 而不視以吟詠跌宕則幸矣. 遂淨寫三軸, 各留其一, 莊之巾衍, 以作後日顔面云爾."

정황과 탐라록을 만들게 된 사연을 자세히 적었다. 이익의 서문은 탐라를 경험하였으며 동시에 동행했던 참여자의 시각으로 다른 서문의 찬자와는 성격이 다르다. 특히 바다 한 가운데서 삶과 죽음의 경계에 섰던 동행자의 심정은 육지의 다른 문인들이 간접적으로 경험한 것과는 사뭇 다르다. "성에 올라 북쪽을 바라보니 하늘과 바다는 망망하고 게다가 왕사(王事)가 더뎌짐을 생각하니 마음이 더욱 황공하였고 집안의 소식도 끊어지니 회포가 또한 울적하였다.[登城北望, 天水茫然, 加以王事稽遲, 情甚惶懍, 家信隔絕, 懷亦欝悒.]"는 구절은 돌아가 조정에 보고해야 할 공적인 책무와 소식이 끊긴 나그네의 사적인 심회가 그대로 드러내고 있다.

신광수는 함께 어려운 일을 겪었던 것을 술회하며 이익에게 시를 보냈다. 왕찬(王粲)이 강릉의 성루에서 「등루부(登樓賦)」를 짓고, 장건(張騫)이 황하의 근원을 찾고 배를 타고[乘槎] 은하수에 올라 견우와 직녀를 만났다는 고사를 들어 자신들이 탐라에서 겪었던 일이 전생의 인연에서 비롯됨을 강조하였다.[23]

함께 동행했던 신광수의 「자서(自序)」도 이익의 서문과 유사한 인식을 보인다. 먼저 탐라에 온 육지인은 나라의 명을 받고 온 관리이거나 귀양 온 사람[至是邦者, 非宦則謫客也.]이라 하여, 당시 제주에 간 사람들의 성격을 정확하게 이해하고 있었다. 신광수의 서문에는 탐라의 풍물에 대해 간단히 기술하고 있는 것도 특징적이다. "객관에 머문

---

23 申光洙, 『石北集』 권8, 「呈李穎源【瀷】僚兄」. "從來將作忝僚身, 俱是耽羅奉使臣. 王粲樓中同作賦, 張騫槎上忽經春. 通家自有當時論, 到處相隨夙世因. 聞說松楸歸日遠, 直中懷抱向何人."

지 3개월[24]에 비바람이 없는 날이 없었고, 눈을 들어 바라보면 흙이며 돌, 짐승들이 모두 검었는데, 남녀의 가죽옷은 남루[25]하였다."[26] 그러나 막막한 체류에 대해서는 점차 두려움을 느꼈다.

> 한라산이 수십 리에 있는데, 항상 운무가 껴서 모습을 볼 수 없었다. 하루는 성에 올라 북쪽을 바라보니 바람치는 파도가 하늘에 닿아 아득하여 끝이 없었으니 이내 탄식하며 내려왔다. 아전과 사졸들이 종종 서로 마주한 채 눈물 흘리니 우리 두 사람이 제지하고자 해도 어쩔 수 없어 역시 그들을 위해 눈물을 흘리니 마치 다시는 탐라를 벗어날 수 없는 듯하였다. 이런 때를 당하여 어느 겨를에 가시(歌詩)를 창화하며 조용히 즐겨 마치 평소에 사신 간 사람이 하던 것처럼 타지에 머물며 늘어놓을 수 있었겠는가? 체류한 날이 오래되자 근심을 감당하지 못하여 아침저녁으로 끙끙대니 모두가 실의하여 병이 날 지경이었다.[27]

신광수 일행의 상황을 서술하고 있는 부분이다. 신광수는 이것을 체류가 아니라 섬에 갇혀 있는 상황으로 인식하였다. 위로는 한라산을 바라봐도 운무에 가려 보지 못하고, 옆으로는 온통 무섭게 파도치

---

24 신광수 일행은 45일 동안 제주에 머물렀지만, 1월에 들어가서 3월에 나왔기 때문에 3개월이라고 한 것이다.

25 원문에는 '鳩舌'이라 하였다. 이것은 가죽옷이 해져 누더기처럼 기어 입은 모습, 곧 '鶉衣'와 동일한 것으로 보인다. 「又憫荒」에서 흉년이 들어 관리조차 남루한 옷[鶉衣]에 끼니를 겨우 해결하는 모습이 형상화되었다.

26 申光洙, 『石北集』 권7, 「自序」. "滯舘三月, 無日不風雨, 擧目見土石鳥獸皆黑, 男女皮服鳩舌."

27 申光洙, 『石北集』 권7, 「自序」. "漢拿山在數十里, 常雲霧不見面. 日登城北望, 風濤接天, 漭無涯涘, 輒太息卽下. 吏士往往相對流涕, 吾二人欲制不能, 亦爲之泫然, 如不復出耽羅者. 當是時, 顧何暇乎唱和歌詩, 從容自娛, 如平時奉使者之爲留連鋪張哉. 濡滯之久, 不堪其憂, 日夕謳吟, 皆廢然生疾."

는 바다뿐인 상황에 마주하여 그 일행은 다시 섬을 벗어날 수 없을지도 모른다는 두려움을 느꼈다. 처음에는 아전과 사졸을 위로하지만 끝내 두려움에 병이 날 지경에 이르는 답답함과 외로움에 이르렀다. 이것은 이익의 서문에서도 '태발광질(殆發狂疾)'이라고 할 정도였다. 이러한 때에 다른 곳으로 사신 간 이들이 시를 짓고 수창하며 즐기는 여유가 일체 있을 수 없다. 답답함과 두려움에 시라도 지으며 소일하지만 그들의 마음에 남아 잇는 것은 하루라도 빨리 벗어나고 싶은 욕구뿐이다.

「탐라록」에 실린 서 중 목만중과 정범조의 「탐라록서」는 제주를 경험하지 못한 조정의 육지의 문인들의 시각으로, 이익의 사실적인 경험에 비해 관념적 인식이 나타난다.

목만중의 「탐라록서」에는 제주를 선계로 인식하여 동경하는 인식이 나타난다. "탐라는 예로부터 영주(瀛洲)라 일컬어졌으니 신선이 사는 곳이라"[28]라고 하여, 제주에 대한 피상적 인식에서 벗어나지 못하였다. 다만 "탐라는 지금 토지와 호적의 대장에 소속하여 주현을 삼았으니 실제는 바다 가운데 하나의 작은 나라이다. 그 백성들은 가죽으로 옷을 입고, 그 토양은 검고, 그 산물은 귤과 유자와 좋은 말이고, 그 진산(鎭山)은 한라산이고, 그 별자리는 노인성(老人星)을 가리키며, 그 풍속에는 시장이 없고, 남녀가 물질을 좋아하며 방아노래를 잘하는데, 쌀이며 젓갈을 북으로 배를 통한다고 한다."라고 하여, 제주의 풍속과 물산, 지형 등을 「탐라록」의 시를 통해 전하고 있다.[29] 목만중

28 睦萬中, 『餘窩集』 권11, 「耽羅錄序」. "耽羅雖古稱瀛洲, 仙人之所窟宅."

29 睦萬中, 『餘窩集』 권11, 「耽羅錄序」. "耽羅今雖屬版籍爲州縣, 其實海中一小國, 其民皮

이 주목한 것은 탐라의 이국적인 풍속이었다. 한라산과 노인성과 같은 지리적 특징은 물론이고 의복, 토양, 풍속, 식생활 등을 매우 기이하게 여겼다.

이에 비해 정범조, 「탐라록서」은 약간 결이 다른 인식이 보인다. "탐라는 세칭 영주이니, 영주는 대저 삼신산의 하나이다. 그러나 탐라가 이미 서울에서 멀리 떨어져 바닷길로 출입하니 배가 뒤집어지는 근심이 있어 사람들이 혹 가기를 꺼려한다. 간혹 나라의 일로 가더라도 벌벌 떨며 오직 바람과 파도를 두려워하니, 어느 겨를에 조용히 그 회포를 노래로 드러내 시를 짓겠는가? 설사 그런 일이 있더라도 어찌 더불어 수창할 수 있겠는가? 그러니 시의 공졸(工拙)은 따질 것도 없다."[30]라고 하였다. 정범조는 제주를 동경과 두려움이라는 복합적인 시선으로 이해하고 있다. 세속에서 말하는 신선의 세계이자, 서울에서 떨어진 절도로서 통행의 두려움을 동시에 지적하였다. 이러한 복합적인 인식은 앞선 목만중의 인식과는 차이가 있다. 시를 짓고 또 수창까지 한 신광수의 기개와 문학적 능력을 칭송한 것이지만, 정범조의 인식은 왕래의 어려움을 넘어 공포의 공간으로서 제주를 인식하였다. 이처럼 먼 바닷길에서 만나는 풍랑으로 가기를 꺼려하고 혹 왕명을 받아 어쩔 수없이 가더라도 두려워하는 공간이 제주라는 인식은 아마 당시 서울 문인들의 공통된 인식이었을 것이다. 그러면

服, 其土黑, 其産橘柚良馬, 其鎭漢挐, 其星老人, 其男女喜潛水善春歌, 其俗無市, 米塩通北船云."

30 丁範祖, 『海左集』 권21, 「耽羅錄序」. "耽羅, 世稱瀛洲, 瀛洲, 盖三神山之一云. 然耽羅旣去京師絶遠, 海道出入, 有舟楫傾敗之虞, 故人或不樂往. 間以王事往, 惴惴然唯風濤是恐, 豈有暇豫從容發之詠歌而爲詩者乎. 設有之, 豈有所與唱酬者乎. 即詩之工拙亡論也."

서 정범조는 신선의 세계인 탐라가 선도(仙道)에 능한 신광수를 만난 것은 기이한 인연이라고 하여 그 만남의 의미를 부여하였다.[31]

아울러 「탐라록」에 수록된 신광수의 한시를 "그 시를 읽어보니, 그 기력(氣力)은 거어(巨魚)와 대붕(大鵬)과 더불어 안개를 뿜어내는 듯하고, 그 불꽃같은 광채는 산호(珊瑚)와 일월(日月)과 더불어 질탕한 경지를 비추고, 그 넓은 회포는 마치 한라산에 올라 남극노인성과 함께 서로 희작하며 흰 사슴을 타고 훨훨 백록담에서 노니는 듯하다. 바야흐로 바다를 마치 대접 속의 물처럼 여기니 사나운 바람과 매서운 폭풍이 어찌 그 마음에 끼어들 수 있었겠는가?"라고 하였다.[32]

조선후기 지식인 사이에서 제주는 중국의 전설에 나오는 삼신산(三神山) 중 영주산(瀛洲山)에 빗대어 영주(瀛洲)로 지칭하기도 하였다. 곧 신선이 사는 선계라는 보편적 인식이었다. 특히 한라산은 신선의 산으로 그 실체에 대한 호기심으로 등람의 동기가 되기도 하였다. 또 국가가 주관하는 산신제를 통해 의례의 공간으로서 신앙적 영역화 또는 상징화가 이루어졌다. 한라산과 제주는 육지의 지식인들이 가보고 싶어 하는 동경의 공간으로 자리하였다. 한라산이라는 신선의 공간이 점차 유학자들의 수기(修己)의 공간으로 변화되기도 하였지만,[33] 쉽게 갈 수 없는 제주는 지식인들 사이에서 가보고 싶은

---

31 丁範祖, 『海左集』 권21, 「耽羅錄序」. "世言三神山多仙人, 以此奇耽羅. 而余謂仙道, 寧須學修鍊飛昇爲哉. 要亦委化順命, 外患不入. 如聖淵者, 固仙道之宗耳, 卽羡門安期, 未必奇耽羅. 而耽羅之遇聖淵, 固益奇也哉."

32 丁範祖, 『海左集』 권21, 「耽羅錄序」. "讀其詩, 氣力則與巨魚大鵬相噴薄, 光焰則與珊瑚日月相照暎跌宕, 恢曠則如登漢挐山, 與南極老人相嬉戲而騎白鹿, 翩然潭上遊也. 方且視海如盤盂水, 鱷風颶魚, 豈足介其靈臺哉."

33 송민경, 앞의 글, 60~61쪽.

동경의 대상이었다. 그러나 이것은 제주를 경험하지 못한 육지인의 관념적 인식일 뿐이다. 제주를 경험한 이들에게 이러한 관념적 동경이나 인식보다 앞선 것은 제주를 벗어날 수 없을 지도 모른다는 답답함과 두려움이었다. 「탐라록」에 실린 모두 4편의 서문은 당시 현지에 있는 사람과 육지에 있는 사람의 인식의 차이를 극명하게 보여준다. 현지에서 느끼는 두려움은 이미 신선의 세계를 경험한다는 동경을 넘어섰다. 그러나 육지의 지식인들에게 제주라는 공간이 지닌 답답함과 두려움을 실감할 수 없는 정서였다. 평소 친한 벗이 겪은 두려움은 단지 한 사람의 기사(奇士)를 포장하거나 그 재능을 발휘하게 하는 기사(奇事)로 인식하였다.

이 「탐라록」은 당초 신광수 개인의 시편을 모아놓은 것이 아니라 신광수와 이익의 서문에서 언급했듯 이익, 박수희 세 사람이 함께 시를 지으며 수창한 것이었다. 이것은 신광수가 이익에게 보낸 편지에서도 잘 나타난다. 제주에 있을 때 신광수 일행은 제주를 나온 뒤 수창한 시편을 모아 신광수가 각기 한 통(通)씩을 써서 자손들이 볼 만한 것으로 남기고자 약속하였다. 신광수은 1764년 12월 선공감(繕工監) 봉사(奉事)에 임명되어 한 달 정도 있었는데, 이 무렵 박수희가 수창한 시편을 먼저 정사하여 그에게 보냈다. 그러나 이듬해 병이 들고 더위까지 겹쳐 이익의 시편을 정리하는 일이 부진하여 해를 넘긴 뒤 비로소 일을 마쳐 자신과 박수희 시편을 정사하여 보냈는데, 여기에는 이익의 시편은 수록하지 않았다.[34] 이로 본다면 원래 세 사

---

34 申光洙, 『石北集』 권8, 「書李穎源【瀷】耽羅錄後」. "耽羅時, 僚兄陪吏, 約出海後, 以不佞筆, 各書一通, 留作子孫之觀. 昨年在繕工直中, 先寫朴吏長軸以歸之. 此錄以病暑不振,

람이 제주에서 수창한 시편을 별도의 시축을 엮어 각기 하나씩 소장하기로 하고, 그 일을 신광수가 맡았다. 각각의 시축에는 주인의 작품은 빼고 다른 두 사람의 시편을 모았던 것이다.

그런데 신광수의 「탐라록」에 이익과 신광수의 서(序)가 수록되어 있지만, 수록 시편은 신광수 한 사람만의 것이다. 따라서 목만중이나 정범조의 서문에는 표류와 수창의 정황만 제시되었을 뿐 각각의 어떤 작품에 누가 수창하였는지 분명하지 않다. 아마도 신광수의 『석북집』을 편찬하는 과정에서 이익과 박희수의 시편은 제외된 것으로 추정된다. 이러한 정황을 알 수 있는 것이 이현환(李玄煥)이 지은 「영주창화록서(瀛洲唱和錄序)」이다. 그러나 정작 이 서문은 「탐라록」에 들어 있지 않다.

이현환(1713~1772)은 자가 성수(星叟), 호는 학서(鶴西)이다. 초명은 수환(壽煥)이었는데, 현환(玄煥)으로 개명한 이유와 시점은 정확하지 않다. 다만 신광수가 이현환에게 준 「기이성수(寄李星叟)」라는 시에 수환(壽煥)이라는 함명이 보인다. 그는 여주이씨 소릉공파 후예로, 아버지는 이학휴(李學休)이며 어머니는 남양(南陽) 홍복형(洪復亨)의 딸이다. 1744년 진사시(進士試)에 합격한 후 성균관에 들어갔으나 그리 오래 머물지는 않았던 것으로 보인다. 부친인 이학휴의 권유로 벼슬을 포기하고 안산 첨성리(瞻星里)로 돌아왔다. 족조(族祖)인 이익(李瀷)의 문하에서 수학하며 경학(經學)에 바탕한 가학(家學)에 전념할 것을 권유받았으나[35] 이를 따르지 못한 것으로 보인다.

下筆旋輟, 還就經歲, 今始斷手, 而不佞與壽喜之作, 非穎源所和者, 不錄於此卷云爾."

35 『蟾窩雜著』, 「祭星湖公文」. "嗚乎! 先生之期小子, 已不草草, 而小子仍從事於博士家業,

이현환이 1765년「영주창화록서」를 지은 것은 신광수의 요청에 따른 것이었다.[36] 특이한 것은 이 서문이 모두 3편으로 개작(改作)을 밝히고 있는 점이다. 개작은 작가가 일정한 목적 하에 작품이나 원고를 고치는 행위를 일컫는다. 여기에는 단순한 자(字)－구(句)－장(章)－편(篇)의 수정이나 산삭(刪削)은 물론 그에 따른 의경(意境)의 변개(變改)를 포함한다. 개작은 개별 한문산문의 구성과 미의식을 이해하기 위해 가능한 방법 중 하나이다. 작가가 작품을 구성하는 의경에서부터 실제 창작의 과정을 거쳐 수정하는 일련의 과정을 통해 작품이 어떻게 변개되는지를 분석함으로써 산문에 대한 이해를 높일 수 있을 것이다. 이런 점에서 이현환이 지은 세편의「영주창화록서」는 좋은 자료가 된다. 하나의 사건을 세편으로 구성한 이 일련의 작품에서 의경, 서술전략 등을 서로 비교함으로써 한문산문의 미적 특질에 접근할 수 있다.[37]

세 편의「영주창화록서」는 일반적인 서문과 의경에서 많은 차이를 보인다. 이현환이 첫 번째 서문에서 말한 것은 기사(奇士)인 신광수가 불행(죽음/水仙)이든 행(생존/奇會)이든 그의 경험은 역행(亦幸, 문단의 勝事)이 될 것이라고 하였다. 〈改一本〉은 신광수에 대한 실망이 짙게 배어있다. 신광수의 경험을 듣고 그가 기이한 경험을 통해 문장지사로 우뚝 설 것을 기대하였으나, 체념과 두려움, 그리움으로 형상화된

耗精於功令之文, 而積困科場, 居然髮種種, 卒不能副先生訓戒之意, 以爲平生懊恨矣."

36 李玄煥,『蟾窩雜著』,「瀛洲唱和錄序」. "聖淵示余瀛洲一錄, 余讀之竟軸, 爽然自失, 遂題其卷首而還之也."

37 박용만,「李玄煥의「瀛洲唱和錄序」改作의 양상」,『한국한문학연구』제40집, 한국한문학회, 2007, 178~179쪽.

영주창화록을 보며 이현환은 실망하였다고 하였다. 〈又一本〉은 신광수의 기이한 경험을 통해 자신의 세계관과 시문론이 집약되어 제시된 글이다. 신광수의 탐라에서의 경험은 글을 쓰는 하나의 계기일 뿐 그 일에 대한 이현환의 인식은 잘 드러나지 않는다. 신광수 일행이 제주에서 지은 시편을 바라보는 이현환의 인식은 신광수에 대한 기대가 큰 만큼 실망이 주를 이룬다. 취생몽사(醉生夢死)하는 일상의 벗어나 망망대해를 건너 제주를 견문한 그의 경험이 그의 문학에 큰 도움이 될 것이라고 하였다.

친한 벗의 기행창화록에 서를 쓰는 경우 상대를 높이고 시편을 칭상하는 것이 일반적인 방식인데, 이 작품들은 신광수에 대한 실망의 소회가 강하게 표현되었다. 나아가 벗의 죽음을 상정하여 기술하는 태도는 상식을 넘어서는 극단적 설정이라고 할 수 있다. 이러한 의경은 목만중과 정범조의 의경과 다르다. 목만중은 신광수의 체험을 조물자가 의도한 기이한 일로 인식하고, '각유소당(各有所當)'의 논리에 따라 신광수의 제주의 만남을 당연시 하였다.[38] 정범조 역시 제주와 신광수의 만남을 기이한 일이자 당연한 귀결로 보았다.[39] 이들에게서 신광수의 체험은 그의 문장을 극대화시키는 조물자의 의도였고 그 의도에 잘 부합되었다고 보았기 때문에 이현환처럼 실망의 소회는 드러나지 않는다.[40]

---

38 睦萬中, 『餘窩集』 권21, 「耽羅錄序」. "甚矣, 造物者之好奇也! 夫物各有所當, 大與大相當, 小與小相當, 非石北, 固無足以當瀛洲者."

39 丁範祖, 『海左集』 권21, 「耽羅錄序」. "世言三神山多仙人, 以此奇耽羅. (중략) 未必奇耽羅, 而耽羅之遇聖淵, 固益奇也哉."

40 박용만, 앞의 글, 198~199쪽.

의경의 차이로 각 편은 심한 내용의 변개가 이루어졌다. 「영주창화록서」와 〈改一本〉에서는 소회와 실망이 주를 이루며 한 계열을 이룬다, 그러나 〈又一本〉에서는 자신의 시문론과 세계관이 주를 이루어 앞의 두 글과는 다른 별개의 의경을 드러내었다. 또한 「영주창화록서」와 〈改一本〉도 실망의 정도에 따라 구성과 표현양상에 많은 차이를 보인다.

정도의 차이는 있지만 이현환과 유사한 인식을 보인 것이 허훈(許薰, 1836~1907)이었다. 허훈은 「승사록서(乘槎錄序)」에서 신광수의 기이한 경험에 실망감을 보였다. 첫째, 중국의 시사에 든 뒤 요하를 건너 동으로 왔다면 먼 곳에서 본 괴이한 것이 필시 시에 드러나 그 명성이 천하에 진동하였을 것이다. 둘째, 바람을 받아 출발함에 순풍을 받아 선회하며 여유롭게 시 지으며 감상하여 제주의 연운, 풍우, 초목, 충어에 지나지 않았으니 유독 사람들로 하여 혀를 차게 한다고 하였다.[41] 신광수가 제주의 풍토와 산천을 벗어나 보다 큰 세계로 나아가 많은 것을 보고 들었다면 그의 재주와 결합되어 많은 것을 축적하고 많은 것을 발휘했을 것이라는 아쉬움이다.

신광수의 「탐라록」에 서문을 지은 사람의 제주에 대한 인식은 각자의 처지에 따라 두 부류로 나눌 수 있다. 신광수와 이익처럼 현지에서 직접 경험한 집단과 목만중, 정범조, 이현환처럼 그들을 통해 간접적으로 경험한 집단이다. 이 직접 또는 간접 경험은 두 집단 사이의

41 許薰, 『舫山集』 권15, 「乘槎錄序」. "余嘗讀石北申公耽羅錄, 竊恨其颶不猛, 而漂不遠何也. 石北, 近世詩家之傑也. 若借大颶, 踔重溟幾萬里, 泊于蘇杭閩廣之間, 轉入燕社, 渡遼河而東之, 則遐怪所矚, 必皆發之于詩, 名聲足以動天下. 風旣發, 其便而旋闕之, 流連賦賞, 不過瀛洲之煙雲雨風艸木蟲魚而止, 殊令人咄咄."

제주에 대한 인식에 확연한 차이를 발생시킨다. 간접적인 경험은 제주를 신선의 사는 동경의 공간으로 보면서 동시에 생사를 넘나든 신광수의 경험을 기사(奇事)로 이해하여 신광수의 문학적 재능을 더욱 발휘할 수 있는 계기로 인식하였다. 이에 비해 제주에서 직접 경험한 신광수와 이익에게 제주는 고립무원(孤立無援)의 공간이었다. 섬을 벗어날 수 없다는 답답함과 그곳 또는 바다에서 죽을 수도 있다는 두려움이 복합적으로 작용하는 공간이었다.

4. 「탐라록(耽羅錄)」 수록 한시의 정서

「탐라록」에는 제주에 들어가기 전부터 다시 서울로 돌아올 때까지 신광수가 지은 58편의 작품이 수록되어 있다. 이중에는 45일간 체류하는 동안 지은 작품은 「입도(入島)」부터 「잠녀가(潛女歌)」까지 49편이다. 신광수가 경험했던 탐라의 경물과 현실에 대한 사실적인 표현이 주를 이룬다. 이것은 탐라를 경험하지 못했거나 또는 그의 한시와 구술을 통해 간접적으로 경험한 주위 사대부들의 인식과 다른 사실적 인식이 주를 이룬다. 이를 세 가지 특징[42]으로 요약하여 제시한다.

42 부영근은 신광수 「탐라록」의 한시 세계를 '風流意識의 具現', '官僚意識의 透映', '愛民意識의 發露'로 구분하였다. 부영근, 「石北 申光洙의 「耽羅錄」 考察」, 『영주어문』 제8집, 영주어문학회, 2004, 53~61쪽.

1) 이국적 풍물에 대한 소회

久我南中客	오랜 머문 나는 남도의 나그네
頗於土俗詳.	자못 토속을 자세히 알게 되었네.
方音多細急	방언엔 가늘고 촉급한 것이 많고
夷姓半高良.	백성의 성씨는 고씨와 양씨가 태반이라.
只見蜂房石	벌집 모양의 돌은 보았지만
虛聞馬尾裳.	말총으로 치마지었다는 것은 헛소문인 듯.
北人如問事	북쪽사람들 이 일을 묻는다면
歸作話頭長.	돌아가 들려줄 이야기 많도다.[43]

탐라에 대해 신광수는 먼저 이국적인 풍물과 풍속을 주목하였다. 서울의 관료로 지내온 그에게 남쪽 끝 섬 생활은 상상하지 못했던 세계였다. 이 시에서 신광수는 제주의 언어, 성씨, 돌, 특산물인 말총 등 서울에서 경험하기 어려웠던 이질적 문화를 신기하게 바라보았다. 제주의 언어생활은 지금도 쉽게 소통되기 어려운 문제였듯 당시 신광수에게 매우 이질적 문화였다. 전통시대 사대부에게 경학(經學)에 나아가기 전 단계에서 필수적으로 익혀야할 소학(小學)의 음운학과 문자학은 매우 중요한 분야였다. 신광수 역시 음운학에 대한 이해가 상당했을 것으로 추정되는데, 제주의 언어는 전에 경험하지 못한 신세계였을 것이다. 그가 말한 '세급(細急)'이 어떤 언어현상인지 정확하게 이해하기 어렵다. 다만 신광수에게 제주의 방언이 매우 이질적인 현상으로 이해되있을 것이다.

알려진 대로 제주는 삼성혈(三姓穴)에서 기원한 고(高), 양(梁), 부

---

43 申光洙, 『石北集』 권7, 「耽羅錄」 「土風」.

(夫)가 토성이다. 세 성씨 중 고씨와 양씨가 다수를 차지하고 있다고 하였다. 양씨(良氏)는 양씨(梁氏)로 바뀌게 되는데,[44] 신광수는 아직 양씨(陽氏)로 표현하고 있다. 그의 표현 중 이채로운 것이 '봉방석(蜂房石)'이다. 삼다(三多) 중 하나인 제주의 돌은 화산석으로 마치 구운 숯처럼 구멍이 많고 울퉁불퉁한 모습을 띠고 있다. 신광수는 '봉방석(蜂房石)' 곧 '벌집 모양의 돌'로 표현하였다. 또한 탐라의 특산물이 말총이었다. 이것을 익히 알려진 것이기에 더러는 말총이 흔한 것으로 잘못 소문이 난 듯하다. 탐라에 말총이 많지만 서울에서 들었던 것처럼 여인들이 치마를 지어 입는다는 것은 낭설임을 확인하였다. 이처럼 이국적 경물과 풍속에 대해 신광수는 자신이 본 것을 바탕으로 사실인 것과 와전된 것을 구분하여 이해하였다. 자신이 현지에서 본 경험이 서울에 올라가면 탐라의 실상을 전할 수 있을 것이라 하였다.

이외에도 노인성(老人星)이 춘분과 추분에 대정 바다 가운데 보이는 모습,[45] 따뜻해지는 2월에도 뱀이 출몰하거나 남녀가 가죽옷을 입고 방앗소리 부르는 광경,[46] 남자 복장을 입은 여자 기생이 말을 타는 모습[47] 등 육지에서 쉽게 볼 수 없는 이국적인 광경은 그에게 신선한 문화적 충격이었다.

---

44 『三國史記』. "自此事新羅, 以高爲星主, 良爲王子, 夫爲都上. 後改良爲梁."

45 申光洙, 『石北集』 권7, 「耽羅錄」「初度日 値春分 州妓綠璧問病餉橘 以詩謝贈」 협주 "老人星, 以春秋分, 見大靜海中."

46 申光洙, 『石北集』 권7, 「耽羅錄」「風土」.

47 申光洙, 『石北集』 권7, 「耽羅錄」「城上觀妓走馬」.

2) 관료로서 사명감

白頭蠻家女	하얀 머릿결 섬 여자들
焦髮蠻家兒.	푸석한 머리카락 섬 사내들
纍纍爲羣十數人	옹기종기 떼를 지은 수십 명이
皆着半鞹黃狗皮.	모두 거의 털이 빠진 개가죽 입고 있네.
一身枯黑皮粘骨	검게 그을린 마른 몸은 가죽이 뼈에 붙은 듯
飢不成音細如絲.	굶주려 소리조차 내지 못하여 희미하기 실과 같도다.
(중략)	
此邦富者能幾何	이 고을 부자가 몇 명이리오
又失今農亦溝壑.	또 올해 농사 망치면 죽은 목숨이라네.
耽羅乞兒聞我言	탐라의 거지들 내 말을 듣고
一時掩面啼向北.	일시에 얼굴 가리며 북쪽 향해 울부짖네.
北方雖遠父母邇	북쪽이 비록 멀어도 부모님처럼 가까우니
萬里明見耽羅國.	만리 밖 탐라국을 밝게 살피소서.[48]

남쪽의 섬인 제주도는 중앙의 관심과 지원이 미치지 못해 백성의 삶이 곤궁했던 곳이다. 서울의 사대부에게 제주는 낙후한 공간으로 인식된 것도 이러한 지리적 특성에 기인한 것이 컸다. 단순히 선비가 아니라 왕명을 받고 도착한 신광수에게 백성들의 실생활은 관료로서의 사명감을 일깨웠다.

위의 시는 「제주걸자가(濟州乞者歌)」로, 당시 제주의 거지떼를 사실적으로 표현하였다. 그러나 여기서 거지의 모습이 당시 탐라 사람들의 일반적인 생활상과 차이가 있을 수 있다. 푸석푸석한 머리카락

---

48 申光洙, 『石北集』 권7, 「耽羅錄」 「濟州乞者歌」.

에 털 빠진 개가죽 옷을 입은 수십 명의 거지떼를 표현하였다. 굶주림에 비쩍 말라 목소리조차 제대로 내지 못하는 참혹한 실상을 보여준다. 후반부는 북쪽을 향하여 임금의 은혜를 바라는 그들의 소망이 서술되었다. 전반부에서 지식인으로서 제주 거지의 실상을 기록하였다면 후반부에는 임금의 덕화와 은혜가 탐라에까지 미치기를 갈망하는 관료의 사명감이 드러난다. 임금이 있는 북쪽을 향해 하소연하는 거지와 소외된 제주의 백성을 임금이 살펴줄 것이라는 관료로서의 기대가 교차하고 있다. 앞에서 살폈듯 정약용이 「탁라공귤송(乇羅貢橘頌)」에서 제주 백성의 삶을 제시한 뒤 결국 모든 것을 임금의 덕화와 은혜로 귀결시켰다. 그러나 신광수는 임금의 덕화를 기대하면서도 관료로서의 사명감을 보인다는 점이 차이라고 할 수 있다.

3) 백성의 삶에 대한 사실적 표현과 공감

石田頻歲海民饑	자갈밭 잦은 흉년에 섬사람 굶주리니
滿目凄凉物色悲.	눈앞의 처량한 물색 슬프기만 하여라.
從古魚塩無市國	예로부터 어염이 흔해 장이 서지 않는 곳이었건만
如今風雨絕船時.	지금은 비바람에 배조차 끊어졌네.
長毛鎭卒偷廚肉	더벅머리 진졸들 부엌의 고기 훔치고
黃面蕃姑剝樹皮.	누렇게 뜬 변방의 아낙들 나무껍질 벗기네.
我亦王人來此地	나야 벼슬아치로 이곳에 왔다지만
每當朝夕自停匙.	매번 아침저녁마다 숟가락 멈추네.[49]

본래 제주는 바다에 싸여 있어 어염이 풍족하여 장조차 서지 않는

49 申光洙, 『石北集』 권7, 「耽羅錄」 「憫荒」.

곳이었다. 그러나 신광수가 체류한 1764년 1월부터 3월 사이 「민황(憫荒)」이란 칠언율시에서 보이듯 제주는 흉년으로 심각한 식량난을 겪었다. 더구나 그들 일행이 제주를 떠나지 못할 만큼 풍랑이 계속되는 상황에서 육지의 식량이 운반되기도 어려웠다. 애초 기름진 농지가 부족한데다 흉년까지 겹치니 아녀자들은 나무껍질을 벗기고 진졸 또한 먹을 것을 훔치는 지경에 이르렀음을 탄식하고 있다. 그나나 서울에서 온 관리라고 꼬박꼬박 식사가 제공되지만 백성의 참담한 현실을 목도한 그로서는 차마 음식이 목에 넘어갈 리 없다. 1764년 제주 백성의 참담한 삶의 현장을 신광수는 사실적으로 표현하였다. 이러한 사실적 표현이 돋보이는 것은 그가 당시 그 자리에 있었기 때문에 가능한 것이다.

신광수가 목도한 백성의 현실은 흉년에서 오는 것만은 아니었다. "상선들은 봄마다 쌀을 실어 나르지만, 시골 밥상엔 저녁마다 새우만 있어라. 밤이 되어 관리의 말을 들으니, 관아의 세금이 하늘까지 오른다 하네.[商船春通米, 村盤夕有鰕. 夜聞官吏語, 官稅到天涯.]"[50] 강진의 해월루에서 시를 지은 신광수 일행은 제주로 들어가는 배를 타고 출발하였다. 그들은 중간에 소안도(蘇安島)라는 섬에 정박하여 하룻밤을 보낸 뒤 백도(白島)를 거쳐 제주도에 들어갔다. 위의 시는 소안도에 머물며 지은 것인데, 쌀을 실은 상선들이 오가지만 그들이 먹을 식량은 없어 새우만 먹는 가난한 삶이 그려졌다. 섬 백성들을 힘들게 하는 것은 부족한 식량만이 아니라 거둬가는 세금이 날로 높아지는 것이었다. 흉년과 과도한 세금의 이중적 고통은 당시 제주 백성들에게

50 申光洙, 『石北集』 권7, 「耽羅錄」 「宿蘇安島」.

있어서 민폐였다.

八道進奉走京師	팔도에 바치고 서울로 오리자면
一日幾馱生乾鰒.	하루에도 생전복 마른 전복 몇 짐이나 내야하나.
金玉達官庖	없는 게 없는 고관의 주방에
綺羅公子席.	비단옷 입은 공자들의 술자리에
豈知辛苦所從來	이토록 고생스러움을 어찌 알리오
纔經一嚼案已推.	겨우 한번 씹은 뒤 상을 물리겠지.
潛女潛女爾雖樂吾自哀	잠녀여, 잠녀여! 그대들은 즐겁다지만 나는 슬프니
奈何戲人性命累吾口腹.	어찌 사람 목숨 장난치며 내 입과 배를 채울 수 있으리.
嗟吾書生海州青魚亦難喫	오호라! 우리 서생이야 해주 청어도 얻어먹기 힘드니
但得朝夕一韲足.	아침저녁 밥상에 부추나물이면 족하리.[51]

위 시는 「잠녀가」 중 제29구에서 제38구까지이다. 이 시는 제주의 상징적인 해녀의 삶을 기록한 것으로, 신광수의 대표적인 작품이라고 할 수 있다. '종종 굶주린 고래를 만나면 그들 밥이 되리[往往又遭飢蛟食]'라는 구절은 해녀의 숙명적인 아픔을 표현한 것이다. 바다라는 삶의 현장에서 일어나는 일이야 어쩔 수 없지만 목숨 걸고 건져 올린 해산물이 고관대작이나 지체 높은 집안 자제의 술안주로 올려졌다가 그마저도 버려지는 육지의 현실을 드러내었다. 고단한 삶의 현장을

51 申光洙, 『石北集』 권7, 「潛女歌」.

경험하지 못한 사람은 입에 들어가는 쌀 한 톨이나 생선 한 조각의 소중함을 알지 못한다. 해녀와 고관대작의 삶을 대조적으로 보임으로써 모순에 찬 현실을 드러내고 백성의 삶을 살피지 않는 벼슬아치의 삶을 비판한 것이다.[52]

그것을 지체 높은 육지인의 탓으로만 돌릴 수 있을까? 죽음을 직면한 경험은 사람의 내적 깊이를 더한다. 신광수가 제주에서 겪었던 45일간의 체험이 아니었다면 그 역시 전복을 보며 제주 해녀의 고단한 삶을 이해하지 못했을 것이다. 물론 대상을 보고 성찰하는 이와 그렇지 못한 이의 차이는 바라보는 사람의 인식의 차이에서 비롯된다. 신광수가 보이는 백성들의 현실에 대한 비판적 의식이 있었기에 「잠녀가」의 창작이 가능했다. '그대들은 즐겁다지만 나는 슬프니[爾雖樂吾自哀]'라는 구절은 해녀의 삶을 이해하는 신광수의 동화된 감정, 곧 공감이라고 하겠다.

신광수는 자신의 이름을 널리 알린 「등악양루탄관산융마(登岳陽樓歎關山戎馬)」 뿐만 아니라 이미 당시를 대표하는 시인이었다. 특히 악부체를 통한 백성의 정서를 읊음으로써 대상의 특징 포착과 의경(意境)의 사실적 묘사는 그의 이름을 더욱 돋보이게 하였다. 45일간 체류하며 적은 기록한 「탐라록」의 시편들은 제주라는 공간에서 느낀 이국적 풍물에 대한 소회, 왕명을 받고 파견된 관리로서의 사명감, 현지에서 느끼는 백성의 삶에 대한 인식이 사실적으로 표현되었다.

---

52 이기현, 「石北文學硏究」, 한양대학교 박사학위논문, 1996, 82~83쪽.

5. 맺음말

조선이면서도 바다 가운데 있어 쉽게 다가갈 수 없었던 탐라는 조선 후기 사대부에게 미지의 공간이었다. 삼성(三聖)의 신화를 가지고 있는 나라, 영주(瀛洲)라는 신선이 사는 전설상의 공간, 그럼에도 목숨을 걸어야 하는 뱃길을 통해서 다가갈 수 있는 절도(絕島) 등의 이미지는 조선 후기 지식인들에게 탐라를 더욱 신비로운 공간으로 인식하게 하였다.

제주를 바라보는 육지인의 이해는 직접적인 경험이 부족했기에 온전한 이해가 불가능하였다. 쉽게 왕래할 수 없었기에 실제 제주를 경험한 이들은 유배를 오거나 관리로 파견된 이들로 한정되며, 또 다른 사람들은 이들을 통해 제주를 간접적으로 경험할 수 있었다. 조선 후기 제주에 대한 인식은 경험한 사람과 그렇지 못한 사람들 사이에 극명한 차이를 보인다. 노인성이 보이는 신선이 사는 공간으로 이해하여 관념적 동경의 공간이거나 절도의 지리적 특성으로 인해 생명을 잃을 수도 있는 가기 싫은 공간으로 인식되었다. 이러한 상반된 인식은 실제 경험을 통하지 않은 관념적인 인식이었다. 또한 서울에서 멀리 떨어져 국왕의 덕화가 미치지 못하는 낙후된 공간적 인식이 복합적으로 작용하였다.

이에 비해 신광수의 사례에서 보듯 제주를 실제 경험한 인식의 태도는 매우 현실적이다. 그들에게 제주는 절도, 곧 자기 의지와 무관한 '고립무원(孤立無援)'의 공간이었다. 더구나 체류 내내 운무에 가려 멀리서도 볼 수 없었던 한라산은 선계가 아니라 답답함을 자아내는 대상이었을 뿐이다. 사신의 책무를 다하지 못하는 것은 물론 육지의 가족과 소식을 전할 주고받을 수 없는 제주는 말 그대로 '갇힌 공간'이었다. 운신할 수 없다는 답답함, 아무 것도 할 수 없는 무력감, 혹시 그곳에서 죽을 수도 있다는 두려움이 복합되어 병이 나는 갇힌 공간이라는 인식하였다. 의지에 따른 체류가 아니라 갇혀 지내며 유일한 소일거리가 시를 짓는 것이었지만, 그들의 시편에 사신으로서 또는 큰 바다를 바라보는 장대한 기개는 기대하기 어려웠다.

문학작품에서는 언표(言表)보다 기술의 의도, 내재된 사상을 파악하는 것이 중요하다. 하나의 한시가 지어지는 근저에는 작가의 현실 인식과 문학사상이 반드시 자리한다. 이러한 인식과 사상 속에서 다른 사람과 변별되는 자기만의 작품을 창작하게 된다. 문학사에서 18세기는 개성주의 문학사상이 확고하게 자리하던 시기였다. 그들의 문학사상은 바로 현실에 대한 인식과 밀접한 관련을 가진다. 그럼 점에서 신광수의 제주 경험과 그 주변 인물들의 인식은 18세기 문학을 보는 중요한 계기가 된다.

고독한 공간, 제주에 대한 제 인식

김새미오

1. 들어가며

조선시대 제주도는 그야말로 절대 고독의 땅이었다. 죽을 형벌에서 한 등급을 감해 살려준 죄인들을 가두었던 곳, 관리들조차 죽음을 각오했던 곳, 왜구들의 침입에 맞서기 위해 지역주민들의 본토 출입을 제한하던 그런 곳이었다. 어떤 경우이든 외로움이란 늘 존재한다. 하지만 공간 자체가 고독감을 주는 곳은 그 느낌이 분명 남달랐다.

본고는 절대고독의 공간이었던 제주도에서 시작한다. 제주에 관련된 한문학 자료를 통해, 고독한 섬이었던 제주도를 어떻게 인식하고 이해했고, 또 어떻게 고독한 공간을 수용했는가를 살펴보고자한다. 본고에서는 이를 위해 크게 세 가지 방향에서 접근하였다. 첫째, 유배인의 시각에서 본 제주, 둘째 관리들의 눈으로 본 제주, 셋째 본토박이 제주 사람이 본 제주이다.

지금까지 제주문학을 접근하는 대부분의 연구자들은 유배문학에 집중하였다. 이에 따라 많은 성과가 구현되었고, 관광산업과 연계되어 문화콘텐츠가 개발되기도 하였다. 제주도가 당시 유배지였던 것은 분명하다. 하지만 유배문학에 집중된 연구는 제주도를 유배지라는 하나의 틀로 고정시키는 한계를 지닌다. 이는 결국 입체적으로 접근했다고 할 수 없다. 이에 필자는 본고를 통해 유배인 뿐만 아니라 관리, 지역문인들이 고독의 땅이었던 제주를 어떻게 느끼고 이해했는가를 살펴보고자 한다.

제주 공간에 대한 연구로는 손기범의 연구[1]가 있다. 손기범은 매계 이한우, 추사 김정희, 응와 이원조를 대상으로 연구를 진행하였다. 그는 매계 이한우에 대해서는 수신과 자연미 발견의 공간으로, 추사 김정희에 대해서는 그리움과 위기지학의 공간으로, 응와 이원조에 대해서는 겸선천하의 실천공간으로 나누어 살펴보았다. 그의 연구는 19세기 제주라는 공간을 살펴보았다는 점에서 유의미한 작업으로 생각된다. 하지만 인물의 수가 너무 적어, 일반적인 시각인지에 대한 의문은 남아 있는 상황이다.

본고에서는 작가의 폭과 시기를 넓히고, 고독한 공간이라는 점에 기준점을 두고 논지를 전개하도록 하겠다. 유배인인 경우 북헌(北軒) 김춘택(金春澤), 서재(西齋) 임징하(任徵河)를 선택하였다. 북헌과 서재는 서로 인척간으로 제주에 왔던 인물 중에서도 제주에 대한 이해가 깊었던 유배인이기 때문이다. 관리들의 경우로는 청음(淸陰) 김상헌(金尙憲), 병와(瓶窩) 이형상(李衡祥), 은파(恩波) 심낙수(沈樂洙), 남봉(南峰) 김치(金緻)를 중심으로 이들이 표현했던 인식의 층위를 살펴보

---

1 손기범, 「제주를 바라보는 19세기 유학자의 관점: 이한우, 김정희, 이원조를 중심으로」, 『영주어문』 제17집, 영주어문학회, 2009, 99쪽.

도록 하겠다. 이형상과 심낙수는 각각 제주목사를 지냈고, 김치는 제주판관을 지냈다. 청음은 제주안무사로 내도한 바가 있다. 제주도 출신의 문학가로는 일재(一齋) 변경붕(邊景鵬), 매계(梅溪) 이한우(李漢雨), 부해(浮海) 안병택(安秉宅), 수은(水隱) 김희돈(金熙敦)을 중심으로 살펴보겠다. 이들은 제주에 전해지는 얼마 안 되는 한문학 작가들이며, 학계에는 아직은 생소할 수밖에 없는 인물이다. 하지만 모두 자신만의 시각을 가지고 제주도를 바라보았던 제주의 지성인이었다.

이런 방법을 통해, 여러 문인들의 시각을 동시에 비교한다면 피상적으로 외로운 공간이었던 제주도를 보다 입체적으로 이해할 수 있을 것으로 생각한다. 이와 함께 고독했던 공간인 제주에 대해 느꼈던 여러 감정의 층위를 살펴보고, 그들의 감정이 외로운 공간과 어떻게 맞물려 승화되어갔는지를 추적해 보도록 하겠다. 이를 통해 고독했지만 살아 움직였던 활동적인 공간으로서의 제주를 확인할 수 있을 것으로 기대하는 바이다.

2. 제주도 인식의 제 양상

1) 유배인, 불안과 상실의 변주

유배인들에게 제주도는 그야말로 죽음의 땅이었다. 실제로 참형에서 감형의 조치를 받고 제주로 온 유배인이 많았다. 이들은 언제 죽을지도 모르는 불안과 해배에 대한 일말의 기대감으로 나날을 보냈다. 이들에게 제주에서 보고 느낀 이질적인 풍경, 풍속 등은 그저 편안한 마음으로 다가갈 수 있는 대상이 아니었다. 제주도는 익숙했던 자신의 공간과의 결별을 의미했고, 그 자체가 불안을 가중시키는 소재였다.

다음 시는 서재(西齋) 임징하(任徵夏, 1687~1730)가 지은 「제주잡시(濟州雜詩)」의 일부이다.

海上天常暗	바닷가 하늘은 항상 자욱하고
山南地益低.	산 남쪽이라 땅은 더욱 낮구나.
宿春黐化蠹	봄이 되어 좀 벌레 깨어나고
新汲半成泥.	새로이 물 길어도 절반은 흙탕물.
飢鼠走床下	배고픈 쥐들 책상 밑을 돌아다니고
怪烏啼屋西.	괴상한 까마귀 지붕 서쪽에서 우는데,
風濤來擊石	파도는 바위에 부딪치며
客枕警鞞鼙.	나그네 잠자리를 북소리로 깨우네.[2]

서재는 1726년(영조2)에 소론을 척결하는 상소를 올렸다가 평안도 순안으로 유배를 갔었다. 다음 해인 1727년 제주도 대정현 감산리로 다시 이배조치 되었다. 서재는 제주로 유배가는 여정과 함께 제주에서의 삶을 시와 일기로 표현하였다. 서재의 「제주잡시(濟州雜詩)」은 김춘택의 「제주잡시(濟州雜詩)」를 본받아 지은 작품으로, 주로 제주의 자연과 풍속을 노래하였다. 총20편인데, 인용한 작품은 이 중 11번째 시이다.

이 시에서 서재가 느끼는 제주자연은 결코 편안하지 않다. 서재는 하늘에 가득한 해무, 낮게 느껴지는 지형을 통해 알 수 없는 불안한

---

2 任徵夏, 『西齋集』 권2, 「濟州雜詩」, 17쪽.

미래와 자신을 압박해오는 죽음의 그림자를 표현하였다. 함련과 경련에서 서재는 제주도의 낯설은 상황을 서술하였다. 좀벌레, 절반이 흙탕물인 식수, 배고픈 쥐, 괴기한 까마귀 등은 모두 본토에서의 생활과는 다른 환경을 표현하였다. 이런 소재는 모두 유배를 온 서재의 긴장감을 돋우는 요인이 된다. 마지막 연에서 서재는 편안히 잠잘 수 있는 시간에도 파도소리에 잠이 깬다는 것으로 그 불안감을 극대화하였다. 파도소리는 바닷가에 사는 사람들에게는 자장가이다. 하지만 같은 파도소리이지만 서재에게는 전쟁의 북소리, 불안에 쿵쾅거리는 심장소리였다. 삶의 한계선이었던 유배지에서 서재는 언제 죽을지 모르는 불안감을 안고 견디고 있는 것이다.

유배인에게 고독을 느끼게 하는 것은 자연환경 뿐만은 아니었다. 문화적 환경 또한 그러했다. 다음은 북헌(北軒) 김춘택(金春澤, 1670~1717)의 시이다.

纔寬金木此幽囚	겨우 형벌에서 풀려 이곳에 갇히니
頗喜輿圖有濟州.	지도에 있는 제주 땅이라 자못 기뻤다오.
須識二儀同鳥卵	하늘과 땅이 새알과 같다는 것 알겠고
莫疑孤島在鼇頭.	의심할 것 없이 자라 머리 위의 외로운 섬이구나.
湖關北隔三韓土	북쪽으로 호남의 삼한 땅이 있고
閩浙西通萬里舟.	서쪽으로 민절과 만 리 뱃길로 통하였지.
但得朝廷文物盛	조정의 문물 크게 받고도
不妨遐俗自氈裘.	거리낌 없이 털가죽 옷 입는 먼 옛날 풍속.[3]

3 金春澤, 『北軒集』 권2, 「囚海錄」, 「詠濟州」, 65쪽.

북헌은 아버지 만구재(晩求齋) 김진귀(金鎭龜, 1651~1704)의 제주 유배 시절, 아버지를 모시기 위해 제주도에 온 적이 있었다. 이후 북헌은 1701년 소론의 탄핵으로 부안(扶安)에 유배된 바 있고, 장희빈 소생의 세자를 모해한다는 혐의로 심문을 받다가, 1706년 다시 제주 유배형을 받았다.

첫 구절에서는 제주도에 오게 된 내력과 감정을 간단히 말했다. 그가 제주에 유배 온 것을 기쁘게 생각한 것은 첫째 살려준 것 자체를 임금의 은혜라고 생각했고, 둘째 예전에 왔던 곳이라는 익숙한 감정이 있었기 때문이었다. 함련과 경련에서 북헌은 제주도의 원경을 그리면서 이를 신비로운 공간으로 인식하고 있다. 북헌이 유배지인 제주도를 신선의 공간으로 생각한 것은 자신의 처지를 스스로 위로하려는 노력의 일환이었다. 이런 북헌의 심리는 '외로운 섬'이라는 시어로 응축되어 나타나는데, 이는 자신이 처한 제주라는 현실공간과 심리적인 느낌을 동시에 포괄하고 있기 때문이다.

북헌은 제주도 유배시절 지은 작품에 『수해록(囚海錄)』이라는 제목을 붙였다. 제목처럼 북헌에게 제주도는 바다에 갇힌 외롭고 힘든 공간이었다. 이는 현실적이면서도 불안했던 그의 심리를 잘 표현한 것이라고 할 수 있다. 이는 가까운 호남과는 떨어졌고, 멀리 있는 민절지역과는 통한다는 말로 이어진다. 마지막 연에서는 제주의 풍속을 바라보는 북헌의 관점을 표현하였다. 이 시에서의 표현된 복식은 바로 예를 상징하는 것이었다. 연행사의 기록 중에 자신들의 복식에 자부심을 가졌던 언급들이 종종 보이는 바, 이는 조선이 예를 지닌 나라였다는 자부심의 표출이었다. 이를 통해 볼 때, 북헌이 제주 사람들의 옷을 '털가죽 옷'이라고 표현한 것은 예를 모르는 미개한 백성이라는 인식에서 비롯된 것이다. 즉 북헌에게 제주는 같은 나라이지만, 다른 풍속을 지닌 이질적인 곳, 이로 인해 야릇한 고독감을 느끼는 공간이었던 셈이다.

조선시대 지식인들은 모두 유교윤리로 운영되는 사회를 꿈꾸었다. 북헌 역시 다르지 않았다. 이런 점은 관리로 제주에 왔던 사람들과도 일치한다. 하지만 관리들인 경우 제주사람들의 생활에 적극적으로 개입해서 풍속을 바꾸려고 시도했다는 점에서 분명히 차별점을 갖는다. 하지만 이는 위치에 따른 행동의 차이이며, 기본적인 인식이 다른 것은 아니었다.

북헌의 신분은 유배인의 처지로 자신의 의지대로 행동할 수 없었기에 주로 자신의 외로움과 불안감만을 집중적으로 토로했다. 다음 시 역시 북헌의 작품이다.

孤城曉色角聲中	외딴 성 새벽빛 뿔 고동 소리에
小雨初收昨夜濛.	어젯밤 자욱하던 가랑비 걷혔네
雲逐黑龍歸鉅壑	구름을 쫓는 검은 용 큰 골짜기로 돌아가고
浪翻紅日上層空.	물결에 일렁이는 붉은 해는 하늘에 떠 오네
客居已識望弦水	차고 지는 달에 나그네 생활을 알겠고
鄕信唯思西北風.	서북쪽 바람에 고향소리 그리워하네
如許年光那易度	많은 세월 어찌하며 쉬 보낼 수 있을런가
邇來顔鬢漸成翁.	요즘 얼굴의 수염에 점점 늙은이 되었네.[4]

외로움은 누구에게나 어디에서나 나타날 수 있는 보편적인 감정이

4 金春澤, 『北軒集』 권2, 「囚海錄」, 「孤城」, 66쪽.

다. 그렇지만 유배라는 특수한 상황이기에 그 감정은 보다 복잡해진다. 제주 유배인들의 이런 특수한 감정은 유배라는 형벌과 제주라는 제약된 환경으로 인해 일상적인 불안으로 표현된다.

수련과 함련은 변화무쌍한 제주의 날씨를 표현하였다. 제주는 태풍이 지나는 길목이어서 여름이면 그 날씨가 우중충하고 습기가 많다. 또 남쪽에서 올라오는 구름은 한라산에 걸려 반으로 갈리며 안개가 형성되곤 하는데, 북헌이 바로 이 모습을 본 것이다. 이국적인 날씨에 북헌은 시름과 외로움을 느꼈고, 경련과 미련에서 이를 절실히 표현하였다. 북헌이 기다리는 서북풍은 매섭고도 추운 바람이다. 하지만 북헌에게는 고향소식을 전해주는 매개체이기에 오히려 반가운 것이다. 이는 이질적 공간에서 살아가야하는 자신의 낯설은 상황과 감정을 표현한 것이다. 그런 외로움은 결국 '늙은이'라는 시어로 마무리 된다. 북헌은 자신의 힘으로는 아무것도 할 수 없는 노인에 자신을 투영한 것이다. 북헌의 작품에는 이 외에도 외로움과 향수에 고독하면서도 궁핍한 감정을 여과없이 표출한 경우가 종종 확인된다.

유배인들이 지니는 향수나 관리들이 느끼는 향수나 표면적인 이유는 같다. 단절된 공간에서 고향을 그리워하는 마음이다. 하지만 유배인들은 관리들에 비해 보다 행동의 제약이 많았기에 그들의 향수는 외로움을 넘어 상실감으로 이어진다. 다음 인용문 역시 북헌의 작품이다.

有兒有兒兩箇兒	아이야, 아이야, 두 아이야
大謎孱迷小謎癡.	큰 놈은 나약하고 작은 놈은 미련해도
但願無病在母側	그저 병 없이 어미 곁에 있길 바랄 뿐

不願從師讀書詩.	스승 좇아 공부하는 것 원치 않노라.
吾家兩世仍此厄	우리 집안에서 양 대에 걸쳐 이런 횡액을 당하니
世故他年那復知.	뒷날 세상이 어떻게 변할 줄 어찌 알랴.
嗚呼六歌兮歌逾迫	아! 여섯 번째 노래 더욱 절박하구나
孟博平生不爲惡.	맹박같은 삶도 나쁜 것은 아니리.[5]

북헌이 유배생활을 했던 곳은 지금의 제주시 동문로타리 근처인 산지포구이다. 이곳은 영주십경 중에서도 산포조어(山浦釣魚)로 널리 알려진 장소이다. 북헌이 유배생활했던 산지포는 아이러하게도 그의 아버지 김진귀가 유배생활을 했던 곳이었다. 아버지와 아들이 양 대에 걸쳐 같은 장소에서 유배생활을 한 것이었다. 북헌의 「산지칠가(山池七歌)」에는 이런 그의 마음이 잘 녹아 있다. 인용된 작품은 그 중 여섯 번째 시이다. 이 시에서 북헌은 자식들에게 '그저 건강하고 책은 읽지 말라'며 당부 아닌 당부를 하면서 자신의 상실감을 여과없이 표현하였다. 그것도 제주라는 절대고독의 공간에서 양 대에 걸친 유배가 빚어낸 상실감이었다. 그렇다고 해서 북헌이 그대로 주저앉은 아니다. 마지막 구절에서 '맹박같은 삶'도 감내하고 있기 때문이다. 맹박은 후한 환제 때 환관들을 거리낌없이 공격했다가 당인을 모은다는 죄목으로 파직된 인물이다. 즉 북헌 자신도 당파싸움으로 유배를 왔지만, 자신의 신념을 굳게 지키며 사는 것도 나쁘지는 않다고 하면서 유배인인 자신을 위로하였다. 하지만 이 역시 현재의 상실감을 위로하려는 의식적인 분투이며, 감출 수 없는 그의 외로움만이 더욱

5 金春澤, 『北軒集』 권2, 「囚海錄」, 「山池七歌其六」, 18쪽.

부각된다. 위 시에서 나온 북헌의 바람과는 달리 그의 아들 덕재 역시 제주로 유배를 오게 된다. 그의 집안 3대가 제주에서 유배생활을 하는 기구한 운명으로 이어진 것이다.

북헌은 이런 상실감으로 인해 미래에 대한 꿈이 사라지고, 오로지 과거로 역주행하는 심사만을 토로했다. 하지만 과거 역시 마냥 좋은 것만 아니다. 어차피 좋았던 과거에 대한 추억은 작금의 괴롭고도 외로운 현실을 회피하는 작위적인 성격을 지니기 때문이다.

2) 관리, 동경과 교화

조선시대 유배인을 제외하고 외지인으로 제주를 올 수 있는 경우는 극히 제한되어 있었다. 이들 중 글을 남긴 대부분의 사람들은 대체로 두 부류로 파악된다. 한 부류는 관직에 있었던 사람들이고, 또 한 부류는 관직에 있었던 사람들을 보좌하러 온 사람들이었다. 여러 사람들이 쉽게 올 수 없는 공간이었기에 이들에게는 늘 신비감과 동경심이 가득하였다. 특히 한라산에 관련된 작품에서 이런 경향이 뚜렷하다. 다음은 광해군시절 제주판관을 지낸 김치(金緻, 1577~1625)의 시 「등절정시(登絕頂詩)」이다.

石磴穿雲步步危	구름을 뚫고 가는 돌길 걸음걸음 위태롭고
雨餘天氣快晴時.	비 온 뒤 하늘 날씨 말끔하게 개였구나.
山高積雪經春在	산이 높아 쌓였던 눈은 봄 지나도 남아 있고
海濶長風盡日吹.	바다는 넓어 긴 바람 종일토록 불어댄다.
鶴駕不迷玄圃路	학을 타고 현포로 가는 길 잃지는 않았으나
鳳簫留待赤松期.	오히려 피리 불며 적송자 기다린다.
從今欲學湌霞術	이제부터라도 신선술을 배우고 싶어서

歸去人間莫恨遲.	인간 세상으로 늦게 돌아간다고 한탄하지 않네.
衆山如垤海如杯	많은 산 개미 둑 같고 바다는 술잔 같고
脚底長風萬里來.	머나먼 곳에서 긴 바람이 종아리 밑으로 불어오는데,
直待峰頭明月夜	정상에 밤 달 떠오르기를 기다려서
獨看玄鶴舞瑤臺.	요대에서 춤추는 현학을 혼자서 보노라.[6]

김치는 이조좌랑으로 재직하다가 1609년(광해군1) 3월에 제주도에 도임하였고, 다음해 9월에 교체되었다. 김치는 도임한지 얼마 되지 않았을 때 한라산을 등반하였고, 백록담 정상에서 이 시를 지었다. 인용문의 시는 한라산을 지은 시 작품 중에서도 걸작으로 평가된다. 시의 도입부에서는 한라산을 오르는 길과 날씨 등을 서술하였다. 이어지는 '현포'·'적송자'·'창령술'의 단어는 모두 신선세계를 의미하고 단어들이다. 자신만이 느끼는 신선같은 감정에 호방한 마음이 일었고, 개미둑과 같은 많은 산들, 술잔에 담길 것 같은 바다, 종아리 밑으로 불어오는 만리풍, 이 모두가 호방함을 더해주는 말들이다.

김치가 지은 「한라산기」에는 남쪽으로 마라도(摩羅島)·지귀도(知歸島)·무협(巫峽)·송악산(松岳山)·산방산(山房山)·성산(城山)을 북쪽으로는 백양도(白梁島)·청산도(靑山島)·추자도(楸子島)·서서도(斜鼠島)·비양도(飛揚島)·화탈도(火脫島) 등이 보인다고 하였다. 더 나아가 중국의 영파(寧波), 유구국, 일본까지 시야에 들어온다고 하였다. 또한 삼읍(三邑; 제주현·대정현·정의현)의 성곽이 솥발 같고, 개미들이 구릉에 의지하여 있는 듯하다고 하며, 그날의 감동을 그대로 전하고 있다.[7]

---

6 『增補耽羅誌』, 金緻, 「登絕頂詩」, 64쪽.

김치에게도 제주도는 동떨어진 고독의 공간이었다. 하지만 자신만이 느꼈던 독특한 체험으로, 고독한 장소를 호방한 공간으로 변화시키고 있다. 이는 제주가 다른 사람들이 쉽게 접근할 수 없는 공간이었고, 여기에 삼신산, 신선 등의 전설을 담겨있던 공간이었기 때문이다.

제주에 온 관리들이 모두 이처럼 유람하는 글을 남긴 것은 아니다. 기본적으로 이들은 목민관의 임무가 우선이었기 때문이다. 또 이들은 기본적으로 유교 지식인이었고, 현실적인 기록을 중시하였다. 문화에 대한 이질적 감정은 유배인과 다를 것이 없지만, 이들은 제주도에 관한 보고나 전달의 성격을 강하게 지니고 있었다. 대표적인 인물로 청음(淸陰) 김상헌(金尙憲, 1570~1652)을 들 수 있다. 청음은 1601년 제주도에서 발생한 길운절(吉雲節)의 역옥(逆獄)을 다스리기 위해 안무어사(安撫御史)로 제주도에 왔다가 『남사록(南槎錄)』을 지었다. 청음은 이 책에서 자신이 직접보고 느낀 제주의 경치와 풍속을 날짜별로 꼼꼼히 기록하였다. 하지만 유배인들과 달리 관리의 신분으로 제주도에 왔기에 관리로서의 책무와 애민을 주제로 한 작품이 많다. 다음 시는 청음의 작품이다.

民知畏吏不知親	백성은 관리를 꺼리고 친할 줄 모르는데
自視千金未敢珍.	천금을 보기를 보배로 보지 않는구나.
聞說向來多枉死	듣자니 횡사하는 사람이 많다고 하니
可憐孤寡幾家人.	불쌍한 고아, 과부 몇 집이려가.[8]

---

7 『增補耽羅誌』, 金緻, 「遊漢拏山記」, 31쪽.

8 金尙憲, 『南槎錄』, 「補壬羅歌. 敬次佔畢齋韻. 若風土物產, 先生所曾道者, 竝闕而不擧.」 十四首.

이 시는 청음이 점필재(佔畢齋) 김종직(金宗直)의 「탁라가(乇羅歌)」를 보충하며 차운한 시이다. 이 시의 주석에는 "풍토·물산 같은 것은 선생께서 일찍이 말씀하신 바이므로 모두 빼고 거론하지 않는다."라고 되어 있다. 이 시에서 청음은 다른 기록자들과는 달리 백성들을 긍휼히 여기는 마음을 중점적으로 표현하였다. 청음은 제주도 사람들도 조선의 백성임인데 관리들의 천시를 받고, 거친 바다일로 고래밥이 되는 것 등을 불쌍히 여긴 것이다. 이에 불행해진 힘없는 아이와 여인들의 실상을 시로 표현하였다. 청음이 이렇게 표현한 것은 제주도가 임금의 은혜를 입지 못하는 곳이라는 의미를 담고 있다. 청음은 제주백성의 이런 소외감을 정확하게 읽었고, 이는 관리였던 청음에게는 또 다른 층위의 고독한 책임이었다. 이런 청음의 시각은 길운절의 모반으로 시끄러웠던 제주사람들을 위로하려는 마음이 있었기 때문이었다.

제주에 온 관리나 유배인들은 모두 유교지식인이었지만, 그 처지는 분명히 달랐다. 유배인에게 제주도는 자신이 할 수 있는 능력을 제한받거나 또는 소멸되는 곳이었다. 하지만 관리들에게 제주도는 유배인들의 그것과는 달랐다. 경우에 따라서는 다른 지역보다 더 강력한 힘을 가졌던 사람들이 바로 제주도의 관리였다. 당시 제주도의 수장이라고 할 수 있는 목사의 경우가 대표적인데, 이들은 유사시 군사통제권까지 가지고 있었다. 제주목사들은 정도의 차이는 있지만, 이 힘으로 당시 유교화 되지 않았던 제주사회를 바꾸고 싶어 했다. 이들이 이런 생각을 갖는 것은 유교교육을 받았던 당시로는 어쩌면 당연한 것이었다.

다음 인용문은 병와(甁窩) 이형상(李衡祥, 1653~1733)이 쓴 『남환박물(南宦博物)』의 일부이다.

> 주기(州記)에는 음사(淫祠)를 숭상하는 풍속이 있어 산, 숲, 내, 못, 구릉, 해변, 나무, 돌에까지 모두 신에게 제사를 드린다고 한다. 매년 정월 초하루에서 정월 보름까지는 무격(巫覡)들이 함께 신 깃발을 받들어 굿을 한다. 쟁과 북을 치며 깃발과 창검을 앞세워 마을을 드나들면, 관원이하 모두 다투어 의복, 재물, 곡식을 내놓고, 이로써 제사를 지낸다. 2월초 하룻날에는 귀덕, 김녕 등지에서 나무기둥 12개를 세워서 신을 맞이하고 제를 지낸다. (중략) 섬 풍속이 무무하여 성화를 입지 못하여, 동성과 근족이 서로 혼인하고, 혼인할 때에도 서로 절하는 예를 행하지 않습니다. 남자는 여자 쪽에 찬을 보내고, 여자의 몸을 가리지 않는 것, 처가 있는 자가 처를 취하고, 남편이 있는 자가 개부하는 것은 가장 수치스러운 일이기에 지금부터는 금하도록 하겠습니다. 음사(淫祀)는 하나하나 헐어버리고 은혜를 머금고 그 덕을 그리워하는 마음을 드러내려고 합니다.[9]

인용문의 첫 단락은 당시 제주도의 무속에 대해 서술하였고, 뒤 단락에서는 병와 자신이 올린 장계의 일부를 기록하였다. 병와는 숙종28(1702)년 제주 목사로 부임했는데, 당시 무속중심의 제주도 풍속을 관권으로 유교화하려고 하였다. 인용문처럼 병와는 동성과 근친간의 혼인 풍습을 금지하는 것은 물론, 해녀들이 맨몸으로 잠수하는 것도 금했다. 특히 그는 제주도에 있던 신당 129개를 불태워 음사를

---

9 李衡祥, 『南宦博物』, 「尙淫祀」. "州記, 俗尙淫祀, 乃於山藪川池丘陵墳衍木石, 具設神祀. 每歲元日至上元, 巫覡共擎神纛, 作儺戱, 爭鼓旗幟槍劍前導, 出入閭閻, 官員以下, 爭損衣服財穀以祭之. 又於二月朔日, 歸德金寧等處, 立木竿十二, 迎神以祭之. (중략) 島俗貿貿不霑聖化, 同姓及近族之相婚, 婚姻時, 交拜之不行, 男婚之送饌, 女體之不掩, 及有妻而娶妻, 有夫而改夫者, 最爲可羞. 自今爲始互相禁止. 若其淫祀, 各各毁撤, 以表其含恩戀德之忱."

단속했고, 개인집에서 신에게 기도하는 물건, 무격의 신의(神衣), 신철(神鐵)까지도 불태웠다. 심지어 나무뿌리를 파냈고 절에 있는 불상마저 헐어 버렸다. 병와는 일단 미신이라고 판단되면 모두 없앴던 것이다. 그의 부임기간에 그려진 『탐라순력도』의 건포배은(巾浦拜恩)에도 신당을 불태우는 장면이 나올 정도로 이는 그의 치적에서 중요한 부분이었다. 병와에게 고독의 땅 제주도는 유교문명을 홀로 모르는 미개한 곳이었다. 그렇기에 제주도는 적극적으로 교화시켜야 할 공간이었고, 이곳에 사는 백성은 적극적으로 바꿔가야 할 대상이었다.

병와 이형상의 조치는 당시 제주사람들의 입장에서 볼 때, 반발이 없을 수 없었다. 힘이 모자라서 따르지만, 기존의 것을 한 번에 쓸어버린다는 것이 말처럼 쉬운 것은 아니기 때문이다. 대부분의 관리들은 이형상과는 달리 점진적인 변화를 추구했었다. 점진적인 변화 방식은 유교의식을 가진 제주인물을 포상하거나 향교와 같은 교육시설을 강화하는 것이었다. 다음 인용문은 정조대에 제주목사를 역임했던 은파(恩波) 심낙수(沈樂洙, 1739~1799)의 글이다.

> 무신년 역변에 적들의 기세가 거세어 조정 안팎이 들썩거렸고, 호령(湖嶺) 지방에서는 조사(朝士)들이 수많은 의병을 일으켰다. 탐라의 의사 오홍태는 궁벽진 바다 저편에 있는 가난한 초야의 한 유생일 뿐이다. 손수 격문을 짓고 제주에서 수 백명을 모아 바다를 건너려 했는데, 난리가 진정되어 그만두었다. 이는 옛날 역사책에서도 들어보지 못한 것이었다. (중략) 국법에 정려하여 포상하는 법에는 실적이 없으면 포상할 수 없다. 순국하였을 경우는 충신으로 표창한다. 우리 임금께서 풍속을 세우는 뜻으로 특별히 의사(義士)의 한 편 글로 순국의 뜻이 있었다고 하며 정려하고 특별히 대우하셨다. 이는 진실로 천고의 세월동안 시행되지 않은 일을

> 시행한 것이다. 섬 사람들이 달려와 보면서 모두들 "고을 이름이 정의(旌義)인데 지금에야 딱 들어맞게 되었네"라고 하며 모두 감격하면서 바람대로 되었다고 기뻐하였다. 이로부터 온 섬사람들이 모두 충의를 사모할 줄 알았고, 윗사람과 친하고 어른을 위해 죽을 것을 서로 권면하였다. 아! 아름답도다.[10]

인용문의 무신년 역변은 이인좌(李麟佐)의 난을 말한다. 오흥태는 제주도 성산읍 난산리 유생으로 이 때에 격문을 지어 의병을 일으켰던 인물이다. 그의 계획은 이인좌의 난이 일찍 수습되면서 실현되지는 못했다. 그리고 제주도에서 의병이 일어났다는 사실도 조정에 보고되지 않았었다. 그러다가 오흥태가 쓴 격문을 유배왔던 권진응(權震應)이 보게 된다. 이후 권진응이 해배가 되어 제주도에 의병이 있었음을 널리 알리게 된다.

인용문에 나온 포상기준처럼 실적이 없기에 오흥태를 정려할 수 없었다. 또 나라에 충성스런 마음은 가지고 있었지만, 나라를 위해 죽지 못했기에 '충신'이라는 호칭도 쓸 수 없었다. 따라서 오흥태에게 '의사'라는 호칭으로 정려한 것이었다. 심낙수의 말처럼 이는 정조의 특별한 배려였다. 이밖에 『은파산고』에는 효자, 열부, 충신에 대한 정려의 글[11]이 보이는데, 모두 유교사상을 고양하는 성격의 글이다.

---

10 沈樂洙, 『恩坡散稿』 권4, 「義士旌閭記」. "至戊申逆變, 賊勢糾結, 內外交煽, 湖嶺之間, 朝士之起義者多, 而耽羅義士吳君興泰, 窮溟絕域, 草莽之一寒儒耳. 手草檄倡, 島中聚數百人, 將渡海, 亂正而止. 此固從古簡牒之所未聞也. (중략) 國法旌褒之典, 無實績則不許, 殉國則表以忠臣. 我聖上樹風勵世之意, 特以義士之一片空文, 謂有殉國之志而旌異之, 此固千古廣絕之擧, 而島人奔走聳觀, 皆言. 邑名旌義, 今乃有符, 無不油然起感, 欣然如得. 從此, 環島之人皆知忠義之可慕, 相勸以親上死長之義矣. 於乎休哉."

11 沈樂洙, 『恩坡散稿』 권4, 「孝烈忠旌閭記」.

심낙수가 제주목사로 있던 전후 시기인 1792~1795년은 제주도 대기근이 있었던 때였다. 이때 심낙수는 정조의 특별명령으로 별과를 실시하였고, 『탐라빈흥록』을 작성하였다. 이런 포상 조치로 제주도에서도 유교 지식인층이 형성되었고, 이를 통해 유교문물이 제주도에 본격적으로 뿌리를 내리게 되는 계기가 되었다.

조선시대 제주에 온 목민관들에게 제주는 유교문명이 이르지 않은 미개한 곳이었다. 이에 목민관들에게 제주도는 유교문명과의 단절에서 오는 책임감이 주로 느껴지는 곳이었던 셈이다. 이들 목민관의 이상처럼 제주가 유교사회가 된 것은 거의 조선말엽의 일로 생각된다.[12]

3) 제주문인, 애증의 교차

제주도는 제주사람들에게도 절대고독의 땅이었다. 조선시대 제주도는 출륙금지령이 있어 자유롭게 본토를 왕래할 수 없었다. 새장에 새를 가두고 다시 발에 족쇄를 채운 격이라고 할 수 있다. 여기에 교육환경도 여의치 않아, 조선시대 제주도 사람들이 남긴 글은 다른 지역에 비해 매우 적다.

제주도에 제주 문인들의 첫 감정은 아무래도 따뜻한 애정이라고 할 수 있다. 유가사상으로 나라를 다스리던 조선시대였지만, 제주 사람들은 자신들의 풍속도 나쁘다고만 여기지는 않았다. 「다음은 변경붕(邊景鵬, 1754~1824)의 「기해도해록(己亥渡海錄)」 서두로 변경붕 자

---

12 김새미오, 「『일재 변경붕 문집』에 나타난 18~19세기의 제주사회 성격에 관한 일고: 유교사회로의 변화 양상을 중심으로」, 『영주어문』 제20집, 영주어문학회, 2010, 118쪽.

신이 푸다시를 받았던 것을 기록한 것이다.

> 아버님이 그 말을 믿지 않았지만 비용도 크지 않았고, 초조한 마음이 급하여 그 말에 따라 시행하였다. 그 날 저녁 일령(一靈)이 손으로 총령(叢鈴)을 흔들고 입으로 지장보살(地藏菩薩)을 초청하는 말을 했지만, 이루 다 기억할 수 없었다. 자정 무렵 일령이 눈을 부릅뜨고 소리를 높였고, 귀신을 내쫓을 때에는 명도(明刀; 멩도, 신칼)로 사지를 어지럽게 찌러대니 털과 머리카락이 모두 곤두섰다. 콩으로 세차게 내리치니 소리가 벼락과 같았다. 일령(一靈)이 손으로 위에 덮고 있던 옷을 잡고 휘두르며 달리더니 대문을 나가서는 떠나가 버렸다. 나는 어지럽고 피곤하여 잠이 들었다. 해가 중천이 되어 밥 생각이 갑자기 생겼고, 정신은 밝고 상쾌했지만, 양쪽 다리에는 힘이 없었다.[13]

변경붕은 제주도 대정읍 신도리 출신으로, 심낙수 목사가 탐라빈흥록을 설치하여 인재를 뽑았을 때 선발되었던 인물이다. 과거에 합격하여 봉상시(奉常寺)·부봉사(副奉事)·전적(典籍)·직강(直講) 등을 역임하였고, 후에 사헌부(司憲府) 장령(掌令)까지 지냈다. 외직으로 대정현감(大靜縣監) 및 만경현령(萬頃縣令)을 지냈다.

변경붕이 유교적인 교육을 받았던 인물인 만큼 그가 가장 중요하게 생각한 인물은 주자(朱子)였다. 그의 저술 중에도 이런 성격이 잘 나타난다. 하지만 위의 인용문은 유교적인 교육을 받았다고 생각하

13 邊景鵬, 『邊景鵬文集』, 「己亥渡海錄」. “先公姑不信其言, 所費不大, 急於焦悶, 依其言施之. 其夕, 一靈者, 手搖叢鈴, 口招地藏菩薩之說, 不可勝紀. 及當子夜, 瞋目高聲, 比逐鬼魅, 以明刀亂刺肢體, 則毛髮盡竪, 以大豆猛樣瓢扳 則聲若霹靂, 一靈手執上覆之衣, 揮揮逐逐, 出門而去. 余昏困入睡, 朝既盈矣. 思食之念, 遽然而生, 精神明快, 兩竪無根矣.”

기 힘든 무속적인 기록이다. 인용문의 전 내용은 장헌세자의 서자인 은언공(恩彦公, 1754~1801)과 은신공(恩信公, 1755~1771)이 제주에 유배 왔다가 죽었는데, 변경붕이 이 집에서 공부하다가 이유없이 시름시름 앓았다. 원인을 알 수 없는 병에 그의 아버지는 의원을 모신 것이 아니라, 인용문처럼 심방을 데려다가 푸다시를 행하였다. 푸다시는 한국 본토의 푸닥거리에 해당되는 무의(巫儀)로서 잡귀에 범접된 병을 치료하는 의례이며[14] 지금도 널리 행해지고 있다. 푸다시에서 잡귀는 사령(死靈)의 일종으로 악령(惡靈)이 되며, 여기서는 왕세자가 죽을 때 서울에서 따라온 잡귀가 된다. 『변경붕문집』에서는 이밖에도 변경붕이 천연두를 걸렸을 때 몽정(夢精)했던 기억, 이를 치료하기 위해 면사장까지 지냈던 아버지가 신위를 설치하면서 빌었던 모습도 확인된다. 이들은 분명 제주의 지식층이었고, 유교적 소양을 지니고 있었다. 하지만 인용문에서 보듯 무속행위를 별 거리낌 없이 인정하고 받아들이고 있었음을 짐작할 수 있다. 변경붕의 문집에서는 이뿐만 아니라 자신이 거느렸던 첩에 대한 기록들도 전하는데, 이런 기록들은 당시 본토의 양반사회에서는 거의 확인할 수 없는 내용이다.

19세기 조선에서 이런 기록이 나올 수 있는 배경에는 여러 가지가 있을 수 있지만, 무엇보다 가장 중요한 이유는 바로 제주도라는 공간적 이유가 가장 크다. 즉 지리적 한계에 따른 제주도만의 문화적 독특함이 그 이유인 셈이다. 그리고 변경붕의 이런 기록에서 당시 제주도 지식인들이 제주도를 있는 그대로 받아들이고, 그 자체를 긍정하면서 애정을 가지고 바라보았음을 느낄 수 있다. 이는 목민관이 제주에

14 현용준, 『제주도무속연구』, 집문당, 1986, 314면.

와서 제주도를 바꾸려고 했던 인식과는 그 층위가 분명히 구별된다.

변경붕과 같은 제주도에 대한 긍정적인 시선은 뒤 세대 인물인 매계(梅溪) 이한우(李漢雨, 1823~1881)에게도 확인된다.

天藏晩雪護澄潭	하늘에 늦은 눈 내려 맑은 못 두르고
白玉崢嶸碧玉涵.	눈 덮인 정상 우뚝하고 푸른 옥빛을 담았구나.
出洞朝雲無影吐	골짜기 나오는 아침구름 그림자도 보이지 않는데
穿林曉月有情含.	숲을 뚫은 새벽달 정답게 떠 온다.
寒呵鏡面微糊粉	찬 기운 백록담에 불어오니 살짝 분을 바른 듯
春透屛間半畵藍.	봄 기운 스민 병풍바위 절반은 쪽빛 그림.
何處吹簫仙指冷	어디선가 신선은 찬 손으로 퉁소를 불며
騎來雙鹿飮淸甘.	사슴 타고 와 맑은 단 물을 마시나.[15]

매계 이한우은 조선 순조대의 제주 문인이었다. 그는 대정에 유배왔던 추사 김정희에게도 배운 적이 있었다. 그 후 매계는 여러 차례 대과에 도전했지만, 성취하지는 못했다. 이후 매계는 제주에 거처하면서 여러 제주인사들을 키워냈고, 지역문사의 구심점 역할을 하였다. 매계는 시에 특장이 있어 여러 작품을 남겼는데, 그중에서도 가장 유명한 것이 영주십경시이다. 인용 작품은 매계의 영주십경 중에서 녹담만설(鹿潭晩雪)에 해당한다.

이 작품에서 매계는 신선들이 살고 있는 한라산의 모습을 백록담에 관련한 설화을 인용하며, 아름답고도 신비스럽게 조명하였다. 그의 영주십경시는 이처럼 기본적으로 제주의 자연에 대해 매우 긍정

15 李漢雨, 『梅溪先生文集』, 「鹿潭晩雪」.

적인 인식을 보여주고 있다. 하지만 그의 모든 작품이 영주십경시처럼 편안한 것은 아니다. 이한우은 과거에 번번이 실패하였다. 이 시기 매계의 시를 보면 번민과 고독, 한계상황 등에 휩싸여 있었다. 이런 번민의 과정을 겪고 고향으로 돌아온 매계가 창작한 것이 바로 영주십경시인 것이다.

예전부터 제주도는 신선이 사는 땅으로 인식되었다. 본토와 격리되어 있는 지리적 여건으로 가기도 쉽지 않았기에 본토 사람들이 신비롭게 생각할 수밖에 없는 공간이었다. 매계는 이런 인식을 받아들이면서 이 시를 창작했다. 이는 자신이 처한 한계상황을 인정하고, 고독한 공간이었던 제주도에 대해 스스로 긍정적으로 재인식했다는 점에서 그 의미가 크다. 하지만 지역적 단절로 인한 좌절과 내부적인 만족은 조선시대 제주사람들이 가졌던 어쩔 수 없는 한계라고 할 수 있다.

제주도 문인들이 이런 한계는 조선말 출륙금지령이 풀리면서 제주도의 공간에 대한 인식이 점차 달라지게 된다. 이후 일제시대 출입에 대한 규제가 완전히 없어지자 제주도 지식인들의 공간의식도 바뀌게 된다. 다음은 부해(浮海) 안병택(安秉宅, 1861~1931)의 시의 일부분이다.

丈夫非躄躠	장부가 앉은뱅이나 절름발이가 아니라면
博觀是素懷.	널리 살피는 것이 평소의 생각이지.
昔我家南瀛	옛날 나의 집이었던 남쪽 영주는
區壤黑痣小.	검은 사마귀마냥 작은 곳.
凌霄豈不願	하늘에 오르는 것을 어찌 원하지 않으랴
鬱鬱籠裏鳥.	답답하게 새장에 갇힌 새였지.

扁舟載全室　　작은 배에 온 가족을 싣고
滄海失險深.　　넓은 바다 깊고 험함을 잊었다네.[16]

부해 안병택은 한말에서 일제강점기를 살았던 제주의 한학자이다. 그는 기정진(奇正鎭)-기우만(奇宇萬)의 학맥에서도 적전(嫡傳)으로 평가받는 인물이다. 부해(浮海)라는 말에서 보듯 그는 스승을 찾아 바다를 건너 제주를 떠났던 인물이다. 그가 이렇게 제주를 떠난 것은 그의 아버지인 안달삼(安達三, 1837~1886)의 영향이 크다. 안달삼은 매계 이한우의 문하에서 수학한 후 노사 기정진을 찾아가 배웠다. 안달삼은 최익현이 제주에 유배왔을 때 그와 교유했고, 후에 최익현이 기정진을 만나게 되는 계기를 마련한다. 안달삼은 노사학파와 화서학파를 연결시켜준 결정적인 인물이었던 것이다.[17]

인용된 시는 부해가 화암(花巖, ?~?)에게 보낸 시의 일부이다. 시에서 보듯 부해에게 제주도는 사마귀처럼 작은 곳, 새를 가두는 새장과 같은 곳이었다. 그러기에 장부의 뜻을 가졌다면 떠나야만 하는 곳이었다. 결국 그는 자신의 아호처럼 가족을 모두 데리고 제주를 떠나 전라도에서 살았다.

부해가 스승을 찾아 제주도를 떠나게 된 것은 표면적으로 공부를 위해서이지만, 이는 제주인의 공간이 확대되고 있음을 뜻한다. 이는

---

16 安秉宅, 『浮海文集』, 「穌玉雪歌於花巖丈因呈短韻」.

17 崔益鉉, 『勉庵先生文集』 권6, 「上奇蘆沙」. "吾在濟州見漢挐,過長城謁奇丈席. 於是問者,竦然欲繼有所聞, 亟以島中時, 移謄安達三所藏門下文字䟽章·序·記·理氣說若干篇者出而示之. 竊聽於其尙論之餘緖, 則皆曰見理之精, 論事之切, 眞振古英豪, 命世大儒, 其非深造自得於言意之表, 而不拘牽於世俗異同之論, 何以如此."

자신의 의지에 따라 공간이 확대되는 적극적인 삶의 형태였고, 이전의 삶과는 분명 차별성을 갖는다. 부해의 입장에서 제주도는 고향이지만, 자신의 원하는 것을 실현할 수 없는 제한적 공간이었다. 제주를 떠났다고 해도 부해가 완전히 저버린 공간도 아니었고, 저버릴 수 있는 공간도 아니었다. 부해가 전라도에 살면서도 자주 제주도를 왕래했고, 제주도 사람들도 그를 찾아 배움을 청했기 때문이다. 부해에게 제주도는 그야말로 애증이 교차하는 복잡한 공간이었다.

일제강점기가 되자, 아이러니하게도 제주바다는 열린 공간으로 변화하였다. 자신들을 얽매는 제도적 장치도 사라졌고, 항해기술의 발달 등으로 그 공간이 확대되었기 때문이다. 하지만 제주도에 머물면서 자신들의 공간에 은거하려는 양상도 동시에 확인된다. 이는 시대적인 영향 때문이었다. 다음은 수은(水隱) 김희돈(金熙敦, 1863~1946)의 「전은기(田隱記)」이다.

> 농사란 무엇인가? 농부들이 심고 가꾸는 것이다. 숨는다는 것은 무엇인가? 사람을 피해 숨는 것이다. 그러니 천하에서 농사일만 힘쓰는 자들은 모두 농사지으며 사는 은자이다. 주인은 어찌하여 홀로 그 명칭을 독차지하였는가? 말한다. 군자가 있고, 야인이 있다. 야인은 어리석고 흐리멍텅하여 그저 먹고 살아가기만을 힘쓰면서 자신만의 취향은 없다. 군자는 분명하게 깨달아 은거하여 자신의 뜻을 구할 줄을 잘 안다. 그것이 군자와 야인이 구별되는 이유이다. 주인의 호가 또한 아름답지 아니한가? 이는 다만 지금처럼 쇠퇴한 세상에만 있는 것이 아니었고, 옛날에도 이러한 경우가 있었다.[18]

18 金熙敦, 『水隱集』 권1, 「田隱記 爲金時準作」. "田者何? 農之所以稼穡也. 隱者何? 人之

수은 김희돈은 제주 선비 해은(海隱) 김희정(金羲正, 1844~1925)의 제자이다. 해은은 매계 이한우와 시를 주고 받은 기록이 있고, 면암(勉庵) 최익현(崔益鉉)이 유배왔을 때도 가르침을 받았다. 이 작품은 김시준(金時準, ?~?)에게 준다는 부제가 붙어있는데, 그의 생평은 아직 확인되지 않는다.

이 작품은 『춘추곡량전』의 간결하면서도 명확한 문체로 작성되었다. 인용한 부분은 일제 강점기라는 쇠퇴한 시대에 숨어사는 군자의 행동을 서술한 대목이다. 은거와 출사는 선비들의 가장 기본적인 처신이지만, 시대를 걱정한다는 점은 동일하다. 하지만 당시 이들의 은거는 조선시대의 그것과는 분명한 차별점을 갖는다. 우선 이들은 벼슬을 할 수 없는 상황이 아니었다. 다시 말해 이들에게 은거는 자발적인 선택이 아닌 어쩔 수 없는 한계상황의 표현이었다. 그리고 이들에게 제주도는 어지러운 세상을 떠나 멀리 숨어 지내는 공간이 된다. 또한 이들에게 고향이라는 관점에서 볼 때 다시 태어날 수 있는 희망이 공간이자, 동시에 폐쇄적인 공간으로 남게 된다.

3. 나오며

지금까지 조선시대 절대 고독의 공간이었던 제주도에 대한 여러

所以遯避也. 然則天下之務本於農者 皆田隱也. 主人何以獨擅其號乎? 曰有君子焉, 有野人焉. 野人則蠢蠢然貿貿焉, 但知食力而無其趣者也; 君子則了了然惺惺焉, 深知隱居而求其志者也, 此其所以爲異也. 主人之號不亦好乎? 此非但有之於今之衰世, 雖古之世, 皆有之."

시각을 살펴보았다. 먼저 유배인들에게 제주도는 불안과 상실감을 주는 공간이었다. 유배 자체가 형벌이었기에 늘 언제 죽을지도 모르는 불안감과 사면에 대한 일말의 희망으로 버텨갔다. 게다가 자신이 가지고 있는 것이 모두 소멸되는 공간이기에, 그 고독감은 상실감으로 이어지고 있었다.

관리들에게 제주도는 조선에서 홀로 유교문명을 모르는 공간이었다. 자신들의 익숙했던 유교문명을 볼 수 없는 이질적 결별감을 주는 장소였다. 하지만 유배인들과 달리 관리들은 공적인 힘이 있었다. 이에 적극적으로 제주도를 변화시키기도 하고, 점진적으로 제주를 유교화시키려고 노력하였다. 이런 이들의 감정은 유교문명에 대한 우월감에서 비롯한 것이었다.

본토 문인들에게 제주도는 떠나고 싶지만 떠날 수 없었고, 떠났어도 다시 그리워할 수밖에 없는 애증의 공간이었다. 매계 이한우의 경우 대과에 낙방하고 돌아와서 영주십경시 등을 지었는데, 이는 자신의 외로움과 상실감을 제주자연을 통해 표현하면서 승화시킨 것이었다. 부해 안병택의 경우 출륙금지령이 풀려 본토에 공부를 하러 갔지만, 끊임없이 제주를 그리워하고 또 왕래하였다. 수은 김희돈의 경우 제주에 일제강점기라는 시대적 한계로 인해 다시 제주도에 은거하는 모습을 보인다. 이는 자신이 선택한 은거가 아니라는 점에서 또 다른 양상의 고독이라고 할 수 있다.

유배인들과 관리들에게 모두 제주도는 고독하고 외로운 공간이었다. 거의 대부분 제주도를 처음 경험하는 사람들이었기 때문이다. 이들은 감정적 층위의 차이는 있지만, 결국 유교문명이 미치지 않는 소외된 지역이었다. 그래서 제주문화를 통해 고독감이나 이질감을 표현하는 경우가 많았는데, 이는 기본적으로 제주문화를 하위단계로 차별하려는 시각에서 발생한 것이었다. 이들의 고독감은 공간의 단절에서 비롯한 것도 있지만, 근본적으로 감정적, 상황적 단절의 의미가 크다고 할 수 있다. 이에 비해 제주도 문인들은 자신들의 가지고 있던 자연과 문화에 대해 긍정적으로 바라보고 있었다. 하지만 이들에게도 제주도는 자신들을 얽매는 공간이었기에 그 틀을 벗어나고 싶은 욕구가 가득하였다. 이는 공간적 단절에서 오는 고독감이었다. 조선말 제제가 풀리고, 기술의 발달로 제주도 문인들이 본토를 오갈 수 있는 상황에서도 이런 양상의 고독감은 이어지고 있음을 확인할 수 있었다.

본고에서 조선시대 외로웠던 제주를 중심으로 살펴보았다. 하지만 아직은 시론에 가깝다. 앞으로 보다 밀도 깊은 연구를 통해 세밀한 층위를 꼼꼼히 살펴야만 할 것으로 보인다. 앞으로의 연구를 기대하는 바이다.

제주를 바라보는 19세기 유학자의 관점

이한우, 김정희, 이원조를 중심으로

손기범

1. 서론

19세기 중반에 제주의 문인으로 이름을 떨친 문인은 매계 이한우다. 매계는 향시에는 여러 차례 합격을 했으나 대과에서 낙방하는 좌절을 경험한다. 여러 차례 실패 후에 느끼는 좌절감은 매계로 하여금 타향에서 고향을 더욱 그리게 하는 계기를 만든다. 이후 매계는 고향에 돌아오게 되고 제주의 자연 속에서 살아간다. 한편 1840년 9월에는 추사가 제주에 유배를 오게 된다. 매계는 유배 온 추사의 적거지에 찾아가 학문을 배우기도 한다. 다음해인 1841년에는 응와 이원조가 제주의 목사로 재임하게 된다. 이원조 역시 추사와 교유를 하며, 제주의 유학자인 매계와도 인연을 맺게 된다. 이렇듯 같은 시기에 제주에 살면서 각각 다른 처지 즉 제주인, 유배자, 위정자의 처지에서 제주를 바라보는 모습을 살피고자 한다. 이를 통해서 제주를 바라보는 다양한 관점을 엿볼 수 있을 것이다.

2. 본론

1) 매계 이한우

매계(梅溪) 이한우(李漢雨, 1823~1881)는 제주의 문인이다. 그는 여러 차례 향시에 뽑혔고, 대과에 뜻을 두어 여러 차례 상경을 했으나 매번 고배를 마셔야 했다. 그래서 고향인 제주로 돌아와 학문에 힘쓰게 된다. 또한 추사가 귀양 오자 추사를 찾아가서 학문을 넓힌다.[1] 김새미오에 따르면 매계의 시세계를 4단계로 분석된다.[2] 매계에 대한 김새미오의 연구는 매계의 삶을 반추하고 삶과 작품을 대입시켜 매계의 시세계의 단면들을 잘 살폈다. 그러나 필자는 우선 매계의 시세계중 매계가 과거에 낙방하여 절망하고 이 절망과 맞물려 제주를 그리워하는 시들에 초점을 두려한다. 매계의 시는 만사와 영주십경을 제외하면 총 94편 99수다. 이중 외지에서 지은 것으로 보이는 시는 총 27편이며 이들 시중 세 편을 제외하면 모두 나그네의 회포와 고향을 그리는 내용을 담고 있다. 즉, 매계의 시중 약 사분의 일 정도가 고향을 제재로 삼는 내용이다. 이 때문에 필자는 매계가 제주를 바라보는 관점중 하나를 고향을 그리는 관점으로 설정하고자 하는 바다.

---

1 이한우(김영길 역), 『梅溪先生文集』, 제주문화, 1998. 김영길이 매계문집을 번역해서 책으로 출판했다. 이 부분은 매계의 행장을 그의 책에서 요약한 것이다.

2 김새미오, 「梅溪 李漢雨의 詩文學攷」, 제주대학교 교육대학원 석사학위논문, 1999. 연구자는 매계의 시세계를 4가지 영역으로 나누어 살펴보고 있다. ①과거의 낙방과 좌절, ②천명 인식과 자연 귀의, ③수신 의지와 현실 초탈, ④영주십경의 형상화.

「秋思」	「가을 그리움」
驟雨殘蟬過遠林	소나기 씻긴 숲에 가녀린 매미소리
詩情偏與客愁心.	시정이 모여 일어도 나그네 수심은 깊네.
中天見月新秋色	하늘 가운데 달은 새로운 가을빛을 띠었고
千里登樓古國心.	누각에 오르니 머나먼 고향 그립네.
塵世無人和白雪	띠끌세상 흰 눈처럼 결백한 사람 없어도
雲山何處煉黃金.	구름산은 어디든 황금을 이겨놓은 듯하다.
圖書竹石吾廬好	대나무와 돌담 둘러, 책 읽는 내 막사리 좋으니
樵弟漁兄日夕尋.	나무하고 고기 잡는 벗들 저녁마다 찾아들려니.[3]

초가을의 정취가 풍기는 밤에 둥근달을 보며 많은 시정이 일지만 여러 번의 과거 낙방으로 현실에서 좌절한 나그네인 매계의 마음은 무겁다. 이어서 현실에 대한 불만을 표출하고 있으며 마지막으로 자신의 집에서의 생활을 이야기하며 고향을 그리워하고 있다. 매계에 있어서 고향은 자신의 좌절을 벗어날 수 있는 탈출의 공간이며 자신의 상황을 벗어나게 할 수 있는 휴식의 공간이며 그리움의 공간이다. 이러한 공간 설정은 다른 시에도 비슷한 양태로 나타난다.

「述懷」	「회포(懷抱)를 펴다」
一輪明月滿長安	둥근 달이 온 서울을 밝게 비추는데
緩步空庭醉興闌.	빈 뜨락 천천히 거닐어 취흥도 거두어지네.
玉笛多情雲外聽	옥피리 소리 정다운데 구름 밖에서 들리는가
青山更好雨餘看.	청산은 비에 씻겨 더욱 보기 좋아라.

3 김영길, 앞의 책, 103쪽.

向人芳草春將暮	사람 대하여 핀 꽃들, 봄날 함께 저물려니
近水高臺夜欲寒.	물가에 세운 높은 누대, 밤이 되어 찹구나.
此際鄕愁眠不得	이 지경에 고향 그려 잠도 이루지 못하리니
海棠花下倚雕欄.	해당화 아래 고운 난간을 기대어 섰네.[4]

앞에서 언급한 시와 비슷한 형태이다. 매계에게는 제주가 좁고 외부와 단절된 절해고도의 섬이 아니라 자신이 그리워하며 잠을 이루지 못하는 사랑의 대상이다. 이는 김새미오가 밝히고 있는바 과거의 낙방과 좌절로 인해 나타난 현상일 것이다. 그러나 단순히 절망만을 하는 것이 아니라 절망을 극복하거나 절망으로부터 도피할 장소로 자신의 고향 즉 제주를 그리고 있다는 것에 주목할 필요가 있겠다.

조선조 사대부들은 자연에 대하여 이념의 표상, 자족의 공간, 유미적 형상의 세 모습으로 인식한다 할 때[5] 매계의 경우에는 송암 권호문과 같이 처음부터 벼슬에 뜻을 두지 않은 것은 아니나 현실의 벽으로 인해 처사로서 자연에 접하게 된다. 권호문과의 시작은 다르나 그 끝은 같아진다고 할 수 있다.

---

4 위의 책, 91쪽.

5 손오규, 「조선조 사대부시가의 자연인식」, 『산수문학연구』, 제주대학교출판부, 2000, 384~414면. 손오규는 여기에서 조선조 사대부시가 중 시조와 경기체가를 중심으로 사대부가의 자연인식을 세 가지로 나누었다. 첫째, 퇴계와 같이 산수은거의 직접적 동기가 학문대성과 도의 실천궁행에 있을 때 자연은 이념의 표상의 대상이 되며, 둘째, 농암과 같은 치사객이나 송암과 같은 산림처사들은 자연을 자족의 공간으로 인식하며, 셋째, 고산과 같이 자연을 유미적 형상으로 인식하여 자연의 미를 발견하는 것으로 논한다.

「寫懷」	「회포를 그리다」
雲意山含雨	산을 에운 구름은 비 머금고
波聲海得風.	바다 물결소리는 바람에 실렸네.
閑來因動興	살며시 다가와 흥취 부추기나니
傾酒對書童.	서동을 대하여도 술잔 기울이노나.[6]

제주에 있을 때의 매계에게 자연은 더 이상 처량함을 불러일으키는 존재가 아니다. 서울에서의 자연은 오히려 매계에게 고향을 그리워하게 만드는 매개물에 불과했다. 그러나 고향에서의 자연은 흥취를 느끼게 하는 존재로 나타나 있다. 자연과 자신은 분리되지 않으며 자연의 흥취는 곧 매계의 흥취가 된 것이다. 자연과의 합일을 이루면서 과거에 자신이 이루지 못한 꿈 즉, 관직에 나가 겸선천하(兼善天下)하려는 꿈은 사라졌으나 자신의 고향으로 돌아와 자연과 하나가 되어 세속의 욕심을 버리게 되면서 독선기신(獨善其身)하는 유학자의 모습을 다음과 같은 시에서 찾아볼 수 있게 한다.

「偶吟」	
雪後園林日影疎	눈 내린 과원 숲에 햇빛 엷은데
海山靑到數椽廬.	한라산 푸른 빛이 초가 서까래에 닿누나.
胸中自是無凡想	마음 바르게 지니면 세속 욕심 없으리니
坐對晴牕百本書.	갠 창가에서 백 권 책을 대하노라.

자연과의 합일은 매계로 하여금 자연에 대한 관심을 배로 늘게 한

6 김영길, 앞의 책, 12쪽.

다. 이러한 제주의 자연에 대한 매계의 관심은 결국 제주의 자연을 완상하게 되고 영주십경을 짓는데 까지 이르게 되는 것이다. 영주십경의 의의는 다음의 인용문에서 찾을 수 있다.

> 아름다운 풍광에는 반드시 그를 품제(品題)하여 입증하는 멋진 시문이 있다. 입증하는 시문이 없는 풍광은 속류의 놀이터에 지나지 않는다. 예부터 명승지에는 글짓는 이들이 찾아들고 글짓는 이들은 모이면 흥취에 따라 주위의 경관을 시로 읊고 문장으로 그려낸다. (중략)
>
> 영주십경은 매계 이한우가 제주의 경관을 품제하여 열 곳을 골라 새로이 시적인 이름을 붙이고 시를 지어 절경임을 증거한 것이다. 그 뒤 도내외의 대가들과 후대 시인들이 그 시에 차운하여 가구(佳句)와 명련(名聯)을 많이 남겨 지금에 와서도 제주의 대표적 명승지로 꼽히게 되었다.[7]

매계의 제주 사랑은 이렇듯 제주의 절경을 품제하여 세상에 알리는 것에서부터 시작한다. 그러나 매계의 십경이 구성과 시상에서 치밀하지 못했다면 대가들과 후대 시인들이 차운하지 않았을 것이다. 영주십경의 치밀한 구상은 제목에서부터 시작된다. 인용이 제법 기나 영주십경에 대한 논의가 일목요연하여 인용으로 붙인다.

> (전략) 이와 같이 의도적으로 십경은 제목을 대구로 배열하였다. 가는 것과 오는 것(出日, 落照), 멈춰있는 것과 움직이는 것(春花, 夏瀑), 가까이 있는 것과 멀리 있는 것(秋色, 晩雪), 땅 밖에 있는 것과 땅 속에 있는 것(奇巖, 窟寺), 산 경치와 바다 경치(釣魚, 牧馬)를 대비시킴으로써 한

---

7 오문복, 『영주십경』, 제주문화, 2019, 7쪽. 오문복은 영주십경을 읊은 여러 시인들의 작품을 묶으며 매계의 품제를 원전(原典)으로 삼았다.

> 가지만을 오래 보는 지루함을 덜어내고 새로운 맛을 자아내게 하여 절경의 진면목을 십분 발휘하려는 의도이다. 명칭의 대구는 십경만의 특징이며 독창(獨創)이다. 여기에다 장소와 실경을 구김없이 합치시켜 조화의 묘미까지 드러냈었다. (중략) 그리고 제주 전역의 실경을 두루 답사하여 십경을 골랐다. 동쪽의 성산과 서쪽의 산방, 남쪽의 정방과 북쪽의 사라봉, 바닷가에서는 산저포(산지포), 산 위에서는 백록담을, 그리고 땅 위에서는 영실, 땅 속에서는 굴사이다. 한 곳도 빠진 곳이 없다. 제주 삼읍에 고루 안배하여 제주에 네 곳(낙조, 조어, 목마, 만설) 정의에 두 곳(출일, 하폭), 대정에 두곳(기암, 굴사)을 뽑았다. 목사현이(牧四縣二)의 안배 통례를 따른 것이다. 품제의 주도면밀함이 이와 같았다.[8]

매계의 이런 치밀한 구상은 제주의 자연을 음미하지 않고서는 있을 수 없는 것이다. 앞에서 매계가 자족의 공간으로 자연을 받아들이는 모습을 살펴봤지만 여기에 이르면 더 이상 매계의 자연 인식은 자족의 공간이 아니라 자연의 미를 발견하는 단계에 이르게 된다. 또한 자연미의 발견과 동시에 혼자 향유하는 아름다움이 아니라 함께 공유하는 제주의 아름다움으로 발전하게 되는 것이다.

이상에 논의된 매계의 제주에 대한 관점은 세 가지로 나타낼 수 있다. 첫째, 타지에서 현실에 대해 절망할 때 제주는 매계에게 고향으로서 향수의 대상이 된다. 둘째, 매계에게 제주의 자연은 혼자 완상하고 현실에 만족할 수 있는 자족의 공간과 독선기신(獨善其身)하는 장으로 나타난다. 셋째, 영주십경을 읊는 단계에 이르면 더 이상 제주의 자연은 혼자 즐기며 완상하는 공간에 머물지 않는다. 제주의 자연에서

---

8 위의 책, 240쪽.

미를 발견하고 이러한 미적 감상을 시로 표현함으로써 세상과 함께 공유하고 제주의 아름다움을 알리는 단계로 나아가게 되는 것이다.

2) 추사 김정희

추사(秋史) 김정희(金正喜, 1786~1856)는 헌종 6년(1840) 9월에 윤상도의 옥사에 연루되어 제주도 대정현에서 위리안치 유배를 당했다. 이후 9년 동안 제주에서 죄인 생활을 하게 된다. 부영근의 연구에 따르면 이 시기에 지어진 시는 총 51제 81수다.[9] 부영근은 이들 시를 논함에 있어 추사의 유배시에 대하여 세 가지 관점을 제시한다. ① 내적갈등의 고뇌표출,[10] ② 유배지의 그리움 형상,[11] ③ 구도와 달관의 정경[12] 등으로 나타내고 있다.

부영근의 두 번째 논점인 유배지의 그리움 형상의 측면에 대해 좀 더 논의 하고자 한다. 형제, 친구, 아내, 임금에 대한 그리움은 자신이 있는 장소에 대한 부정을 내포하고 있다. 이러한 부정은 현실에서 불만족을 나타내게 마련이다.

---

9 부영근, 「추사 김정희의 제주 유배시 고찰」, 『영주어문』 제11집, 영주어문연구회, 1999.

10 논자는 내적갈등이 일반인과는 다르게 표출된다고 밝히고 있다. "열악한 유배환경 속에서 얼마간 비판적이기도 하고 포기하지 못하는 현실에 대한 미련을 드러내기도 하지만 결국 본연의 모습인 구도자의 자세로 돌아간다."라고 논하고 있다.

11 논자는 추사의 그리움을 연군지정, 형제지정, 고향지정, 부부간의 애틋한 정으로 나누어 살피면서 유배라는 인생의 전환기에서 내면의 성찰을 통해 자신을 발견하고 그간에 도외시 하던 진솔한 삶의 모습을 되돌아 볼 수 있는 기회를 삼는다고 논하고 있다.

12 예술가적 관점을 가지고 자연을 관조하고 내면의 조화를 추구하여 진정한 구도자적 삶의 자세를 견지하려 하였고 고뇌를 털어내고 그리움을 삭이면서 유배환경을 받아들이고 더 큰 삶의 목적을 향해 나아가려 하였다라고 논하고 있다.

「瀛洲禾北鎭途中」	「영주 화북진 도중」
村裏兒童聚見那	마을 안 아이들이 무얼 보려 모였는지
逐臣面目可憎多.	귀양살이 면목이 하도나 가증한데.
終然百折千磨處	끝끝내 백천 번을 꺾이고 갈릴 때도
南極恩光海不波.	임의 은혜 멀리 미쳐 바다 물결 아니쳤네.

추사가 처음 화북진에 도착하여 술회를 한 것이다. 죄지은 몸이라 제주의 아이들이 쳐다보는 것조차 부끄러운 상황이다. 그렇지만 임금의 은혜로 자신이 무사히 왔다고 말하고 있다. 이는 임금을 향한 그리움의 표출이라 다시 말할 수 있겠다. 이 같은 그리움의 표출은 현실에 대한 부정을 이끌 수밖에 없으며 이러한 현실부정의 출구로 현실에서 벗어나게 된다. 그러나 단순한 탈출이 아니라 현실을 달관하는 달관자의 모습으로 나타나고 있다.

「次癸詹」

東風雨後換西風	동풍이 비 내린 뒤 서풍으로 바뀌고
卷盡繫雲碧瀁空.	뭉게구름 걷히니 파란 하늘 열렸네.
雨雨風風如是好	비 내리고 부는 바람 이처럼 적당하니
似隨人意補天功.	사람 뜻을 따라 하늘이 돌보는 듯하네.
離合悲歡十二時	온 종일 슬픔과 기쁨이 오락가락하는데
一廻圓缺一廻思.	둥글고 이지러질 때마다 생각이 분분하네.
前身本自來天上	전신이 본래 하늘에서 내려왔으나
除却君王摠不知.	임금을 제외하곤 알아보는 이 없네.

行當騎馬過桑田	종당에 말을 타고 상전벽해를 지나니
可笑秦童弱水船.	진나라 아이들의 배를 탄 것 가소롭구나.
始識神山非別處	비로소 삼신산이 특별한 곳 아님을 알겠으니
聖恩不死卽神仙.	성은이 그치지 않으면 곧 신선이 사는 곳이라네.[13]

이 시에서 추사는 하늘에서 내려온 사람이 된다. 하지만 자신을 알아주는 이는 임금님 외에 아무도 없다. 제주에 있어 보니 삼신산이 별것이 아님을 알 수 있었고 진나라의 불사약을 구함은 아무런 의미가 없다고 말한다. 여기에서 자신이 임금님의 성은으로 살아나니 이게 바로 신선이 사는 곳이라 말하고 있다. 이 또한 임금의 은혜를 생각하며 임금을 그리워하는 한 단면으로 바라 볼 수 있다. 또한 자신을 신선이라 칭하면서 현실에서 벗어나 삶을 달관하는 추사의 생각을 엿볼 수 있다.

추사는 유배인이다. 유배인은 행동에 제약이 많이 따른다. 위리안치형인 경우에는 더욱 심했을 것이다. 제주가 아무리 뛰어난 경치를 가지고 있어도 유배인으로 쉽게 놀이를 떠날 수 없다. 추사는 이를 더욱 철저히 지킨 것 같다. 면암 최익현 선생도 해배가 된 이후에야 한라산에 올라 유산기를 남겼다. 그러나 추사는 겨울에 해배가 되어 눈 쌓인 한라산을 오르지 못했을 것이다. 게다가 추사에게 제주는 아름다운 곳이 아니다. 추사가 외부와 연락하는 편지에는 여러 곳에서 제주의 장기에 대해서 이야기 한다. 또한 안질(眼疾)이 심하여 편지를 쓰는 것조차 힘들다고 적고 있다.

---

13 부영근의 앞의 논문에서 해제를 취했다.

다만 이 장강(瘴江) 가에서 죽는 나의 해골을 수습해줄 사람이 없으니 또한 다시 여기에서 무엇을 계교하겠는가.[14]

나의 상황은 일체 이전의 모양과 같으나, 가래 기침이 크게 더쳐서 그 기침이 급하여 기(氣)가 통하지 않을 때는 혈담(血痰)까지 아울러 나오는데, 이는 모두 장습(瘴濕)이 빌미가 된 것이네. 게다가 수천(水泉)도 좋지 않아 답답한 기운이 뱃속에 가득차서 풀리지 않고, 눈의 어른어른한 증세도 더하기만 하고 줄지는 않네. 봄 장기(瘴氣)가 또 일찍 발작하여 장기를 견디지 못하는 것이 전보다 더욱 심해지니, 아마도 더이상 지탱할 수 없을 듯하네.[15]

나는 근래에 와서 눈이 어른어른한 것이 더욱 가중된 데다, 밥 못 먹는 증상이 더욱 심해져서 밥상을 대할 적마다 구역질만 나므로 목구멍에 넘기는 것이 전혀 없는지라, 이 때문에 신기(神氣) 또한 따라서 몹시 쇠진하여 수습할 수가 없네. 그래서 이 글을 경영한 지 오랜만에 이제야 비로소 붓을 들었으나 또한 계속해서 써나갈 수가 없네. 그러나 무슨 까닭으로 이렇게 되는지를 몰라서 또한 그대로 내버려둘 뿐이로세. 비록 의약(醫藥)으로 다스리고자 하나 또한 약재료가 없으니 어찌하겠는가.[16]

나는 설창(舌瘡, 혀에 난 종기)과 비식(鼻瘜, 코 속에 난 혹을 이름)이 아직도 이렇게 아파서 5~6개월을 끌어오고 있네. 이것이 비록 의학으로는

---

14 김정희, 『阮堂全集』 권2, 「與舍季 三」. "但此瘴江之骨, 收捨無人, 亦復何所計較於此也." 편지글의 해식은 고전번역원의 역을 따른다.

15 김정희, 『阮堂全集』 권2, 「與舍季 五」. "吾狀一如前邈樣, 而痰嗽大爲添劇, 其嗽急氣不旋之時, 血症并發, 無非瘴濕爲祟. 水泉不佳, 積欝痞滿不散, 眼花有加無減. 春瘴又早作, 不能耐瘴, 較益甚焉, 恐無以支吾矣."

16 김정희, 『阮堂全集』 권2, 「與舍仲 二」. "吾比近來, 眼花益添, 阻食之証轉甚, 對案輒欲嘔, 全無所下喉者, 神氣隨以澌頓, 收拾不得. 此書經營多日, 今始染毫, 亦不能接續寫就. 不知其何緣如此, 亦惟任之. 雖欲醫藥, 又無藥料, 亦奈何."

어떻게 할 수 없는 질병이라 하더라도 어찌 이토록 지루하게 고통을 주는 병이 있단 말인가. 음식물은 점점 더 삼키기가 어려워지고, 삼킨 것은 또 체해서 소화가 되지 않으니, 실로 어찌해야 좋을지를 모르겠네. 만일 실낱 같은 목숨이 구차하게 연장된다면 소식이나 서로 전할 뿐이니, 또한 어찌 하겠는가. 비동(臂疼)과 양증(痒症) 또한 한결같이 모두 극성을 부리니, 이것이 도대체 무슨 업보(業報)로 이와 같이 나에게만 치우치게 고통을 준단 말인가.[17]

나의 근황은 한결같이 지난번에 보낸 편지의 내용과 같네. 전번에 말한 설창(舌瘡)과 비식(鼻瘜)의 증상은 끝내 감소되지 않았는데, 흐린 눈 또한 코 병으로 인하여 연해서 아프다가 시력(視力)이 갑자기 또 크게 손상되었으니, 대체 무슨 까닭으로 이렇게 고초(苦楚)를 당하는지 모르겠네.[18]

나의 상황은 지난번 편지 내용과 비교하여 별로 덧붙일 것은 없으나, 코의 병세는 전과 같은데 입 속의 열기는 갑절이나 더 치성하여 모든 치아가 다 흔들려서 점차로 더욱 음식물을 씹을 수 없어 한 달 이전까지 먹었던 식물도 지금은 씹어 삼키지 못하는 형편이네. 이 때문에 먹는 것이 줄어들었는데, 위(胃)에서는 비록 받아들이려고 하나 또한 어쩔 수가 없으니, 어찌해야 좋을지 모르겠네.[19]

---

17 김정희, 『阮堂全集』 권2, 「與舍仲 三」. "吾舌瘡鼻瘜, 尙此作苦, 彌延五六朔. 雖係醫藥之無以爲之, 而寧有如許支離難堪者? 食物轉難嚥下, 下者又滯膈不消, 實不知何以爲好. 若一縷苟延, 則與之消息而已, 亦奈何. 臂疼與痒症, 又一以并肆, 此是何報而偏苦若此耶?"

18 김정희, 『阮堂全集』 권2, 「與舍仲 四」. "吾狀一如前所書所報. 口鼻風火, 終不消滅, 眼眚又因鼻苦連疼, 目力忽又大損, 不知是何故而若是苦楚也."

19 김정희, 『阮堂全集』 권2, 「與舍仲 五」. "此狀較之前報, 別無更添, 而鼻一如, 口中風火之氣, 一倍煽動, 衆齒掀搖, 轉不能咀嚼, 一月以前所食者, 不能咀下. 緣是减食, 胃氣則雖欲引入, 亦無奈何."

제시한 것 외에도 많은 편지에서 제주의 장기와 자신의 건강이 좋지 못함을 이야기 하고 있다. 특히 안질이 심해 글을 쓰기도 힘들다고 이야기 한다. 이와 같이 추사에게 제주는 괴로움을 주는 땅이다. 장기(瘴氣)에 의한 풍토병이 추사를 괴롭히는 것이다.

유배인이라는 신분, 제주의 장기에 의한 풍토병과 함께 추사를 괴롭히는 것은 외부와의 단절이다. 편지글 속의 추사는 연락이 오래 끊기는 것을 답답하게 생각한다.

> 세후(歲後)에 여기서 부친 편지는 과연 어느 때나 도착하였던가? 북선(北船)은 세전·세후를 막론하고 일체 오래도록 막혀 있어 조석으로 기다리고 바라다가 요즘에는 더욱 목이 타는 듯이 다급해졌네.[20]

> 여름 가을 이후로 일전에 이르기까지 아전 김종주(金種周) 편에 부친 편지를 모두 받아보았는가? 서울의 서신도 너무 오랫동안 오지 않는데 그것은 차치하고라도, 사중의 서신은 차례(車隸, 성이 차씨인 하인을 이름)의 편에 받아본 것 이후로는 다시 받아보지 못하니, 처음에는 우울했다가 끝에 가서는 조바심이 발작하는 것을 실로 소화시킬 수가 없네.[21]

앞에서 제시한 이러한 어려움 속에서도 추사는 학문과 글씨에 대한 탐구를 버리지 않는다. 오히려 단절된 상황이 자신을 돌아보고 연구하는 시간과 여유를 주었을 것이다. 비록 안질이라는 큰 난관은 있었지

---

20 김정희, 『阮堂全集』 권2, 「與舍季 五」. “年後自此所付之書, 果於何時收到? 北船無論年前後, 一以久阻, 日夕望望, 際此尤懸渴.”

21 김정희, 『阮堂全集』 권2, 「與舍仲 二」. “夏秋以後, 至於日昨, 金吏鍾周便所付書, 俱一一收到耶? 京書之間又久阻且置, 仲書之自車隸便以後更未見之, 始以紆菀, 終焉燥發, 寔無以消破.”

만 그런 와중에서도 책과 법첩을 보내줄 것을 편지로 부탁한다.

가장(家藏) 중에 첨(簽)을 써 붙이지 않은, 청포(靑布)의 갑(匣)과 황목(黃木)의 가의(加衣)로 된 두 뭉치 법첩(法帖)이 있으니, 이것은 명장(名藏)의 진첩(眞帖)일세. 그 안에는 초서(草書)로 된 천자문(千字文)과 종유(種繇)가 쓴 『영비경(靈飛經)』을 비롯하여 송원(宋元) 시대 사람들의 글씨까지 들어 있으니, 틈나는 대로 찾아내서 가을에 하인이 오는 편에 부쳐 보내주기 바라네. 홍산(鴻山)의 숙주(叔主)께서 빌려가신 단목국호(端木國瑚)의 『주역(周易)』도 또한 찾아다가 함께 보내주도록 하는 것이 어떻겠는가?[22]

『본초』 등 세 가지 서책에 대해서는 이곳 사람이 그 사실을 듣고는 또 돈을 내서 사람을 고용하여 특별히 이 사람을 올려보내서 그 책들을 가져오게 할 뒷받침으로 삼으려고 하는데, 그 뜻을 막을 수 없어 이에 서신을 작성하여 부쳐 보내니, 가는 즉시 단단히 잘 싸서 보내주는 것이 어떻겠는가? 내가 전번에 말했던 다른 서책들도 함께 부쳐준다면 좋겠으나, 한갓 포장만 클 뿐이 아니라 더위를 무릅쓰고 지고 오기도 어려우니, 우선 눈앞의 사정을 살펴서 재정(裁定)하는 것이 어떻겠는가? 석암(石菴)의 서첩(書帖)은 몹시 한번 보고 싶으니, 혹 함께 보내줄 수 있겠는가? 그리고 동파(東坡 소식(蘇軾)의 호)의 기정시첩(岐亭詩帖) —또 성저(成邸)·요희전(姚姬傳)·양동서(梁同書) 제인의 것이 있는데, 양동서의 것은 초장(草裝)만 되어 있고 미처 완장(完裝)을 못한 것이다.— 책장 안에 들어 있는 듯한데, 만일 이 첩본(帖本)을 찾아 부쳐준다면 매우 다행스럽겠네[23]

---

22 김정희, 『阮堂全集』 권2, 「與舍季 二」. “家藏有不題籤之法帖, 兩套靑布匣黃木衣, 此名藏眞帖者也. 內有稍書千文, 鍾書靈飛, 以及宋元人書者, 幸隨暇覓出, 付送於秋伻來時. 鴻山叔主借去端木國瑚周易, 比亦爲覓來同送之地, 如何如何.”

23 김정희, 『阮堂全集』 권2, 「與舍季 六」. “本草等三種書, 此中人聞之, 又醵錢雇人, 專此上

두 번째 인용문 편지의 처음에 있는 구절 "歲新而海上, 恰是九年矣." 로 보아 제주에서 지낸지 9년이 지난 후의 편지이다. 9년이 지나도 서책과 서첩을 보내줄 것을 부탁할 정도로 추사는 제주에서 책읽기를 멈추지 않았다. 또한 서첩도 놓지 않았음을 알 수 있다. 그의 책을 가까이 하려는 마음의 증거는 〈세한도(歲寒圖)〉에서도 찾을 수 있다. 이상적(李尙迪)이 보내준 귀한 책들에 대한 고마움으로 세한도를 그려주었다. 물론 그 뜻은 다른 곳에 있어도 책을 보내준 고마움을 표현한 것은 부정할 수 없다.

앞에서 제시한 어려움, 즉 유배지, 풍토, 외부와의 단절 등이 추사에게는 시련과도 같았을 것이다. 특히 안질은 글씨를 쓰는데 악조건일 수밖에 없다. 이러한 상황에서도 추사는 책을 가까이하고 글씨 쓰는 것을 놓지 않았다. 그러한 이유로 제주 유배이후로 추사체가 완성됐다고 이야기 하는 것이다. 다음은 환재(瓛齋) 박규수(朴珪壽, 1807~1877)의 글이다.

> 완옹의 글씨는 젊어서부터 노년에 이르기까지 그 서법이 여러 차례 변하였다. 젊은 시절에는 오로지 동현재(董玄宰)의 글씨에 전심하였고, 중세(中歲)에는 담계(覃溪)와 종유하며 힘을 다해 그의 글씨를 본받았기에 필획이 짙고 굵어[濃厚] 골기(骨氣)가 적은 흠이 있었다. 얼마 뒤에는 소식(蘇軾)과 미불(米芾)을 거쳐 이북해(李北海)의 글씨로 바뀌면서 더욱 웅혼하고 굳세어져 마침내 솔경(率更)의 진수(眞髓)를 얻게 되었다.

送, 以爲輸致之地, 其意不可遏住, 玆以裁書付去, 隨卽堅裹以送, 如何如何. 他書之前報者, 亦同爲付來則爲好, 非徒包大難於衝熱負來, 且觀目下事裁定, 如何如何. 石庵書帖, 甚欲一見, 或可同送耶? 東坡岐亭詩帖,【又成邸姚姬傳, 梁同書諸人同書者只草裝, 未及完裝者.】 似在藏中矣, 若以此本覓付甚幸."

> 만년에 바다를 건너갔다가 돌아온 이후에는 더이상 추종하는 데 얽매임 없이 여러 대가의 장점을 모아 스스로 자신만의 서법을 완성하여 정신과 기운의 발현이 바다나 조수(潮水)와 같았으니, 단지 문장가들만 그러할 뿐이 아니었다.[24]

박규수의 글에 따르면 추사는 제주에서 자신의 예술을 완성했다. 이는 현실에 얽매이지 않고 자신 안으로 끝없이 침잠하면서 탐구하여야만 가능할 것이다. 이런 논지로 추사에게는 제주가 외부와의 단절을 의미하는 절해고도임과 동시에 자신을 성찰하는 공간이라 말할 수 있다. 추사는 제주를 부정의 공간 즉 자신이 속해야할 공간으로 바라보지 않고 있다. 이런 관점은 결국 자신을 탐구하는 형태로 변이되어 추사가 제주에서 추사체를 완성하게 되는 계기를 만들어준 것이라 볼 수 있다.

3) 응와 이원조

응와(凝窩) 이원조(李源祚, 1792~1871)[25]는 1841년 윤3월에서 1843년

---

24 박규수,『瓛齋先生集』 권2,「題俞堯仙所藏秋史遺墨」. "阮翁此書, 在其易簀前幾日, 葢絕筆也. 神王氣㿻, 誠如其自題語, 已足寶重, 而旣失復得, 殆若有物相之, 堯仙之携歸靑海, 必有米家船貫月虹光也. 阮翁書自少至老, 其法屢變. 少時專意董玄宰, 中歲從覃溪遊, 極力效其書, 有濃厚少骨之嫌. 旣而從蘇米變李北海, 益蒼蔚勁健, 遂得率更神髓. 晩年渡海還後, 無復拘牽步趣, 集衆家長, 自成一法, 神來氣來, 如海似潮, 不但文章家爲然."

25 강구율,「응와 이원조의 생애와 시세계의 몇 국면」,『퇴계학과 한국문화』 39호, 경북대학교 퇴계연구소, 2006. 응와의 생애를 간단히 살펴보면 수학기를 거쳐 21세에 권지승문원 부정자로 출발하여 59세가 되던 해에 경주부윤을 그만둘 때까지 벼슬을 하였다. 이 시기에는 결성현감, 강릉대도호부사, 제주목사, 자산부사, 경주부윤 등지의 지방의 목민관으로 나가서 민생의 안정과 삶의 질 향상에 주력하고 상당한 치적을 올리는 등 애민 정신을 위정의 현장에서 실천했다. 그리고 벼슬을 그만둔 뒤에는 가야산 아래 만귀정으로 돌아가 80세까지 자연으로 귀은하여 자연을 완상하며 지냈다. 또한 벼슬

6월까지 제주목사로 재임한다. 이 기간 동안 그는 특히 제주의 교학 진흥에 심혈을 기울였다. 유현의 배향이라든가 시취, 그리고 절목의 간행, 원생들에 대한 비답, 여러 사당이나 서당의 중수 등이 그것이다.[26] 이러한 교육의 진작은 제주의 낙후된 교육여건을 보고 학문을 일으키려는 응와의 노력이었을 것이다. 이는 그가 학문을 중시하는 태도에서 발현된 것이다. 『탐라록(耽羅錄)』에 따르면 응와는 1841년 윤 3월 2일에 제주성에 도착했다. 그리고 윤 3월 7일 기록에 3읍에 감결(甘結, 상급관청에서 내리는 문서)을 내리며 다음과 같이 말한다.

> 이 섬은 아득히 바다 밖에 있어 문교(文敎)가 아직 널리 펼쳐지지 않아 수령이 예악(禮樂)으로 백성들을 교화하는 성대함이 육지에 비해 혹은 뒤쳐진다. 하지만 시문을 지으면서 문(文)을 일삼는 선비가 없다고 할 수는 없어서 향교나 서원에 속한 생도 외에 또한 반드시 경서에 의거하여 업을 닦는 유자(儒者)가 있을 것이다. 하지만 내가 목사로 부임해 온 지가 얼마 되지 않아서 미처 두루 알지 못한다. 장차 그 열흘에 한 번씩 보는 시험과 날마다 하는 공부에 의거하여 권면하여 이끌고 떨쳐 일어나게 하는 정사를 행하고자 한다. 우선 시와 부에 제목을 써서 각각 두 수를 내려 보내는 것을 즉시 각기 경내 선비 등의 처소에 알려 기한이 되면 두루마리를 회수하여 올려 보낼 것.[27]

살이 동안 이동지역에 따라 남으로는 한라산에서 시작하여 북으로는 압록강변의 강계에 이르기까지 거의 전국토를 망라하여 국토기행을 했다.(이상의 생애는 강구율의 논문에서 발췌한 것이다)

26 윤미란, 「조선시대 한라산 유기 연구」, 고려대학교 교육대학원 석사학위논문, 2008.

27 이원조(백규상 역), 『耽羅錄 上』, 제주문화원, 2016, 64쪽. 이원조의 탐라록을 제주문화원에서 백규상 역으로 상·중·하의 3권으로 번역하여 출판하였다. 이후 탐라십요를 제외한 탐라록의 해석은 백규상의 역을 따른다.

재임 초기부터 응와는 학문을 진작시키려는 생각을 품고 있었다. 이러한 생각은 탐라록에서 계속해서 나타난다. 같은 해 8월 6일 기록에 석전제를 봉하면서 각 면에 훈장을 임명하여 어린 아이들을 가르치게 하며 절목을 내려주었다.

이 지방에는 유학(儒學)을 업으로 하는 자가 매우 적다. 아동들 각각 부형(父兄)이 반드시 모두 책을 읽은 사람은 아니어서 비록 가르칠만한 유자(儒子)가 있다 해도 책을 끼고 노닐며 허둥대다가 부질없이 포기해 버린다. 이미 가르치고 기르는 방법을 잃어버렸기에 '모두 입학시킨다.'는 뜻과는 전혀 다르니 매우 통탄스럽고 애석하다. 각 면(面)의 나이가 든 유사 중에 글방의 스승이 될 만한 자를 택하여 면훈장(面訓長)으로 뽑아 임명하고 각기 부근에서 몽학을 거두어 모아 성심으로 가르쳐 사계월(四季月)의 끝에 강기를 작성하고 보고하여 근면과 태만을 살피기 할 것.

당시 제주의 상황을 엿볼 수 있는 기록이다. 어린아이부터 학문을 하는 것을 권장하려는 응와의 의도가 보인다. 이런 풍토가 마련돼야 학문진작 시키려는 뜻이 달성될 수 있었을 것이다.

제생은 달마다 두 번 응강(應講)하면서 거불(居不)인 자가 적다. 배움에 뜻을 두어 나아가고 가르침을 따라는 것이 비록 심히 가상하기는 하나 다만 한스러운 것은 구두(句讀)하여 음훈하는 것이 애당초 치밀하고 정교하지 않아서 경서의 문장을 거칠게 언문(諺文) 풀이에 의지하고 주해를 각각 자기의 소견을 따르고, 사기(史記)와 외전(外傳)에 이르러서는 또한 그대로 전례를 따르는 오류가 많아 본뜻을 완전히 잃어버리고 있다. 이와 같다면 책을 읽는 것이 비록 많지만 또한 무슨 이익이 있겠는가?

1842년 11월 21일에 '서원·서당의 제생에게 내리는 체문(帖文)'의 일부이다. 응와가 생각하는 제주 유생들의 문제가 나타난다. 강에는 통을 받지만 그 뜻을 제대로 이해하지 못함을 밝힌 것이다. 응와의 이러한 인식이 바탕이 되어 학문을 진작시키려는 노력을 게을리 하지 않았을 것이다.

응와는 제주의 산수에도 관심이 있었다. 이러한 관심은 다양한 시와 유산기를 통해 나타난다. 등영구(登瀛邱, 현재의 방선문) 2회 방문, 정방폭포 2회 방문 이외에 용연, 용두암, 산저포, 사라봉, 천지연, 천재연 등을 방문하였다. 유희를 위해 방문한 곳도 있지만 대부분 순행할 때 들린 곳이다. 또한 노인성에 대한 시(詩)와 설(說)을 지었으며 한라산을 방문하여 여러 시와 유산기를 남겼다.

입도한 달 즉 1841년 윤 3월 23일에 응와는 「영주십경제화병(瀛洲十景題畵屛)」을 지었다. 입도 전이나, 입도하여 얼마 되지 않아 영주십경에 대한 정보를 접했을 것이다. 매계의 품제와는 순서가 다르지만 영주십경에 대한 정보를 갖고 있는 것이다. 이 시를 짓고 바로 다음날 응와는 용연과 용두암을 방문하고 윤3월 27일에는 영구상화(瀛邱賞花)—응와의 화제—의 장소인 등영구에 방문했으며 4월 1일에는 산저포에가서 고기잡는 것[山浦釣魚]을 구경했다. 4월 5일에는 사라봉에 올라 석양을 구경[紗峯落照]했다. 이와 같은 것으로 봤을 때 영주십경에 대한 정보가 있었고 그를 향유했을 가능성이 있다. 그만큼 본토에서 떨어진 제주의 자연은 목민관이라 해도 관심을 가질만한 것이었을 것이다. 그러나 응와는 단순히 산수를 완상하는데 그치지 않는다.

> 남쪽으로 한라산을 바라보니 언덕과 산이 거듭 겹쳐져 있고, 구름이 걸린 나무는 안개와 같은데 내가 위로 오를수록 저것은 더욱 높아지니

망경루(望京樓)에서와 비교하면 조망이 하늘을 바라보는 것에만 그치지 않았다. 비유하자면, 무리에서 뛰어나게 빼어난 성인을 평범한 백성이 바라보면 심히 다른 것을 알지 못했는데, 제자인 안연(顔淵)의 위치에 이르러서야 '우러르니 더욱 높아진다.'는 찬탄이 있었던 것과 같았다.

인용은 4월 5일 사라봉 낙조를 적은 말미에 붙인 한라산에 대한 생각이다. 한라산을 보며 공자와 안연을 떠올리고, 한라산의 높음이 마치 공자의 높음과 같다는 연상을 일으키고 있다. 자신이 좇고자 하는 성인의 높음을 떠올리는 것이다. 이러한 생각은 다시 한라산유산기에서 다시 나타난다.

내가 이 고을에 부임한 날 침처(寢處) 망경루 위에서 앞에 마주한 한라산은 궤안(几案) 사이에 있으면서 그리 높지 않아서 얕잡아보면서 완상할 만하였다. 그런데 저녁노을을 보러 사라봉에 오르는데 괴이하게도 내가 올라갈수록 산도 더욱 높아지는 것이 공자의 제자들이 공자의 덕을 우러러 숭상하는 모습과 비슷함이 있었다. 진정으로 우뚝 서있는 것을 알아보는 것은 안자와 증자(曾子) 이상이 아니면 불가능한 것이다.

이러한 생각을 하는 근본적인 이유는 그 전의 문장을 보면 알 수 있다.

나는 일찍이 산에 오르는 것은 도(道)를 배우는 것처럼 생각했다. 공자의 지위에 이른 연후에야 태산을 오를 수 있으며, 이 아래로 내려가면 비록 현명함이 안자와 같다 하더라도 오문(吳門)의 백마(白馬)를 구별할 수 없었던 것[28]이니, 역량에는 크고 작음이 있고 안력에는 높고 낮음이 있을 뿐이다.

응와가 한라산을 오른다는 행위는 도를 구하는 행위와 같은 것이다. 이러한 도는 유자의 입장에서 구하는 것이다. 그렇기 때문에 응와는 하산을 하면서 무이도가(武夷櫂歌)를 낭송하게 된다.

> 단풍이 반은 붉게 물들어 사랑사러웠다. 말 위에서 무이도가를 암송했다. '구곡에 이르니 궁색한 안목이 훤히 트이고, 뽕나무와 삼나무에 맺힌 이슬 평천을 보네.'라는 구절은 마음을 일깨워 정신이 유쾌해졌다.

응와의 이러한 모습은 유학에 깊숙이 침잠한 학자가 가질 수 있는 특징일 것이다. 그러나 자연을 벗어나 목민관의 입장이 되면 응와는 애민정신을 곳곳에서 나타낸다. 가장 급박하게 여기는 것은 가뭄이 들어 식량이 부족한 것이다. 곡식의 부족을 장계를 통해 알리고 삼정승에게 따로 편지를 써서 실정을 알리는 노력을 기울인다. 실정을 조사하여 부족한 환곡을 계산하여 거듭 장계를 올려 이전미를 받게 된다. 이러한 일련의 활동은 응와가 가지고 있는 애민정신의 발호일 것이다.

이러한 응와의 애민의 모습은 「탐라십요(耽羅十謠)」에서 나타난다. 탐라십요는 제주의 고유한 풍속, 제주도민의 생활 면모를 읊은 죽지사계의 5언시다. 죽지사란 향토의 경치나 인정 풍속 등을 읊은 노래이다.[29]

---

28 오문(吳門)의 백마(白馬)를 구별할 수 없었던 것: 한나라 때 한영이 지은 『한시외전(漢詩外傳)』에 안회가 멀리서 오문(吳門)을 바라보다가 한 필의 백련(白練)의 광경을 발견하고 공자에게 물으니, 공자가 그것은 말이라고 대답한 이야기가 전한다.(역자(백규상)의 주)

29 양순필, 「이원조의 「탐라십요」 소고」, 『논문집』 34권 1호, 제주대학교, 1992. 참고로

「탐라십요」에는 방목(放牧, 가축을 놓아 기름), 답전(踏田, 말떼로 밭을 밟음), 제초(除草, 김매기), 축장(築場, 담을 쌓음), 사선(槎船, 떼배), 용마(舂磨, 맷돌질), 급용(汲筩, 물 길어 나름), 직량(織凉, 양태를 짬), 잠녀(潛女), 방기(房妓, 수청 드는 기생), 이상과 같은 10개의 소제목이 붙어 있다. 처음의 다섯 수는 가축과 밭농사와 어부에 관련된 일을 읊고 나서 다음 다섯 수는 제주의 여인들의 삶에 관심을 두고 있다. 제주인의 생업을 살필 때면 반드시 들어갈 수밖에 없는 가축을 기르는 것을 제일로 놓고[30] 다음으로 가축을 이용하여 밭농사를 짓는 모습을 그리고 있다.

죽지사에 대한 그의 글을 더 적는다. "원래 죽지사란 중국의 악부의 이름으로 일면 「파유사(巴歈詞)」라고 했다. 당서에 의하면 「每事歌竹枝」라는 대목이 있는데 당의 유우석이 처음으로 부른 것으로 남녀의 정사 또는 그 지방의 풍속 따위를 읊은 것이다. 죽지사는 당에서는 주로 푸촉의 풍경을 기술하였는가 하면 송의 소동파 이후 점차 그 본래의 뜻이 변하여 오로지 그 지방의 풍토를 노래하기도 하였다. 여기에 방언, 이어(俚語)가 혼효하는 것을 꺼리지 않고 다소의 정사를 노래하면서 반드시 지명을 밝혀 제하여 모죽지라고 하게 되었다."

30 오문복, 『耽羅詩選』, 이화문화출판사, 2006. 다음에 이어지는 탐라십요의 모든 시 풀이는 이 책에서 인용한다.

「放牧」	「가축을 놓아기름」
淸晨郭四門	아침 네 곳 성문에는
牧童嘯且呼.	목동이 휘파람으로 부르는 소리.
君家十烏牸	저 집의 검은 암소 열 마리와
我家雙白駒.	이 집의 흰 망아지 두 마리를 합쳐
物性尙愛群	동물들은 무리 짓기를 좋아함으로
出入與之俱.	나가고 들어가기를 함께 한다.
張稻與李麥	장가네 산도(山稻)밭과 이가네 보리밭을
愼勿輕踐蹂.	밟아버리지 말게 조심해야지.
相携下山椒	줄줄이 산 밑으로 내려오면은
今年多廢疇.	금년 농사 망치는 밭 많으리니.

「踏田」	「말떼로 밭을 밟음」
島田多犖确	섬 안 밭에는 돌 자갈이 많은데
犖确又浮燥.	돌 자갈이 많은 밭엔 습기가 없어.
不踏苗不生	밟아주지 않으면 싹이 나지 않고
愈踏苗愈好.	밟아줄수록 더욱 싹이 잘 나므로
倘微爾馬牛	아마도 저 말과 소가 아니면
人力不勝草.	인력으로는 풀을 이기지 못하리라.
富者自有屯	부잣집이 가진 말떼들
貧者賃以布.	가난한 이웃 옷감을 주고 빌려다
但願播種後	씨 뿌려 밟은 뒤에 바라는 것은
十日不下雨.	열흘 동안만 비가 오지 말았으면.

제주에서 농사를 짓는 것은 파종을 하는 순간부터 타지와 다르다. 그 이유는 척박한 땅 때문이다. 응와도 시에서 밝히고 있듯이 돌밭에 씨를 뿌리면 그 씨들이 잘 뿌리 내리지 못해 이를 도와주기 위해 가축을 이용해서 땅을 밟아주는 것이다. 이러한 행위는 가축이 없으면 부자에게 빌려와서라도 해야 하는 제주 농사에서 중요한 것이다. 다음으로는 농사를 지으면서 부딪치는 벽인 김매기에 대한 언급이다.

「除草」	「김매기」
上品一易田	한결같이 손질된 상품의 밭은
十畝價百鏹.	열 이랑에 일백 꿰미 돈을 주어야
粟頭纔出殼	서속 싹머리에 껍질이 겨우 벗겨질 즈음
粟傍草已長.	주위에 이미 자란 풀은
大鉏鉏其土	큰 호미로 흙을 호미질 하여
除草易反掌.	손바닥을 뒤집듯 풀을 뽑는데

小鉏僅如鉤	갈고리만한 작은 호미로
拔草苗不傷.	묘가 상하지 않게 풀을 뽑아야 하니
土性本如此	이와 같은 흙의 성질 때문에
島農功倍常.	섬 농사꾼은 갑절이나 일을 하여야.

이렇듯 응와의 관찰은 자세하다. 제주 땅의 성질을 자세히 간파하고 있다. 이러한 관찰은 왜 이루어졌을까하는 것이 필자의 논지의 출발이다. 앞에서 밝혔듯이 응와는 애민정신을 시속에 담았다. 위정자에게 애민정신의 발로는 정치를 잘하는 것이다. 정치를 잘 하는 것은 학문을 통하여 얻은 자신의 신념인 겸선천하(兼善天下)를 이루고자 하는 데 바탕을 둔다. 제주는 외부와 단절된 공간이다. 즉 중앙과의 교류가 그리 원활하지 않다. 오현 중에 한 분인 규암 송인수는 제주에 3개월이라는 짧은 기간에 목사로 재직했다. 목사로 재직할 당시에 그도 제주에 관한 시를 남겼는데 그의 심리 상태가 담겨져 있다.

「濟州有吟」	「제주에서」
學得詩書三十年	삼십 년간 시경 서경을 배워 익히다
竹符今領濟山川.	이제 와서 부절을 받고 제주 산천을 다스리네.
一生憂患頭鬢白	근심 걱정 속에 살다보니 머리는 희어졌고
萬里飄零歲月遷.	먼 고장 떠돌아 다니며 세월을 보냈네.
毒霧瘴煙迷澤國	독무와 장연이 흐릿한 바닷가 나라
鯨波駭浪蹙蠻天.	하늘도 찡그리게 하는 큰 물결 거친 파도.
殊方日落離懷苦	낯설은 지방에 온 나그네 심사 더욱 괴로워
渭北江東眼舒穿.	위수 북쪽 강동 땅으로만 눈길이 돌아간다.[31]

제주의 바다는 독무와 장연이 흐릿한 바다이다. 이러한 바다를 끼고 낯선 지방에 온 규암의 심사는 매우 괴롭다. 실제로 규암은 3개월 동안의 짧은 임기를 마치고 다음 목사가 도착하기도 전에 제주를 떠나버린다. 이러한 그의 행동은 다시 유배를 가게 되는 중요한 구실을 제공하는 행위이다. 그럼에도 이러한 행동을 한 것은 그만큼 규암에게 있어서 제주는 백성들을 돌봐야할 오지가 아니라 오지 말아야할 유배지와도 다름이 없기 때문인 것이다. 제주 목사들의 제주 인식의 큰 줄기중 하나를 바로 규암의 마음에서 찾을 수 있을 것이다. 아득한 바다로 인해 본토와 떨어진 유배와 다름이 없는 불행의 땅이 바로 제주였던 것이다. 위정자에게도 제주에서 느끼는 감정은 규암과 다르지 않을 수 있다. 하지만 겸선천하를 하려는 응와의 의지는 송인수와는 다른 양상으로 제주를 바라본다. 제주가 비록 오지의 땅이지만 이곳은 바로 자신의 꿈을 실현시킬 수 있는 곳이기 때문이다.

응와의 유학적 입장 즉 겸선천하하려는 의지는 중앙이 아닌 절해고도인 제주도에서 더 실현가능성이 있을지도 모른다. 이는 자신의 의지대로 제주가 변할 수 있기 때문이다. 실제로 응와는 제주도민에게 선정을 베푼다.

> 응와는 곡식 운반을 청해 구휼책을 펼쳤고 도내 가구마다 세금을 경감해주었다. 그리하여 관에서 (중략) 노인들을 위해 양로연(養老宴)을 베풀었으며 양로연기(養老宴記)를 짓고 부시(附詩)한다.[32]

---

31 송인수, 『규암집』(한국문집총간24), 민족문화추진회, 1996. 해제는 吳文福의 앞의 책 205쪽을 따랐다.

32 양순필, 앞의 논문, 43쪽. 양로연에 대해선 『탐라록』, 401~402쪽에 나온다.

응와는 제주에 머무는 동안 탐라록에 많은 시문을 남겼다. 여기에서 제주의 자연을 읊은 시 또한 많다. 「도근천렵어」[33]와 같은 시에서는 도근천에서 고기를 잡으며 느끼는 감흥을 읊고 있다. 여기에서 은어가 바다에 살지 않는 이유는 모든 물건이 제각기 자신의 분수에 맞는 곳에 따르기 때문[各得其所]이라 말하고 있다. 이와 같이 응와는 제주의 자연을 읊음에도 자신의 도학적 입장을 놓지 않는다.

응와는 제주에 입도하여 제주의 학문진흥을 위해 힘썼다. 끊임없이 유생들을 다독이고 학문에 힘쓰도록 종용했다. 유학자로서 중앙에 비해 낙후된 교육여건과 환경을 개선하는데 노력을 기울인 것이다. 제주의 특성상 본토에서 쉽게 접할 수 없는 산수는 관리로 입도한 응와도 관심을 가지게 하였다. 그러나 응와는 단순한 이세계의 아름다움을 표현하는데 그치지 않는다. 그가 한라산유람기에 밝히고 있듯이 산을 오른다는 것은 도를 구하는 과정이다. 또한 응와는 목민관으로서 제주인에게 선정을 베푼다. 가뭄에 힘든 백성들을 구하는데 힘쓰고 있는 것이다. 제주 현실을 정확하게 인식하는 것을 통해 자신의 뜻을 펼쳐 겸선천하는 방법으로 삼았다. 이는 「탐라십요」에 그대로 나타난다. 이러한 정황으로 볼 때 응와의 제주를 바라보는 시선 중에 한 가지는 자신의 도를 닦고 이를 실현시키는 공간이라는 것이다.

---

33 오문복, 앞의 책, 129쪽.

「都近川獵魚」	「도근천에서 고기를 잡음」
都近川中銀口魚	도근천의 은빛 입의 고기는
爲魚何不産海於.	어찌하여 바다에 살지 않는지.
魚云物性皆隨分	모든 물건은 제각기 따라야할 분수가 있어
小水纖鱗合我居.	작은 물에서 비늘 번뜩이는게 나는 좋다고.

3. 결론

지금까지 19세기 비슷한 시기에 제주에 거주하였던 세 명의 문인 매계 이한우, 추사 김정희, 응와 이원조가 바라봤던 제주의 일면들을 살펴보았다. 우선 매계의 경우에는 제주가 고향임으로 타지에서 삶의 실패를 맛볼 때 제주를 그리는 양상을 보였다. 또한 제주에 돌아온 뒤에는 자연에서 자족하는 모습을 보였다. 「영주십경」을 짓기에 이르면 매계에게 제주의 자연은 자족의 공간이 아니라 제주의 아름다움을 발견하고 제주의 아름다움을 함께 영유하는 데에까지 나간다.

반면 유배자의 위치로 제주에 온 추사는 현실에 대해 거부감을 가진다. 위리안치 유배자의 신분, 좋지 않은 제주의 풍토와 그에 따른 풍토병, 그리고 외부와의 단절은 제주에 대한 부정적 시각을 만들기에 충분하다. 그러나 그는 책을 가까이하고 서첩을 가까이하는 태도를 가지며 자신을 탐구하는 곳으로 전환시켰다. 이러한 삶의 태도가 결국 추사체를 완성하는 단계에 이르게 만드는 원동력이 됐을 것이다. 추사에게 제주는 유배지 이자 자신을 탐구하는 공간인 것이다.

응와는 제주에 목사로 재임하면서 제주의 모습을 사실적으로 그리는 죽지사계 시가인 「탐라십요」를 짓는다. 「탐라십요」는 제주의 백성들의 삶을 사실적으로 묘사하고 있다. 이러한 사실적 관찰은 자신이 다스려야할 백성들의 실정을 파악하는 것이다. 이는 곧 위정의 기본이 된다. 유학자로시 응와는 겸선천하의 실천의 공간으로 제주를 바라보고 있다. 겸선천하를 위해 제주 교육에도 끊임없이 힘쓴다. 또한 제주의 자연을 즐기는 양상도 나타난다. 그러나 산수를 즐기면서도 구도(求道)의 끈을 놓지 않는다. 응와에게 제주는 산수를 통한 구도의 공간이며 교육과 선정을 통한 도의 확장, 즉 겸선천하를 실천하는 공간이다.

제3부

제주의 공간 지리와 문화

김새미오 • 제주지리지의 형성과 변화에 관한 소고
오상학 • 조선시대 제주도 지도의 현황과 유형별 특성
강경호 • 제주 교방 예술의 전통과 가창 문학의 전승
박수진 • 〈탐라별곡〉에 드러난 제주의 문화 공간 연구

제주지리지의 형성과 변화에 관한 소고

『이원진_탐라지』 이후의 제주지리지를 중심으로

김새미오

1. 들어가며

본고는 『이원진(李元鎭)_탐라지(耽羅誌)』[1] 이후의 『탐라지』를 정리하고 그 의의와 가치를 살펴보기 위한 글이다. 『탐라지』는 제주에 관한 제반 사항을 기록한 지리서이며, 제주학 연구의 기초자료로 활용되고 있다. 『탐라지』는 효종 때에 제주목사로 왔던 이원진이 처음 작성하였고, 이후 다양한 형태로 만들어졌다.

먼저 이원진에 대한 기존 연구를 정리하면 다음과 같다. 『이원진_탐라지』는 1975년 제주도 교육위원회에서 1차 번역된 바 있고, 2002년에 김찬흡 등이 중심이 되어 재번역되었다. 이원진의 문집인 『태호문집(太湖文集)』도 번역되었고, 이에 관한 연구도 확인된다.[2] 이를 바

---

1 『탐라지』는 여러 저자와 판본이 존재하여, 기술상 혼돈이 있을 수 있다. 이에 본고에서는 『저자_탐라지』 또는 『서지형태_탐라지』의 형식으로 표현하도록 하겠다.

2 김효정, 「太湖 李元鎭의 詩世界 考察」, 『한국민족문화』 제73호, 한국민족문화연구소, 2019, 97~124쪽; 윤재환, 「新資料 『太湖詩藁』를 통해 본 李元鎭의 詩世界: 資料 소개와

탕으로 김새미오는 『이원진_탐라지』만을 대상으로 집중적인 연구를 진행한 바 있다.[3] 이 연구는 『이원진_탐라지』의 형성과정과 제 판본에 관련한 사항을 정리한 것이며, 이를 통해 『이원진_탐라지』가 당시 기준문헌으로 자리하고 있다는 점을 밝혔다. 하지만 이후 확인되는 많은 『탐라지』에 대한 소개와 언급은 없다. 부차적으로 제주의 출판문화에 대해서 남권희, 김우리, 박철상, 윤봉택의 연구가 참조된다.[4] 이 밖에 읍지와 사찬지리서에 대한 연구도 참조할 만하다.[5] 하지만 『탐라지』에 주목하여 통시적으로 정리한 글은 확인되지 않는다.

『이원진_탐라지』는 제주를 본격적으로 알린 최초의 문헌이며, 제주학 연구에 있어 필수적으로 정독해야 하는 매우 중요한 서적이다. 보다 중요한 것은 이후에 매우 많은 『탐라지』가 확인된다는 점이다. 이 책들은 제주도에 관한 정보가 어떻게 수용되고 확장되는가를 확인할 수 있는 좋은 서적들이다. 본고에서는 『탐라지』를 중심으로 제

詩世界의 槪略을 中心으로」, 『漢文學報』 제18호, 우리한문학회, 2008, 391~428쪽; 윤재환, 「少陵家의 使行 經驗과 詩的 形象化: 少陵 李尙毅·太湖 李元鎭·梅山 李夏鎭을 中心으로」, 『동양한문학연구』 제31집, 동양한문학회, 2010, 197~232쪽.

3 김새미오, 「『이원진_탐라지』의 의미와 가치에 대하여」, 『대동문화연구』 제112호, 대동문화연구소, 2020, 349~378쪽.

4 윤봉택·노기춘, 「濟州牧에서 개간된 17세기 册板 研究」, 『서지학연구』 제34호, 한국서지학회, 2006, 251~271쪽; 김우리, 「조선후기 제주지역 서적간행의 실태」, 『지방사와 지방문화』 제23호, 역사문화학회, 2020, 157~190쪽; 남권희, 「제주도 간행의 서적과 기록류」, 『고인쇄문화』 제8호, 청주고인쇄박물관, 2001; 박철상, 「조선 최고의 병서 제주도판 『황석공소서』의 출현과 의미」, 『문헌과해석』 제45호, 문헌과해석사, 2008, 265~274쪽; 박철상, 「제주판 『삼국지연의』 간년 고증」, 『포럼 그림과 책 2011 논문집(1)』, 화봉문고, 2011; 윤봉택, 「제주지방의 조선시대 출판문화에 관한 연구」, 전남대 문화재학협동과정 석사논문, 2007; 김민현, 「1411년 제주도 간본 『논어』의 서지학적 연구」, 『정신문화연구』 제154호, 한국학중앙연구원, 2019, 33~53쪽.

5 사찬읍지에 대한 연구는 적지 않다. 참고문헌에 병기하였다.

주지리서에 대해 살펴보고 그 구조를 정리하면서, 의미를 규명해보고자 한다.

필자가 확인한 바로는 『이원진_탐라지』 이후에 10여종의 제주지리서가 보인다. 하지만 이에 대해 정리하고 소개한 글은 없다. 이제 이렇게 많은 제주지리지가 어떤 성격을 가지고 있고, 그 의미는 어떻게 되는지를 심도 있게 고민해야 할 단계이다. 지역에서 『탐라지』가 번역된 경우, 그나마 간단하게나마 해제를 담고 있다. 하지만, 통시적인 관점이 없기 때문에 단순한 내용서술에 그치고 있다.

본고의 목적은 크게 2가지이다. 첫째, 『이원진_탐라지』 이후 확인되는 『탐라지』 및 제주지리지를 정리하고 보고하는 것이다. 이는 한국고전전종합목록시스템을 중심으로 조사하였다. 『탐라지』라는 이름 외에도 제주도 지리지의 성격을 갖는 경우 역시 같이 서술하여 진행하도록 하겠다. 둘째, 확인되는 『탐라지』와 제주지리지가 서로 어떤 영향관계를 갖는가를 살펴볼 것이다. 『이원진_탐라지』 이후의 제주지리지는 기본적으로 수용과 반발의 형태로 다양한 정보를 전하고 있다. 이는 시대변화에 따른 정보를 기록한 것이었다. 이런 변화사항을 정리한다면, 제주에 대한 정보가 어떻게 수용되고 확장되는지를 통시적으로 바라볼 수 있다. 이런 제반과정을 통해 제주지리지인 『탐라지』에 대한 종합적인 관점을 가질 수 있게 될 것으로 기대하며, 또한 제주학의 기초를 다질 수 있는 좋은 기회가 될 것으로 생각한다.

2. 조선시대 『이원진_탐라지』 이후의 제주지리지

『이원진_탐라지』는 1653년에 완성되었고, 이 해에 판각되어 초판본이 나왔다. 이 책을 만들 때에 고홍진(高弘進)과 같은 제주지식인이 교감에 참여하였다. 여러 차례 실화로 책판고가 불타면서 『탐라지』 책판도 함께 소실되었지만, 순조 때 제주목사 박장복이 중간한 것으로 판단된다.[6] 『이원진_탐라지』는 작성과 동시에 제주의 기준문헌으로 자리하였고, 이후 여러 종류의 『탐라지』와 『제주읍지』와 같은 지리지가 작성되었다. 먼저 이를 정리하면 다음과 같다.

〈조선시대 『탐라지』 및 『제주읍지』〉

	작성연대	명칭	형태	소장처	비고
0	효종4년 (1653)	『李元鎭_耽羅誌』	필사본 목판 초간본, 중간본		순조34년 (1834) 重刊 김찬흡 외 역
1	숙종30년 (1704)	『李衡祥_南宦博物』	필사본	제주자연사 박물관 문중소장	이상명 외 역
2	영조20년 (1744)	『尹植_續邑誌』			제주 관풍안
3	영조 41년 (1765)	『尹蓍東_增補耽羅誌』	필사본	천리대학교	김영길 역
4	순조	『李綱會_耽羅職方說』	필사본	京都大 河合文庫	현행복 역
5	헌종7년 (1841)	『李源祚_耽羅誌草本』	필사본	탐라문화총서 4	제주교육박물관 역
6	헌종14년 (1848)	『張寅植_耽羅誌』	필사본	탐라문화총서 5	
7	고종10년 (1873)경	『崔永學_耽羅誌』	필사본	국립중앙도서관	

6 김새미오, 앞의 글.

8	광무6년 (1902)	『작자미상_耽羅誌』	필사본	탐라문화총서 5	
9	융희3년 (1909)	『耽羅事實』	필사본	서울대, 고려대	
10	정조16년 (1792)	『濟州邑誌』	필사본	규장각 상백 古 915. 149-J389	
11	1785년 이후	『濟州邑誌』	필사본	규장각 10796	
12	고종36년 (1899)경	『濟州邑誌』	필사본	규장각 12181	

먼저 표에 대해 설명을 하겠다. 일단 본고의 직접적인 연구대상은 『탐라지』이고, 『제주읍지』는 부차적으로 설명하도록 하겠다. 위에 기술된 『탐라지』는 기본적으로 『이원진_탐라지』의 성격을 분명하게 가지고 있다. 『제주읍지』 역시 그 형식은 『탐라지』와 유사하다. 단, 『윤식(尹植)_속읍지(續邑誌)』는 『제주관풍안(濟州觀風案)』에서 책 이름만 보이고, 실물은 확인되지 않는다.

1) 『이형상(李衡祥)_남환박물(南宦博物)』

『이형상_남환박물』은 『이원조_탐라지』 이후 처음으로 확인되는 제주지리지이다. 필자가 확인한 바에 따르면, 이 책은 2종의 필사본이 전한다. 한 부는 문중에 소장되어 있고, 나머지 한 부는 제주자연사박물관에 소장되어 있다.[7] 먼저 이 책의 구성을 정리하면 다음과 같다.

7 이 두 판본의 큰 차이는 『北屑拾零』에 있다. 현재 제주자연사박물관 본에는 『북설습령』이 없다. 『북설습령』은 북방민족에 대한 개략적 소개와 간략한 역사, 청나라의 군제와 행정체계를 소개하였다.

구분	『이원조_탐라지』와 『남환박물』의 구성
『이원조_탐라지』 濟州	建置沿革 - 鎭管 - 官員 - 邑名 - 姓氏 - 風俗 - 形勝 - 山川 - 橋梁 - 土産 - 田結 - 城郭 - 防護所 - 水戰所 - 烽燧 - 宮室 - 樓亭 - 倉庫 - 學校 - 鄕約 - 祠廟 - 佛宇 - 將官 - 軍兵 - 工匠 - 奴婢 - 果園 - 牧養 - 醫藥 - 貢獻 - 古跡 - 名宦 - 人物 - 孝子 - 烈女 - 題詠
『이형상_남환박물』	誌邑號 - 誌路程 - 誌海 - 誌島 - 誌候 - 誌勝 - 誌蹟 - 誌姓 - 誌人 - 誌俗 - 誌文 - 誌武 - 誌田 - 誌産 - 誌禽 - 誌獸 - 誌草 - 誌木 - 誌果 - 誌馬牛 - 誌魚 - 誌藥 - 誌貢 - 誌賦役 - 誌祠 - 誌關防 - 誌烽 - 誌倉 - 誌廨 - 誌兵 - 誌工 - 誌奴婢 - 誌吏 - 誌行 - 誌古 - 誌名宦 - 荒腹願戴歌

먼저 『이원조_탐라지』와 『이형상_남환박물』의 큰 차이는 형식에 있다. 형식적으로 이렇게 바뀐 이유는 확인되지 않는다. 『이형상_남환박물』의 주요 인용서목은 『여지지(輿地誌)』, 『지지(地誌)』, 『남명소승(南溟小乘)』, 『남사록(南槎錄)』이다. 『여지지』는 『신증동국여지승람』을 말하고, 『지지』는 『이원진_탐라지』를 말한다.[8] 「지속(誌俗)」항목에서 특히 『이원진_탐라지』가 많이 인용되었다. 『남명소승』, 『남사록』는 『이원진_탐라지』에서는 확인되지 않는다.[9] 하지만 『이원진_탐라지』에 소개된 많은 문학작품들은 배제되었다. 제주에 관련한 핵심 사항만을 기록하려 했던 것으로 보인다. 그래도 전체적인 면모에서 볼 때, 『이형상_남환박물』은 이원진의 것을 수정·보완한 형태로 볼 수 있다. 『이형상_남환박물』의 핵심은 「지속」과 「지사(誌祠)」에 있고, 여기에 많은 분량을 할애하였다. 이는 병와 자신이 음사철폐로 대변되는 풍속교화에 있어 많은 노력을 경주했다는 것을 의미한다.[10]

---

8 『지지』가 『이원진_탐라지』라는 것은 「지속(誌俗)」을 기록하면서 인용한 내용으로 확인된다.

9 김새미오, 앞의 글.

10 김새미오, 「병와 이형상의 제주지방 의례정비와 음사철폐에 대한 소고」, 『대동한문학』

저술의 직접적인 이유는 윤두서(尹斗緖)가 탐라고적에 대해 물어, 이에 대한 답변으로 짓게 되었다.[11] 이면에는 『이원진_탐라지』이 발간된 지 51년의 시간이 흘렀고, 1677년 제주향교의 책판이 화재로 소실된 것[12]도 한 이유가 될 수 있다. 저술관점은 매우 실증적이다. 백록담에 대한 전설 등의 기록에 대해 '과장이다', '잘못 전하는 것이다'라고 규정한 것이 대표적인 예이다.[13]

『이형상_남환박물』은 『이원진_탐라지』 이후 처음으로 확인되는 제주지리지이다. 이형상은 분명 『이원진_탐라지』를 보았다. 하지만 이를 그대로 따라간 것이 아니다. 형식적으로 파격적인 변화를 주었고, 내용에 있어서는 자신의 행적을 중심으로 기술하였다.

『이형상_남환박물』의 영향력은 그다지 크지 않았던 것으로 보인다. 우선 이 책은 이형상이 제주목사에서 파직된 후 영천에 작성되었고, 이후 문중에서 관리하고 있었다. 따라서 제주에서 이 책을 확인할 수 있는 방법은 없었다. 혹 제주에서 봤다고 해도 그의 신당철폐를 했던 조치에 대한 일반 민중들의 내면적인 반발[14]이 있어, 그 영향력은 한계가 있었을 것으로 생각된다. 따라서 제주도 내에서는 여전히 『이원진_탐라지』가 제주지리지의 핵심이었을 것으로 판단된다.

제63호, 대동한문학회, 2020, 103~140쪽.

11 『南宦博物』. "孝彦書問耽羅古蹟. 且曰, 將以廣異聞, 作南宦博物, 一萬三千八百五十餘言書贈. 甲申初秋, 題于永陽之浩然亭."

12 『南槎日錄』. "公廨. 冊版庫, 丁巳, 失火時, 諸冊版, 盡燒云."

13 『南宦博物』. "地誌云, 深不可測, 人喧則風雨暴作者, 誤傳也;『南宦博物』. 小乘所謂, 白髮翁騎白鹿嘘唏云者, 誇之也."

14 김새미오, 앞의 글(2020), 103~140쪽.

2) 『윤시동(尹蓍東)_증보탐라지(增補耽羅誌)』

이 책은 『이원진_탐라지』이후 '『탐라지』'의 이름으로 처음 확인된다. 일본 천리대학교 이마니시 류컬렉션 소장이며, '건(乾)·곤(坤)'으로 구성되어 있다. 책에는 '서춘추문고(西春秋文庫), 천리도서관인(天理圖書館印), 금서룡(今西龍), 금서문고(今西文庫), 윤시동백상인(尹蓍東伯常印)'의 인장이 있다. 이를 통해 처음 소유자는 윤시동이었음을 알 수 있다. 윤시동은 제주목사를 역임한 인물이며, 영조 41년(1765) 8월에 도임하여 다음해 6월에 체임되었다.

이 책의 창고(倉庫) 항목에는 "동몽선습(童蒙先習), 갑신목사이명운신간(甲申牧使李明運新刊)"이라고 되어 있는데, 이명운은 윤시동의 전임목사였다. 다른 항목에서도 "금을유(今乙酉)", "보을유(補乙酉)" 등의 문구가 있는데, 모두 윤시동 목사가 역임했던 영조41년(1765) 때이다. 건치연혁은 숙종 대까지 정리되었다.[15] 먼저 이 책의 구성을 정리하면 아래 표와 같다.

구분	『윤시동_탐라지』 구성
濟州	建置沿革 - 鎭管 - 官員 - 邑名 - 姓氏 - 地形增 - 形勝 - 山川 - 道里增 - 橋梁 - 風俗 - 土產 - 面村增 - 戶口增 - 田結 - 城郭 - 防護所 - 水戰所 - 烽燧增煙臺 - 館宇 - 樓亭 - 倉庫 - 學校 - 鄕約 - 祠廟 - 佛宇 - 將官 - 軍兵 - 工匠 - 奴婢 - 果園 - 牧養 - 醫藥 - 貢獻 - 古跡 - 名宦 - 人物 - 孝子 - 忠臣增 - 烈女 - 題詠
旌義縣	建置沿革 - 官員 - 姓氏 - 山川 - 增道里 - 橋梁 - 風俗 - 土產 - 面村增 - 增戶口 - 增田結 - 城郭 - 防護所 - 水戰所 - 烽燧增煙臺 - 館宇 - 樓亭 - 倉庫 - 學校 - 鄕約 - 祠廟 - 佛宇 - 將官 - 軍兵 - 工匠增 - 奴婢 - 果園 - 牧養 - 貢獻 - 古跡 - 名宦 - 人物增 - 孝子增 - 烈女 - 題詠增
大靜縣	建置沿革 - 官員 - 姓氏 - 山川 - 增道里 - 橋梁 - 風俗增風俗 - 增土產 - 面村增 - 增戶口 - 增田結 - 城郭 - 防護所 - 水戰所 - 烽燧增煙臺 - 館宇 - 樓亭 - 倉庫 - 學校 -

15 『이원진_탐라지』의 건치연혁은 예종까지 되어 있다.

	鄕約 - 祠廟 - 佛宇 - 將官 - 軍兵 - 工匠增 - 奴婢 - 果園 - 牧養 - 貢獻 - 古跡 - 名宦增 - 孝子增 - 烈女增 - 題詠增
增補	권6「九鎭」; 권7「古今事蹟」; 권8「列朝特典御使詢瘼」; 권9「漂流異國問情」

이 책은 기본적으로 『이원진_탐라지』의 형식을 유지하면서, '증(增)', '보(補)'한 형태이다. 증보에 이용되는 책은 『남명소승』, 『남사록』, 『수록(隨錄)』, 『속지(續誌)』, 『구지(舊誌)』가 있다. 이 책들은 모두 『이원진_탐라지』에서는 확인되지 않는다.

『속지』는 총 7차례 확인된다. 『속지』의 내용에 1702년 이형상 목사가 오미자 등을 봉진한 일을 기록한 것으로 보면, 그 이후의 기록임을 알 수 있다.[16] 『수록』은 총 17차례 확인된다. 『수록』의 내용 중에는 이형상의 무속철폐 이후의 사건을 이야기하면서, 갑인년 정도원(鄭道元) 목사까지 언급하였다.[17] 정도원 목사가 있었던 갑인년은 1734년(영조10)이다. 따라서 『수록』은 이후의 기록임을 알 수 있다. 『수록』은 풍속 조에 대한 기록이 많다. 『구지』는 2차례 확인된다.[18] 하지만 그 내용은 이전 문헌에서 확인되지 않는다. 현 시점에서 『수록』, 『구지』, 『속지』은 어떤 종류의 서적인지는 알 수 없다. 이름만 확인되는 『윤식_속읍지』가 이 중에 포함될 가능성은 있지만, 확신할 수는 없다.

---

16 『윤시동_탐라지』. 土産. "補. 續誌. 壬午 牧使李衡祥 五味子五斗別封進. 朝廷以爲別封不當更勿封進 云."

17 『윤시동_탐라지』. 風俗. "隨錄, 肅廟壬午, 牧使李衡祥痛其汚俗, 三邑所在神堂一百二十九處, 及私家禱神之物, 路傍叢林之處, 並與佛像, 而一時燒燼. 巫覡四百餘名, 焚其案, 使各歸農, 神位田並還本主. 其後, 又有大靜廣庭堂神像, 暗自改造, 嚇人取財. 甲寅牧使鄭道元火其神, 治其巫, 錚鼓器皿沒入軍器. 而猶不懲畏, 歲夕魅鬼七七祈禱, 至今未息."

18 『윤시동_탐라지』. "右兩庫, 舊誌其數甚多, 而廢不修補, 皆是虛簿. 故只以時在數載錄; 舊誌所記刪去, 但以今會案數載錄. 他鎭同."

항목으로 증보된 것은 「구진(九鎭)」, 「고금사적(古今事蹟)」, 「열조특전어사순막(列朝特典御使詢瘼)」, 「표류이국문정(漂流異國問情)」이다. 이는 윤시동이 핵심적으로 보충하려 했던 항목이었다. 「구진」에서는 제주 9진에 대한 기초사항은 물론, '위치, 정자, 연대, 군기, 창고' 등을 자세히 기록하였다. 「고금사적」은 제주의 역사를 편년체로 기록한 것이다. 이는 『이원진_탐라지』에서 「건치연혁」보다 더 많은 내용을 정리하였다. 『윤시동_탐라지』에도 「건치연혁」이 있는데, 철저히 행정체제 변화만을 기록하였다. 「열조특전어사순막」에서는 조선시대 제주에 어사로 왔던 인물들의 행적과 공적을 정리하였다. 「표류이국문정」 제주도에 표류했던 외국선박에 대한 기록이다. 총 30건이 수록되어 있다.

『윤시동_탐라지』의 가치는 다음과 같다. 기본적으로 『이원진_탐라지』를 계승하고 있다. 내용적인 측면에 있어서도 문학작품 등을 충실히 수록하였다. 이 책의 핵심 증보사항은 「구진」, 「고금사적」, 「열조특전어사순막」, 「표류이국문정」이다. 이는 시대적 변화에 따라 추가한 것이며, 변방의 자료를 정리하려는 시도이기도 하다. 이들 핵심사항은 『이원진_탐라지』에 없는 사항이며, 이후에도 『탐라지』에서도 매우 중요한 요소로 자리한다.

3) 『이강회(李綱會)_탐라직방설(耽羅職方說)』

이강회(1789~?)는 다산 정약용의 제자이다. 다산이 강진 유배 시기에 그의 형인 이유회(李維會)와 함께 배웠다. 정약용의 『논어고금주(論語古今註)』의 저술할 때도 같이 참여한 것으로 알려진 인물이다. 주요 저서로 『유암총서(柳菴叢書)』와 『운곡잡저(雲谷雜著)』가 있다. 『이강회_탐라직방설』은 제주지리지에 관한 기록이다. 먼저 이 책의 구성을 정리하면 다음과 같다.

구분	『탐라직방설』 구성
1권	개괄 - 거리 - 형승 - 뱃길·풍류 - 귤유 - 삼성신화 - 高梁之戰 - 田稅 - 대정 - 정의 - 마을 - 군진 - 군체제 - 목장 - 진상마 - 배 - 포구 - 봉화 - 10소장 - 교육기관 - 풍속 - 창고 - 은휼 - 출륙금지령의 병폐 - 地產 - 海產 - 藥 - 농산물 - 수공업 - 상품
2권	相贊契始末 - 李道喆傳 - 梁濟海傳 - 金益剛傳 - 李察理傳 - 尹光宗傳 - 金載儉傳

이 책은 2권으로 구성되어 있다. 먼저 표의 항목명은 논자가 주제에 맞게 적은 것이다. 권1은 『탐라직방설』이고, 권2는 상찬계에 관련한 기록이다. 상찬계에 관한 기록은 이강회 자신이 제주의 지리와는 상관없고, 제주의 큰 옥사였기에 기록하였다고 밝혔다. 따라서 권1만이 제주지리지에 관한 사항이다.

이 책의 구성은 대체로 『이원진_탐라지』와 비슷하지만, '반드시 영향을 받았다'라고 규정할 수 없다. 이 책에는 인용서목이 하나도 확인되지 않기 때문이다. 따라서 이 책은 이강회 자신이 보고 들은 것을 적은 것으로 판단된다. 이는 매우 높이 평가되어야 할 부분이다.

이 책의 핵심은 제주뱃길과 제주의 포구에서 아전들의 횡포를 적나라하게 기록한 것이다. 대체로 제주의 출륙금지령 때문에 제주 포구 아전들의 행정조치를 독점하고 있고, 이로 인해 많은 뇌물이 오가는 것을 비판하였다. 이런 류의 기록은 직접 듣거나 경험한 것이 아니라면 알 수 없는 내용이다. 이는 이강회 자신이 강진 주변 지역에 있어서, 주변 사람들과 제주사람들의 이야기를 직접 들어서 적은 것이라고 할 수 있다.

이 책은 해양문화사의 관점에서 매우 훌륭한 저작이며, 당시 제주에 대한 당시 사람들의 높은 관심을 읽을 수 있다. 하지만 제주지리지라는 전체적인 입장에서 봤을 때는 내용이 매우 소략하여 아쉬운 면이 있다. 이에 이강회 자신도 개인열람용이라고 하였다.[19]

4) 『이원조(李源祚)_탐라지초본(耽羅誌草本)』

『이원조_탐라지초본』는 『윤시동_탐라지』 이후 확인되는 책이다. 이원조는 헌종7년(1841) 윤 3월에 강능부사에서 전보되어 도임하고, 그 후 2년이 지나서 계묘년 6월에 사직하고 떠났다. 이원조는 『응와선생문집(凝窩先生文集)』도 전하고 있다. 뿐만 아니라 제주도에 와서도 매우 활발하게 저술활동을 하였다. 『이원진_탐라지초본』외에도 『탐라록(耽羅錄)』·『탐라계록(耽羅啓錄)』·『탐라관보록(耽羅關報錄)』이 있다. 먼저 『이원조_탐라지초본』의 구성을 정리하면 다음과 같다.

지역	『이원조_탐라지초본』의 구성
濟州	建置沿革 - 邑號攷證 - 山川 - 島嶼各浦附 - 物産 - 土俗 - 官職 - 氏族 - 坊里 - 戶口 - 道路院站附 - 橋梁 - 城池 - 壇廟 - 學校 - 公廨 - 樓觀 - 鎭堡 - 烽燧煙臺附 - 牧養 - 果園 - 貢獻各司納附 - 田結 - 大同 - 俸廩 - 徭役 - 糶糴 - 倉庫 - 軍額 - 奴婢 - 工匠 - 人物[孝烈忠義] - 形勝 - 題詠 - 古蹟 - 奇聞 - 邊情[戰守·異船·漂流] - 舊例 - 恩恤[調賑·蠲蕩·恩典] - 官案 - 判官
旌義縣	建置沿革 - 山川 - 島嶼各浦附 - 物産 - 土俗·氏族 - 坊里 - 戶口 - 道路院站附 - 橋梁 - 城池 - 壇廟 - 學校 - 公廨 - 樓觀 - 鎭堡 - 烽燧煙臺附 - 牧養 - 果園 - 貢獻各司納附 - 田結 - 大同 - 俸廩 - 徭役 - 糶糴 - 倉庫 - 軍額 - 奴婢 - 工匠 - 人物 - 科宦 - 形勝 - 古蹟 - 官案
大靜縣	建置沿革 - 山川 - 島嶼各浦附 - 物産 - 土俗·氏族 - 坊里 - 戶口 - 道路院站附 - 橋梁 - 城池 - 壇廟 - 學校 - 公廨 - 樓觀 - 鎭堡 - 烽燧煙臺附 - 牧養 - 果園 - 貢獻各司

19 『耽羅職方說』. "別記其槪, 以爲私覽."

	納附 - 田結 - 大同 - 俸廩 - 徭役 - 糶糴 - 倉庫 - 軍額 - 奴婢 - 工匠 - 人物 - 科宦 - 形勝 - 古蹟 - 官案

이원조는 이 책을 만든 후, 수정할 때는 제주지식인들을 뽑아 내용을 검토하게 하였다. 이원조는 김영락(金英樂)과 양관(梁觀)을 중심으로 강제진(姜齊鎭), 김용징(金龍徵), 강석호(姜錫瑚), 오형국(吳亨國)을 선발하였다.[20] 이들은 당시 제주삼읍을 대표하는 지식인이었다. 이는 『이원진_탐라지』를 만들 때, 제주선비 고홍진을 참여시켰던 것과 같은 방법이었다.

형식적인 특징은 2가지이다. 하나는 「읍호고증」이다. 「읍호고증」은 『이원조_탐라지초본』에서 처음 보이고, 이후 『탐라지』에서 계속 확인된다. 두 번째는 「기문(奇聞)」, 「변정(邊情)」, 「구례(舊例)」, 「은휼(恩恤)」의 4가지 항목이다. 4가지 항목에 대해 이원조는 다음과 같은 기록을 남겼다.

> 제주 감영에 부임한 지 반년 동안 널리 찾아다녔어도 끝내 민간에서 흩어져 없어진 사적을 하나도 얻을 수 없었다. 다만 조정에 아뢴 공문서와 이곳 관아에서 작성한 기록을 취하여 여기저기 해어져 온전하지 못한 것을 모아서 거칠게 한 책을 만들었다. 내 뜻으로 별도로 추가해 넣은 것은 4가지 편목이다. 첫째, 진기한 이야기[奇聞]이다. 이 땅은 본래 신령한 신선들이 사는 곳이라 칭해지며, 제해(齊諧)의 괴담은 다 없어질 수는 없는 것이다. 둘째, 예전부터 내려오는 구례(舊例)이다. 예전 도읍지의 남은 습속과 제주영을 설치한 뒤의 사례는 상고할 만한 것이 많은 편이다. 셋

20 『耽羅錄』, 12월 2일. "邑誌修正事差出, 任司都監金英樂·梁觀, 州有司姜齊鎭·金龍徵, 大靜錫瑚, 旌義吳亨國."

> 째, 변경의 정세[邊情]이다. 삼면이 이국의 땅으로 돛단배 한척이 이중삼중으로 통역하는 이유는 인명을 중시하고 바다를 방어하는 일을 엄히 하기 위해서다. 마지막은 은전(恩典)과 구휼(救恤)이다. 우리 성조께서 먼 곳에 사는 백성을 어루만져 달래는 은택이 전후로 끊임없이 이어졌다. 이 부분을 펴 보면 윗사람 친애하는 마음을 떨쳐 일으킬 수 있다.[21]

인용문은 『탐라록』 12월 2일조에 있는 「신수탐라지발(新修耽羅誌跋)」의 일부이다. 「기문」에는 제주도 설화 등 14편이 수록되어 있다. 구체적으로는 백록담 설화, 설문대 설화, 김치 판관과 강림이 출현하는 차사본풀이, 김만일 이야기, 어사 조성립의 기문, 산방덕이 설화, 광양당, 영등신, 김녕사굴 전설, 광정당 설화, 한모살개 이야기, 제주토속, 해녀설화, 백록담의 흰 사슴 이야기이다. 이 이야기들은 제주도 신화와 설화를 모티브로 기록한 것이며, 지금도 제주도설화조사에서 확인된다. 중요한 점은 이원조가 이런 이야기를 괴력난신으로 치부하지 않고 기록했다는 점이다. 이는 신당철폐를 하면서 급하게 유교화하려 했던 이형상 목사와는 분명 다른 방향이었다.

「변정」은 전수(戰守), 이선(異船), 표류(漂流)의 세부항목으로 정리하였다. 전수는 고려~조선명종에 이르기 까지 제주에 있었던 전투에 대한 기록이다. 이선은 총 11건의 사건을 기록하였는데, 외국선박이

---

21 『耽羅錄』, 12월 2일. 「新修耽羅誌跋」. "莅營半載, 廣搜博訪, 而竟不得一逸史於埜. 秖取之公家啓牒, 館宇題識, 斷爛裒粹, 草成一本. 條列分合, 或仍或改, 而以己意添入別條者四. 日奇聞. 此地素稱靈仙窟宅, 諧齊志怪, 不可全沒也. 日舊例. 古都遺俗, 及設營後, 事例多有可攷也. 日邊情. 三面異域, 一帆重譯, 所以重人命, 而嚴海防也. 終之以恩恤. 我聖朝懷柔之澤, 前後曠絕, 一開卷, 可以興起其親上之心也. 編旣成, 并與新舊兩本, 而藏弆之. 不敢遽付之剞劂, 去取刪補, 更俟後人云."

표류했던 것과 정박했던 것에 관련한 사항이다. 표류는 제주 사람의 표류했던 4건의 사건을 기록했다. 「변정」의 항목은 『윤시동_탐라지』의 것을 보다 세밀하다. 기존의 것을 보완하는 성격이 아니라, 재정리하는 성격이 강하다.

「구례」에는 제주목사가 알고 있어야할 일들과 예전에 있었던 일을 기록했다. '도회관(都會官), 군관(軍官), 도배(徒配), 과시(科試), 전최(殿最), 발순(發巡), 선금(船禁), 노인연(老人宴), 압령(押領), 역학생(譯學生), 의국(醫局), 산렵(山獵), 목우우(木牛偶)'의 세부항목으로 구성되어 있다. 이는 제주목사의 임무를 수행하기 위해 필수적으로 알아야 할 내용을 정리한 것이다.

「은휼」은 주진(賙賑), 견탕(蠲蕩), 은전(恩典)의 세부항목으로 나누었다. 내용은 중앙정부에서 제주에 베풀어준 여러 가지 행정조치를 적었다. 주로 흉년 때에 곡식을 진휼했던 기록이다. 이 역시 『윤시동_탐라지』의 「열조특전어사순막」과 연결되는 부분이다. 이원조는 조정의 조치를 통시적으로 정리하였다. 이는 윤시동은 제주사람들이 어려워했던 몇 가지 사항을 자세하게 언급했던 것과는 차이가 있다.

또 하나의 특징은 초본의 형태이기에 수정표시가 있다는 점이다. 수정표시는 차례를 정리한 경우, 첨가한 경우, 삭제한 경우가 있다. 이 중 삭제와 첨가한 경우를 정리하면 다음과 같다.

	『이원조_탐라지초본』 수정부분
추가1	世宗朝, 遣曆官尹士雄崔天衡李茂林三人, 測極度於漢拏山. 事在雲觀志.
첨가2	以邑人高承祖, 爲三邑都知上鎭撫
삭제1	黃祐獻 運籌堂記 [전체 삭제]
삭제2	大明初平雲南 徒梁王家屬于州.

삭제3	梁氏譜牒曰，乇羅國主遣良宕夫繼良，入朝新羅，王嘉之，以宕爲星主，改賜姓梁，以繼良爲王子．其後，高氏滅梁氏之國云．未詳．

수정과 삭제를 누가 했는지는 확인되지 않는다. 삭제와 첨가부분에서 눈에 띄는 것은 고씨와 양씨에 관련한 사항이다. 〈삭제3〉의 내용은 양씨가 원래 제주성주였는데, 고씨가 양씨를 멸망시켰다는 것이다. 〈삭제2〉는 운남성에 있던 명나라 양왕이 제주로 와서 정착했다는 기록이다. 〈첨가2〉는 고승조의 벼슬에 관련한 사항인데, 이는 조선 초 좌우도지관으로 나눌 때의 기록이다. 수정사항을 살펴보면, 대체로 고씨에 대한 기록이 다소 우호적이라는 것을 느낄 수 있다.[22] 황우헌(黃祐獻)의 기문은 모두 기록해 놓고, 삭제표시를 했다. 이유는 불분명하다.

『이원조_탐라지초본』의 특징은 다음과 같다. 먼저 「읍치연혁」은 정조2년(1778)까지 기록되어 있다. 「읍호고증(邑號考證)」은 『탐라지』에서 처음 확인된다. 주요 문헌근거는 『구지』, 『남명소승』, 『남사록』이 확인된다. 『남사록』보다는 『남명소승』의 인용빈도가 높다. 이원진의 시가 확인되는 것을 보면 『이원진_탐라지』를 참고했다는 것은 분명하다.

관심을 끄는 것은 『윤시동_탐라지』에서도 보이는 『구지』의 존재이다. 명월진(明月鎭)에 대한 설명에서 『윤시동_탐라지』와 『이원조_탐라지초본』에서는 공통적으로 『구지』를 인용하였다.[23] 이 내용은 『이

22 고씨와 양씨에 관련한 사항은 제주지방에서 매우 큰 논란거리 중 하나이다. 삼성사에서 모시고 신위의 차례도 '高梁夫'인지, '梁高夫'인지를 두고도 논란이 적지 않다. 權震應이 지은 「濟州三姓廟節目」에서는 양씨를 앞세우고 있지만, 역시 정확한 문헌적 근거는 제시하지 못하였다.

원진_탐라지』에서는 확인되지 않는다. 그렇다면 『구지』는 당시 제주 관아에 남아있던 기록으로 추정해 볼 수 있다.

『이원조_탐라지초본』는 기존의 기록을 보충하여 당시의 변화사항을 성실하게 담아내었다. 이 책에서 처음 나오는 「읍호고증」과 「기문」, 「변정」, 「구례」, 「은휼」은 이원조가 특별히 신경 쓴 부분이다. 이 사항들은 이후 『탐라지』에 많은 영향을 끼친다. 순조 때에는 『이원진_탐라지』가 중간되기도 하였다. 그럼에도 이원조가 이렇게 제주 지리지를 작성하게 된 것은 기존 기록에서 부족한 면을 많이 느꼈기 때문일 것이다. 이후의 제주지리지의 중심은 『이원조_탐라지초본』로 옮겨오게 된다.

5) 『장인식(張寅植)_탐라지(耽羅誌)』

이 책은 제주대학교 탐라문화연구원에서 발간된 탐라문화총서(5)에 『탐라지』의 이름으로 간행되었다. 여기에는 『탐라지』 2종이 소개되어 있다. 두 판본 모두 필사본이다. 서두에는 일본동양대학교 소장본과 『남만리_탐리지』이라고 하였다. 일본 동양대학교 소장본은 언제 누가 만들었는지를 밝히지 않았다. 제주목에 관련한 내용만 전하며, 정의현과 대정현의 내용은 없다. 필자가 살펴본 결과 이는 『장인식_탐라지』임을 알 수 있었다. 『장인식_탐라지』의 존재는 심재(心齋) 김석익(金錫翼)의 『담수계_증보탐라지』 서문에서 확인된다.

---

23 『이원조_탐라지초본』. "舊誌, 又地誌, 三別抄據珍島, 先遣僞將李文京, 到泊于此. 又金方慶討三別抄, 左軍入飛揚島, 卽此浦也. 胡宗朝, 亦來泊于此. 又恭愍時, 元牧子等作亂, 遣崔瑩等, 諸元帥領兵來討, 牧子等拒戰于此浦, 大軍進擊破之云."

> 이로부터 이어서 대대로 서술한 사람이 적지는 않았으니, 응와(凝窩) 이원조(李源朝)·묵암(黙菴) 장인식(張寅植)과 같은 분이 있다. 하지만 이 책은 모두 세상에 간행되지 못했다.[24]

심재 김석익은 『이원진_탐라지』를 이야기하면서 『이원조_탐라지 초본』, 『장인식_탐라지』를 거론하였다. 『윤시동_탐라지』는 심재가 확인하지 못했던 것으로 보인다. 장인식은 헌종14년(1848)에 제주목사로 부임하여 2년간 근무하였다. 이는 이원조목사와는 5년의 시간 차이다.

『장인식_탐라지』로 볼 수 있는 근거는 다음과 같다. 우선 이 책에는 장인식의 글이 다수 실려 있다. 여기에 「제주관풍안」에 제주목사는 이의식(李宜植)까지 기록되어 있는데, 장인식 목사의 전임자이다. 판관은 탁종술(卓宗述)까지 기록되어 있는데, 장인식 목사 때 제주판관을 지낸 인물이다. 이후의 『탐라지』에서 장인식의 글이 들어간 경우가 종종 확인되는데, 모두 이 책의 기록을 참조한 것이다. 이 책의 전체 구성은 다음과 같다.

지역	『장인식_탐라지』의 구성
濟州	建置沿革 - 鎭管 - 官員 - 邑名 - 邑號攷證 - 姓氏 - 風俗 - 形勝 - 山川 - 島嶼各浦附 - 橋梁 - 土産 - 田結 - 大同 - 俸廩 - 徭役 - 城郭 - 坊里 - 戶口 - 道路院站附 - 防護所 - 水戰所 - 烽燧煙臺附 - 宮室 - 公廨 - 樓亭 - 倉庫 - 糶糴 - 學校 - 鄕約 - 壇廟 - 佛宇 - 將官 - 軍兵 - 工匠 - 奴婢 - 果園 - 牧養 - 醫藥 - 貢獻 - 古蹟 - 先生案 - 科宦 - 人物(孝烈忠義) - 奇聞 - 異見 - 邊情(異船漂流) - 舊例 - 恩恤(賙賑蠲蕩恩典)
旌義縣	없음.
大靜縣	없음.

24 『心齋集』, 「增補耽羅誌序」.

이 책의 가장 큰 특징은 『이원조_탐라지초본』을 계승하고 있다는 점이다. 「읍호고증」에서는 '인용신축속지(引用辛丑續誌)'라는 소주가 있다. 이 책에는 종종 '신축속지(辛丑續誌)' 또는 '속지(續誌)'라는 주석이 있는데, 모두 『이원조_탐라지초본』을 말하며, 내용도 정확하게 일치한다. 『이원조_탐라지초본』의 핵심이라고 할 수 있는 「기문」, 「변정」, 「구례」, 「은휼」 역시 모두 정확하게 반영되어 있다. '건치연혁' 역시 '정종(正宗) 2년'까지로 이 역시 『이원조_탐라지초본』과 일치한다.

『이원조_탐라지초본』과 차이는 3가지로 정리된다. 첫째, 『장인식_탐라지』에는 정의현과 대정현 자료가 없다는 것, 둘째, 장인식의 글이 추가되었다는 것, 셋째, '제주관풍안' 내용이 장인식 때까지 연장된 것이다. 정의현과 대정현의 자료가 없고, 장인식에 관련된 내용이 추가된 것이다. 이를 제외하면 『이원조_탐라지초본』과 큰 차이가 없다는 것을 알 수 있다. 즉 『장인식_탐라지』는 『이원조_탐라지초본』을 보충하여 완성한 형태임을 짐작할 수 있다.

그렇다고 『이원조_탐라지초본』에서 수정사항이 모두 반영된 것은 아니다. 우선 첨지형태의 사항은 반영되지 않았지만, 양씨와 관련한 삭제 표시는 모두 반영되었다. 삭제된 부분 중에 황우헌의 「운주당기(運籌堂記)」은 다시 수록되었다. 이외에 김영업(金英業, 1784~1835)의 「귤림당개건기(橘林堂改建記)」가 있는데, 이는 『장인식_탐라지』에서만 확인된다. 김영업은 제주출신으로 제주판관을 지낸 인물이다. 「수전소(水戰所)」의 항목은 '금폐(今廢)'라는 주석이 있는데, 『이강회_탐라직방설』에서 제주에 군선이 없다는 기록[25]과도 일치한다.

---

25 『이강회_탐라직방설』. "濟無戰船, 惟有私船將近五百."

『장인식_탐라지』는 『이원조_탐라지초본』을 보충하며 완성한 형태가 된 것으로 판단된다. 기본적으로 『이원조_탐라지초본』의 영향을 받았지만, 보다 완성된 형태라는 점에서 그 의미가 있다.

6) 『작자미상_탐라지』

이 책은 탐라문화연구총서(5)에 『장인식_탐라지』와 함께 실려 있다. 해제에는 대정현감을 지낸 남만리(南萬里)의 것이라고 추정했다. 이는 대정현감 선생안의 내용을 참조하여 판단한 것이다. 하지만 『탐라지』는 대정현감이 만들 수 있는 책은 아니었다. 남만리는 1902년에 부임했는데, 그 즈음에 제주목사를 지냈던 인물이 만들었다고 보는 것이 보다 합당할 것이다.[26] 이 책의 구성은 다음과 같다.

지역	『작자미상_탐라지』의 구성
濟州	官員 - 邑名 - 姓氏 - [金緻, 「漢拏山記」 일부] 이하 없음. 奇聞 - 異見 - 邊情(異船漂流) - 舊例 - 恩恤(賙賑蠲蕩恩典)
旌義縣	建置沿革 - 官員 - 形勝 - 山川 - 島嶼各浦附 - 橋梁 - 大同 - 俸廩 - 徭役 - 城郭 - 坊里 - 戶口 - 防護所 - 水戰所 - 烽燧 - 宮室 - 公廨 - 樓亭 - 倉庫 - 糶糴 - 學校 - 壇廟 - 佛宇 - 將官 - 軍兵 - 工匠 - 奴婢 - 果園 - 牧養 - 貢獻 - 古蹟 - 先生案 - 科宦 - 人物
大靜縣	建置沿革 - 官員 - 姓氏 - 形勝 - 山川 - 田結 - 大同 - 俸廩 - 徭役 - 城郭 - 坊里 - 戶口 - 道路 - 防護所 - 水戰所 - 烽燧 - 宮室 - 公廨 - 樓亭 - 倉庫 - 糶糴 - 學校 - 壇廟 - 佛宇 - 將官 - 軍兵 - 工匠 - 奴婢 - 果園 - 牧養 - 醫藥 - 貢獻 - 古蹟 - 先生案
기타	瀛州十一景, 李禮延_耽羅八詠

26 이에 대해 필자는 洪鍾宇일 가능성이 있다고 본다. 1902년 제주목에 부임한 관리는 '郡守 金昌洙 - 牧使兼判事 尹錫仁 - 郡守 宋錫珍'이 있고, 1903년에는 牧事兼判事 洪鍾宇'가 부임하였다. 1902년 부임한 인물들은 재임기간이 1년도 되지 않았고, 홍종우는 2년 동안 제주도를 다스렸다. 홍종우인 경우 문집은 확인되지 않지만, 약간의 글이 산발적으로 전하고 있기 때문이다.

이 책은 제주목과 관련해서는 1장 밖에 없다. 이에 비해 정의현과 대정현의 기록은 모두 수록되어 있다. 정의현과 대정현의 내용은 『이원조_탐라지초본』을 크게 벗어나지 않는다. 제주목 부분의 「기문」 등의 항목은 『이원조_탐라지초본』에 기초한 것이다. 기타 사항으로 「영주십일경(瀛州十一景)」과 「탐라팔영(耽羅八詠)」이 있다. 「영주십일경」에는 기존 영주십경에서 용연야범(龍淵夜泛)을 추가했는데, 제목만 기록하였다. 「탐라팔영」은 이예연(李禮延)의 5언절구로 제주의 풍속을 읊고 기록한 것이다.

시대가 차이가 있지만, 이 책의 대정·정의 부분과 『장인식_탐라지』의 제주목 내용을 합친다면, 『장인식_탐라지』의 모든 모습을 어렴풋이 확인할 수 있다. 하지만, 『탐라지』는 제주목에 관한 기록이 핵심이다. 제주목에 관한 자세한 기록이 확인되기 전에는 이 책의 정확한 가치를 판단하기는 힘들다.

7) 『최영학(崔永學)_탐라지(耽羅誌)』

이 책은 충청도 모덕사에 소장되어 있는 자료이다. 여기에는 면암(勉庵) 최익현(崔益鉉)과 관련한 서적들이 많다. 따라서 이 책은 기본적으로 면암 집안의 것으로 보면 된다. 주지하듯 면암은 1873년에 제주도에 유배를 왔었고, 조선말기 제주사회에 지대한 영향을 끼쳤다. 이 책은 면암 집안에 소장하고 있다는 자체로 큰 의미를 갖는다. 이 책의 구성은 다음과 같다.

구분	『최영학_탐라지』의 구성
濟州	建置沿革 - 鎭管 - 官員 - 邑名 - 邑號攷證 - 姓氏 - 風俗 - 形勝 - 山川 - 島嶼各浦附 - 橋梁 - 土産 - 田結 - 大同 - 俸廩 - 徭役 - 城郭 - 坊里 - 戶口 - 道路院站附 - 防護所 - 水戰所 - 烽燧煙臺附 - 宮室 - 公廨 - 樓亭 - 倉庫 - 糶糴 - 學校 - 壇廟 - 佛宇 - 將官 - 軍兵 - 工匠 - 奴婢 - 果園 - 牧養 - 醫藥 - 貢獻 - 古蹟 - 先生錄 - 科宦 - 人物
旌義縣	없음
大靜縣	없음

먼저 이 책에는 3개의 인장이 있다. "☐☐☐장(☐☐☐藏)" "위당(緯堂)" "최영학장(崔永學章)"이다. 면암 최익현은 4남1녀를 키웠는데, 아들은 "영조(永祚), 호길(虎吉), 영학(永學), 영복(永福)"이다. 최영학은 면암의 형인 최승현(崔升鉉)에게 양자를 갔다. 위당은 최영학의 호이다. 최영학의 장남 최면식(崔勉植)도 독립운동가였다.

이 책은 "건(乾)·곤(坤)"으로 구성되어 있고, 필사본이다. 중간에 필체가 바뀌는 것으로 보아 2명이 나누어 필사한 것으로 보인다. 이 책의 인용하는 주요문헌은 『구지(舊誌)』와 『속지(續誌)』이다. 이 책의 「건치연혁」에서는 『구지』에 대해서 '고홍진 『구지』'라고 표현하고, 『속지』에는 '이원조 『속지』'라고 표현하였다. 즉 『구지』는 『이원진_탐라지』이고, 『속지』는 『이원조_탐라지초본』인 셈이다.

세부적인 항목으로 보자면 「건치연혁」은 정종 2년까지 정리되었는데, 이는 『이원조_탐라지초본』을 따랐다. 「읍명고증」은 『이원조_탐라지초본』의 것을 그대로 가져왔다. 「건치연혁」, 「성씨」, 「풍속」 등에서는 『구지』와 『속지』의 내용으로 첨가하여 설명하고 있다. 이외 대부분의 항목은 『이원조_탐라지초본』을 따랐다. 「도서」, 「대동」, 「방리」 등의 항목에는 "『속지』에서 구별했기 때문에 이에 따른다"는 주석이 있다. 필사의 중심이 『이원조_탐라지초본』임을 알 수 있다.

구체적인 내용으로 들어가면 주목할 점이 있는데, 바로 『장인식_탐라지』의 흔적이다. 『최영학_탐라지』에는 장인식(張寅植)의 작품이 다수 소개되어 있고, 관풍안도 동일하다. 이는 편자가 『이원진_탐라지』, 『이원조_탐라지초본』, 『장인식_탐라지』의 내용을 모두 섭렵하고 정리했다는 것을 의미한다. 이 밖에 『연암집(燕巖集)』의 이방익(李邦翼) 표해록 기사가 소개되고 있는데, 이방익의 기록이 수록된 것은 이 책이 처음이다.

이 책은 우선 면암 집안의 소장본이라는 점에서 가치를 지닌다. 또한 『이원진_탐라지』와 『이원조_탐라지초본』을 하나로 종합하여 정리하려고 했다는 점도 매우 중요하다. 이를 통해 『이원조_탐라지초본』이 조선후기 대표적인 제주지리지로 공인되고 있음을 다시 확인할 수 있다. 하지만 『이원조_탐라지초본』의 핵심인 「기문」, 「변정」, 「구례」, 「은휼」이 없다는 것과 정의현과 대정현의 기록의 부재는 아쉬울 수밖에 없다.

8) 『탐라사실(耽羅事實)』

『탐라사실』은 현재 규장각 가람문고에 소장되어 있다. 필사본이다. 표지제목은 『탐라사실』인데, 실제 내용은 『탐라지』이다. 이 책은 제주, 정의, 대정의 모든 내용을 수록하고 있다. 이 책과 동일한 필사본이 고려대학교에 전해지는데, 여기에는 『담라지』로 되어 있다.[27] 이 책의 구성은 아래의 표와 같다.

---

27 가람문고본는 서울대 최미순 선생의 도움이 있었다. 고려대본은 안나미 선생의 도움이 있었다. 고마운 마음을 전한다.

구분	『耽羅事實』의 구성
濟州	建置沿革 - 鎭管 - 官員 - 邑名 - 新增(邑號攷證) - 姓氏 - 風俗 - 形勝 - 山川 - 泉井池附 - 島嶼各浦附 - 橋梁 - 土産 - 田結 - 大同 - 俸廩 - 徭役 - 城郭 - 坊里 - 戶口 - 道路院站附 - 防護所 - 水戰所 - 烽燧煙臺附 - 宮室 - 公廨 - 樓亭 - 倉庫 - 糶糴 - 學校 - 壇廟 - 佛宇 - 將官 - 軍兵 - 工匠 - 奴婢 - 果園 - 牧養 - 醫藥 - 貢獻 - 古蹟 - 先生錄 - 科宦 - 孝子 - 孝婦 - 烈女 - 忠婢 - 瑣說 - 題詠 - 奇聞 - 異見 - 邊情(異船漂流) - 舊例 - 恩恤(賙賑蠲蕩恩典)
旌義縣	建置沿革 - 官員 - 姓氏 - 風俗 - 土産 - 形勝 - 山川 - 島嶼各浦附 - 橋梁 - 田結 - 大同 - 俸廩 - 徭役 - 城郭 - 坊里 - 戶口 - 防護所 - 水戰所 - 烽燧 - 宮室 - 公廨 - 樓亭 - 倉庫 - 糶糴 - 學校 - 壇廟 - 佛宇 - 將官 - 軍兵 - 工匠 - 奴婢 - 果園 - 牧養 - 貢獻 - 古蹟 - 先生案 - 科宦 - 孝子 - 孝婦 - 烈女 - 義士
大靜縣	建置沿革 - 官員 - 形勝 - 山川 - 島嶼各浦附 - 橋梁 - 田結 - 大同 - 俸廩 - 徭役 - 城郭 - 坊里 - 戶口 - 道路 - 防護所 - 水戰所 - 烽燧 - 宮室 - 公廨 - 樓亭 - 倉庫 - 糶糴 - 學校 - 壇廟 - 佛宇 - 將官 - 軍兵 - 工匠 - 奴婢 - 果園 - 牧養 - 醫藥 - 貢獻 - 古蹟 - 先生案 - 科宦 - 烈女 - 島擾

먼저 이 책의 「건치연혁」에는 "융희3년 기유년에 경찰서를 설치했다"는 기록으로 마무리된다. 융희3년 기유년은 1909년이다. 그렇다면 이 책은 조선시대에 정리한 마지막 제주기록인 셈이다.

그렇다면 이를 기록한 사람은 누구일까? 이 책의 선생안에는 제주군수 윤원구(尹元求), 제주판관 홍종률(洪鍾律)까지 기록되어 있다. 1909년에는 제주군수 윤원구가 재임 중이었다. 다음 제주군수는 서병업(徐丙業)인데, 조선이 일본에 병탄된 1910년 10월에 부임하였다. 서병업 군수 때에는 정의·대정 양군이 폐지되고 다시 합쳐 제주군이 되었다. 이 책에서 제주군수 윤원구, 정의·대정의 기록까지 있는 것을 보면, 윤원구가 중심이 되어 정리된 것임을 짐작할 수 있다.

이 책의 형식과 항목은 『이원조_탐라지초본』와 『장인식_탐라지』를 따르고 있다. 이 책에는 '천정(泉井)'의 항목이 추가되었는데, 이는 『장인식_탐라지』의 기록을 세부적으로 나눈 것이다. 이 책에도 『속지』가 나오는데, 역시 『이원조_탐라지초본』을 말한다.

이 책에서 추가된 부분은 '신증(新增)'으로 기록하였고, 표시 없이 그냥 추가된 경우도 있다. 「풍속」의 항목에서 '여다남소(女多男少)'의 조목은 남자를 여자로 출생신고를 하여 정(丁)을 빼먹는다는 추가사항이 눈에 띠인다. 이는 이 책에서만 보이는 관점이다. 이 밖에 추자도(楸子島), 사서도(斜鼠島)에 대해 행정변화에 따른 사항을 기록하였다. 「토산(土産)」에서는 빈주(濱珠), 대모(玳瑁), 전복(全鰒)과 같은 해산물이 더해졌고, 「공장(工匠)」의 항목에도 포작(鮑作)이 추가되었다. 「고적(古蹟)」에서는 '이기온(李基瑥) 구거(舊居)'가 추가되었다. 「학교(學校)」에서는 계성사(啓聖祠)가 추가되었다.

항목에는 당시 폐해진 부분들도 그대로 기록하였다. 이럴 경우는 항목의 주석으로 '금폐(今廢)'라고 했다. 그런데 필체가 다른 것으로 보아 수정하면서 더한 것으로 보인다. '금폐(今廢)'의 항목은 '대동(大同), 봉름(俸廩), 요역(徭役), 봉수(烽燧), 조적(糶糴), 장관(將官), 군병(軍兵), 공장(工匠), 노비(奴婢), 의약(醫藥)'이다.

항목으로 추가된 것으로는 「쇄설(瑣說)」과 「도요(島擾)」가 있다. 「쇄설」은 다시 '삼기(三奇), 사절(四絕), 오호(五虎)'로 세분되어 있는데, 제주의 인물과 밀접한 관련이 있다. 삼기는 세 가지 기이한 일이란 의미로 '혜일(慧日), 만덕(萬德), 마노정(馬盧正)'이고, 사절(四絕)은 '고홍진, 진국태(秦國泰), 양유성(梁有成), 문영후(文榮後)'이며, 오호(五虎)는 '양정훈(梁廷勳), 부도일(夫道一), 김용우(金用雨), 신성흠(愼性欽), 이최영(李最榮)'을 지칭한다. 「도요(島擾)」에서는 철종(哲宗) 임술요(壬戌擾)[강제검(姜悌儉)의 난], 당저(當宁) 경인란(庚寅擾)[김지(金智)의 난], 건양(建陽) 임신요(丙申擾)[송계홍(宋啓弘) · 강유석(姜瑜奭)의 난], 광무(光武) 무술요(戊戌擾)[방성칠(房星七)의 난], 신축요(辛丑擾)[이재수(李在守)의 난]을 기록하였다.

이 책의 가치는 다음과 같다. 첫째, 조선왕조에서 확인되는 마지막 『탐라지』이다. 『탐라지』의 전통이 조선의 마지막까지 이어지고 있다는 것을 알 수 있다. 둘째, 「쇄설」과 「도요」의 항목은 이 책에서만 확인된다. 셋째, '금폐'의 항목은 없어졌음에도 기록하였다. 『장인식_탐라지』에도 '금폐'는 있는데, 대체로 방어시설에 국한된다. 『탐라사실』에서의 '금폐'는 갑오경장 등의 변화를 거치면서 사라진 사항들이다. 그렇다고 신증의 항목에서 새로운 행정사항을 충분히 반영한 것도 아니다. 이는 변화한 사항들에 대해 제대로 추가하지 못했다는 반증이라고 할 수 있다.

3. 일제강점기 이후의 제주 지리지

일제가 조선을 병탄한 이후로 제주에 관한 기록은 드물다. 먼저 일제강점기 이후 확인되는 제주지리지를 정리하면 다음과 같다.

〈일제강점기 이후의 제주지리지〉

	작성연대	명칭	형태	소장처	비고
1	소화4년(1929)	『生活狀態調査』	인쇄본	국립중앙도서관	朝鮮總督府
2	소화5년(1930)	『濟州島便覽』	인쇄본	국립중앙도서관	앙산 고성주 서문
3	소화8년(1933)	『濟州島 實記』 =『金斗奉_耽羅誌』	인쇄본	국립중앙도서관 장서각	
4	소화14년(1939)	『濟州島勢要覽』	인쇄본	국립중앙도서관	濟州島廳

5		『朝鮮寰輿勝覽』	인쇄본		제주편
6		『金鍾鉉_耽羅誌』			『담수계_증보탐라지』 서
7		『金錫翼_耽羅誌』	필사본	국립제주박물관	
8	1953년	『淡水契_增補耽羅誌』	철필본	제주문화원 발간	제주문화원 역
9	1934년	『新興里誌』	인쇄본	제주문화원 발간	里誌
10	1950년 이후	『高炳五_大靜郡誌』	필사본	대정역사문화 연구회발간	郡誌

위의 표에 있는 지리지 중에서 『생활상태조사』와 『제주도세요람』은 일본어로 작성되어 있고, 조선총독부와 제주도청 주관으로 이루어졌다. 가치가 없다고 할 수는 없지만, 제주를 통치하기 위한 하나의 수단으로 제주지리지를 작성한 것이다. 『조선환여승람』의 일제강점기 전국지리지인데, 제주에 관련한 내용은 너무 소략하다. 『김종현_탐라지』는 심재 김석익이 지은 「증보탐라지서」에서 그 이름이 보이며, 실물은 확인되지 않는다. 이에 본고에서 자세하게 언급하지는 않는다.

1) 『제주도편람(濟州島便覽)』

『제주도편람』은 고정종(高禎鍾)이 작성한 책이다. 고정종에 대해서는 자세한 생평이 확인되지 않는다. 이 책의 마지막 부분에 제주도 제주면 일도리 1441번지에 살았다는 기록이 있을 뿐이다. 먼저 이 책의 구성은 다음과 같다.

『濟州島便覽』의 구성
濟州島概觀 - 位置及地勢 - 面積 - 氣候 - 戶口 - 職業別戶口統計 - 濟州의 行政 - 教育機關 - 宗教 - 言論機關 - 社會團體 - 衛生機關 - 濟州의 交通 - 濟州의 通信 - 濟州의 金融機關 - 濟州의 農業 - 濟州의 商業 - 濟州의 工業 - 濟州의 漁業 - 濟州의 畜産 - 官廳及經濟團體 - 市場 - 名勝古蹟 - 史蹟 - 商工業一覽 - 人事紹介

책의 구성은 '제주-정의-대정'의 구조를 벗어나 주제별로 정리하였다. 이는 형식에 있어서 예전의 『탐라지』를 완전히 탈피한 것이다. 하지만 '명승고적(名勝古蹟)'·'사적(史蹟)' 등의 항목은 『탐라지』의 내용을 담고 있다. 조선시대 『탐라지』의 영향이 이어지고 있는 것이다. 이 책에는 문학작품의 소개는 없고, 신문물에 대한 기록은 전면에 등장한다. 판매를 위한 목적도 있었다. 이 책을 만든 의도는 서(序)와 권두사(卷頭辭)에 잘 표현되어 있다.

> 蓋觀東西하고 察古今에 有國則必有史하고 有邑則必有誌하ᄂᆞ니 然則我濟州는 以南鮮一大寶庫로 二十萬의 人口를 有하고 數千年의 歷史를 存한 九韓의 一인 耽羅國이다.

> 濟州는 우리의 鄕土이다. 過去에 우리 祖先이 이곳에서 生하엿스며 長하엿스며 住하엿스며 葬하엿고 現在 우리가 生하고 長하고 住할 뿐만 아니라 永遠未來의 子與孫의 永住地이다. (중략) 그것은 제주의 외관을 아는 것이니, 외관만으로 결코 제주를 알지 못할 것이다. 참 제주를 알자면 적어도 내면으로 드러가서 제주의 역사는 엇더하며 제주의 지리는 엇더하며 제주의 문화는 엇더하며 제주의 경제는 엇더하며 제주의 산업은 엇더하며 (후략)

첫 번째 인용문은 고성주(高性柱)가 쓴 서문이다. 고성주는 제주

최초의 근대서점인 영주서관(瀛洲書館)을 운영했던 인물로 알려져 있다. 두 번째 인용문은 저자가 쓴 권두사이다. 이 두 글에서 나타나는 것은 제주도에 대한 자부심과 함께 사람들이 그 속살을 잘 알지는 못한다는 것이다. 이어 제주의 속살을 알기 위해서는 제주의 문화, 경제, 산업 등을 알아야 한다고 강조했다. 실제 이 책에서는 이를 중심으로 구성되어 있고, 통계자료를 이용하여 소개하고 있다. 조선시대 『탐라지』에서는 전결(田結), 호구(戸口), 진상(進上), 공헌(貢獻) 등을 제외하고는 숫자로 된 자료를 확인하기 어렵다. 제주에 대한 구체적인 통계자료는 조선총독부에서 발행된 『생활상태조사』에서 먼저 확인되며, 『제주도편람』 이후에 작성된 『제주도세요람』에서도 마찬가지이다. 해방 후 작성된 『담수계_증보탐라지』에서도 확인된다. 이는 이 시대의 경향을 반영한 것이다.

작성 주체가 제주도민이라는 것도 주목된다. 조선시대 『탐라지』는 기본적으로 외부인의 시각으로 제주도를 기록한 책이다. 이 시대는 제주도 사람이 제주도에 대한 관심을 가지고 제주도를 기록하려 하였다.

2) 『제주도실기(濟州島實記)』=『김두봉(金斗奉)_탐라지(耽羅誌)』

김두봉은 일제강점기 제주인물이다. 호는 신천(信天)이고, 제주시 일도리에 거주했었다. 영주음사(瀛州吟社)의 회원이었고, 향토사에도 많은 관심을 가졌었다. 이 책은 필사본과 인쇄본 2종이 확인된다.

필사본으로 된 『김두봉_탐라지』는 장서각에 소장되어 있다. 책의 표지에는 '탐라지'라고 되어 있다. 서문은 이응호(李應鎬)가 1932년에 썼고, 뒷부분에는 1933년 '제주도실적연구사편집부발행(濟州島實蹟研

究社編輯部發行)'이라고 되어 있다. 이 책은 인쇄에 앞서 작성된 초고본으로 보인다.

『제주도실기』는 1932년에 인쇄되었다. 이후 4판까지 보인다. 한국학중앙연구원 장서각, 가톨릭대학교 성신교정도서관 등에서 확인된다. 이 두 책은 기본적으로 같은 내용을 담고 있다. 인쇄할 때에는 이응호의 서문이 빠져 있는데, 이유는 확인되지 않는다. 이 책에는 저작권과 책 가격이 있다. 상업적인 목적도 없지 않았던 것이다. 이 책의 구성은 다음과 같다.

	『濟州道實記』의 구성
濟州道實記	建治沿革 - 地理河川 - 氣象 - 交通及通信 - 城內沿革 - 宗敎沿革 - 敎育狀況 - 農産의 由來와 發展된 種類 - 勸農하는 春耕風俗 - 畜産의 發展 - 森林及造林에 대한 興味 - 無盡藏의 寶庫 濟州道의 海岸 - 古來의 遺風 - 金寧堂外各傳說 - 風俗的燃燈神 - 漢拏山記譯 - 瀛洲十景歌 - 龍淵夜帆歌 - 農夫歌 - 埠頭에서 본 感想 - 藥水瀑布 - 漢拏山別曲 - 鮮詩 - 釣魚歌 - 古代人物 - 孝子 - 烈女 - 土擾 - 附錄 - 星主王子傳 - 李朝文治 - 總論
耽羅誌補遺	綸音 - 記文 - 上樑文 - 漢詩 - 科宦 - 先生案

『제주도실기』는 「제주도실기」와 「탐라지보유」로 구성되어 있다. 「제주도실기」는 국한문 혼용이고, 「탐라지보유」는 한문학 작품을 수록하였다. 이 책의 핵심은 「제주도실기」이다. 「제주도실기」의 내용은 기존 『탐라지』를 계승하는 내용, 변형하여 기록한 것, 저자가 새롭게 수록한 것으로 나눌 수 있다. 「건치연혁」, 「지리하천」, 「성내연혁(城內沿革)」, 「고대인물」, 「효자」, 「열녀」, 「토요(土擾)」는 조선시대 『탐라지』의 성격을 계승하고 있다. 「한라산기역(漢拏山記繹)」에는 김치(金緻)와 최익현(崔益鉉)의 「한라산기」를 번역하여 수록하였다. 김치

의 기문은 기존 『탐라지』에서 소개된 것이고, 최익현의 작품은 이 책에서 처음 소개되었다. 「종교연혁」, 「교육상황」, 「농산의 유래와 발전된 종류」, 「부두에서 본 감상」 등은 시대상황에 따른 제주의 변화를 기록하였다. 이는 기존 『탐라지』를 변형하여 기록한 내용들이다. 「영주십경가(瀛洲十景歌)」, 「용연야범가(龍淵夜帆歌)」, 「농부가(農夫歌)」, 「조어가(釣魚歌)」, 「약수폭포(藥水瀑布)」, 「한라산별곡(漢拏山別曲)」, 「선시(鮮詩)」의 항목은 민요와 가요 형태의 작품으로 이 책에서 처음 수록되었다. 「성주왕자전(星主王子傳)」는 탐라의 역사를 저자가 새롭게 구성하여 기록한 것이며, 신문자료에서도 그 내용이 확인된다.[28] 이 내용들은 모두 국한문혼용으로 되어 있어, 많은 독자들이 접근할 수 있게 배려하였다.

「탐라지보유」는 한문으로 기록되어 있고, 「윤음(綸音)」을 제외하고는 기존 탐라지에서 대부분 확인된다. 「선생안(先生案)」에서는 일본인 도사(島司)의 이름도 확인된다.

이 책의 가치는 다음과 같다. 첫째, 『탐라지』에 대한 인식이 지속적으로 이어지고 있다. 둘째, 일제시대에도 제주에 대한 대중의 관심이 적지 않았다. 셋째, 제주 사람들에 의해 작성된 지리지이다. 넷째, 제주 사람들의 민요와 가요 등을 많이 수록하였다.

5) 『김석익(金錫翼)_탐라지(耽羅誌)』

심재 김석익은 구한말 제주를 대표하는 지식인이며, 부해(浮海) 안병택(安秉宅)의 제자이다. 이 책은 한문필사본이며, 그의 문집 안에

---

28 『동아일보』 1929. 12. 24~1929. 12. 28. 전설의 제주도, 성주왕자전.

『탐라지』의 항목으로 수록되어 있다. 먼저 전체 구성을 정리하면 다음과 같다.

구분	『김석익_탐라지』 구성
제주	建治沿革 - 鎭管 - 官員 - 邑號 - 姓氏 - 風俗 - 形勝 - 山川 - 泉井 附池 - 島嶼 附浦口 - 橋梁 - 土産 - 田結 - 城郭 - 坊里 - 防護所 - 烽燧 - 宮室 - 公廨 - 樓亭 - 耽羅觀風案 附賓興錄
정의	없음
대정	없음

이 책은 제주를 중심으로 기록되어 있고, 정의와 대정은 없다. 기존의 『탐라지』를 요약한 형태이지만, 중간에 자신의 느낌을 정확하게 피력하였다. 예를 들어, 「풍속」의 항목에는 '어리석지만 검소하고 예의와 겸양이 있다.'라는 조목이 있는데, 이는 『이원진_탐라지』를 그대로 따른 것이다. 이에 대해 김석익은 "살피건대, 토속에서 관인들을 경외하는 것은 일이 있으면 뇌물로 요행을 바라는 것이 상례가 되어 스스로 어긋난 법과 염치에 어긋나는 벌에 빠지는 줄도 모른다. 대개 비겁한 풍속은 있지만, 예의있고 겸양하는 풍조는 내가 알지 못하겠다."[29]라고 하여 자신의 의견을 피력하였다. 이밖에 김석익은 시문을 정리하면서 자신의 시문을 함께 기록하면서 보충하고 있다.

김석익은 『탐라지』에 대해 많은 관심이 있었다. 김석익이 소장했던 『이원진_탐라지』는 현재 제주국립박물관에 소장되어 있다. 이 책에 말미에 김석익은 『이원진_탐라지』에 대해 "실로 남쪽지방에서 처

---

29 『김석익_탐라지』, "案土俗敬畏官人, 有事則用賄賂, 以冀僥倖爲常禮, 而不知其自陷於乖法傷廉之誅, 蓋鄙劫之風, 則有之, 而禮讓之風, 吾不知也."

음 있는 문헌이었고, 세교(世教)에 관련된 것 역시 크다. 하지만 이 책은 사이사이에 『여지』를 근거로 하였지만, 모두 수집하지 못하여 실상과 어긋나고 잘못된 탄식이 없지 않았다.'라는 기록을 남겨놓았다."[30] 『이원진_탐라지』를 높이 평가하면서도 아쉬운 부분이 있다는 것을 지적하였다.

『김석익_탐라지』의 가치는 다음과 같다. 첫째, 제주사람의 관점으로 정리하려는 시도이다. 둘째, 국한문혼용의 시대였지만, 한문을 고집하고 있다. 즉 전통의 가치에 집중하고 있는 것이다. 셋째, 조선시대 『탐라지』 전통을 계승하고 있다. 넷째, 『담수계_증보탐라지』에 직접적인 영향을 주고 있다.

6) 『담수계_증보탐라지』

이 책은 1953년에 완성되었다. 담수계(淡水契)는 김문희(金汶熙), 김범준(金範埈), 두산(頭山) 백용석(白庸錫), 수광(水光) 김창희(金昌禧) 등으로 구성된 당시 제주 지식인이었다. 기존의 『탐라지』가 개인 저작에 가까웠다면, 이 책은 일종의 프로젝트를 통해 만들어진 것이다. 먼저 책의 전체 구성은 아래 표와 같다.

---

30 『국립제주박물관_탐라지』. "粤在孝宗癸巳, 耽羅志成, 卽牧使李公元鎭所編也. 李公以此方文獻無徵, 爲之追繹故事, 修述邑誌, 令州人高弘進監校鋟梓, 實南方創有之文籍, 而抑有關於世教者, 亦大矣. 然其爲書也, 間以輿誌爲據, 而蒐採未盡, 不無闕誤爽實之嘆. 蓋當時載籍未備, 有非一二人聞見精力之所及, 則固不可以一疵之瑕, 而拋棄全璧也, 明矣. 此爲中世印本, 而板久字刓, 不可讀者, 過半, 爲之可慨也. 余於四十年前, 得見一本, 紙毛色煤, 而印跡明晳, 一字不肋. 且卷末有申纘跋文, 乃知最初印本也, 今不知落在何邊. 己丑冬心齋迂人, 金錫翼, 書於琅嬛室. 心齋."

	『담수계_증보탐라지 구성』
地理	山川 - 泉池 - 沙藪 - 道路 - 島嶼 - 名所古跡 [名勝 - 古跡 - 官衙一 - 官衙二 - 樓亭 - 倉庫 - 城郭 - 烽燧 - 祠廟 - 學校 - 寺刹 - 果園 - 柑橘 - 牧場]
沿革	通史 - 附 奇聞傳說 - 附 題詠 - 附 舊例
氣象	
風俗	
區劃	
官公署	
交通	陸上交通 - 海上交通
通信	
敎育	
宗敎	佛敎 - 天主敎 - 예수敎 - 水雲敎
産業	農業 - 畜産業 - 林業 - 商業 - 鑛工業 - 水産業
言論機關	
社會團體	
産業機關	
金融機關	
人物	科宦 - 進士 - 文學 - 才猷 - 筆苑 - 孝子 - 義士 - 孝婦 - 烈女 - 節婦 - 義女 - 忠婢 - 醫術 - 天文 - 地理 - 富豪 - 滑稽 - 僧侶 - 其他
觀風案	

이 책의 권두사에서는 『이원진_탐라지』, 『이원조_탐라지초본』, 『김석익_탐라기년』 등의 저술을 이야기하면서 '탐라역사를 보는 일반사람이 알아보기 쉽게, 또는 넓은 범위에 걸쳐 좀 더 자세히 하자는 것이 이 책을 쓰게 된 동기'라고 하였다. 이 책의 첫머리에는 소강(小岡) 김문희(金汶熙)의 '고고증금(考古證今)'라는 글씨가 있는데, 이 역시 이 책의 취지를 잘 표현하고 있다. 그리고 '김석익의 간곡한 지도와 격려'가 있었음을 밝혔다. 이 책은 활자 인쇄도 못했고, 철필로 유지를 긁어서 제작하였다.

이 책의 기본체제는 『탐라지』를 기초로 하면서도 일제시대 지리지의 특징을 모두 담고자 하였다. 분량으로 봤을 때는 '명소고적(名所古跡)'조가 주목되는데, 전체 500면 가운데 200여 면을 차지한다. 내용은 기존 『탐라지』의 것이다. 김석익의 간곡한 지도를 느낄 수 있는 부분이다. '기상, 교통, 통신, 종교, 산업, 언론기관, 사회단체, 산업기관, 금융기관' 등의 조목은 모두 통계자료가 실려 있다. 이는 일제강점기 통계자료들이 바탕이 되었을 것으로 보인다. 하지만, 관풍안(觀風案)에는 일본도사(日本島司)의 이름은 없다. 저자들의 의식을 읽을 수 있는 부분이다.

이 책은 분량 상으로 가장 방대한 자료를 수록하고 있는 제주 지리지이다. 해방 후에 작성이 되었기 때문에 기존에 전해지던 『탐라지』와 일제강점기의 변화사항을 모두 정리하고 있다. 이는 해방 후에도 '제주지리지는 『탐라지』'라는 인식이 이어지고 있다는 것을 의미한다. 마지막으로 제주사람들의 중심이 되어 제주를 재정리하고자 했다는 점도 매우 중요하다. 내용상으로는 큰 차이는 없지만, 내부자의 시각으로 제주를 다시 읽으려는 시도이기 때문이다.

4. 제주지리지 『탐라지』의 의미

『이원진_탐라지』는 고려 때부터 쌓인 제주기록을 체계적으로 정리한 사찬 제주지리지이다. 이 책은 이후 제주지리지의 전형으로 자리하게 된다. 이후 많은 제주지리지가 만들어지는데, 기본적으로 『이원진_탐라지』를 기초로 하고 있다.

『이형상_남환박물』에서는 『이원진_탐라지』와 많은 차별점을 확인할 수 있었다. 제주지리지로 구분할 수 있지만, 전통적인 의미의 『탐라지』라고 하기는 힘들다. 형식도 파격에 가깝다. 내용적인 면에서는 풍속과 제주의례에 관련한 사항들을 집중적으로 기록하였다. 이는 자신의 재임기간에 있었던 경험과 공적을 의식하면서 적었기 때문이다.

『윤시동_탐라지』인 경우는 『이원진_탐라지』의 전통을 계승하고 있다. 이 책은 『이원진_탐라지』를 기초로 '증보'하는 형태였다. 특히 변방에 관련한 「구진」, 「고금사적」, 「표류이국문정」과 조정의 혜택에 관한 「열조특전어사순막」은 자세히 적었다. 이는 모두 『이원진_탐라지』에서는 볼 수 없었던 내용이다.

『이강회_탐라직방설』은 당시 제주바다의 실제상황을 보고 들은 것을 기록하였다. 제주지리지라는 측면에서는 아쉬운 면이 있지만, 당시 본토 사람들이 제주에 대한 깊은 관심을 읽을 수 있다.

『이원조_탐라지초본』은 『이원진_탐라지』의 중간본이 나온 이후에 만들어졌다. 이는 기본적으로 『이원진_탐라지』의 내용에 많은 아쉬움을 느꼈다는 것이다. 실제로 「기문」, 「변정」, 「구례」, 「은휼」의 항목은 매우 심혈을 기울여 보충한 사항이었다. 이후 『이원조_탐라지초본』은 『이원진_탐라지』의 위치를 대신한다. 『이원조_탐라지초본』은 바로 『장인식_탐라지』로 계승된다. 이후 『이원조_탐라지』는 『구지』, 『이원조_탐라지초본』는 『속지』의 이름으로 재생산된다. 이를 확인할 수 있는 것이 『최영학_탐라지』였다. 『탐라사실』은 조선왕조 마지막을 장식한 제주지리지였다. 이 책에서는 「쇄설」과 「도요」의 항목을 추가하였다.

조선시대 『탐라지』는 『이원진_탐라지』에서 시작하여 『이원조_탐라지초본』에서 한 차례 크게 변화하고, 『이원조_탐라지초본』은 이후 제주지리지의 기준으로 자리한다. 각각의 『탐라지』는 많은 출입이 있지만, 모두 시대와 변화에 맞게 내용을 기록하였다.

그렇다면 『탐라지』가 왜 이렇게 많이 확인되는 것일까? 첫째, 제주를 다스리기 위한 기본적인 지식이 부족한 상태였던 것으로 보인다. 다른 지역인 경우는 다녀간 사람들도 적지 않고, 조언을 구할 사람도 많았을 것이다. 하지만 제주도는 분명 달랐다. 게다가 제주의 책임자는 목사이지만, 감사의 업무를 분담하고 있었다. 실제로 제주목사는 정3품 아문이 아니라 종2품 아문이었다. 둘째, 조선후기 서양세력이 동진으로 바다에 대한 관심이 많아졌다. 당시 제주는 새로운 세상에 대한 정보가 가장 먼저 들어오는 곳이었다. 이는 『탐라지』에 변방과 표류에 관한 기록이 증가하는 한 요인이 되었다. 이러한 관심은 『정운경_탐라문견록』이나 『송정규_해외문견록』에도 확인된다. 마지막으로 제주도에 대해, 본토 사람들의 관심이 많았다는 것을 의미한다. 조선시대 제주도는 본토와는 결이 다른 이질적인 공간이었기 때문이다.

조선시대 『탐라지』의 저술 시각은 기본적으로 외부인의 관점이었다. 수정할 때 지역지식인들을 참가시켰다고 하지만, 이는 정확성을 높이기 위한 한 방법이었다. 이는 대부분이 제주목사의 주관으로 만들어졌기 때문이다.

『탐라지』와 『제주읍지』와의 관계를 생각해 볼 필요가 있다. 현재 『제주읍지』는 3종이 확인된다. 1종은 정조 때 작성되었고, 나머지는 고종 대에 만들어졌다. 『제주읍지』의 구성은 『탐라지』와 크게 다르지는 않다. 하지만 그 내용에 있어서는 빈약하기 그지없고, 하나의 보고서와 같다. 이는 대체로 진상과 공헌을 위한 기록의 느낌이다. 이에 여러 문학작품들은 수록될 수 없었다. 공찬읍지임에도 제주의 속살을 확인하기는 힘들기에, 아쉽지만 『탐라지』의 범위를 넘어섰다고 평가할 수는 없다.

조선이 일제에 병탄된 후에는 공식적으로 『탐라지』의 시대는 끝나고, 새로운 형태의 제주지리지가 출현하였다. 『제주도편람』, 『제주도실기』는 통계자료를 기초로 하여 제주를 재정리하였다. 이는 일제강점기 각종 조사들을 반영한 것이었다. 이 시기 행정구역 변화에 따라 정의현과 대정현은 사라졌고, 세부적인 주제로 정리하였다. 이 시기 제주지리지는 상업적인 목적도 있었고, 이는 제주도에 관한 일반 사람들의 관심이 적지 않았다는 것을 의미한다. 이 시기 전통을 지키려는 시도도 있었는데, 『김석익_탐라지』가 대표적이다.

저술시각에 전환도 주목된다. 조선시대 『탐라지』가 외부인의 시각으로 기술되었다면, 일제강점기에는 제주사람들이 제주를 주체적으로 기록하고 있다. 몇 가지 이유를 정리하면 다음과 같다. 첫째, 일제강점기 제주지식인들의 성장과 밀접한 관련이 있다. 조선후기부터 과거합격자들이 다수 나오기 시작했고, 구한말에는 제주사람들이 제주관리로 부임하기도 한다. 본토로 진출하여 공부하는 사람들도 출현하기 시작한다. 둘째, 구한말 출륙금지령이 유야무야되면서 지리적 인식이 확장되기 시작했다. 일제강점기에는 그 영역이 본토는 물론 쿠로시오 해류의 주변 나라로 확대된다. 많은 제주 사람들이 제주바다를 건너 생활하였고, 이런 활동이 지리적 인식의 변화로 이어진 것이다. 이런 제반사항으로 제주사람들이 '제주'라는 공간을 보다 주체적 인식할 수 있었던 것으로 보인다. 이는 조선시대와 일제강점기의 성과를 종합한 『담수계_증보탐라지』에서 잘 확인된다.

제주지역에만 나타나는 독특한 지리지로는 리지(里誌)를 들 수 있다. 제일 먼저 확인되는 책은 1934년에 작성된 『신흥리지(新興里誌)』이다. 이 책은 리(里)단위의 지리지로는 가장 빠르다. 신흥리는 북제주군 함덕과 조천 사이에 있다. 예전에는 왜포(倭浦)로 불렸다. 이 책은 5권으로 구성되어 있다. 1권에는 설촌 유래 등을 기록하였고, 2권에는 마을의 주요사건을 기록하였고, 3권에는 애향심을 강조하는 내용과 기부내역 등을 수록하였다. 4~5권은 현대에 보충된 것이다. 리지(里誌)의 서문에는 마을에 대한 자긍심이 표현되어 있다.[31] 제주도 내에서 '고향'이라고 할 때는 다른 지역과 달리 리를 말하는 경우가 많다. 리에 대한 인식이 다른 지역과 다르기 때문이다. 『신흥리지』 이후 제주도 거의 모든 마을에서 리 단위로 마을지리지가 만들어진다. 모두 마을에 대한 주체적 의식의 표현이며, 이는 제주도에만 있는 독특한 현상이라 하겠다.

해방 후 한문으로 작성된 제주지리지로는 고병오(高炳五, 1899~1972)의 『대정군지(大靜郡誌)』를 들 수 있다. 고병오는 대정읍 상모리 출신이다. 간재 전우를 찾아가 배웠던 인물로 평생 상투를 지키며 살았다. 이 책은 262면에 94개의 항목으로 구성되어 있다. 대부분의 항목은 『탐라지』와 일제강점기의 제주지리지의 항목과 동일하다. 내용은 대정을 중심으로 기록하였다. 여기에 6.25때 진사사와 4.3때 해를 입었던 대정사람들까지 추가하여 기록하였다. 이 책 역시 지역에 대한 자긍심과 시대의 변화사항을 담아내었다.

---

31 『心齋集』, 「新興里誌序」.

현대에 들어서서 제주에는 마을마다 마을지가 작성되었고, 마을을 소개하는 여러 책자들도 만들어졌다. 『정의읍지(旌義邑誌)』, 『대정읍지(大靜邑誌)』, 『제주도지(濟州道誌)』 등도 지속적으로 작성되고 있다. 이런 다양한 제주지리지 인식의 기저에 모두 『탐라지』가 자리하고 있다.

5. 나오며

지금까지 제주지리지인 『탐라지』를 정리하고 의미를 추적해 보았다. 본고에서는 『이원진_탐라지』 이후 있었던 제주지리지를 정리하고, 그 특징과 변화사항을 확인하였다. 본고를 통해 조선시대부터 일제강점기에 이르는 제주지리지를 통시적으로 확인하고 살펴보았다는 점은 큰 의미가 있을 것으로 생각된다. 반면에 집중적인 규명이 모자랐다는 점은 어쩔 수 없는 한계로 자리한다.

앞으로의 과제를 정리하면 다음과 같다. 첫째, 제주도 관련 문헌을 모두 정리해서 세부적으로 살펴볼 필요가 있다. 『탐라지』의 정보는 개인저작물로 연결되는 경우도 있고, 반대로 개인저작물이 『탐라지』로 들어오는 경우도 많다. 이런 정보의 흐름을 분석할 필요가 있다. 둘째, 개별 『탐라지』에 대해 집중적인 연구가 필요하다. 현재 『이원진_탐라지』를 제외하고는 이렇다 할 연구 성과는 없다. 셋째, 제주지리지를 각 항목별로 연구할 필요가 있다. 각 항목별로 변화사항을 통시적으로 확인한다면 보다 깊이 있는 연구 성과를 거둘 수 있다. 지금까지 풍속조에 대한 통시적 연구로는 마치다타카시의 연구가 있다. 이 연구도 모든『탐라지』를 살펴본 것은 아니었고, 번역된 일부를 참조한 것일 뿐이다. 마지막으로 지속적인 자료조사가 이어져야 하겠다. 지금 소개한 책이 전부라고 단정할 수 없기 때문이다.

지금까지 제주학 연구는 세부적으로 진행된 경우가 대부분이다. 세부적인 연구와 함께 거시적 안목의 연구도 지속적으로 이어지기를 기대하는 바이다.

조선시대 제주도 지도의 현황과 유형별 특성

오상학

1. 서론

제주도는 동아시아의 중심 해역에 위치한 화산섬으로 오래전부터 인간이 정착해서 거주해 왔다. 본토에서 멀리 떨어져 있지만 동아시아의 주요 항로에 위치한 지정학적 특성 때문에 제주를 군사적 요충지로 인식하게 했다. 아울러 화산섬이라는 자연환경적 특성으로 인해 형성된 중산간의 오름(측화산)과 광활한 목초지는 목마장을 설치하기 위한 최적지로 인식되었다. 제주도가 지니는 이러한 경제적, 지정학적 중요성으로 인해 이 지역의 형세를 파악하기 위한 지도제작이 일찍부터 행해졌던 것으로 보인다. 1007년 고려 목종 때에는 제주도의 서산(瑞山)에서 화산이 폭발하자 조정에서 태학박사(太學博士) 전공지(田拱之)를 파견하여 산의 형상을 그려 왕에게 바치게 했다는 기록이 있는데[1] 당시의 그림은 폭발로 형성된 산과 그 주변 지역을

1 『고려사절요』 제2권 목종선양대왕(穆宗宣讓大王) 10년, 정미.

그린 일종의 회화식 지도로 추정된다.

또한 조선전기 지리지와 지도 제작에 심혈을 기울였던 양성지가 1482년(성종 13)에 『제주삼읍도(濟州三邑圖)』를 그려 올렸다는 기록으로 볼 때[2] 다른 고을이나 도서지방에 비해 지도가 활발히 제작되었던 것으로 보인다. 이러한 제주도 지도는 조선후기에 이르면서 지식인들 사이에도 유포되어 이용되었다. 실학자 이익은 제주도의 비양도를 논하는 글에서 "탐라도(耽羅圖)에 이르기를, '봉우리가 넷이 있었는데 흙이나 돌이 모두 붉고 수포석(水泡石)처럼 생겨 어떤 것은 우뚝 서서 사람처럼 보인다. 산 둘레에는 대가 울창하나 산꼭대기에는 초목이 없다. 여기서 나는 대는 화살감으로 아주 좋다.'라고 한다"고 하면서 제주도 지도의 기록을 인용하고 있다.[3] 아울러 호남의 실학자 위백규는 『탐라도』라는 제주도 지도를 직접 그리기도 했다.[4] 이처럼 육지부의 지식인들이 제주도 지도를 열람하거나 직접 제작할 정도로 제주 이외의 지역에서도 유포되어 이용되었던 것으로 볼 수 있다.

현존하는 조선시대의 제주도 지도는 대부분 조선후기 제작된 것이다. 다른 지역의 지도들도 대부분 비슷한 실정인데 조선전기에 제작된 대부분의 지도들이 전란을 거치면서 유실되었기 때문이다. 그래도 현존하는 단일 군현의 지도로는 다른 지역에 비해 상대적으로 많은 종류가 남아 있다.

---

2 『성종실록』 권138, 성종 13년 2월 13일(임자).

3 이익, 『성호사설』 제1권 천지문, 비양도.

4 위백규, 『환영지』, 탐라도.

근래에 제주도 고지도에 대한 연구와 영인본 간행이 이루어져 조선시대 제주도의 모습을 구체적으로 보는데 도움을 주고 있다. 제주도 고지도에 관한 선구적인 연구로는 이찬 교수의 논문을 들 수 있다. 그는 18세기의 대표적인 탐라지도인 『탐라순력도(耽羅巡歷圖)』 중의 「한라장촉(漢拏壯矚)」, 『탐라지도병서(耽羅地圖并序)』, 『탐라좌표도(耽羅座標圖)』의 세 종의 지도를 검토하여 특성을 밝혔다(이찬, 1979). 또한 이 시기 한국정신문화연구원에서는 『탐라순력도』와 『남환박물(南宦博物)』을 묶어 한 권의 책으로 영인, 간행하기도 했다(한국정신문화연구원, 1979).

1990년대 이후 고지도에 관심이 증대되면서 제주민속자연사박물관에서는 전국에서는 최초로 도 단위의 고지도 영인본 『제주의 옛지도』를 간행하여 관련 연구자 및 일반 대중들에게도 제주의 옛 모습을 볼 수 있는 기회를 제공하였다(제주도민속자연사박물관, 1996). 이와 같은 제주도 지도집을 바탕으로 1996년 이상태는 제주도 고지도의 특징을 간략하게 고찰한 논고를 발표하였다.[5]

2000년에는 제주시청의 주관 하에 『탐라순력도』의 영인 간행이 새로 이루어졌으며, 아울러 『탐라순력도』에 대한 다양한 학문 분야에서 종합적인 분석이 행해졌다.[6] 또한 제주도 고지도를 유형별로 분석하여 특징을 밝힌 연구가 2001년 양보경 교수에 의해 행해져 제주

5 이상태, 「제주도 고지도 연구」, 『아세아문화연구』 제1집, 한국 경원대학교 아시아문화연구소·중국 중앙민족대학 한국문화연구소, 1996.

6 탐라순력도연구회, 『탐라순력도연구논총』, 제주시 탐라순력도연구회, 2000. 이 논총에는 고지도 분야의 연구인 필자의 논문이 "『탐라순력도』의 지도학적 가치와 의의"라는 제목으로 수록되어 있다.

고지도에 대한 이해의 폭을 넓혀 주었다.[7] 2004년에는 조선시대의 대표적인 지도를 대상으로 시계열적으로 고찰한 필자의 논고가 발표되었고,[8] 2006년에는 18~19세기 제주 고지도의 지명을 중심으로 연구한 김오순의 논문이 발표되었다.[9]

조선시대 제주도 지도의 지명을 분석한 일련의 연구가 오창명에 의해 발표되어 고지도가 지명 연구의 중요한 자료로 인식되는 계기가 되었다.[10] 아울러 회화식 지도인 『탐라순력도』와 『탐라십경도』에 대한 연구도 활발하게 이루어지면서 제주도 경관의 시각적 표현과 그 의미를 드러내고 있다.[11] 최근에는 제주 고지도에 그려진 하천의

7 양보경, 「제주 고지도의 유형과 특징」, 『문화역사지리』 제13권 제2호, 한국문화역사지리학회, 2001.

8 오상학, 「조선시대 제주도 지도의 시계열적 고찰」, 『탐라문화』 제24호, 제주대학교 탐라문화연구소, 2004.

9 김오순, 「18~19세기 제주 고지도의 연구」, 『교육과학연구』 제8권 제2호, 제주대학교 교육과학연구소, 2006.

10 오창명, 「『탐라순력도』의 땅 이름」, 『탐라순력도 연구논총』, 탐라순력도연구회, 2000; 「『신증동국여지승람』의 제주 지명 연구」, 『제주도연구』 제25집, 제주학회, 2004; 「『탐라도』와 지명」, 『탐라문화』 제28호, 제주대학교 탐라문화연구소, 2006; 「동여비고」의 제주 지명 연구」, 『한민족어문학』 제50집, 한민족어문학회, 2007; 「『대동여지도』(1861)의 제주 지명」, 『제주도연구』 제31집, 제주학회, 2008a; 「『영주산대총도』의 제주 지명」, 『지명학』 14, 한국지명학회, 2008b; 「『탐라십경도』의 제주 지명」, 『지명학』 26, 한국지명학회, 2017.

11 이보라, 「17세기말 탐라십경도의 성립과 『탐라순력도첩』에 미친 영향」, 『온지논총』 제17집, 온지학회, 2007; 노재현·신병철·한상엽, 「탐라십경과 탐라순력도를 통해 본 제주 승경의 전통」, 『한국조경학회지』 제37권 제3호, 한국조경학회, 2009; 윤민용, 「18세기 『탐라순력도』의 제작 경위와 화풍」, 『한국고지도연구』 제3권 제1호, 한국고지도연구학회, 2011; 김태호, 「탐라십경도에 표현된 제주도의 지형경관」, 『한국지형학회지』 제21권 제4호, 한국지형학회, 2014; 「『탐라순력도』의 지형경관에 투사된 지형인식」, 『탐라문화』 제51호, 제주대학교 탐라문화연구원, 2016; 「옛 그림 속 제주의 지형경관 그리고 지형인식」, 『대한지리학회지』 제52권 제2호, 대한지리학회, 2017.

묘사를 분석하여 계열을 밝힌 김기혁의 논문[12]과 18세기 목판본『탐라지도』의 지도학적 특성을 밝힌 필자의 연구가 발표되어 제주 고지도의 연구 영역을 확장시키고 있다.[13]

그러나 1996년 이후 현존하는 제주 관련 고지도에 대한 체계적인 조사 연구는 미흡한 실정이다. 특히 2000년대 이후 발굴된 제주 고지도에 대한 연구와 이를 원색의 도판으로 수록하여 상세한 해제를 곁들인 도록의 간행도 없는 실정이다. 따라서 기존에 알려진 제주도 고지도와 더불어 최근에 발굴된 고지도를 분석하여 정리할 필요가 있다. 본고는 이러한 문제의식을 바탕으로 현존하는 조선시대 제주도 지도의 현황을 파악하여 정리하고 유형별로 분류한 후, 각각의 특성을 밝히고자 했다.[14] 이러한 작업은 이후 제주도 고지도에 대한 후속 연구에 도움을 줄 수 있을 것으로 기대한다.

---

12 김기혁,「17~18세기 제주도 고지도의 하천 묘사에 나타난 지도 계열 연구」,『문화역사지리』 제30권 제2호, 한국문화역사지리학회, 2018.

13 오상학,「목판본 탐라지도의 내용과 지도학적 특성」,『한국지도학회지』 16권 2호, 한국지도학회, 2016.

14 제주도가 그려지는 지도 유형은 스케일에 따라 세계지도, 동아시아지도, 조선전도, 도별지도, 군현지도책의 제주지도, 제주도 단독지도, 제주도의 부분 지도 등으로 구분해 볼 수 있으나 세계지도, 조선전도, 도별지도의 제주도 지도는 제주도만을 대상으로 그린 것이 아니므로 본 연구에서는 제외했다. 대신에 대동여지도와 같은 대축척 전국지도의 제주지도와 제주성이나 목마장 등 제주도의 일부 지역을 그린 지도들은 연구 대상에 포함시켰다.

2. 조선시대 제주도 지도의 현황과 유형

〈표 1〉 조선시대 제주도 지도 현황

지도명	제작자	제작시기	판본	규격 (세로×가로㎝)	유형	소장처
목판본 제주도 지도		17세기말	목판본	145×105	대축척 단도지도	제주세계유산 본부
「한라장촉」 (『탐라순력도』)	이형상	1702년	필사본	30×47	대축척 단독지도	제주세계유산 본부
탐라지도		1706년	목판본	73.0×65.0	대축척 단독지도	경희대 혜정박물관
탐라지도		1706년	목판본	73.0×65.0	대축척 단독지도	국립해양박물관
탐라지도병서	李奎成	1709년	목판본	250×150	대축척 단독지도	국립제주박물관
영주산대총도		1721년	필사본	104.5×59.5	대축척 단독지도	국립고궁박물관
제주삼읍도총지도		18세기 전반	필사본	119.5×122	대축척 단독지도	제주민속자연사 박물관
대정현지도		18세기	필사본	85.0×73.4	대축척 단독지도	제주세계유산 본부
제주도도		19세기	필사본	126.5×102.5	대축척 단독지도	숭실대 기독교박물관
탐라지도병지	이원조	1841년	필사본	102×62.6	대축척 단독지도	개인소장
제주삼읍전도		1872년	필사본	68.9×108.6	대축척 단독지도	서울대 규장각
제주지도		1872년	필사본	58×98.3	대축척 단독지도	서울대 규장각
정의군지도		1872년	필사본	58.0×97.6	대축척 단독지도	서울대 규장각
대정군지도		1872년	필사본	57.8×97.4	대축척 단독지도	서울대 규장각
제주삼현도 (『해동지도』)		18세기	필사본	47×30.5	군현지도책	서울대 규장각
제주삼현도 (『해동지도』)		18세기	필사본	47×30.5	군현지도책	서울대 규장각

제주 (『전라남북도여지도』)		18세기	필사본	38×33.5	군현지도책	영남대 박물관
제주목(『지승』)		18세기	필사본	27×19	군현지도책	서울대 규장각
제주(『輿地圖』)		18세기	필사본	19.2×29.2	군현지도책	국립중앙도서관
제주도 지도 (『各邑地圖』)		18세기	필사본	19.2×29.2	군현지도책	국립중앙도서관
제주(『湖南全圖』)		18세기	필사본	17×21	군현지도책	영남대 박물관
제주목(『湖南全圖』)		18세기	필사본	17×21	군현지도책	영남대 박물관
제주(『八道地圖』)		18세기	필사본	18.3×26.4	군현지도책	국립중앙도서관
제주지도(『동국여도』)		18세기	필사본	33.2×31.5	군현지도책	고려대 도서관
제주목(『廣輿圖』)		18세기중반	필사본	37×28.3	군현지도책	서울대 규장각
제주(『지도』)		18세기	필사본	48.7×31.3	군현지도책	고려대 도서관
제주정의대정 (『海東輿地圖』)		18세기	필사본	34×44.6	군현지도책	국립중앙도서관
『동여비고』의 제주도 지도		17세기 후반	필사본	47.2×34.6	전국지도첩	개인소장
『조선강역총도』의 제주도 지도		18세기	필사본	40×37.5	전국지도첩	서울대 규장각
탐라전도(『古地圖帖』)		18세기	필사본	34×48	전국지도첩	영남대 박물관
『지나조선고지도』의 제주도 지도		18세기	필사본	41.4×31.9	전국지도책	국립중앙도서관
제주지도(『조선도』)		19세기전반	필사본	21.9×15.0	전국지도책	오사카부립 도서관
제주지도(『동여』)		19세기	필사본	41.0×52.0	전국지도책	국립중앙박물관
제주지도(『청구도』)	김정호	1834년	필사본	23.2×35.2	전국지도책	국립중앙도서관
제주지도 (필사본 『대동여지도』)		19세기 중반	필사본	41.1×51.2	전국지도첩	국립중앙도서관
제주(『東輿圖』)	김정호	19세기 후반	필사본	30.5×20	전국지도책	서울대 규장각
제주지도 (『대동여지도』)	김정호	1861년	목판본	30.5×20	전국지도첩	서울대 규장각
제주지도(『제주읍지』)		1793년	필사본	22×31.8	지리지 지도	서울대 규장각
제주(『여재촬요』)	오횡묵	1895년	필사본	22.2×17.2	지리지 지도	국립중앙도서관
대정군지도 (『대정군고지』)		1899년	필사본	31.1×45.5	지리지 지도	서울대 규장각
제주지도(『제주읍지』)		1899년	필사본	53.5×100.8	지리지 지도	서울대 규장각
제주지도(『호남읍지』)		1899년	필사본	53.5×100.8	지리지 지도	서울대 규장각

정의지도 (『정의군고지』)		1899년	필사본	31.6×40.7	지리지 지도	서울대 규장각
『탐라순력도』	이형상	1702년	필사본	30×47	회화식 지도	제주세계유산 본부
한라산도 (『학산구구옹첩』)	윤제홍	1844년	필사본	58.5×31.0	회화식 지도	개인소장
제주십경화첩		19세기	필사본	52.5×30.5	회화식 지도	국립민속박물관
탐라십이경도		18세기 전반	필사본	57×36.5	회화식 지도	개인 소장
제주도도(濟州島圖)		18세기	필사본	61×40.5	회화식 지도	국립민속박물관
탐라도(『환영지』)	위백규	1822년	목판본	22×31.5	기타 지도	서울대 규장각
탐모라(『환영지』)	위백규		필사본	25.0×17.3	기타 지도	국립중앙박물관
탐모라 (『지나조선지도』)		18세기	필사본	32.7×21.4	기타 지도	서울대 규장각 규10332
탐라도			필사본	49×60	기타 지도	제주교육박물관
제주도(濟州圖)			필사본	44×60	기타 지도	제주교육박물관
제주도(濟州圖)		18세기 전반	목판본	35.7×42.0	기타 지도	국립제주박물관
제주도(濟州圖)		18세기	필사본	37.0×46.0	기타 지도	제주세계유산 본부
제주도(濟州圖)		18세기	필사본	34×41.5	기타 지도	서울역사박물관
제주도 (『제주양씨족보)』		1791년	목판본	34.6×22.4	기타 지도	김만덕기념관
모흥동전도 (毛興洞全圖)		조선후기	필사본		기타 지도	소장처 미상
제주(『海東諸國地圖』)		18세기말	필사본	51.1×32.5	기타 지도	서울대 규장각
목장도형 (『삼읍각목장구폐절목』)		1860년	필사본	29.0×42.0	기타 지도	제주대 박물관
탐라방영총람		18세기 후반	필사본	26.0×24.0	기타 지도	개인소장
영주영도초		조선후기	필사본	24×30	기타 지도	제주대 박물관
제주지리도식		조선후기	필사본	27.2×20.2	기타 지도	제주대 박물관
제주성내고적도	홍종시	1900년대초	필사본	26.3×38.6	기타 지도	제주대 박물관

현존하는 조선시대 제주도의 고지도는 국내외 여러 기관에 소장되어 있다. 국내 최대의 고지도 소장처인 서울대 규장각한국학연구원을 비롯하여 주로 박물관과 도서관에 소장되어 있고 일부는 개인이

소장하고 있다. 외국에 소장되어 있는 경우도 있는데, 절첩식으로 되어 있는 대축척 전국지도인 『조선도』는 일본의 오사카부립도서관에 소장되어 있고 규장각한국학연구원 소장의 「제주삼현도」의 부본이 미국 의회도서관에 소장되어 있다.[15]

지도의 제작시기를 보면, 일부 지도는 17세기에 제작된 것도 있지만 대부분 18세기, 19세기의 지도들이다. 17세기 이전 시기의 지도는 전하지 않고 있다. 이러한 현상은 육지부의 지도 사례에서도 유사하게 나타난다. 조선에서는 지도만을 전담하는 기관이 없었고 여러 차례의 전란으로 많은 지도들이 유실되었기 때문이다. 특히 제주도에서는 1434년(세종 17) 안무사 최해산(崔海山) 때에 관부의 실화로 문적이 모두 타버렸다는데[16] 이로 인해 고려시기, 조선초기 지도들은 남아 있지 않다. 제주도 지도 가운데 가장 오래된 것은 이형상 목사 종가에 소장되었던 목판본 제주도 지도인데 17세기 후반에 제작된 것으로 추정된다.

판본은 대부분이 필사본 지도이지만 목판본 지도도 몇 종이 있다. 이형상 목사 종가에서 소장했던 제주도 지도와 『탐라지도병서』, 『탐라지도』, 족보에 수록된 『제주도』 등이 목판본 지도에 해당한다. 이들 목판본 지도는 제주도 현지에서 제작된 것으로 보인다. 특히 『탐라지도병서』는 세로 250cm, 가로 150cm의 대형 목판본 지도로 판목 3장을 연결하여 제작하였다. 이러한 대형 목판본 지도는 육지부에서

15 https://www.loc.gov/resource/g7903cm.gct00153/?sp=1. 미국 의회도서관에 소장된 『해동지도』에는 전라도편만 있고 나머지 도는 누락되어 있다. 「제주삼현도」도 『탐라지도병서』 계열의 지도만 있다.

16 이원진, 『탐라지』, 건치연혁.

도 그 유례를 찾아보기 힘들다.

조선시대 제주도 지도들은 관청에서 행정이나 국방의 목적으로 제작되는 것이 일반적이어서 관찬 지도들이 대부분을 차지한다. 특히 대축척의 제주도 단독지도들은 대부분 관청에서 제작되어 활용되었던 것으로 보인다. 그러나 이들 지도에는 제작자가 명시되지 않는데 일부 지도는 제작자가 표기되어 있다. 『탐라순력도』는 1702년 이형상 목사가 제작한 것이므로 여기에 있는 지도인 「한라장촉」 역시 그의 저작임을 알 수 있다. 다만 지도를 그린 사람은 화공 김남길이고 글씨는 오시복이 담당했다. 『탐라지도병서』의 경우도 하단 주기문의 맨 마지막에 '康熙己丑正月李等開刊'이란 기록이 있는데, 강희기축년은 1709년이고 당시 제주목사는 이규성이기 때문에 이규성이 제작했음을 알 수 있다. 이원조 목사의 지시로 제작된 『탐라지도병지』의 지도 하단에 있는 지문에는 지도를 모사한 사람으로 제주인 고경욱(高敬旭)의 이름이 수록되어 있다.

민간에서 제작된 지도들도 있는데 위백규의 『환영지』에 수록된 「탐라도」와 제주양씨 족보에 수록된 『제주도(濟州圖)』 등이 대표적이다. 『환영지』에 수록된 제주도 지도는 필사본 『환영지』에는 매우 소략한 제주도 지도가 실려 있지만, 목판본 『환영지』의 제주도 지도는 필사본에 비해 상세하게 그려져 있다. 목판본 『환영지』의 「탐라도」는 필사본의 형태로도 전하고 있는데, 민간의 식자들을 중심으로 이용되었던 것으로 보인다. 제주양씨 족보에 수록된 『제주도』도 족보 이외의 단독 목판본으로 제작된 것이 있으며 이를 필사한 지도도 전하고 있다. 이로 본다면 소축척의 제주도 지도는 민간을 중심으로 제작되면서 널리 유포된 것으로 보인다.

이와 같이 현존하는 조선시대 제주도 지도를 지도의 크기와 축척, 양식, 표현 방법 등을 기준으로 몇 가지 유형으로 구분해 볼 수 있는데, 대축척의 단독지도, 군현지도책의 제주도 지도, 전국지도첩(책)의 제주도 지도, 지리지의 제주도 지도, 회화식 지도의 제주도 지도, 기타 지도 등으로 구분된다.[17] 〈표 1〉은 현존하는 제주도 지도를 유형별로 구분하여 정리한 것으로 각 유형에 속한 지도들은 제작시기 순으로 배열하였다.

대축척 단독지도는 현존하는 조선시대 제주도 지도의 주류에 해당한다. 대형 목판본으로 된 것도 있지만 대부분은 필사본으로 존재한다. 국가의 행정, 군사적 용도로 제작된 것이기 때문에 당대 최신의 정보가 반영되어 있고 지도의 내용이 풍부하고 정교하게 그려진 것이 특징적이다. 제주도 현지에서 제작되었지만 『탐라지도병서』와 같은 지도는 중앙 관부로 보내져 활용되기도 했다.

군현지도책의 제주도 지도는 제주도가 아닌 중앙 관서에서 제작된 것으로 일부 지도는 제주도의 윤곽과 내용이 유사하여 동일 계열의 지도임을 알 수 있다. 조선시대 전라도에 속해 있기 때문에 전라도의 군현지도책에 수록되어 있는데, 당시 제주도의 세 고을인 제주목, 대정현, 정의현으로 구분하여 그리지 않고 제주도 전체를 한 장에 그리는 것이 일반적이다.

---

17 양보경은 선행 연구에서 조선시대 제주 고지도의 유형을 세계지도, 조선전도, 도별지도, 분도(군현지도), 특수도 등으로 구분했다. 이 가운데 분도와 특수도 유형이 제주를 단독으로 그린 지도이고 다른 유형은 제주의 단독지도가 아니다. 연구의 대상을 세계지도, 조선전도, 도별지도의 제주도까지 포함하면 연구대상이 지나치게 확대되게 되어 여기서는 제외했다.

전국지도첩(책)의 제주도 지도는 전국을 대축척으로 그린 지도첩(책)에 수록된 제주도 지도이다. 『청구도』, 『동여도』, 『대동여지도』 등과 같은 김정호의 전국지도뿐만 아니라 『동여도』나 『대동여지도』와 다른 계열의 전국지도첩(책)에 수록되어 있기도 하다. 국립중앙도서관 소장의 필사본 『대동여지도』나 국립중앙박물관의 『동여』 등이 여기에 속한다.

지리지의 제주도 지도는 읍지의 부도(附圖)로 그려진 것으로 18세기의 것도 있지만 대부분 19세기에 제작된 것들이다. 제주도 전체를 간략하게 그린 것도 있지만 서울대 규장각한국학연구원 소장의 『제주읍지』(규10797)에 수록된 「제주지도」처럼 대축척으로 상세하게 그린 것도 있다.[18] 지리지에 지도가 부도로 삽입되는 것은 『신증동국여지승람』에 처음으로 볼 수 있고, 조선후기에는 다양한 읍지에서 나타난다. 제주도의 경우는 19세기 관찬의 읍지에서 지도를 볼 수 있다.

회화식 제주도 지도는 『탐라십경도』, 『탐라순력도』 등이 대표적이다. 실경화로 그려진 회화에 해당되기도 하지만 각종의 지리적 사상(事象), 지명 등이 표기되어 있어서 지도의 기능도 지닌다. 『탐라십경도』는 주로 제주의 명승지를 중심으로 그린 것이고 『탐라순력도』는 제주목사 이형상이 순력의 장면을 그린 것인데 여기에 당시의 지리와 공간 관계가 잘 표현되어 있다.

기타 지도로는 민간에서 제작된 지도들, 족보에 수록된 지도, 목장지도, 고적이나 관아 배치도 등이 여기에 해당한다. 민간의 제주도 지도는 대부분 소략하게 그려진 것이 주를 이룬다. 실학자 위백규의

---

18 동일한 지도가 『호남읍지』(규12181)에 수록되어 있다.

저서인 『환영지』에 수록된 제주도 지도가 대표적이다. 지방에 거주하던 학자의 저서에서 제주도 지도가 수록될 수 있는 것은 제주가 지니는 특수성이 반영된 결과라 할 것이다. 여타의 다른 섬과는 달리 자연환경이나 역사 문화가 다르고 실제 가보기가 힘든 여건 때문에 이를 지도로 표현하여 정보를 공유하고자 했다. 제주양씨 족보의 「제주도」, 『탐라방영총람』의 관아 배치도 등도 특수한 제주도 지도에 속한다.

3. 조선시대 제주도 지도의 유형별 특성

1) 대축척 단독지도

제주도는 국내 최대의 공마(貢馬) 사육지이며 국방의 요충지로서 여타 지역보다도 중시되었던 곳이다. 따라서 조선전기부터 국가 기관에 의해 제주도의 지도가 활발하게 제작되었던 것으로 보인다. 대축척의 단독지도는 국가 기관에 의해 정교하게 제작되는 것이 특징적이다. 행정이나 국방의 용도로 활용되기 때문에 최신의 정보를 사용하여 상세한 내용을 수록해야 했다. 관찬 지도의 제작에 관한 기록은 1709년 이규성 목사가 목판으로 간행한 『탐라지도병서』의 서문에서 볼 수 있다. 지도 여백의 서문 가운데 수로(水路)를 기술한 부분에서 구지도(舊地圖)와 신지도(新地圖)를 언급하고 있다.[19] 이를 통해 볼

19 『耽羅地圖并序』. "水路 舊地圖云 自濟州距海倉九百餘里 新地圖云 自禾北抵甫吉島一百十里 既不得尺量水路 則指言其里未得其祥 而自濟州距海倉也 甫吉島幾過其半 則不下四百餘里"

때, 1709년 『탐라지도병서』를 목판으로 만들 당시 이미 두 유형의 지도가 존재하고 있었음을 알 수 있는데, 대축척의 단독지도는 관청에 보관하고 있던 지도들을 바탕으로 제작되고 있음을 알 수 있다.

서울대 규장각한국학연구원에 소장되어 있는 『해동지도』에도 이와 관련된 기록이 있다. 『해동지도』에는 '제주삼현도'라는 두 종의 제주도 지도가 있는데, 「제주삼현도」 두 지도가 모두 인쇄본으로 제작되어 서로 상략(詳略)이 다르다는 언급이 있다.[20] 『해동지도』의 「제주삼현도」 가운데 한 지도는 『탐라지도병서』를 축소한 지도고 또 다른 「제주삼현도」는 윤곽의 왜곡이 심한 전혀 다른 형태의 지도이다. 따라서 이들 지도가 모두 목판본으로 제작되어 활용되고 있었음을 알 수 있다.

이처럼 제주도의 관청에서 자체적으로 제주도의 지도를 제작하고 활용할 수 있었던 것은 제주도가 국방의 요충지이며 국내 최대의 목마장이라는 지정학적, 사회경제적 요인 때문이기도 하지만 조선전기부터 축적되어 온 출판, 인쇄의 문화적 역량도 있었기 때문이다. 조선시대 제주에서는 제주목을 중심으로 유학 서적을 비롯한 다양한 서적을 간행하여 이용하였는데,[21] 이러한 역량을 바탕으로 지도제작도 가능했던 것으로 보인다.

조선시대 제주도의 지도제작은 최고위 관료인 제주목사가 주관하는 경우가 대부분이다. 지도제작만을 담당했던 특정 부서가 있었던

---

20 『해동지도』, 「제주삼현도」. "耽羅兩地圖 皆是本邑印本 而詳略不同 并存以備參考"

21 윤봉택, 「제주지방의 조선시대 출판문화에 관한 연구」, 전남대학교 석사학위논문, 2007.

것은 아니고 제주목사의 하명에 따라 화공과 같은 전문인력이 제작의 실무를 담당했다. 이익태 제주목사는 1696년 제주의 경승지를 탐방하고 화가로 하여금 이를 그리게 하여 『탐라십경도』라는 회화식 지도를 제작했다.[22] 이형상 목사도 1703년 회화식 지도인 『탐라순력도』를 제작하였는데, 제작의 실무는 그림은 화공(畵工) 김남길이 글씨는 오씨 노인이 담당했다.[23]

관찬 지도제작의 보다 구체적인 사례는 19세기에 이원조(李源祚) 목사가 제작한 『탐라지도병지』에서 확인해 볼 수 있다. 이원조(1792~1871)는 1841년 제주목사로 부임하여 이 지도를 제작하였는데, 제작 과정에 대한 기록도 남아 있다. 다음은 기록의 일부인데, 관찬지도 제작의 목적, 제작과정, 지도에 대한 인식 등을 파악해 볼 수 있다.

> 탐라지도는 옛날에 판각(板刻)이 있었으나 세월이 지나면서 닳아 헤어지고 크기도 커서 병풍이나 족자로 만들기에 불편했다. 제주사람 고경욱(高敬旭)이라는 자가 영주십경(瀛洲十景)을 잘 그린다고 해서 옛날 목판본 지도를 모사하도록 했다. 규격은 전에 것에 비해 3분의 1로 줄이고 방리와 촌명, 언덕과 시내 중 이름이 없는 것은 생략하여 번잡함을 제거하고 간단하게 했다. 묵을 채색으로 바꾸니 보기에 편하다. 족자로 만들어 벽에 걸어 놓았다. 바다가 널리 펼쳐져 있고 한라산이 우뚝 솟아 있다. 망루와 성곽의 배열, 민간의 가옥들과 포구의 방수하는 곳, 월삭(月朔)으로 진헌하는 수(數), 해외 여러 나라의 방향과 원근 등을 한눈으로 보아 알 수 있으니 와유(臥遊)할 수 있는 자료이고 백성을 다스리는데 도움이 된다.[24]

---

22 이익태, 『지영록』, 「耽羅十景圖序」.

23 이형상, 『탐라순력도』, 서문.

인용문에서 알 수 있듯이 이원조는 그림을 잘 그리는 고경욱을 시켜 당시까지 전해오던 『탐라지도병서』를 축소 모사하도록 했다. 『탐라지도병서』는 대축척의 자세한 지도로 오히려 열람하기에 번잡함이 있었기 때문이다. 이와 같은 지도를 만들 수 있었던 것은 관부에 소장되어 있던 이전 시기의 지도가 있었기 때문이다. 이렇듯 관찬지도의 제작은 관부에 소장된 이전 시기의 지도를 바탕으로 이루어지는 경우가 많았다. 이러한 관찬지도 제작의 일차적인 목적은 국가 행정의 용도였다.

대축척 단독지도에 속하는 것으로는 이형상 목사 종가 소장의 목판본 제주도 지도와 『탐라순력도』의 「한라장촉」,[25] 『탐라지도병서』, 『제주삼읍도총지도』, 『영주산대총도』, 목판본 『탐라지도』, 『제주삼읍전도』 등이 대표적이다. 이들은 크게 목판본과 필사본으로 구분할 수 있는데, 목판본은 이형상 목사 종가 소장의 제주도 지도, 『탐라지도병서』, 『탐라지도』 등이고, 필사본은 『영주산대총도』, 『제주삼읍도총지도』, 『제주삼읍전도』 등이다.

목판본 관찬지도 가운데 현존하는 가장 오래된 지도는 이형상 목사 종가에 소장되었던 제주도 지도이다. 이형상은 1702년에서 1703년에 걸쳐 제주목사로 재직했는데, 이 때 제주에 있던 지도를 자신의 고향으로 가져간 것이 현재 전해지고 있다. 경북 영천시에 있는 이형상 목사 종택에 소장되다가 최근 제주시청에서 구입하여 제주도 세

---

24 이원조, 『탐라지도병지』.

25 『탐라순력도』에 수록된 「한라장촉」은 회화식 지도첩에 수록되어 있지만 형태와 내용은 도면식 지도에 해당하기 때문에 대축척 단독지도의 유형으로 분류했고, 『탐라순력도』의 다른 그림들은 회화식 지도 유형으로 분류했다.

계유산본부에서 소장하고 있다. 이 지도는 세로 145cm, 가로 105cm로 지도 상단에 지지 기록이 있다. 지도 상단의 기록에는 동해방호소(東海防護所)가 없는데 1678년 목사 윤창형(尹昌亨)이 동해방호소를 혁파했기 때문으로 이 지도는 최소한 1678년 이후의 작품으로 추정된다. 그리고 성안에 서원이 있다는 표현이 있는데, 1576년에 창건된 충암묘가 귤림서원으로 승격된 것이 1682년(숙종 8)이므로 이러한 사실을 종합해 볼 때, 1682년에서 1702년 사이인 17세기 말에 제작된 지도로 추정해 볼 수 있다. 따라서 현존하는 제주도의 단독지도로는 가장 오래된 지도이고 인쇄본 지도로도 가장 오래된 것이 된다.

지도는 남쪽이 상단으로 배치되어 있고, 남해안 지역과 제주와 전라도 사이의 여러 섬들이 그려져 있다. 바다에는 조선전기 전도 유형에서 볼 수 있는 파도무늬가 새겨져 있다. 제주도 지역에는 한라산을 중심으로 오름들과 목장의 분포가 상세하게 표현되어 있다. 이외에 방호소, 봉수(望), 해안가의 연대, 포구와 촌락, 과원 등이 비교적 상세하게 수록되어 있고, 고을간 경계도 직선으로 표시되어 있다. 지도 상단에는 제주도의 대략적인 현황과 삼읍지방의 성지노정기(城池路程記)가 수록되어 지지와 지도가 결합된 양식으로 되어 있다.

『탐라지도병서』는 1709년에 제작된 목판본 지도로 간기(刊記)가 명확하게 표기되어 있다. 지도의 제작자는 1707년 부임하여 1709년 5월에 이임한 이규성으로 추정된다. 세로 250cm, 가로 150cm 대형의 지도로 상단과 하단에 지지적인 기록이 수록되어 있고 중간에 지도가 그려져 있다. 이 지도는 세 장의 목판을 위 아래로 이어서 만든 것으로 수록된 내용이 매우 자세한 것이 특징적이다. 특히 후대에 제작되는 많은 지도들이 이 지도를 기본도로 삼았을 만큼 영향력이

켰던 지도이기도 하다. 현재 제주민속자연사박물관을 비롯하여 서울대학교 규장각, 국립중앙박물관, 국립제주박물관 등 여러 곳에 소장되어 있다.

앞서도 언급했듯이 지도 하단의 기록에 신지도, 구지도 운운하는 것으로 보아 당시 존재하던 여러 종류의 제주 지도를 기본 자료로 하여 제작한 것으로 보인다. 특히 당시 최신의 정보들이 수록되기도 했는데, 1702년 목사 이형상이 삼성묘(三姓廟)를 가락천 동쪽에 옮겨 세운 것과 1704년 목사 송정규(宋廷奎)가 계청하여 목장을 축조함에 20소(所) 60둔(屯)을 합하여 10소로 정한 사실, 1706년 목사 송정규가 서산장(西山場)을 축조하고 공마를 포구로 내릴 때의 목장으로 삼은 사실 등이 지도에 정확하게 반영되어 있다.

『탐라지도병서』는 18세기 전기의 가장 대표적인 지도이며 목판본으로 제작되어 널리 유포된 지도로 이후의 지도들도 이를 모사한 지도가 많다. 숭실대 소장의 『제주지도』는 『탐라지도병서』를 필사한 대형의 지도로 필사한 품격은 다소 떨어진다. 18세기 중반경에 제작된 것으로 추정되는 서울대 규장각 소장의 『해동지도』에도 『탐라지도병서』 계열의 지도가 「제주삼현도」라는 이름으로 수록되어 있다. 숭실대 소장의 지도에 비해서 규격은 작지만 필사의 상태가 매우 정교하고 아름답게 채색되어져 있다. 이원조 목사의 『탐라지도병지』도 『탐라지도병서』를 축소한 것이다. 이러한 사실로 볼 때 『탐라지도병서』는 중앙 조정에 보관되어 국가적 차원의 군현지도 편찬에서도 기본도로 활용되고 있었던 것으로 보인다.

이 계보에 속하는 지도들은 제주도의 모습이 비교적 실제에 가깝게 그려져 있고 읍치(邑治), 방호소(防護所), 각 촌락, 중산간의 목장

지대, 임수(林藪), 포구 등이 상세하게 표시되어 있다. 이 유형의 지도는 행정, 군사 등 실용적 차원에서 관에서 주로 이용했다. 1872년 조선왕조에서는 마지막으로 국가 주도의 지도제작 사업이 행해졌는데, 이 때 제작된 『제주삼읍전도』도 이 유형에 속하는 지도로 볼 수 있다.

관찬의 대축척 목판본 지도의 계열에 속하는 또 다른 지도는 1706년에 제작된 『탐라지도』를 들 수 있다.[26] 이 지도는 현존하는 제주도 지도 가운데 지도의 제작 형식이 가장 독특한 지도로 평가된다. 지도는 10리 방격(方格)과 한라산 중심에서 뻗어가는 방사선의 방위선을 결합하여 그려졌다. 이러한 작도 방식은 현존하는 한국 고지도뿐만 아니라 동아시아의 고지도에서도 보기 힘든 사례라 할 수 있다. 지도 여백에는 다양한 주기문을 수록하여 지도와 지지를 결합하는 양식을 띠고 있다. 주기문은 제주도의 개관, 주변 지역, 명소 등에 대한 내용으로 이루어져 있는데, 대부분 「탐라지도병서」에 있는 것들이다.

「탐라지도」는 「탐라지도병서」에 비해 소축척으로 제작되었기 때문에 수록된 내용은 비교적 소략하다. 자연적 요소로는 한라산, 오름 등의 산지, 하천, 그리고 수목이 울창한 곶자왈 지대가 그려져 있다. 특히 백록담이 있는 한라산의 모습이 강조되어 그려져 있고, 한라산 정상에서부터 해안으로 뻗어가는 숲 지대인 지금의 선흘곶자왈, 화순곶자왈, 무릉곶자왈 등이 부각되어 있다. 인문적 요소로는 취락, 군사시설, 목마장 등이 그려져 있다. 제주목과 정의현, 대정현 등의 읍치

26 이 지도는 이찬 교수의 논문에 의해 최초로 학계에 보고되었다. 이후 행방을 못 찾다가 최근 경희대학교 혜정박물관에 소장된 것이 확인되었다. 동일한 판본이 국립해양박물관에 소장되어 있는데 여기에는 '康熙丙戌刻'이라는 간기가 있지만 두 지도의 내용은 동일하다.

는 읍성의 모습과 함께 그려져 있다. 지도의 모든 지역을 동일한 축척으로 그렸기 때문에 읍치만을 확대하여 그리지는 않았다. 촌락의 경우 다른 지역에 비해 매우 적게 수록되었다. 중산간 지역의 교래촌, 송당촌을 비롯하여 해안지역에 위치한 신촌, 우둔촌 등을 제외하면 마을 지명이 보이지 않는다. 대신에 해안의 포구는 상대적으로 많이 수록되어 있다.[27]

대축척 단독지도 유형에는 필사본도 다수 전하고 있다. 목판본의 경우 다량으로 인쇄할 수 있는 장점이 있는 반면, 필사본은 여러 장을 동시에 제작하기는 어렵지만 최신의 정보를 반영할 수 있고 특히 채색을 사용하여 시각적 표현을 세밀하게 할 수 있는 장점이 있다. 이 유형에 속하는 지도로 가장 오래된 것은 『탐라순력도』에 수록된 「한라장촉」이다. 이 지도는 1703년 이형상 목사에 의해 제작되었는데, 그림첩에 수록된 필사본 지도로 집에 보관되어 전해져 왔기 때문에 목판본의 제주도 지도처럼 널리 유포될 수 없었다. 지도의 규격은 첩에 수록되어 있어서 세로 47cm, 가로 30cm로 비교적 작은 편이다. 그러나 당시 제주도 지도로는 풍부한 정보가 수록되어 사실적인 측면이 돋보이는 지도로 평가된다.

「한라장촉」의 제주도 부분은 비교적 당시의 현실을 잘 반영하고 있다. 제주목을 비롯한 정의현, 대정현의 읍치와 해안을 둘러가면서 설치되어 있는 방호소(防護所)는 홍색으로 강조하여 그렸다. 또한 세 고을의 경계도 홍선으로 그려 넣은 점이 이채롭다. 해안 지역과 중산간 지역에 형성되어 있던 마을 이름들도 비교적 자세히 표시되어 있다.

---

27 오상학, 앞의 글(2016).

목판본 제주도 지도
(제주세계유산본부)

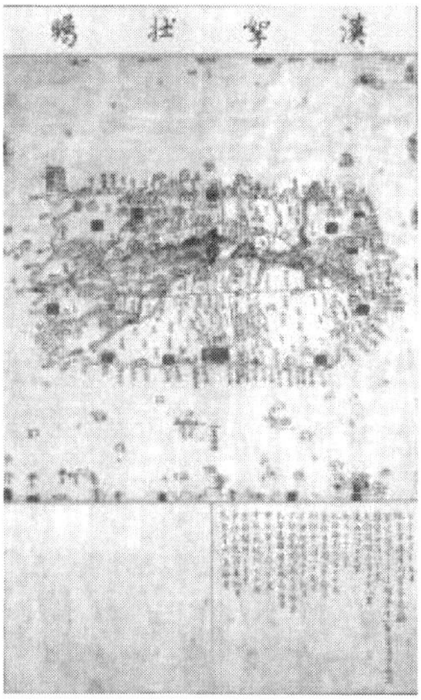

한라장촉
(제주세계유산본부)

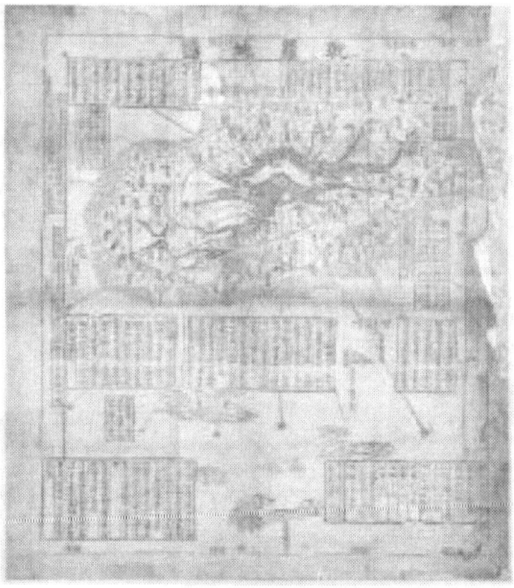

탐라지도
(경희대 혜정박물관)

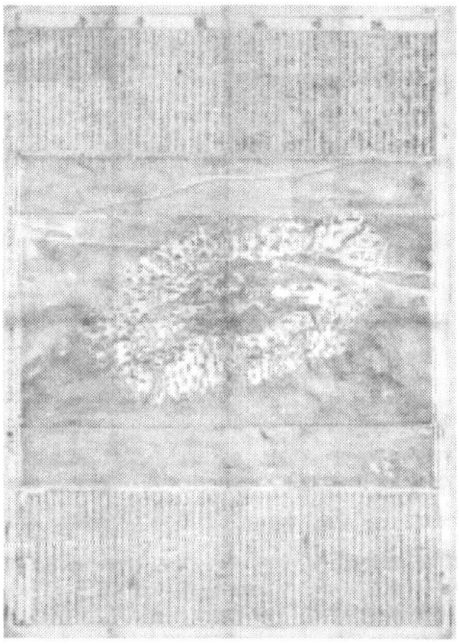

탐라지도병서
(국립제주박물관)

[그림 1] 대축척 단독지도의 제주도 지도 ①

지도의 하단 여백에는 지도의 제작시기와 당시 지방관의 이름, 도리(道里)와 면적, 그리고 각 방위를 따라 도달하는 지역까지의 거리수가 기재되어 있다. 이러한 기록들은 도면에서 빠진 정보들을 보충하여 한 지역을 이해하는데 도움을 주기도 하는데, 동양의 지도에서는 흔히 볼 수 있는 양식이다. 즉, 시각적 표현인 지도와 텍스트인 문장이 결합된 형태로, 고도로 추상화된 기호체계로 표현되는 현대지도와는 다른 일면을 보여주는 것이다.

『영주산대총도』도 필사본으로 제작된 관찬의 대축척 지도이다. 한라산의 별칭인 '영주산'을 지도의 제목으로 삼아 제주가 삼신산이 하나임을 드러내고 있다. 제작 시기는 삼성묘와 향교가 성안에 그려져 있는 것으로 보아 18세기 전반으로 추정된다. 현재 국립고궁박물관에 소장되어 있다. 지도 상단에 '신축(辛丑)'이라는 제작년도가 표기되어 있는데 이는 1721년에 해당한다. 제작된 장소도 명기되어 있는데 '하포소(下浦所)'라고 되어 있다. '하포'는 배를 타기 위해 포구로 내려가는 것을 말하는데, 하포소는 배를 타는 포구라 할 수 있다. 여기서는 조선후기 대표적인 관문인 조천방호소 또는 화북방호소를 지칭하는 것으로 볼 수 있다.

지도는 필사의 수법이 매우 정교하고 바다의 수파묘, 배의 모습, 한라산, 산방산, 우도 등의 표현이 회화적 기법을 가미하고 있다. 3읍, 9진을 비롯하여 목마장, 촌락, 포구, 도로 등이 상세하게 그려져 있다. 특히 목마장에는 산마장의 말을 몰아 점검하던 장소도 표시되어 있다. 군사 항목으로 봉수와 더불어 해안가의 연대도 대부분 망라되어 있다. 열녀비와 같은 문화적 항목도 수록되어 있다. 김녕원, 의귀원 등의 원(院)도 표시되어 있다. 산방산이나 우도의 표현은 이형상 목사의

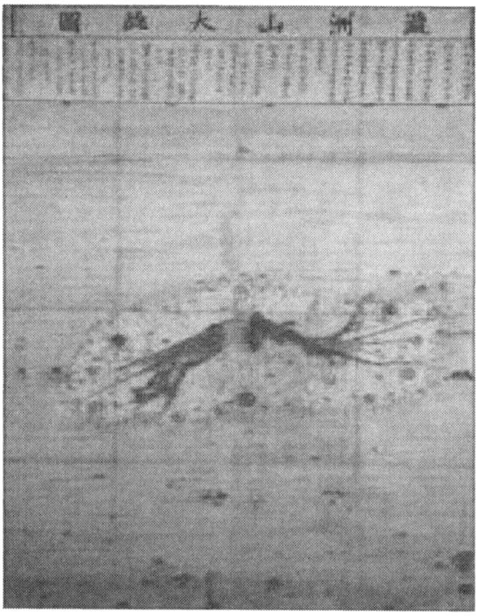

영주산대총도
(국립고궁박물관)

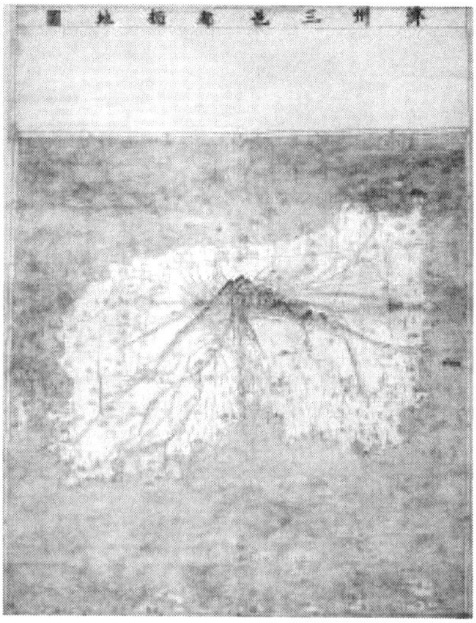

제주삼읍도총지도
(제주민속자연사박물관)

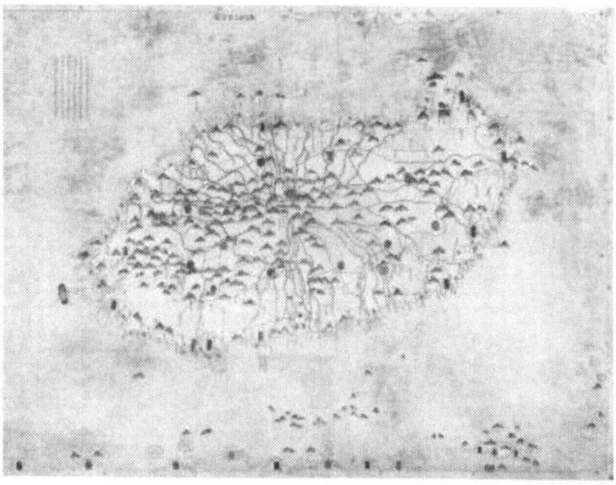

제주삼읍전도
(서울대 규장각한국학연구원)

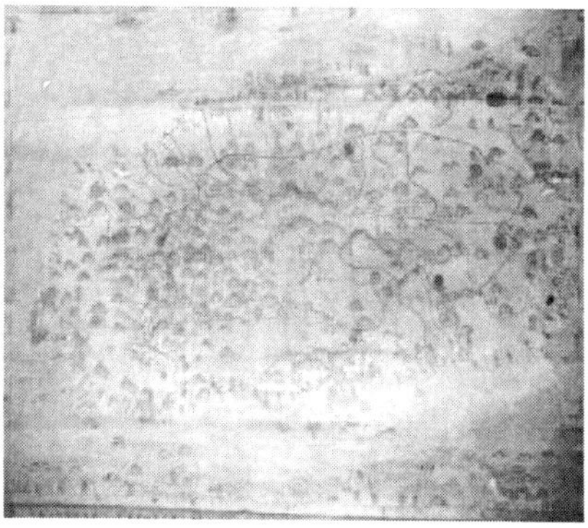

탐라지도병지
(개인 소장)

[그림 1] 대축척 단독지도의 제주도 지도②

『탐라순력도』와 유사하여 이의 영향을 받은 것으로 볼 수 있다. 18세기 전반 제주의 상황을 파악해 볼 수 있는 중요한 지도로 평가된다.

『제주삼읍도총지도』는 다른 필사본 지도와 다른 독특한 성격의 대축척 단독지도이다. 이 지도에는 1734년 정도원(鄭道元) 목사가 남문 밖으로 이전한 사직단이 표시되어 있고, 1754년 남문 밖 광양 땅으로 이전되는 향교가 성안에 그려져 있어서 대략 1734년에서 1754년 사이에 제작된 것으로 추정된다. 세로 122cm, 가로 119.5cm의 규격으로 지도의 배치는 앞의 지도들과 동일하게 남쪽을 지도의 상단으로 하였고 주변으로는 간지(干支)로 된 24방위를 배치하였다.

전체적인 지도의 윤곽은 제주목 관아가 있는 해안이 만의 형태로 움푹 들어가 있어서 왜곡된 형태를 띠고 있다. 그러나 지도에 수록된 내용은 매우 풍부하다. 특히 한라산과 여기에서 뻗어 내린 임수(林藪), 주변의 오름들이 상세하게 그려져 있다. 한라산의 모습이 다른 지도에 비해 강렬하게 표현된 점이 특징적인데, 백록담뿐만 아니라 영실의 기암절벽까지도 묘사되어 있다. 다른 지도에 비해 한라산 중심부의 지명이 상세하게 수록되고 등산로까지 그려져 있다.

무엇보다 이 지도에는 목장과 관련된 내용이 매우 상세하게 표현되어 있다. 중산간에 포진되어 있는 10소장과 더불어 천미장, 모동장 등의 우목장도 그려져 있다. 또한 각 소장에는 비를 피하던 곳인 피우가(避雨家)와 물을 먹이던 수처(水處)도 그려져 있고 잣성에 있는 출입문도 표시되어 있다. 특히 산마장의 모습이 상세하게 그려져 있는데 구마(驅馬)할 때 사용되었던 원미장(尾圓場), 사장(蛇場), 두원장(頭圓場) 등의 시설이 그려져 있다. 이것은 산마장에서 키운 말을 진공하기 위해 한쪽으로 몰아 점마(點馬)하던 시설이다. 두원장으로 말을 몰아서 길게 이어진 사장으로 말을 한 마리씩 보내어 말의 등급을 매긴 후 미원장으로 집결시킨다. 이와 같은 시설은 1703년에 제작된 『탐라순력도』「산장구마」에서 잘 묘사되어 있다.

『제주삼읍전도』는 1872년 조선왕조에서 마지막으로 행해진 전국적 규모의 군현지도 제작사업 때 만들어진 것이다. 제주도 전도와 더불어 제주, 정의, 대정의 고을로 분리하여 그린 분도가 같이 수록되어 있다. 지도의 규격은 세로 69cm, 가로 109cm로 비교적 큰 편에 해당한다. 지도는 육지부에서 바라본 시점으로 그려 남쪽이 지도의 상단으로 배치되어 있으며 주위에 간지(干支)로 된 24방위를 배치한 점이 독특하다. 제주도와 같이 육지부에 인접한 섬이 아닌 경우에는 섬의 상대적인 위치를 나타내기 위해 방위와 주변 지역을 일부 그려 넣기도 했다. 남쪽으로는 중국뿐만 아니라 안남국(安南國), 섬라(暹羅), 만랄가(滿剌加), 점성(占城) 등의 동남아시아 나라들도 그려져 있다.

기생화산인 오름의 모습을 자세히 그렸고 중산간 지대에는 10개의 목마장을 경계와 함께 표시하였다. 각 면에 소속된 마을들을 직선으로 연결하여 인접한 면과 구분한 점도 다른 지도에서 볼 수 없는 점이다. 군현의 이름과 해안의 진명(鎭名)이 붉은 색으로 강조되어 표시되었다. 특히 해안의 봉수대와 포구가 자세히 표시되어 있다. 한라산의 영실에는 많은 기암괴석으로 이루어진 오백장군이 그려져 있다. 전체적으로 독립된 형태의 제주지도 가운데 가장 정제되고 실제의 모습에 가깝게 표현된 지도라 할 수 있다.

2) 군현지도책의 제주도 지도

대축척 단독지도와 더불어 다른 한편의 계보를 이루는 지도는 대형의 낱장 지도가 아닌 군현지도책에 수록된 형태로 존재한다. 18세기에 접어들어 조선에서는 각 지역을 파악하기 위한 지도제작이 중앙 관청의 주도로 활발하게 진행되었는데, 군현지도책은 이러한 결실로 나타난 것이다. 이러한 군현지도책은 크게 두 가지 유형으로 분류되는데, 지방에서 수합된 지도를 바탕으로 중앙에서 제작한 것과 중앙에서 제작된 대형 전도나 도별도를 바탕으로 군현별로 나눠 그려서 책으로 만든 것이 그것이다. 전자의 유형에는 방격이 없고 후자의 유형에는 방격이 있는 경우가 많다.

방격이 없는 군현지도책의 제주도 지도에도 크게 두 유형이 존재하는데, 『탐라지도병서』를 따르는 유형과 제주도의 모습이 감자처럼 뭉툭하게 표현된 것이 그것이다. 서울대 규장각한국학연구원에 소장된 『해동지도』에는 「제주삼현도」라는 제목으로 두 유형의 지도가 수록되어 있다.

전자의 것은 제주도의 모습이 비교적 실제에 가깝게 그려져 있고 읍치, 방호소, 각 촌락, 중산간의 목장 지대, 임수, 포구 등이 상세하게 표시되어 있다. 또한 본토의 남해안 사이에 산재한 여러 도서들, 중국, 일본, 유구국 등의 외국지명도 방위의 왜곡이 덜한 편이다. 그리고 읍성을 비롯한 군사기지, 포구, 목장 등의 모습에서도 거의 동일한 축척을 유지하고 있는 보다 사실적인 지도의 유형에 속한다. 이 유형의 지도는 행정, 군사 등 실용적 차원에서 관에서 주로 이용했다. 현재 미국의 국회도서관에도 『해동지도』의 전라도편에 「제주삼현도」의 필사본이 수록되어 있다.

후자의 것은 전자에 비해서 규격도 작고 제주도의 모습도 동서로 압축되어 왜곡된 형태를 띠고 있다. 또한 제주목, 정의현, 대정현 등 성곽으로 이루어진 읍치와 방호소들은 다른 지역에 비해 강조되어 크게 그려져 있는데 관아 건물도 매우 상세하다. 수려한 경관을 지닌

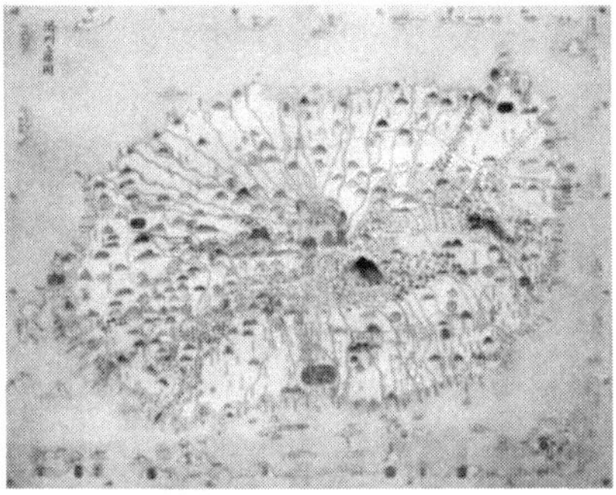

『해동지도』의 제주삼현도
(서울대 규장각한국학연구원)

『해동지도』의 제주삼현도
(서울대 규장각한국학연구원)

『전라남북도여지도』의 제주
(영남대 박물관)

『여지도』의 제주
(국립중앙도서관)

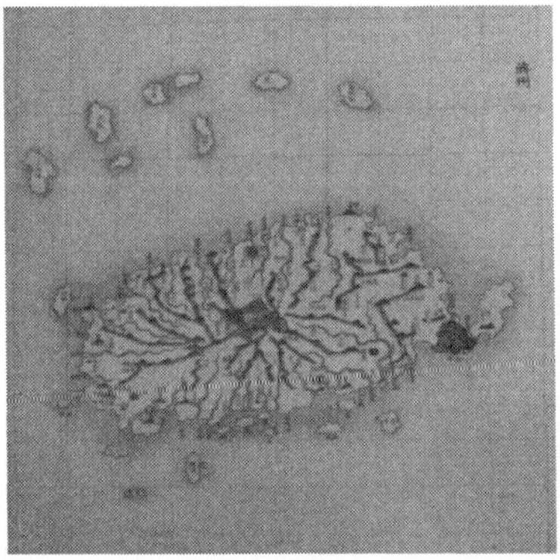

『지도』의 제주도 지도
(한국학중앙연구원 장서각)

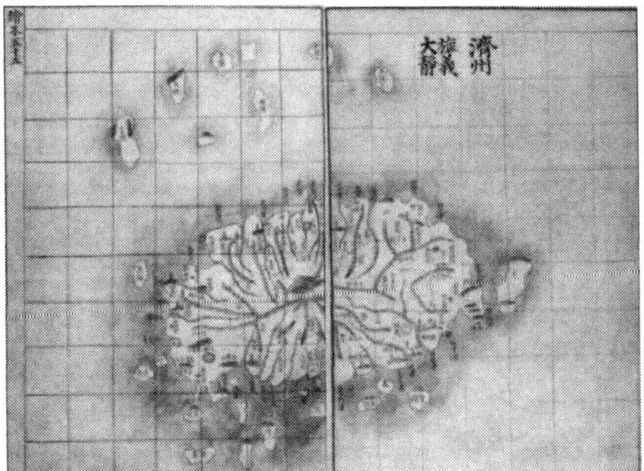

『해동여지도』의 제주도 지도
(국립중앙도서관)

[그림 2] 군현지도책의 제주도 지도

성산 일출봉, 산방산, 송악산 등이 크게 강조되어 표현되었다. 홍살문을 그려 열녀문과 효자문을 표시하였고 정자와 사우(祠宇) 등도 그려 넣어 문화적인 측면을 강조하였다. 제주도 주변의 도서나 남해안 지역, 그리고 중국·일본을 비롯한 외국의 지명들은 거리 관계를 거의 고려하지 않고 그려져 있어서 『탐라지도병서』의 유형에 비해 사실성이 떨어진다. 이러한 특성은 각각의 지도가 제작되는 당시의 사회적 상황이나 제작의 의도가 달랐던 데에서 기인했던 것으로 보인다.

이 유형의 지도는 전자에 비해 상대적으로 많이 남아 있다. 영남대학교 박물관 소장의 『전라남북도여지도』에 수록된 제주도 지도와 국립중앙도서관의 『여지도』에 수록된 제주도 지도가 대표적이다. 세부적인 내용에서 약간의 차이는 있으나 전체적인 윤곽이나 내용은 대동소이하다. 이 유형의 지도에는 오랜 시간 동안 여러 차례 필사과정을 거치면서 나타나는 오류도 보인다. 남쪽 대정현의 동해소(東海所)가 이미 혁파되었는데도 여전히 그려져 있고 대정현의 향교가 1653년 이원진 목사에 의해 단산(簞山)으로 이설되는데 여전히 옮겨가기 전 위치에 있다. 서귀소는 위쪽에 있다가 바닷가 쪽으로 1590년에 이전되는데 이 사실은 반영되어 있다. 그러나 많은 전사의 과정을 거치면서 원래 성곽의 모양으로 그려졌던 구서귀소의 모습이 오목한 만으로 그리고 배까지 그려 넣었다. 필사 과정에서 새로운 정보를 반영하지 못하고, 있는 그대로의 것도 왜곡되어 표현되고 있음을 알 수 있다. 결국 지도는 전체적으로 보아 17세기 중반경의 상황을 반영하고 있는 것이다. 이로 본다면 이 지도는 17세기 중반경에 제작된 목판본 지도를 그대로 필사한 제주지도의 계열로 볼 수 있을 것이다.

군현지도책에 수록된 제주도 지도 가운데 또 다른 유형은 방격이 그려진 것이다. 방격이 그려진 군현지도는 거리와 방위를 정확하게 표현하려는 목적에서 제작되는데, 지도에 표현된 모든 지역이 동일한 축척을 지니는 것이 특징이다. 앞서 살펴본 감자 모양의 제주도 지도에서는 제주성이 크게 과장되어 표현되는데, 방격이 그려진 제주도 지도에서는 제주성이 작게 처리되어 있다. 국립중앙도서관의 『해동여지도』에 수록된 제주도 지도와 한국학중앙연구원 장서각에 소장된 『지도』의 제주도 지도를 비교하면 제주도의 윤곽이나 섬의 위치, 수록된 내용 등이 대동소이하여 같은 계열의 지도임을 알 수 있다. 앞의 두 유형의 지도와 달리 방위도 북쪽을 지도의 상단으로 배치하였는데, 대형 전도를 바탕으로 군현지도를 제작하다 보니 자연스럽게 북쪽이 지도의 상단으로 배치된 것이다.

방격이 그려진 제주도 지도는 제주도의 단독 지도를 바탕으로 그려지지 않고 대형 전도를 토대로 그려졌기 때문에 앞서의 두 유형의 지도보다 수록된 정보가 적다. 한라산을 비롯한 오름과 하천 등의 자연지형, 방호소, 봉수, 목마장, 주요 포구 등의 인문정보가 수록된 정도인데 앞선 두 유형의 지도에 빼곡하게 표시된 마을 이름은 거의 수록되어 있지 않다. 군사적, 행정적 목적이 강한 지도의 특성을 지니고 있다.

3) 전국지도첩(책)에 수록된 제주도 지도

이 유형에 속하는 지도는 제주도만을 단독으로 그린 것이 아니고 전국을 그린 대축척 지도에 수록된 지도이다. 첩이나 책의 형태로 존재하며 조선전도나 도별도에 그려진 제주도보다 훨씬 대축척으로 그려져 있다. 이 유형에 속하는 지도로는 17세기 후반에 제작된 『동여비고』, 19세기 전반에 제작된 국립중앙박물관 소장의 『동여』, 일본 오사카부립도서관 소장의 『조선도』, 김정호의 『청구도』, 『동여도』, 『대동여지도』 등이 여기에 해당한다.

『동여비고』는 도성도(都城圖) 중에서 경덕궁이나 소덕문으로 표기된 점과 1711년에 축조된 북한산성 등의 표시가 없는 점, 또 강화도 돈대의 숫자와 경상도 북부 주현도에 순흥부(順興府)의 표시가 없는 점을 중시하여 1682년(숙종 8)에 제작된 것으로 추정되고 있다.[28] 그러나 1699년 능역 공사가 완료된 영월의 장릉이 그려져 있고 1711년에 축조된 북한산성이 없는 것으로 보아 1699년에서 1711년 사이에 제작된 것으로 보인다. 지도에 표시된 것은 읍지의 고적(古蹟) 항목에 표시된 항목들이 주류를 이루고 있는데, 특히 사찰의 분포가 상세하다. 지금의 제주시 지역에 달노화적부(達魯花赤府, 다루가치)와 군민안무사부(軍民按撫使府)가 표시되어 있는데, 이는 고려시대 1273년에 설치된 탐라총관부를 말한다.

제주도 지도는 전체적인 모습이 감자처럼 둥글게 그려져 있으며, 지도의 내용도 이후의 지도에 비해 왜곡이 심하다. 제주, 정의, 대정의 세 고을의 표시가 부각되어 있지만 고려시대의 속현이 모두 표시되어 있고 조선전기에 혁파된 사찰도 상세하게 그려져 있다. 오름의 모습이 자세히 그려져 있지만 위치는 많이 왜곡되어 있다. 제주목의 치소에 있었던 관덕정이 한라산 기슭에 표시되어 있기도 하다. 중산간에 설치되어 있었던 목마장이나 해안 주위에 있었던 방호소의 모습도 전혀 보이지 않는다. 지도에 표시된 것은 읍지의 고적 항목에

28 이상태, 「『東輿備攷』 解題」, 『東輿備攷』, 경북대학교 출판부, 1998.

『동여비고』의 제주도 지도
(개인 소장)

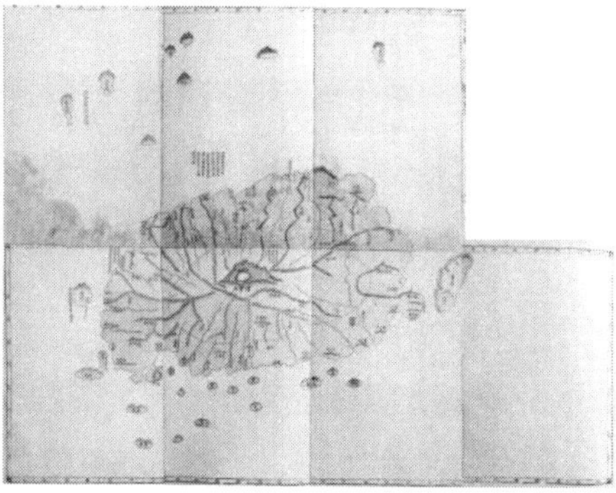

『청구도』의 제주도 지도
(서울대 규장각한국학연구원)

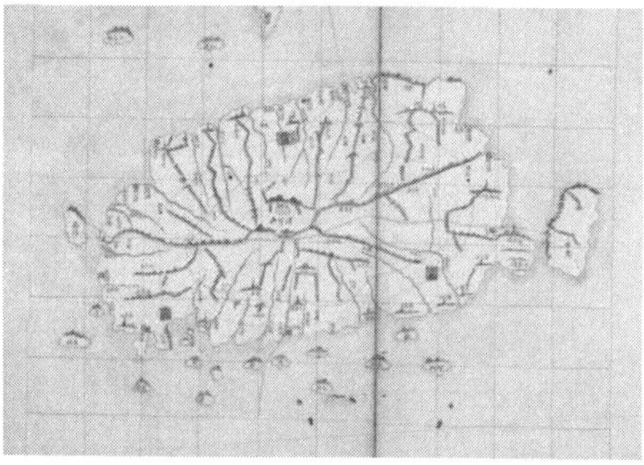

『동여』의 제주도 지도
(국립중앙박물관)

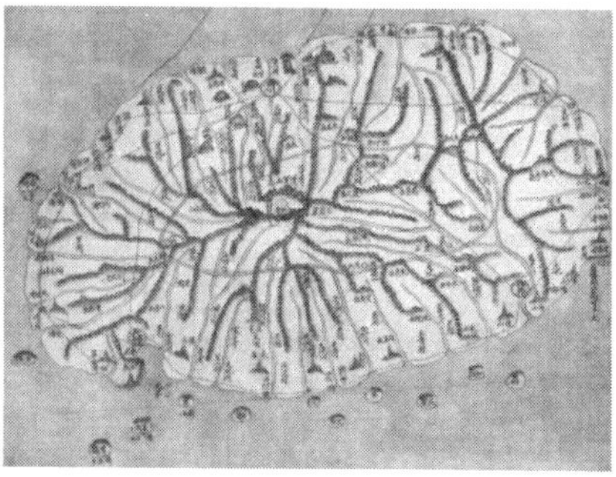

『동여도』의 제주도 지도
(『서울대 규장각한국학연구원)

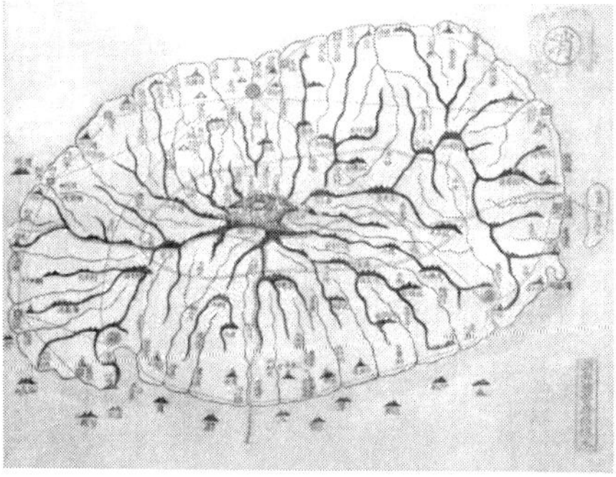

『대동여지도』의 제주도 지도
(서울대 규장각한국학연구원)

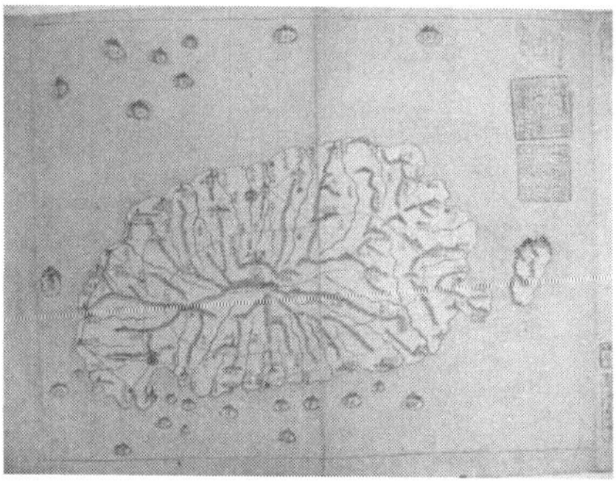

필사본 『대동여지도』의 제주도 지도
(국립중앙도서관)

[그림 3] 대축척 전국지도의 제주도 지도

수록된 내용들이 주류를 이루고 있는 것이다. 역사부도적 성격을 띠기도 하지만 최소한 조선전기의 상황을 반영하고 있는 지도이기도 하다. 이 지도와 동일한 유형의 사본이 서울대학교 규장각한국학연구원에 『조선강역총도』라는 명칭으로 소장되어 있고, 같은 유형이지만 채색이 되어 있지 않은 지도로 국립중앙도서관에 『지나조선고지도』가 있다. 아울러 지도첩의 성격은 다르지만 동일 유형의 지도가 「탐라전도」라는 이름으로 영남대학교 박물관에 소장된 『고지도첩』에 수록되어 있다. 이들 지도 중에서 국립중앙도서관본과 영남대학교 박물관본에는 고려시대 화산 폭발로 생겨난 섬으로 알려진 서산(瑞山)이 비양도 옆에 그려져 있다.

대축척 전국지도는 18세기 중엽 정상기의 『동국대전도』가 제작되면서 기초가 마련되었다. 이후 더욱 정교한 대축척 전도가 제작되면서 이를 첩이나 책의 형식으로 제작한 전국지도가 탄생되었다. 이전의 군현지도책과 다른 점은 군현별로 지도가 분리되지 않고 전국을 가로 세로로 구획하여 구획된 도면 안에 여러 군현을 수록했다는 것이다. 이러한 형식의 지도는 19세기에도 계속 제작되면서 김정호의 지도에 이르게 된다. 일본 오사카부립도서관의 『조선도』와 국립중앙박물관의 『동여』 등이 이 유형에 속한다.

1834년에 제작된 김정호의 『청구도』는 책으로 제작된 대축척 전국지도의 대표적인 사례로 20여 종의 사본이 전하고 있다. 여기에 수록된 제주도 지도는 더욱 정제된 모습을 띠고 있는데, 전체적인 윤곽은 거의 실제의 지형을 반영하고 있고 내부에 표시된 지명도 제작자의 의도에 맞게 중요한 항목들만 선택적으로 수록하고 있다. 방호소, 봉수 등의 군사시설과 공마와 관련된 목마장, 진공(進貢)과 관련된 과원, 재정 자원을 보관하는 창고와 주요 포구들이 주된 내용을 이룬다.

특히 이 지도에서는 단독의 제주도 지도에서는 보기 힘든 산지의 표현방식이 나타난다. 즉, 이전의 개별 제주지도에서는 측화산인 오름들을 독립적으로 표현했는데 여기서는 전통적인 산줄기 인식체계에 따라 각 오름들도 연맥식의 형태로 표현하였다. 또한 방호소, 창고, 과원, 읍치, 봉수 등의 항목도 기호를 사용하여 일관되게 표현하였다. 회화적 형식을 지양하여 보다 정제된 지도학적 표현을 추구하고 있는 것이다. 이러한 것은 대축척 전도의 발달과 기존에 구축된 제주 지도의 다양한 제작 경험을 통해 이룩되었음은 물론이다.

국립중앙박물관 소장의 『동여』에 수록된 제주도 지도도 이 유형에 속하는데, 방격이 그려진 점이 『청구도』의 것과 다르다. 지도에 수록된 내용은 방격식 군현지도책에 수록된 것과 유사하여 같은 계열에서 나온 것임을 알 수 있다. 『동여』의 제주도 지도는 여러 차례 전사되면서 지명의 오류도 보이는데, '천제담(天帝潭)'을 '천제포(天帝浦)', '고둔촌(羔屯村)'을 '고둔산(羔屯山)'으로 표기했다. 『해동여지도』보다 늦은 19세기 전반 경에 제작되다 보니 전사 과정의 오류가 지도에 반영되어 있는 것이다.

제주도가 단독으로 그려진 지도는 앞서 제작되었던 지도들을 모사하는 경향이 많은 데 반해, 1861년 제작된 김정호의 『대동여지도』와 같은 대축척 지도책에 수록된 제주 지도는 김정호의 독특한 지도학적 기법을 반영하고 있다. 전체적인 윤곽은 거의 실제의 지형을 반영하고 있고 내부에 표시되는 지명도 제작자의 의도에 맞게 군사 행정적으로 중요한 항목들만 선택적으로 수록하였다. 즉, 방호소, 봉수 등의 군사시설과 공마와 목마장 등이 중요 항목으로 수록되어 있다.

이러한 항목들은 목판본으로 제작되었기 때문에 범례를 사용하여 표현하고 있다. 지도에도 봉수, 역원, 진보, 목장 등이 기호로 표현되어 있다. 이 지도에는 다른 지도에서 잘 볼 수 없는 도로가 그려져 있는데, 10리마다 점을 찍어 대략적인 거리를 가늠해 볼 수 있도록 했다. 특히 단선으로 그려진 하천과 구분하기 위해 의도적으로 직선에 가깝게 표현했다.

『대동여지도』에서는 개별 제주지도에서는 보기 힘든 산지의 표현 방식이 나타난다. 즉, 이전의 개별 제주지도에서는 기생화산인 오름들을 독립적으로 표현했는데 여기서는 전통적인 산줄기 인식체계에 따라 각 오름들도 연맥식의 형태로 표현하였다. 물론 이전 시기의 『청구도』나 『동여』 등의 제주도 지도에도 연맥식 방법을 볼 수 있지만 『대동여지도』의 제주도 지도에는 삼각형 모양의 산봉우리와 줄기를 구분하여 표현하고 있다. 한라산의 산정부에는 다른 지도에서는 보기 힘든 혈망봉(穴望峰)과 십성대(十星坮)가 표시되어 있다. 혈망봉은 백록담 분화구에서 남쪽에 있는 봉우리인데 가운데에 구멍이 있어서 붙여진 이름이라 한다. 십성대는 영실에 있는 칠성대(七星臺)의 오기로 보이는데, 필사본 『동여도』에도 십성대로 표기되어 있다. 제주도 남쪽에 그려진 해안의 섬들은 삼도(森島)가 지귀도(知歸島)의 동쪽에 그려져 있는 것처럼 위치와 방위에서 잘못 그려지기도 했다. 이러한 오류들은 김정호가 현지 측량에 의해 지도를 제작한 것이 아니라 기존의 지도와 자료들을 바탕으로 제작하다 보니 나타나는 오류라 할 수 있다.

4) 지리지의 제주도 지도

지리지에서도 제주도 지도를 볼 수 있다. 원래 지리지는 텍스트로 구성되지만 『신증동국여지승람』이나 조선후기의 『여지도서』 등에 부도의 형태로 지도가 수록되었다. 18세기 이후 편찬되는 다양한 읍지에는 그 지역의 지도가 삽입되는 경향이 많아졌다. 지리지에 수록되는 지도는 지리지의 부도라는 성격이 강하기 때문에 단독의 군현지도에 비해 소략하게 그려지는 경우가 많다. 특히 목판본 지리지의 경우 수록할 수 있는 정보의 한계가 있기 때문에 필사본보다 소략하다.

서울대학교 규장각한국학연구원 소장의 『제주읍지』(1793년 편찬)에 수록된 제주도 지도는 필사본이지만 아주 소략하게 그려져 있다. 여기에는 지도의 제작자가 가장 중시하는 내용 위주로 표현되기 때문에 당시 중앙정부의 제주에 대한 인식을 엿볼 수 있다. 지도는 남쪽을 상단으로 배치하고 가운데에 한라산을 크게 그려 강조하였다. 그러나 한라산 이외의 오름이나 하천 등은 전혀 그려져 있지 않다. 인문적 요소들은 세 고을의 읍성과 9진성, 목마장인 10소장이 표시된 것이 전부이다. 제주도가 군사적 요충지이면서 조선 최대의 목마장으로 중시되던 중앙 정부의 시각을 볼 수 있다.

지리지에 수록되어 있지만 단독의 제주도 지도 못지않게 상세하게 그려진 것도 있다. 규장각한국학연구원 소장의 『제주읍지』에 수록된 「제주지도」가 대표적이다.[29] 이 지도는 1899년(광무3) 5월에 전국 읍지 편찬의 일환으로 작성된 『제주읍지』에 수록되어 있다. 지도에는 1895년 행정구역이 모두 군으로 변경된 사실이 반영되어 있다. 읍지

---

29 이 지도와 동일한 지도가 『호남읍지』(규12181)에도 실려 있다.

에 첨부된 지도이지만 규격이나 수록된 내용이 매우 자세하다. 이전 시기 독립된 형태의 제주도 지도에서처럼 남쪽을 지도의 상단으로 배치하였다. 그러나 이전 지도에서 보이는 24방위 표시나 외국 지명들과 남해안, 그리고 그 사이의 섬들은 제외되어 있다.

중앙부의 한라산은 풍수지도인 산도(山圖)처럼 맥세를 강렬하게 표현하면서도 독립된 형태의 오름도 상세히 그려져 있다. 한라산의 중앙부에는 백록담을 별처럼 표현하였고, 분화구 상에 있는 동암과

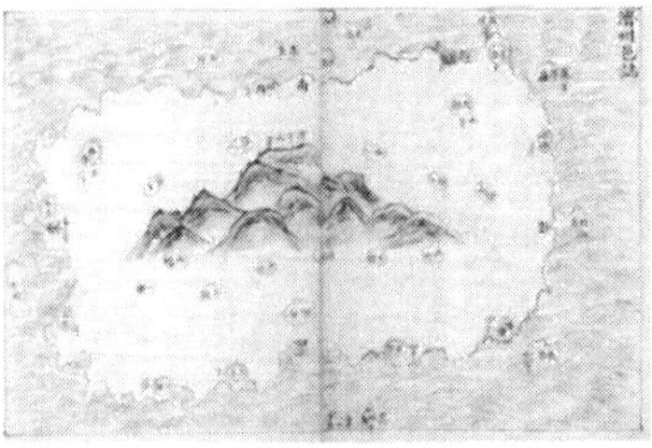

『제주읍지』의 제주도 지도
(서울대 규장각한국학연구원)

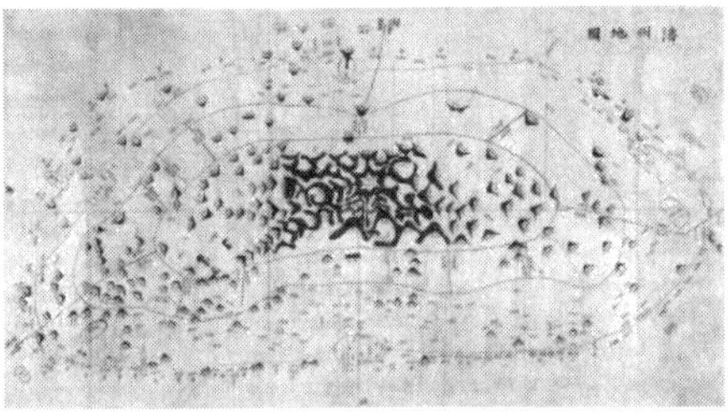

『제주읍지』의 제주도 지도
(서울대 규장각한국학연구원)

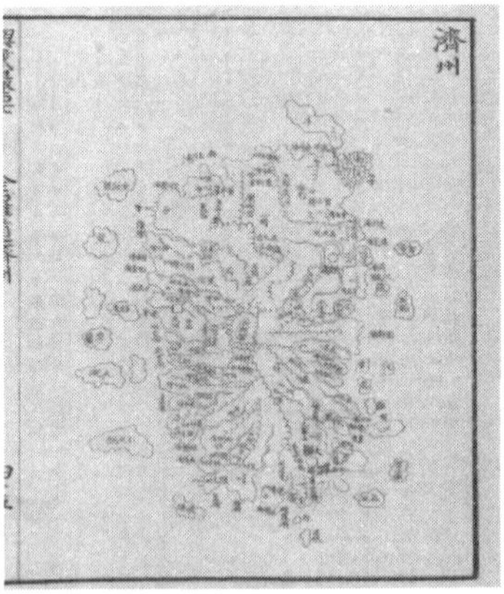

『여재촬요』의 제주 지도
(국립중앙도서관)

『정의읍고지』의 정의지도
(서울대 규장각한국학연구원)

[그림 4] 지리지의 제주도 지도

서암도 그려 넣었다. 영실에는 오백장군 대신에 천불암이 그려져 있다. 한라산의 북사면에는 예전에 있었던 연대가 표시되어 있고, 그 아래의 의항(개미목)은 잘록하게 표현된 것이 이채롭다. 어승생악은 어승봉으로 표기되어 있는데 크게 부각되지는 않았다.

무엇보다 목장이었던 10소장의 경계가 상잣성과 하잣성을 중심으로 명확하게 그려진 점이 이전 지도와 다르다. 1소장에서 10소장에 이르는 목마장과 산장, 그리고 갑마장의 경계가 선명하게 표시되어 있다. 하천도 상세하게 그렸는데 군 경계와 구분하기 위해 점선으로 처리하였다. 중산간을 경유하는 도로는 그려져 있지 않으나, 원(院) 취락이었던 원동(院洞)이 동쪽과 서쪽에 하나씩 표시되어 있다.

목장의 상잣성 위쪽으로도 촌락이 형성되어 있었음을 알 수 있는데 아홉 군데에 화전동(火田洞)이 표시되어 있다. 지도 뒤의 읍지 본문에 화전세를 수세하던 기록이 있어 산장이 있던 곳에 화전촌이 형성되어 이들을 상대로 별도의 세금을 거두었음을 알 수 있다. 10소장과 자목장 체제로 이어져 내려왔던 제주도의 마정은 1895년(고종32) 지나친 공마 요구와 연이은 흉년으로 인해 공마제를 혁파하고 돈으로 바꾸어 상납하도록 하는 조치가 행해짐에 따라 국영목장으로의 기능을 상실하게 되었다. 지도에 표시된 화전동은 바로 이러한 사회적 상황을 반영하는 것으로 산마장에서부터 화전의 개척이 광범위하게 이뤄지고 있던 현실을 보여주고 있다.[30]

읍지 이외에 전국지리지에서도 제주도 지도를 볼 수 있는데, 오횡묵이 저술한 『여재촬요』의 지도가 대표적이다. 『여재촬요』는 1894년

30 오상학, 앞의 글(2004).

10권 10책의 필사본으로 편찬되었고, 이어 5책, 2책 등으로 축약본이 저술되었다가 1896년 학부에서 1권으로 축약하여 목판본으로 간행했다. 10권으로 구성된 필사본 가운데 제1권은 세계지리와 관련된 내용이고, 제2권에서 10권까지는 한국지리와 관련된 것으로 팔도의 군현 읍지를 수록한 것이다.[31] 국립중앙도서관 소장의 『여재촬요』에 수록된 제주도 지도를 보면, 다른 제주도 지도와 달리 동쪽을 지도의 상단으로 배치하였다. 이는 동서 방향이 긴 제주의 형세 때문에 판형에 맞추기 위해 의도적으로 방위를 조정한 것이다. 지도의 내용은 경위선표식 군현지도책에 수록된 지도와 유사한데, 국립중앙도서관 소장의 『해동여지도』, 한국학중앙연구원 장서각 소장의 『지도』에 수록된 제주도 지도와 큰 차이가 없어서 이 유형의 지도를 바탕으로 필사했음을 알 수 있다. 경위선표식 군현지도책에 수록된 제주도 지도에 대정현에 있는 '형제(兄弟)'섬이 전사의 오류로 '구제(九弟)'섬으로 표기되었는데, 『여재촬요』의 제주 지도에서도 이를 그대로 답습하고 있다.

5) 회화식 제주도 지도

조선시대의 지도는 회화와 밀접한 관련을 지니고 있다. 제작의 주체나 제작 도구, 양식 등을 서로 공유한다.[32] 특히 실경을 그린 산수화나 명승지를 그린 그림에서 공간적 관계가 잘 표현되고 지명이 표기되

---

31 임은진·서태열, 「여재촬요의 세계지리영역에 대한 고찰」, 『사회과교육』 제51권 4호, 한국사회과교육연구학회, 2012.

32 오상학, 『한국전통지리학사』, 들녘, 2015.

는 경우가 많아 이를 회화식 지도의 범주로 볼 수 있다. 제주도의 경우 이의 대표적인 것은 『탐라십경도』와 『탐라순력도』를 들 수 있다.

『탐라십경도』는 이익태 목사가 1694년(숙종 20)에 제주도를 두루 다니면서 경치가 가장 뛰어난 열 곳을 가려 화가에게 그리게 하여 병풍으로 제작한 것으로 각 그림지도의 상단에는 해당 지역의 설명을 수록하였다. 그가 꼽은 제주의 10경은 「조천관」, 「별방소」, 「명월소」, 「성산」, 「백록담」, 「영곡」, 「산방」, 「서귀소」, 「천지연」, 「취병담」 등이다. 이익태 목사가 제작한 『탐라십경도』의 원본은 아직 알려져 있지 않지만 후대의 사본들이 전해지고 있다. 일본에 소장된 사본과 국립민속박물관 소장의 『제주십경화첩』 등이 대표적이다. 후대의 사본들은 전체적인 구도, 지명 등이 일치하여 같은 계열의 지도임을 알 수 있다. 최근 홍콩 경매에서는 탐라십경도에 「제주목도성지도」, 「화북진」이 추가되어 12폭으로 이루어진 제주실경도가 출품되었는데, 『탐라십경도』의 후대 사본으로 추정된다.[33]

『탐라십경도』는 그림의 형태를 띠고 있지만 실경을 그린 것으로 지명도 상세하게 기재되어 있다. 「백록담」 그림지도를 보면 백록담 주변의 지형이 상세하게 묘사되어 있다. 파도 무늬가 그려진 백록담에는 물을 먹는 사슴과 활을 쏘는 사냥꾼, 그리고 전설에 나오는 흰 사슴을 탄 노인의 모습이 실감나게 그려져 있다. 백록담의 남쪽에는 기우제를 지내던 기우단이 그려져 있다. 백록담의 화구에는 구멍이 뚫려있는 바위인 혈석과 곧게 서 있는 바위인 입석이 그려져 있다. 여기의 혈석을 혈망봉과 관련지어 볼 수 있으나 혈망봉은 남쪽에 있

33 아시아경제, 「홍콩서 해외 소장 우리 고미술품, 한국 추상화 경매」, 2015년 5월 19일.

제주목도성지도
(개인 소장)

탐라도총
(국립민속박물관)

『탐라순력도』의 「건포배은」

『탐라십경도』의 「취병담」
(국립민속박물관)

[그림 5] 회화식 지도의 제주도 지도

는 것이어서 위치상 서로 다르다. 백록담의 북사면으로는 구봉암이 그려져 있는데, 모습이 왕관과 같아서 왕관바위라고도 하는데 지금의 왕관릉이다. 그림에도 흡사 왕관처럼 그려져 있다.

『탐라십경도』 계열에 속하는 지도 가운데 하나는 『제주목도성지도』이다. 『탐라십경도』 원도에는 없던 지도로 『탐라십경도』 후대 사본에 첨가되어 있다. 이 지도에는 1702년에 건립된 삼성묘가 동문 안쪽에 있고, 1720년 정동후(鄭東後) 목사가 연무정 북쪽에 있던 사직단을 서문 밖에 설치했다가 1734년 정도원(鄭道元) 목사가 남문 밖으로 이전한 사직단이 성곽 서북쪽에 표시된 것으로 보아 1720년에서 1734년 사이에 제작된 것으로 추정된다. 현존하는 제주도 지도 가운데 제주성의 모습이 가장 자세하게 묘사된 것으로 평가된다. 지도의 명칭에는 제주성을 '도성(都城)'이라 표기하여 과거 탐라국의 도성임을 드러내고 있다.

지도 상단의 주기에 제주성이 과거 탐라국의 고량부 삼을라가 분거했던 곳임을 밝혀놓았다. 제주의 연혁이 간단하게 기재되어 있고 성 둘레가 15,489척, 동서남의 성문과 남북 수구의 홍문(虹門)이 있다고 되어 있다. 무엇보다 이 지도에는 제주성 안의 관아 건물과 향교뿐만 아니라 성곽 위에 축조된 정자까지 상세하게 그려져 있다.

『탐라십경도』와 더불어 대표적인 회화식 지도라 할 수 있는 『탐라순력도』는 제주목사와 병마수군절제사의 관직을 제수받은 이형상이 1702년 순력을 마친 후, 순력을 기리기 위해 이듬해에 완성한 그림첩이다. 여기에는 제주도 지도인 「한라장촉」을 비롯하여 전체 41면의 그림이 수록되어 있다. 다양한 순력의 장면을 생생하게 표현하고 있는 것으로 현존하는 조선시대 그림첩에서는 유사한 예를 찾아볼 수 없는 매우 귀중한 자료이다.

『탐라순력도』는 서두에 수록된 제주도 지도인 「한라장촉」을 제외하고는 대부분 순력의 장면을 그린 기록화적 성격을 지닌 그림들이다. 이러한 그림은 행사의 구체적인 실상을 사실적으로 포착하는데 목적을 둔 것으로서 제주도 전체의 형세를 보여주는 지도인 「한라장촉」과는 성격을 달리하고 있다. 그러나 개별 순력도들이 행사를 주관하고 참여하는 인물을 중심으로 그려졌지만 행사가 행해지는 공간적인 모습도 상세히 묘사하고 있는 점에서는 회화식 지도의 범주로 해석해 볼 수 있다.

예를 들어 「산장구마」라는 그림은 한라산 산마장에서 키우던 말들을 한 곳으로 몰아 봉진할 말을 선별하는 장면을 포착한 것이다. 위로는 성판악으로부터 아래로 교래리 일대로 이어진 지역의 모습이 잘 표현되어 있다. 곳곳에 산재한 오름들과 주변에 형성된 숲들도 세밀하게 그려져 있다. 성판악 주변으로 소나무가 울창하게 우거져 있음을 볼 수 있다. 물찻오름, 물영아리오름에는 '유수(有水)'라 표기하여 분화구에 물이 있음을 나타냈다. 팽목동산에는 팽나무의 모습을 독특하게 표현하기도 했다. 산굼부리는 산구음부리악(山仇音夫里岳)으로 표기되어 있다. 제주도 마정의 책임자인 감목관은 교래리에 주재하고 있었는데, 여기에는 전패를 봉안하여 예를 올리던 객사도 그려져 있다.

6) 기타의 제주도 지도

앞에 언급한 유형 이외에도 민간의 지식인이 제작한 제주도 지도, 족보에 수록된 지도, 『탐라방영총람』처럼 관청의 배치를 표시한 지도, 풍수 지도 등을 들 수 있다. 민간의 지식인이 제작한 지도로는 위백규의 『환영지』에 수록된 제주도 지도가 대표적이다. 현존하는 독립된 제주지도들이 대부분 관에 의해 제주도 현지에서 제작한 상세한 지도인데 반해, 이 지도는 민간에서 개인이 제작한 것으로 당시 육지부에 거주하는 지식인들의 제주 인식을 엿볼 수 있다. 『환영지』는 18세기 호남의 삼대 실학자의 한 사람으로 불리는 존재(存齋) 위백규(魏伯珪, 1727~1798)의 대표적인 저서로, 조선 팔도 및 중국, 일본, 유구의 지도와 지지, 천문, 제도 등을 기록한 책이다. 위백규는 본래 1770년에 『환영지』를 간행했는데, 현존하는 목판본 『환영지』는 1822년에 종손 위영복(魏榮馥)이 편찬한 것이다. 필사본 『환영지』도 현존하는데, 필사본 『환영지』에 수록된 탐라지도는 매우 소략하다.

「탐라도」는 대형의 단독 제주지도처럼 남쪽을 지도의 상단으로 배치하였다. 지도의 외곽에는 간지로 된 방위가 표시되어 있다. 제주도 주변에는 일본, 동남아, 중국 등의 외국 지명과 남해안의 여러 섬들이 그려져 있다. 바다에는 물결무늬를 그려 놓았다. 이러한 구도와 양식은 『탐라지도병서』와 유사한데, 그를 참조하여 제작한 것으로 보인다. 지도의 내용은 『탐라지도병서』류에 비하면 매우 소략하다. 제주목, 정의현, 대정현 등의 고을 표시와 산지와 하천, 북쪽 지역 배가 정박할 수 있는 포구가 표기된 정도이다. 1702년 이형상 목사에 의해 건립된 삼성묘가 제주 성안에 있는 것으로 보아 대략 18세기의 상황을 반영하는 것으로 보인다.

제주양씨 족보에 수록된 『제주도(濟州圖)』도 민간에서 제작되어 활용되었던 대표적인 지도이다. 지도의 제작시기는 1702년에 건립된 삼성묘가 동문 안쪽에 있고, 1755년 광양으로 이전되는 향교가 여전

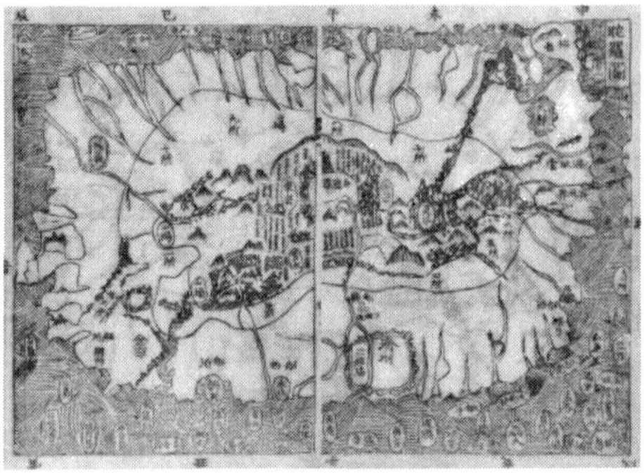

『환영지』의 「탐라도」
(제주대 박물관)

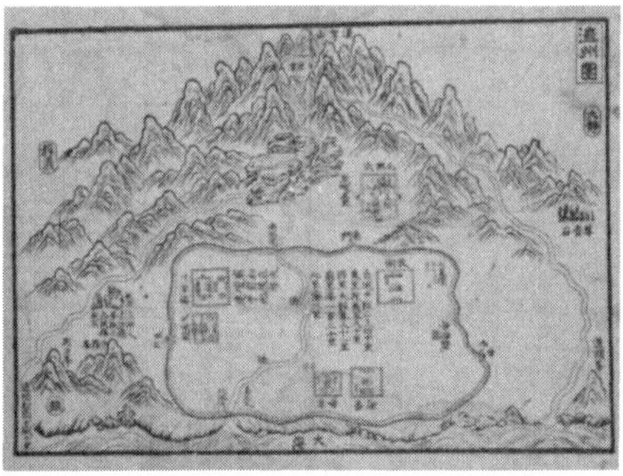

제주도
(제주세계유산본부)

히 성안에 있는 것으로 보아 18세기 전반기로 추정된다. 민화 풍으로 그려진 지도로 제주목만을 그린 것이다. 고량부 삼성 중의 하나인 양씨 족보에 수록된 지도이다 보니 삼성신화와 관련된 삼성혈, 삼사석 등이 부각되어 있다. 제주읍성을 확대시켜 그렸고, 성안에는 객사, 아사 등의 관청 건물과 관덕정의 모습도 확연하다. 남수각과 북수문의 모습이 홍예의 형태로 그려져 있다. 제주성의 서남쪽 모퉁이에는 칠성단의 모습도 북두칠성의 형태로 그려 넣었다. 이 지도는 필사본으로 제작되어 민간에서 이용되었는데, 서울역사박물관, 제주세계유산본부 등에 소장되어 있다.

18세기 후반에 제작된 것으로 추정되는 『탐라방영총람』은 관아 배치도라 할 수 있는 지도로 성곽이나 건물의 모습이 그려져 있지 않고 지명의 배치로 공간적 관계를 표현하고 있다. 이러한 사례는 다른 지역에서는 좀처럼 보기 힘들다. 제주목사는 전라도수군방어사를 겸하고 있었기 때문에 제주목의 읍치가 방어사영(防禦使營)이 되는데 내부 관아 건물의 배치를 지도처럼 표현하고 '탐라방영총람'이라는 제

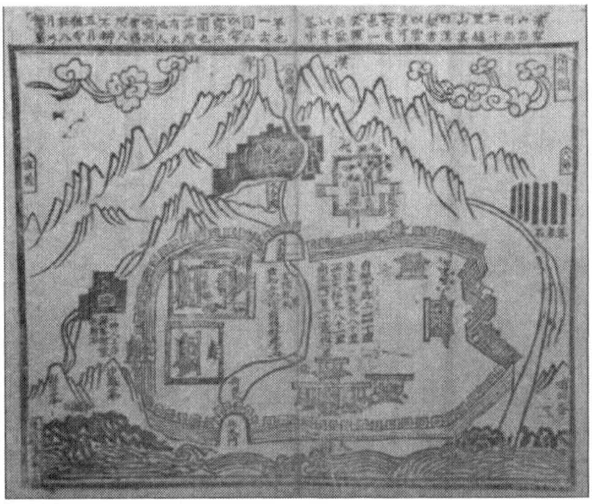

제주도
(국립제주박물관)

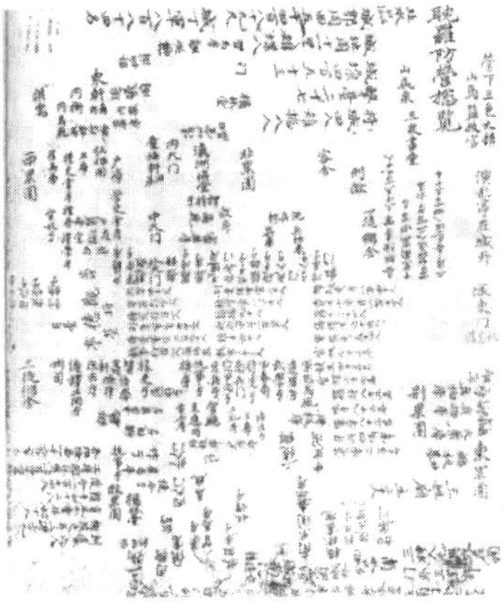

탐라방영총람
(개인 소장)

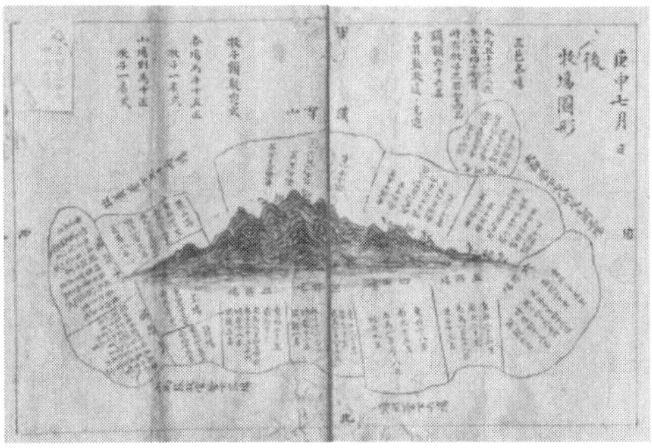

『삼읍각목장구폐절목』의 목장도형
(제주대 박물관)

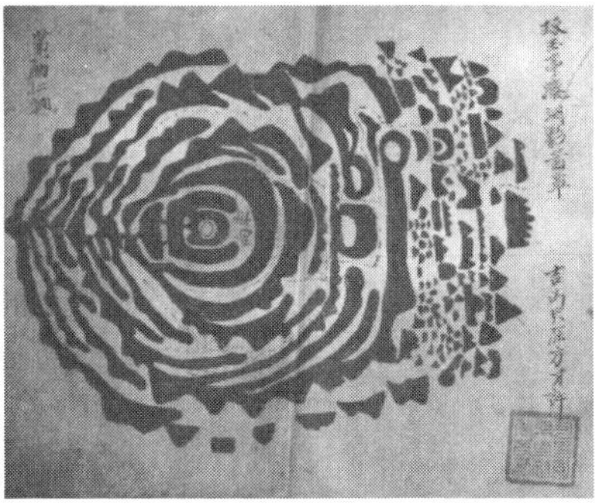

『영주영도초』의 풍수지도
(제주대 박물관)

[그림 6] 기타 다양한 제주도 지도

목을 붙인 것이다. 지도에는 각 관아의 소속 인원도 기재되어 당시 행정 현황도 파악해 볼 수 있다.

관에서 제작된 지도 가운데 목장만을 그린 지도도 전하고 있다. 『삼읍각목장구폐절목』에는 제주도에 설치되었던 목장만을 그린 「목장도형」이 수록되어 있다. 여기에는 1소장에서 10소장까지의 목장과 상장, 침장, 녹산장 등의 산마장이 경계선과 함께 그려져 있다. 각각의 목장에는 동서, 남북의 길이, 당시 사육되던 마필수와 목자 등의 정보를 수록하여 목장의 현황을 파악하는 데 도움을 주고 있다.

풍수지리의 관념에 따라 그린 풍수 지도도 조선후기 제주사회에 풍수지리가 유입됨에 따라 민간에서 제작되어 활용되었다. 제주대학교 박물관에 소장된 『영주영도초(瀛州影圖草)』, 『제주지리도식(濟州地理圖式)』 등이 대표적인데, 여기에 수록된 풍수지도는 제주도의 실제 현장을 답사하여 풍수 형국을 제시하고 이에 대한 해석을 첨가한 것이다. 화산섬인 제주의 산세가 육지부와 다름에도 불구하고 전체적인 풍수지도의 형식은 육지부의 것과 유사하다.

4. 결론

고대 탐라왕국에 뿌리를 두고 있는 제주도는 조선에 들어와서도 특별한 국가적 관심을 받았다. 남방 해로의 길목에 위치한 지정학적 특성은 외적을 막아내는 군사적 요충지로 인식하게 했고, 화산섬이라는 자연환경에서 형성된 많은 오름과 초지는 목마장 건설의 최적지로 인식하게 했다. 조선의 끝자락에 위치한 한미한 변방이 아니었다.

제주도에 대한 조선의 관심은 지도로 표출되었다. 조선전기부터 제주도만을 단독으로 그린 지도들이 조정에서 제작되어 활용된 사실들은 여러 사료에서 확인된다. 현존하는 조선시대 제주도 지도들은 16세기 이후의 지도들이다. 전국의 박물관 도서관 등지에 흩어져 전하는데 대략 60여종 이상이 전하고 있다. 대부분 필사본 지도이지만 목판본 지도도 여러 종 남아 있다. 현존하는 조선시대 제주도의 지도들을 지도의 크기, 양식, 표현 기법 등을 토대로 유형을 분류하면 대축척 단독지도, 군현지도책의 지도, 전국지도첩(책)의 지도, 지리지의 지도, 회화식 지도, 기타 지도 등으로 구분해 볼 수 있는데, 각 유형의 특성을 정리하면 다음과 같다.

첫째, 대축척의 단독지도는 현존하는 조선시대 제주도 지도의 주류에 해당한다. 『탐라지도병서』와 같은 대형 목판본으로 된 것도 있지만 대부분은 필사본으로 존재한다. 국가의 행정, 군사적 용도로 제작된 것이기 때문에 당대 최신의 정보가 반영되어 있고 지도의 내용이 풍부하고 정교하게 그려진 것이 특징적이다. 제주도 현지에서 제작되었지만 『탐라지도병서』와 같은 일부 지도는 중앙 관부로 보내져 활용되기도 했다.

둘째, 군현지도책의 제주도 지도는 제주도가 아닌 중앙 관서에서 제작된 것으로 일부 지도는 제주도의 윤곽과 내용이 유사하여 동일 계열의 지도임을 알 수 있다. 조선시대 전라도에 속해 있기 때문에 전라도의 군현지도책에 수록되어 있는데, 당시 제주도의 세 고을인 제주목, 대정현, 정의현으로 구분하여 그리지 않고 제주도 전체를 한 장에 그리는 것이 일반적이다. 관찬의 대축척 지도를 기본 자료로 활용하면서도 규격을 축소하여 그렸지만 수록된 내용은 매우 풍부하다. 이 유형의 지도는 방격의 유무에 따라 두 가지로 분류되는데, 방격이 없는 지도가 더 많은 정보를 수록하고 있다.

셋째, 전국지도첩(책)의 제주도 지도는 전국을 대축척으로 그린 지도첩(책)에 수록된 제주도 지도이다. 제주도만을 단독으로 그린 것은 아니지만 조선전도나 도별도에 수록된 제주도의 지도보다 훨씬 상세하게 그려지기 때문에 별도의 유형으로 구분할 수 있다. 『청구도』, 『동여도』, 『대동여지도』 등과 같은 김정호의 전국지도뿐만 아니라 『동여도』나 『대동여지도』와 다른 계열의 전국지도첩(책)에 수록되어 있기도 하다. 국립중앙도서관 소장의 필사본 『대동여지도』나 국립중앙박물관의 『동여』 등이 여기에 속하는데, 제주도의 윤곽이 유사하고 산줄기의 표현이 맥으로 표현되는 공통점을 지니고 있다.

넷째, 지리지의 제주도 지도는 읍지의 부도로 그려진 것으로 대부분 19세기에 제작된 것들이다. 제주도 전체를 간략하게 그린 것도 있지만 규장각 한국학연구원 소장의 『제주읍지』에 수록된 「제주지도」처럼 대축척으로 상세하게 그린 것도 있다. 읍지에 지도가 부도로 삽입되는 것은 영조 연간에 편찬된 『여지도서』에서 볼 수 있는데, 제주도의 경우는 19세기 후반 편찬된 일부 읍지에서 볼 수 있다. 이들 지도에는 마을과 포구, 오름 등이 상세하게 수록되어 있다.

다섯째, 회화식 제주도 지도는 『탐라십경도』, 『탐라순력도』 등이 대표적이다. 실경화로 그려진 회화에 해당되기도 하지만 각종의 지리적 사상, 지명 등이 표기되어 있어서 지도의 기능도 지닌다. 『탐라십경도』는 제주의 명승지를 중심으로 그린 것이고 『탐라순력도』는 제주목사 이형상이 순력의 장면을 그린 것인데 여기에 당시의 지리와 공간 관계가 잘 표현되어 있다. 『탐라십경도』나 『탐라순력도』는 성산일출봉, 산방산과 같은 일부 경관의 모습이 유사하여 동일한 화풍에서 제작된 것으로 보이며, 이러한 화풍은 후대의 사본에서도 볼 수 있다.

여섯째, 기타 지도의 유형으로 민간에서 제작된 지도들, 족보에 수록된 지도, 목장지도, 고적이나 관아 배치도 등이 여기에 해당한다. 민간의 제주도 지도는 대부분 소략하게 그려진 것이 주를 이룬다. 실학자 위백규의 저서인 『환영지』에 수록된 제주도 지도가 대표적이다. 지방에 거주하던 학자의 저서에서 제주도 지도가 수록될 수 있는 것은 제주가 지니는 특수성이 반영된 결과라 할 것이다. 여타의 다른 섬과는 달리 자연환경이나 역사 문화가 다르고 실제 가보기가 힘든 여건 때문에 이를 지도로 표현하여 정보를 공유하고자 했다. 제주양씨 족보의 제주도 지도에는 유교적 이념이 강조되거나 삼성신화와 관련된 유적이나 명승지가 부각된다. 『탐라방영총람』은 지명을 공간적 관계에 따라 배치하여 일종의 관아배치도와 유사한 독특한 지도이다.

제주 교방 예술의 전통과 가창 문학의 전승

강경호

1. 머리말

교방(敎坊)은 본래 조선시대 지방 관아에 부속된 건물을 지칭하는 용어이다. 명칭의 유래는 고려시대까지 거슬러 올라갈 수 있겠으나, 통상 조선시대 궁중의 음악과 무용을 관장한 장악원(掌樂院)에 상대하여 지방에 존재했던 기관을 지칭한다. 교방에는 악공, 기생들이 소속되어 있었고 이들은 지방 관아의 여러 의례와 행사에서 속악(俗樂)과 여악(女樂)을 담당하였다. 주목할 점은 교방 기생들에 의해 연행된 예술들이 궁중은 물론 관변(官邊)으로 전파되며 지역 예술문화의 한 축을 담당했다는 것이다.

제주(濟州)의 사정 역시 크게 다르지 않았다. 제주에 교방이 존재한 이래 그 관련 문화와 예술은 꾸준히 향유·전승되고 있었다. 그러나 제주에는 워낙 제주만의 변별되고 독특한 문화유산이 풍부하게 남아 전하다 보니 현재는 교방 문화의 흔적들이 잘 포착되지 않는다.

하지만 현재까지도 제주에서 널리 불리는 창민요(唱民謠)가 교방 예술의 산물이라는 점을 상기해보면 교방 예술의 전통은 생각보다 뿌리 깊게 남아있음을 알 수 있다.

제주의 교방 예술은 순수하게 제주의 민간 문화에서 기인한 것이 아니라 다른 지역과의 교류와 소통 속에서 정착된 예술 문화이다. 중앙의 궁중 정재(呈才)와 밀접한 연관성을 보이는 제주의 교방 정재가 그렇고,[1] 제주 기생들이 가창했던 가사(歌辭)도 다른 지역에서 잘 알려진 작품들이다.[2] 창민요 역시 다른 지역의 민요나 잡가(雜歌)와의 관련 속에서 파생되었다고 볼 수 있다.[3] 따라서 제주의 교방 예술은 다른 지역과의 상호 연관 속에서 끊임없이 교류·소통하며 '제주화'된, 제주만의 독특한 문화환경이 잘 반영된 예술 분야이다.

그렇다면 현재 제주에서 교방 문화나 예술은 어떤 의미를 지닐까. 아마도 거의 언급되지 않는다고 봐도 무방하다. 설령 교방이나 기생과 관련된 예술, 문화라 할지라도 일반 대중들에게는 그것이 교방 예술의 계승이라고는 인식되지 않을 정도로, 현재의 제주 지역에서는

---

1 임미선, 「≪탐라순력도≫의 정재 공연과 주악 장면」, 『장서각』 26집, 한국학중앙연구원, 2011, 271쪽.

2 강경호, 「제주의 교방 문화와 기생 활동에 대한 문헌 검토: 제주 교방·기생 문화의 문화원형 탐색을 위하여」, 『반교어문연구』 제40집, 반교어문학회, 2015, 83~87쪽.

3 제주 창민요에 대해서는 그간 많은 연구 성과들이 축적됐다. 대표적인 몇 논의들을 제시하면 다음과 같다.
나운영, 「제주도 민요의 작곡학적 연구(1)」, 『연세논총』 제9집, 연세대학교, 1972; 김영돈, 「오돌또기」, 『한국민속학』 20, 한국민속학회, 1987; 이보형, 「오독도기 소리 연구」, 『한국민요학』 제3집, 한국민요학회, 1995; 김영돈, 『제주도민요연구』(하권, 이론편), 민속원, 2002; 양영자, 「제주지역 가창유희요 고찰」, 『영주어문』 제12집, 영주어문학회, 2006.

소외된 예술 분야라고 할 수 있다. 상황이 이렇다 보니 제주에는 교방 문화 및 예술 공연을 찾아보기 힘들며 대중적 관심조차도 점차 사라져 가고 있다. 단적인 예로, 제주 교방 예술을 주요 테마로 다룬 박사학위 논문이 '제주도 무용문화의 소멸적 현안에 대한 인식과 극복을 위한 방안 모색'[4]이라는 제목으로 제출되는 것을 보면 제주 교방 예술의 계승 문제가 얼마나 심각한지 여실히 보여준다.

문화사적 전승과 굴곡의 과정을 거치면서 '소멸적' 양상으로 전개되고 있는 것이 제주 교방 예술이 처한 현실이라고 한다면, 이에 대한 가치와 의미를 환기시키고 학술적 기반을 마련하는 것은 연구자의 몫일 것이다. 최근 필자는 이러한 문제의식을 토대로 제주 교방 및 기생 예술 문화에 관하여 일련의 논의들을 개진한 바 있다.[5] 이 글 역시 이러한 연구들의 연장선상에서, 제주 교방 예술과 가창(歌唱) 문학의 전통에 초점을 맞춰 논의를 펼쳐보고자 한다.

이 글에서 제주 교방 예술 중 가창 문학에 대해 주목하는 까닭은 제주에서 전승·향유된 고전시가의 문화적 토양을 살펴보기 위함이다. 주지하듯 우리의 고전시가는 대부분 가창 예술로 실현되어 왔다. 그 대표적 장르가 가곡[시조]과 가사이며, 조선 후기와 20세기 초에 대중적 인기를 얻은 잡가 역시 고전시가의 영역에서 다뤄진다. 중요한 점은 이러한 장르들을 주도적으로 연행한 담당층이 바로 기생이

---

4 채형지, 「제주도 무용문화의 소멸적 현안에 대한 인식과 극복을 위한 방안 모색」, 세종대학교 박사학위논문, 2010. 물론 이 논문에서는 교방 예술과 관련된 궁중 정재뿐만 아니라 굿과 민속의 현장에서 연행되는 제주의 여러 무용 문화를 함께 다루고 있다.

5 강경호, 앞의 글, 2015 및 「제주 교방 관련 예술의 전통과 문화원형 탐색을 위한 이론적 고찰: 문헌 자료를 중심으로」, 『국제어문』 79집, 국제어문학회, 2018.

며, 이들은 각 지역의 교방을 중심으로 활동했다는 것이다. 제주에도 엄연히 교방과 기생이 존재하였고, 기생들에 의해 고전시가가 가창 전승되었음에도 불구하고 자료적 한계 등의 이유로 제주는 고전시가의 불모지처럼 여겨져 왔다.

고전시가 연구에서 제주의 문학은 몇몇 가사 작품-유배 가사류나 탐라별곡 등-을 제외하고는 잘 언급되지 않는다. 그 범위를 고전시가의 대표 장르인 가곡[시조]으로 한정하면 거의 언급조차 되지 않는 실정이다. 그러나 교방예술의 연행적 측면에서 접근해 보면, 제주에서도 가곡창, 가사창 등의 노래들은 향유·전승되고 있었다. 비록 제주의 민중들 사이에서 폭넓게 향유되지는 않았다 하더라도 가창 예술과 문학의 영역에서 꾸준히 불리고 있었던 것이다.

따라서 이 글에서는 먼저 조선 중후기 제주 교방 문화와의 관련 속에서 가창 전승된 가곡의 향유 양상을 살펴보고,[6] 다음으로는 근대 전환기 다른 지방의 노래들과의 상호 교류를 통해 제주의 노래로 정착해 간 창민요의 형성 과정에 대해서도 검토할 것이다. 더불어 제주에서 계승된 가창 문학의 가치와 그 문화사적 의미를 찾아보고자 한다. 이 글을 통해 제주 교방 예술에 대한 관심이 새롭게 조명되길 기대해 본다.

---

6 제주 교방예술과 관련하여 가사[가사창]의 향유 양상에 대해서는 기존 논의에서 다룬 바 있다.(강경호, 앞의 글, 2015, 83~87쪽) 이 글에서는 그간 잘 언급되지 않았던 가곡[시조]의 전승·향유 양상에 초점을 맞춰 살펴볼 것이다.

2. 조선 중후기, 제주 교방 예술의 전통과 가곡

제주 교방에 대한 내용이 처음 확인되는 자료는 17세기 중반 제주의 상황을 담고 있는 이원진(李元鎭, 1594~?)의 『탐라지(耽羅志)』이다. 이때는 '교방'이 아니라 '장춘원(藏春院)'이라는 이름으로 불렸는데 그 내용을 참고해보면 장춘원은 교방을 지칭하는 또 다른 용어임을 알 수 있다.[7] 이후 18세기 초 기록에서는 '교방'과 '장춘원'이라는 명칭이 함께 나타나는 것을 볼 때[8] 17세기 후반을 전후하여 제주에는 교방 관련 문화가 활발히 전개되고 있었음을 짐작할 수 있다.

그러나 읍지류 등의 관찬(官撰) 문헌들에는 교방 예술의 연행 양상이나 기생들의 기예(技藝)에 대해선 언급되지 않기 때문에 그 실현 모습을 확인하기 어렵다. 따라서 기행·일기류 등의 사찬(私撰) 자료들이나 『탐라순력도(耽羅巡歷圖)』와 같은 도상(圖像) 자료들에 남겨진 단편적인 기록들을 통해 간접적으로나마 가늠해볼 수밖에 없는 실정이다. 제주 교방에서 실현된 연행 예술의 종합적 검토에 대해서는 근래에 제출된 여러 연구 성과들[9]을 통해 참고할 수 있고, 이 글에서는 가창 문학과 예술의 향유, 그 전승 양상에 대해 집중하여 살펴보고

---

7 이원진은 1651년 7월부터 1653년 10월까지 대략 2년간 제주 목사를 지냈다. 이원진, 『탐라지』. "장춘원(藏春院): 신과원 서쪽에 있는데, 곧 기생이니 악공이 음악을 익히는 곳이다. 악공은 관노(官奴) 중에서 골라 정하고 정원은 없었으며, 교서(敎書)를 받거나 전문(箋文)을 올릴 때 쓰지만 그에 관계되는 예(禮)는 자세하지 않다. 기생은 관비(官婢) 중에서 재주와 용모가 뛰어난 자를 올려서 정밀하게 골랐다."(김찬흡 외 역, 『역주 탐라지』, 푸른역사, 2002, 93쪽)

8 이형상(李衡祥, 1653~1733)의 『남환박물(南宦博物)』에는 두 명칭이 함께 기록되어 있다. 이형상, 『남환박물』(이상규, 오창명 역주, 『남환박물』, 푸른역사, 2009, 179쪽 참조).

9 앞서 제시한 각주 1~5번의 논문들을 참고하기 바란다.

자 한다.

제주 교방 예술 관련 가창 장르의 실현 양상을 살펴볼 수 있는 자료로 먼저, 임제(林悌, 1549~1587)의 『남명소승(南溟小乘)』을 들 수 있다. 『남명소승』은 이원진의 『탐라지』보다도 한 세기 이른 시기의 기록으로, 제주 교방 예술의 16세기 양상을 가늠해 볼 수 있다는 점에서 의의를 갖는다. 특히 제주 관기들의 뛰어난 기마술(騎馬術)을 확인할 수 있는 내용도 포함되어 있어 제주 교방 예술의 다양한 모습들을 확인할 수 있다. 여기에서는 교방의 가창 문화와 전승에 관련된 부분을 주목하여 보도록 하자.

> 11월 10일 흐림. 해가 뜨자 조천관을 출발하여 오후 늦게 제주 읍내에 도착하였다. 부친의 명에 따라 먼저 제주 향교로 가서 문묘(文廟)에 참배하였다. 그 후 부친을 망경루(望京樓) 아래에서 뵈었다. 장막이 구름처럼 연이어 쳐져 있었고, 구경 온 사람들은 매우 많았다. 그런데 그때 공전(恭殿: 인종의 비 인성왕후)이 오래도록 편치 못했기 때문에 기악(妓樂)은 배열만 해놓고 연주하지는 않았다. 통판(通判) 조사문(趙斯文, 인후(仁後))과 교수(敎授) 최사문(崔斯文)이 간소하게 축하하는 연회를 베풀어주었다.[10]

> 11월 23일 흐림. (중략) 정의현감을 만나서 함께 배를 타고 우도로 향했다. 관노(官奴)에게 피리를 관기(官妓) 덕금(德今)에게는 노래를 부르도록 하였다.[11]

10 임제, 『남명소승(南溟小乘)』(『역주 제주 고기문집(古記文集)』, 제주문화원, 2007, 48쪽 및 신호열·임형택 외 편역, 『신편 백호전집』(하), 창비, 2014, 548~549쪽 참조).

11 『역주 제주 고기문집』, 제주문화원, 2007, 59쪽 참조.

임제는 1577년 과거에 급제한 후 그해 11월 제주목사로 부임해 있던 부친 임진(林晋)을 뵈러 제주에 들어가게 된다. 11월 9일 제주 조천관으로 들어가서 다음해 2월 별도포를 통해 떠났으니 대략 4개월여간 제주를 여행했다고 볼 수 있다.[12]

위 기록들에는 간략한 정보이지만 교방 연희의 흔적들이 남아있다. 첫 번째 인용문에는 임제가 처음 제주에 들어간 후 부친을 만나게 된 상황과 환영 인파를 맞이하는 장면이 묘사되어 있다. 기악을 벌인 자리에 장막[차일(遮日)]이 구름처럼 처져 있었고 구경 온 사람들이 많았다는 내용을 통해 볼 때 나름 성대한 환영연이 준비되었던 것으로 보인다. 비록 공전[인성왕후]의 건강 문제로 실제 기악이 설행되진 않았지만 비교적 큰 규모의 연회가 준비되었던 것 같다. 교방 기악의 주 종목은 정재(呈才)와 성악(聲樂) 공연이기에 만약 기악이 펼쳐졌다면 그러한 종목들이 연행되었을 것이다.

11월 22일부터 임제는 제주를 유람하고자 동쪽 해안을 따라 이동하였다. 별방성(別防城)을 지나며 관기들의 기마술을 보기도 하였고, 23일에는 우도(牛島)에 들어가기 위해 정의현감과 함께 배에 몸을 실었다. 임제와 동행한 몇 안 되는 일행 중에는 피리를 부는 관노와 노래를 부르는 관기도 포함되어 있었다. 풍류남아로 잘 알려진 임제의 명성에 걸맞은 인적 구성이다. 피리 하나라는 소박한 악기 구성에 맞춰 부른 노래는 아마도 가곡창 계통의 노래였을 것이다.[13]

---

12 홍기표, 「남명소승 해제」, 위의 책, 2007, 33쪽.

13 당시 사대부들이 즐겨 듣고 불렀던 우리말 시가(詩歌)로는 가사창도 언급할 수 있다. 당시 임제가 향유했을 노래는 가곡창, 가사창 모두 포함할 수 있을 것이다. 다만 문학사적으로 우리말 시가의 가창 전승 양상을 생각할 때, 장가(長歌) 계열의 가사창보다

잘 알려져 있듯이 임제는 두 편의 시조 작품을 남겼다. 공교롭게도 두 작품 모두 기생과의 연관 속에서 지어진 작품이다. 하나는 서도병마사로 부임해 가는 길에서 황진이(黃眞伊)의 묘에 제사를 지내며 지은 작품[14]이고, 다른 하나는 기생 한우(寒雨)와 주고받은 수작(酬酌) 시조[15]이다. 이러한 임제에게 있어 우도로 향하는 뱃머리에서 제주의 정취를 느끼며 들었을 노래는 시조의 노랫말을 얹어 부르는 가곡창이었을 것으로 생각된다.

이렇게 개인적 차원에서 기생과의 교유를 통해 가창 예술을 향유한 사례는 1659년 제주 목사로 있었던 이괴(李襘, 1607~1666)의 행적에서도 찾아볼 수 있다. 이괴의 「소행정기(素行亭記)」에는 업무를 마친 후 정자에서 휴식을 취하며 거문고 타는 아이에게 연주를 맡기고 가기(歌妓)에게 노래를 시켜 풍류를 즐겼다는 내용이 남아 있다.[16] 개인

는 단가(短歌) 계열의 가곡창이 더 익숙한 시가 장르였을 것이다. 여말선초부터 향유된 〈어부사(漁父詞)〉 계통의 가사들이 전승되었긴 하지만 가사 장르가 본격적으로 가창 전승된 시기는 16세기 중반 이후일 것이다. 백광홍(白光弘, 1522~1556)의 〈관서별곡(關西別曲)〉(1555)을 비롯하여 정철(鄭澈, 1536~1593)의 〈관동별곡(關東別曲)〉(1580)과 〈사미인곡(思美人曲)〉(1588) 등에 대한 가창 향유 기록들은 16세기 후반이 되어서야 나타나기 시작한다.

14 김천택 편, 『청구영언』. "107. 靑草 우거진 골에 자ᄂᆞᆫ다 누엇ᄂᆞᆫ다 / 紅顔을 어듸 두고 白骨만 무쳣ᄂᆞᆫ이 / 盞 자바 勸ᄒᆞ 리 업스니 그를 슬허ᄒᆞ노라"

15 박씨본 『해동가요』. "96. 北天이 ᄆᆞᆰ다커늘 雨裝 업시 길을 나니 / 山에ᄂᆞᆫ 눈이 오고 들에ᄂᆞᆫ ᄎᆞᆫ비로다 / 오ᄂᆞᆯ은 ᄎᆞᆫ비 마자시니 어러잘가 ᄒᆞ노라"

16 이괴는 1658~1660년 2년 동안 제주 목사로 있었다. 그가 지은 「소행정기」가 이익태의 『지영록』에 기록되어 있다. "관아가 끝나고 관리들이 물러가면, 혼자 무료하게 앉아 있다가 지팡이를 짚고 거닐며 정자 위에서 쉬었다. 때마침 물위에 뜨고 여러 가지 꽃들이 향기를 뿜는데 동쪽 산마루에 달이 떠서 맑게 빛나며 정자에 가득했다. 거문고 타는 아이에게 거문고를 타게 하고 가기(歌妓)에게 창(唱)을 부르게 하면서, 커다란 술잔을 잡고 몇 잔을 마시면 그냥 취해 눕게 되어 오래도록 어느 곳에 편안히 있는 줄도 모르고, 또한 이 몸이 절해의 밖에 와 있는 줄도 모르게 된다. 이것이 어찌 그

적 차원의 풍류 공간에서 거문고 반주에 맞춰 부르는 노래 역시 가곡창이었을 가능성이 높다.

이미 16세기를 전후하여 가곡은 궁중이나 상층의 풍류 자리에서 또는 사대부들의 일상 공간에서 향유되었던 시가(詩歌)이자 음악이었다. 임금과 신하 사이에서 가곡[시조]은 연군에 대한 곡진한 정서를 표출하는 수단으로 불렸고, 소춘풍(笑春風)과 같은 기생들은 임금과 문무 관료들 앞에서 시조를 지어 불렀다. 또한 많은 사대부 시조 작가들은 강호한정(江湖閑情)과 야취(野趣), 유락(遊樂)의 정취를 노래하였다. 이처럼 사대부들이 공적·사적인 공간에서 종종 가곡을 향유하였다는 점을 생각해본다면 가곡은 사대부들의 일상에서 익숙한 음악이자 노래로 자리 잡고 있었음을 알 수 있다.

그렇다면 16세기 후반~17세기 중반, 임제나 이괴가 향유했던 가곡창은 어떤 노래들이었을까? 가곡창 계통 노래들의 발달 과정, 즉 대엽조(大葉調)의 사적 전개 과정을 통해 짐작해 보면, '오ᄂᆞ리' 시조와 같은 만대엽(慢大葉) 혹은 중대엽(中大葉) 노래였을 것이다. 주지하듯이 오ᄂᆞ리는 후대에 가곡의 조종(祖宗)이라고 평가받는 노래이다. 이 노래는 16세기 후반 장악원 첨정(僉正)이었던 안상(安瑺)이 편찬한 『금합자보(琴合字譜)』(1572)의 평조(平調) 만대엽에 수록되었으며,[17] 이후 17세기 초반인 1610년에는 역시 장악원 악사 출신인 양덕수(梁德壽)에 의해 편찬된 『양금신보(梁琴新譜)』의 중대엽 항목에 실렸다.[18] 특히

지위를 깨끗이 하고 행동한 것이 아니겠는가." 이익태, 『지영록』(김익수 역, 제주문화원, 1997, 74쪽).

17 『금합자보』 평조 만대엽. "오ᄂᆞ리 오ᄂᆞ리나 ᄆᆡ일에 오ᄂᆞ리나 / 졈므디도 새디도 오ᄂᆞ리 / 새리나 ᄆᆡ일 댱샹의 오ᄂᆞ리 오쇼셔"

중대엽의 오ᄂᆞ리 시조는 '심방곡(心方曲)'으로 지칭되며 무가(巫歌)와의 연관성에서 파생된 것으로 추정되는데, 간략히 설명하면, 민간에서 불리던 무악(巫樂) 계통의 노래들[謠·歌]이 상층의 궁중으로 수용되면서 특정한 '곡(曲)'으로서 기능하게 되었고 또한 범(汎) 심방곡 계통[무악]에 뿌리를 두는 노래 중 '대엽조'화 된 대표적인 노래가 바로 '오ᄂᆞ리'라고 할 수 있다.[19] 그렇기 때문에 오ᄂᆞ리 시조는 이후 가집들에서 최고의 고조(古調)로서 대우를 받으며 가곡창의 종조리(終條理)[20]로 평가받기도 했던 것이다.

이러한 오ᄂᆞ리 시조의 노랫말이 제주 무가와 깊이 연관되어 있음은 익히 알려진 바다. '오ᄂᆞ리 오ᄂᆞ이쇼서'라는 노랫말은 신에게 염원하는 여러 노래에서 두루 쓰였고, 이 노랫말이 지닌 기원과 소망, 축원의 성격으로 인해, 조선 전기부터 후기까지 궁중과 사대부를 비롯한 상층 사회에서 생일이나 축수(祝壽), 잔치나 축제 때 불리며 널리 회자되었다고 할 수 있다.[21]

물론 이 오ᄂᆞ리 시조가 임제와 이괴에 의해서도 향유되었을지는 알기 어렵다. 다만 오ᄂᆞ리 시조가 궁중 및 사대부 사회에서도 잘 알려졌던 만큼 가곡창의 대표곡임은 분명 이들도 인지하고 있었다. 따라서 오ᄂᆞ리와 같은 가곡창의 이 대엽조[만대엽, 중대엽] 노래들이 16~17

---

18 『양금신보』 중대엽 속칭 심방곡. "오ᄂᆞ리 오ᄂᆞ리쇼셔 ᄆᆡ일에 오ᄂᆞ리쇼셔 / 졈그디도 새디도 마ᄅᆞ시고 /새라난 (나ᄂᆞᆫ) ᄆᆡ양 댱식에 오ᄂᆞ리쇼서"

19 이에 대해서는 강경호, 「'오ᄂᆞ리' 노래의 무가적 전통과 「심방곡」과의 관련 양상」, 『영주어문』 제17집, 영주어문학회, 2009, 29쪽 참조.

20 한유신(韓有信), 「영언서 서」, 박씨본 『해동가요』.

21 생일 노래에 대해서는 이상원, 「조선시대 생일노래의 성격과 전승 연구」, 『조선시대 시가사의 구도와 시각』, 보고사, 2004, 94~100쪽 참조.

『탐라순력도』의 〈귤림풍악〉

〈귤림풍악〉 부분도(중앙)

세기 제주에서도 사대부와 기생들이 교류했던 다층적인 공간에서 향유·전승되었던 것만은 사실일 것이다.

18세기 초, 가곡창의 연행 양상을 확인할 수 있는 자료는 이형상(李衡祥, 1653~1733)의 『탐라순력도(耽羅巡歷圖)』이다. 1702년 제주목사 겸 병사수군절제사로 있었던 이형상의 제주 순력(巡歷)을 기록한 이 화첩에는 교방의 음악과 연희에 대한 다양한 도상(圖像)들이 남겨져 있다. 이미 잘 알려진 자료라 이 화첩에 대한 상세한 설명은 기존 연구들의 성과로 미루고,[22] 여기에서는 가곡창 연행과 관련된 여러 그림 중 〈귤림풍악(橘林風樂)〉을 예로 들어 살펴보도록 하겠다.

〈귤림풍악〉은 망경루(望京樓) 후원인 귤림에서 이루어졌으며 감귤

22 다방면의 분야에서 『탐라순력도』를 종합적으로 고찰한 『탐라순력도연구논총』(제주시 탐라순력도연구회, 2000)이 좋은 참고가 된다. 이 저서에는 『탐라순력도』를 통해 연구된 제주의 지리, 생활사, 교육, 해양, 농수산, 건축, 신앙, 복식, 음악, 회화, 연희 등 총27편의 논문들이 수록되어 있다.

진상을 위한 준비를 마치고[감귤봉진(柑橘封進)] 진행되는 연례(年禮)의 차원에서 이루어진 연희이다.[23] 여기에는 대략 30명의 기생들이 등장한다. 가야금이나 거문고를 연주하는 기생 5인과 교방고(敎坊鼓)를 치는 기생 1인이 보이고 나머지는 5인, 7인 정도 무리 지어 앉았다. 단출한 악기 구성치고는 상당히 규모 있는 인원으로 연희가 배설(排設)된 것이다. 이러한 형태는 음악 연주나 정재 공연을 위한 것이 아니라 성악 공연을 위한 배설이다.

기존 논의[24]에서도 지적한 바 있지만, 여기에서 이루어진 성악 공연은 가곡창 공연으로 볼 수 있다. 이는 당시 제주 목사였고 풍악을 받는 대상이자 좌상객(座上客)인 이형상의 음악적 업적을 통해 짐작 가능하다. 그는 우리 속악에 대한 긍정적 시각을 토대로 주체적 음악관을 펼쳤고 그러한 자신의 악론(樂論)을 악서(樂書)[악학편고(樂學便考)]로 편찬하기도 하였다. 하지만 더욱 주목해서 볼 점은 그가 가곡에 깊은 관심을 두고 있었다는 점이다. 그는 가곡과 관련하여 중요한 저서들을 남겼는데, 『금속행용가곡(今俗行用歌曲)』(1706)[25]에는 총 55편의 한역 시조가 수록되어 있으며, 당대 가곡의 악조(樂調)와 특징들에 대한 견해 역시 피력되어 있다. 또한 그가 수집한 가곡 자료들을 기초로 편찬된 『악학습령(樂學拾零)』, 소위 『병와가곡집(甁窩歌曲集)』이라는 이름으로 잘 알려진 이 가집에는 현전하는 가곡창 가집 중 가장 방대한 양의 시조 작품들[1,109수]이 수록되어 있다.

---

23 『탐라순력도』(영인본), 그림해설 김동전, 서문해설 고창석, 제주시, 1994, 26~29쪽 참조.

24 임미선, 앞의 글, 264쪽.

25 『지령록(芝嶺錄)』제6책(이형상 저)에 실린 한역시조 모음서이다.

이렇듯 가곡창에 대한 그의 지속적인 관심과 관련 저작들을 남기고 있음을 볼 때, 가곡창은 〈귤림풍악〉을 비롯하여 제주에서 펼쳐진 많은 기악(妓樂)의 현장에서 주요 공연 레퍼토리로 연행되었을 것으로 보인다. 앞서 본 임제나 이괴의 향유 사례와 변별점을 찾는다면, 시기상 만대엽은 이미 소멸되어 불리지 않았을 것이고[26] 가곡 및 가집 편찬의 사적 흐름에서 보면 중대엽이나 삭대엽 계통의 가곡창이 불렸을 것으로 판단된다.

이처럼 가곡은 제주 교방 예술의 가창 전통 속에서 만대엽에서부터 중대엽, 삭대엽에 이르기까지 꾸준히 향유되며 전승되었다. 다만 아쉬운 점은 자료의 한계 상, 그들이 부르고 들었을 작품들에 대한 구체적 실상들을 확인하기 어렵다는 것이다. 그런데 다음에 제시한 작품들은 제주에서 창작되고 향유된 제주의 가곡이라는 점에서 주목을 요한다. 비록 한역의 형태로 남겨져 노랫말의 전모를 확인할 순 없지만 제주에서 전하는 가곡 작품이 거의 없다는 점을 상기한다면 그 존재만으로도 의의를 부여할 수 있겠다.[27]

---

26 이형상은 18세기 초 『금속행용가곡』을 편찬할 당시 이미 만대엽은 소멸되어 이원(梨園)의 노사(老師)들 조차도 노래할 수 있는 자가 없다고 말하고 있다. 김용찬, 「병와 이형상의 〈금속행용가곡〉에 대한 고찰」, 『고전문학연구』 제10집, 한국고전문학회, 1995, 176쪽 참조.

27 양순필의 『제주유배문학연구』(제주문화, 1992, 127~134쪽)에서는 제주 유배 시 창작된 사대부들의 시조 작품으로 7편을 들고 있다. 그러나 그의 논의에서도 밝히고 있듯이 이 작품들은 대부분은 창작연대와 장소 미상이라는 점에서 제주에서 지어진 작품으로 규정하기 힘들며, 여러 면에서 볼 때 제주의 노래로 보기에는 어려움이 많다.

演成瀛洲歌曲五章	연습 삼아 지은 영주가곡 5장
碧海茫茫一千里	푸른 바다 망망히 일천리
脩程海外又千里.	바다 밖 먼 길 또 천리.
夜夜丹心爲蝶去	밤이면 밤마다 일편단심 나비되어 날아가
眼中宮闕依俙是.	눈으로 궁궐을 희미하게 보는 듯하네.
	— 1장 〈思君曲〉
雨淋氷鑠立枯桐	비에 젖고 얼음 얼어 있는 오동나무
瘦骨長掀碧海風.	파리한 골격 홀쭉하니 푸른 바다 바람 맞아
鳳翥龍吟衛粲發	봉황의 날개짓과 용의 소리처럼
	비파의 아름다운 소리 나면
神人胥悅正聲中.	신과 사람이 정성(正聲)에 모두 기뻐하네.
	— 2장 〈製琴曲〉
九齡昔進江心鏡	구령(九齡)은 옛날 강심경(江心鏡)을 진상하고
德裕曾呈丹扆箴.	덕유(德裕)는 일찍이 단이잠(丹扆箴)을 바쳤네.
舜殿薰風如昨日	순(舜) 임금 궁전에 불던 훈풍이 엊그제 같으니
孤臣願獻五絃琴.	멀리 떠나온 신하는 오현금(五絃琴)을 바치고 싶네.
	— 4장 〈願獻曲〉[28]

위 작품들은 1735년 4월에 제주목사로 부임하여 2년여간 제주에 머물렀던 김정(金㝋, 1670~1739)에 의해 지어졌다. 한시의 형태로 남겨졌지만 〈영주가곡(瀛洲歌曲) 오장(五章)〉이라는 제목에 비추어 생각

28 김정(김익수 역), 『노봉문집』, 제주문화원, 2001, 245~247쪽.

해보면 이는 본래 가곡으로 지어진 연시조 작품임을 알 수 있다. 각각의 제목은 〈사군곡(思君曲)〉, 〈제금곡(製琴曲)〉, 〈애금곡(愛琴曲)〉, 〈원헌곡(願獻曲)〉, 〈금갑곡(琴匣曲)〉이다. 첫 번째 작품은 제목대로 머나먼 절해고도(絕海孤島)에서 임금을 그리워하는 애틋한 신하의 정서를 드러내었고, 〈제금곡〉, 〈애금곡〉, 〈금갑곡〉은 신비로운 영주 땅에서 얻은 거문고와 이를 통해 정성(正聲)을 펼치고자 하는 작자의 마음을, 네 번째 작품인 〈원헌곡〉에서는 자신의 거문고를 오현금(五絃琴)에 빗대어 임금에게 바치고자 하는 신하의 마음을 표현하였다.

이 같은 〈영주가곡〉의 시적 정서는 당대 시조 작품들에서 종종 표출되는 정서와도 흡사하다. 궁궐에서 멀리 떨어진 벽지(僻地)에서도 임 계신 곳을 들여다보고 싶다는 화자의 생각[29]이나 임금의 성덕을 좇아 오현금을 연주하며 태평성대를 구가하겠다는 시적 지향[30]은 당대 상층 사대부들이 공유했던 보편적 정서이다. 외지에 파견된 목민관의 심정을 가곡[시조] 장르의 성격에 맞춰 잘 드러낸 것이라 할 수 있을 것이다.

김정은 제주목사의 신분이었기에 다양한 연향을 주관하는 위치에 있었다. 따라서 공적이든 사적인 차원이든 자신이 직접 지은 〈영주가곡〉을 관현에 올려 향유했을 가능성이 높다. 노래 자체에 거문고를

---

29 김천택 편, 『청구영언』(219번, 효종). "앗가야 사ᄅᆞᆷ 되랴 온몸에 짓치 도쳐 / 九萬里 長天에 프드득 소사 올라 / 님 계신 九重宮闕을 구버볼가 ᄒᆞ노라"
김천택 편, 『청구영언』(22번, 이현보). "長安을 도라보니 北闕이 千里로다 / 漁舟에 누어신들 니즌 스치 이시랴 / 두어라 내 시름 아니라 濟世賢이 업스랴"

30 김천택 편, 『청구영언』(510번, 만횡청류). "南薰殿 舜帝琴을 夏殷周에 傳ᄒᆞ오셔 / 晋漢唐 雜覇干戈와 宋齊梁 風雨乾坤에 王風이 委地ᄒᆞ여 正聲이 긋첫더니 / 東方에 聖賢이 나 계시니 彈五絃 歌南風을 니여 볼가 ᄒᆞ노라"

찬양하는 내용이 포함된 만큼 직접 연주하며 가기(歌妓)를 통해 향유했을 수도 있을 것이다.

제주에 현전하는 가곡[시조] 작품의 제목이 잘 보이지 않는 상황에서, 김정의 〈영주가곡〉이 창작되어 전하는 것은 상당히 특별한 경우로 생각된다. 과거 제주는 유배지라는 특성상 왕족, 사대부 유배객들이 종종 머물렀던 곳이다. 이런 유배객들의 억울한 심회를 풀고 표현하는 데 적합한 문학 장르는 가사(歌辭)이다. 가사는 장르 특성상 실존적 서술자에 의해 개인의 사정과 곡진한 정서를 길게 풀어낼 수 있는 노래이다. 제주의 시가 문학에서 유배 가사가 유독 눈에 띄는 것은 가사 자체가 유배객의 정서를 오롯이 표출하기에 적합한 장르이기 때문이다. 그에 반해 가곡[시조]은 유교적 가악관(歌樂觀)에 기초하여 안정적 질서와 정서적 조화로움의 시학을 추구하는 장르이다. 그 연행은 사대부와 주변 인물들의 풍류의 장에서 즐거움을 추구하거나 또는 치자(治者), 학자, 인격자로서 인격의 도야와 심신의 수양을 추구하기 위해 실현된다.[31] 김정의 〈영주가곡〉은 후자에 해당한다고 할 수 있다.

한편 가곡의 경우 연시조 노랫말이 아닌 이상 제목을 다는 경우가 드물다. 연시조의 경우 작가가 특정한 의도를 갖고 여러 노래를 묶은 것이기에 제목을 다는 경우가 대부분이지만, 개별 작품의 경우는 한 곡의 노래로 소용되기 때문에 제목이 있는 경우는 많지 않다. 또한 가곡은 연행환경 상 한 작품의 시조 노랫말만 부르지 않고 여러 작품

---

31 시조 장르의 사상적, 연행적 기반에 대해서는 김학성, 「시조의 시학적 기반」(『한국고시가의 거시적 탐구』, 집문당, 1997)을 참고할 수 있다.

을 연이어 부르는 편가(編歌)의 형식으로 부르기 때문에 개개 작품들의 주제 의식을 드러내기보다는 연행 공간의 분위기와 음악 실현에 초점이 맞춰져 있다. 이는 제주 땅에서 여러 가곡창이 불렸겠지만 그 제목이 전하지 않는 이유이기도 하다. 그렇기에 〈영주가곡〉처럼 남아 전하는 경우가 많지 않은 것이다.[32]

지금까지 조선 중·후기 제주 교방 예술의 가창 전통과 가곡에 대해 살펴보았다. 현재 제주에 남겨진 자료들 중에는 교방 예술뿐만 아니라 고전시가에 관한 내용도 많지 않다. 상층 사대부들에게 있어 이러한 가창 예술은 소위 시여(詩餘)이자 여기(餘技)였다. 그런 까닭에 사대부들의 많은 문헌들에서 이와 관련된 기록은 찾아보기 힘들 수밖에 없다. 그럼에도 불구하고 가창 문화는 옛사람들의 삶의 한 부분이었기에 어떠한 방식으로든 그 흔적을 남기고 있었다.

앞서 살펴본 내용들은 주로 상층 사대부들의 향유 양상이지만, 교방 예술의 향유 양상에 대해 굳이 상·하층을 구분하여 인식할 필요는 없을 것 같다. 왜냐하면 교방 기생들에 의해 연행된 가창 예술들이 반드시 상층의 전유물만은 아니었기 때문이다. 기생들이 부른 노래에는 가곡 이외에 민요와 같은 노래도 존재하였다. 가곡이든 민요든 아니면 다른 노래든, 특정한 시점과 공간에서 교방의 가창 예술을 상·하층이 함께 공유하고 향유하는 모습도 포착된다. 상층의 가곡과 기층(基層)의 민요는 서로 변별된 영역의 예술이었지만 시가사(詩歌

32 가사의 경우는 모든 작품에 제목이 달려있다. 그런 까닭에 비록 그 수치는 적지만 제주에서 불린 가사창의 경우는 그 제목이 확인되는 경우가 더러 보인다. 〈별사미인곡(別思美人曲)〉, 〈사미인곡(思美人曲)〉, 〈상사별곡(想思別曲)〉 등이 확인된다. 강경호, 앞의 글(2015), 84~87쪽 참조.

史)의 흐름 속에서 끊임없이 상호영향을 주고받으며 서로의 바탕이 되었을 것이다. 이러한 양상에 대해서는 다음 장을 통해 좀 더 구체적으로 살펴보도록 하겠다.

3. 근대 전환기, 제주 교방 예술의 전통과 창민요

제주를 대표하는 문화유산 중 하나가 바로 민요이다. 그중 제주민들의 삶과 밀착되어 그 희노애락(喜怒哀樂)의 정수가 담긴 노래들은 아마도 노동요나 의식요류일 것이다. 이러한 노래들은 제주의 삶의 터전에서 자연발생적으로 생겨나 제주인의 역사와 함께 지금까지 전승되는 노래들로 평가할 수 있다.

그런데 제주에는 이러한 노래 이외에도 '창민요' 다시 말해, 가창유희요[또는 통속민요] 유형의 노래들도 다수 전해진다. 이 노래들은 '비기능요'로 분류되는데, 〈오돌또기〉, 〈이야홍〉, 〈서우젯소리〉 등은 제주 전 지역에서 산견되고 〈산천초목〉, 〈봉지가〉, 〈질군악〉, 〈동풍가〉, 〈신목사타령〉, 〈계화타령〉 등과 같은 노래들은 성읍(城邑) 지역을 중심으로 전해지는 특징을 보인다.[33]

흥미로운 점은 이 노래들이 전문 가창자인 기생[관기]에 의해 주로 연행되며 전승되었다는 것이다. 또한 창민요의 노랫말이나 음악은 경·서도(京西道) 잡가[또는 민요]와의 상호영향 관계에 놓여 있다. 정리하자면, 제주의 가창유희요인 창민요는 보통의 민요들과는 다르게

---

33 창민요에 대해서는 각주 3번의 연구 성과들을 참고할 수 있다.

자연발생적으로 생성되지 않고, 다른 지방의 잡가, 민요 등과의 상호 영향 속에서 파생되었으며, 기생들이 연행 주체가 되어 전해지면서 현재에 이르렀다고 할 수 있다.

〈동풍가〉	〈난봉가〉
시~일실 동풍에~궂인비 주리줄줄 오는데	슬슬 동풍에 구즌비 오고요
지와장아 연풍에 임소식만 나는다	시화ᄂᆞ 년풍에 님 셧겨노 잔다
에헤에 에헹이~이헤요~	아아에에헤야
사랑아 내동동 내 사랑만 가노라	에루ᄂᆞ둥둥 ᄂᆡ ᄉᆞ랑이로구나
[청취불능] 북소리 콰광 쾅쾅나는데	장산곡 말누에 북소ᄅᆡ 둥둥 나던니
지와장아 연풍에 임소식만 나는다	금일에 상봉에 님 만ᄂᆞ 보리라
에헤에 에헹이~에헤요~	아아에에혜야
사랑아 내동동 내 사랑만 가노라 ……	어루나둥둥 ᄂᆡ ᄉᆞ랑이로구ᄂᆞ ……
—『한국구비문학대계』[34]	—『증보신구잡가』[35]

〈동풍가〉는 제주시, 조천, 성읍, 대정 등 비교적 넓은 지역에서 불리던 노래이다. 서도잡가인 〈난봉가〉와 노랫말, 후렴 구절, 가락이 비슷하고, 육지 지방에 '실실동풍가', '슬슬도풍에' 등이 있는 것으로 보아 이들 노래가 유입되어 제주화된 형태의 노래로 볼 수 있다.[36]

위 내용은 제주 창민요 〈동풍가〉와 잡가 〈난봉가〉의 노랫말을 간략히 비교한 것이다. 얼핏 보아도 알 수 있듯이, 그 노랫말과 후렴

---

34 〈동풍가〉(표선면 성읍리), 『한국구비문학대계』 9-3, 한국정신문화연구원, 1981, 509쪽.
35 『증보신구잡가』, 한성서관, 1915.(『한국잡가전집』 1, 계명문화사, 1998, 320쪽)
36 〈동풍가〉에 대한 설명은 양영자, 앞의 글, 159쪽 참조.

구절이 상당히 유사함을 알 수 있다. 제주 창민요의 노랫말이나 가락이 경·서도 잡가나 민요와 어느 정도 연관되어 있다는 사실은 선행 연구자들에 의해 꾸준히 언급되어 왔는데, 이 같은 사실을 근거로 다른 지역의 노래들이 제주로 유입되어 창민요가 형성되었을 것이라고 보는 것이 일반적인 견해이다.

〈산천초목〉

산천초목 속입이 난디
구경가기가 얼화 반갑도다
꼿은 꺼꺼 머리에 꽂고
입은 ᄐᆞᆫ아서 얼화 입에 물어
산에 올라 ᄃᆞᆯ구경 가니
천하일색은 얼화 내로구나
(하략)

— 『한국민요대전』[37]

〈롤낭이라〉

초목이 다 셩림ᄒᆞᄒᆞᄒᆞᄒᆞᆫᄃᆡ 나헤헤 에헤이히
구후후경 가헤헤 기히이히도호
제에가 즐겁어헙도호오호오호다하 마ᄒᆞ리이힐
네에에에에야
(하략)

— 『정정증보신구잡가』[39]

〈산타령〉

山川草木 다 속닙나는대
求景하게 반갑도다
에라어허라
나으야 나으로
山이로구나
(하략)

— 도남 조윤제 채록[38]

〈판염불〉

(전략)
산쳔초목이여 셩님어 ᄂᆞ에
구경ᄀᆞ기에 좃쿠ᄂᆞ 에에헤씌여 네로구ᄂᆞ
나에에에헤야 에헤씌여 네헤에야
(하략)

— 『무쌍신구잡가』[40]

〈화초사거리〉

산천초목이 속잎은 다한데 구경에 어허야 어야
어기얼싸 아무리 하여 어기얼싸 네헤로구나
야아 헤야 에헤야 허어
(하략)

—『한국가창대계』[41]

〈산천초목〉 역시 대표적인 창민요 중 하나로, 옛 관변지역인 제주시, 성읍, 조천 지역을 중심으로 전승된 노래이다. 노랫말의 앞부분이 〈산타령〉계 음악과 관계있는 것으로 파악되고, 경·서잡가 〈놀량〉과 남도잡가 〈화초사거리〉의 노랫말과 비슷하다고 알려져 있다.[42] 위 비교한 인용을 참고해 보면, 〈산천초목〉의 첫 부분 노랫말과 잡가 〈놀량〉, 〈판염불〉, 〈화초사거리〉의 노랫말들이 일정 정도 공유됨을 쉽게 확인할 수 있다.

유의해서 볼 작품은 〈산타령〉이다. 이 노래는 도남 조윤제 선생이 1930년 6월 제주도 민요를 채록할 당시 기록된 것으로 도남에 의해 속가(俗歌)로 분류되었다. 〈산천초목〉의 첫 노랫말 부분으로 잘 알려

37 〈산천초목〉(표선면 성읍1리), 『한국민요대전-제주도민요해설집』, 문화방송, 1992, 155쪽.

38 이 민요는 도남이 1930년에 제주도에서 채집한 것이다. 이후 1941년에 「문화조선」 3권 4호에 일어(日語)로 소개된 바 있으며, 다시 『도남학보』에 게재되었다.(「도남유고(3)-제주도민요(채집)」, 『도남학보』 제4집, 1981, 65쪽)

39 『정정증보신구잡가』, 광문책사, 1914.(『한국잡가전집』1, 계명문화사, 1998, 132쪽)

40 『무쌍신구잡가』, 신구서림, 1915.(『한국잡가전집』2, 계명문화사, 1998, 90쪽)

41 이창배 편저, 『한국가창대계』, 홍인문화사, 1976, 893쪽.

42 나운영, 앞의 글, 1972, 121쪽; 김영돈, 『제주도민요연구(하권, 이론편)』, 민속원, 225쪽; 양영자, 앞의 글, 155쪽 참조.

진 "산천초목 속잎이 났네~" 부분이 〈산타령〉에서도 나타나고 있다. 보통 〈산타령〉은 경기입창(京畿立唱)이나 서도입창(西道立唱)의 노래들을 말하며, 경기입창의 경우 〈놀량〉, 〈앞산타령〉, 〈뒷산타령〉, 〈잦은산타령〉, 〈개고리타령〉의 순서로 부른다.[43] 본래 "산천초목 속잎이 났네~" 노랫말은 경기입창 〈놀량〉 첫 머리에서 불리는 노랫말이다.

따라서 도남 채록의 제주 〈산타령〉은 경기입창 〈놀량〉이 제주 창민요화 되어가던 20세기 초의 과도기적 상황을 반영하고 있는 것이 아닌가 생각된다. 육지부에서 〈산타령〉계 노래 중 처음 곡으로 〈놀량〉이 불리던 것이 제주로 전파되면서 노래는 '제주화' 되어갔지만 제목은 〈산타령〉으로 인지되고 있었던 것이다. 이렇게 전승·향유되다가 이후 특정 시점에 노래의 제목이 〈산천초목〉으로 정착되었던 것이라 할 수 있다. 이러한 양상은 육지부의 잡가와 제주 민요와의 상호 교섭 양상을 잘 보여주는 사례라고 평가할 수 있다.

주지하듯이 고전 시가사에서 19세기 말~20세기 초는 '잡가의 시대'이다. 많은 장르의 노래들이 잡가 문화권의 영역에서 대중들의 인기를 끌며 향유되었다. 서울의 속가, 경·서도 잡가와 민요, 남도 잡가와 민요 등이 지역을 넘어 일반대중들의 인기를 끌며 불렸다. 이 노래들은 타 지역에서도 향유되면서 본래의 토박이 노래들과 상호 교섭하였고, 그러면서 '잡가화'되기도 '지역화'되기도 하였을 것이다. 제주 창민요 역시 당시 이러한 추세와 맞물리면서 형성·파생되어 갔음을 알 수 있다.

여러 지역의 잡가와 민요들이 상호 영향을 주고받으며 전파되던

---

43 이창배 편저, 앞의 책, 317~327쪽 참조.

19세기 말~20세기 초, 근대전환기 제주에서도 다양한 장르의 노래들이 불리고 있었음이 다음의 자료들을 통해 확인된다.

1899년 5월 17일. (중략) 운성(雲成)과 재성(再成)이에게 함께 잡가(雜歌)를 부르게 했더니 얽혔던 시름이 풀렸다.

1899년 6월 12일. 퇴기(退妓) 몇 명이 삼은(三隱)이 사는 곳에 모여 가창(歌唱)과 북장구로 단오명절을 즐겼다. (하략)

1899년 8월 11일. (중략) 낮에 대정(大靜) 퇴기(退妓)가 노래를 잘한다고 하여 여러 사람이 들으러 왔다. (하략)

1900년 5월 6일. (중략) 양천(養泉), 규원(葵園), 수산(繡山), 우석(友石) 이철우(李哲宇), 하산(霞山) 정현구(鄭顯龜), 주인 및 연농(硏農) 홍종시(洪鍾時)가 모여와서 술추렴을 해서 마셨다. 운성(雲成)은 퉁소를 불고 재성(再成)이는 곡조 따라 창을 하는데, 또 6, 7명의 기생들이 와서 보다가 마당 가운데서 같이 마주서서 춤을 추게 되니 닭 울 때가 되어서야 흩어졌다.

1900년 11월 23일. 오늘은 나의 생일이다. 여러 적객(謫客)과 이 섬 안의 친지(親知)와 같이 모여서 마셨다. 주목(州牧)이 찾아와서 만났다. 밤에는 김 판관(判官)이 술과 음식을 차리니 다시 여러 사람을 초대하여 함께 마셨다. 소리꾼[倡夫] 임창렬(林昌烈) 부자(父子)가 노래와 가야금을 하며 술을 권하니 고향 생각에 한층 더 암연함을 느꼈다.

1901년 1월 4일. 순창(淳昌) 광대[優]인 한만중(韓萬重)이 만나러 왔기에 여러 사람들과 창(唱)을 하는 것을 들었는데 썩 잘하는 솜씨였다.[44]

위 인용문들은 조선 말기 온건개화파 관료였던 김윤식(金允植, 1835~1922)의 일기 『속음청사(續陰晴史)』에 기록된 내용들이다. 일기 내용 중 1897년 12월 21일부터 1901년 7월 16일까지는 제주에서의 유배 생활을 기록한 것들이다. 김윤식은 유배객임에도 불구하고 당시 보방(保放) 조치로 인해 다소 여유로운 환경에서 생활할 수 있었다.[45] 당시 제주에 유배 온 지인들과 귤회(橘會)를 갖거나 기생, 창자(唱者)들과 함께 풍류를 즐기는 등의 모습들이 종종 목격된다. 다소 장황하지만 그 중 가창 예술과 관련된 몇몇 장면들만 모아 제시해 보았다.

위 내용들을 통해 말하고자 하는 것은, 19세기 말~20세기 초 제주 땅에는 생각보다 다양한 장르의 노래들이 연행·향유되고 있었다는 점이다. 잡가를 부르는 운성(雲成)은 김윤식의 서울 집에서 온 청지기이다.[46] 제주의 퇴기들이 함께 한 풍류장에서 서울에서 주로 불리던 잡가가 불렸고, 전라도 출신 광대들의 판소리도 들을 수 있었다. 1900년 5월 6일자에 묘사된 흥겨운 풍류장의 모습은 흡사 근대의 제주에서 창민요가 연행되는 현장과 상당히 닮아있다. "일상생활 속으로 전파되면서 자연스럽게 허벅장단에 맞춰 소리를 하게 되고, 흥이 나면 즉흥적인 춤이 이뤄지기도"하였고 "한사람씩 선소리를 하면 공동으로 흥겹게 후렴을 받아가며 소리판이 무르익어" 갔을 것이다.[47]

---

44 김윤식(김익수 역), 『속음청사』, 제주문화원, 1996, 138·139·147·176·204·208쪽.

45 김윤식의 유배 당시의 환경과 귤회 등에 대해서는 김새미오의 「제주유배시사 橘會 연구」, 『한국한문학연구』 제57집, 한국학문학회, 2015 참조.

46 김윤식(김익수 역), 앞의 책, 121쪽.

47 직접 인용한 부분은 양영자, 앞의 글, 145쪽.

이렇듯 근대전환기 제주에는 잡가, 판소리, 민요 등 다양한 성격의 노래들이 상호 소통하며 향유되고 있었다. 특히 기생 출신 가창자들이 풍류장에 함께하면서 음악적 교류가 보다 적극적으로 이루어졌을 것이고, 이러한 노래들은 다시 제주민들의 삶 속에서 그 전승 범위를 넓혀갔던 것으로 생각된다.

다음의 구술 자료들은 근대전환기 창민요 형성과 전승 과정을 살펴보는 데 도움이 된다.

> 이경춘 씨에게 노래를 청했더니 〈동풍가〉를 부르겠다고 자청했다. 이는 물론 제주도 고유의 민요는 아니다. 성읍리는 약 5백년 현청소재지이기 때문에 기녀(妓女)들이 꽤 많았었고 이들을 통하여 본토의 노래들이 꽤 흘러들어 왔으리라 짐작할 수 있다. 더구나 그 기녀들은 민간주택에 살았었으므로 이 고을 부녀자들에게 널리 전승 전파되었을 것이다. 이들은 술을 조금 마시더니 흥이 나 부르는데 젓가락장단에 맞추어서 함께 앉았던 부인들이 후렴을 받았다.
>
> — 김영돈 채록, 이경춘 구연(표선면 성읍리)[48]

> 모두들 창민요에 능한 전승자들인 듯한데 우선 김금련씨가 나섰다. 김금련씨가 맨 처음 나선 것은 고령이라는 점도 있거니와, 〈산천초목〉을 잘 부를 줄 아는 드문 전승자라는 점으로 젊은 여인들에게 알려졌기 때문이다. 적극적이며 명랑 쾌활한 성격이어서 주변에서는 이 노파를 극진히 받들고 있었다. 〈산천초목〉, 〈자탄가〉, 〈맷돌노래〉, 〈난봉가〉를 잇달아 불렀다. 〈맷돌노래〉는 단 두 편 불렀을 뿐이며 〈자탄가〉와 〈난봉가〉는 제주도의 것이라 볼 수 없으므로 기록을 하지 않고 〈산천초목〉만을 소개한

48 『한국구비문학대계』 9-3, 한국정신문화연구원, 1981, 509쪽.

다. 〈산천초목〉은 제보자가 어렸을 때 이웃에 사는 고동선이라는 행수기생에게서 배웠다 한다. 이 행수기생의 심부름을 한다던가 하면서 접촉하는 사이에 자연히 이 〈산천초목〉을 익히게 되었다는 것이다. 이 행수기생은 지금 살았으면 106세가 된다는 말도 덧붙였다.

— 김영돈 채록, 김금련 구연(삼도동 무근성)[49]

위 내용들을 보면 창민요가 전파되고 정착하게 된 과정을 어느 정도 짐작할 수 있게 해준다. 첫 번째 내용은, 제주에 온 기생들을 통해 본토의 노래들이 많이 흘러들어왔을 것이며, 또한 그들은 민간에 함께 살았기 때문에 고을 부녀자들에게 쉽게 전파되었을 것이었음을 이야기하고 있다. 물론 개개인의 처지에 따라 달랐겠지만, 대부분의 제주 기생들은 '주경야기(晝耕夜妓)'라고 표현될 만큼 현실 밀접한 환경에서 살아갔기에 일반 서민들과도 친밀하게 교류하며 살았을 것으로 생각된다. 17세기 후반 제주에서 유배살이를 했던 김춘택(金春澤, 1670~1717)이 머물던 집의 주인도 '주기(州妓) 오진(吳眞)'[50]이었던 것을 보면 일반인들과 기생들과의 거리는 그리 멀지 않았던 것 같다.

두 번째 자료에는 창민요 〈산천초목〉을 채록할 당시의 상황과 구연자인 김금련 씨가 이 노래를 배우게 된 사연이 기록되어 있다. 그는 〈산천초목〉, 〈자탄가〉, 〈맷돌노래〉, 〈난봉가〉 등 다양한 노래를 섭렵하고 있을 정도로 가창에 능숙한 인물임을 알 수 있다. 이 기록에서 흥미롭게 접할 수 있는 내용은 먼저, 구연자가 이 노래를 알게 된

---

49 『한국구비문학대계』 9-2, 한국정신문화연구원, 1981, 460쪽.

50 김춘택, 『북헌집』(김익수 역, 『北軒集-濟州記錄-』, 전국문화원연합회 제주도지회, 2005, 260쪽).

경위는 어린 시절 알고 지낸 '행수기생 고동선'을 통해 배웠다는 것이다. 그 시기를 유추해 보면 대략 1900년 전후임을 알 수 있게 된다. 당시까지 제주 교방이 존재했던 시기였다는 점을 감안하면 19세기 말~20세기 초는 교방 문화의 영향 속에서 현재의 제주 창민요가 형성·정착되어 간 중요한 기점임을 알게 해준다.

다음으로 주의 깊게 봐야 할 내용은, 구연 상황을 참고해 볼 때 구연자는 잡가 〈난봉가〉처럼 타 지역의 노래와 제주의 노래들을 구분하여 인지하고 있지는 않았던 것으로 보인다. 앞서 보았던 것처럼 잡가 〈난봉가〉와 창민요 〈동풍가〉는 노랫말, 가락 등이 상당히 유사하기 때문에 구연자는 두 노래에 대한 명확한 구분 없이 향유하며 불렀을 가능성도 없지 않다. 구비 전승의 과정에서 원본의 실체를 따지는 것은 사실 무의미한 일이기도 하다. 이 같은 사실은 타지의 노래들과 제주의 노래들이 상호 교섭하며 전승되는 과정이 긴 시간에 걸쳐 진행되었음을 시사한다. 이를 통해 제주 창민요가 짧은 기간에 한정되어 전승된 것이 아니라 오랜 기간 동안 구비 전승되며 꾸준히 전파되었던 것임을 알 수 있는 것이다.

그렇다면 제주 창민요의 전통은 이렇게 19세기 말 잡가의 영향이나 외부 육지와의 상호 소통 과정을 통해서만 형성되었던 것일까. 물론 이러한 영향들이 상당부분 존재했겠지만, 제주 고유의 가창예술 문화의 토양 안에서 자생적 역량이 없었다면 제주만의 색깔을 띤 노래[제주 창민요]의 계승은 그리 쉽지 않았을 것이다. 이러한 측면에서, 다음의 자료는 18세기 제주 고유의 민가(民歌)에서부터 시작된 교방 가창 예술의 한 단면을 보여주는 듯하다.

홀로 틀어박혀 쓸쓸함을 삭이지 못하니, 젊은 기생(妓生)들에게 각기 본도(本島) 민간에서 불리는 노래를 뽑아 올리게 하고, 근체시(近體詩) 다섯 수를 짓다.

〈迎郎曲〉	〈임 마중 노래〉
三時出望別刀堡	늘상 별도보에 나가 살피네
簇簇商帆何處浦.	떼지어 상선들은 어느 포구에 드는가.
同類相呼促理粧	서로 부르며 화장할 것을 최촉할 때
櫓聲東入朝天雨.	노 소리 동쪽으로 조천포로 들어가네.
〈娼樓曲〉	〈기생집 노래〉
夜久絃歌謾轉促	밤이 오래도록 거문고 소리 끊이지 않네
燭華明滅紗籠綠.	촛불은 꽃처럼 푸른 비단 조롱에서 깜박이고
儂家別有不眠人	너의 집엔 따로 잠 못 드는 사람 있으니
請奏筵前罷宴曲.[51]	청하노니 잔치자리에 파연곡을 울리려마.

위 시는 18세기 초인 1712년 제주 판관으로 부임했던 남구명(南九明, 1661~1719)의 작품이다. 시제(詩題)에 나와 있듯이 위 작품들은 당시 제주 민간에서 불리던 노래를 듣고 근체시로 옮긴 것들이다. 〈영랑곡(迎郎曲)〉, 〈송랑곡(送郎曲)〉은 각 1수, 〈창루곡(娼樓曲)〉 3수를 지었는데, 여기에서는 〈영랑곡〉과 〈창루곡〉의 세 번째 수를 인용하였다.

---

51 남구명(김영길 역), 『국역 우암선생문집』, 제주교육박물관, 2010, 164~165쪽.

유의해서 볼 사항은 이 노래들이 18세기에 들어서 만들어진 노래가 아니란 점이다. 앞서 살펴보았던 16세기 후반 백호 임제의 『남명소승』에도 〈영랑곡〉과 〈송랑곡〉이라는 제목이 확인된다. 제주에는 남자가 적었기 때문에 매년 타지에서 원병(援兵)들이 들어오면 제주 여인들이 그들을 맞이하였고 그들의 임무가 끝나 떠날 때면 눈물을 흘리며 송별하면서 이러한 노래들을 불렀다는 것이다.[52] 제주의 젊은 기생들이 부른 이 노래들은 타지에서 건너와 전파된 외부의 노래가 아니다. 〈영랑곡〉과 〈송랑곡〉은 제주의 여항·시정에서 널리 불린, 여성들의 노래였을 것이다. 또한 〈창루곡〉은 교방 기생들에 의해 연행된 전문화된 가창물이다.

임제나 남구명이 제주에 머물렀던 때는 아직 잡가가 생성되지 않았기에, 이 시기 제주에서 불린 노래들은 모두 순수한 제주 고유의 소리이다. 이러한 사실에 비추어보면 이 노래들은 상당히 오랜 기간 동안 제주의 가창 전통 속에서 전해졌을 것이며, 전문적인 가기(歌妓)들에 의해 창곡화 되면서 소위 '창민요'의 모태가 되었을 것임을 미루어 짐작할 수 있다. 다시 말해 제주 민가[민요]와 교방 예술의 상호 소통은 자생적으로도 끊임없이 이루어지고 있었다.

4. 맺음말

이 글은 제주 교방 예술의 전통과 가창 문학의 전승 양상에 대해

52 임제, 『남명소승(南溟小乘)』(『역주 제주 고기문집』, 제주문화원, 2007, 122쪽).

살펴보고, 이를 통해 지금까지 제대로 조명되지 않았던 제주 교방 예술의 가치와 의미를 환기하여 그 학술적 기반을 마련하는 데 목적을 두었다. 제주 교방은 오랜 기간 존속했던 기관이었음에도 불구하고, 현재 제주에 남아있는 교방 문화와 예술적 토양은 상당히 척박하다고 할 수 있다. 그러나 여러 자료들을 통해 확인해 본 결과 단편적이나마 교방 문화의 향유·전승 양상들을 확인해 볼 수 있었고, 관련된 가창 예술과 고전시가의 전통이 지속적으로 계승되고 있었음을 알 수 있었다.

우선 임제나 이괴의 경우처럼 개인적 차원에서 기생들과 교유하며 가곡과 같은 가창 예술을 향유하는 사례를 찾아볼 수 있었다. 16세기를 전후한 시기, 가곡은 육지 지역뿐 아니라 이미 제주 지역에서도 사대부들의 일상 공간에서 향유되었던 시가이자 음악이었음이 확인되었다. 또한 『탐라순력도』에 남겨진 그림을 통해 공적인 영역에서도 가곡은 교방 예술의 주된 성악 종목으로 자리 잡고 있었음을 알 수 있었다. 무엇보다도 18세기 초반 제주목사 김정이 지은 〈영주가곡 5장〉은 제주에서는 쉽게 찾아볼 수 없었던, 제주에서 창작된 가곡 작품이라는 점에서 그 가치를 높게 평가할 수 있겠다.

한편 창민요는 제주 교방 기생들과 민간의 제주민들이 상호 소통하며 오랜 기간 계승한 제주의 가창 예술이라는 점에서 그 의의를 부여할 수 있다. 〈오돌또기〉, 〈산천초목〉, 〈봉지가〉, 〈동풍가〉, 〈신목사타령〉 등 대다수의 창민요 작품들은 타 지역의 잡가, 민요와의 관련 속에서 제주에 정착된 것으로 볼 수 있다. 대표적 사례로, 20세기 초 도남에 의해 제주에서 채록된 〈산타령〉은 서도입창 〈놀량〉에서 제주의 〈산천초목〉으로 정착되어가는 과도기적 모습을 잘 보여준다 하겠다. 그러나 제주의 창민요가 단순히 외부의 영향에 의해 20세기 전후에 형성된 것이라고 보기는 어렵다. 이미 16세기 후반부터 제주 지역에서 불린 〈영랑곡〉, 〈송랑곡〉과 같은 노래들이 꾸준히 전승된 것을 볼 때, 제주 교방의 노래들과 민가의 소통은 이전부터 계속적으로 이루어졌고 그 전통이 이어져 현재의 창민요로 계승되었다고 봐야 할 것이다.

이상의 논의들을 통해, 제주의 교방 예술은 단순히 관변(官邊)에 남겨진 소수의 부속 문화가 아니라 생각보다 넓은 범위에서 다양한 부류와 계층의 사람들에 의해 향유된 제주의 전통 문화임을 알 수 있었다. 지금까지 우리는 다소 자의적 시선에서 보다 서민적이고 토착적이고 자생적인 것만을 간추려 제주의 문화로 한정했던 것은 아닌지 되돌아볼 필요가 있다. 이 글을 계기로 제주에 남아있는 교방 관련 전통 예술에 대한 새로운 시각들이 마련되고 이에 대한 생산적 논의들이 지속적으로 이루어지길 기대해 본다.

〈탐라별곡〉에 드러난 제주의 문화 공간 연구

박수진

1. 문제제기

본고는 제주 기행가사인 〈탐라별곡(耽羅別曲)〉을 분석, 검토하여 그 내용을 문화지리적 관점으로 고찰하고자 한 것이다. 논자는 단순히 작품에 드러난 공간이 아니라 작품의 주체와 대상, 가사작품, 공간이라는 세 층위를 통해 '문학'이 '문화'로의 해석이 가능한지를 살펴보고자 하는 바이다.

지역 문화는 지역을 바탕으로 형성된 문화로, 최근 강조되고 있는 문화 정체성의 확립과 매우 밀접한 관련이 있다. 문화 정체성은 다른 문화와의 차별화, 즉 자신의 문화에서 '자신다움'의 고유성을 발견하는 과정을 통해서 확립, 강화된다. 이러한 과정은 한국 문화의 기저를 이루는 지역 문화에 대한 총체적이고 깊이 있는 이해 없이는 불가능할 것이다. 따라서, 지역 문화가 지닌 광범위하고 종합적인 성격으로 지역 문화를 연구 대상으로 하는 학문은 매우 다양[1]할 수밖에 없다.

'문학'은 주체[시적 화자], 대상[제재-소재], 텍스트[표현양식]에 의해 결정된다. 하지만, '문화'는 주체[시적 화자], 권력[신분], 표상 체계로 결정됨을 알 수 있다. 그러므로 주체, 권력, 표상 체계의 관계에 따라 문화는 변화한다.[2] 즉, 이러한 문화 연구는 통일성보다는 다양성을 추구한다. 이런 측면에서 볼 때, 문학 연구의 방법론 및 정치학과는 확연하게 구별된다고 주장할 수 있다. 문학 연구와 문화 연구는 소재와 방법론에서 커다란 차이를 보여준다[3]는 것을 알 수 있기 때문이다.

원래 제주 문학은 대부분 민요, 설화, 유배 문학 등으로 이루어졌다. 이러한 문학의 관심은 제주지역 구비문학의 조사연구를 통해 구체화되었다. 그리고 그 이후에는 제주에 관한 문헌 자료를 해제하고 집성하는 작업으로 이루어졌으며, 제주에서 이루어진 한문학 작품을 모아 번역하고 주해하는 작업으로도 간행되기도 하였다.[4] 그 가운데

---

1 정치영, 「문화·역사지리학에서의 지역문화 연구의 동향과 과제」, 『정신문화연구』 제30권 제3집, 정신문화연구, 2007, 63~64쪽.

2 문학에서 주체는 시적 화자를 말하며, 대상은 주체와 대립되기도 한다. 하지만 그렇지 않은 경우도 있다. 또한, 텍스트는 글의 표현양식이다. 따라서 여기서 언급하고자 하는 글쓰기 방식과 직접적인 연관이 있다고 볼 수 있다. 그러나 이러한 문학은 문화의 한 부분에 속한다. 문화를 설정하는 주체는 이야기를 진행하는 시적 화자를 말한다. 이는 공간을 중심으로 하여 대상의 특정 행위를 언급하며, 이를 통해 권력을 형성하게 된다. 이렇게 형성된 주체는 시적 화자의 생각과 감성을 표상으로 한 텍스트를 만들어낸다. 즉, 텍스트는 주체의 사상을 글 속에 담은 것을 말한다. 이렇게 만들어진 텍스트는 주체의 행위에 따라 공간에 의미를 부여하기도 한다. 따라서 이러한 행위를 통해서 공간에 따라 권력을 형성하기도 하고, 이 권력은 다시 표상체계를 형성하기도 한다. 졸고, 『장흥지역 가사문학의 문화지리학적 연구』, 한양대학교 박사학위논문, 2010, 23~26쪽.

3 신영헌, 「문학적 영화읽기와 문화연구적 영화읽기: 영화 〈장미의 이름〉을 중심으로」, 『문학과 영상』 제5권 2호, 문학과영상학회, 2004, 211쪽.

4 조동일, 『지방문학사』, 서울대학교 출판부, 2003, 92~93쪽.

서도 특히 제주를 배경으로 한 가사 작품은 많은 연구가 이루어지지 않았으므로, 본고에서 연구 대상으로 삼고자 한 것이다. 제주 가사는 유배가사가 대부분을 차지하고 있으며, 그 작품들은 제주로 유배 온 사람들이 임금을 원망하거나 그리워하는 주제들이 대부분을 이루고 있다. 그러나 본고에서 논하고자 하는 〈탐라별곡〉은 제주의 가사문학 가운데서도 유배가사가 아닌 특이한 성격을 지닌 작품이다. 즉, 이 작품은 유배인의 신분이 아닌 갓 부임한 제주 목사가 제주 사람들의 생활상을 보고 적은 글이다. 다른 무엇보다도 관직에 있는 사람 즉, 제주목사의 신분으로 이 가사작품을 지은 데에는 큰 의미가 있다고 볼 수 있는 것이다.

이 작품은 1982년 윤석창에 의해 처음 학계에 소개되었다.[5] 그는 논문에서 작가와 작품 내용을 소개하였고, 실학사상을 드러낸 교훈가사라고 규정하였다. 그 뒤를 이어 조동일은 〈탐라별곡〉을 기행가사의 범주에 넣었으며,[6] 류연석은 실학사상을 바탕으로 한 교훈가사이면서 기행가사라고 규정하였다.[7] 또한 윤치부는 〈탐라별곡〉의 이본들을 정리하여 단락별 내용의 전개 양상과 표현 방식을 통해 작품의 미적 구조를 고찰하였다.[8] 김남형은 〈탐라별곡〉의 내용을 분석하고, 내용의 특징들로 작가의식을 검토하였다.[9] 이전 논의들은 대부분 장

5 윤석창, 「〈탐라별곡(耽羅別曲)〉 연구」, 『명지어문학』 12호, 명지대학교 국어국문학과, 1982, 81~97쪽.

6 조동일, 『한국문학통사 3』, 지식산업사, 1994, 360~361쪽.

7 류연석, 『한국시가문학사』, 국학자료원, 1994, 246쪽.

8 윤치부, 「〈탐라별곡〉의 구성과 표현」, 『제주교육대 논문집』 24, 제주교육대학교, 1995, 45~46쪽.

9 김남형, 「정언유의 〈탐라별곡〉에 대하여」, 『한국학논집』 36집, 계명대학교 한국학연

르를 규정하거나 작품의 이본을 대조하였으며, 더 나아가서는 작가의식을 언급한 경우가 대부분이었다. 그러나 요즘 연구 동향은 작품만 연구하는 문학적 연구에서 벗어나 문화로의 영역을 넓힌 연구들이 꾸준히 이루어지고 있음을 알 수 있다.

작가는 〈탐라별곡〉을 왜 가사 장르로 창작하였을까? 논자의 견해로는 제주 백성들이 육지와 먼 거리에서 생활한 만큼 한양[중앙]에 살고 있는 사람들에 비해 문명을 체험하지 못했던 사람들이 많았을 것이고, 그렇기 때문에 글을 알지 못하는 사람들도 많았을 것으로 추측한다. 가사의 창작 이유는 조선시대 대부분이 글[한문]을 모르는 사람들에게 지식을 전달하기 위한 수단으로 쉽게 읽게 하고자 하여 한글을 사용하였다고 한다. 하지만, 제주의 가사문학 가운데서도 유배가사는 유배자들의 억울함을 호소하기 위함과 동시에 연군의 마음을 드러내고자 했던 이유가 있었다. 이에 반해, 서정가사나 풍정가사의 경우처럼 아름다운 경치를 전파하기 위함과 그 지역의 풍정을 읊은 가사들은 그 지역 사람들의 생활을 드러내기 위함이다. 따라서 〈탐라별곡〉의 창작 이유를 생각해 보면, 이 작품을 지역 사람들에게 읽힐 이유가 없었기 때문이다. 하지만, 제주에 와보지 못한 사람들에게 제주의 특징을 언급하는 목적과 더불어 지역을 관장하는 새로운 관리들에게 일을 인계하는데 익숙하게 하기 위한 목적으로 글을 썼다면, 제주 지역의 지역성을 쉽게 설명할 수 있을 것이다.

〈탐라별곡〉은 제주도에 부임한 작가가 제주 백성들의 생활을 기록한 가사작품이다. 논자는 다른 지역과 달리 바다를 건너가야 하는

구소, 2008, 351쪽.

독특한 공간인 '제주'의 풍정을 그린 작품으로 그 공간과 일상에 대해 논하고자 한다. 또한, 작품에서 제주 지역이 가지고 있는 공간사적 명제들을 뽑아 주제들과 연결하여 지역적 특징을 살펴볼 것이다. 이를 통해 주체와 권력, 표상체계의 관계 등을 분석하고 그 공간에서 일어나는 문화적 현상에 대해 고찰해 보고자 한다.

2. 〈탐라별곡〉의 내용과 주제

〈탐라별곡〉은 제주를 배경으로 한 작품이다. '제주'는 우리나라의 남단에 위치한 가장 큰 섬으로 섬의 동쪽에는 '정의현(旌義縣)'이 있고, 서쪽에는 '대정현(大靜縣)'이 있다. '정의현'은 경계까지 80리가 되고, '대정현'은 경계까지 81리가 된다. 남쪽은 바다까지 120리이며, 북쪽은 바다까지 1리이다.[10] 〈탐라별곡〉의 작가는 1749~1751년까지 제주목사를 역임한 정언유(鄭彦儒)이다. 정언유의 자(字)는 임종(林宗)이고, 호(號)는 우헌(迂軒)이며, 본관(本貫)은 동래(東萊)다. 그는 1687년 10월 서울에서 태어나 78세에 별세한 인물이며, 1796년에는 청백리(淸白吏)로 추천되었다. 그의 10대조는 성종 때 명신(名臣)인 정난종(鄭蘭宗, 1433~1489)이고, 증조부(曾祖父)는 유징(有徵)이며, 조부(祖父)는 광주(匡周)이다. 아버지는 참봉(參奉)을 지낸 운서(雲瑞)이며, 어머니는 좌랑(佐郎) 이정흥(李鼎興)의 딸이다.

〈탐라별곡〉의 작가인 정언유는 63세의 나이임에도 불구하고 제주

---

10 이원진(김찬흡 외 역), 『역주 탐라지』, 푸른역사, 2005, 12쪽.

목사에 부임받았고, 제주로 내려가 그곳 정황을 살피면서 작품을 썼다고 전한다. 〈탐라별곡〉은 어떤 문물 경관에 따른 여정의 양상을 나타낸 작품이다. 기행가사는 여행하는 과정에서 많은 것을 보고, 듣고, 경험하고, 체험한 것을 기술한 것이다.[11] 하지만, 이 가사는 노정과 노정 사이, 공간과 공간 사이의 독립된 장면들이 노정과 공간의 이동으로 연결되어 있다.[12] 이러한 상황들로 보아 〈탐라별곡〉은 기행가사라 하기에는 다소 무리가 따른다. 그 이유는 기행구조인 '준비-여정-도착-회정'의 단계를 드러내지 못하기 때문이다. 초기 기행가사인 〈관서별곡〉의 경우에 글을 쓰는 동기에 명을 받아 평사 길에 오른다는 것이 뚜렷하게 드러나 있고, 여정 가운데 평사로 부임하는 과정이나 관서지방의 목적지로 가는 과정을 표현하였다. 그러나 도착 부분은 관서 지역에 도달하여 아름다운 풍경을 노래하였고, 마지막 회정 부분은 임금의 명(命)이라는 특수한 상황으로 출발한 곳에 다시 돌아갈 수 없는 상황을 그리고 있다. 이에 충효(忠孝)의 마음을 전하는 것으로 결론을 대신하였다. 〈탐라별곡〉 역시 〈관서별곡〉과 같은 일반적인 기행가사의 구조와는 다른 양상을 드러낸다고 할 수 있다. 기행 구조를 살펴보면, 여행 준비에서부터 회정에 이르는 상황까지 모든 상황이 드러나야 한다. 하지만, 〈탐라별곡〉도 그렇지 않다. 이 작품은 작가가 제주도에 가는 준비 과정이 없고, 준비 과정 중에 생긴 일 또한 작품에 언급하지 않았다. 그저 '제주'라는 곳이 어

---

11 염은열, 「기행가사의 공간 체험이 지닌 교육적 의미」, 『고전문학과 교육』 제12집, 한국고전문학교육학회, 2006, 108쪽.

12 정기철, 『한국 기행가사의 새로운 조명』, 역락, 2001, 234쪽.

떤 곳인지 역사적, 지형적 특징만을 언급하고 있을 뿐, 작품에 드러나게 되는 개인적인 정서와 느낌 등은 서술되지 않고 있다. 또한, 목적지인 제주도에 도착한 후의 상황을 작품의 앞 부분에서는 지역의 풍속과 백성들의 생활상으로 언급하고 있고, 뒷 부분에서는 자연의 아름다운 광경 즉, 한라산의 아름다운 경관만을 드러내고 있다. 마지막으로 회정 부분 역시 관아로 돌아간다는 설명 뿐이다. 그 후에는 제주의 경관을 보고 느낀 감정을 읊으며, 술에 취해 근심을 잊고자 하는 것으로 작품이 마무리된다.

역사적 상황을 서두에 기록한 〈탐라별곡〉은 제주도 안을 순력(巡歷)한 것으로 서사를 전개하고 있다. 또한, 굶주리고 헐벗은 백성들의 정경에 시선을 돌려서는 슬프고 안타까운 심정을 토로한다. 하지만 그 기민(饑民)들을 향해 '그럴수록 마음을 다잡아 도리를 다하면 복을 받는다'는 이상적인 말을 한다. 그리고는 제주도를 하나의 선계(仙界)로 상상해 마침내 자기 자신마저 속세와 선계의 사이에서 모호한 역할을 취하고 있다.

〈탐라별곡〉을 기행가사로 분류하고 있는데, 이는 어떤 문물 경관 및 그에 따른 흥취를 서술하고 묘사하는 것이 가사의 생래적 속성이라 하며, 이전 백광홍(白光弘)의 〈관서별곡〉과 정철(鄭澈)의 〈관동별곡〉이 고전적인 성과라 하였다. 가사의 이러한 특성은 조선 후기로 와서 한편에서는 향토적 정조와 결합이 되고, 다른 한편에서는 그 질량이 확장되면서 풍부한 기록성을 갖게 된 점이 매우 흥미롭다[13]고

13 임형택, 「신발굴 자료를 통해본 가사의 재인식」, 『옛노래, 옛사람들의 내면풍경』, 소명출판, 2005, 348~349쪽.

전한다.

기행의 마지막 회정 부분에서 다시 돌아갈 수 없는 상황이라면 임금의 은혜와 어버이에 대한 사랑으로 조선의 충효사상을 드러내는 경우도 많다. 그러나 이 작품은 첫 부분에서부터 기행 구조와 다른 점들이 나타난다. 그렇다면 〈탐라별곡〉의 단락별 주제와 분류, 작품의 구조를 살펴보도록 하자.

	단락별 주제	작품 구조	단락별 분류
1	제주의 역사	제주 역사·지리적 특성과 목사 부임과정	탐라 ~ 보닉시니
2	지리적 환경		한 조각 ~ 장대하다
3	제주 목사의 부임과정		영문을 ~ 공해로다
4	목사 부임 행사 장면 묘사		관덕정 ~ 위의로다
5	열악한 자연 환경에서의 백성들	백성들의 생활상	연희각 ~ 섄이로다
6	제주 백성들의 생활상		무엇으로 ~ 식갓도다
7	목민관으로서 백성을 위로		슬푸다 ~ 셔러하랴
8	한라산의 빼어난 경관	아름다운 풍경의 감상과 여흥, 귀환(歸還)	하물며 ~ 무어시니
9	영화로웠던 모습 회상		놉흔 봉 ~ 지여 잇네
10	제주목사의 구진 순행		구진이 ~ 섄이로다
11	순역 중 벌어진 여흥 장면		차라히 ~ 시쟈이라
12	휴식 후 12목장 방문		십이장 ~ 장하도다
13	순역 후 관아로 귀환		일장에 ~ 치우신가
14	목민관으로서의 고뇌	감회	고신의 ~ 푸러바리거라

기행가사의 첫 부분에는 여행에 대한 준비 과정이 드러나야 한다. 하지만, 이 작품 구조에는 제주 지역의 역사, 지리적인 특성과 더불어 목사가 되어 부임하는 과정만을 언급하고 있을 뿐, 여행에 대한 준비나 여정의 부분은 살펴볼 수 없다. 또한, 부임 후 바로 백성들의 생활상을 논하고 있다는 점에서 여행과는 거리가 좀 멀어 보인다.

이 작품의 초점은 제주 목사가 와서 여행한 것이 아니라 제주 목사가 제주 백성들의 생활상을 보고 목민관으로서의 심정을 읊은 것으로 보아야 한다. 그렇기 때문에, 논자는 이 작품을 기행가사의 범주에 넣기 곤란하다고 보는 것이다. 또한, 논자는 목민관이 되어 제주에 온 작가가 임무를 생각하지 않고, 공간을 두루 다녔다는 이유로 기행가사라고 단정하기에는 무리가 있다고 보는 것이다. 따라서 이 작품은 기행가사라기보다 제주 백성의 생활상을 그린 것에 초점을 맞추었기 때문에 풍정(風情), 서정가사(抒情歌辭)라고 언급해야 옳다. 〈탐라별곡〉에서 시적 화자는 목민관으로서 본인의 위치와 백성을 사랑하는 마음을 드러내고 있다. 하층민들의 고달픈 삶에 대한 그의 애민(愛民)정신은 사대부들에게 논리적 차원의 당위가 아닌 현실적, 정감적 차원의 진정성을 지닌 것이었다 할 수 있다.

3. 작품에 드러난 제주의 문화적 특성

제주는 토지가 척박하여 농사가 잘 되지 않았던 땅이다. 게다가 흉년이 들면 육지에서 식량을 수송해 와야 했던 곳이다. 그렇기 때문에, 교통이 불편하고 운송 수단이 빈약했던 옛날에는 굶어 죽는 상황이 많았던 것이다. 자연 재해로 굶이 죽어가는 백성을 구휼해야 하는 곳이 바로 관아다. 그러나 제주에 부임해 온 관리나 지방의 아전들은 백성을 구휼하기보다 탐학(貪虐)에 빠지는 경우가 흔했고, 백성들로부터 가혹한 세금을 거두어들이는 일이 많았다. 따라서 제주 백성들은 관아에 대한 불신(不信)과 반항(反抗)이 깊어져 갈 수밖에 없었다.

이러한 일은 특정한 시대 제주 사람들의 삶이 아니라 나라에서 계속 그렇게 해왔음을 기록한 것이다.[14]

〈탐라별곡〉의 주제적 특징을 토대로 제주의 문화적 특징을 살펴보고자 한다. 특히, 작품의 도입부에는 제주의 지형적, 역사적 내용은 물론이거니와 자연 경관에 대한 언급도 빼놓지 않고 있어 지역적 특성을 잘 언급할 수 있을 것이다.

1) 아담하고 특이한 제주의 역사, 지리, 자연 경관

〈탐라별곡〉의 첫 부분에서는 지리적, 지형적, 역사적인 내용을 드러내고 있다. '탐라'가 어떤 곳이고, 왜 시적 화자가 이곳에 부임하게 되었는지 간단하게나마 그 이유를 드러내야 했기 때문이다. 여기에 나타난 제주의 역사, 지리, 자연 경관은 정언유가 부임할 당시였기 때문에 1794년의 상황으로 볼 수 있다. 작품을 통해 지형적, 역사적 내용을 살펴보자.

> 耽羅(탐라) 녯 都邑(도읍)이 몃千年(천년) 基業(기업)인고 星主王子(성주왕자) 디난 後(후)의 物換星移(물환성이) 오ᄅᆡ거다 城郭(성곽)이 곳치시니 人民(인민)인들 녯 ᄀᆞᆺ탈손가 聖朝(성조)의 臣屬(신속)ᄒᆡᄆᆡ 命吏(사령)을 보ᄂᆡ시니

'탐라(耽羅)'는 제주의 옛 이름이다. 『탐라지(耽羅志)』에는 '탐라' 외에 다른 이름들도 함께 전한다.[15] 첫 번째 구절에서는 탐라의 오랜

---

14 김영화, 「제주 역사와 문학」, 『탐라문화』 제17호, 제주대학교 탐라문화연구소, 1997, 3쪽.

역사를 서술하고 있다. '탐라'라는 지역이 조선시대 이전인 고려, 신라 혹은 그 이전에도 나라가 존재했었음을 드러내면서 몇 천 년 전에 만들어진 역사 깊은 탐라의 모습을 연상하게 한다. 사실 '탐라'라는 지명은 나라의 이름이기도 하다. 그러나 조선에 이르러서 한 도읍으로 소속되었음을 나타냈고, 이에 지명(地名)으로 확고한 위치를 차지하게 되었던 것이다. 또한, 성주와 왕자는 제주 설화에 전하는 인물들의 명칭이다. 신라 때부터 불린 성주와 왕자는 오랜 역사를 반영하고 있다. 이는 세상이 한 시기에서 다른 시기로 변화 과정을 언급하며, 오래 전부터 지금에 이르기까지 연속적으로 이어져 온 역사임을 강조한 부분이다. 시대가 흘러 나라가 변하였지만, 변화가 거의 없는 성곽 즉, 사회구조적 측면에 옛 모습 그대로를 유지하고 있는 오랜 역사의 공간으로 탐라의 모습을 그리고 있다. 첫 단락 마지막 구절은 '탐라'가 성스러운 조선에 속한 지역임을 강조하며, 작가 본인은 임금의 명으로 벼슬아치가 되어 탐라로 가게 된 이유를 적어 그 타당함을 알리고 있다.

ᄒᆞᆫ 됴각 彈丸小島(탄환소도) 大海(대해)예 써잇난ᄃᆡ 三邑(삼읍)을 ᄂᆞᆫ화 안쳐 ᄉᆞᆺ발로 버려시니 山南(산남)은 兩縣(양현)니오 山北(산북)은 州城(주성)니라 土地(지지)ᄂᆞᆫ ᄀᆡ을ᄆᆡ여 民物(민물)은 어ᄃᆡᄒᆞ니

두 번째 단락은 제주이 지리적 환경을 언급하고 있다. '한 조각 탄

---

15 제주는 본래 구한(九韓)의 하나다. 혹은 탁라(乇羅)라고 일컬었고, 혹은 탐라(耽羅), 혹은 탐모라(耽牟羅)라고도 일컬었다. 전라도 남쪽 바다 가운데에 있는데, 지역의 너비가 400여 리이다. 이원진(김찬흡 외 역), 앞의 책, 2005, 12쪽.

알 같은 작은 섬'이라 하여 작고 아담한 제주의 지역적 특성을 서술한다. 큰 바다에 떠 있는 조그마한 섬은 넓은 바다와 대조시켜 제주가 바다에 비해 '작다'고 강조한다. 그러나 실제 제주는 작은 섬이 아니다. 제주는 3개의 읍으로 나뉘어 있고, 모양은 '마치 솥의 발과 같다'며 세 읍의 위치를 설명한다. 마을을 가르는 기준이 되는 산은 제주에서 가장 큰 '한라산'이다. 산 아래 남쪽은 두 현으로 나뉘고, 서쪽은 '대정현', 동쪽은 '정의현'이라 하여 지형적 특징을 드러낸다. 또한, 산의 북쪽은 고을의 도읍으로, 북쪽이 남쪽에 있는 두 현을 관장하는 모습을 나타낸다. 그 현의 크기가 얼마나 되는지, 면적이 얼마인지 작품에서는 정확하게 알 수 없지만, 다음 구절에서 대략적인 넓이와 크기를 짐작하는 부분들이 등장한다.

> 五六月(오육월) 盡力(진력)ᄒᆞ여 西城(서성)을 바라더니 造物(조물)이 忌劇(기극)ᄒᆞ고 天時(천시)도 그릇되여 惡風(악풍)과 甚(심)ᄒᆞᆫ 霖雨(림우) ᄒᆡᄒᆡᄆᆞ다 孔極(공극)ᄒᆞᆫ니 田畝(전무)을 도라오면 兵馬(병마)로 즛발론ᄃᆞᆺ 各穀(각곡)을 둘려보면 鐵鞭(철편)으로 즛쳐ᄂᆞᆫᄃᆞᆺ 나문 이삭 주어 ᄂᆡ니 뷘 써풀 ᄉᆡᆫ이로다

제주의 지형적 특징을 드러낸 부분이다. 제주는 바람과 물이 많은 풍토(風土)임을 나타낸다. 아름답고 신비한 자연 환경에 비해 지형적으로 농사의 힘든 여건임을 제시하며, 사람들이 살기에 어려운 환경임을 드러낸다. 그러면서 악풍과 그치지 않는 비를 곡식이 자라지 못하게 하는 심한 방해물로 나타낸다. 이에 제주는 사람들에게 생존하기 어려운 최악의 조건임을 제시한다. 해마다 발생하는 이같은 자

연재해는 제주 사람들에게 큰 피해를 겪게 한다. 그런 상황을 '밭과 도랑을 돌아오면 병마로 짓밟는 듯'이라 표현하며 어려운 현실에서 농사를 지어야 하는 상황을 여실히 보여준다. 또한, 각 곡식을 둘러보면 '쇠 채찍으로 마구 내려친 듯한 모양'이라 하여 바람에 의해 떨어진 곡식들의 모습을 묘사하고 있는데, 남은 이삭을 주워서 살펴보니 빈 껍질뿐이라 한다. 시적 화자는 지형적으로 제대로 농사를 지을 수 없는 환경임을 점층법으로 표현하여 살기 어려운 여건임을 제시하고 있다. 이는 제주만의 지리적, 지형적, 환경적 특성을 언급한 부분으로, 흉년이 될 수밖에 없는 상황을 시적 화자의 안타까운 심정으로 드러낸 것이다.

> 하물며 漢拏山(한라산)이 天下(천하)의 일흠 잇셔 瀛州(영주)가 奇異(기이)함이 三神山(삼신산)의 ᄒᆞᆫ ᄂᆞ히니 老人星(노인성) 발근 光彩(광채) 壽域(수역)을 여러 노코 金剛草(금강초) ᄑᆞ른 빗치 白髮(백발)을 검게 ᄒᆞᆫ니 녯날의 秦皇漢武(진황한무) 못보아 遺恨(유한)인ᄃᆡ 너희ᄂᆞᆫ 仙分(선분) 됴화 이곳에 生長(생장)ᄒᆞ여 瀛室(영실)을 겻희 두고 白鹿潭(백록담) 우희 안쟈 流霞江(유하강) ᄀᆞ득 부어 老仙(노선)과 酬酌(주작)ᄒᆞ니 烟火食(연화식) 不關(불관)커든 다른 念慮(염려) 이실논가 ᄃᆞ툴거시 무어시며 求(구)ᄒᆞᆯ 거시 무어시니

이 부분은 한라산의 빼어난 경관을 묘사한 것이다. 한라산의 경관은 기이한 선계를 나타내고 있다고 한다. 한라산은 천하에 이름이 있는 것처럼 빼어난 경관을 자랑하는 모습을 언급하며, '영주(瀛州)'라 불리는 '제주의 기이함'을 형상화하고 있다. 여기서 시적 화자는 제주의 한라산을 삼신산의 하나로 표현한다. '노인성 밝은 광채'는 '수역

(壽域)'을 나타낸다. '수역'은 다른 지방에 비해 장수하는 사람이 많은 고장을 의미한다. 따라서 여기 등장하는 '노인성'은 단어 뜻 그대로 '오래된 별'을 가리킨다. 그 별의 광채를 밝게 열어 놓았다는 것은 이 지역이 아름다운 경관임을 암시해 준다고 볼 수 있다. 또한, 금강초의 푸른 빛은 백발을 검게 하는 효능으로 신비함을 드러낸다. 따라서 이 구절은 불로장생(不老長生)의 신비로운 상황을 '신선세계'에 빗대어 설명한 부분이라 할 수 있다.

다음 구절은 옛 중국의 인물인 '진시황'과 '한무제'를 인용하여 한라산의 빼어난 경관을 더욱 돋보이게 한 것이다. 시적 화자는 '진시황'과 '한무제'도 누릴 수 없었던 아름다운 경관을 지닌 한라산을 보지 못함을 한스럽다고 하며, 신선의 인연으로 이곳 제주의 한라산을 곁에 두고 있는 제주 백성들을 위로하기도 한다. 영실(瀛室)은 한라산 서남쪽에 위치하고 있고, 아름다운 한라산의 모습을 감상할 수 있는 곳이다. 이런 영실보다 시적 화자는 하늘과 가까운 백록담 위에 앉아 은하수를 바라보며 늙은 신선과 서로 술을 놓고 마시는 광경을 묘사한다. 이는 시적 화자가 늙은 신선과 하나임을 제시하는 부분으로, 본인 역시 신선임을 감정이입한 구절임을 알 수 있다.

2) 간난(艱難)한 제주백성

작품에 비친 제주 백성들의 모습은 매우 가난하고 고달파 보인다. 이는 제주목사인 정언유의 눈에 비친 제주 사람들의 모습을 형상화한 것이다. 이 모습들은 제주의 지형적, 지리적 특징으로 만들어진 제주 백성들의 모습이라고 해도 과언이 아니다. 그렇다면, 작품에 드러난 제주 백성들의 생활상을 살펴보도록 하자.

延曦閣(연희각) 잠간 쉬여 巡歷(순력)길 밧비 나셔 海方(해방)도 둘너보며 風俗(풍속)도 살펴보니 어엿불ᄉᆞ 우리 百姓(백성) 무ᄉᆞᆷ 일로 偏苦(편고)ᄒᆞ여 衣食(의식)이 艱窘(간군)퀀니 興味(흥미)가 잇실손가 八陽足踏(팔양족답) 계우ᄒᆞ여 薄田(박전)을 耕作(경작)하니 자른 허믜 져근 보십 辛苦(신고)히 ᄆᆡ갓고아

본론이 시작되는 부분이다. '연희각'은 업무를 보는 곳으로 '전청' 혹은 '상아동헌'이라고도 부른다. 먼 길을 온 시적 화자가 잠시 휴식을 취한 후 바로 업무에 임하는 곳이기도 하다. 시적 화자는 첫 번째 임무로 제주 전역을 돌아보려 한다. 여기 등장하는 '해방(海方)'은 '해방(海防)'의 잘못된 표기인 듯하다. 그 이유는 절제사와 방어사의 임무가 외세를 막는 것이기 때문이다. 그러므로 '해방(海方)'은 바다를 방비(防備)한다고 보는 것이 더 타당할 것이다. 시적 화자는 제주 목사로서 실체를 알기 위해 제주의 이곳저곳을 돌아다니며 제주의 실상을 드러내 목민관으로서의 본분을 다하고자 한다. 시적 화자는 제주의 풍속을 살펴보던 중에 불쌍한 백성들을 발견한다. 무슨 일로 고통스러운 상황인지는 알 수 없지만 제주 백성들은 의복과 음식이 가난하고 군색하다. 그 모습을 본 시적 화자는 흥미를 느낄 수 없다고 표현한다. 또한, 제주 백성들의 농업활동이 육지의 농업활동과의 다름을 제시한다. 제주는 농사지을 밭이 없어 돌아다니다 땅을 발견하고 밭을 경작한다. 그런데 제주의 지형적 특성으로 짧은 호미와 작은 보삽으로 농사를 지어야 하는 수고로운 모습을 나타낼 뿐이다. 그렇게 가꾼 곡식들을 5~6월에 힘을 다해 거둘 것이라 믿고 태평성대를 기다린다. '서성(西城)'은 '서성(瑞星)'의 잘못된 표현인 듯하다. '서성

(西城)'은 서쪽 성을 나타내지만, '서성(瑞星)'은 태평성대에 나타난다는 상서로운 별을 가리킨다. 그러나 지형적 특징으로 인해 작가의 염원인 풍년은 오지 않는다. 이는 지독한 굶주림으로 괴로움을 나타내는 구절이며, 태평성대를 꿈꾸는 농민들의 심정을 읊고 있다.

> 무어ᄉᆞᆯ 公債(공채) 갑고 어디 구러 사라날고 거리거리 모ᄃᆞᆫ 飢民(기민) 駕轎(가교)잡고 니ᄅᆞᆫ 말리 셜러울ᄉᆞᆫ 울리 性命(성명) 나라희 달려시니 流民圖(유민도) 옴겨다가 人君(인군)겨신ᄃᆡ 알외고져 가족옷 풀戰笠(전립)이 이 무ᄉᆞᆫ 衣冠(의관)이며 모밀밥 橡實粥(상실죽)이 ᄀᆡ 무산 飮食(음식)일고 歲歲(세세)예 國恩(국은) 입어 羅鋪移轉(나포이전) 虛費(허비)ᄒᆞ니 請粟(청속)도 ᄂᆞᆺ치 업고 生計(생계)도 茫然(망연)ᄒᆞ니 牧子一族(목자일족) 鮑作(포작) 구실 이예셔 더 셜우며 船格(선격)의 貿易(무역) 무리 ᄀᆡ 안이 難堪(난감)ᄒᆞᆫ가 滄溟(창명)이 限隔(한격)ᄒᆞ고 邦禁(방금)이 嚴截(엄절)ᄒᆞ니 살곳예 못가기ᄂᆞᆫ 紇干山(흘간산)언 ᄉᆡᄀᆞᆺ도다

이는 제주 백성들의 생활상을 드러내고 있는 부분이다. 굶주린 백성들의 모습으로 그 구체적인 사례를 나타낸다. 무엇으로 나라의 세금을 갚고, 그 후 아무 것도 없는데 어떻게 굶어 살아가야 할지 막막한 세상을 한탄하고 있다. 이러한 백성들이 모두 굶주려 거리를 누비고 있다고 제주의 상황을 설명하기도 한다. '가교(駕轎)'는 지체 높은 사람을 가리키며, 여기서는 제주 목사 자신을 나타내기도 하고, 한편으로는 한양에 있는 임금을 나타내기도 한다. '가교(駕轎)잡고'라는 부분으로 시적 화자는 제주 백성들이 굶주림에서 벗어내고자 하는 염원을 나타낸다. 즉, 제주 백성들은 살기 위해 지푸라기라도 잡는 심정을 나타낸 안타까운 상황을 표현한 것이다. 나라 전체 백성들의 목숨이 달려 있다고 하였으며, 이는 곧 나랏일을 하는 시적 화자 역시

책임이 있음을 드러낸 구절이다. 제주는 먹을 것을 구하지 못한 어려운 상황임에도 탐관오리들의 횡포는 여전했고, 제주 백성들은 견디지 못해 고향을 떠나 타향을 떠돌아야 하는 상황에 이르게 된다. 이러한 백성들이 힘겹게 살아가는 모습을 시적 화자는 임금이 계신 한양에까지 알리고자 한다. 또한, 의관과 음식을 통해 가난한 제주 백성들의 생활상을 드러내고 있다. 가죽 옷, 풀 전립은 의관이 아니며, 메밀밥과 도토리 죽 역시 음식이 아니라고 한다. 이런 생활 역시 날마다 해마다 나라의 은혜를 입었다고 하여 제주 백성들의 눈물겨운 가난한 삶을 의미한다. '나포이전(羅鋪移轉)'은 제주에 흉년이 들었을 때, 백성들이 굶주림으로 인해 육지로 도망가는 것을 막기 위해 전라도 임피에 마련해 둔 구호미를 제주도로 실어 오는 것을 말한다. 이러한 곡식을 허비하는 상황에서 곡식을 구하는 것도 면목 없고, 생계 역시 망연하다고 하여 어려운 제주 백성들의 모습을 형상화하고 있다. 또한, 먹고 살기 힘들지만 나라의 목장에서 소와 말을 치는 사람과 해녀들이 바다에서 해산물을 채취하는 것이 이보다 더 서럽다며 제주 백성의 열악한 상황을 더욱 절실하게 표현한 것이라 말할 수 있다.

시적 화자는 제주와 제주 백성의 모습을 '푸른 바다는 한계나 경계가 막혀 있다'고 보고, 나라에서 금하는 것은 엄하게 다스려야 함을 제시한다. 이는 본인이 살 곳으로 가지 못하는 것은 흘간산의 언 새와 같다며 제주 백성들의 모습을 비유적으로 드러냈다고 볼 수 있다. 시적 화자가 나타낸 '흘길산'은 '흘간산'의 잘못된 표기인 듯하다. 작품에서 인용된 '흘간산의 언 새'는 굶주림에 탈출할 길이 없다는 말로, 제주 백성들의 현실이 흘간산 위의 꽁꽁 언 새와 같다고 비유한 것이다. 이는 육지로 나갈 수 없는, 그렇다고 바다에 뛰어들 수도 없는 제주 사람들의 진퇴양난(進退兩難)인 삶의 어려움을 토로하고 있는 부분이다. 이 구절에서 시적 화자는 제주의 지형적 특색으로 인해 목민관으로서 책임과 의무에 힘들어하는 모습도 잘 드러내고 있다고 볼 수 있다.

> 슬푸다 너의 艱苦(간고) ᄂᆡ 어이 모르리오 힘ᄃᆡ로 救濟(구제)키난 官長(관장)에게 ᄆᆡ엿스나 견ᄃᆡ여 지ᄂᆡ기난 네 마음에 달엿시니 글얼사록 惕念(척념)하야 常(상)ᄒᆡ 心性(심성) 保全(보전)하야 天恩(천은)을 닛지 말고 父子兄弟(부자형제) 相愛(상애)하면 玉皇(옥황)이 구버보셔 福祿(복록)을 쥬시나니 窮困(궁곤)을 恨(한)치 말고 네 道理(도리) 盡心(진심)하면 其中(기중)에 榮華(영화) 잇셔 貧賤(빈천)을 버셔나니 녯 時節(시절) 도라보면 그 안니 알일인가

이 글은 제주 백성들의 간난한 모습을 목민관인 정언유가 위로하는 모습을 묘사한 것이다. 여기서는 제주 백성들의 가난하고 고생하는 모습을 직접적으로 드러내고 있다. 이에 자신 역시 슬프고 어찌할 수 없음에 대해 감정 이입을 하고 있다. 또한, 어려운 상황에서 구제하는 것은 관장 즉, 본인에게 매여 있다고 하여 목민관으로서의 책임감을 드러낸 구절도 찾아볼 수 있다. 백성들에게는 그 마음을 견뎌야 한다며 두려워하는 마음이 크다는 것을 제시한 부분이지만, 시적 화자가 그 백성들을 위로하는 마음은 유교적, 도교적 사상에서 크게 벗어나지 못하고 있다. 즉, 이는 가장 기초적이고 윤리적인 근거가 확립되지 않고는 일이 해결되지 않는다고 강조한 부분이기도 하다. 또한, 하늘의 은혜를 잊지 말고 부자(父子), 형제(兄弟)가 서로 사랑하면 그 가운데 영화로움이 있을 것이라는 유교적인 모습을 잘 표현하고 있

다. 이를 잘 지켜 나간다면, 옥황이 굽어 복록을 주실 것이라고 말해 도교적인 모습도 함께 언급하고 있다. 그러므로 곤궁함을 한스럽게 여기지 말고 도리를 진심으로 다하라고 위로한다. 즉, 착한 행동을 하면 복이 온다고 믿는 인과응보적 사고를 녹여낸 부분이다. 예전에 누렸던 영화로움을 기억하면서 지금의 가난하고 어려운 상황을 쉽게 잊을 수 있다며 어려웠던 이전 상황을 회상하고 있다.

3) 독특하고 풍요로운 제주 풍속

제주는 풍속이 다른 지역에 비해 많은 민간 신앙들이 성행하였다. 제주가 탄생한 설화를 비롯하여 마을 곳곳에 형성된 설화에 이르기까지 지역의 특성을 드러낸 설화 작품들이 많이 등장한다. 또한, 제주를 나타내는 제주만의 독특한 생활습관이나 특산품 등의 여러 대상들을 통해 제주의 민속을 드러내고 있다. 이러한 민속적인 부분들은 제주의 모습을 더욱 구체적으로 그리고 있다. 작품에서 제주의 민속을 언급한 내용은 다음과 같다.

> 삼성신 소ᄉᆞᆫ後(후) 民俗(빈속)이 淳和(순화)ᄒᆞ니 歲事(세사)도 豐登(풍등)ᄒᆞ고 人畜(인축)도 蕃盛(번성)ᄒᆞ여 집집이 橘林(귤림)이오 곳곳이 駿馬(준마)너라 御乘(어승)도 예셔나고 祭牛(제우)도 예셔나니 國畜(국축)도 盛(성)커니와 私屯(사둔)인들 져글넌가 飛龍(비룡)ᄀᆞᆺᄐᆞᆫ 宛馬種(완마종)은 各牧場(각목장)의 가득ᄒᆞ고 黃金(황금)ᄀᆞᆺᄐᆞᆫ 洞庭橘(동징교)은 公私園(공사원)에 香(향)ᄂᆡ 나니 和平(화청)한 別天地(별천지)을 前古(전고)의 일너시니 조흔 ᄯᅵ 그 世界(세계)예 너희처로 셔러ᄒᆞ랴

시적 화자는 다른 지역에서 살았던 이방인으로 등장한다. 하지만,

제주가 생성된 후의 영화로웠던 모습과 생활을 회상하고 있다. 이를 통해 시적 화자는 제주만의 독특한 문화적인 모습을 반영하고자 하였던 것이다. 첫 부분에는 제주가 생성된 민속적, 설화적인 요소로서, 제주 형성 신화인 〈삼성신 신화〉를 언급하였으며, 그 이후 민속이 순화되어 '제주'만의 문화를 형성하게 되었음을 드러낸다. 그리고 제주만의 독특한 문화적 성향을 완성하여 영화로운 제주의 모습을 뒷받침해주는 계기를 마련하고 있다. 그 예로, 세상 일과 농사 일이 모두 잘 되었음을 제시하며, 사람과 가축 역시 번성한 모습으로 과거의 번성하고 영화로웠던 때를 나타낸다. 또한, 집집에는 귤 숲을 이루고 있으며, 곳곳에는 잘 달리는 말이 있다며 다른 지역에서 발견할 수 없는 제주만의 독특한 문화를 형상화하기도 한다.

임금이 타는 말, 제사 지낼 때 쓰이는 소, 나라에서 키우는 가축들도 모두 이곳에서 나고 자란 것들로 개인적으로 키우는 가축들도 적지 않다고 하여 과거 제주의 번성한 모습을 엿볼 수 있는 구절이다. 이는 지금 당한 곤란한 상황을 벗어나 예전으로 돌아갈 수 있다는 용기와 희망을 줄 수 있도록 한 것이다. '말'은 나는 용과 같은 완마종이 목장에 가득하고, 귤은 황금 같은 동정귤이 공사원에 향이 가득하다고 한다. '말'과 '귤'이야말로 제주에서는 최고의 품질을 키울 수 있는 지형적인 조건을 가지고 있음을 강조하고 있다. 즉, 제주는 아름다운 자연과 따뜻한 기후 덕분에 얻을 수 있는 최고의 특산품인 귤과 풍성한 초목을 먹고 자라는 말에게는 최고의 지형이다. 이렇듯 평화롭고도 별천지인 제주가 예전부터 번성한 곳이었는데, 지금은 그렇지 못함을 드러낸 것이다. 그러나 곧 예전처럼 번성한 곳으로 바뀔 수 있다는 희망의 메시지를 선사하고 있다. 말, 소 등의 가축들과 제주만

간직하고 있는 귤을 통해 무공해의 순수한 자연을 간직한 독특하고 풍요로운 풍속을 살펴보았던 것이다.

十二場(십이장) ᄎᆞ례 지여 往來(왕래)ᄒᆞ며 볼슬피니 무리무리 도ᄃᆞᆫ 말리 구룸인가 비ᄃᆞᆫ인가 壯觀(장관)이 더ᄒᆞ기ᄂᆞᆫ 山馬點烙(산마점락)릴로다 木柵(목책)을 구지 겻고 一時(일시)예 모라ᄂᆡ니 ᄂᆞᆫᄃᆞᆺ 쒸노ᄂᆞᆫ 듯 巖谷(암곡)이며 林藪(임수)로다 북소ᄅᆡ 旗幟(기치) 빗히 山獸(산수)됴챠 ᄂᆡᄃᆞᄅᆞ니 豪健(호건)ᄒᆞᆫ 모ᄃᆞᆫ 將校(장교) 다토와 ᄌᆡ조뵈니 獐鹿(장록)도 만커니와 武勇(무용)도 壯(장)ᄒᆞ도다

시적 화자는 휴식을 취한 후, 제주 살피는 일을 다시 시작하게 된 내용을 소개하고 있다. 시적 화자가 첫 번째로 방문한 곳은 '12목장'이다. 그는 12목장을 왕래하면서 서울에서 볼 수 없었던 그곳만의 광경을 묘사하고 있다. 이 부분은 '제주'의 특성을 잘 나타낸 부분이다. '제주'이기 때문에 제주의 특산물인 '말'을 기르는 목장을 드러낸다. 목장에는 무리지어 도는 말들이 있었고, 그 광경이 구름인지 비단인지 알 수 없을 정도였다고 말한다. 이는 말이 무리지어 몰려다니는 모습과 더불어 비단결 같은 말의 갈퀴 등 건강하고 튼튼한 말 상태를 설명하고 있다. 또한, 말에 낙인을 찍는 모습은 장관을 만들어낸다고 한다. 말을 가둬 놓은 울타리가 거친데도 한꺼번에 그 많은 말들을 몰아내고자 한다고 표현하고 있다. 게나가 말들이 자연에서 뛰어다니는 모습이 바위계곡과 수풀 늪을 돌아다닌 것 마냥 나는 듯 뛰노는 듯하다고 하여 말을 몰고 사냥하는 모습을 묘사한 것이다. 북소리를 내고 깃발을 흔들어대니 산속의 짐승들도 모두 있는 힘껏 도망가고, 말을 탄 장교들은 서로 다투는 듯 재주를 선보인다. 이는 조정에 올릴

산짐승을 사냥하는 장면으로 장교들의 용맹한 모습이라 표현한다. 또한, 노루와 사슴도 많고 굳세고 날랜 용사들도 씩씩하다고 언급한다.

'제주'는 다른 지역 특히, 한양에 비해 많은 것이 다르다. '제주'는 섬이라는 독특한 지형적, 지리적인 이유를 가지고 있다. 그렇기 때문인지 민속적, 문화적, 경제적, 사회적으로 한양과 그 주변 지역과는 다른 특징들이 형성되었다. 특히, 제주라는 독특한 문화는 한양과의 거리가 멀고 가까운 차이와는 상관없이 여느 섬들과는 다르다. 중앙과 가까운 지역은 소통의 발달 덕분에 문화적 독자성이 크게 드러나지 않는다. 하지만, '제주'라는 섬은 육지와 많이 떨어져 있기 때문에 지형적으로 '한양'의 문화와는 다른 양상을 보였던 것이다. 이렇듯 제주만의 독자적인 문화의 형성을 통해 제주가 공간적으로 어떠한 특성을 보이는지 살펴보고자 하는 것이다.

4. 〈탐라별곡〉에 실현된 문화지리적 양상

삶은 공간이나 장소에서 이루어지므로 공간, 장소와 삶은 불가분의 관계를 맺고 있다. 공간을 소거한 상태에서 삶을 이야기하는 것이 불가능함에도 불구하고, '공간'이란 늘 그 자리에 있는 것이기에 그 중요성을 잊고 산다.[16] 이 부분에서 문학적인 텍스트가 문화지리학적 양상들을 어떻게 형상화하는지 논하고자 한다. 제주 지역을 소재로 한 지리지도, 가사문학 텍스트도 많지 않다. 그 가운데서도 유배자의

16 박승규, 『일상의 지리학: 인간과 공간의 관계를 묻다』, 책세상, 2009, 18쪽.

신분이 아닌 제주 목사의 신분으로서의 가사작품을 창작한 경우는 거의 찾아볼 수 없다. 본고에서 논의하는 〈탐라별곡〉이 유일하다고 말할 수 있다. 따라서 〈탐라별곡〉에 드러난 특성들을 골라 4가지로 나누어 문화지리적인 양상들에 대해 살펴보고자 한다. 논자는 〈탐라별곡〉을 통해 제주 지역만의 독특한 문화적 성향과 더불어 중심의식과는 동떨어진 소외된 주변부로서의 모습을 언급해 볼 것이다. 또한, 한라산을 배경으로 한 아름다운 자연을 토대로 현실과 환상의 괴리적인 성향에 대해서도 알아보겠다. 마지막으로 안과 밖의 변증법적인 관계를 살펴 제주 백성과 시적 화자와의 관계를 드러내 문화지리적인 특성을 살펴보고자 한다.

1) 제주만의 독특한 문화적 성향

'제주'는 제주만의 독특한 문화(文化)를 형성하고 있는 곳이다. 언어뿐만 아니라 풍속 또한 육지에 살고 있는 사람들과는 다른 문화적 특성을 지니고 있다. '제주'는 다른 어떤 지역적 특징보다도 더 독자적인 문화를 가진다. 그 이유는 다른 여느 지역들과는 달리 다른 지역들 사이의 소통을 이루지 못했기 때문이다. 예전에는 육지에 살고 있는 사람이 '제주'를 간다는 것은 목숨을 내놓아야 하는 위험한 일이었기 때문에 좀처럼 이루어지지 못했다. 따라서 관직을 하다가 죄의 경중(輕重)에 따라 그 처벌도 달라지게 마련이었다. 즉, 가장 중한 죄를 지은 사람에게는 한양에서 가장 먼 곳인 '제주'에 유배를 보내기도 하였다. 그러므로 제주는 유배문학이 발달한 곳이었다. 『제주읍지(濟州邑誌)』, 『지리지(地理誌)』 등의 내용을 중심으로 제주만의 독특한 지리적인 특성과 더불어 문화적 특성을 알아볼 것이다. 『지리지』나 『실록』에서 볼 수 있는 제주의 특징은 많지만, 지형적인 특징을 그린 『탐라지』를 살펴보기로 하자.

> 본래 九韓(구한)의 하나이다. 혹은 乇羅(탁라)라고 일컬었고, 혹은 耽羅(탐라), 혹은 耽牟羅(탐모라)라고도 일컬었다. 전라도 남쪽 바다 가운데에 있는데, 지역의 너비가 400여 리이다. 처음에 高乙那(고을나)·良乙那(양을나)·夫乙那(부을나) 형제 3인이 그 땅을 나누어 살면서 사는 곳을 徒(도)라 명하였다. 신라 때에 高厚(고후)·高淸(고청)과 막내 계(季)가 바다를 건너 대궐에 들어가 임금을 뵈었다. 왕이 기뻐하여 厚(후)를 星主(성주)라 부르고, 淸(청)을 王子(왕자)라 부르고 막내를 徒內(도내)라 불렀다. 국호를 耽羅(탐라)라고 하여 내려주었다 (중략) 북쪽에는 큰 바다요, 남쪽에는 높은 산이로다. 집집마다 귤과 유자요, 곳곳마다 駿馬(준마)로다.[17]

위는 『탐라지』에 언급된 [건치 연혁]과 [형승]의 일부이다. 제주의 지명과 더불어 제주가 형성된 설화, 지형적 특징, 특산품 등을 나타내고 있다. 제주는 지리적으로 전라도 남쪽에 있으며, 너비는 400여 리가 되는 섬이다. 북쪽에는 큰 바다가 있고, 남쪽에는 높은 산이 있는 지형적인 특징이 있다. 또한, 신라시대부터 '탐라'라는 명칭을 사용했음을 언급하고 있다. 제주는 귤과 유자가 집집마다 가득하고, 준마(駿馬)는 곳곳에 있다고 하여 여느 지역과 다른 지형적, 지리적 특색으로 빚어낸 결과물인 '특산품'을 통해 제주의 독특한 특성을 나타내고 있다. 『지리지』나 『실록』을 보면 제주나 한라산을 드러낸 작품들이 많다. 그 가운데서도 최익현의 「유한라산기(遊漢拏山記)」를 살펴보면 다

---

17 이원진(김찬흡 외 역), 앞의 책, 12·29쪽.

음과 같다.

> 한 점 탄환처럼 외로운 섬이지만 망망대해의 砥柱요, 우리나라 삼천리를 지키는 문[水口捍門(수구한문)]이므로 왜구들이 감히 엿보지를 못한다. 산과 바다에서 나는 맛이 좋은 음식[山珍海錯(산진해착)] 중에 임금님께 바치는 것이 여기에서 많이 난다. 공경대부와 백성들의 일상에 쓰이는 물건하며 제주의 6~7만 호가 경작하고 채취하는 자원 역시 모두 이 산에서 얻어 충족되고 있다. 그 혜택과 이로움이 백성과 나라에 미치는 바가 金剛山(금강산)이나 智異山(지리산)처럼 사람에게 관광이나 제공하는 산들과 어찌 같이 놓고서 말할 수 있으랴! 뿐만 아니라 이 산은 한갓진 바다 가운데 있기에 드맑고 기온도 몹시 차므로 품은 뜻이 견고하고 근골이 강한 자가 아니면 결코 올라갈 수 없다.[18]

이 작품은 1875년 5월에 지어졌다. 작가는 제주의 지형적인 모습을 '한 점 탄환의 외로운 섬'이라고 한다. 제주는 아득한 큰 바다에 떠 있는 작은 섬이지만, 조금도 움직이지 않는 모습을 지주(砥柱)라고 표현한 것이다. 지주는 어려운 세상 속에서 조금도 움직이지 않고 절개를 잃지 않음을 의미한다. 제주는 남쪽에 있기 때문에 상징적으로 우리나라를 지키는 문이라고 하여 왜구가 쉽게 침입하지 못함을 강조하고 있다. 또한, 제주는 좋은 음식이 많이 나는데 그 가운데서도 임금이 먹는 귀한 음식들이 이곳에서 많이 난다고 언급하고 있다. 그리고 여러 사람이 쓰는 물건, 풍족한 자원이 한라산에서 충족된다고 한다. 제주의 한라산은 제주 사람들만이 누리는 산이 아니라 우리

---

18 『역주 증보탐라지』, 제주문화원, 2005, 60쪽.

나라에 사는 모든 사람에게 유익한 산임을 언급하고 있다. 이러한 한라산은 형세가 험하여 품은 뜻이 견고하고 건강한 사람이 아니면 결코 오를 수 없다고 하여 한라산의 위상을 드러낸 것이다.

> 소금 굽는 것만이 그러할 뿐 아니오라, 고기잡이와 미역따기도 역시 마찬가지입니다. (중략) 미역은 다른 나라에는 없는 것으로서 오직 우리나라에만 곳곳에 다 있사온데, 제주에서 나는 것이 더욱 많아서 土民(토민)이 쌓아 놓고 부자가 되며, 장삿배가 왕래하면서 매매하는 것이 모두 이것이옵니다. 이 세 가지는 하늘이 내고 땅이 낳고 하되, 하늘과 땅이 유독 우리나라에만 후하게 하여 준 것이니, 실로 우리나라의 진기한 재물이옵니다. (중략) 제주는 內地(내지)가 아니온 데 생산되는 것이 가장 번창하다.[19]

『세종실록(世宗實錄)』 29년의 내용이다. 『실록(實錄)』에서 언급한 '제주'는 소금 채취, 고기잡이, 미역 따기를 한다고 말한다. 이는 섬의 특징을 특산물로 언급하며, 그곳만의 특징을 나타내고 있다. 그 가운데서도 미역은 다른 나라에는 없고, 우리나라에만 있는 유일한 것이라고 하여 제주의 특수성을 부여한 구절이기도 하다. 또한, 미역은 제주에서 나는 것이 많다고 하여 이로써 장사하여 부자가 될 정도라고 한다. 즉, 많은 지역에서 미역이 생산되지만, 그 가운데서도 제주에서 생산된 것이 가장 번창하다고 하니 제주의 특산품임에 틀림 없다. 그렇기에 이를 진기한 재물이라 설명한 듯하다. 그 외에도 제주에는 말과 말총, 귤 등이 생산된다. 그것으로 조선 전기까지 제주 사람들은 자급자족하며 생활하였음을 나타내고 있다. 육지에 사는 장

19 『세종실록』 29년 9월 임자조.

사꾼들은 좋은 말을 사기 위해 제주에 자주 왕래하였고, 이들을 상대로 한 유녀(遊女)들도 있어 관기 가운데 넉넉한 자는 비단옷을 입을 정도로 말 교역이 활발하였다[20]고 전한다. 예전부터 지금에 이르기까지 "사람은 서울로 보내고, 말은 제주로 보내라"는 속담이 있다. 서울은 인재를 많이 등용할 수 있는 창구였고, 제주는 그 당시 최고의 교통수단이었던 말이 가장 잘 자랄 수 있는 최고의 생산지였기 때문이다. 제주에서 자란 말은 지형적 특징의 영향 때문이었는지는 알 수 없지만, 가장 튼튼한 말이 길러졌다고 한다. 그 때문에 제주에서 기른 말 한 마리의 가격은 노비 세 명의 가격과 같다고도 하니 이러한 정황은 제주의 자연 경관이 말을 키우는 데 가장 적합한 곳임을 알 수 있다. 요즘도 마찬가지로 제주는 최대의 말 공급지로 알려져 있어 제주는 경제력이 상당히 높았다는 것을 알 수 있다. 말(馬)의 역사로 제주의 역사를 드러낼 정도이니 그만큼 제주와 말은 긴밀한 관계에 있음[21]을 알 수 있다. 그러나 이는 말을 가진 사람들에게 국한되는 것이지 평범한 제주 백성들에게는 어림없는 일인 것이다.

제주만의 독특한 문화적 성향을 드러내는 주체는 '제주 백성'이다. 그들은 섬사람들로 육지에 한 번도 나가지 못한 사람이 대다수를 차지하고 있다. 그러다보니 그들은 육지에 살고 있는 사람에 비해 열악한 환경에서 살 수밖에 없게 된 것이다. 그러면서도 그들은 그들의 공간인 제주의 모습을 지키고자 한다. 즉, 제주 백성들에게 '제주'는 공간과 대상을 동시에 넘어서는 그들의 삶 그 자체인 것이다. 제주

20 김상헌(金尙憲), 『남사록(南槎錄)』, 1601년.

21 이영권, 『새로 쓰는 제주사』, 휴머니스트, 2005, 87쪽.

백성들은 제주의 백성이 되기 위해 제주에서 형성된 문화적인 성향들을 대부분 지형적인 것들에서 많이 발견하였다. 그러나 제주는 지형적인 특징, 문화적 영향으로 인해 살기 어려운 곳으로 농락되어 버렸다. 특히, 제주는 지형적인 특징 때문에 농업이 발달하지 못하고, 섬이기 때문에 농사를 지을 만한 많은 논도 없었다. 이러한 지형적인 이유로 섬 지역에서 농사짓기란 여간 어려운 일이 아니었을 것이다. 그러므로 제주의 주요 수입품들은 제주에서 생산되지 않고 육지에서만 얻을 수 있는 쌀, 소금, 옷감 등이 대부분이다. 이에 반해 수출품은 제주의 특산품으로 바다와 가까운 지리적, 지형적 특징이 드러나는 미역, 말, 귤 등이다. 그러나 지형적 특징과 운반 체계의 열악한 현상 때문에 이러한 물건들의 교환 역시 제대로 잘 이루어지지 않았던 것이다. 이런 까닭에 제주 백성들은 육지 사람들에 비해 열악한 생활을 벗어나지 못했고, 이러한 문화지리적인 현상을 새로 부임한 목사에 의해 글로 재현되었다고 볼 수 있다.

16세기 유배왔던 충암 김정의 책인 『제주풍토록』에서는 "글을 아는 자가 매우 적고, 인심이 거칠다"거나 "염치와 정의가 무엇인지 알지 못하며" 등의 표현이 등장한다. 제주를 비하하는 위의 표현들은 물론 중앙 지식인의 편견에서 나온 것이라 다소 과장이 있을지도 모른다. 그러므로 중앙 양반들의 입장에서 볼 때 그저 교화가 덜된 변방의 미개 지역에 불과했을 것이다.[22] 이렇게 아름다운 자연과 많은 자원을 갖고 있음에도 불구하고 제주는 조선시대 권력을 가진 중앙세력의 양반들에게 야만의 땅이었으며, 혼돈의 땅이었다.[23] 하지만 그

22 위의 책, 159쪽.

이외에도 많은 사람들이 자주 왕래하지 못하는 아쉬움이 있다. 그러나 덕분에 지형적, 지리적 특색인 아름다운 자연을 간직할 수 있었을 뿐만 아니라 독특한 제주 문화의 특색을 살펴볼 수 있었던 것이다.

2) 소외된 주변부[하층민(下層民)의 공간]

오래 전 '탐라'는 하나의 나라를 형성하였다. 그러한 '탐라'는 조선시대에 이르러서야 조선에 속한 지방으로 귀속되었다. 그러나 조선은 강력한 중앙집권적 정치 체제를 운영하는 나라였다. 이러한 중앙집권체제는 중앙과 주변으로 대립과 차별을 가져왔다. '제주'는 지리적인 측면에서 중앙과 아주 먼 거리에 위치하고 있고, 다른 지방에 비해 접근성이 매우 떨어진다. 또한, 육지와 멀리 떨어져 있는 섬이기 때문에 '말'이라는 교통 수단이 아니라 물을 건너는 배를 꼭 타고 가야 한다. 그러므로 여행으로 가거나 관직을 맡아 가는 사람들이 아니라면 보통 평민들에게 제주는 여간해서는 갈 수 없는 곳으로 여겨졌다. 또한, 제주에 가기 위해서는 기후의 영향을 많이 받기도 한다. 이렇듯 제주는 멀리 떨어진 외진 곳에 있으므로 항상 '주변'이라 인식하였던 것이다. 그러기에 '중앙'은 중앙집권체제에서 권력과 출세를 나타내는 상징공간이다. 즉, 주변은 중앙과의 거리가 멀어질수록 중앙에서 미치는 세력은 점점 더 약해지기 마련이다. 따라서 제주 역시 먼 거리로 인해 세력이 약해졌음을 알 수 있다.

이 작품의 작가인 '정언유'는 영해부사였다. 하지만, 영해(지금의 경북 영덕)보다 더 먼 곳인 '제주'에 부임하여 그곳 목사가 된다. 그가

---

23 위의 책, 158쪽.

무슨 죄를 지어서 제주에 온 것이 아닌 정언유의 청렴결백하고도 뛰어난 통치력 때문이었다. 이러한 이유로 작품을 쓴 제주목사 정언유는 원래 권력에 욕심이 없으며, 오직 굶주린 불쌍한 제주 백성들을 위해 위로하는 인물로 그려진다. 그의 청렴함은 『조선왕조실록』에서도 찾아볼 수 있다.[24] 임금이 청렴한 그를 제주까지 보낸 큰 이유는 아마도 소외된 주변부까지 두루 살피고자 하는 임금의 너그러운 마음에서 비롯된 것으로 볼 수 있다. 그러므로 각종 지리지에서 언급한 소외된 주변부의 모습을 찾아 그 특징들을 살펴보자.

> **제주 지방의 말은 알아듣기 어렵다**: 촌백성들의 말은 알아듣기 어려우며, 말하는 억양이 앞은 높고 뒤는 낮다. 김정의 「제주풍토록」에 "이곳 사람들의 말소리는 가늘고 드세어서 바늘로 찌르는 것같이 날카로우며 또 알아들을 수 없는 것이 많다."고 하였고, 「주기」에는 말에는 특이한 소리가 많아서 서울을 '서나'라 하고 숲을 '고지'라 하며, 오름을 '오롬'이라 한다. 톱을 '콥'이라 하고, 입을 '굴레'라 하며, 굴레를 '녹대'라 하고, 재갈을 '가달'이라 한다. 그 말소리 따위가 이와 같다."고 하였다.[25]

『탐라지』는 여느 지역과 다른 소외된 모습을 가장 잘 보여주고 있다. 그 이유는 '언어' 때문이다. 언어는 같은 나라 사람들이 소통을 위해 함께 사용하는 말이다. 그럼에도 불구하고, 제주 백성들이 하는

---

24 정언유에 관한 『조선왕조실록(朝鮮王朝實錄)』의 내용은 다음과 같다. 그가 제주목사라 부임되기 이전부터 제주목사에 부임된 후의 일로 간추려진다. 영조 24년(1748)~영조 25년(1749)에 이르는 기록에서는 조세 징수의 폐단을 상소하는 내용, 고을의 폐단을 고발한 내용, 제주 백성을 구제하도록 한 내용 등이 있다.

25 이원진(김찬흡 외 역), 앞의 책, 23~24쪽.

제주 말은 알아듣기 어렵다거나 혹은 특이한 소리가 많다고 하였다. 이는 곧 그들을 소외하고 있거나 무시하고 있음을 짐작할 수 있는 구문이기도 하다. 또한 '말소리가 가늘다', '드세다', '바늘도 찌르는 듯 날카롭다'는 등의 부정적인 모습 역시 그러하다. 게다가 한양에 있거나 벼슬살이를 하고 있는 일부 사대부들은 제주 백성들을 가리켜 '촌 백성들'이라고 하여 그들을 하층민으로 여김을 나타내고 있다. 제주 백성들의 입장에서 보면, 언어적인 문제는 당연한 것일지도 모른다. 제주는 한양과 혹은 육지와 먼 거리에 위치하고 있고, 그들과는 다른 생활을 하고 있기 때문이다. 즉, 그들은 지리적, 지형적 형편 때문에 사회적으로 혹은 문화적으로 고립된 모습을 드러낼 수밖에 없다. 교류가 활발하지 않았던 그 시대에 제주 백성들은 스스로 소외당했다고 생각하지 못했을 것이다. 그럼에도 이 구절에서는 지방의 특성과 더불어 제주의 소외된 모습을 엿볼 수 있다.

> **풍속은 어리석고 검소하지만 예를 지키고 양보함이 있다:** 풍속은 음사를 숭상하여 산과 숲, 내와 못, 높은 언덕이나 낮은 언덕, 물가와 평지, 나무와 돌 따위를 모두 신으로 섬겨 제사를 베푼다. 매년 정월 초하루부터 보름날까지 남녀 무당이 주신을 모시는 기를 함께 받들고, 역귀를 쫓는 행사를 벌이면서 징과 북을 앞세워서 마을을 나들면, 마을 사람들이 다투어 재물과 곡식을 내어 제사한다.[26]

제주 풍속의 미개함은 윗부분에서도 언급하고 있다. 또한, 애니미즘적, 샤머니즘적 신앙의 대부분이 원시적이기 때문에 대부분 유학을

26 위의 책, 24쪽.

숭상한 조선시대에서는 미개한 공간임을 인식할 수밖에 없다. 하지만, 이는 유학을 숭상하는 사대부들 대부분이 그렇게 믿고 있었기 때문이라 할 수 있다. 그리고 그들은 제주 지역의 풍속 자체를 음사하다고 하였다. 하지만, 결국 민간 신앙이 대부분을 차지하고 있는 무지(無知)한 향촌 사람들은 대부분 민간 신앙에 의지할 수밖에 없었다. 제주 지역 역시 다른 지역과 마찬가지로 유교적 성향과는 무관한 향촌이라고 보아야 할 것이다. 다만, 제주 지역은 중앙 혹은 육지와의 거리가 멀다는 지리적 특성 때문에 그 풍속 자체가 발달하게 된 것이라 여겨진다. 또한, 이 지역의 신화, 설화가 많은 이유 역시 이러한 민간 신앙의 발달로 인해 가져온 영향이다. 그러므로 제주는 대체적으로 사상적 차이 즉, 중앙집권체제에서 숭상하는 유학과는 거리가 있기 때문에 더욱 소외되고, 미개한 부류로 느껴졌던 것이다.

경직을 귀하게 여기지 않는다: 「주기」에 "서울이 멀리 떨어져 있어서 벼슬하기가 어렵다. 제주 지방 사람으로 재간과 물망이 있는 자는 관아에서 일보는 것을 영광으로 삼고 경직이 귀하다는 것을 알지 못한다."고 하였고, 「제주풍토록」에 "품관 이하 말단 벼슬아치에 이르기까지 중앙의 고관들과 뇌물로 교제를 하는데, 그 중에서 세력을 떨치는 자는 진무 자리를 얻는다. 다음은 여수, 그 다음은 서원, 지인 및 공생인데, 각기 이익을 얻기 위해 바쁘니, 사소한 일에도 모두 뇌물을 주는 것이 상례가 되었다. 그들은 의리와 염치가 무엇인지 아랑곳하지 않고 강자가 약자를 억누르고 모진 자가 어진 이를 박해한다. 이들을 가르치기 위한 임금의 교시도 내리고 있지 않았다. 이 때문에 관리들은 육한처럼 탐오하지만 이상하게 여기지 않는다. 간혹 관리 중에서 염치와 의리를 지키는 사람이 있으며, 백성들은 그 은혜를 못내 감격해하지만 저 탐오한 무리들은 그를 어리석다고 비웃는다"고 하였다.[27]

이 구절은 제주의 어리석은 풍속과 백성들의 검소한 모습을 드러내고 있다. 제주는 민간 신앙이 매우 발달해 있음을 알 수 있다. 그러나 이러한 풍속은 유학의 관념과 거리가 멀다. 그렇기 때문에 제주 사람들은 그들 나름의 생활을 영위해 가고 있는 것이지만, 벼슬을 하고 있거나 중앙에 살고 있는 사람들이 보기에는 미개하고 소외된 문명으로 밖에 받아들일 수 없다. 또한, 『제주풍토록』에는 벼슬하기의 어려움을 토로하면서 중앙집권체제에서는 잘 일어나지 않은 지역의 특색으로 인한 비리들을 고발하고 있다. 이러한 점들을 통해 제주라는 곳은 다른 지역에 비해 거리가 먼만큼 그만한 소외를 당해왔고, 그로 인해 하층민의 공간으로 여겨졌던 것이다. 또한, 『탐라지』에서는 이외에도 '풍속이 유별나고 군사는 사납고 백성을 어리석다'고 하는 부분이나, '땅은 척박하고 백성은 가난하다'는 부분, 혹은 '풍속은 미개하고 거리는 멀다'라는 부분 등 풍속을 드러낸 구절들을 통해 다른 지역에 비해 소외된 제주의 모습을 많이 발견할 수 있다. 이러한 모습은 제주 백성들에게 서울과 다른, 유달리 다른 지방의 사람들보다 더 소외된 주변부의 특징을 지니고 있다고 볼 수 있다. 이는 곧 중앙과의 거리 차이에 의해 벌어진 생각이기도 하지만, 대체적으로 소외된 백성들의 입장에서 생각하지 못한 중앙관리들의 잘못은 아닐까 생각해 본다.

〈탐라별곡〉의 첫 부분에서는 제주의 형성과정을 보여주고 있다. 그 구절에서도 '탐라'라고 불렀던 제주의 명칭과 동시에 오래 전에 이루어진 도읍이라는 인식이 함께 드러나고 있다. 성주왕자는 신라

---

27 위의 책, 28~29쪽.

때의 칭호로 이때부터 지금에 이르기까지 육지에 편입되지 못한 소외된 모습을 보여주고 있다. 오래전부터 계속 유지되어 온 제주의 모습을 통해 원시 신앙이 발달하게 되었다. 이는 유학과는 거리를 두었다는 점에서 유학을 믿었던 사대부층들은 제주의 신앙을 미개한 것으로 생각하고, 소외시켰던 것이다. 제주의 지리적 환경을 드러낸 부분에서도 '한 조각 탄알 같은 작은 섬'이라고 하여 육지와의 거리를 드러낸다. 그러나 제주는 결코 작은 섬이 아니다. 세 읍으로 되어 있는 아주 큰 섬이다. 그 이유는 아마도 넓은 바다와 대조되는 의미로 사용하고 있으면서 육지와 멀리 떨어진 거리감을 표현하기 위함이라 생각한다.

제주는 지리적, 지형적 특징으로 인한 거리의 차이, 사회·문화상으로 인한 중앙과는 차이를 보이고 있다. 이러한 차이는 그 지역의 특색을 드러내고, 그 특색으로 인해 그 지역 사람들은 소외감을 느끼기도 하고, 우월감을 갖기도 한다. 제주에 사는 사람들은 나름의 우월감을 가지고 있었는지는 모르겠으나, 글에서는 우월감보다는 소외감이 더 두드러짐을 확인할 수 있었다. 글은 사대부층이 그들 나름의 견해를 부각시켜 드러냈기 때문이라 여겨진다.

3) 현실(現實)과 환상(幻想)의 괴리

시가문학에서는 현실이지만, 환상처럼 존재하는 공간이 있다. 그곳은 바로 '자연(自然)'이다. 아름다운 경치를 가진 자연은 환상 세계인 신선 세계를 가리킨다. 그 경치는 현실이지만 작가가 이룰 수 없는 욕망의 양상으로써 '환상'을 만들어낸다. 이러한 문학은 우리는 유선문학이라 하며, 작가가 신선이 되어 선계를 유람하거나 혹은 제 3자의 입장에서 신선이 사는 선계(仙界)에서 노니는 모습을 구경하며 그 정취를 상상력으로 드러낸 것을 말한다.[28] 이 작품에서도 역시 '자연'을 '환상'으로 만들어 설명하고 있다.

> **漢拏山(한라산)**: 제주성 남쪽 20리에 있다. 鎭山(진산)이다. 이름을 漢拏(한라)라고 한 것은 하늘을 붙잡을 수 있기 때문이다. 한편으로 '두믜오롬'이라고도 하는데, 봉우리마다 모두 평평하기 때문이다. 한편으로 '두리메'라고도 하는데, 활 모양으로 구부러져서 가운데가 높고 사방 주위는 차차 낮아진 형상으로 둥글기 때문이다. 한편으로 '가메오롬[釜岳(부악)]'이라고도 하는데, 산봉우리에 못이 있어서 물을 저장하는 그릇[貯水器(저수기)]과 비슷하기 때문이다. 높아서 하늘을 찌르고 산세가 대단하여 수백여리에 걸쳐 있다. 산봉우리에 못이 있는데, 지름이 수백 보가 된다. 대정현을 경유하면 험한 산길 하나가 나오는데, 사람이 나무 사이를 따라서 기어오르면 꼭대기에 닿을 수 있다. 만약 꼭대기에서 크게 소리치면 구름과 안개가 사방을 둘러 싸서 지척을 분간할 수 없게 된다. 〈음력〉 5월까지 눈이 내려 쌓여서 8월까지 남아 있으니 가죽옷을 껴입어야 한다.[29]

이 부분은 한라산의 정경과 다른 명칭들을 드러내고 있다. 한라산

---

28 유선문학의 연원은 일반적으로 굴원의 초사 원유라는 시에서 찾을 수 있다. 또한, 유선문학은 단순한 현실에 대한 부정, 현실에 대한 도피는 아니다. 꿈꾸기가 사실임을 믿도록 하는 서문의 장치를 통해 환상의 공간을 현실 속으로 끌어들였다. 그럼으로써 그의 환상은 현실과 긴밀한 긴장 관계를 이루어냈으며 현실에 대해 성찰, 탐색할 긴밀한 긴장 관계를 이루어냈으며, 현실에 대해 성찰, 탐색할 수 있는 발판을 만들어주었다. 환상체험을 통해 현재와의 단절을 꾀한 것이 아니라 현실을 강화하고 현실 삶의 고통과 불안을 무의식적으로 덜게 하는 효과를 가져다준 것이다. 샤르트르는 환상성은 인간적인 것을 초월하려는 인간의 힘을 보여주었다고 하였다. 강민경, 『유선문학과 환상의 전통』, 한국학술정보, 2007, 22~25쪽.

29 이원진(김찬흡 외 역), 앞의 책, 31쪽.

은 산의 모양을 토대로 이름을 삼았다. 즉, 한라산은 '한라'라는 이름뿐만 아니라 '두믜오롬', '두리메', '가메오롬' 등의 많은 이름들을 가지고 있다. 각각의 한라산 형세의 특징을 언급하며, 한라산의 명칭을 만들었다고 전한다. 이는 모두 각각 나름의 타당성을 내포하고 있다. 더불어 한라산의 형세는 하늘에 닿을 만큼 높고, 산세가 대단하다고 하여 그 장엄한 풍경을 묘사한다. 그러한 경관으로 인해 한라산의 기이함을 드러내고 있다. 이 기이함은 산봉우리에 있는 못을 통해 드러난다. 보통의 산봉우리들은 대체적으로 우뚝 솟아 있다. 그러나 한라산의 경우는 작은 우물이 아닌 지름이 수백 보나 되는 거대한 곳이 있다. 이렇듯 기이한 광경은 이에 그치지 않고, 신선이 등장하면 나타나는 구름과 안개도 같이 언급되어 신비함을 더하고 있다. 이러한 구절들은 한라산 백록담이 신선세계임을 드러내고 있다. 이 뿐만 아니라 다른 지리지(地理志)에서도 한라산이 신성한 곳임을 나타내고 있다.

> 김정의 『제주풍토록』에, '한라산 정상에서 남극의 노인성을 굽어본다'라는 주석에 이르기를, "오직 한라산과 중국의 남악에서만 이 별을 볼 수 있다"고 하였다.

한라산의 빼어난 경관을 묘사한 장면이다. 한라산의 경관은 기이한 신선 세계를 의미한다. 〈탐라별곡〉에서는 한라산의 모습은 천하에 이름 있는 것처럼 빼어난 경관을 자랑하고 있으며, 더불어 영주라 불리는 제주는 기이한 곳이라고도 형상화하였다. 또한, 제주의 한라산을 삼신산의 하나로 표현하고 있으며, '노인성 밝은 광채'는 '수역

(壽域)'을 나타내고 있다. '수역'은 다른 곳에 비해 장수하는 사람이 많이 사는 고장을 나타내기 때문에 '노인성'은 나이가 많이 든 별을 의미하며, 이는 곧 신선 세계와 연결된다. 설명에 따르면, 노인성을 볼 수 있는 곳은 한라산과 중국의 남악뿐이라 한다. 중국 남악은 중국 5악 중의 하나로 형산이라 부르며, 남방에서 가장 높은 산으로 알려져 있다. '높다'는 의미는 하늘과 맞닿아 신이 왕래할 수 있는 신성한 곳임을 가리킨다. 따라서 한라산 역시 형산과 마찬가지로 신성한 곳이라는 것을 알 수 있다.

> 새벽 참에 떠나 40리를 가니 해가 뜰 무렵 한라산 기슭에 도착하였다. 일대가 비단을 펼친 듯 눈에 들어오니 눈이 부시다. 휘장 같기도 하고 치마 같기도 하다. 모두 벌리어 펼쳐진 것이 다 영산홍으로 붉은 꽃이 곱게 만발하였다. 사이에 소나무와 대숲과 향기로운 풀이 연한 녹색을 이루니 이 때문에 처음부터 흥취가 났다. 보교를 버리고 말을 타고 숲속으로 들어갔다. 굽이굽이 흐르는 계곡에는 푸른 풀 더미가 귀엽고 잡목은 하늘을 가리웠다. 이들이 모여서 우산과 같이 덮여 있다. 신선 땅의 화초인 구슬꽃과 구슬 풀이 더부룩이 솟아올라 푸르다. 기괴한 새와 이상한 벌레가 어우러져 험한 바위 깊숙한 곳에서 울어대는데 늙은 산쟁이도 이름을 알지 못하였다. 때때로 인적이 미치지 못한 언덕으로 눈이 갔는데 옆으로 퍼진 소나무와 가는 잔디가 산뜻하고 깨끗하며 그윽하고 고요하다. 마치 신선이 모자를 쓰고 도복을 입고서 은근히 한가롭게 노니는 듯하다. 참으로 진나라 한나라 두 천자로 하여금 이를 보게 한다면 거의 애나게 바라지 않았을까 싶다. 절벽을 안고 등나무 줄기를 거머쥐어 오르는데 좁은 길이 역시 아늑하였다. 옷자락을 걷어 올리고 두건을 벗어 머리를 드러내고 등을 구부려서 안장을 붙잡고 거의 10여리를 가니 비로소 하늘과 해를 볼 수 있었다. 이곳이 무릇 산허리이다.[30]

『남환박물(南宦博物)』에서 한라산 산행을 드러낸 부분으로, 이 글 역시 한라산의 신성함을 엿볼 수 있다. 작가는 얼마 남지 않은 벼슬살이에 급작스레 한라산으로 떠나기를 결심하고 새벽에 출발한다. 그리고 40리 떨어진 곳에 이르러서야 한라산 기슭에 도착하게 된다. 처음 본 한라산 입구의 풍경은 마치 비단이 펼쳐진 듯한 광경에 눈이 부시다고 한다. 작품에서 언급하고 있지만, 한라산은 매우 아름답고 신성한 곳으로 묘사되고 있다. 첫 부분에 드러난 영산홍이라는 붉은 꽃이 핀 것으로 봄임을 짐작할 수 있고, 게다가 풀과 나무가 마치 우산을 편 듯하다고 하니 울창한 자연을 드러냈다고 볼 수 있다. 다음 구절 역시 신선의 땅에서만 핀다는 꽃과 풀로 그곳이 바로 신선 세계임을 말해주고 있다. 새와 벌레 또한 기괴하고 이상하다고 표현하였다. 게다가 다음 구절에 보이는 "늙은 산쟁이도 이름을 알지 못한다"고 한 것은 연륜이 있고 세상의 이치를 모르지 않는 사람인 그도 알지 못하는 이름이 있음을 의미한다. 즉, 이는 지식에서 벗어나 한라산이 바로 세상에 없는 생물체가 존재하는 신성하고도 신비로운 것임을 강조한 것이다. 신선이 금방이라도 나올 듯한 아름다운 경관에 진한의 두 천자가 애타게 바랐던, 만족할 만한 곳이 바로 이곳이었음을 나타냈다. 높고 험준한 산행의 모습에서도 한라산이 인적 드문 신성한 곳임을 짐작케 한다. 마지막 부분에서는 시적 화자가 옷자락을 걷고, 두건을 벗어 머리를 드러내는 모습을 통해 본인 스스로 관념적, 의식적 행동에서 벗어나 자유로움으로 신선을 흉내내고 있음을 그린 것이다.

---

30 이형상(이상규 외 역), 50~51쪽.

> 내 일찍이 한라산이 바다 한가운데 있다는 말을 듣고서 한번 올라봄이 소원이었고 장차 평생의 유람을 하려는 뜻을 품었으나 이루지 못하였다. (중략) "세상에서 소위 영주라고 일컫는 것이 바로 저 산이다. 신선이 산다는 삼신산 가운데 하나인데 어찌 이름과 실제가 서로 부합하지 않는 것일까?" (중략) 신선이 사는 땅은 만나기가 어렵고 사람의 일은 어그러지기 쉽다 했습니다. (중략) 골짜기 안에는 흰 사슴이 있는데 영주초 먹기를 좋아합니다. 이따금 사람들이 그 광경을 볼 수 있으니 이곳이야말로 정말 신선이 사는 땅입니다. (중략) 표연히 세상을 버리고 홀로이 서서 몸에 날개가 돋아 신선이 되어 날아오르는 기분을 차마 말이나 글로 그려낼 수 없음이여. 지난날 마음 속에 가졌던 의혹들이 말끔히 풀리면서 그 실상이 이렇듯 있으므로 마땅히 명성이 있음을 비로소 믿게 되었다. (중략) 우리 일행은 모두 속세의 인간들인데 신선의 땅에 들어와 수성을 바라보았소, 인간의 껍데기를 벗어던지고 삼생의 빚을 보상 받았는지 가슴속에 품은 생각이 상쾌하게 활짝 트이는구려, 참으로 가슴이 그지없이 넓어져 신선 놀이가 꿈속에서만 이루지 아니하였을 뿐이니 얻은 바가 어찌 크다고 하지 않으리오.

김치(金緻)의 「유한라산기(遊漢拏山記)」에 드러난 신선 세계의 모습을 살펴보았다. 제주의 환상적 모습을 드러낸 구절만을 뽑으니 위와 같았다. 한라산은 바다 한 가운데 있다고 하고, 이 산은 신선이 산다는 삼신산 가운데 하나라고 언급하고 있다. 또한, 제주는 '영주'라고도 불렀다. 작가는 제주에 있는 한라산을 직접 올라가 보는 것이 소원이라고 했으며, 이 글은 겨우 한라산에 가게 된 상황을 묘사한 것이다. 즉, 바닷길로 인해 제주에 가기 어려운 상황은 "신선이 사는 땅은 만나기 어렵고, 사람의 일은 어그러지기 쉽다"고 하여 쉽게 만날 수 없는 신선이 사는 특별한 땅임을 강조한다. 또한, 작가는 한라산에 오른 자신의 감정을 신선이 사는 땅인 만큼 자신 또한 신선이 된 기분을 느껴 날아오를 듯하다고 묘사하고 있다. 작가는 "신선 놀이가 꿈에서만 이루어진 것이 아니다"고 하여 한라산이 신선 세계임을 드러낸 것이다. 또한, 작가는 한라산의 신선 세계가 마치 자신의 세계인 것 마냥 즐거움을 감추지 못하는 상황을 연출한 것이다.

〈탐라별곡〉에 드러난 신선 세계의 모습은 취병담을 거쳐 영구에 올라 구경한 후의 경치를 묘사한 부분에서 엿볼 수 있다. 곧 이러한 경치는 신선 세계를 의미한다. 이는 현실을 신선 세계라 비유한 부분이기도 하다. 적송자, 안기생 등의 도교적인 인물을 거론하여 신선 세계의 향취를 더욱 느끼게 하고 있다. '유상곡수(流觴曲水)'는 삼월 삼짇날 곡수(曲水)에 술잔을 띄우고 자기 앞에 떠내려 오기 전까지 시를 지어야 하는 놀이다. 그곳에서 함께 노는 기녀들과 그녀들의 피리소리는 신선들의 풍악에 화답한다고 제시한다. 하늘 높이 부는 바람에 노는 생학(笙鶴)은 신선들이 올라타는 선학(仙鶴)을 의미한다. 또한, 순역을 마친 상황에서 드러나는 '경루옥우(璟樓玉宇)'는 선경(仙境)의 모습으로 달 속에 있는 궁전을 말한다. 이상향이라고 볼 수 있을 것이다. 어렴풋이 보이는 저 머나먼 곳에서 임금을 만나 외로운 몸, 숨은 근심 등을 통해 자신의 상황을 전하고자 한다. 또한, 그는 제주 백성들의 어려운 생활상을 임금께 세세히 알리고자 한다. 이는 구제 대책을 마련하고자 하는 의지를 엿볼 수 있는 부분이기도 하다.

작품에 표현된 환상 세계는 신선 세계를 가리킨다. 이는 현실의 일탈 수단으로 활용되었으며, 이들에게 선계는 현실의 고통이나 억압이 없는, 인간의 욕망을 자유롭게 펼칠 수 있는 공간이었다. 즉, 이러한 공간은 유토피아이자 환상 세계를 의미하는 것이다.

4) 안과 밖의 변증적 성격

제주 사람이 바다를 경계로 하여 닫힌 공간이라 인식하게 된 이유는 제주 기층문화의 영향도 크지만, 그보다 더 큰 이유는 바다를 통해서 겪었던 제주 사람의 고통스러운 역사적 체험 때문이다.[31] 앞에서도 언급했지만, 제주는 소외된 공간으로 하층민의 공간으로 언급할 수밖에 없다. 이러한 경향은 제주 사람들이 갖는 그들의 공간을 '닫힌 공간'으로 인식할 수밖에 없었던 이유이기도 하다. 제주 사람들에게 '닫힌 공간'이라는 의미는 안과 밖이라는 분명한 분리를 갖게 했고, 이 분리로 안과 밖의 변증을 드러냈다고 볼 수 있다. 즉, 안과 밖은 분단(分斷)의 변증법을 이루고, 이 변증법의 명백한 기하학적인 성격 때문에 우리들은 그것을 메타포의 영역에서 작용시킬 때, 대뜸 사태의 진상에 맹목이 된다.[32] 안과 밖은 둘다 언제나, 서로 도치되고 서로의 적의를 교환할 준비가 되어 있다. 만약 어떤 안과 밖 사이에 경계가 되는 면이 있다면, 그 경계면은 양쪽으로 고통스러울 것이다.[33]

안과 밖은 바라보는 입장에 따라 안이 될 수도 있고, 때로는 밖이 될 수도 있다. 즉, 안은 밖이 될 수도 있고, 밖은 안이 될 수도 있다는 의미이다. 주체와 대상의 관계가 성립됨에 따라 안과 밖의 기능은 모순적으로 작용될 수 있다. 즉, 이러한 모순적인 배경에는 주체와 대상의 차이가 내포되어 있다. 주체였을 때 그곳은 안이 되고, 대상이었을 때 그곳은 밖이 된다. 이러한 안과 밖은 이분법적 관점에서 발생

---

31 현길언, 『제주문화론』, 탐라목석원, 2001, 52쪽.

32 가스통 바슐라르(곽광수 역), 『공간의 시학』, 동문선, 2003, 355~356쪽.

33 위의 책, 363쪽.

하게 되고, 이 이분법적 관계는 다시 계층적 분류로도 나눌 수 있다. 따라서 이러한 안과 밖의 형성은 서로 대립되는 두 항에 토대를 둔 것으로 어떤 면에 중점을 두고 설명해야 하는지 따져보아야 할 것이다. 제주를 살펴볼 때, 안과 밖의 사이에는 '바다'라는 경계가 존재한다. 그 바다는 조선시대 인간의 힘만으로는 건너올 수 없는 아득한 곳이었고, 바다 너머에 바로 '제주'가 있었던 것이다.

> 제주 구역은 저절로 구별되고 풍토가 유달리 특수하다. 관습과 내려오는 풍속은 번번하게 사람을 놀라게 한다. 특히 염라대왕의 넋으로 외지 문물을 펼치니, 점차 그것에 젖고 판도의 안에 붙여 苞茅를 제공하게 하였다. 잠시 가장 두드러진 것을 말하면 다음과 같다.[34]

> (탐라는) 전라도 지역에 속하나, 따로 떨어져 있다. – 우리 동방의 기미와 더불어 땅을 달리하니, 마땅히 풍토가 저절로 다른 것이로다. 산천의 형국은 육지와 크게 다르다. 표면 지세는 평평히 구부러져 전부 산기슭과 등성마루가 없다. 아득하게 음사가 깔리고, 그 사이에 언덕과 골짜기가 형성되었으니, 그것을 늘 오롬이라 칭한다. 산봉우리는 뾰족한 것이 없고 꼭대기는 고인 못이 많으니 평지가 솟아 올라 산이 된 것 같다.[35]

위는『남환박물』의 글로, 제주의 모습을 잘 드러내고 있다. 제주의 지형적 특성, 관습과 풍속 등이 여느 지역과 어떻게 다른지를 언급하고 있다. '나누어 다르다'는 의미는 차이를 나타낸다. 이 차이는 바다라는 경계에 의해 형성되었고, 그 경계로 인해 다른 문화가 형성된

---

34 이형상(이상규 외 역), 〈誌俗〉, 위의 책, 103쪽.

35 위의 책, 48쪽.

차이를 드러낸다. 즉, 구별됨은 관습이나 풍속이 사람을 놀라게 할 만큼의 특이성을 보이고 있음을 짐작케 한다. 이는 곧 외지 문물의 수용과도 연관이 있어 보인다. 이러한 제주의 지역적 특징은 토착문화에서만 이루어진 것이 아니라는 점을 드러내면서 육지의 어느 지역에서조차 볼 수 없는 특이한 것임을 알게 해 준다. 이는 곧 바다의 경계로 인해 달라진 문화적 차이뿐만 아니라 문물 수용에 대한 차이도 드러낸다고 볼 수 있다. 그러다 보니 백성들은 스스로 다른 지역과의 차이를 발견할 수 있게 되나, 사대부들은 이 모습을 소외로 만들어 그들 나름의 독특한 문화를 소외의 문화로까지 변형시켜 버리게 된 것이다.

> 제주 섬은 먼 바다 밖에 있어서, 갈라 놓은 지역이 본디부터 남다르고 특별하고 풍토도 매우 달라서 백성들 습속이 낯설고 어긋나서 부끄러워할 만합니다. 특별히 임금님 은총이 밖으로 뻗어 나와 문물이 점점 젖어 들고 있습니다. 판도가 한 나라 안으로가 들어가 붙어서 넉넉하게 세공합니다만, 땅 넓이가 지극히 작고 태어나는 백성이 많지 않습니다. 농사짓는 땅은 놀리는 것과 경작하는 것을 모두 합하여 3천 2백 목에 미치지 못하며, 인구는 3읍을 합쳐도 겨우 9천 2백호입니다.[36]

밖(사대부층, 육지)이 보는 안(제주백성, 섬)의 모습이다. 지형적, 지리적인 특징을 드러내고 있는 구절이기도 하다. 제주를 '섬'이라고 표현하여 섬과 육지의 대립관계를 드러냈고, 먼 바다라는 경계를 나타냈다. 또한, '갈라 놓은 지역'이라 하여 바다를 통해 경계지어 구분한

36 위의 책, 155쪽.

다는 개념을 내포하고 있다. 더불어 제주를 남다르고 특별하며 풍토가 매우 다르다는 구절을 통해 지형적, 지리적 차이로 인한 구별을 나타냈다. 이런 구조는 대립의 관계로 안과 밖의 경계를 드러내면서 지형적, 지리적, 문화적 차이를 강조하는 구문이라고 볼 수 있을 것이다.

구분	주체	대상
계층	사대부층/ 정언유	평민층/ 제주백성
인물	외부인	내부인
공간	육지	섬
세계	현실	이상
경계(바다)	밖	안

이 표는 전체적으로 제주의 특색을 드러낸 것이다. 주체와 대상의 관계를 들어서 계층, 인물, 공간, 세계, 경계 등을 구분하여 표를 작성하였다. 이 글의 주체는 사대부층인 정언유이고, 대상은 평민층인 제주 백성이다. 이 글은 사대부인 정언유에 의해 창작되었고, 제주 백성들이 대상이 되어 창작된 것이기 때문에 주체와 대상은 이와 같이 나눌 수 있다. 그러나 〈탐라별곡〉에서는 주체와 대상의 대립적 관계에서 뿐만 아니라 주체의 입장에서 드러나는 대립되는 구도를 보이는 부분이 있다. 즉, 사대부의 목민관으로서의 모습과 사대부의 여흥, 흥취의 모습으로 서로 변증적 관계에 놓여 있다고 볼 수 있다.

사대부층이 주체가 된다면, 제주 백성들은 주체와 대조되는 '대상'이 된다. 여기서 지칭하는 관리는 중앙의 임무를 맡아하는 관리들 즉, 사대부층을 말한다. 그 관리들이 다스리는 제주는 관리들에게는 천하 없이 좋은 곳이다. 중앙의 제도가 미치지 않는 먼 곳에 위치하고 있을 뿐만 아니라 그곳의 관리들은 안하무인격으로 그곳의 백성들에게 절대 군주가 되기 때문이다. 그러나 그 대부분의 관리들은 제주에 좌천되어 오는 경우가 많기 때문에 승진의 기회를 박탈당하게 되고, 또한 왕따가 되는 경우가 허다하다. 그러므로 그런 '대상'들은 주체가 사는 세상을 부조리하게 만들어 버린다. 그런 문제들로 '주체'뿐만 아니라 다른 '대상'에 이르기까지 많은 사람들을 매우 어려운 상황에 빠지게 한다. 따라서 대부분 중앙에서부터 온 관리들은 백성들에게 선정(善政)을 베푸는 경우가 매우 드물었던 것이다.

5. 맺음말

18세기 가사작품이 많이 창작된 이유는 사대부층에 있다. 18~19세기는 가사작품의 전성기로, 많은 작품들이 창작되고 전승된 시기이기도 하다. 대부분의 사대부층은 가사작품을 창작하기보다는 한문으로 글을 남기는 경우가 대부분이었다. 그러나 가사문학의 발달로 인해 사대부층에서도 가사작품을 많이 창작하게 되었다. 즉, 향촌사족들은 물론이거니와 많은 경화사족들에 이르기까지 많은 사대부층은 가사작품들을 창작하게 되었다. 그러나 사대부층이 모두 창작에 가담한 것은 아니다. 대체적으로 경화사족들보다는 향촌사족들이 더 많은 작품을 남겼고, 이러한 현상은 소외된 문학적 특성을 고려해 볼 수 있을 것이다.

그러나 왜 하필 〈탐라별곡〉이 가사라는 표현방식을 사용하여 창작되었을까 하는 문제다. 작가 정언유는 사대부층으로 제주 백성들의 생활상을 가사작품으로 설명하고 있는지 궁금하지 않을 수 없다. 정언유는 가사작품을 통해 대외적으로 제주의 아름다운 자연환경과 동시에 어려운 제주의 생활상을 널리 알리고자 했던 듯하다. 왜냐하면 목민관으로 제주의 어려운 실상을 알려 제주 백성들이 더 풍족한 삶을 살 수 있도록 영위하고자 했던 이유라고 볼 수 있다. 그러므로 〈탐라별곡〉는 작가인 정언유가 제주 목사로 부임하여 그 기행적인 요소를 토대로 글을 적고 있지만, 기행가사라고 볼 수 없는 이유는 바로 여기에 있다고 보아야 할 것이다.

또한, 제주 백성들을 위한 것이 아닌 제주로 오는 관리들을 위한 노래라고 단정 지어 말할 수 있을 것이다. 이렇듯 〈탐라별곡〉은 기행적 요소를 드러내고 있지만, 결코 기행가사도 아니고, 유배문학도 교훈가사도 아니다. 단지 이 작품은 제주의 상황을 살피고, 백성들의 편안한 생활을 위하여 목민관으로서의 마음으로 읊은 풍정 및 서정가사라고 볼 수 있는 것이다. 즉, 제주의 가난한 생활을 토대로 하여 지역적, 지형적, 문화적 특성까지 고려하여 선정을 베풀어야 하는 다음 관리를 위한 백성들의 지침서라고 보아야 한다. 이러한 글의 목적을 토대로 작품에 드러난 제주의 문화적 특징을 세 가지로 언급하였다. 그 첫 번째가 아담하고 특이한 제주의 역사, 지리, 자연환경과 관련된 부분이다. 두 번째는 간난(艱難)한 제주 백성이며, 세 번째는 독특하고 풍요로운 제주 풍속이다. 논자는 이 세 가지의 특징들을 바탕으로 제주 문화를 엿볼 수 있는 틀을 마련하고자 하였고 지리적, 지형적인 특성과 더불어 문화지리적인 현상들을 살펴보고자 하였다.

제4부

해양문화권역으로서의 제주와 제주인

주강현 • '탐라'와 '제주'의 해양문명사적 성찰

허남춘 • 제주 신화 속의 해양문화

김나영 • 조선후기 제주인의 고표(故漂) 양상에 대한 고찰

한창훈 • 『탐라문견록』에 나타난 제주인의 동아시아 인식과 그 의미

‘탐라’와 ‘제주’의 해양문명사적 성찰

주강현

1. 제주 해양사연구의 몇 가지 한계와 그 전제 조건

‘탐라’와 ‘제주’는 자주 혼용·혼효되고 있다. 그러나 두 명칭을 굳이 병용함으로써, ‘탐라시대’와 ‘제주시대’의 장기지속 관점이란 논지를 마련하면서, 동시에 그 명칭에 담겨진 차별성을 인식할 수 있을 것이다. 역사적으로 ‘탐라’와 ‘제주’ 명칭은 시대를 달리하면서도 계기적 연속성을 지녔기 때문이다. 탐라에서 제주로 이어지는 장기간의 역사를 전체사로 이해하자면 통시적이고 구조적인 분석틀에 기초할 수밖에 없을 것이다. 그러나 역사를 전체사로 이해하려는 노력은 그 선의에도 불구하고 왕왕 도식화에 빠질 수 있는 우려도 배제할 수 없다. 또한 매개 시기의 정치한 분석이 이루어질 수 없다는 한계도 지닌다. 그러한 점을 감안하는 조건 속에서, 본 연구는 통시적·구조적 분석을 통하여 탐라와 제주사를 해양문명사적으로 성찰하는 하나의 계기를 만들고자 한다.

페르낭 브로델은 ‘지중해의 유구한 역사를 곁에서 지켜본 최고의 목격자는 바로 지중해일 것이다.누구도 이런 사실을 부인하지 못할 것이기 때문에 우리는 지중해를 보고 또 보아야만 한다'고 하였다. 그는 또한 '우리가 문명이라고 부르는 것들을 이어주는 것은 언제나 바다였다'고 덧붙였다.[1] 그 표현을 제주바다에 그대로 비유한다면, '제주도의 유구한 역사를 곁에서 지켜본 최고의 목격자는 바로 제주바다일 것이다'로 직설적 번역이 가능할 것이다. 바다는 '위대한 어머니'이다.[2] 어머니는 그 후손들이 살아가는 역사와 현장을 지켜볼 뿐이다. 그러나 바다의 역사는 대체로 유사무서(有史無書)이기 때문에 그야말로 '바다의 침묵'만이 지속될 뿐이다. '제주바당'을 바라보면서, 육지중심이 아닌 해양문명사적 성찰이 필요한 이유이다.

해군전략가 마샬이 해양력이 역사에 미친 영향력을 판단하면서, '역사가는 대체로 바다의 사정에 어둡다. 왜냐하면 그들은 바다의 영향에 관해 특별한 관심이나 지식도 가지고 있지 않기 때문이다. 따라서 그들은 해양력(maritime strength)이 여러 중요한 문제에 대해 결정적이고 심오한 영향을 주었다는 사실을 가볍게 보아 넘겨왔다'고 서술한 대목을 주목할 필요가 있다.[3] 실제로 탐라 및 제주연구사는 섬연구임에도 불구하고 해양력이라는 관점이 무시되거나 간과되어온 실정이다. 마셜의 주장은 적어도 제주도연구에서는 여전히 유효하다.

---

1 Fernand Braudel, *LES-MEMORIES DE LA MEDITERRANEE*, Paris, 1998(강주헌 역, 『지중해의 기억』, 한길사, 2006, 37쪽).

2 Rachel Carson, *The Sea Around Us*, 1951(이충호 역, 『우리를 둘러싼 바다』, 양철북, 2003, 25쪽).

3 Alfred Thayer Mahan, *The Influence of Sea Power upon History 1660-1783*, Little, Brown and Company, 1932.

지금까지의 연구사를 총괄해볼 때, '탐라'라는 섬의 역사는 아직 미궁(迷宮)이다. 해양문명사를 거론함에 있어 지중해식 모델을 자주 이론틀로 제시하지만, 동아시아 해양문명사에는 그다지 적합한 이론틀도 아니다. 문명과 문명의 십자로가 존재한 지중해적 상황과 달리 탐라는 다른 입장을 보여주기 때문이다. 굳이 지중해와 비교한다면, 문명의 교차와 교섭관계 총량에서 탐라는 변방적 위치다. 변방이라는 표현은 고립무원이라는 뜻은 아니다. 최소 1000km이상 격리된 폴리네시아조차도 해양을 통한 교섭이 부단없이 이루어졌기에 고립무원적인 섬은 인류 역사상 거의 존재하지 않기 때문이다. 그러나 탐라의 해양사 자료가 제한적이며 역사적 실체보다 밝혀진 것이 훨씬 작다. 따라서 육지중심사관에서 해양문명사관으로의 전환을 통하여 탐라 및 제주를 재구성할 수 있으며, 이는 진정한 의미에서의 탐라 및 제주사에 관한 복원을 의미할 것이다. 해양문명사적 성찰이 제대로 이루어지지 않는 것은 제주만의 특수 사정이 아니며 한국사 전반의 한계와 궤를 같이한다. 한국사 자체가 육지중심의 사관에서 벗어난 적이 없기 때문이다. 따라서, 본 연구는 다음의 몇 가지 관점을 갖고 이루어진다.

첫째, 당연한 주장이지만 섬은 본질적으로 '섬'이라는 관점에서 출발해야한다는 점이다. 문헌에 따라 섭라(涉羅), 탐모라(耽牟羅), 담라(儋羅), 탁라(托羅) 등으로 불렸는데 역시 탐라가 널리 호칭되었음을 익히 알려져 있다. 탐라라는 말 자체도 섬나라라는 뜻이었다.[4] 어떤 섬

---

4 한치윤, 『海東歷史』. "『후위서』에 섭라라 칭하였고, 『수서』에서는 담모라라 칭하였으며, 『당서』에서는 담라라 칭하였다. 또 탐부라, 탁라라 칭하였는데, 이는 모두 한 나라

의 역사도 '관계'의 역사이다. 섬은 대응하는 항포구와 항포구가 네트워크하면서 존립이 가능하다. 무엇보다 고대 탐라의 위상을 되돌아볼 필요가 있다. 백제 문주왕(文周王)에게 탐라국에서 방물을 받친 기록이 있다(476년).[5] 그러나 불과 20여년도 채 안되어 탐라에서 공부(貢賦)를 이행하지 않으므로 동성왕(東城王)이 친히 정발하여 무진주에 이르렀으나 탐라에서 사신을 보내어 죄를 청하므로 그만두었다(498년).[6] 방물을 받치기도 했지만 공부를 제대로 이행하지 않을 정도로 독립적이었다는 반증이다. 그랬던 탐라가 고구려 문자명왕(文咨明王) 시대에는(503년) '섭라가 백제에 병합되었다'고 하였다.[7] 신라 문무왕(文武王) 시대에는(662년) 백제 속국으로 있던 탐라가 신라에 와서 항복하여 속국이 되었다고 하였다. 그런데 같은 기사 665년에 유인궤가 신라 사신과 백제, 탐라, 왜인의 네 나라 사신을 데리고 서쪽으로 돌아간 기록이 나오는 것으로 미루어보다 탐라의 상대적 독립성은 여전했던 것으로 여겨진다.[8] 문무왕이 679년에 사신을 보내어 탐라국을 다시금 경략(經略)한 것이라거나 애장왕(哀莊王) 시대에 탐라국에서 사신을 보내어 조공하게 한 기록이 다시 등장한다(801년).[9] 이들 기사를 보면 탐라는 끊임없이 한반도를 오가고 있었다. 배를 띄우고 항해를 완수할 수 있는 일정한 노하우가 없이는 불가능한 일이었다.

이다. 우리나라의 방언에 도(島)를 섬(剡)이라 하고 국을 나라(羅羅)라고 하는데, '耽, 涉, 儋' 세 음은 모두 섬과 음이 비슷하니, 대개 섬나라를 이르는 것이다."

5 『三國史記』 百濟本紀 文周王條.

6 『三國史記』 百濟本紀 東城王條.

7 『三國史記』 高句麗本紀 文咨明王條.

8 『三國史記』 新羅本紀 文武王條.

9 『三國史記』 新羅本紀 哀莊王條.

신라는 황룡사9층탑을 세워 이웃나라가 침범하는 재앙을 진압하려 하였다. 각 층별로 담담국가가 정해졌다. 1층은 일본, 2층은 중국, 3층은 오월, 4층은 탁라, 그 밖에 말갈, 거란, 여진, 예맥 등을 진압하고자 했다. 『삼국유사』의 기록으로 보건대, 탐라가 신라를 위협할 대상으로 간주되었음을 알 수 있다. 변방 오지의 섬에서 해양력이 없다면 침범할 재간도 없었을 것이고, 신라를 위협하는 대상에 일본, 중국, 오월 다음으로 손꼽힐 수도 없었을 것이다. 육지의 삼국과 저항을 하건, 조공을 받치건, 탐라가 그럴만한 해양력을 갖추고 있었기에 가능한 일이었다.

탐라 관련 고대문헌은 위와 같이 백제, 신라, 고구려와의 관련 속에서 주어지고 있을 뿐, 탐라의 주체적인 면모를 보여주지 못하는 제한성을 지닌다. 탐라의 해양력은 알려지거나 깊게 연구된 것이 거의 없는 실정이다. 더군다나 기록 이전 시대의 실체는 고고학적 자료에 기댈 수밖에 없다. 제주시 삼양동에는 기원전 3세기에 최초로 형성된 대규모 마을유적이 있다. 이 마을유적은 송국리 주거문화가 남하하는 과정에서 형성된 한국 청동기후기 마지막 단계의 대단위 취락유적으로 간주된다. 남으로 남으로 내려오가다 끝내 제주도에 정착한 것이리라. 마을유적 안에는 크고 작은 움집, 창고, 저장공, 토기가마, 조리장소 뿐만 아니라 마을공간을 구획한 경계석축과 배수로, 그리고 폐기장, 패총, 고인돌이 자리잡았다. 이 마을은 불평등한 계급사회를 반영하여 신분에 따른 거주지 배치가 달랐으며, 탐라국 형성기(B.C.200~A.D.200)의 사회모습을 보여준다. 『삼국지』위서 동이전 한조(韓條)에 등장하는, '배를 타고 왕래하며 한(韓)에서 물건을 사고 판다'는 기록을 소급 적용할 수 있는 마을유적이다. 기원전 200년 경에 제주시 한천변의 용담동유적, 외도천변의 외도동유적과 함께 가장 번창했던 3대 고대마을 중 하나로 탐라소국으로 가는 열쇄를 제공하는 읍락(邑落)이다.

이원진은 『탐라지(耽羅志)』에서, "처음에 고을나 양을나 부을나라는 형제 삼인이 그 땅에 나누어 살았는데, 그 거주하는 곳을 도(徒)"라고 하였다. 오늘날 일도동, 이도동, 삼도동 명칭에 그 '도(徒)'를 남기고 있는 중이다. 그러나 항포구가 존재했다면, 이에 대응하는 상대편 항포구가 존재하기 마련이다. 탐라국과 연결되던 한반도 본토 및 중국, 일본과의 항해 루트는 지금까지의 연구성과로는 불분명하다. 육지로부터 대거 제주도로 이입된 신진세력들의 항해 루트에 대한 연구도 일천한 단계이다. 항해 루트란 막연하게 오늘의 입장에서 그려서 되는 것이 아니다. 항해루트가 존재해야할 경제적 요구와 정치적 관계 등 제 요소가 복합적으로 수반되어야하기 때문이다. 당대 탐라의 인구와 섬의 인구압, 외래 이주민 등에 관한 연구도 아직 이루어지지 못한 상태이다. 당대 탐라로의 항해루트를 그려낼 때 고려해야할 변수들이다. '탐라인들의 해상활동은 상상을 초월한다'는 식의 상상은 충분히 가능하지만,[10] 그 상상을 담보할 구체적 자료들이 입증되어야할 과제가 남겨져있다.

둘째, 탐라의 해양력에 관한 실체이다. 탐라의 해양력도 구체적으로 밝혀진 것이 드물다.『삼국유사』『삼국사기』와 동급의 『탐라국기』가 남아있지 않은 상태에서 '잃어버린 왕국'이 되어버렸기 때문이다. 그러나 여러 기사에서 탐라의 조선술과 항해술을 입증할 수 있다.

---

10 고용희, 『바다에서 본 탐라의 역사』, 도서출판 각, 2006, 45쪽.

기사에서는 조선술이나 항해술이 일체 등장하지 않고 있으나 탐라의 해양력이 일정 수준이었음을 암시하고 있다. 그러나 아직까지는 탐라시대의 고선박 등이 고고학적 자료에서 확인되지 않고 있다.

고려 현종3년에 탐라사람들이 와서 큰 배 두 척을 바쳤다.[11] 큰 배를 진상할 정도라면 일정한 조선술을 갖추고 있다는 뜻이다. 정종 12년(1058)에는 '백성들이 고기잡이와 배 타는 것으로 생계를 유지한다'고 하였다.[12] 문종 12년(1260) 기사에, "제주는 해외의 큰 진[巨鎭]이며 송나라 상인들과 왜인들이 일정한 때 없이 왕래하는 곳이니 특별히 방호별감을 파견하여 비상사태에 대처해야한다"고 하였다.[13] 그 밖에도 다양한 기사에서 탐라의 해양력이 확인된다.

- 충렬왕 6년(1280). 배 3천척을 짓는데 탐라에 조칙을 내려 재목을 징발하여 보급케 하였다.
- 충렬왕 7년(1281). 조칙을 내려 탐라에서 새로 만든 배를 홍다구에 주어 출정케 하였다.
- 충렬왕 11년(1285) 여름. 탐라에서 일본 정벌을 위해 만든 배 1백척을 고려에 하사하였다.

『탐라순력도』「한라장촉」(漢拏壯矚, 1720)에는 제주도는 물론이고 남해안 일대, 중국의 영파·소주·양주·산동, 일본과 유구, 심지어 베트남·말레이반도·태국이 명기되었다. 제수인의 세계에 대한 이해력

11 『高麗史』顯宗 3년 8월 壬寅.
12 『高麗史』靖宗 12년 8월 乙巳.
13 『高麗史』元宗 원년 2월 更子.

을 잘 보여준다. 그러나 200여년에 걸친 출륙금지령으로 인하여 제주의 해양력이 극도로 억제되고 조선술 자체가 소멸되어갔다. 이와 같이 탐라 및 제주의 해양력은 장기지속적인 단절과 억압이라는 시기를 고려하지 않으면 안 된다. 중간단계가 사라진 상태에서 역사적 복원력을 시도하지 않으면 본래의 해양력 규명이 쉽지 않은 상태이다.

셋째, 육지에 딸린 섬인가, 주체적인 섬인가라는 근본적인 질문이다. 문헌기록상으로는 대체로 육지에 딸린 섬, 즉 육지와 교섭관계에 초점이 맞추어진다. 700여년 전 인물인 고려의 이제현(1287~1367)은 생의 의욕을 상실한 탐라 농민들이 농사는 손들고 육지에서 들어오는 배나 바라보면서 산다는 내용의 시 '望北風船子'를 이렇게 자평하였다.

> 탐라는 땅이 좁고 백성은 가난하다. 지난날에는 전라도 장사꾼이 와서 옹기와 나락쌀을 팔아주었는데, 이제는 팔러오는 이가 드물었다. 지금은 관이나 개인이 기르는 우마가 들판을 덮었으니 밭갈이를 하지 않고, 오고가는 벼슬아치들만 베틀의 북처럼 잦아, 대접하기에 골몰하게 되니, 그것은 탐라백성의 불행이어서 가끔 변이 생기는 것이다.[14]

이제현의 시대에 식량은 턱없이 부족하고 관민의 목장으로 전락하였으며 경래관의 착취가 일상화되었다. 700백여년 전의 기록은 조선후기까지 장기지속적이다. 삼다(三多)에 더하여 삼재(三災)의 섬으로 수재·한재·풍재가 겹쳐서 흉년이 이어졌다. 사정이 이러하므로

---

14 『益齋亂藁』 小樂府.

제주민의 역사적 DNA 안에는 본능적으로 중앙의 몰염치에 가까운 수탈을 저어하는 그 무엇인가가 숨어있다. 그 본능적 저항은 '육지 것'에 대한 거부로 나타난다. 그런데 '육지 것'에 의한 거역의 역사는 비단 제주도만이 그러할까. 대체적으로 섬의 역사가 그러하였다. 대만의 원주민, 오키나와의 원주민 등 섬의 역사는 이른바 본토에 의한 배반의 역사인 경우가 허다하다. 섬에서는 육지 것에 대한 반발이지만, 육지에서는 섬에 대한 철저한 타자화가 장기지속적으로 시도되었다.

본토 입장에서 제주도를 타자화해온 역사는 본토의 위임을 받은 경래관의 토색질을 통해 발현되었다. 토색질이 극에 달할 때마다 필연적으로 장두가 등장하였다. 장두들, 즉 반란자들이 각 시대마다 운명처럼 등장하였다가 그야말로 운명처럼 사라지곤 하였다. 장두가 계기적으로 출현하였음은 제주도 역사 자체가 고단하였기 때문이다. 중앙-지방의 보편적 대립과 불평등구조를 뛰어넘어 본토-탐라라는 역사적 대립과 차별을 내포한 측면이 민란의 바탕을 이루었다. 19세기의 제주민란에서 끊임없이 '제주독립'이 슬로건에 포함된 것이 좋은 사례이다. 이쯤에서 본격적인 질문을 던져야 한다. 제주도는 한반도에 부속된 변방의 섬인가? 허남린은 제주도를 바라보는 두 가지의 상반된 역사적 위상을 지적한 바 있다.

> 하나는 중앙권력에서 바라보는 변경에 위치한 페리퍼리(*periphery*)로서의 제주도, 다른 하나는 일본 등 외국과의 최선단 접촉점에 서있는 프론티어로서의 제주도이다. 페리퍼리와 프론티어라는 상반된 제주도의 역사적 위상은 중앙의 일방적 지배구조, 이에 대처하는 제주도민의 주체적

삶의 방식이 빚어낸 역사적 유산으로, 오늘날에도 그 유산은 갈등을 안은 채 지속되고 있다.[15]

육지인의 제주도관은 '문명과 야만'의 척도였다. 제주도 전통이 중앙의 풍속과 다르다는 사실 자체는 문화의 프론티어로서 제주도를 특징지우는 중요한 지표였다. 그럼에도 그러한 지표는 중앙의 관점에서는 부정의 대상이었을 뿐이었다. 다르고 이상하다는 이유로 배척하는 '변경의 문화'에 대한 부정적 규정은 프론티어의 대극점에 위치한 '중앙'의 자기중심적 시선의 폭력성에 기초한다. 제주도를 '별나고 야만스런 풍속, 어리석은 백성'이라 인식하는 본토의 관료 및 지식인의 제주도관은 곧 제주민에 대한 교화(敎化) 의지로 표현되었다. 조선이 망하는 순간까지 제주도는 중앙에 문화적으로 종속되어야할 대상으로서, 어디까지나 중앙문화에 대비되는 특이한 습속의 문화변경지대였다. 특이한 습속은 제주문화의 강인한 생명력을 보여주는 징표였지만, 조선의 중앙에 있어 이러한 제주도의 문화적 생명력 내지 주체성은 단지 부정의 대상이었을 뿐이다. 따라서 육지에 딸린 섬으로서의 탐라 및 제주연구가 아니라 바다로 나아간 전진적 형태로서의 연구사적 전환이 필요한 대목이다.

넷째, 북서태평양 도서의 지정학적 분포와 관련된 제주도의 각별한 해양적 위상이다. 대체로 제주 남쪽에 걸쳐있는 큰 섬으로는 역시 타이완과 오키나와군도를 꼽는다. 그런데 푸젠성으로부터 펑후열도

---

15 허남린, 「제주도의 역사적 토포스: 페리퍼리 그리고 프론티어」, 『탐라문화』 제31호, 제주대학교 탐라문화연구소, 2007.

를 거쳐 타이완, 다시금 오키나와 군도를 거쳐서 아마미오시마, 그리고 큐슈 남부에 이르는 거대한 섬들의 체인이 형성되어있다. 중국, 일본, 오키나와, 타이완의 연계고리는 섬들의 체인이라는 측면으로 인지되며, 오늘날 중국이 해양방어상의 목적으로 제1도련(島連)이라 부르는 섬의 체인과 일치한다. 반면에 제주도는 이들 체인 내에 독립적으로 존재하는 아주 특별한 섬이며, 규모에 있어서도 각별하다. 이 특수한 위치 내에서 제주도는 한반도 본토와 각별한 관계를 맺어왔다. 그렇지만 제주도는 한반도 본토가 수행하지 못하는 역할을 감당하여왔다.

제주도는 자연적, 인간적, 물질적 교섭관계를 통하여 남방 해역과 충실한 관계를 가져왔다. 쿠로시오 해류를 통한 남방의 자연적, 인간적, 물질적 교류는 해양문명사적으로 볼 때 흥미로운 대목이다. 대체로 제주도의 남방과의 연계는 섬들의 체인이라고 하는, 푸젠성으로부터 펑후열도, 타이완, 오키나와군도, 큐슈 등으로 이어졌다. 표류는 대표적 사례이다. 21세기의 해양과학기술이 이룩한 해류를 통한 표류, 표착의 사례와 쓰레기 이동경로 추적 결과는 과거 역사적 표류, 표착의 경로와 거의 일치한다. 비정상적 항로와 항해라고 할 수 있는 표류는 제주도와 남방해역과의 연관성을 입증시킨다. 표류는 심지어 베트남과의 교섭까지 가능하게 하였다. 철새 같은 동물과 문주란 같은 식물의 이동, 돼지고기문화권의 분포 같은 남방과의 교섭관계도 해양문명사적으로 주목된다.

2. 바람 : 탐라의 해양적 동력과 바람의 네트워크

해양문명은 그야말로 '바람의 길'이다.[16] 바람이 없다면 문명간 교섭이 불가하였을 것이다. 풍력의 시대에 바람이 없었던들 대항해가 불가하였으며 자연과 문명의 씨앗을 실어나르지 못하였을 것이란 결론이다. 멜라네시아에서 폴리네시아, 다시금 미크로네시아, 심지어 이스터섬에 이르는 장대한 대항해의 역사도 바람의 길 그 자체였다. 태평양문명만 그러한가? 인도양도 사정은 마찬가지다. 이슬람문명 역시 바람을 타고 온 다우선에 의한 것이다. 몬순을 타고서 아라비아해에서 동남아시아로 중동 및 서방의 문명이, 반대로 동방의 문명이 서방으로 전파된 것이다.[17]

제주의 성립과 변화의 동력 역시 바람이었다. 한반도에서 제주도만큼 바람의 길에 절대적 운명을 걸은 바다 공간이 또 있을까 싶다. 물론 육지부의 그 어떤 항로로 바람 없이는 불가하였다. 그러나 바람이 불러온 문명교류와 전파의 강도에서 제주도를 능가할 수 없다. 제주도 역사의 동력에 처음부터 끝까지 바람이 바탕을 이루었다고 단언할 수 있다.[18] 본 항에서는 서복(徐福)의 동정(東征), 바람의 신인 영등과 마조, 동아시아의 표류 등을 그 적실한 예로써 고구하고자 한다.

---

16 Patrick Vinton Kirch, *On the Road of the Winds,* Berkeley: University of Califonia Press, 2000.

17 Badrane Benlahctne, "*The Message in the Malay World*", *The Message & The Minsoon,* Kualalumpru: The Islamic Arts Museum, 2005, pp.34-39.

18 주강현, 『제주기행: 키워드로 읽는 탐라학개론』, 각, 2021.

1) 서복의 동정과 관련하여

서복의 동정은 탐라의 고대적 해양네트워크를 암시한다. 서복이 서귀포를 거쳐갔다고 믿는 학자들은 정방폭포의 서복과지(徐福過之) 글자를 근거로 단주(亶洲)를 제주도라 주장한다. 사정은 이러하다. 서복은 서불(徐市)의 이름으로도 나타나며 제나라 출신으로 진나라의 방사(方士)로 일했다. 천하통일한 진시황제는 불로장생을 위한 불로초를 구하러 사방으로 신하를 보냈으나 끝내 구해오지 못했다. 서복은 자기가 영약을 구하러 가야 할 차례임을 알고 진시황제에게 상소를 올렸다.

> 저 멀리 바다 건너 봉래(蓬萊), 방장(方丈), 영주(瀛洲)의 삼신산(三神山)에 신선이 사는데, 동남동녀를 데리고 가서 모셔오고자 합니다. 이에 시황은 크게 기뻐하여 동남동녀 수천을 뽑아 그에게 주고 바다로 나가 신선을 찾아오게 하였다.[19]

그리하여 기원전 219년에서 210년 사이에 서복의 두 번에 걸친 여행이 시작된다. 그의 행적은 한국을 거쳐 일본까지 폭넓게 이어진다. 60척의 배와 5,000명의 일행, 3,000명의 동남동녀, 각기 다른 분야의 장인이 동반했다. 그는 진황도를 떠나 다시는 돌아오지 않았다. 『삼국지』와 『후한서』에는 중국을 떠나 단주 또는 이주(夷洲)에 도달하였다고 하였다. 중국에서 이주는 타이완, 단주는 일본을 가리킨다. 행로에 관해서는 논의가 분분하다. 서복의 주력은 일본으로 향하였고

---

19 『史記』 秦始皇本紀.

그 일부가 한반도 남부와 제주도에 당도하였을 것이란 주장이 제기된다. 입증은 쉽게 이루어지지 않는다. 논픽션에 가까운 항해라는 주장도 있지만, 대선단이 동진하여 대항해를 한 것은 사실일 것이다. 서복이야기는 중국, 제주도, 일본을 잇는 고대의 해양루트가 존재하였음을 암시한다.[20] 그런 의미에서 볼 때 제주도는 변방이 아니라 고대적 해양세계의 징검다리였다고 확대해석이 가능하다.

우리는 습관적으로 섬에 대해 고립, 격절 등의 어휘를 구사한다. 이런 언어관념 자체가 육지중심적 사고다. 제주도를 '절해의 고도'로 간주하면서 머나먼 고립된 섬으로만 치부해온 역사관은 바람이 부여하는 역사동력의 힘을 간과하곤 한다. 제주도와 육지는 항해자가 서로 눈으로 목격가능한 시인(視認)이므로 절해고도란 표현은 문학적 수사로는 적합하나 해양사적 측면에서는 부적당한 용어다.

『당회요(唐會要)』에 탐라의 조공사신이 당나라에 이르렀다고 하였다.[21] 바람 없이는 직접 당나라에 이르는 뱃길이 불가했다. 『삼국지』 위서 동이전과 『후한서』 동이전에 보이는 주호국은 이미 A.D.3세기에 탐라국이 존재하였음을 설명한다. 제주시 산지항 축조공사 중에 출토된 거울, 동전 같은 유물, 용담동 무덤의 장검과 단검, 주조 도끼 등은 주호국(탐라국)이 한과 교역한 근거이다. 산지항 근처의 촌락사회가 한과 대외교역을 통하여 부를 축적하였고, 그 결과 오늘날의 제주시에서 촌락사회(제일도, 혹은 제이도)가 제주도 동남부세력과 통합되어 탐라소국을 형성하였을 것이다.

---

20 서복의 동진에 관한 여러 견해에 관해서는, 『제주도연구』 제21집(2002) 특집을 참조.
21 王溥, 『唐會要』 耽羅國條.

신창리에서 물질하던 해녀들이 금붙이를 발견하였다. 놀라운 발견이었고, 수습된 유물은 제주박물관으로 옮겨졌다. 금팔찌, 금제 뒤꽂이 등 꾸미개와 중국 청자가 우연히 해녀들 눈에 띄었다. 오랜 세월 깊은 바다 모래 속에 묻혀 있다가 태풍의 영향으로 드러났다. 난파선은 발견되지 않았으나, 제주가 중국과 일본을 잇는 무역로였음을 알려주는 해저유적이다. 다른 제주해역에도 이 같은 난파선 흔적이 남아있을 것이며, 수중고고학의 성과에 힘입어 몰랐던 해저자료들이 출현한 가능성이 있다.

상고탐라(上古耽羅)를 고려함에 있어서, 한반도 중심 시각보다는 그 단위를 동아시아 또는 동지나해양문화권으로 잡는 것이 더욱 타당하다는 주장은 그 설득력이 있다. 동아시아 해상교류에서 해풍, 특히 계절풍이용과 해안이동방법은 매우 중요할 것이다. 정진술의 '고고학계에서 일반적으로 인식된 해류를 이용한 선사시대 해상교류론은 그 실상이 전혀 다르며, 오히려 바람의 영향이 더 크다는 것이 입증된다'는 주장을 주목할 필요가 있다.[22]

2) 바람신 영등과 마조와 관련하여

구전역사와 신화는 매우 밀접하게 관련을 맺으며, 때로는 역사로서, 때로는 신화 그 자체로서 상호 결합하면서 후대인들의 생각과 사고틀을 규정해왔다.[23] 동아시아에 존재하는 2개의 대표적 바람신도

---

22 정진술, 「한국선사시대 해상이동에 관한 연구」, 『제주도사연구』 2집, 제주도사연구회, 1992, 141~222쪽.

23 주강현, 「환태평양 화산권역의 섬과 신화의 탄생: 폴리네시안 대항해와 화산섬을 통한 여신의 탄생의 경우」, 『설문대할망과 바다』(탐라문화연구소 자료집), 2010. 5. 15.

바다사람들의 생각과 사고틀을 규정한다. 중국 강남에서 시작된 마조신앙과 제주도의 영등신이 그것이다. 중국 본토의 바닷가사람과 대만인은 마조(媽祖)에 열광적이다못해 마조 없이는 되는 일도, 안 되는 일도 없다. 본디 마조여신을 상징하던 마카오 마조신당에도 배 그림을 그려놓고 풍우순조를 기원한다. 마조는 훗날 국가적 제사와 여신의 반열에 올라서지만 그 뿌리는 오랜 중국 남동부의 고대적 민간신앙에서 출발하였다. 융합과 통제, 국가권력의 개입 등을 거치면서 마조는 다양한 성격으로 확대발전하였다. 『표해록』에 이런 기사가 나온다.

> 대저 해마다 정월이 되면 바로 대단한 추위의 막바지에 해당되는데 매서운 바람이 거세게 불고 커다란 파도가 우레처럼 몰아치니 배 타는 사람들이 항해를 꺼립니다. 이월이 되면 점차 바람이 누그러지는데 제주 풍속에는 오히려 영등절이라고 부르면서 바다를 건너지 못하도록 금합니다. 중국 강남사람 또한 정월에 바다에 나가지 않고 4월이 되어 매우(梅雨, 매화꽃 필무렵 양자강 유역에 내리는 비)지나고 시원하게 맑은 바람이 불면 이 바람과 함께 바다를 항해하는 오랑캐 배가 처음 들어오며 이를 박초바람이라고 부릅니다.[24]

바람신인 제주 영등신과 중국 마조신을 병기하고 있다. 최부의 목격담은 중국 마조와 제주 영등에 관한 비교문화사적 관찰로 받아들여도 무방할 것이다. 육지에서 대체로 사라진 영등굿이 제주도에서는 지금도 완강하게 이어지는 중이다. 단군신화에서 환웅이 거느리

---

24 최부, 『漂海錄』.

고 온 풍백(風伯), 우사(雨師), 운사(雲師)의 전통, 특히 바람을 상징하는 풍백 전통이 제주도에서는 아직도 전승된다. 영등신은 내방신으로 어부의 어획물 풍요나 해녀의 잠수를 도와준다. 영등할망 음덕 없이는 도대체가 농사고 어업이고 되는 일이 없다. 이런 권력이 없다. 전지전능한 바람신이다. 오늘날에는 어부와 잠녀의 신으로 모셔지고 있지만, 앞의 최부 기록에서 보여지듯 항해의 신으로도 모셔졌을 것이다. 현행 민속은 제주도의 해양력이 출륙금지령 등으로 축소·동결된 결과물이며, 과거에는 영등신이 항해의 신 역할을 겸하였을 것이다. 현행 민속의 분포와 성격만 가지고 영등신의 전 역사적 과정을 규정함은 잘못된 것이다.

3) 표류와 관련하여

상식적으로 해류에 의한 것으로 믿어져온 표류조차도 사실은 바람의 힘이 더 강하게 미친다. 쿠로시오 해류가 북상하는데도 많은 이들이 역행하여 남쪽으로 표류하였다. 조난선의 외력은 바람, 파도, 조류, 해류로 대별되는데, 대체적으로 바람과 파도의 영향이 크다. 파도를 단순하게 생각하면 안 된다. 놀 같은 험악한 파도도 있어 조난선을 끝없이 밀어낸다. 제주도를 중심으로 이루어진 표류사건의 개략적 양상을 검토해보면, 무수한 사람이 대만과 오키나와, 필리핀 등으로 표류한 사실에서 태평양 해양세계와 제주인이 무관하지 않음을 설명한다. 표류기 분석에서 표류 자체에만 초점을 맞추거나 육지를 통한 귀환 등에 초점을 맞추기 때문에 바다를 통한 귀환에는 그다지 주목을 돌리지 않고 있다. 비일상적 표류가 이루어졌는데, 그 해양루트를 통하여 다시금 정상적인 항해가 이루어져서 귀환한 사례가 다수 확인된다. 표류와 항해가 동전의 양닢같은 경우이다. 두 가지 예를 들어보자.

숙종 13년(1687) 고상영은 멀리 안남에 표류하였다가 5년만에 생환하였고, 동 15년에는 김대황이 안남에 표류하였다가 복주 상선편에 귀환하였다. 김대황이 귀환할 때 중국을 거치지 않고 안남에서 서귀포로 곧바로 돌아왔음은 베트남-제주도 간의 국제 해상루트가 이미 개척되어있다는 좋은 증거다. 김대황의 베트남으로부터의 귀환은 전적으로 돛배의 바람을 이용한 항해의 결과물이다.

『패관잡기』에 이르길, 1548년에 김만현 등 제주민 64인이 영파부에 표류하였는데 그 가운데에 두 번째 표류되어온 자가 대여섯 사람이었다. 김만현은 "만약 네댓말의 쌀과 몇동이의 물만 있으면 비록 태풍을 만나더라도 며칠 안에 영파부에 도달할 수 있을 것이니 무슨 걱정이 있겠는가?"라고 하였다. 제주의 고한록은 중국에 표류하여 많은 환대를 받고 돌아왔다. 그 후로 그는 사람들에게 표류를 권하였다. 이에 몰래 마른 양식을 가지고 순풍을 기다리지 않고 닻을 끊고 키를 버리고 고의로 표류한 것이 세 차례이며, 익사한 사람도 무수히 많았다. 헌종조에 이원달 목사가 이 소문을 듣고 고한록을 체포하여 목을 베었다고 하였다. 표류를 '직업적'으로 행하던 사람들이 존재하였다는 뜻이다. 바람을 적절하게 이용한 직업적 항해가들이 존재했다는 분명한 증거들이다.

3. 해류 : 쿠로시오를 통한 자연과 인간의 교섭

마르크 블로흐가 말한 '기원의 우상숭배'라는 용어가 있다. 제주도가 본토보다 후진적이고 오로지 본토로부터 선진문물을 받아들였다는 사실을 강조하기만 함이 여기에 해당된다. 모든 기원은 오로지 북쪽의 본토에서 비롯된 것일까. 혹시나 남쪽에서 들어온 것은 없을까. 남쪽에서 흘러오는 해류를 포함한 해양사적 관점에서 본다면, '기원의 우상숭배'에서 벗어나야하지 않을까. 일방통행은 없기 때문이다. 제주의 물마루는 잠자는 수평선이 아니다. 거대한 파도를 일구며 쿠로시오 해류가 치고 올라오는 용트림치는 바다이기도 하다. 한 겨울에 제주도와 일본 큐슈, 나아가 울릉도·독도근해까지 붉게 난류가 물들인다. 물마루에 걸쳐있는 쿠로시오 해류가 결코 조용히 쉬고 있는 바다가 아님을 알 수 있다.

쿠로시오의 원류는 북적도(北赤道) 해류. 대만 동측으로부터 오키나와제도, 아마미(奄美)제도로 북상하여 가고시마(鹿兒島) 아래에서 동한난류와 갈라진다. 아랫가닥은 동측으로 향하여 시코쿠(四國)로 향하며, 윗가닥은 제주도와 남해안은 물론이고 서해·동해에도 영향을 미친다. 동아시아 앞바다의 대륙붕을 따라 북쪽으로 휘어져 올라간 쿠로시오 해류는 오호츠크해와 베링해로 쏟아져 나오는 거대한 오야시오 한류와 만나 대륙에서 멀어진다.[25] 마치 북대서양에서 멕시코만류와 래브라도 해류가 만나는 곳에 자욱한 안개가 끼듯이, 쿠로시오 해류와 오야시오 해류도 안개와 폭풍이 몰이치는 지역에서 만

25 茶圓正明·市川 洋, 『黑潮』(かごしま文庫71), 鹿兒島市: 春庭堂出版, 2005.

난다. 동아시아 변방에 위치하고, 북서태평양 북서단에 자리잡아 변변한 해류가 존재하지 않는 한반도에서, 쿠로시오해류의 영향력은 강력할 수밖에 없다.

그런데 쿠로시오해류의 영향력은 인적 교류보다는 자연적 이동에 더 큰 영향을 미쳤다. 쿠로시오 해류는 이미 중국 문헌 『장자(莊子)』에 미려(尾閭)로 등장한다.[26] 그런데 고대인들은 쿠로시오 해류를 무서운 곳, 즉 사람이 다시는 돌아올 수 없는 세계로 이해하였다. 쿠로시오 해류에 대한 두려움과 동지나해 수평선 너머에 대한 공포감이 엿보인다.[27] 해양세계에 대한 고대적 두려움과 외경심이 극복되기까지 오랜 시간이 걸렸다. 따라서 고대에 쿠로시오 해류를 따라서 대규모 선단이 북상하는 그런 일은 실제로는 드물었을 것이다. 그렇지만 남쪽에서 북상하는 쿠로시오 해류의 특성상 남방의 동식물이 북상하는 통로가 되었다.

해양을 통한 동식물 이동은 해양생태전략에서 매우 결정적 요소이며, 풍토와 생활사라는 관점에서 주목을 요한다. 제주풍토와 제주생활사에서 동식물의 이동결과가 미친 파장이 매우 크다는 뜻이다. 대체로 해양연구에서 동식물은 배제하고 인간만의 교섭을 강조함은 섬연구의 일반 원칙에서도 벗어난 것이다. 쿠로시오 해류권역의 산호초는 서귀포의 문섬이나 섶섬에서 그 절정을 이룬다. 대마도근해, 심지어 태안반도 근해에도 산호초가 일부 발견되는데 이 역시 쿠로시오 영향이다. 세상에는 길도 많다. 길은 육지에만 존재하지 않는다.

---

26 『莊子』 제17편 秋水篇.

27 정진술, 앞의 글, 167쪽.

오히려 바닷길이 중요했다. 그러나 바다에서는 인간만이 이동하는 것은 아니다. 해류를 따라 이동하는 동물과 식물, 그리고 그러한 이동이 가져온 문화적 영향을 주목할 일이다. 제주도에 막중한 영향을 미친 쿠로시오가 가져온 자연과 문명의 선물들을 '쿠로시오 로드'라 명명할 수 있다.

쿠로시오로드1. 남방식물

문주란은 당연히 자생식물이 아니다. 해류를 따라서 북상한 씨앗이 정착하여 집단적으로 개체수를 늘려온 것이며, 제주도는 문주란 북방한계선이다. 왜 남쪽에서 올라온 문주란이 서귀포 쪽이 아니라 북제주군 하도리에 정착하였을까. 토끼섬이 모래섬이라 씨앗이 뿌리를 내리기에 적합하다는 서식 조건이 크게 작용하였을 것이다. 보다 중요한 것은 해류가 남쪽에서 올라와 제주도를 둥그렇게 싸고돌면서 북쪽으로 올라가기 때문이다. 표선에서 물에 빠진 시신은 반드시 돌고 돌아 북제주군에서 발견되는 식이다. 해류의 힘이 강하게 작동한다는 증거이다. 북제주 광령의 선인장자생지나 서귀포 보목의 선인장자생지도 해류이동의 결과물이다. 삼성혈을 둘러싼 녹나무는 중국 남부와 큐슈 일대에 널리 분포된 아열대성 식물이다.

쿠로시오로드2. 남방어류

서해안이 새우젓문화권이라면, 남해안과 제주도는 멸치젓(멜젓)문화권이다. 제주생활사에서 멜은 돔과 더불어 빠질 수 없는 남방어종이다. 순환 어종 중에서는 남방계열의 등푸른 생선류도 중요하다. 남해안으로 북상하는 삼치, 모슬포 연근해의 고등어도 쿠로시오를 타고 올라온다. 일본인이 '아지'란 명칭으로 선호하는 '전갱어'를 제주사람은 '각재기'라 부르며 횟감으로 즐겨 먹곤 하는데, 이 역시 남방어류이다. 방어는 봄부터 여름까지는 북쪽으로, 가을에서 겨울에는 남쪽으로 남북회유를 거듭한다. 방어는 난류를 따라서 함경도까지도 진출한다. 5월부터 세력을 확장한 난류는 12월 정도에 세력이 약해진다. 12월이 지나면 일본 쪽으로 빠져서 태평양으로 나가버린다. 이때쯤 모슬포에 방어가 얼굴을 들이미는데 기름기가 올라 맛이 절정에 오른다. 남해안은 물론이고 동해안으로도 쿠로시오 난류가 치고 올라오기 때문에 남방어류 방어가 출몰하는 것이다. 방어만 그러한가. 오키나와로부터 제주도 근해, 한반도 서해안과 동해안이 모두 고래 본거지였다. 귀신고래같이 오호츠크에서 내려오는 북방고래도 있지만 수많은 고래들이 한반도 본토와 제주도, 일본 사이의 물목에서 잡혔다. 큐슈의 생월도(生月島)나 야마구치(山口)의 청해도(靑海島)에 본거지를 둔 서일본의 고래잡이 선단이 엄청난 양을 잡아들였다.[28] 쿠로시오해류는 태평양 고래들이 올라오는 통로이기 때문이다.

쿠로시오로드3. 돼지문화

태평양사람들은 단백질을 어디서 얻을까. 마빈 해리스(Marvin Harris)의 문화유물론을 인정한다면[29] 단백질을 공급받는 문제는 원초

---

28 鳥巢京一, 『西海捕鯨業史の研究』, 九州大學出版會, 1993.

29 Marvin Harris, *Cows, Pigs, Wars and Witches: The Riddles of Culture*(서진영 역, 『음식문화의 수수께끼』 한길사, 1992)

적 삶에서 중요하다. 태평양에서 물고기를 제외한 동물성 단백질원인 가축은 돼지를 제외하고는 대개 서구인들에 의해 수입된 것들이다. 태평양에서 소와 말과 양은 본디 없던 동물이다. 서구인의 손으로 전파된 소·말·양고기는 원주민들에게 인기가 덜하거나 거의 먹지 않았다. 동남아의 경우, 흑우(黑牛)가 추가되는 정도이다. 필자가 2006년 조사한 미크로네시아 폰페이의 경우, 돼지를 원주민들은 피크(pwihk)라 부르는데 초기 기록에 등장하며, 폰페이에서 가장 존중받는 동물이다.[30] 돼지는 전통축제에서 신분적 상징이자 경제적 지표이다. 생일이나 결혼식, 장례식, 그리고 전통적 지도자에게 받쳐지는 카마딮(kamadipw) 축제에서 돼지를 잡지 않고는 모임이 성립되지 않는다. 제주식로 따지면 '돗추렴'이다. '돼지와 사카오, 얌', 이들 3가지만 있으면 부자라는 표현이 여기서 비롯되었다. 북마리아나제도는 물론이고 오키나와제도도 모두 돼지고기 문화권이다. 제주도도 돼지고기 문화권이다. 예전에 제주도에는 멧돼지가 많았으며 선사유적에서도 멧돼지뼈가 발굴되었다. 오늘날도 제주도는 돼지고기요리가 유명하다. 제주사람들이 즐겨 먹는 '돔베국수'와 오키나와 국수에 똑같이 돼지고기가 올라 있다. 미크로네시아로부터 북마리아나제도 오키나와제도, 그리고 제주도에 이르는 광대한 태평양문화권이 돼지고기문화권이기도 한 것이다. 환태평양에 드넓게 퍼져있던 돼지고기 문화의 강력한 보루 중의 하나가 제주도나. 돼지와 더불어 검정쉐(黑牛)도 중요하다. 지금은 흑우가 사라져서 종축장의 번식용만 정책적으로 사육되고 있으나 예전에는 흑우가 제주도에서 상당수 있었다.

---

30 주강현, 『적도의 침묵』, 김영사, 2008, 638쪽.

흑우는 두말할 것 없이 남방소다. 이 역시 쿠로시오 루트의 한 가닥이다.

쿠로시오로드4. 해녀

제주문화를 상징하는 해녀도 원래 쿠로시오권역의 문화이다. 중국 고대사에 월인 또는 백월(百越)이란 이름으로 등장하는 고대 민족이 오늘날의 베트남이나 타이족의 먼 조상임은 의심할 여지가 없다. 그 월인이 고대 중국의 장강 하구 평야와 민(閩, 지금의 퓨젠성) 땅에서 벼농사를 중심으로 하는 고대문화를 이룩하였음도 고대아시아사의 공인된 사실이다. 또한 그들이 잠수어법을 가지고 있었음도 고대 아시아사의 공인된 사실이다. 잠수어법은 월인만의 문화가 아니다. 필리핀을 포함한 남아시아 해역에서 일반적으로 시행되고 있었고, 지금도 일부에서 행해진다. 잠수어법은 중국 남부, 필리핀, 오키나와, 큐슈, 세도나이카에 이르는 영역에서 공통적으로 행해진다. 더 나아가서 여성에 의한 잠수어법은 동남아시아와 오세아니아에서 쉽게 볼 수 있다. 여성참여가 현저한 예로 제주도와 일본의 해녀어업을 꼽을 수 있지만, 해녀는 사실 남방에 널리 펴져있는 남방식 어로문화이다. 예를 들면, 솔로몬제도에서는 여성들이 소규모 낚시어업과 함께 잠수에 의한 조개잡이를 한다.[31]

---

31 秋道智彌, *Maritime Peoples of the Pacific An Anthropological Study* (이선애 역, 『해양인류학: 해양의 박물학자들』, 민속원, 2005, 176쪽)

쿠로시오로드5. 돌살

돌살은 조간대에 돌을 쌓아만든 전통어법이다.[32] 돌살은 조수간만의 차이, 즉 조차(潮差)를 이용하여 설치한다. 조수간만에 의지하여 생계를 유지하는 어민들의 갯벌과 바다 생태계에 대한 인지체계는 대단히 체계적이다. 그네들의 민속지식(folk-knowledge)이 오랜 세월의 경험, 그 경험의 축적과 전승에 바탕을 두기 때문이다. 조석에 대한 어민들의 인지는 '물때'라는 상징체계로 나타난다. 돌살은 물때를 전제로 하여 성립되는 어법이며, 돌살의 현주소도 조간대이다. 따라서 돌살은 물때를 맞추지 않고는 볼 수 없다. 물 밑에 숨겨진 비밀처럼 간직되어있다가 날물에 제 모습을 드러낸다.[33] 조석에 의해 하루 두 번 드러나는, 조간대에 의지하면서 이루어지는 돌살은 인류가 창조한 가장 오래된 조석이용 어법이다.[34] 돌살은 전 세계적으로 분포하지만 특히 태평양권역에 보편적인 어법이다. 중국의 펑후열도로부터 오키나와, 아마미오시마, 큐슈, 그리고 한반도 서해안과 남서해안 일부, 특히 제주도에 집중적으로 분포된다. 같은 돌살도 서해와 제주도가 다르며, 한반도와 태평양의 것이 다르다. 그런데 다르면서도 같기도 하여 각이한 역사와 환경 속에서 자라난 문화들 가운데서 문화적 친연성이 확인되기도 한다. 특히 제주도에서 돌살은 절대적 위치다. 제주 해안가 곳곳에 돌이 지천이다. 참고로, 제주도의 암석해안

---

32 주강현, 『돌살: 신이 내린 황금그물』, 들녘, 2006.

33 이기복, 「潮汐·潮間帶와 어업생산풍습」, 『역사민속학』 16집, 한국역사민속학회, 2003, 293쪽.

34 Andres von Brandt, *Fish Catching Methods of the World*, England: Fishing News Books Ltd., 1971.

은 총길이 229.7km로 제주 전체해안의 무려 75%를 차지한다.[35] 제주에서는 돌살을 '원'이나 '개' 등으로 부르고 있다. 오키나와에서 원(垣)이 쓰이고 있는 바, 이 역시 바다에 두른 돌담이라는 뜻이니 같은 뜻이다. 제주도에 원담이 발달한 것은 용암바위로 인하여 바닷가가 그물질에는 험악하기 이를 데 없기 때문이다. 이원진이 일찍이 지적한 데로,[36] 제주도는 '산과 바다는 험악하니 그물을 쓸 수가 없어 고기는 낚고 들짐승은 쏘아잡는다[山險海惡 不用網罟 魚則釣 獸則射]'고 하였다. 원이나 개에서 잡아들이는 멸치 등의 어획량은 양도 양이지만 손쉽게 가히 '채취'에 가깝게 잡아들일 수 있어 제주민에게는 절대적으로 요긴한 돌그물인 셈이다.

문화형성을 문화전파의 결과물로만 국한하여 보는 편협된 전파론적 해석은 문제가 많지만, 그렇다고 하여 해류를 통한 동식물 이동 및 문화전파의 가능성을 차단하는 편협된 시각도 곤란하다. 2005년 국립제주박물관에서 한국-오키나와의 조개제품을 통한 '선사시대 문화의 재발견' 기획전시가 이루어졌다. 한반도와 일본 본토, 제주와 일본 본토, 한반도와 오키나와, 제주와 오키나와 간의 다면적 네트워크가 확인되었다. 5세기에 이미 한국 남부에 오키나와산으로 보이는 고후우라제 팔찌가 전해졌음이 밝혀졌다.[37] 시각을 타이완과 필리핀으로 넓힌다면 해양교류의 네트워크는 한결 넓어질 것이다. 앞으로

35 김태호, 「제주도의 해안지형」, 『탐라문화』 제18호, 제주대학교 탐라문화연구소, 1997, 381~391쪽.

36 『耽羅志』.

37 安里嗣淳, 「沖縄先史時代の貝文化」, 『선사시대 문화의 재발견』, 국립제주박물관, 2005, 219쪽.

의 연구과제이다.

지금까지 제주도를 태평양의 일원으로 바라보려는 시각은 대단히 일천했으며, 구두로만 논의되어 온 실정이다. 같은 일본만 해도 류쿠국을 포함한 남방적 요소가 강력하게 존재하며, 중국도 남중국을 중심으로 남방적 요소가 존재한다. 더군다나 타이완과 오키나와를 예로 든다면, 이들 섬들은 쿠로시오해류권에 위치하여 아열대성 해양문화를 간직한다. 한반도에서도 제주도는 유일하게 준 아열대성 해양기후대를 보여주고 있으며, 이는 제주도 생태가 적도권 북서태평양 생태계[38]와 여러 측면에서 연계될 수 있는 환경적 조건을 갖추고 있다는 뜻이다.

4. 해양력 : 항해전문가로서의 성주에 관한 가설

탐라 및 제주의 해양력을 평가할 때 가장 중요한 단서이자 매개고리는 성주일 것이다. 성주라는 직책의 해명은 제주해양사의 선결과제이기 때문이다. 성주왕자 칭호를 가진 부류들이 삼국시대부터 쭉 나오는 것으로 보아 탐라왕국이 나름 대외활동을 전개하면서 존립하였을 것이다. 그렇다면 성주왕자는 누구일까. 성주는 태조21년(938) 성주왕자란 벼슬을 주었다는 기사에서 비로소 등장한다.[39] 대제적으

---

38 Christopher S.Lobban and Maria Schefter, *Tropical Pacific Island Environments*, Guam: University of Guam Press, 1977.

39 『高麗史』 太祖條.

로 성주란 고려 태조 21년 이후에 제주도 수령에게 붙여진 명칭이며, 조선왕조 태종4년(1404) 성주제가 폐지될 때까지 무려 466년이나 계속 용인 되었다. 『고려사』에 자주 등장하는, 성주-왕자라 칭하는 탐라지배층은 고려정부로부터 본도 내의 탁월한 지위를 인정받았다. 성주층은 고려왕조로부터 받은 지위 이외에 도내 평민들과 자신들을 구분하는 어떤 정신적-고차적 권위가 필요했을 것이다. 성주층이 자기들이 신인의 후손이며 신성한 족속이라 하며 섬 안에서 그들의 권위를 주장하는 이데올로기적 권위를 세우는데 삼성신화의 윤색이 필요했다고 바라보는 견해도 있다.

고려 후기에 이르러 '탐라성주+신인 후손설'이 본도에 널리 유포되었다고 본다. 선사시대부터 내려온 샤만의 노래를 고씨 성주들이 어느 시기에 자기들의 조상이야기로 대치하였다. 탐라국 성주들은 항해를 위한 전문지식을 담당하던 제주도의 왕족으로써, 태평양 제도에서 항해를 전문으로 하는 세습추장과 그 성격이 비슷하다. 이들은 항해를 위해 별에 관한 전문 지식을 습득하고 전문항해술을 특정 가문을 통해 세습시키고 있었다. 탐라 성주층의 해양성과 어떤 문화적인 친연성을 상정할 수 있게 한다. 이들이 별과 항해의 주인, 즉 성주(星主)로 불리웠을 것이다.[40]

진영일은 하나의 가설로 '성주-전문적 항해기술자'를 제시하였다. 그러나 태평양 일원에서 정치적·제사적 권력이 전문적 항해기술을 장악한 이에게 주어짐은 매우 보편적인 상식이다. 관측소에 해당하

40 진영일, 「고려시기 탐라의 '星主'와 '三神人' 탐색」 『탐라문화』 제26호, 제주대학교 탐라문화연구소, 2005, 48쪽.

는 성벽에 올라앉아 한 사내가 별을 관측하는 화와이의 오랜 역사를 담은 그림을 볼 수 있다. 실제로 화와이왕국의 역사에서 대항해가는 별을 관측하는 사람의 몫이었으며, 그는 성주에 준하는 권력을 장악하고 있었다.[41]

전통적으로 원양항해를 하는 방법은 여러 가지이다. 가까운 연안을 따라가며 육지나 섬의 일정한 표식을 따라서 자신의 위치를 판단하면서 항해하는 연안항해법은 가장 보편적으로 쓰인 항해법이며, 산봉우리 등을 표식으로 삼는 가늠법이다. 가늠은 현재도 어선 등에 의해 유력한 조업방식의 하나로 채택된다. 그러나 대양을 가로지르는 대항해에서 가늠은 무용지물이다. 구름이 모여있는 곳 아래에 섬이 있다거나 새들이 나르는 방향을 보아 육지를 점치기도 한다. 그러나 어떤 경우에도 가장 정확한 표식은 별이다. 선인들은 전통지식에 의거하여 해당 별자리 아래에 정확히 떨어진 곳에 찾아가는 목표물이 있었음을 인지하였다. 폴리네시아의 경우, 항해를 떠날 때 가고자 하는 방향의 첫 번째 가장 빛나는 별을 정해놓고 출항하였다. 수평선 쪽으로 항해하면 별은 가라앉고 그 뒤쪽의 다른 빛나는 별이 다시 정해진다. 이런 식으로 항해하다가 그 별이 항해자의 천정 위에 당도하였을 때 원하는 목적지에 도달할 수 있었다. 폴리네시아의 항해가들은 대체로 150개 이상의 별자리와 명칭을 알고 있었으며, 그 별들의 계질별 시간별 움직임을 파악하는 전통지식을 지니고 있었다. 유럽인들이 지중해의 좁은 울타리 내에 머물고 있을 때, 폴리네시안들은 이미 수천km를 항해하면서 새로운 섬들을 자신들의 식민지로 만

---

41 Herb Kawainui Kane, *Ancient Hawai'i*, Honolulu: Kawainui Press, 1997, pp.20-24.

들어나가고 있었다.[42] 미크로네시아의 항해법은 연구한 아키미치 도모야의 연구에 따르면, 그네들은 방위를 체계적으로 아는 독자적인 별자리 콤파스도 갖고 있었다.[43]

여러 정황으로 미루어보건대, 탐라인들이 섬이라는 지정학적 조건에서 한반도는 물론이고 중국` 일본과 교섭하기 위해서는 조선술은 물론이고 별을 보는 뛰어난 항해술을 지니고 있어야만 가능했을 것이다. 그러한 측면에서 탐라의 성주가 별자리를 이해하는 항해전문지식을 장악한 전문가였을 것이란 가설이 가능한 것이다. 그런데 성주를 별자리와 직결시키는 데는 역시 해결해야할 논리적인 문제점이 남아있다. 고고학에서 말하는, 이른바 중간단계이론의 부족 때문이다. 섬이라는 본질적 조건, 원양 항해를 해야지만 유지되는 섬나라의 특성, 대항해 노하우를 지닌 세력이 정치권력을 장악했을 가능성, 성주라는 이름에서 '星'이 함의하는 바 등을 두루 종합할 때 성주를 항해전문세력으로 결론내림이 가능하지만 여전히 중간단계이론이 부족하다. 왜 항해에서의 별자리 전통이 구술로라도 전해오지 않는가 하는 의문이 그것이다. 과연 일본과 중국으로 오가던 항해전통이 기사에 충분히 등장하지만 항해 전문성에 관한 기록은 물론이고 구술전통도 없다. 문제는 유사무서(有史無書)이며, 구술전통과 항해술 자체가 200여년 이상에 걸친 출륙금지령으로 말미암아 소실되었을 가능성이다. 200년이란 장기간의 축력금지가 가져온 결과로 정리되겠

---

42 Handy, Emory, Bryan, Buck, Wise and Others, *ANCIENT HAWAIIAN CIVILIZATION*, Honolulu: Mutual Publishing, 1999, pp.237-245.

43 秋道智彌, 앞의 책, 77쪽.

지만, 여전히 중간단계이론의 부족을 추후 과제로 남겨둘 수밖에 없다. 또 하나의 가설이겠지만, 칠성대와 성주를 연결시킴은 가능할 것인가. 김석익의 『탐라기년』에 흥미로운 대목이 있다.

> 칠성대는 제주성 내에 있다. 세상에 전하길 삼을라가 개국하여 2도로 자리잡을 때 북두칠성을 모방하여 쌓은 것이다. 대의 터는 지금까지 질서 정연하게 남아있다

일제강점기까지 북두칠성을 모방한 칠성대가 존재하였고 탐라개국과 연계됨을 알 수 있다. 성주와 칠성대가 분명히 연관될 것으로 가설을 제시해보지만, 칠성대 역시 아직은 그 비밀이 수수께끼로 남아있다.[44]

5. 맺음말 : '육지에 딸린 섬'이 아니라 북서태평양의 일원으로서의 제주

탐라 및 제주를 해양문명사적으로 고구하는 작업은 제주를 '육지에 딸린 섬'이 아닌 주체적 활동성을 지닌 섬으로 재조망하는 작업과 일치한다. 한반도에 딸린 섬으로서가 아니라 남방으로 진출한 북서태평양의 일원으로서의 제주란 입장에 선다면, 제주의 위상 자체가 달리 보인다. 본 연구에서 쿠로시오 해류권 등 남방적 세계와의 조우

44 칠성대를 둘러싼 다양한 견해에 관해서는 다음을 참조. 강문규, 「칠성대는 왜 쌓았나」, 『제주문화의 수수께끼』, 도서출판 각, 2006, 84~91쪽.

를 강조한 것은 제주의 북서태평양상의 위치를 충분히 감안한데서 비롯된다. 해양문명사적 견지에서는 그간의 모든 문명의 교류 근거를 인간과 인간만의 교섭관계로 보는 데서 벗어나서 자연의 이동과 생태환경의 교접관계까지 고려해야하기 때문이다. 실제로 제주는 남방의 영향을 강력히 받는 자연생태 조건을 갖추고 있으며, 어종·어법·식생활 등 생활 전반에 영향을 미치고 있다. 이제껏 육지와의 비교분석이란 고정 잣대에서 벗어나 북서태평양 해양문명권 전체와의 비교분석이란 개방적인 시각으로 '제주 바당' 연구의 시각이 열려져야할 것이다. 그러한 차원에서 제주도를 중심으로 불었던 바람과 해류, 그리고 이를 이용하였던 해양력에 본 연구는 주목한 것이다.

국민국가적 시각에 젖어있는 다수에게 오늘의 제주도 '단군할아버지 이래 오 천년 단일민족 신화'를 함께 누려온 것으로 인식된다. 그러나 육지에서 바라본 제주와 섬에서 스스로 바라본 제주도의 현격한 인식 차이가 존재한다. 제주 호칭은 탐라 멸망 이후의 일일 뿐이다.『고려사』에 의하면, 고종16년(1229)에 제주가 등장하는 것으로 보아, 고종조에 탐라가 제주로 바뀌어 일개'州'로 전락하였다. 삼별초 정벌 이후에 제주도가 원의 직할지가 되면서 원에서는 제주라는 명칭 대신이 탐라라는 호칭을 다시 사용하여 제주도와 고려의 관계를 차단시켰다. 이후 충렬왕 20년(1294)에 제주가 고려에 반환되면서 다시 제주 명칭이 사용되었다는 명칭상의 역사적 변천을 주목할 필요가 있다. 이 모두 섬사람들의 뜻은 아니었다.

역사적으로 탐라는 망각되었다. 탐라의 역사가 시야에서 사라진지 너무도 오래되었기 때문이다. 대체로 한국사 개설서에서 탐라는 제한적으로 언급되다가 원이 탐라총관부를 두었다고 언급하는 대목에서 비로서 출생신고를 한다. 탐라의 역사적 망각은 우연한 실수가 아니다. 근대민족국가의 이념을 구현하는 사관 때문에 어쩔 수 없이 밀려났다. 신용하의 표현을 빌린다면, 민족국가의 지배자가 된 다수민의 역사는 최대한 찬양하고, 그 내부에 포함된 이질적 소수집단의 역사는 무시하는 것이 당연하다는 근대의 역사관이 세계 전체에서 일제히 행세하였기 때문이다.

동아시아 역사는 중심-주변이라는 복잡한 구조를 내포하면서 전개되었지만 종래는 중심 부분만이 중시돼 주변 부분은 경시되는 경향이 짙었다. 이러한 상황을 극복하고 중심-주변을 전체로서 인식하는 태도가 필요하다는 지적이 나오고 있다. 그럼으로써 주변 부분의 존재의의에 빛을 비춰 그 역사적 가치를 높여야만 한다. 한국의 일반사(한국사)에 대한 제주사, 중국의 일반사(중국사)에 대한 대만사, 일본의 일반사(일본사)에 대한 류쿠사가 필요한 것이다. 중국-일본-한국사 일반의 논리와 별개로 대만-류쿠-제주사적 관점에서 동아시아를 바라본다면, 전혀 다른 역사관이 도출되지 않을까. 그러한 점에서 탐라와 제주의 해양문명사적 성찰은 육지중심의 성찰과는 새로운 역사관을 부여할 것이다.

제주 신화 속의 해양문화

허남춘

1. 바다를 건너 온 신

제주는 한반도의 일부분이지만 동북아시아와 만주에서 비롯된 북방계 문화와 해양으로부터 비롯된 남방계 문화가 만나는 곳이기도 하다. 그래서 독자적인 문화가 형성되는 곳이기도 했다. 시간이 흘러갈수록 한반도의 영향과 지배를 받으면서 점점 한반도의 문화에 동화되어 갔다. 그렇다면 그런 영향이 없던 제주도는 어떤 모습이었을까. 고립의 섬 제주가 탄생하는 과정이 신화 본풀이 속에 남아 있다.

> 하늘광 땅이 부떳는디 천지개벽ᄒᆞᆯ 때 아미영ᄒᆞ여도(아무리 하여도) 열린 사름이 이실 거라 말이우다. 그 열린 사름이 누게가 열렷느냐 ᄒᆞ민 아주 키 크고 쎈 사름이 딱 떼어서 하늘을 우테레(위로) 가게 ᄒᆞ고 땅을 밋트로(밑으로) ᄒᆞ여서 ᄒᆞ고 보니 여기 물바다로 살 수가 읎으니 ᄀᆞᆺ드로(가로) 돌아가멍 흑 파 올려서 제주도로 맨들엇다 ᄒᆞ는디 거 다 전설로 ᄒᆞ는 말입쥬.

> 하늘과 땅이 붙어 있었는데, 천지개벽할 때에 아무래도 열어젖힌 사람이 있을 것이란 말입니다. 그 연 사람이 누군가 하면 아주 키 크고 힘이 센 사람이 (붙은 것을) 딱 떼어서 하늘은 위로 가게 하고 땅은 아래로 가게 하고 보니, 그곳이 물바다로 살 수가 없어서 가장자리로 돌아가면서 흙을 퍼 올려서 제주도를 만들었다고 하는데, 그것이 모두 전설로 하는 말입니다.[1]

키가 크고 힘이 센 사람(설문대할망)이 천지가 붙어 있던 혼돈의 시절에 하늘을 밀어올리고 땅을 밀어내려 분리시켰다고 한다. 그리고 물바다인 곳에서 흙을 퍼올려 제주도 섬을 만들었다고 한다. 그 다음에 우리가 익히 알고 있는 치마에 흙을 퍼 담아 한라산과 오름을 만든 지형형성 이야기가 이어진다. 이 거대한 사람이 어디서 어떻게 왔는지에 대한 언급은 없다. 하늘에서 내려온 것은 아니고, 바다를 건너왔다고 추정한다. 그 다음 제주의 신들은 대개 땅에서 솟아난다고 했다. 땅은 만물을 산출하는 근거지이고 어머니의 자궁과 같은 곳이었기 때문에 "유럽과 북미의 초기 창조신화는 최초의 인간이 식물처럼 대지로부터 솟아올랐다고 상상한다. 최초의 인간은 씨앗과 같이 지하세계에서 생애를 시작한다."[2] 제주의 3신 탄생신화는 그래서 땅에서 솟아나는 가장 원형적인 형태를 유지하고 있다고 할 수 있다.

탐라국 신화(삼성신화)는 고대국가 형성기의 신화다.[3] 탐라국 건국

1 『한국구비문학대계』 9-2, 710~714쪽.

2 카렌 암스트롱(이다희 역), 『신화의 역사』, 문학동네, 2005, 51쪽.

3 천강 화소가 고대국가 건설기 지배자의 신화라 한다면, 제주의 것은 이보다 앞선 시기 농경을 위주로 하는 신석기의 신화다. 그 원시적 신화 형태가 그대로 고대국가 형성기

신화의 모태가 된 것은 '송당본풀이' 계열의 당 신화다. 거기에는 땅에서 솟아난 이야기가 주류를 이룬다. 탐라국 건국신화에는 땅에서 솟아난 원시적 요소와, 문명을 받아들여 나라를 세운 고대적 요소가 섞여 있다. 제주의 신화 대부분은 신이 땅에서 솟아난다. '지중용출(地中湧出)'은 제주만의 독특한 모티프이고 남방 해양 신화와의 영향 관계도 일부 내재해 있다.

제주와 달리 한반도 고대국가 건국주의 등장은 대부분 하늘(천상계)에서 내려온다. 부족연맹을 이루고 있던 기존 세력을 진압하여 왕권을 공고히 하려면 하늘의 권위가 필요했다. 그래서 단군신화부터 건국 주인공은 하늘에서 출자(出自)한다. 『고려사』에 기록된 탐라국 건국신화는 3신인이 땅에서 솟아났다고 서술한 뒤에, '中有絕嶽 降神子三人'이라 하였듯이 산악에 신이 하강한 사유를 담고 있다. 중세국가의 지배하에 놓이면서 제주신화도 땅에서 솟아난 것에서부터 서서히 하늘에서 내려온 것으로 변천하는 증거다. 중세 지배자 고려의 신화처럼 하늘에서 내려오는 신격의 틀을 모방하고 그 권위를 빌려오는 형식을 취하면서 신화의 후반부가 천강(天降)의 모티프를 드러낸다.

당신본풀이를 보면 땅에서 솟아나는 것을 위주로 하다가, 바다를 통해 들어오는 신들이 등장하고, 중세에는 하늘에서 내려온 사유를 은근히 덧보탰다. 일반신본풀이에 땅에서 솟아나는 모티프가 보이지

까지 지속된 것이 탐라국 건국신화다. 반면 다른 지역에서는 원시적 형태를 부정하고 새로운 세력이 나타나, 지배의 정당성을 주장하기 위해 天降神話를 조작해 냈다고 하겠다.

않는 것을 보아서 후대에 만들어지거나 육지에서 유입된 신화일 것으로 보인다. 당신본풀이에는 그 출자 방식이 다양하다.

- 각시당
  : "옥황상제 말잣뚤(末女)"가 천상에서 죄를 지어 "인간에 내려와"(306쪽)
- 눈미불돗당
  : "옥황상제 말잣뚤아기 (중략) 귀양정베(定配) 보네니, 노각성ᄌ부줄로 와산(臥山) 당오름 상상봉오지에 ᄂᆞ려왔는디"(312쪽)
- 칠머릿당
  : "도원수 출생(出生)ᄒᆞ시기가 강남천제국(江南天子國) 가달국서 솟아나옵고, 하날은 아바지요 따(地)는 어머니요, 장성(長成)ᄒᆞ니 천하명장(天下名將)이라 (중략) 요왕국(龍王國)에 들어가서 요왕부인(龍王夫人)을 정ᄒᆞ야 제주도(濟州島) 들어와서"(308쪽)
- 내왓당
  : "소천국은 제주절도(濟州絕島) 섬 솟아나고, 소천국 베위(配位)는 강남천ᄌ국(江南天子國) 벡몰레왓(白沙田)디서 솟아난 벡주마누라뒙데다."(298쪽)
- 김녕큰당
  : "강남천제국(江南天子國) 정ᄌ국 안까름(內洞)서 솟아나신 삼형제가 제주 입도(入島)헤야, 큰성님은 조천관 정중부인 (중략) 중형님은 짐녕 관세전부인 (중략) 족은 아시 열누니 멩호부인"(316쪽)[4]

각시당과 눈미불돗당의 신은 옥황상제의 막내딸인데 하늘에서 죄를 지어 인간 세상에 내려오게 되는데, 불돗당의 신은 '노각성자부줄'

---

4 현용준·현승환, 『제주도무가』, 고려대학교 민족문화연구소, 1996, 298~316쪽.

이란 하늘과 땅을 연결하는 줄을 타고 내려온다고 한다. 그 줄은 〈천지왕본풀이〉의 대별왕과 소별왕이 타고 오르는 박 줄기와 비슷하다. 천지왕처럼 하늘에서 내려오는 당신들은 중세적 분식이 가해진 증거가 아닐까 한다. 칠머리당의 신은 강남천자국에서 솟아났는데, 백만대병을 거느리고 용왕국에 들어가 용왕부인을 맞이한 후 제주에 들어와 한라산에 진을 치고 있다가 땅의 기운을 좇아 칠머리에 좌정하였다. 칠머리당 영등굿은 유네스코 무형문화유산으로 등재된 바 있는데, 이처럼 제주의 중요한 신들은 강남천자국에서 출자한 것으로 되어 있다. 바다 건너 영웅이 태어난 곳 강남천자국, 그 의미는 뒤에 자세하게 밝히고자 한다.

내왓당은 송당에서 가지 갈라온 당이어서 그 본풀이가 거의 비슷하다. 내왓당의 남신은 제주도 땅에서 솟아났는데, 백주또는 강남천자국에서 솟아난 후 바다를 건너 제주로 도래한다. 여신의 도래는 김녕큰당에도 나타난다. 세 여신은 강남천자국에서 솟아난 후 제주에 왔다고 하는데, 셋째가 열누니(온평리의 옛 이름)의 '멩호부인'이다. 김녕, 조천, 온평이 육지에서 오는 신들이 도래하는 중요 포구임을 알 수 있다. 그 비슷한 이야기가 온평리 당본풀이에도 있는데 그 출자처는 서울로 되어 있다.

신디렛빌레 고장남밧 좌정ᄒᆞᆫ 맹호부인 맹호안전. 산시본산국은 서월 정기땅의서 싀 성제(三兄弟)가 솟아나니, 계수남배(桂樹木船)를 타고 제주섬 구경오라(구경와) 조천(朝天里)으로 들어오난(들어오니), 큰 부인은 조천관(朝天館) 정준밧디 정중부인, 셋성님(仲兄)은 짐녕(金寧) 관세전부인, 족은부인은 맹호부인. (중략) 낳은 날은 생산 죽은 날은 물고(物故)

호적장적(戶籍帳籍) ᄎᆞ지ᄒᆞ던 본향(本鄕) 한집. 열룬이(溫坪里), 신산이(新山里) 양ᄆᆞ슬(兩里) ᄎᆞ지ᄒᆞᆫ 본향한집[5]

서울로부터 세 형제가 배를 타고 제주에 들어왔다고 한다. 첫째는 조천 정중부인이고 둘째는 김녕 관세전부인이고 셋째가 바로 온평리 본향당신인 맹호부인이다. 온평리는 바로 탐라건국신화의 세 여신이 도착한 곳으로 구전된다. 온평리 당본풀이의 세 여신과 탐라건국신화의 세 여신은 깊은 상관관계를 갖는다. 바다를 건너는 신들의 이야기는 이처럼 문헌신화에도 자주 등장한다. 탐라건국신화의 3여신은 바다 먼 곳에서부터 출자한다. 그곳은 '벽랑국(碧浪國)' 혹은 '일본국'이라 한다. 벽랑국은 바다 먼 상상의 땅, 니라이가나이와 같은 해양낙토로 본다. 1년에 한 번 찾아오는 신은 인간에게 불이라거나 생명과 연관된 것을 가져다준다고 여겼고, 그 다음 시기에는 비단, 철, 오곡 종자 등 고대문명을 전해 준다고 여겼다. 제주의 민속에도 1년에 한 번 내방하는 영등신이 있다. 바다를 곁에 둔 제주사람들에게 어업과 물질작업은 매우 중요했고, 이와 연관된 영등제는 제주 해양문화를 살피는 데 중요한 신앙이다.

육지의 영등은 하늘에서 내려온다[6]고 여겼는데 반해 제주에서는 바다 저 편 '강남천자국'에서 온다고 여겼다. 영등신은 풍신의 성격이 강하다. 이 신은 풍신의 성격이 강하지만, 바람은 해상어업과 밀접한 관계가 있으므로 어촌의 경우 어업과 관계 깊은 신으로 변모된 듯하

5 현용준, 『제주도무속자료사전』, 신구문화사, 1980, 688~689쪽.
6 김진순, 「강원도 민속의 지역적 정체성」, 『비교민속학』 29집, 비교민속학회, 2005.

다. 그래서 제주도의 경우는 해상안전, 풍어, 해녀 채취물의 증식 보호신으로 신앙하게 된 것이다.[7] 영등신은 풍신에서 풍요신격으로 자리를 잡는다. 그런데 이 영등신앙은 바닷가에 널리 분포하는 용왕신앙과 밀접하다. 영등제는 영등신을 모시는 의례인데, 그 제차를 보면 요왕맞이를 주로 하고 있다. '요왕질침'은 용왕과 영등신이 오는 길을 함께 치워 닦음을 그 사설 내용에서 알 수 있다.[8] 영등굿은 영등신에 대한 제의이면서 용신에 대한 제의를 겸하고 있는데, 영등신이건 용신이건 바다의 풍요신격이기에 혼효되어 버렸다. 제주 칠머리당영등굿도 그렇다. 본향당굿인데 본향당신인 도원수감찰관과 용왕부인을 모시면서 영등신을 함께 모시고 있다. 영등굿의 주요 제차에 용왕맞이를 담고 있기도 하고, 본향당신을 모시는 자리에 영등신이 주요한 신격으로 모셔지니, 그 둘은 바다의 풍요신으로 크게 구별되지 않는다.

본고는 바다의 대표적 신격인 용신을 우선 고찰의 대상으로 삼는다. 용신이 당신과 함께 모셔지는 상황처럼 용신은 일반신본풀이에도 개입하고, 조상신으로도 좌정하고 있다. 그래서 일반신본풀이, 당신본풀이, 조상신본풀이 속에서 어떤 역할을 하며 상호 연관성은 어떤지 살필 것이다. 다음으로 당신본풀이에 보이는 여신들의 도래와 탐라국 건국신화의 삼여신의 도래를 비교하면서 탐라국 형성의 근간을 찾아보고, 탐라국 건국신화와 송당계 당신본풀이와의 연관성도 고찰의 대상으로 삼는다. 셋째, 강남천자국의 출자를 살피면서 제주인

7 현용준, 『제주도 무속과 그 주변』, 집문당, 2002, 79쪽.

8 위의 책, 69쪽.

들에게 인식된 중국과 천자국의 의미가 무엇인지 고찰의 대상으로 삼는다. 제주도 본풀이에서 수시로 등장하는 '주년국' 일본, 삼여신의 출차처인 일본과의 교류도 살피고, 육지와의 교류에서 비롯된 신앙과 신화도 살필 것이다.

2. 바다를 관장하는 용신

세상은 물과 뭍으로 이루어져 있다. 물이 뭍보다 훨씬 넓지만 사람들이 살아온 바탕은 뭍이다. 뭍이 부족하고 불편할 때 인류는 물로 향했다. 땅은 풍요의 원천 같지만 누군가가 차지하고 지배하는 원천이 되고부터 결핍의 원인이 되기도 했다. 땅이 메마르고 결핍일 때 물의 근원인 바다로 향했다. 풍요를 찾아서 자유를 찾아서 바다로 향했다. 그래서 바다는 유토피아가 되었다. 바다 멀러 어느 곳에서 인간에게 불이 전래되고, 곡식 종자가 전래되고, 그런 귀한 문명을 가져오는 여신의 신화가 배태되었다.

그러나 바다는 두려움의 장소였다. 풍어를 위해서 숱한 고난과 죽음을 감수해야 했다. 바람과 파도와 싸우면서 자연의 위대한 힘에 직면하여 그 초자연적 존재에 경배하게 되었다. 깊은 바다 안쪽에 바다의 모든 것을 주재하는 신이 존재할 것이라는 믿음은 그래서 당연한 것이다. 파도를 안정시키는 것도 바다의 신격에 의해서, 고기를 잘 잡게 해 주는 것도 바다의 신격에 의해 좌우된다고 믿었다. 그 바다의 대표적 신격은 용신 혹은 용왕이다.

그러나 어부의 안전과 풍어를 관장하는 신이 용왕에만 국한되지는 않았다. 바닷가의 당신이 보살피기도 하고 바다 언덕의 산신이 보살피기도 한다고 믿었다. 갯당 할머니이건 산신이건 모두 마을 수호신이고 어부 수호신이 되었다. 그뿐만 아니다. 중세 종교인 불교와 유교가 전래되면서 관음신이 바다의 수호신 역할을 하기도 했고, 중국에서 들어온 마조신이 그 역할을 떠맡기도 하였다. 나라를 구한 위대한 영웅이 어부를 구해주고 어부의 풍요도 관장한다는 믿음이 퍼지면서 임경업 장군과 최영 장군도 어부의 신이 되었다. 중국에서 들어온 신이 어부 수호신으로 좌정하기도 했다. 이처럼 해양 신앙은 복잡하게 전개되었다. 바닷사람들의 절박하고 간절한 호소와 기원이 수많은 해양 신을 만들어 냈다.

제주도에서는 용왕굿, 잠수굿에서 용왕은 바다 전체를 관장하는 신이기 때문에 모셔지는 것이 마땅하다. 마찬가지로 무혼굿에서는 익사자가 빠진 바다를 관리하는 직능을 맡은 신이기 때문에 모셔지는 것이다. 용왕을 청하여 익사자의 시체를 가족에게 돌려보내 주도록 기원하는 것이다. 영혼을 건져 올린 뒤에는 다시 시왕을 청하여 영혼을 잘 데려가 주도록 기원한다.[9]

제주의 '젯드리'(제의 절차)에 따르면 해양신앙과 관련된 신으로 '다섯龍宮'을 꼽을 수 있다. 하늘 차지 옥황상제, 땅 차지 지부사천대왕, 산 차지 산신대왕 산신백관 다음인 네 번째로 바다 차지 龍神인 '다섯龍宮'이 제시된다. '다섯龍宮'은 동서남북과 중앙 다섯 방위의 용신을 말한다. 위계상으로 보아 용신은 매우 중요한 신으로 인정되고 있음

---

9 강정식, 「한국 제주도의 해양신앙」, 『도서문화』 27집, 목포대학교 도서문화연구소, 2006, 31~34쪽.

을 알 수 있다.

1. 옥황상제(하늘 차지) 2. 지부사천대왕(땅 차지) 3. 산신대왕, 산신백관(산신) 4. 다섯龍宮(바다차지, 龍神) 5. 서산대사·육관대사(절 차지) 6. 삼승할망(産育神) 7. 홍진국대별상 서신국마누라(마마신) 8. 날궁전, 둘궁전(日月神) 9. 초공(巫祖神) 10. 이공(서천꽃밭 呪花 관장신) 11. 삼공(前生神) 12.十王(저승과 생명 차지) 13. 差使(十王의 使者) 14. 冥官(冥府差使) 15. 세경(農畜神) 16. 군웅, 일월조상(一家, 一族 守護神) 17. 성주(家屋神) 18. 문전(門前) 19. 本鄕(部落守護神) 20. 靈魂, 魂魄, 마을(諸死靈) 21. 칠성(富, 穀物神) 22. 조왕(부엌신) 23. 오방토신(方位, 집터신) 24. 주목지신, 정살지신(집안 出入路神) 25. 울담·내담지신(울타리神) 26. 눌굽지신(낟가리神)[10]

큰굿의 절차에서 옥황상제(하늘), 지부사천대왕(땅), 산신대왕(산)에 이어 네 번째로 용왕신이 모셔지는데, 그 용왕신은 다섯으로 되어 있다. 우리 민족이 바다를 중시했고 동해, 서해, 남해를 두루 거느리는 용신의례를 하였음을 알 수 있는데, 나중에 유교 예악사상의 영향을 받아 5방의 용신이 등장하게 된다. 하늘, 땅, 산, 바다의 신들이 모셔지는 중요한 단서를 보게 된다. 천지신을 위하고, 산신과 해신을 모시는 우리 민족의 신 관념을 여실히 알 수 있는 대목이다. 그 다음 인간의 탄생을 주재하는 삼승할망, 인간의 운명을 관장하는 삼공, 인간의 죽음을 관장하는 시왕과 차사가 열거되어 있는데, 우주자연이 먼저 제시되고 인간의 생노병사가 뒤에 제시되어 가지런하다.

---

10 현용준, 『제주도 무속 연구』, 집문당, 1986, 189쪽.

1) 용왕과 군웅본풀이

용왕 신앙에는 용왕, 용왕부인, 동해용왕 따님아기 등이 등장하고 동해용왕과 서해용왕이 싸우는 설정도 있다. 그 대표적인 신화가 〈군웅본풀이〉다. 1937년 박봉춘본에 서사적 단락이 온전하게 전하는데 대략적 줄거리는 다음과 같다.

1) 서해용왕과의 싸움에서 당한 동해용왕의 아들이 왕장군에게 도움을 청한다.
2) 동해용왕의 부탁대로 활을 쏘아 서해용왕을 물리친다.
3) 공에 대한 보답으로 용녀를 아내로 맞게 되어, 왕근, 왕빈, 왕사랑 세 아들을 얻는다.
4) 용녀는 용궁으로 돌아가고, 세 아들은 강남 천자군웅, 일본 효자군웅, 조선 역신군웅으로 살게 된다.[11]

이 이야기는 이미 알려진 대로 〈삼국사기〉의 거타지 설화와 유사하고, 〈고려사〉에 전하는 작제건 신화와 깊은 관련성이 있다. 작제건이 용녀와 결혼해서 낳은 아들이 용건이고, 그 아들이 고려 건국의 주인공인 왕건이다. 고려는 중세국가인데도 왕권의 신성성을 드러내기 위해 고대신화를 조작하여 중세신화를 만들어냈다. 그런데 왕건의 탄생신화와 유사한 신화가 제주에 〈군웅본풀이〉로 남아 있다. 고려 건국신화가 제주에 전해져 흔적이 남은 것이 〈군웅본풀이〉는 아

11 "나는 인간이 아니니 / 지금붓터 용왕으로 드러가리니 / 당신들은 군농을 차지하여 사옵소서 / 강남은 천자군농으로 놀고 / 일본은 효자군농으로 놀고 / 죠선은 역신군농으로 놀고 (후략)"(赤松知城·秋葉隆(최석영 역), 『朝鮮巫俗의 硏究』 상, 민속원, 2008, 528쪽)

닐까. 고려 왕건이 여기서는 '왕근'이다. 이 신화에서는 고려 대신 조선이 국명으로 등장하고, 그 형제들이 조선뿐만 아니라 강남천자국(중국)과 일본국에 좌정한다고 한다. 왕이 세 아들이 각각 강남천자국, 일본효자국, 조선역신국 군웅이 되었다고 본다. 그런데 역신은 마마신이고 무속에서 늘상 모셔지는 별상신이다. 세 아들이 각각의 역할(중국, 일본, 조선의 신격)을 맡은 것이 아니라, '어디에서는 무엇으로 논다'는 식의 서술이 이어진다. 세 형제들이 강남에서는 천자군웅으로 놀고, 일본에서는 효자군웅으로 놀고, 조선에서는 역신군웅으로 논다는 데 초점이 있다. 그리고 이들은 함께 여러 장소에 가서 음식과 술을 대접받으면서 논다. '높은 벼슬을 한 집안에서는 사당위패에 놀고, 중인의 집에는 책불일월로 놀고, 무당의 집에는 당주일월로 놀고, 사냥하는 집에는 산신일월로 놀고, 과거급제한 집에는 홍부일월로 논다'고 이어진다.

일월은 조상신을 뜻한다. 제주의 무속 제차에서는 〈군웅본풀이〉를 부르는 '군웅본판'에 이어 〈조상신본풀이〉를 구연한다. 군웅본판은 원래의 조상을 의미하는데, 원 조상은 고려 건국신화와 친연성이 있는 〈군웅본풀이〉를 구연하는 것이어서, 제주도 〈조상신본풀이〉가 역사적으로 형성된 증거를 보여주는 적절한 사례라고 보인다.[12] 원가닥의 군웅본풀이가 제시되고 그 후 각 집안의 조상신 내력이 제시되는 순서를 취한다.

군능에 아바님은 낙수게낭

12 김헌선 외, 『제주도 조상신본풀이 연구』, 제주대학교 탐라문화연구소, 2006, 28쪽.

군농에 어머님은 서수게낭
아덜이사 삼형제 나난
큰아덜은 동이요왕 ᄎᆞ질허고
셋아덜은 서이요왕 ᄎᆞ질허고
족은아덜 전승팔저 그리치니
(중략)
강남드레 응허니 황제군농(皇帝軍雄)
일본드레 응허난 ᄉᆞ제군농(小子軍雄)
우리나라 왕대비(王大妃) 대옹대비(大王大妃) 서단
놀던 일뤌이여
물 우이는 요왕일뤌(龍王日月)
물 알에는 ᄉᆞ신일뤌(四神日月)[13]

여기서도 세 아들이 나오는데, 이들은 동해용왕과 서해용왕이 되었고 막내는 팔자를 그르쳐 중이 되었다고 한다. 그리고 이들은 여기저기를 떠돌아다니며 다양한 역할을 담당하는 것으로 나타난다. 강남에서는 황제로, 일본에서는 소자로, 물 위에서는 용왕신으로, 물 아래에서는 사신으로 대응한다. 강남에서는 천자(천ᄌᆞ, 황제, 황저), 일본에서는 효자(소ᄌᆞ, 조자, 주년), 한국에서는 노ᄌᆞ(황ᄌᆞ, 대홍대비 서대비)[14]로 직능을 달리 하고 있는데, 이 본풀이는 한·중·일에만 국한하지 않고 여러 장소를 들먹이면서 군웅이 모셔지는 정황을 길게 부연한다. 여기서 우리가 주목할 것은 군웅이 우리나라와 제주에만 국한

13 강정식 외, 『동복 정병춘댁 시왕맞이』, 제주대학교 탐라문화연구소, 2008, 656쪽.

14 현용준 선생이 기왕의 〈군웅본풀이〉에 있는 이름과 직능을 일람표로 만들어 보여주고 있다. 현 선생도 박봉춘본만이 작제건 설화와 유사한 내용을 담고 있다고 하면서 여러 의문을 표하고 있다.(『제주도 신화의 수수께끼』, 집문당, 2005, 228쪽)

하지 않고 강남천자국(중국)과 효자국 혹은 주년국(일본)에서 신격으로 활약한다는 점이다. 그만큼 중세 제주의 삶은 바다 멀리 중국과 일본을 향하고 있었다. 그것은 다만 중국과 일본이란 나라에 대한 정보를 나열하는 데 그치지 않고, 바다를 통한 교류를 의미하며, 탐라국이 지녔던 해상능력을 상징적으로 보여준다는 점을 기억해야 한다.

2) 할망본풀이와 용왕의 딸

용왕이 등장하는 신화가 다양하지만, 용왕의 딸도 중요하다. 앞에서 제시한 바 있듯이, 제주의 '젯ᄃ리'(제의 절차)에 따르면 삼승할망이 여섯 번째인데, 그 삼승할망보다 앞서 산육을 관장했던 신이 바로 구삼승할망인 동해용왕 따님아기다. 삼승할망본풀이의 전반부는 구삼승할망의 내력이다. 현용준의 『제주무속자료사전』과 진성기의 『제주도무가본풀이사전』, 그리고 제주대 한국학협동과정이 편한 『이용옥심방본풀이』 등의 〈할망본풀이〉 채록본들을 통해 통합적으로 제시 가능한 핵심 서사단락은 다음과 같다.

① 용왕의 딸로 태어난 동해용왕아기씨가 부모에게 불효한 죄로 무쇠석함에 갇혀 바다에 띄워 버려진다.
② 무쇠석함이 바다를 오랜 시간 동안 떠돌다 인세에 당도하여 임박사에게 발견된다.
③ 인간세상에 생불왕(産育神)이 없으므로 동해용왕아기씨가 생불왕으로 들어서 인간의 포태와 출산을 관장케 된다.
④ 동해용왕아기씨가 포태를 시키지만 낙태되거나 산달을 넘기도록 출산하지 못하는 일이 벌어진다.
⑤ 임박사가 이를 보다 못하여 옥황상제에게 새로 생불왕을 내려달라

청원한다.

⑥ 옥황상제가 생불왕에 들어서기 가장 적합한 인물로 명진국아기씨를 골라 인세에 내려보내고 동해용왕아기씨가 해결하지 못한 일을 수습케 한다.

⑦ 인간 세상에 생불왕(產育神)이 둘이 되었으니, 둘 사이에 다툼이 벌어지고 이를 해결하고자 둘이 옥황상제를 찾아가게 된다.

다음의 이야기 전개는 동해용왕아기씨와 명진국아기씨가 꽃피우기 경쟁을 하여 명진국아기씨가 승리하고 삼승할망으로 좌정하였다는 결말이다. 동해용왕아기씨는 밀려나 구삼승할망이 되었고 구덕삼승, 업게삼승[15]으로 지내게 되었다. 〈할망본풀이〉 서사의 전반부는 당신본풀이 〈토산일뤳당 본풀이〉와 유사하다.

(1) 소로소천국과 금백조의 아들 ᄇᆞ름못도가 죄를 지어 무쇠석함에 갇혀 동해바다로 버려지고, 석함이 용왕국에 다다르다.

(2) 용왕국의 세 딸 중, 막내딸이 석함을 발견하고 열어 ᄇᆞ름못도와 혼인을 하게 되다.

(3) ᄇᆞ름못도의 식성 때문에 용궁의 곳간이 비어가자 하는 수 없이 내외간을 무쇠석함에 띄워 보내니 다시 제주섬으로 들어오게 되다.

(4) ᄇᆞ름못도가 부술(符術)을 사용하여, 금백조에게 눈에 콩깍지가 들게 한 것을 용왕국 막내딸이 부채를 부쳐 낫게 하였고, 그 공으로 용왕국의 막내딸이 땅 한 착, 물 한 착을 금백조에게 내어달라 하다.

(5) ᄇᆞ름못도의 큰부인(일뤠중저)이 첩인 용왕국 막내딸에게 땅과 물을

15 동해용왕아기씨가 저승할망이 되자 아이들에게 경풍이나 병을 주어 얻어먹겠다고 분노하자, 인간할망이 다독거리면서 아이 업는 멜빵 수호신의 몫과 업저지 수호신 몫으로 인정을 걸어주겠다고 하였다.

> 떼어준다고 하자 애가 타고 목이 말라 돼지털이 코르 들어가고, 비린내가 난다고 쫓아낸다.[16]

일뤳당 관련 본풀이 중, 동해용왕아기씨와 가장 많은 유사점을 지니고 있는 것은 〈토산일뤳당 본풀이〉 계열이었다. 쫓겨난 용왕의 막내딸은 일렛당신인 동시에, 구삼승으로 좌정한 동해요왕아기씨였고 산육신(産育神)의 신격을 가졌다.[17] 일렛당신은 제주도 전 지역에 분포되어 있는 농경신이며 산육·육아의 신이며, 피부병의 신이다. 제주도 전도의 보편적인 일반신본풀이에도 산육신이 있고, 각 마을마다 산재 일렛당에도 산육신이 있음을 일렛당본풀이를 통해 확인할 수 있다.

둘 다 용왕의 딸이고 불효 혹은 분란의 책임 때문에 용궁에서 쫓겨나 무쇠석함에 담겨 떠다니다가 제주도로 들어오게 된다. 용왕의 딸은 아이의 포태를 시킨다거나 부술로 병을 낫게 하는 능력을 보인다. 궤네깃도가 아버지에 대한 불효로 쫓겨나 무쇠석함에 담겨 바다에 떠다니다가 대단한 능력을 발휘하는 것과 비슷한 경로를 지닌다. 궤네깃도가 남성 영웅의 고난극복 과정이었다면 용왕의 막내딸은 여성영웅의 고난극복 과정이다. 그런데 궤네깃도가 용왕의 셋째딸을 만난 후, 용왕의 셋째딸이 궤네깃도와 역(逆)의 행로로 바닷길을 떠난다.

위에 인용한 『제주도무속자료사전』에서는 용왕의 막내딸이 첩으

---

16 현용준, 『제주도무속자료사전』(개정판), 도서출판 각, 2007, 606~610쪽.

17 이현정, 「제주도 서사무가 할망본풀이의 형성원리 연구」, 제주대학교 석사학위논문, 2014, 15~16쪽.

로 등장하고 쫓겨나는 주체가 큰부인인데, 『제주도무가본풀이사전』에서는 용왕 막내딸이 큰부인으로 등장하고 다시 추방되는 시련을 겪게 된다. 〈할망본풀이〉에서 동해용왕아기씨가 명진국아기씨에게 밀려나듯이 용왕의 막내딸도 축출당한다. 첩의 등장 때문은 아니다. 돼지털이 콧구멍으로 들어간 사건이 돼지고기 식성으로 오인되었기 때문에 축출당한 후 첩이 들어오게 되니, 차이점은 있으나 용왕의 딸이 큰 능력을 보이다가 축출당하는 측면은 매우 유사하다.

아이를 보살피는 신이 바다에서 출자(出自)했다는 것은, 바다 저편에서 곡식과 불과 같은 중요한 문명이 전해진다는 사유와 같다. 제주와 같은 섬에서 바다를 통해 도래하는 신격은 중히 여겨졌다. 그런데 시간이 지날수록 도래(渡來)신보다는 천상에서 하강하는 신격이 중요하게 여겨진다. 그래서 동해용왕아기씨는 밀려나고 천상계에서 내려온 명진국아기씨가 주도권을 쥐고, 바다에서 온 신격은 밀려난다. 일반신에서는 이렇게 큰 변화를 보였지만, 마을 당신앙 체계에서는 여전히 용왕의 막내딸이 산육신으로 완강하게 버티고 있다. 제주 신화 체계의 변모과정이 느껴지는 대목이라 하겠다.

3. 해양능력과 탐라국 신화

서론에서 잠시 언급하였듯이 탐라국 건국신화에서 주목할 점은 바로 여신의 도래(渡來)이다. 여신들은 오곡종자를 가지고 들어온다. 철기문화·직조문화·농경문화는 고대문명과 연관된 것이고, 이것들은 고대국가 형성에 긴요한 것이었음을 알 수 있다. 철기와 비단과 오곡을 가지고 새로운 땅으로 가 그곳에서 새로운 문명을 일구어 낸 이야기가 고대 건국신화의 주류를 이룬다. 제주의 삼성신화도 이런 반열에 든다고 하겠다. 제주 건국신화에서는 3여신이 오곡종자 외에 송아지·망아지를 가지고 들어왔다고 한다. 소와 말 역시 농경에 필요한 동력이었다. 제주에는 당신본풀이가 많이 남아 있는데, 부부신이 좌정하여 있는 경우 남신이 토착신이라면 여신은 도래신이다. 여신이 본향당의 주인인 경우도 많은데 바다를 건너온 여신이 많다. 그런데 여신이 주역인 상황에서 서서히 남신이 주역인 당본풀이가 많아졌을 것으로 본다. 설문대할망처럼 거인 여성이 주역이던 신화가 소로소천국같이 거인 남성이 주역인 신화로 바뀌어가고, 그 거인의 특성은 아들 궤네깃도로 이어진다. 여성영웅 서사시에서 남성영웅 서사시로 전개되어 나간다.

제주의 서사무가 중 괴네깃당본풀이 또는 같은 계열의 송당본풀이는 삼성신화의 근원적 신화에 해당된다. 송당본풀이의 소로소천국이 땅에서 솟아나듯이 삼성신화의 삼신인도 땅에서 솟아났다. 송당본풀이가 '웃송당' '셋송당' '알송당'의 상·중·하당의 세 신당이 공존하듯이, 삼성신화에서는 고을라·양을라·부을라의 삼신인이 등장한다. 송당본풀이의 여신 백주또가 무쇠철갑에 실려 제주에 표착하고 있듯이 삼성신화의 삼여신도 목함과 석함에 담겨 제주에 표착하고 있다. 송당본풀이의 남신이 사냥을 위주로 하고 여신(백주또)는 남신으로 하여금 농사를 새로이 시작하게 하듯이, 삼성신화에서 남신들은 사냥을 주업으로 삼고 있는데 삼여신은 오곡종자를 가져와 농사를 시작한다. 송당본풀이의 남신(문곡성, 소로소천국의 아들)이 제주도 전체를 지배하는 신격이 되듯이 삼성신화의 삼신인이 탐라국을 건국하여 제

주 전체를 지배하는 신격이 된다.[18]

송당계 신화에서 소로소천국이 사냥을 하여 생업을 꾸려나갔는데, 자녀들이 많아지자 백주또가 농경을 권하고 있는 것으로 보아 여성신에 의해 농경이 시작된 것으로 그려지는데 탐라건국신화에서도 그렇다. 제주의 고·양·부 3신인은 사냥을 하면서 지내다가, 3여신과 혼인하여 농경문화를 정착시킨 것으로 볼 수 있다. 그러므로 송당본풀이와 삼성신화는 함께 남성신의 수렵문화에서 여성신의 농경문화로 이행하는 과정을 보여 준다. 두 문화의 결합은 큰 힘을 발휘하게 하였고, 고대국가의 건설에까지 미치게 된다.

> 억만대벵을 내여주시니 싸움ᄒᆞ레 나간다. 체얌(初)에 들어가서 머릿박 둘 돋은 장쉴 죽이고 두 번채 들어가서 머릿박 싓 돋은 장쉴 죽이고, 싀번채 들어가서 머릿박 닛 돋은 장쉴 죽이니, 다시는 데양(對抗)ᄒᆞᆯ 장수가 엇어 세벤도원수(世變都元帥)를 막으니, 대히(大喜)헤야, "이러ᄒᆞᆫ 장수는 천하에 엇는 장수로다. 땅 ᄒᆞᆫ착 믈 ᄒᆞᆫ착을 베여 주건 땅세(地稅) 국세(國稅) 받아 먹엉 삽서." "그도 마웨다." "천금상(千金賞)에 만호후(萬戶侯)를 보(封)ᄒᆞ라." "그도 마웨다" "그레민 소원을 말ᄒᆞ라" "소장(小將)은 본국(本國)으로 가겠습네다."
>
> 관관솔을 베여가지고 전선(戰船) ᄒᆞᆫ 척을 무어 무나무(珊瑚) 양석(糧食)을 ᄒᆞᆫ베 시끄고 벡만군ᄉᆞ를 데동허여 조선국(朝鮮國)을 나온다. (중략) 방광오름 가 방광을 싀번 쳐서 벡만군ᄉᆞ(百萬軍士)를 허터두고, "벡만군ᄉᆞ는 본국으로 돌아가라." 작별(作別)헤야 "한라연산(漢拏靈山)이나 구경가자."[19]

---

18 조동일, 『동아시아 구비서사시의 양상과 변천』, 문학과지성사, 1997, 89쪽.

19 현용준, 앞의 책(2007), 557~559쪽.

강남천자국에 난리가 나서 궤네깃도가 억만 군사를 받아 난리를 평정한다. 그리고 천자로부터 여러 가지 포상을 제시하지만 거절하고 제주로 돌아온다. 백만 군사를 대동하여 "아방국을 치젠 들어옵네다"란 소식을 들은 아버지는 알손당(下松堂에 죽어 좌정한다. 이에 궤네깃도는 제주도를 차지한 후 백만 군사를 돌려보낸다. '백만 군사'란 규모가 과장되긴 하였겠지만 엄청난 탐라국의 해상능력을 그렇게 표현한 것이라 할 수 있다. 버려진 아들이 나중에 군사를 이끌고 고국에 돌아와 아버지 나라를 치려고 했다는 내용은 매우 고대적이고 야생적인 요소를 그대로 간직한 신화다.[20] 묵은 질서는 이렇게 강하고 새로운 질서에 의해 교체된다고 생각하는 문맥 속에서 고대 영웅신화의 전형을 보게 된다.

"어디서 온 맹장님이 되십네까?" "천하해동 조선국 제주도에서 들어온 문곡성이 됩네다." (중략) 천ᄌ지국은 문곡성을 '제일도원수'라는 직함을 지왔다. 갑옷 갑투길 내어주고, 억만대병 억만군ᄉ를 내여줬다. 천ᄌ지국의 난을 석둘열흘 백일만이 평정을 시겼다. 천ᄌ지국이 말을 ᄒ되 "천하

20 김진하는 문곡성과 아버지와의 정권교체에 대해 큰 의미를 두지 않고 있다. "문곡성의 영웅적인 귀환에도 불구하고 금백조와 소천국의 위상에는 아무 변화도 없다. 그런데 금백조와 소천국이 마치 아들신을 두려워하여 달아났다는 식의 이야기가 만들어진 것은 오로지 새로운 영웅 문곡성의 위세를 강조하기 위해서 만들어진 수사학인 것이다. 신화적 수사학이 이처럼 교묘하게 작동하는 바람에 주인공의 위상이 어느새 역전된 듯 보이는 것이다. 그러나 이 수사학의 의도를 들추어 읽으면 문곡성의 영웅적인 귀환에도 불구하고 그의 아버지 소천국과 어머니 금백조의 신성한 권위에는 조금의 손상도 없다." 「송당신화의 분화와 새로운 영웅 문곡성의 탄생」, 『탐라문화』 제30호, 제주대학교 탐라문화연구소, 2007, 20쪽) 문곡성이 한라산에 좌정한 것은 소천국의 위세에 눌려 떠난 것으로 보고 있는데, 한라산에 좌정한다는 것은 제주도 전체를 지배한다는 상징적 의미다.

> 의 반을 갈라 주느냐?" (중략) "나를 조선국 제주도로 보내여 주십시요" 천주국은 황제 혼언씨 수레를 지었다. 황제 혼언씨가 수레를 지고 거기 굴량을 일천석 궂추고 일천벵마 삼천군벵을 거느리고 제주를 입도했다.[21]

앞의 신화와 마찬가지로 문곡성은 억만 군사를 받아 강남천자국에서 난리를 평정하고 일천 병마와 삼천 군병을 거느리고 다시 제주도로 돌아온다. 그 후 문곡성 일행은 일천병마 삼천 군병을 거느리고 한라영산을 올랐다. 앞의 '백만 군사'보다는 규모가 작지만 '일천 병마 삼천 군병'도 고대국가를 형성하는 데는 손색이 없는 해상능력이라 하겠다. 한라산에의 좌정은 제주도 전체를 지배한다는 상징적 의미를 지닌다. 이런 위세에 놀란 금백조는 웃손당으로 달아나고 소천국은 알손당 고부니므루로 달아났다고 신화는 전한다.

송당본풀이의 문곡성 혹은 궤네깃당본풀이의 궤네깃도와 같은 주인공이 천자국에서도 해결할 수 없는 난리를 평정했다는 것은 주인공의 대단한 영웅적 면모다. 이 땅에서뿐만 아니라 천자국(중국)에서 인정하는 활약상이라 하겠다. 그리고 천하의 반을 갈라주겠다는 제안을 거절하고 제주에 돌아온 내력은, 주인공의 해상능력을 보여주는 바이다. 앞에서 살폈듯이 칠머리당의 신도 강남천자국에서 솟아났는데, 백만 대병을 거느리고 제주에 들어온다. 백만 군사와 삼천 군병은 엄청난 해상 세력을 거느린 영웅에 대한 장식적 표현이다. 그래서 조동일 교수는 '탐라국 건국서사시'가 재래의 수렵민과 외래의 농경민이 결합되어 생산력을 발전시킨 토대 위에서 안으로 정치적인 통

21 진성기, 『제주도 무가 본풀이 사전』, 민속원, 1991, 413~414쪽. '손당본향'(이상문 구연)

합을 이룩하고 밖으로 주권을 지키는 영웅이 해상활동을 통해 힘을 키워 작지만 당당한 나라를 세운 위업을 나타냈다고 하면서, 탐라국의 위상에 대해 다음과 같이 논하고 있다.

> 탐라국이 동아시아 국제사회의 일원이 되어, 백제·신라·일본·중국 등과 외교관계를 가지고 왕래하면서 교역을 했다. 상대방에 비해 모자라지 않는 정치적 역량, 군사력, 항해능력 등을 두루 갖추었기 때문에 그럴 수 있었다.[22]

고대국가의 형성기의 고고학적 증거도 탐라국의 면모를 추정할 수 있게 한다. 1928년 산지항 축조공사시 발견된 오수전은 BC 118년부터 주조되어 사용되었던 화폐이며 왕망 때 잠시 사용과 주조가 금지되었다가 후한 이후 다시 주조되었고, 오수전이 왕망전과 함께 출토되기 때문에 그 연대가 기원후 1세기를 크게 벗어나지 않는다고 한다.[23] 이 오수전은 중국과 상당한 왕래와 교역을 뜻한다. 중국과 일본의 중계무역을 추정할 수도 있다. 고대 탐라국 역사기술을 동아시아 또는 동지나 해양문화권으로 잡는 것이 타당하다. 이 고대국가의 형성과정이 신화와 본풀이에 반영되어 있다. 강남천자국을 평정하고 군사를 이끌고 제주로 돌아오는 궤네깃도(문곡성)의 내력은 바로 동아시아 해양문화권의 해상능력을 암시하는 것이라 하겠고, 삼여신이 농경과 목축의 문화를 가지고 들어온 것 역시 고대문명의 전래와 탐

22 조동일, 「탐라국 건국서사시를 찾아서」, 『제주도연구』 제19집, 제주학회, 2001, 102~104쪽.

23 이청규, 『제주도 고고학연구』, 학연문화사, 1995, 194~195쪽.

라국의 형성과정을 상징하는 문맥이라 하겠다. 본풀이(신화) 속에 탐라국은 1세기에 탄생하였다. 심방들이 영평 8년(AD 65년) 고·양·부 3신인이 솟아나 나라를 세웠다고 했다. 우리는 신화를 통해 한반도의 고대국가와 대등한 시기에 탄생한 탐라국의 실체를 만나게 된다.[24]

4. 바다 바깥과의 교류

1) 강남천자국에서의 출자

영등신과 삼여신을 비롯한 무수한 제주의 신이 출자한 강남천자국이 어디인가. 천상계에서 하강하는 고대 건국신화 뒤에는 바다 건너 땅에서 도래하는 시조도래신화가 탄생한다. 시조도래 건국신화의 기본 설정은, 문명권 중심부의 인물이 주변부로 도래해서 현지의 지배자 신분의 여성과 결혼하고 그곳의 통치자가 되어 문명을 전파했다는 것으로 요약된다. 그러나 도래한 인물이 남성이 아니고 여성이어서, 왕이 되지 않고 왕후가 되었다고 했다. 여성신이 문명을 전한 문맥이다. 삼여신이 망아지와 송아지, 그리고 오곡종자를 가져왔다는 것은 고대문명을 전했다는 의미이다. 그런데 당본풀이에서 중국 혹은 천자국을 빙자한 것은 중세화의 과정이라 할 수 있다. 고대에 형성된 당본풀이가 전승되는 과정에서, 우선은 중세국가인 고려의 권위를 빌려 당신의 신성화 작업이 이루어졌을 것이고, 다음으로는 중세국가

---

24 허남춘, 『제주도 본풀이와 주변신화』, 제주대학교 탐라문화연구소, 2011, 202~204쪽에서 자세히 다루었다.

의 중심축이라 할 중국의 권위를 빌려 신성화 작업이 추가적으로 이루어졌을 것이다. 즉 고대의 탐라국이 중세화하지 못하고 한반도의 중세국가에 예속되면서 중심부와의 친연성을 강조하고 그 권위를 가져다 당신의 권능을 강화하는 과정에서, 당신들이 서울 혹은 중국에서 출자했다고 변모하게 되었을 것이다. 이처럼 구비전승은 신성성을 강조하기 위해 그 문맥이 끊임없이 쇄신된다.

그 예를 다른 곳에서도 볼 수 있다. 신라의 선도산 성모는 서술성모라고도 하고, 박혁거세와 알영의 어머니로서 곡모신적 성격을 지니고 있다. 고대 건국주의 어머니 신격인 셈이다. 그리고 가야의 허 왕후는 수로의 배필이 되어 고대국가를 연 주인공이다. 그런데 신라의 선도산 성모는 중국제실의 딸이라고 하거나, 가야의 허 왕후가 불교를 들여왔다는 부언은 바로 중세문명의 도래를 의미한다.[25] 고대국가의 건설과 관련된 신화가 시간이 흐르면서 중세의 권위를 빌어 신성성을 강화하려는 의도에서 그러한 변이가 나타나게 되었다.

송당본풀이에서는 백주또 여신이 '강남천자국'에서 왔다고 한다. 자식인 문곡성은 아버지에게 버릇없이 굴다가 무쇠철갑에 담겨 버려지지만 용왕국에 표착하고, 다시 식성이 과다하여 상자에 담긴 채 쫓겨나 강남천자국에 표착한다. 후에 강남천자국의 난을 평정하고 제주에 돌아와 한라산 'ᄇᆞ름목'에 좌정하게 된다. 우리는 송당본풀이에서 백주또와 문곡성이 '강남천자국'에서 출자한 모습을 보게 된다. 그뿐만 아니다. 앞에서 살폈다시피 온평리의 당본풀이에서 세 여신이

---

25 조동일, 「시조도래건국의 중세 인식」, 『하나이면서 여럿인 동아시아문학』, 지식산업사, 1999, 96~141쪽.

출자한 곳이 역시 '강남천자국'이다.

> 강남 천제국
> 정ᄌᆞ국 안가름서
> 삼성제가 솟아나
> 제주 입도ᄒᆞ야
> 큰성님은 조천관
> 앞선도 정중부인이고
> 족은아신 열룬이
> 고장낭밭 명호부인이고
> 셋성님은 짐녕 관사전부인[26]

현용준 채록본이나 진성기 채록본이나 모두 이달춘 구연이다. 현용준 채록본에서는 "정중부인, 관세전부인, 멩호부인"이고, 여기서는 "정중부인, 관사전부인, 명호부인"으로 조금 다르지만 '강남천자국'에서 솟아난 것은 같다. 삼성신화에서는 '일본국' 혹은 '벽랑국'에서 왔다고 했는데, 삼성신화와 밀접한 당본풀이에서는 여신의 출자가 '강남천자국'으로 일치하는 점을 알 수 있다.

〈소섬본향〉에서도 "강남천ᄌᆞ국 ᄆᆞ른 밭 배 돌려 요왕 신중 선왕"(김병생 구연) 혹은 "강남천ᄌᆞ국 ᄆᆞ른 밭 배 돌려 온 육곰이"(강봉언 구연) "강남천ᄌᆞ국 ᄆᆞ른 밭디서 솟아난 장할으방 장할망"(이백남 구연)[27]이라고 하여 신의 이름은 용왕, 육곰, 장할으방과 장할망으로 조금씩

---

26 진성기, 앞의 책, 381쪽. '김녕본향'

27 위의 책, 420~421쪽. '소섬본향'

다르나 그 출자처는 '강남천즈국'으로 같다. 여기 소섬(우도)는 2월 보름에 영등할망을 환송하는 의례가 벌어지는 곳이고 영등할망도 '강남천즈국'에서 왔다고 하였다. 소섬 동천진동 〈소섬당〉에서는 "영등둘엔 동경국이서 들어온 영등할으방 영등할망이 훈둘간 유ᄒᆞ였당 갑네다."(영등달에는 동경국에서 들어온 영등하르방과 영등할망이 한 달 간 머물었다가 갑니다.)[28]라 하여 영등신의 유래를 말하고 있는데, 그 출자처가 '동경국'으로 조금 다르다.

"예촌본향은 백관님, 도원님, 도병서또. 시성제우다. 첫체는 하로영산 동남밭디서 솟아오른 백관님이우다. 둘체는 강남천제국서 솟아오른 도원님이우다."[29] 첫째는 예촌에 한라산에서 솟아나 좌정한 백관님이고, 둘째는 '강남천자국'에서 솟아나 제주도로 온 도원님(都元帥)이다. 강남천자국 아들이 부모에게 불효하여 무쇠 철갑에 갇혀 버려지는데 동해용궁에 다다라서 용왕의 셋째 딸과 인연을 맺고 석 달을 살다가 제주도 오라리로 와서 세상을 살펴보고 예촌으로 와 백관님과 형제를 맺었다고 한다. 예촌본향을 비롯한 한라산계 본풀이에서는 대개 형제가 한라산에서 솟아나는 데 반해 여기 '도원님'의 출자는 예외적이다. 〈송당본풀이〉는 제주에서 태어난 아들이 부모에게 불효하여 무쇠 철갑에 갇혀 버려지는데 동해용궁에 가서 용왕의 셋째 딸과 인연을 맺고 몇 달을 살다가 강남천자국에 가서 난리를 평정하는 공을 세운 후에 제주로 돌아와 좌정하는 이야기다. 송당계 본풀이와 한라산계 본풀이가 이렇게 만나는 지점이 있다. 이처럼 '강남천

---

28 위의 책, 422쪽. '소섬당'

29 위의 책, 490쪽. '신례본향'

자국' 출자는 제주도 전역에 큰 의미를 띈다.

> 열룬이
> 명오부인은
> 대국 명나라
> 명천ᄌ의 손.
> 명나라
> 명천ᄌ가
> ᄄᆞᆯ 삼성제가
> 잘 나서
> 역적에 ᄆᆞᆯ려들어
> 구양을 보내니
> 큰ᄄᆞᆯ은 조천 정중부인
> 셋ᄄᆞᆯ은 짐녕 황새부인
> 말젯ᄄᆞᆯ은 열룬이 명오부인[30]

〈온평본향〉은 앞에서 살핀 〈김녕본향〉과 같은 계열의 본풀이다. 여기 소개하지는 않았지만 〈조천본향〉도 역시 같다. 열룬이가 온평리의 옛 이름이다. 〈온평본향〉에서는 '강남천자국'이 아니라 구체적으로 '명나라 천자국'이라고 했다. 막연하게 강남천자국이라 했던 것을 중세의 사정에 맞게 바꾼 것으로 보인다.

바다 멀리를 '강남'으로 사유한 흔직이 있는데, 그 땅을 '천자국'으로 인식하여 '강남천자국'이라 한 경우도 많다. 위대한 신이 중국 천자의 땅에 근거하고 있다고 하여 신의 권위를 높이려 한 것이 중세

---

30 위의 책, 452쪽. '온평본향'

때의 보편적인 변화였다. 고대에는 고대국가 중심부에서 왔다고 하였고, 중세에는 문명의 중심부 중국에서 왔다는 관념이 신화에 반영되어 나타난다.

2) 일본과의 교류

우선 탐라국 건국신화를 보자. 〈고려사계〉 삼성신화와 〈영주지계〉 삼성신화가 삼여신이 출자한 곳에 의거하여 크게 둘로 나뉘고, 〈고려사계〉는 '일본국'으로, 〈영주지계〉는 '벽랑국'으로 적고 있다. 이 삼성신화와 긴밀한 연관성을 지니고 있는 것으로 보이는 온평리와 김녕의 당본풀이에서는 삼여신이 '서울' '명나라' '강남 천자국' 등에서 출자했다고 한다. 삼여신의 출자처를 서울 혹은 중국 혹은 천자국으로 설정한 것은 후대의 변이일 것이다.

온평리의 촌로들에게서 수집한 삼여신의 도래와 혼인지의 이야기는 '황노알'에 표류한 세 여인을 '금관국의 공주'라고 한 경우도 있다.[31] 여기서 금관국이라 한 것도 역시 탐라국의 건국 주역인 삼신인과 격을 맞추기 위해 국가의 이름을 빌되, 좀더 현실적인 조건을 충족하는 국내의 금관국 출자를 구비전승에 가져온 것일 듯하다. 실제로 해상교류가 가능한 금관국에서 왔을 개연성도 있지만, 기록 자료에 전무한 것을 보면 후대의 변이일 가능성이 높다. 그렇다면 애초의 출자처는 '벽랑국'에 가까울 것이고, 현용준 선생이 추정하였듯이 '바당'(바다)의 의미[32]라 하겠고, 벽랑국은 '바다 저쪽'의 상상의 공간이라 하겠

---

31 문무병, 「마을의 설촌과 당본풀이: 성산읍 온평리의 경우」, 『백록어문』 7집, 제주대학교 국어교육과, 1990, 12쪽.

다. 일본국이라 한 것은 삼여신이 동해 먼 바다의 '일출처(日出處)'에서 왔다는 것의 구체적 표현이고, 탐라건국의 주역인 삼신인과 격을 맞추기 위해 국가의 이름을 빌었던 때문일 것으로 본다.

탐라국 시절 그들에게 바다와 바다 건너 일본은 문명의 중요한 교류처였을 것이다. 일본은 애초 북큐슈에서 대마도를 경유하여, 남해안과 제주도 사이, 조선반도 서해안, 요동반도 남해안를 거쳐 산동반도 등주(登州)에 이르는 북로(北路) 루트로 중국과 교류하였다. 그러다 조선반도의 정세변화에 의해 이 루트를 사용하지 않게 되었다. 나당전쟁 이후 나당관계가 단절되고 왜국은 북로의 견당사 파견이 불가능해졌다. 그래서 새로운 항로를 개척하게 되었다.[33] 이때까지 탐라국은 일본과 중국의 중간에 위치하여 다양한 교역을 하였을 것으로 추정된다.

660년 백제가 당군의 침공에 의하여 멸망하자, 탐라는 독자 외교를 전개하며, 그 해에 당에 사신을 파견하고(〈唐會要〉) 661년(왜국 齊明天皇 7년)에는 제4회 견당사가 탐라에 표착했던 것을 기화로 왕자 아파기(阿波伎) 등을 일본에 파견하고 조공하였다. 여기서 일본의 견당사가 탐라에 표착하였던 점을 주목할 만하다. 북로 항해 중에 한반도의 남해안도 항해의 표지가 되지만, 해발 1950m의 한라산은 시인거리가 약 100마일이나 되어 주변 해역을 항해하는 선박들에겐 자기 위치를 측정하고, 항로를 결정하는 데 매우 이상적인 등대 역할을 했다.[34] 탐라가 중간 정거장 기능과 함께 피항지로서의 역할을 했음을

32 현용준, 「삼성신화연구」, 『무속신화와 문헌신화』, 집문당, 1992, 193쪽.
33 東野治之, 『遣唐使』, 岩波書店, 1990, 64쪽.

충분히 인지할 수 있다. 아울러 해양 기술이 발달하지 못했던 그 이전은 탐라국에 중요한 기항지 역할과 함께 중국과 일본의 중간교역을 하는 장소로서도 기능하였을 것이다.

이후 탐라는 678년(왜국 天武天皇 7년)까지 공식적 기록으로 남은 것을 보면 9 차례의 사절을 일본에 파견하였다. 탐라는 679년 신라에 복속된 후, 사신 파견이 어려워진다. 그래서 679년, 684년 일본에서 탐라에 사신을 파견하였다. 이후 688년. 693년 탐라에서 일본에 사신을 파견하였지만, 정규의 국교 유지 상태가 아니어서 입경(入京)치 못하고 다자이후(大宰府)에 머물렀다.[35]

일본에는 지금도 '도라악(度羅樂)'이 남아 있는데 이것이 탐라의 음악이었을 것으로 추정하고 있다. 도(度)는 '탁'으로도 읽힌다. 그러니 그것은 '탁라악'이 된다. 탁라는 탐라의 별칭이다. 여러 번 사신이 오고 가면서 여러 가지 공물을 주고받았는데, 이때 탐라의 문물도 일본에 전해지고 일본에 대한 여러 정보가 대중들에게 익숙해진 것으로 보인다. 그래서 심방의 사설 속에는 중국과 함께 일본을 자주 거론하면서 신의 노정기를 구술하고 있고, "일본은 주년국"이란 사설을 관행처럼 읊조린다.

---

34 윤명철, 「동아지중해의 해양문화와 21세기 제주도의 위상과 역할」, 『바닷길과 별자리로 읽는 탐라문화』, 제주도, 2007, 51쪽. 윤명철도 제주도의 위상을 논하면서 기록에 의존하여 항해 루트를 제시하고 제주가 매우 중요한 지역임을 역설하는 데 머물고 있다. 구비전승을 중시해야 하는 이유가 여기에 있다.

35 森公章, 『白村江 以後 國家危機と東アジア外交』, 講談社, 1998.

3) 조선조 육지와의 교류

신화는 원시, 고대의 것만 있는 것이 아니고 중세 신화도 있다. 신화는 늦게도 만들어진다. 앞 시대 신화를 사회역사적 상황에 맞추어 변용시켜 나가기도 하고 새로운 필요에 의해 만들어지기도 한다. 본래 시조의 영험함이 떨어지면 중시조(中始祖)의 신화가 만들어지기도 하는데 그것이 조상신본풀이다. 여기서는 조상신본풀이 중에서 육지와 연관성을 보이는 〈나주 기민창본풀이〉를 주로 살핀다.

조선 초부터 제주와 육지와의 왕래가 빈번해졌다. 전라도 지역이 중요한 출발점이었고 나주가 일찍부터 자주 등장한다. 그런 근거가 최부의 『표해록』에도 드러난다. 최부는 윤 정월 2일 별도포의 후풍관에서 바람을 기다렸다가 다음날 동풍이 불자 배를 타고 나주로 향했다. 당시 제주에서 육지 깊숙이 들어가는 방법 중 하나가 나주 뱃길이었다.[36] 백호 임제와 추사 김정희도 나주에서 출발하여 제주에 닿았다. 조선시대 뱃길이 『세종실록지리지』등에 나오는데, 나주 영산강-무안-목포-해남-추자-제주가 하나였고, 해남 관두-노화도-보길도-제주 뱃길, 강진-완도-소안도-제주 뱃길 등이 있었다.

> 제주도에서 배를 출발하고 난 후 표류하게 되자, 안의(安義)가 군인 등과 서로 말하여 신에게 알아듣도록 하기를, "이번 행차가 표류해 죽게 될 까닭을 나는 알고 있었다. 자고로 무릇 제주도에 가는 사람들은 모두 광주(光州) 무등산(無等山)의 신사(神祠)와 나주(羅州) 금성산(錦城山)의 신사에 제사를 지냈으며, 제주도에서 육지로 나오는 사람들도 모두

36 국립제주박물관 편, 『조선선비 최부 뜻밖의 중국견문』, 2015, 68쪽.

광양(廣壤)·차귀(遮歸)·천외(川外)·초춘(楚春) 등의 신사에 제사를 지내고 나서 떠났던 까닭으로, 신(神)의 도움을 받아 큰 바다를 순조롭게 건너갈 수가 있었는데, 지금 이 경차관은 특별히 큰소리를 치면서 이를 그르게 여겨, 올 때도 무등산과 금성산의 신사에 제사를 지내지 않았고 갈 때도 광양의 여러 신사에 제사를 지내지 않아 신을 업신여겨 공경하지 않았으므로, 신 또한 돌보지 아니하여 이러한 극도의 지경에 이르게 되었으니 누구를 허물하겠는가?"[37]

최부의 〈표해록〉 중 첫머리 표류가 시작되는 장면이다. 신에게 치제를 드리지 않았기 때문에 죽을 위기에 처했다는 안의와 뱃사람들의 불만에 대해 최부는 표류되고 안 되고를 신이 좌우할 수 없는 일이라고 단호하게 거부하는 합리적 태도가 드러난다. 그런데 대부분의 뱃람들은 제주의 광양당과 차귀당과 내왓당에서 안전을 기원하는 무속의례를 거행하고 마찬가지로 육지에서 제주로 배를 띄울 때는 무등산과 금성산에서 무속의례를 거행한다는 것을 알 수 있다. 그런 사실을 최부도 알고 있었다. '차귀당'은 유명한 뱀신의 신당이다. 그런데 제주에서는 서서히 차귀당의 신력이 쇠퇴한 것 같다. 그리고 전라도 나주 금성산에서 출자한 뱀신이 위력을 발휘하기 시작한 것으로 보인다.

그 자세한 내력은 당본풀이에 여럿 나오는데, 가장 대표적인 것이 〈토산 여드렛당본풀이〉다. 토산신은 나주 금성산에서 솟아난 뱀신이었다. 나주목사의 탄압을 피해 바다를 건너 제주에 와 토산에 좌정한 신이다. 다음 나주 기민창에서 곡식을 실은 배와 함께 바다를 건너

---

37 최부, 『표해록』, 1488년 윤1월 14일(성종 19년).

제주에 온 신이 나주 기민창 뱀신이다.

〈나주 기민창본풀이〉는 다음과 같다. 옛날 순흥에서 삼형제가 제주에 내려왔다. 큰 형은 어림비(애월면 어음리)에 자리잡고, 둘째형은 과납(애월면 납읍리)에 살고, 작은 아우는 서늘(조천면 조천리)에 살게 되었다. 안씨 선주는 천하거부로 살면서 가난한 백성들에게 배를 빌려 주어 포구마다 안씨 선주의 배로 가득찼었다. 이때, 제주에는 칠년 가뭄이 들어 제주 백성이 다 굶어 죽게 되어 가는 판이었다. 제주 목사는 안씨 선주의 재산이면, 제주 백성이 사흘을 먹고 남을 것이라는 소문을 듣고 안씨 선주에게 구휼을 부탁한다. 안씨 선주는 빌려줬던 배들을 다 거두고 돈을 상선. 중선. 하선에 가득 싣고 쌀을 사러 떠났다.

배를 영암 덕진다리에 붙이고 나주 기민창에 삼 년 묵은 무곡을 사서 무사히 제주로 돌아오게 되는데, 배를 띄우는 순간 갑사 댕기에 머리를 땋아 늘인 처녀 아기씨가 발판으로 배에 올라오는 것이 언뜻 보였다. 제주 물마루가 가까워졌을 무렵 잔잔하던 바다에 회오리바람이 치더니, 산 같은 파도가 연이어 밀어닥치어 뱃전 밑으로 구멍이 터졌다. 간절히 두손 모아 빌었더니, 가라앉던 배의 터진 구멍을 큰 뱀이 막고 있었고, 전에 탔던 아기씨가 바로 뱀신이었고, 나주 기민창 동서남북 창고를 지키던 조상이다. 기민창고가 비어가니 무곡을 따라왔다. 안씨 선주는 조상신으로 모시고 상단골이 되어 이 나주 기민창 곡식에서 따라온 신을 부군칠성으로 모시게 되었다.[38]

현용준은 이 기민창을 '제민창(濟民倉)'으로 적고 있다. 나주에 있

---

38 현용준·현승환, 『제주도 무가』, 고려대학교 민족문화연구소, 1996, 382~397쪽.

던 제민창의 역사적 근거를 들어 그렇게 한자로 표기한 것 같다.

영산창(榮山倉) 금강진(錦江津) 언덕에 있으니 곧 영산현(榮山縣)이다. 나주 및 순천(順天)·강진(康津)·광산(光山)·진도(珍島)·낙안(樂安)·광양(光陽)·화순(和順)·남평(南平)·동복(同福)·흥양(興陽)·무안(務安)·능성(綾城)·영암(靈巖)·보성(寶城)·장흥(長興)·해남(海南) 등지의 전세(田稅)를 여기에 거두어 들였다가 배로 서울에 운반한다.『신증』금상(今上) 7년에 이 창고에 거두어 들이던 것을 영광(靈光)의 법성창(法聖倉)으로 옮겼으므로 폐지되었다.[39]

영산창(榮山倉) 금강진(錦江津) 가에 있는데 채산현(菜山縣)의 옛 터이다. 국초(國初)에 조창(漕倉)을 두고 창성(倉城)을 쌓아, 나주·광주·순천·강진·진도·낙안(樂安)·광양·화순·남평·동복·흥양(興陽)·무안·능주·영암·보성·장흥·해남 등의 전세(田稅)를 이곳에서 서울로 운송하였다. 중종 7년에 조창을 영광의 법성포(法聖浦)로 옮겼는데, 지금은 강창(江倉) 뿐이다. 나리포창(羅里浦倉) 제주(濟州)와 접하여서 설치하였다. 중종(中宗) 때에 공주(公州)에 설치하였는데, 경종(景宗) 때에 임피(臨陂)로 옮겼으며, 영종(英宗) 때에는 군산(群山)에 속하게 하였다가, 다시 임피로 환원했으며 정종(正宗) 때에 이곳 제민창(濟民倉)으로 옮겼다.『대동지지(大東地志)』

법성창(法聖倉) 법성포에 있는데, 본군 및 흥덕(興德)·옥과(玉果)·부안(扶安)·함평·진원·담양(潭陽)·무장·장성(長城)·정읍(井邑)·곡성(谷城)·창평(昌平)·고부(古阜)·순창(淳昌)·고창(高敞) 등의 관전세를 여기에서 거두어 들여서 서울까지 수로로 운반한다.『신증』금상(今上)

39 『新增東國輿地勝覽』35, 全羅道 羅州牧, 倉庫.

> 7년에 조정의 의론으로 나주 영산(榮山)의 창고는 수로가 험하기 때문에 배가 많이 전복되어 손실이 많으므로 우창(右倉)에서 거두어 들이는 전세(田稅)를 여기로 옮기고, 또 이 창고에서 거두는 흥덕·부안·고부·정읍 등의 관전세를 군산창(群山倉)에서 나누었다.[40]

『신증동국여지승람(新增東國輿地勝覽)』은 중종 25년(1530)에 만들어졌는데 이보다 조금 앞선 중종 7년에 영산창은 법성창(法聖倉)으로 옮기고 폐지되었다. 그 이유는 영광의 법성포를 보면 알 수 있다. "나주 영산(榮山)의 창고는 수로가 험하기 때문에 배가 많이 전복되어 손실이 많으므로" 옮기게 되었고, 나주 영산포의 영화로움은 중종대에 그치고 만다. 나주가 쇠락하게 된 것은 영산포의 폐쇄와 연관되고 이런 조치는 금성산의 음사(淫祀)와도 무관치 않을 것으로 보인다. '나주 영산(羅州靈山) 금성산(錦城山)'이라 했던 토산신의 출자처는 영산포의 영산(榮山)이 아닐까 한다.

우리는 여기서 나리포창(羅里浦倉)을 주목할 필요가 있다. 이것은 애초 공주에 있다가 임피로 갔다가 군산으로 갔다가 다시 임피로 오고, 다음으로 제민창으로 왔다. 그 이유는 "제주(濟州)와 접하여서 설치하였다."고 했듯이 제주와 관련된 물산을 수송하기 유리한 곳이 선택되었고, 정조 때 나주로 옮겨왔다. 임피는 옥구이고 옥구의 나포에 나리포창을 두었다가 근처의 군산으로 옮겼다 환원하고, 이어 서해에서 남해 나주로 옮긴다. 나주에서의 물길이 제주로 오는 데 유리했기 때문일 것만은 아니다. 나주평야에서 곡식이 많아 생산되어 기근이

---

40 『新增東國輿地勝覽』36, 全羅道 靈光郡, 倉庫.

들었을 경우 많은 곡식을 모아 수송하기 유리했기 때문인 것으로 보인다. 제주 기근에 나주 기민창에서 곡식을 사왔다는 〈나주 기민창 본풀이〉가 허구만은 아니다.

> 아침에 전라 감사의 보고서를 보았는데, 제주에 기근이 들었다고 알려와 나리포창(羅里浦倉)의 곡식을 배로 실어 보내는 일이 있었다고 하였다. 굶주린 섬 백성들이 먹여주기를 기다리는 것이 너무나도 불쌍해 잠시도 잊을 수가 없다.[41]

1793년 제주목사가 5만 포의 구휼미를 요청한 말을 듣고 정조가 우선 3만 포를 조치하였다. 당시 제주민은 3만 호 정도였던 점을 들어 3만 포만 구휼하지고 제언하지만, 정조는 제주의 사정이 딱하다고 여겨 제주목사의 청원을 들어주게 된다. 그래서 나머지 2만 포에 해당하는 것은 왕실의 재산으로 보충하여 후에 조치할 것을 지시하였다. 이 구휼미가 보내지는 창고가 바로 나리포창이다. 그리고 나리포창이 나주의 제민창으로 옮기게 된 것이고, 나주 기민창 이야기는 '제민창'에서 비롯된 것임을 알 수 있다. 제민창에서 쌀이 오면서 쥐의 피해로부터 쌀 창고를 지키는 뱀신도 함께 제주로 들어온다. 그렇다면 나주에서 들어온 뱀 신앙은 농작물을 쥐의 피해로부터 보호하고자 한 지혜가 사회적 규율을 거쳐 신앙적인 측면으로 고정된다는 인류학적 견지에서 해석할 여지도 있다.[42]

---

41 『弘齋全書』, 日得錄.

42 이기욱, 「제주도 사신숭배의 생태학」, 『제주도연구』 제6집, 제주도연구회, 1989, 181~212쪽.

이처럼 조선 후기 역사사회상과 결부된 새로운 신앙이 제주에 정착한다. 이 신앙은 새로운 조상신본풀이를 만들어낸다. 늦은 시기의 신화라 하겠다. 〈토산 여드렛당 본풀이〉에서 나주 영산의 신이었던 존재가 서울을 거쳐 제주도에 내려오고, 〈나주기민창본풀이〉에서 곡식 창고의 신이 제주로 옮겨오는 현상은 제주 토착문화 속에 오래 문화가 섞여 들어오는 변화를 예고하는 것이었다. 조선 후기 제주와 육지와의 교류 속에서 문화체계를 바꾸는 큰 변동이 있었다는 점이 중요하다. 〈광청아기본풀이〉에서 송동지 영감이 사또의 명으로 서울에 진상을 다녀오다가 광청고을의 허정승 집에 머물다가 광청아기와 연분을 맺게 되는 사연을 통해서 서울의 상업도시와 문물을 만나는 제주의 사정을 알 수 있다. 〈구슬할망본풀이〉[43]에서 김씨 사공이 서울 상감에게 우미 전각 미역 등을 진상하고 내려오다가 서울 서대문 밖에서 구슬할망을 만나게 되는 사연을 통해 서울 변두리 문화가 제주에 끼친 영향을 가늠할 수 있다.

---

43 〈구슬할망본풀이〉의 핵심적인 내용은 다음과 같다. 신촌 근물머리에 살던 김 동지 영감은 본래 김씨 시공이라고 불렸다. 김씨 사공은 버섯, 우무, 청각, 미역, 오징어 등 제주의 특산물을 진상하러 서울로 갔다. 김씨 사공이 진상을 마치고 제주로 돌아오는 도중에 서대문 밖에 이르렀다. 밤인 데다 인적이 없는데 어디선가 사람의 소리가 들렸다. 김사공이 소리 나는 곳에 가 보니 어떤 처녀 아기씨가 울고 있었다. 아기씨가 자신은 서대문 밖 허정승의 딸인데 부모에게 버려져서 갈 곳이 없는 처지임을 말하고 김사공에게 자신을 데려가 줄 것을 간청했다. 김사공이 베도포 자락에 아기씨를 감춰 제주도로 들어와서는 아기씨를 상다락에 두고 기른다.

5. 결

제주는 육지와 다른 점이 많다. 그 문화가 다르기 때문에 신화나 신앙체계도 다르고 문화 인식도 다르다. 한반도의 신화는 천상에서 하강한 신의 내력이 위주인데 제주 신은 땅에서 솟아난다. 그리고 그 배우자는 대개 바다를 건너온다. 바다 멀리 출자처는 다양하다. 바다 멀리 상상의 나라일 수도 있고 일본과 중국 같은 구체적인 장소인 경우도 있다. 육지에서 출자한 경우도 많은데 정치 문화의 중심지인 서울에서 온 경우와 제주에서 가까운 전라도에서 해로를 따라 온 경우가 많다. 제주와 인접한 일본에서 신이 온다고 하거나 바다의 신이 일본 주년국에 가서 신이 되었다고 한 경우도 있다. 바다 멀리를 '강남'으로 사유한 흔적이 있는데, 그 땅을 '천자국'으로 인식하여 '강남천자국'이라 한 경우도 많다. 위대한 신이 중국 천자의 땅에 근거하고 있다고 하여 신의 권위를 높이려 한 것이 중세 때의 보편적인 변화였다. 고대에는 고대국가 중심부에서 왔다고 하였고, 중세에는 문명의 중심부 중국에서 왔다는 관념이 신화에 반영되어 나타난다.

바다를 근거로 살다 보니 바닷속 용왕신이 그들 삶을 지배한다고 여겨 주요 신앙대상이 되었고, 용왕의 딸이 인간세계에 와서 신앙대상이 된 경우도 많다. 바다의 신이 생산과 풍요를 주재한다는 생각은 생명 탄생의 신이 바다에서 온다고 하는 사유로 이어졌다. 그래서 산육신이 용왕의 딸이다. 일반신인 삼승할망이 좌정하기 전에 그 일을 맡았던 구삼승할망이 용왕의 딸이고, 마을마다 있는 일렛당의 당신이 용왕의 딸이다. 영등신이 1년에 한 번 내방하여 해산물의 풍요를 관장한다고 하는 생각도 있었다. 역시 바다를 건너온 외래신이 중요하게 신앙된 흔적이다. 이런 외래신 이전에 풍요와 안전을 지키주는 신은 제주의 설문대할망이다. 바다를 건너온 신으로 그려지기도 하는 설문대할망의 신화 이후 많은 신들이 바다를 건넌다. 그 설문대할망 신앙은 잊혀지지 않고 조선 후기까지 지속된다.

> 우리 표류하던 일행은 문득 한라산을 가까이 눈앞에 보고는 기쁨이 지나쳐 저도 모르게 목을 놓아 호곡한다. "슬프다. 부모님이 저 산봉우리에 올라가 보셨겠지. 처자들이 저 산에 올라가 기다렸겠지." 혹은 일어나 한라산을 보고 절하며 축원한다. "白鹿仙子님, 살려주소, 살려주소, 詵麻仙婆님, 살려주소, 살려주소." 대제 탐라 사람에게는 세간에 전하기를 仙翁이 흰 사슴을 타고 한라산 위에서 놀았다 하고, 또한 아득한 옛날에 詵麻姑가 걸어서 서해를 건너와서 한라산에서 놀았다는 전설이 있다. 그러므로 이제 선마선파와 백록선자에게 살려 달라고 빌어도 아무 소용이 없을 것은 당연하다. 나 역시 한라산을 바라보게 되니 슬픔과 기쁨이 가슴에 가득 차서 어쩔 줄을 모르겠다.(〈漂海錄〉, 1771년 1월 5일)

제주에서 육지로 올라가다가 표류하여 제주 근처를 지나가게 된 제주민들은 한라산을 바라보며 살려주기를 기원한다. 설문대할망이 산신으로 신앙되었던 흔적을 장한철의 표해록에서도 확인할 수 있다. 산신으로 국가를 보호하고 비바람을 조절하고 전쟁을 승리로 이끄는 능력도 있지만, 수신 혹은 해신으로 생산의 풍요와 뱃길의 안전을 보장해주는 기능도 있다.

제주에 있어 바다는 풍요의 근거였고, 많은 신들이 오는 길목이었고, 주변 국가들과 교류하던 소통의 장이었다. 바다를 통해 일본·중국과 교류하였고 이따금 표류를 겪으면서 오키나와·대만·월남에까지 다녀오기도 했다. 그 숱한 표류의 기억이 정운경의 〈탐라문견록〉에 나타나는데, 조선 후기 실학파 지식인들은 바다 밖의 사정을 이 제주 표류민을 통해 얻어들을 수 있었다. 제주는 자의건 타의건 바다로 열린 섬이었다. 제주는 태평양을 향한 교두보임을 재인식해야 한다. 이제 다시 바다를 향해 열린 마음이 필요하다. 해양의 시대에 걸맞는 제주의 해양 정책이 필요하고, 태평양을 향한 해양 연구의 장이 펼쳐지길 기대한다.

조선후기 제주인의 고표(故漂) 양상에 대한 고찰

김나영

1. 머리말

제주도는 막재해외(邈在海外)·사해고도(四海孤島)의 화산도(火山島)이자 강풍다풍(强風多風)의 섬이라는 독특한 자연지리적 환경요소를 지녔다. 이로 말미암은 척박한 토질과 낮은 토지생산성은 농업을 기반으로 한 생업의 어려움을 초래하였으며, 취약한 토지생산을 보충하기 위해 제주인들은 바다로 나아가 해산물 채취 및 주변지역과 교역 혹은 운송에 나설 수밖에 없었다.

이처럼 제주도가 지닌 자연지리적 요인에 기인한 산업구조와 더불어 15세기 이후 점차 강화되어 가는 수취체제, 그 가운데에서도 육지에서는 대체 불가능한 진상품(進上品)과 공물(貢物)의 생산지라는 조선조의 정치·사회·경제적인 복합적 제반 상황으로 인하여 제주인들은 자의적·타의적으로 바다로 향할 수밖에 없었다. 이러한 가운데 '표류(漂流)'라는 일종의 우발적이고, 예측 불가능한 해난사고에 노출

될 가능성이 컸다.

또한 전근대 제주도를 포함한 동아시아 제국(諸國)들의 해상교류에 있어 어느 정도의 해양환경을 이용한 경험과 지식의 축적으로 말미암아 일정한 항로가 형성되어 있었으나, 제주바다 주변의 독특한 해저지형·바람[계절풍]·해류·조류 등은 이러한 해상활동의 고정적 틀을 파괴시키는 변수(變數)로 작동하여 제주도 해역을 지나는 이국선(異國船)들의 '표도(漂到)'를 유발하였다.[1]

이렇듯 조선시대 표류·표도인의 발생 빈도는 단일 지역으로 제주도가 타지역보다도 압도적인 수치를 차지한다. 특히 표류인 발생 가운데 제주인이 이국(異國)으로의 표류시 자신들의 출신지를 전라도 해남, 영암, 강진, 나주 등 타지역으로 환칭(換稱)한 사례를 추가적으로 포함시킨다면, 그 수치는 더욱 높아질 것이라 예상된다.

최근 들어 국가가 아닌, 지역이라는 점(點)적인 공간에서 발생되어진 '표류(漂流)·표도(漂到)'란 일련의 사건을 통해 동아시아 세계 속의 방사성적인 대외접촉 양상을 입체적으로 모색하고자 하는 움직임이 활발히 이루어지고 있다. 다시 말해 특정 장소의 고유성과 특수성에 기인해 파생되어지는 인간의 삶과 활동 모습의 한 단면 가운데 '표류

---

1 조선시대 제주인들은 365건·4,427명[사망자 760명]이 해난사고와 직면하였고, 이들 중 82.8%에 해당하는 3,667명은 해난사고로 말미암아 일본·유구·중국·대만·안남(베트남) 등지로 표류, 그곳 국가들로부터 구조·송환되어 본국으로 살아 돌아왔음이 확인되었다. 이와 반대로 제주도로 표도해 온 이국인의 발생현황을 보면, 서양 국가를 제외한 일본·유구·중국·여송인(필리핀인)들의 표도 발생은 150건에 이르며, 표도 人數로는 총 3,955명[사망자 607명]이 제주도로 표도해 왔음을 확인할 수 있었다. 그리고 이들 중 84.6%에 해당하는 3,345명[여송인 생존자 3명은 송환불명임에 따라 제외시킴]이 조선으로부터 구조 조처되어 자신들의 나라로 송환되었다(김나영, 「조선시대 濟州島 漂流·漂到 연구」, 제주대학교 박사학위논문, 2017, 326쪽).

(漂流)·표도인(漂到人)'의 존재양태를 인문지리·사회학적 측면에서 그 제반 원인을 면밀히 고찰함은 물론, 더 나아가 대외적 교류와 교섭이라는 점차 확장된 영역으로의 접근을 시도하고 있다.

이에 동아시아 교류에 관한 다수의 연구에서 언급, 강조하고 있는 지역적 공간으로서 '제주도'를 중심으로 발생된 표류·표도인에 주목하여 그 실태 및 경위, 표류 제주인들만의 특이 행동양상인 출신지 휘칭(諱稱), 구호·송환과정 및 대외관계, 문화교섭 등 다양한 주제와 분야에서 연구되어져 왔으며, 그 관심은 아직도 끊이지 않고 있다.

하지만 표류라는 일련의 사건 발생은 우발적이고 예측불허의 해난사고로 말미암은 것뿐만이 아니라, 조선조 당시의 정치·사회·경제적인 복합적 제(諸)상황과 동아시아 국제관계 속에서 빚어지는 구호 및 송환체제 등과 맞물리면서 고의성을 지닌 '고표(故漂)'의 행적들도 나타나게 된다. 그럼에도 불구하고 상기 연구들은 주로 전근대 시기 범선(帆船) 항해의 불가피한 기상재해(氣象災害)로 말미암은 우연적 해난사고 측면에서 제주도의 표류·표도만을 국한하여 다루었고, '고표'에 대해서는 아직까지 구체적으로 제시된 바가 없다.

이러한 점에 의거, 본고에서는 지금까지 간과되어 왔던 조선시대 제주인들의 표류 양상 가운데에서도 의도적으로 표류를 가장(假裝)한 '고표' 양상에 대해 주목하여 그 역사적 궤적을 더듬어 보고자 한다.

이에 조선후기로 접어들면서 유독 제주인들에게서 많이 나타나는 이 같은 행동양상을 추적해 나감으로써, 궁극적으로 이들이 고표를 하여야만 했던 내외재적 요인에 대해 고찰하고자 한다.

2. 고표(故漂)의 의미와 존재양상

조선시대 표류 제주인들은 자신들의 출신지를 숨기는 휘칭(諱稱)[2] 양상 이외에 의도적으로 표류를 가장하여 이국으로 표류해 간 고표 사례를 사료에서 찾아볼 수 있다.

고표에 대한 문헌 속 차용 표기를 우선적으로 살펴보면 『비변사등록』[3]을 비롯한 『조선왕조실록』,[4] 『변례집요』[5]에는 이를 '고표(故漂)'라 칭하고 있으며, 정약용의 『경세유표』에서는 '가작표인(假作漂人)'[6]이

---

2 異國으로 표류해 간 제주인들은 그 나라 땅에 닿기도 전에 차고 있던 號牌 및 '濟州'라 표기된 문서를 비롯, 동전 등을 태워버리거나 바다 속에 던져버렸으며, 혹은 표착한 나라의 현지조사를 받을 경우 濟州人임을 숨기고 다른 지역 출신으로 거짓 진술하는 등 타지역 표류인과는 다른 특이 행동을 보이고 있다.(김나영, 「15~19세기 표류 제주인의 출신지 휘칭(諱稱) 양상에 대한 고찰」, 『지방사와 지방문화』 제19권 제1호, 2016, 55쪽)

3 『備邊司謄錄』 99책, 英祖 12년(1736) 6월 1일; 同書 182책, 正祖 18년(1794) 9월 9일; 同書 184책, 正祖 20년(1796) 11월 2일; 同書 185책, 正祖 21년(1797) 3월 3일; 同書 189책, 正祖 23년(1799) 7월 26일; 同書 192책, 純祖 1년(1801) 1월 27일; 同書 217책, 純祖 29년(1829) 5월 13일; 同書 220책, 純祖 32년(1832) 2월 11일; 同書 226책, 憲宗 4년(1838) 7월 20일; 同書 253책, 高宗 8년(1871) 7월 5일; 同書 258책, 高宗 14년(1877) 8월 12일.

4 『正祖實錄』 권45, 正祖 20년(1796) 11월 1일 壬寅; 『憲宗實錄』 권5, 憲宗 4년(1838) 7월 21일 庚申; 『高宗實錄』 권14, 高宗 14년(1877) 8월 12일 甲午; 『高宗實錄』 권15, 高宗 15년(1878) 11월 27일 壬申; 『高宗實錄』 권17, 高宗 17년(1880) 11월 9일 癸酉.

5 『變例集要』 卷3, 漂人 1728년 4월.

6 丁若鏞, 『經世遺表』 卷八, 地官修制 田制 十二, 井田議 四. "(전략) 己巳年(1809)과 甲戌年(1814)에 섬 백성이 거의 다 흩어졌는데, 그 중 약삭빠른 자는 조각배에다 부모와 처자를 싣고서 표류당한 사람으로 거짓 꾸며서 일본으로 들어가서 왜인들이 접대하는 양식을 받아 굶주림을 면했는데, 갔다가 돌아오는 동안에 벌써 보리가 익어 열 식구가 온전하게 된 자가 매우 많았다. (후략) [己巳·甲戌之年, 島民散亡殆盡, 其黠者, 以一葉之船, 載其父母妻子, **假作漂人**, 投入日本, 以其賓餼, 受爲賑恤, 往還之間, 居然麥登, 遂得以全其十口者甚多.]"

라 기록하고 있다.

한편 제주도 마을에 현존하고 있는 19세기에 작성된 호적중초(戶籍中草) 중 『대정현 하모슬리[7]호적중초』의 41식년분(式年分, 1810~1907년) 호적 가운데 동치(同治) 9년(1870) 호적을 보면, 23통 3호의 모방군(摹防軍) 박신득(朴申(信)得)[53세]의 인적사항의 말미에는 '표류도망(漂流逃亾)'이라 적고 있음을 확인할 수 있다. 어떠한 근거로 고의적 표류[故漂]의 의미를 내포하는 '표류도망'이란 용어를 사용하였는지 알 수 없으나, 같은 호적 내 발견되는 '출륙도망(出陸逃亡(亾))'과는 분명히 다른 관점에서 쓰여졌을 것으로 판단된다.

요컨대 조선시대 표류인들 가운데에는 생활고나 과중한 역(役)을 피하기 위해 또는 이국에서의 후대(厚待)를 노리거나 밀무역 등의 다른 목적을 가지고 의도적으로 표류하는 사례들이 종종 등장한다. 또한 이와 반대로 조선인이 일본 혹은 중국인 등의 이국인으로 변장하여 조선으로 거짓 표류해 온 사례도 보여지는데, 이 또한 '고표'의 또 다른 양상이라 볼 수 있다. 이 두 가지 양상을 모식도로 나타내면 아래 〈그림 1〉과 같다.

7 제주도 서남쪽 바닷가에 위치한 하모슬리는 가파도와 마라도로 가는 뱃길의 포구이며, 어촌 마을이다. 특히 조선시대 이곳에는 왜구의 침입을 막기 위한 9鎭城 가운데 摹瑟鎭城이 위치해 있었다.(김동전, 「朝鮮後期 濟州地域 戶籍中草의 實態와 그 性格」, 『역사민속학』 제20호, 한국역사민속학회, 2005, 144쪽)

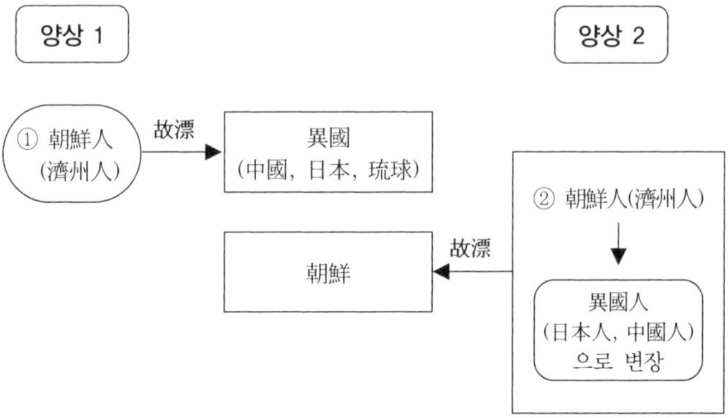

〈그림 1〉 고표의 존재양상 모식도

조선후기 조선인, 특히나 제주인들의 표류 사례를 보면 같은 인물이 여러 차례에 걸쳐 동일한 국가[중국]로 표류해 간 희대의 사건이 발생하는가 하면, 일본인의 모습으로 변장해 마치 표류한 것처럼 가장하여 조선으로 온 경우도 확인된다.

이에 다음 3장에서는 제주인들의 고표 양상을 각 사례별로 좀 더 면밀히 들여다봄으로써 그 실태를 파악해 나감과 동시에 무슨 이유로 목숨을 건 위장 표류를 수차례에 걸쳐 하여야만 했는지 그 원인을 모색해 보고자 한다.

3. 제주인의 고표 실태

1) [양상 1] 이국으로 고표해 간 제주인의 사례

먼저 〈그림 1〉에 보이는 고표 [양상 1]의 첫 번째 사례는 어숙권의

『패관잡기』를 통해 살펴볼 수 있다.

A) 가정 정미년(1547년, 명종 2)에 내가[어숙권] 주문사(奏聞使)를 따라 연경에 갔을 적에 제주사람 김만현(金萬賢) 등 64명이 사관(使館)에 이르렀는데, 역시 표류하여 영파부에 닿은 사람들이었다. 그 가운데 바람을 만나 두 번째 온 사람도 5, 6명 있었는데, 데리고 온 지휘(指揮) 양수(楊受)가 말하기를, "항주에서 연경까지 수로로 1만여 리인데, 연도의 역사(驛舍)가 많이 황폐해졌다. 내가 지체 낮은 관원으로 64명을 데리고 배와 식량을 한결같이 조달할 수가 없어 혹은 하루 이틀 묵었는데, 김만현 등이 떼를 지어 몽둥이를 휘둘러 통역관을 욕하고 때리니, 역에서 일을 맡아보는 사람들이 무서워 도망쳐 버렸다. (중략) **저 제주는 먼 바다 남쪽에 있으니 표류하여 살아 돌아오는 사람이 근래와 같이 잦은 적은 없었다.** 이것은 목사(牧使)된 사람이 쉽사리 증명서를 발급해 주었으므로, **배를 탄 사람이 표류하여 중국에 가 닿는 것을 다행으로 여겨 구태여 순풍을 기다리지 않았다. 이것이 표류하는 사람이 옛날보다 많았던 까닭이다.** 그래서 항주 일대는 이미 표류민의 폐해를 입고 있었으니, 어찌 변장(邊將)이 왜적으로 지목하여 목을 베지 않으리라고 장담하겠는가. 또 어찌 쫓아내어 바닷길을 따라 돌아가게 하지 않으리라고 장담하겠는가. 김만현 등이 말하기를, "만약 15말의 쌀과 몇 항아리의 물만 있다면 비록 폭풍을 만나더라도 불과 며칠 사이에 곧 영파부에 닿을 것이니 무슨 걱정이 있겠는가. 바다에 표류하는 폐단이 장차 그치지 않으리라." 하였다.[8]

A)의 내용은 1547년 어숙권이 중국 북경에 갔을 때 만난 영파부로 표류해 간 제주인 김만현[9]과의 일화를 기술해 놓은 것이다. 이 글을

---

8 魚叔權, 『稗官雜記』 第2卷.

9 金錫翼, 『耽羅紀年』. "明宗 2년(1547) 표해인 金萬賢 등 64인이 연경으로부터 돌아왔

보면 ①바람을 만나 두 번째 온 사람이 5, 6명 있었다는 점, ②표류된 제주인 64명에 대해 배와 식량을 제대로 공급하지 못하자 이들이 중국 관원을 상대로 행패를 부리고 있다는 점, ③제주인 김만현이 태풍을 만나더라도 불과 며칠이면 중국에 닿는데 무슨 걱정이 있겠냐는 등의 구술을 통해 제주인들이 의도적으로 중국으로 표류해 갔음을 간접적으로 시사해 주고 있다.

또한 이들의 고표 목적이 분명히 드러나 있지는 않지만, 표류해 온 자신들에게 풍족한 식량이 조달되고 있지 않아 횡포를 부리고 있거나, 또는 순풍을 기다리지 않고 항해하여 중국으로 표류해 닿는 것을 다행으로 여긴다는 점을 미루어 보았을 때, 중국으로 표류해 갈 시에는 그곳에서 넉넉한 식량과 의복이 지급된다는 사실을 이미 주지하고서, 이러한 경제적 목적 하에 고표를 행하고 있음을 살펴볼 수 있다.

이와 유사한 사례는 김경선의 『연원직지』 속 「제주표인문답기」 및 권시형이 쓴 연행록인 『석단연기』와 서경순의 『몽경당일사』에서도 나타난다.

> B-1) 대개 그들의 경로에 복건, 광동, 吳, 楚의 땅을 거쳐 온 것은 믿을 만하였으나, 해외의 표류인으로 外藩의 使行에 붙여 오는 자들에게 그들의 마음대로 구경하기를 허락하지 않았을 것이다. 또한 그 말한 것이 史牒에 기록된 것과 차이가 많으니, 이것은 반드시 소문에 얻어 들은 것이 많아서 허풍을 치는데 지나지 않을 뿐이다. **먼 남쪽의 여러 섬에는 간간이**

다. 이때 본토인이 중국에 표도하는 자가 해마다 이어 항주로부터 연경에 이르는 사이 水行 萬餘里의 沿途 驛站이 접대에 거의 彫殘하였다."

고의로 표류한 자들이 많은데도 그 나라에서 공급해 주기를 후하게 한다는 말을 들었다. 이제 이 사람을 보면, 용모와 言辭가 교활하고 영리하여 전연 성실한 뜻이 없었으니, 어찌 또한 고의로 표류한 자의 무리가 아님을 알겠는가?[10]

B-2) [권시형이] 표류경위에 대해 묻자, 옆에 있는 判事가 이르기를 "이 놈을 가여워할 필요가 없다. 그가 사는 곳이 琉球와 멀지 않으나, 물건을 판매하다가 빚을 졌거나 남의 재물을 거저먹고 갚고 싶지 않아 고의로 표류하는 척하다가 일본이나 유구에 가서 시간이 좀 지나면 귀향하는데 물건의 주인은 몇 천금을 영원히 잃어버리게 되는 것이다. 이와 같은 예는 수도 없이 많다. 이 연로한 놈의 경우는 북경 표류를 지금까지 세 차례나 하고, 그 이름을 세 번이나 바꿨다고 한다. 이에 해당된 죄를 물을 경우 죽어도 죄를 면치 못할 것이다."[11]

B-3) 황력 재자관 秦啓煥이 제주 표류인 19명을 인솔하고 우리나라로 나오는 길이었다. 제주 사람들이 우리 일행을 보고 모두 두 손을 맞잡고 공손히 절을 하면서 좋아하는 빛으로 영접한다. (중략) 대답하기를, "임자년(1852년)에 제주에서 배를 타고 나와 미역을 따다가 5일 만에 풍랑을 만나서 강남 지방에 정박하였는데, 강남 匪賊 때문에 길이 막혀 지금 겨우 여기에 왔습니다." 한다. 내가 말하기를, "막연하게 강남이라 하니, 강남 어느 곳이냐?"하니, 모른다고 대답한다. (중략) 마두에게 말하였다. "제주 사람들이 풍랑에 표류하게 되면 그 이익이 미역을 따는 것보다 몇 갑절이나 된다. 10여 년 전에 제주사람 고(高)가란 자가 처음 강남에 표류되어서 館에 있을 때에는 후하게 먹여 주고 올 적에는 수레를 태워 주고, 제 집에 돌아오니 은자가 자루에 남아 있어서 1, 2년을 잘 살 수 있었다 한다. 그래

10 金景善, 『燕轅直指』 卷3, 留館錄(上) 壬辰年十二月二十五日.

11 權時亨, 『石湍燕記』 地(卷2), 道光三十年庚戌 十二月二十四日辛未晴日.

서 이것을 奇貨로 그 뒤부터는 일부러 조그마한 배를 타고 큰 바다에 떠서 표류되기를 무릇 5차례나 있었으므로 제주 목사가 그 속셈을 알고 법에 의거해서 다스린다고 하였다."[12]

먼저 B-1)은 1832년(순조 30)~1833년(순조 31) 동지사겸사은사(冬至使兼謝恩使) 서경보의 서장관(書狀官)으로 북경에 다녀온 김경선의 사행기록이다. 내용은 1831년 11월 23일 제주사람 고성상(高成尙) 등 33명이 장사를 하러 육지 본토에 가다가 유구국(琉球國) 이에지마[伊江島]에 표류하여 26명만 생존, 이듬해(1832년) 중국의 조공을 위한 사행인·교역인들과 함께 중국 복건성에 도착하였고, 12월 23일 황성(皇城)에 이르렀는데 12월 25일 이들 일행을 불러 그 시말을 적어 놓은 것이다.

위에 보이는 B-1)의 내용과 같이 김경선은 표류 제주인들이 진술한 이야기는 신빙성이 없는 소문에 의거한 허풍에 지나지 않으며, 이들 일행도 이국으로 표류시 당국의 후한 대접을 목적으로 삼아 고표하였음을 의심하고 있다.

또한 B-2)는 1850년(철종 1) 조선 사절로 중국으로 간 권시형이 쓴 연행록인 『석단연기』로, 1849년 8월 유구국에 표류하여 중국 복건성을 거쳐 북경에 이송되어 온 표류 제주인과의 1850년 12월 24일 면담 내용이 담겨져 있다. 해당 연행록에는 미역을 팔아 살아가는 제주인 6명이 미역을 팔고 호남에서 회로(回路)하는 중에 표류를 만났다고 기술되어 있는데, 비슷한 시기 생환되어 온 표류 제주인의 문

12 徐慶淳, 『夢經堂日史』 第2編 「五花沿筆」, 乙卯年(1855, 哲宗 6) 11월 21일 庚辰.

정(問情)기록을 담은 『제주계록』[13]의 내용을 살펴보면, 제주인 7명이 한 척의 배를 타고 고기를 낚기 위해 신산포(新山浦)에서 바다에 나갔다가 우도(牛島)로 돌아오는 길에 표류를 당하였다고 적고 있는 등 내용상 차이를 보이고 있다.

『석단연기』에서는 표류 제주인의 명단이 기술되지 않아 『제주계록』에서의 동일한 사건인지 대해서는 확언할 수 없으나, B-2)의 중국 판사(判事)가 이야기 한 "표류 제주인들이 고표를 함에 있어 이름을 수시로 변경한다"는 내용이 사실이라고 한다면, 두 사료의 상이성은 어찌 보면 당연한 결과 여겨지는 바이다. 이렇듯 B-2)의 사례에서도 유구(琉球)로 표류해 간 제주인들이 경제적 이득을 목적으로 고의성을 띤 표류를 자행했음을 의심하고 있다.

B-3)은 서경순이 1855년(철종 6) 진위진향사(陳慰進香使)의 종사관(從事官)으로 중국 연경에 갔다 온 이야기를 담은 『몽경당일사』 속 내용 중 일부분으로, 1855년 11월 21일 황력(皇曆) 재자관(齎咨官) 진

---

13 『濟州啓錄』 ①道光 29년(1849, 憲宗 15) 11월 초2일 및 ②咸豊 元年(1851, 哲宗 2) 4월 18일조를 보면 정의현 종달리 기패 高宗列(悅) 등 7명은 1849.8.12일 낚시하러 바다에 나갔다가 표류를 당하여 1849.8.21일 琉球國 鶴島로 표착하였다. 중국으로 가는 진공선과 함께 출항, 복건에서 1850.12.19일 북경을 거쳐 1851.4.16일 제주 禾北浦로 생환되었다. 이들 일행은 琉球國의 심문시에 출신지를 전라도 강진현 사람으로 諱稱하고 있다.

* ①과 ②의 기사에서 표류인 명단 중 3명(밑줄 표기)의 인적사항에 있어 상이함을 보이고 있음을 살필 수 있다.

①승선 명단: 정의현 종달리 기패 高宗列, 서원 任挺甫, 朴啓得, 가솔 韓光協, 任永哲, 李連得, 尹萬得

②승선 명단: 선주 별도리 공생 <u>任尙日(45세)</u>, 종달리 방군 **李連得(40세)**, 명월리 가솔 <u>金光模(22세)</u>, 어등리 가솔 **韓光協(59세)**, 별방리 기패 **高宗悅(38세)**, 공생 **朴啓得(32세)**, 김녕리 공생 <u>任尙福(42세)</u>

계환에 의해 조선으로 인솔되는 제주 표류인 19명[14]을 만난 이야기를 적고 있다. 이들 표류 제주인은 1852년(철종 3) 미역 채취하다 풍랑을 만나 중국 강남지방에 표류해 온 사람들이라고 하였다. 반면 서경순은 이들에게 강남 어느 지역에 표류했는지 자세히 캐물어 대답하지 못하자 의심의 눈초리로 보고 있으며, 10여 년 전 고씨(高氏) 성(姓)을 지닌 제주사람이 표도국(漂到國)에서의 베풀어 주는 후대를 목적으로 5차례나 고표한 사실을 들고 있다.

그렇다면 10년이 지난 1855년까지도 조선 지식인의 뇌리에 강하게 각인되어 회자될 만큼의 사건, 즉 제주인 고씨의 무려 5차례에 걸친 고표 사건은 과연 무엇이었을까?

이는 고표의 죄상(罪狀)으로 인해 헌종 4년(1838) 참형(斬刑)에 처한 제주사람 고한록(高閑(漢)祿)의 사례를 통해 확인해 볼 수 있다. 『비변사등록』과 『헌종실록』의 헌종 4년(1838년) 7월 기사[15]에는 제주 백성 고한록이 정해년(1827년, 순조 27) 이후로 은밀하게 무뢰배를 모집한 다음, 배를 훔쳐 타고 일부러 표류하여 중국으로 간 것이 네 차례에

---

14 『濟州啓錄』 咸豊 6년(1856, 哲宗 7) 3월 22일 기사에는 ①梁瑞洪 등 5명(1852.8.28일 臺灣표류)+②李子汀 등 5명[6명 중 1명 사망](1853.12.12.일 日本표류→琉球로 재표류 후 中國이송)+③金應良 등 7명[8명 중 1명 사망](1855.7.10일 중국표류)=19명[생존자17명+사망자 2명]이 1855.11.1일 역관 숙소에서 해후하여 1856.3.10일 함께 제주 朝天浦로 생환되고 있다.

* 본 사료에는 ③金應良 등 9명과 해후하였다고 되어있으나, 문정시 명단에는 7명이 기재되어 있고 표류 중 사망자도 1명이라 보고하였다. 이에 19명이라 함은 생존자 17명과 함께 (李子汀 일행의) 사망자 柳宗儼과 (金應良 일행의) 사망자 姜在伯 등 2명을 포함한 숫자라 여겨진다.

15 『備邊司謄錄』 226책, 憲宗 4년(1838) 7월 20일; 『憲宗實錄』 권5, 憲宗 4년(1838) 7월 21일 庚申.

이르고, 돈을 얻으려 은(銀)을 가지고 현혹시켰다고 하니 이는 서북(西北)의 범월한 율(律)에 의거 효수(梟首)하여 백성들에게 경계시키는가 하면, 향후 발생하는 표류인들에 대해 연해 지방관은 엄격히 정위(情僞) 조사할 것을 조치하고 있다.

여기서 주목해야 할 것은 '일부러 표류하여 저쪽 땅(중국)에 깊이 들어 간 것이 네 차례에 이른다[故漂, 深入彼地, 至爲四次]'라는 구절이다. 이렇듯 고한록의 '고의적 표류가 4차례에 이른다'라고 한다면, 이전의 고표는 언제, 어떻게 이루어졌을까? 이를 위해서는 또 다른 사료, 즉 『일성록』과 『승정원일기』,[16] 『통문관지』에 기록된 기사를 살펴볼 필요가 있다. 그리고 조선측 사료 외에 이들이 표류해 간 중국측에도 현재 해당 사례를 기록한 문서들이 남아 있음에 따라 양측 사료를 비교·대조해 가면서 고한록의 표류 양상을 살펴보고자 한다.[17] 이를 대략 표로 나타내면 다음 〈표 1〉과 같다.

〈표 1〉 표류 제주인 고한록 관련 조선측·중국측 사료 비교

순번	사료	표류인 [승선자]	표착지	출항일	표착일	출항목적	생환자	송환일	휘칭 지역명	구호조처
1	조선측*	高閑祿 등 7명 or 4명 [夫仁兼 등 7명]	中國 蘇州府	1827. 3월	-	중국으로의 故漂	7 or 4	-	영암	衣食과 구제금 지급 등 후한 대우
	중국측**	高閑祿 등 4명	中國 江蘇省	1827. 3.15	1827. 4.2	영암 → 제주로	4	1827. 11월	전라도 영암현	식량, 옷 제공+훼손된

16 『承政院日記』 117책, 憲宗 3년(1837) 3월 15일 壬辰; 同書 憲宗 4년(1838) 7월 21일 庚申; 同書 憲宗 4년(1838) 7월 22일 辛酉.

17 고한록의 위장 표류와 관련한 내용은 劉序楓, 2009, 「近世東亞海域의 僞裝漂流事件:道光年間 朝鮮 高閑祿의 中國漂流事例를 중심으로」의 논문을 참고함.

		[高閑祿·李德春·金淸雲·夫德元]	東臺縣			松木 판매하러 가던 중 표류				배의 값 20千 300文 선불지급+귀국경비 지급
2	조선측	高閑祿 등 4명 [李奉春 등 4명]	右水營	1829. 4월	-	중국으로의 故漂	4	-	-	-
	중국측	-	-	-	-	-	-	-	-	-
3	조선측	高閑祿 등 4명 [文哲祿 등 4명]	中國 應天府 南通州	1833. 6월	-	중국으로의 故漂	4	-	-	지급 물품이 전보다 3배 많음
	중국측	高閑祿 등 4명 [高閑祿·文得祿·安如云·李德春]	中國 江蘇省 海州의 洋山港	1833. 6.18	1833. 6.26	겨울옷 및 원단 등 구매차 출항하다 표류	4	1833. 12.25	전라도 해남현	식량지급+훼손된 배의 값 지급+귀국경비 지급
4	조선측	高閑祿 등 3명 [高智弘、등 3명]	中國 山東	1836. 7월	-	중국으로의 故漂	3(?)	-	-	衣食과 구제금은 이전과 같음 *귀환 후 타인에게 알려질까 두려워 거주지 및 성명 변경
	중국측	高閑祿 등 9명 (2명 익사, 7명 생존) [생존자: 高閑祿·高智橫·樸尙勳·康仁寶·韓甲孫·尹秉如·僧人大勝]	中國 江蘇省 南匯縣	1836. 7.15	1836. 8.3	완도로 松木을 사러 가던 중 표류	7	1836. 12월	조선 해남현	훼손된 배의 값 지급

		[익사자: 李得春·金漢臨]								
5	조선측	高閑祿 등 13명 (7명 익사, 5명 사망, 1명 생존)	中國 西蜀 益州府 定海縣 霍山島	1837. 4.5	1837. 5.1	興販차 미역, 전복, 양태 등 가지고 출항 중 표류	1	1838. 3~4월(?)	-	*관부에 거짓이 발각되어 1837년 5월 구금되었지만 탈옥 → 해안가 소선박을 몰래 탑승하여 南京 定海縣에 표착 → 1838년 윤4월초 조선으로 송환
	중국측	高閑祿 등 6명 (4명 실종, 1명 사망, 1명 생존) [생존자: 高閑祿] [실종자: 李得春·康仁寶·金順寶·陳成好] [사망자: 金陳成]	中國 浙江省 定海의 霍山	1837. 9.17	1837. 10.11	바다에서 낚시하다 풍랑을 만나 표류	1	1838. 3월	전라도 해남현	-

자료: 劉序楓, 「近世東亞海域의 僞裝漂流事件:道光年間 朝鮮 高閒祿의 中國漂流事例를 중심으로」, 『동아시아문화연구』 45권, 한양대학교 동아시아연구소, 2009, 94쪽, 〈표 2·3〉을 재편집함.

주) 1번 출전 : *『日省錄』(憲宗 4년 7월 16일), 『通文館志』(純宗大王 27년(1827)) |

**台北 故宮軍機檔 056022, 江蘇巡撫陶澍摺 ; 北京 宮中硃批奏摺

『日省錄』에는 표류인이 夫仁兼 등 7명이라 기재돼 있고, 『通文館志』에는 高閑祿 등 4명이라 기재됨과 동시에 영암의 백성 高閑祿이라 기록됨.

2번 출전 : *『日省錄』(憲宗 4년 7월 16일, 憲宗 4년 7월 22일)

3번 출전 : *『日省錄』(憲宗 4년 7월 16일), 『通文館志』(純宗大王 33년(1827)) |

**台北 故宮軍機檔 064777, 江蘇巡撫林則徐摺

4번 출전 : *『日省錄』(憲宗 4년 7월 16일), 『通文館志』(憲宗大王 2년(1836)) |

**清代中朝關係檔案續編, 180頁, 江蘇巡撫怡良摺 ; 北京 宮中硃批奏摺

5번 출전 : *『日省錄』(憲宗 4년 윤4월 6일, 憲宗 4년 7월 16일), 『通文館志』(憲宗大王 4년(1838)) |

**清代中朝關係檔案續編, 191頁, 浙江巡撫烏爾恭額摺 ; 北京 宮中硃批奏摺

『日省錄』의 두 기사 내용이 상이함을 볼 수 있는데, 해당 표[회색글씨]는 憲宗 4년 윤4월 6일 기사로 고한록의 거짓 진술한 내용임.

憲宗 4년 7월 16일 기사에는 〈타인에게 알려져 후한이 생길까 두려워 거주지 및 이름을 변경하였으나 관부에 발각, 1837년 5월 구금되었지만, 탈옥하여 通邊槎船에 몰래 탑승 南京 定海縣에 표착후 1838년 윤4월 초에 본토에 송환되었으며, 오는 길의 문정시에는 西蜀 등에 표류하였다고 거짓 진술함.

상기 표를 보면 제주사람 고한록은 1827~1837년까지 10년간 5차례(1827 · 1829 · 1833 · 1836 · 1837년)에 걸쳐 중국으로 표류를 시도하였고, 1829년에 2번째 시도한 고표를 제외하고는 의도한 바대로 중국으로 위장 표류한 후 무사히 환국(還國)하게 됨을 확인할 수 있다.

그럼, 고한록이 어떠한 이유에 의해서 무리를 이끌고 목숨을 건 고표를 감행하였는지에 대해 해당 기록이 자세히 실려 있는『일성록』 헌종 4년(1838) 7월 16일 을묘조 기사를 통해 들여다보고자 한다. 이 기록에는 제주목사 이원달이 전라감사에 올린 첩정(牒呈)에 의거, 전라감사 이헌구가 고한록의 고표한 죄상을 치계(馳啓)한 내용이 담겨져 있는데, 이를 살펴보면 다음과 같다.

고한록이 1837년 4번째 고표를 무사히 행하고 1838년 3월 제주도로 돌아온 후 제주도에서는 그가 '고의로 표류하였다'는 소문이 돌기 시작하였는데, 이에 제주목(濟州牧)에서 그에 대한 조사가 진행되었다. 고한록에게 중국으로 고표한 동기에 대해 묻자, 그는 '중국에서 표류민을 후하게 대우해 준다는 설(說)'을 일찍이 들었기 때문에 1827년 3월 부인겸(夫仁兼) 등 7명과 함께 중국으로 고표하였으며, 귀국 후 1829년 4월 이봉춘(李奉春) 등 4명과 함께 다시 중국으로 향해 출항하였으나 바람에 밀려 우수영에 표착(漂着), 환귀(還歸)하였다고 하였다.

이후 1833년 6월, 또 다시 문철록(文哲祿) 등 4명과 함께 중국 응천부(應天府) 남통주(南通州)에 표착해 전보다 3배 많은 구조품을 받고 생환하였으며, 1836년 7월 재차 고지홍(高智弘) 등 3명과 함께 중국 산동(山東)지역에 표착하여 전에 같은 의식(衣食)과 위로금을 받고 돌아왔다고 하였다. 환귀 후 타인에게 알려져 후환이 생길까 두려워 거주지와 이름을 변경하였으나 관부(官府)에 발각되어 1837년 5월 구금되었지만, 탈옥하여 연해의 작은 선박에 몰래 탑승해 중국 남경(南京) 정해현(定海縣)에 표착하였다. 이듬해인 1838년 윤4월 본토로 송환되었고, 귀국시 문정을 받을 때에는 서촉(西蜀) 등에 표류하였다고 거짓 진술하였다고 한다.

〈표 1〉에서 조선측에 쓰여진 5차례에 걸친 고한록의 고표 사실을 중국측 사료와 비교해 보았을 때, 표류인의 성명과 인원수(사망자·생존자), 표착지명이 다소 차이를 보이고 있음을 살필 수 있다. 특히나 중국측 사료에서는 그들의 출신지를 전라도 '영암' 혹은 '해남'으로 휘칭(諱稱)한 사실을 확인할 수 있다. 한편, 고한록과 함께 승선한 사람은 이미 사망하거나 혹은 출륙하여 돌아오지 않아 현존하는 자는 박경록(朴京祿), 강신훈(姜信訓), 양복언(梁福彦), 이봉춘(李奉春) 등 4명으로서, 박경록과 강신훈이 제주목에 진술한 고한록의 범행은 다음과 같다.

> "고한록은 스스로 선박운전에 능하다고 하면서 고의로 노를 떨어뜨려 배가 멋대로 표류하게 하여 겨우 일정한 곳에 닿으면 능통한 언어로 소주(蘇州) 현관(縣官)에게 풍족한 음식물, 의복을 수가(受價)로 각 3승(升) 4필(疋)이고, 씨를 깐 음식물 4근(斤)을 동전 10냥(兩)으로 매겨 받았다. 또한 그는 역어(譯語)를 숙지하여 가는 길에 관원에 주는 보조금이 적지 않다는 것을 알고서는 차원(差員) 역관(譯官)에게 술을 먹여 동전 40냥을 갈취하였으며, 관례상 표인(漂人)에게는 700냥을 주기로 되어있다면서 관리에게 거짓말을 하였다. 그리고 돌을 흰 종이에 싸서 은덩어리 모양으로 보이게 한 다음 수중(水中)에 떨어뜨려 은덩어리라고 하면서 건져야 한다고 요청하면 차원은 대신 동전 10냥을 주었다. 의주(義州)에 이송되어 문정을 받을 때에는 거짓으로 진상각판(進上閣板)의 영운장교(領運將校)인데, 바람을 만나 표류하게 되었다고 하면서 그 외 나쁜 짓은 이루 다 말할 수 없다."고 하였다.[18]

이렇듯 고한록이 행한 중국으로의 고표는 단순히 그가 말한 '중국에서 표류 난민에게 제공하는 후한 대접과 배상' 때문만이 아니었다. 그와 함께 고표에 가담한 박경록·강신주가 고한록에 대한 고발 내용을 보면 관부에서 표류인에게 제공되는 물품들을 교묘한 말로 동전으로 매겨 받았고, 관원을 비롯한 동행자의 몫까지 갈취하였으며, 관원을 속여 얼토당토않은 배상을 받아내기까지 하는 등 고한록은 고표를 통해 새로운 방법의 경제적 이익 창출을 꾀하였다고 보여진다.

또한 그가 표류를 행한 시기를 보면 2-4-3-1년이란 간격을 보이는데, 이는 아마도 그의 고표 사실이 중국-조선측 관원들에게 탄로날 것을 염려하여 시간적 차이를 둔 것으로 생각된다. 결국 고한록의

---

18 『日省錄』 憲宗 4년(1838) 7월 16일.

이러한 5차례에 걸쳐 행해진 고표의 범행은 제주 군민(軍民)들 앞에서 효수(梟首)되는 것으로 마무리되게 된다.[19]

이렇듯 비변사에서 고한록의 사형 장소를 제주에 행하게 한 까닭은 A) 및 B-1~3)의 내용에서도 알 수 있듯이 16세기, 아니 그 이전부터 빈번하게 발생했던 제주인들의 고표 행위에 대해 주의·경계시키는 하나의 표본[20]으로 삼고자 하였던 것으로 보인다. 또한 고한록과 함께 1829년(순조 29) 2차 고표를 감행하였지만, 풍랑으로 인해 되돌아온 양복언(梁福彦)과 이봉춘(李奉春) 등은 동모(同謀)한 죄를 면하기 어려우나 국경을 넘어서지 않았다는 이유로 『대명률(大明律)』 관진조(關津條)에 따라 장일백(杖一百) 도삼년(徒三年)에 처했다. 이와 동시에 제주 삼읍(三邑)의 유배자는 삼읍 내 상호정배(相互定配)해야 한다는

---

19 『憲宗實錄』 권5, 憲宗 4년(1838) 7월 21일 庚申. "備局에서 아뢰기를, '지금 전라감사 李憲球의 계본을 보았더니, 제주의 백성 高漢祿이 丁亥年(1827년) 이후로 은밀하게 무뢰배를 모집한 다음 배를 훔쳐 타고 일부러 표류하여 저쪽 땅에 깊이 들어간 것이 네 차례에 이르는데, 글을 써서 통역하며 돈을 얻으려고 銀을 가지고 현혹시켰다고 합니다. 일이 變異에 관계되니, 重辟으로 처치함이 합당합니다.' 하니, 廟堂으로 하여금 품처하게 하였는데, 西北의 犯越한 律에 의거하여 그 목사에게 회부하여 軍民을 모아 놓고 梟首하여 뭇사람을 경계하게 하였다."

20 이훈, 『朝鮮後期 漂流民과 韓日關係』, 國學資料院, 2000, 96~102쪽.
* 표류민에 관한 처벌 : 1650년(孝宗 1) 동래부사 柳念 및 1661년(顯宗 2) 동래부사 鄭泰齊가 표류민 송환으로 인한 동래부의 접대 지출이 심하므로, 표류민의 (故漂에) 관한 단속 및 처벌을 요청하고 있으나 시행되지 않았다. 이후 1727년(英祖 3) 6월 10일 동래부사 李倚天이 어선이 자주 표류하여 일본으로 들어가므로 그들을 죄주기를 청하였는데, **고기잡이배는 먼 바다로 나가지 못하도록 이미 금령이 내려져 있으니 사공은 때려 귀양 보내고[沙工則刑配], 그 나머지는 단지 세 차례 때리는 형[其餘則只施三次之刑]을 내리는 것을 규칙으로 삼도록 하였다(『英祖實錄』 권11, 英祖 3년 6월 10일).** 한편 1744년(英祖 20)년에 이르러 연해 백성들이 漂沒하면서 죽을 고비를 겪고 살아서 돌아오는데, 刑訊을 당하는 것은 **왕정의 올바른 정치 및 옛날 法典의 본의가 아니므로, 표류민에 대한 처벌을 없애도록 하였다(『英祖實錄』 권60, 英祖 20년 8월 23일).**

『대전통편(大典通編)』 추단조(推斷條)의 규정에 의거, 제주도의 내사(內事)에 따라 정배(定配) 조치되었다.[21]

한편 그와 더불어 중국으로 간 박경록(朴京祿)과 강신훈(姜信訓) 등은 애당초 고표의 목적 없이 배를 빌려 함께 타고 간 것뿐이나 동행하여 왕래한 자이므로 무죄로 취급할 수는 없고, 영읍(營邑)에서 알맞게 헤아려 처리하도록 지시하고 있으며,[22] 이후 제주목에서 어떠한 처분이 내려졌는지에 대해서는 알 수 없다.

1756년(영조 32) 10월 2일 『비변사등록』에는 제주도의 이전곡(移轉穀)을 실은 3척의 배가 일본으로 표류하였다가 돌아온 사례[23]를 기재해 놓고 있다. 내용인즉, 표류되어 송환된 김여선(金汝先)의 배는 파손되지 않았고, 사람도 물에 빠지지 않았으나 곡물 모두를 바다에 던졌다고 진술함에 따라 조선정부에서는 이를 고표라 의심하고 있다. 이에 판윤 민백상은 이전 사례를 들어, "제주선(濟州船)은 필시 운항하는 수로를 익히 잘 알고 있을 터이고, 유독 제주 선박에만 풍랑에

---

21 『承政院日記』 117책, 憲宗 4년(1838) 7월 22일. "謹案律文 則大明律關津條 有曰凡無文引 越度緣邊[沿邊]關塞者 杖一百徒三年 因而出外境者絞 今此梁福彦·李奉春 等 與高閑祿 計在故漂 同乘一船 究其所犯 宜置重辟 第楸島徑還 不出外境 則論以經法 煞有分焉 梁·李 兩漢 施以杖百徒三之文 而大典通編推斷條 有曰濟州三邑人流配者 三邑內互相定配 亦依此律 各定配所於島內事 知委該牧之意 分付道臣 何如? 傳曰 知道"
『日省錄』 憲宗 4년(1838) 7월 22일. "刑曹啓言 濟州故漂罪人梁福彦 李奉春等與 高閑祿計在故漂宜置重辟而楸島徑還不出外境 則煞有分焉依律各定配所於島內 事知委該牧之意請分付道 臣允之."

22 『承政院日記』 117책, 憲宗 4년(1838) 7월 22일. "朴京祿·姜信訓 借船同行 實由見賣非出故犯 而旣是同行往來者 則不可遽置於無罪之科 竝請令廟堂稟處 (중략) 朴·姜 兩漢 自營邑量宜酌處."

23 『備邊司謄錄』 131책, 英祖 32년(1756) 10월 2일; 『備邊司謄錄』 133책, 英祖 33년(1757) 9월 27일.

표류하고도 배와 사람이 정상이니 이상하다. 이들이 곡물을 훔쳐 그 흔적을 숨기기 위해 가까운 일본에 가서 불법으로 정박한 것이 틀림 없다"고 하면서 철저히 조사·신문할 것을 요청하였다. 그러나 결국 이듬해 9월 판결에서는 의심은 가지만, 그 단서가 불충분함에 따라 유실된 곡물은 탕척(蕩滌, 죄나 허물을 없애줌)하고, 김여선 등은 석방조치되었다.

이렇듯 위의 내용을 아울러 살펴보면 여러 차례의 고표 정황이 발각된 고한록의 사례와 달리, 제3자적 입장에 선 조선정부는 제주인들이 이국으로 고표한 정황에 대해 의심하고 있을 뿐, 단정적으로 고표를 확정시키지 못하고 있음을 확인할 수 있다. 즉, 이국에서의 표류인에 대한 후한 구호책을 빌미로 고표한 경우와 밀무역이나 진상·곡물선의 물품 갈취를 위해 의도적으로 표류를 가장한 경우 모두 거짓 진술 또는 사전 증거 인멸 등으로 고표를 단정지을만한 정확한 사실 근거가 부족하였다. 이로 말미암아 조선정부는 순수하게 이상기변의 문제 등으로 불가피하게 이국으로 표류한 경우와의 구별이 쉽지 않았으며, 이에 합당한 처벌을 내릴 수 없었다.

한편 1848년(헌종 14) 1월 21일 선주(船主) 문천국 등 43명이 탄 배가 화북포(禾北浦)로부터 출항하였다가 일본 쓰시마[對馬島]로 표류해 갔다. 이 배의 승선자 중에는 제주인 뿐만 아니라, 영암·강진·해남의 무복감관(貿鰒監官) 및 색리(色吏) 등이 탑승하고 있었으며, 전(前) 오위장(五衛將) 홍석우(洪錫祐)를 비롯한 그의 가족 4명도 동선(同船)[24] 하고 있었다. 실종된 줄로만 알았던 이들 33명(혹은 32명)[25]은 1848년

---

24 [표] 『濟州啓錄』 및 『漂民被仰上』에 기재된 前 五衛將 洪錫祐의 가족명단

6월경 차왜(差倭)의 인솔 하에 송환되게 된다.

그러나 표환인(漂還人) 중 홍석우는 제주도의 출륙이 엄하게 금지되어 있음에도 불구하고 상경(上京)을 빌미로 가족을 데리고 바다를 건넜음은 물론, 표착국인 일본의 조사과정에서 사칭(詐稱)을 자행해 지나치게 많은 물건을 받아 온 것에 대해 죄를 묻게 된다.[26]

결국 1848년 8월, 곤장 20대를 맞고 함경도 무산부(茂山府)의 종신

『濟州啓錄』(한국측 사료)				『漂民被仰上』(일본측 사료)			
기재 순번	신분	성명	나이(세)	기재 순번	나이(세)	성명	비고(音讀)
25번	前 五衛將	洪錫祐	44	1번	44	洪セクウ	홍세쿠우
26번	妻	梁氏	47	4번	47	女人 梁氏	
27번	婦	金氏	21	5번	21	女人 金氏	
28번	子	(洪)在斗	22	2번	22	洪サイツ	홍사이쓰
29번	子	(洪)在升	20	3번	20	洪サイスク	홍사이스구

자료: 『濟州啓錄』 道光 28년 3월 초1일 기사 ; 『漂民被仰上』(日本 長崎縣立對馬歷史民俗資料館 宗家文庫 記錄類 Ⅰ表書札方 M43)

25 『備邊司謄錄』 235책, 憲宗 14년(1848) 6월 25일에는 표류인 33명을 差倭가 인솔하고 왔다고 기록하고 있으나, 일본측 사료인 『漂民被仰上』에는 표류인 43명 중 11명이 溺死하여 32명만이 본국으로 생환되고 있다.

26 『備邊司謄錄』 235책, 憲宗 14년(1848) 6월 25일; 『承政院日記』 121책, 憲宗 14년(1848) 6월 25일. "(전략) 표류한 백성 가운데 제주의 前 五衛將 洪錫祐는 감히 법을 두려워하지 않고 그들의 물건을 과람하게 받았는데 계책은 營私에서 나왔고 행적은 치욕을 끼칠 만하니 그 죄상을 묘당에서 품처하게 하기를 청하였습니다. 제주 세 고을 사람은 다른 곳으로 이사할 수 없는 것은 法典이 매우 엄한데 서울로 올라간다고 말하고서 가족을 데리고 바다로 나간 것부터가 그의 罪案이며 이역만리를 표류하면서 감히 만족을 모르는 마음을 가지고 물건을 討索한 것이 이렇게 많습니다. 저들이 선린우호로 그의 요구를 들어주었으나 그가 끼친 치욕은 이것보다 심할 수가 없습니다. 이는 거친 풍파를 뚫고 살아 돌아온 것으로 참작하여 용서할 수 있는 바가 아니니 홍석우를 該府에서 나문하여 엄하게 감죄하게 하고 과람하게 받은 물건을 저들에게 돌려보내는 것은 이미 전례가 있으므로 동래부에 분부하여 관왜에게 돌려주어 대마도에 들여보내게 하고 그 가족은 법전에 따라 동래부에서 차차로 각 읍에 遞傳하여 本籍으로 돌려보내게 하는 것이 어떻겠습니까 하니, 윤허한다고 답하였다."

노비형에 처하게 된다.[27] 이후 아들(濟州 幼學) 홍재두(洪在斗)는 아버지 홍석우의 표류가 고의가 아니었음을 여러 차례 격쟁(擊錚)을 통해 호소하였지만 받아들여지지 않았으며,[28] 10년이 흐른 1858년(철종 9) 10월이 되서야 비로소 석방될 수 있었다.[29]

그렇다면 홍석우는 조선정부의 판단대로 일본의 후대를 기대해 고표를 자행하고, 표착 후 간사한 말로 그곳 관리들을 속여 재물을 억지로 요구한 것일까? 아니면 그의 아들이 호소한 바처럼 의도치 않은 표류에 지나지 않은 것일까?

이에 대한 해답을 구하기 위해 일본 쓰시마[對馬島] 측에서 작성한 표류인들의 조사기록인 『표민피앙상』을 살펴보면, 홍석우는 제주인이 아닌 '경기인(京畿人) 정삼품(正三品) 전(前) 오위장(五衛將)'으로 기록되어져 있다. 해당 기록만을 본다면 출신지 휘칭[30] 양상이 확인 가능하다.

그리고 동일 사료 속 표류인들을 송환시키면서 보낸 대마도주(對馬島主)의 서한(書翰)에는 "홍석우라는 자는 품계가 있으니 특별히 후하게 대우해 주었고, 그 나머지 사람들에게는 모두 의복과 식량을 공급해 주고, 사구(死軀)를 관에 거두어 함께 실었습니다.[洪錫祐者, 以有

---

27 『承政院日記』 121책, 憲宗 14년(1848) 8월 5일 丙午.

28 『承政院日記』 122책, 哲宗 1년(1850) 4월 26일 戊子; 『承政院日記』 122책, 哲宗 1년(1850) 9월 27일 乙卯; 『承政院日記』 123책, 哲宗 3년(1852) 8월 29일 丁未.

29 『承政院日記』 125책, 哲宗 9년(1858) 10월 24일 丙寅; 『承政院日記』 125책, 哲宗 9년(1858) 10월 25일 丁卯.

30 『濟州啓錄』 道光 28년 3월 초1일 기사의 文千國의 배에 승선한 人物記를 보면, 제주인을 비롯한 영암군 추자도, 강진현, 해남현 사람 등 43명이 탑승하고 있다. 하지만 일본 측 사료인 『漂民被仰上』에는 全羅道 海南居民이라 표기되어 있으며, 이중 제주인인 홍석우는 京畿人이라 기록되어져 있다.

品階特厚待之, 其餘存者, 悉給衣糧, 棤收死軀併載.」"라고 기재되어 있다. 이로 본다면 홍석우가 억지로 물품 및 후대를 요구하였다고는 보기 힘들며, 반대적으로 일본측의 자발적인 모습이 엿보인다.

요컨대 홍석우의 표류[31]가 고의성을 지니거나, 표착 후 관직을 속인 것이 아니라 할지라도 이례적으로 10년 동안이나 함경도 무산으로 종신 노비형에 처해졌던 것은, 가족 모두를 대동하고 육지로 건넜다는 점과 제주사람임에도 불구하고 경기사람이라 거짓 진술했다는 점을 들 수 있다.

또한 정확히 드러나지 않으나[32] 『비변사등록』 및 『승정원일기』에 기록된 바처럼, 그가 고위 관직을 내세워 표착국인 일본으로부터 후대를 억지로 요구해 지나치게 많은 예물을 받아왔다는 점이 무엇보

---

31 金錫翼, 『心齋集』 중 「破閒錄」 上. "제주사람(土人) 前 萬戶 홍석우가 권속을 거느리고 서울에 올라가려고 바다에서 태풍을 만나 표류하다가 일본 五島에 도착했다. 섬 사람들이 배 안에 갓과 일산, 도포, 띠 등의 물건을 보고 벼슬을 역임한 적이 있는가를 물었다. "당신 나라에서 무슨 벼슬을 하셨습니까?"하니 대답하기를 "正一品 相國입니다."라고 하였다. 섬 사람들이 자못 그것을 믿어 정성껏 대우하고 심히 후대하였다. 돌아오자 왕실에서 이를 듣고 欺罔罪로 (홍)석우를 (함경도) 茂山에 십년 동안 귀양보냈다."

* 위 「破閒錄」에는 몇 가지 오류가 보인다. ①홍석우의 직위는 前 萬戶가 아니라 前 五衛將임, ②표착지역은 일본 五島가 아니라 對馬島임, ③홍석우가 진술한 직위는 正一品 相國이 아니라 正三品 前 五衛將임.

32 嘉義大夫 趙正杓에 대한 『濟州啓錄』(咸豊 5년, 1855년 3월 초3일조)의 내용을 보면, 洪錫祐와 마찬가지로 그도 표착국인 일본에서 관리라는 이유로 厚待를 받고 있다. 본국으로의 송환 후 문정과정에서 이를 물리치지 않고 것에 추궁하였으나, 정황상 고표가 아닌 것으로 결론지어 지고 있다.

* 『濟州啓錄』 내용: 「官敎를 당초 깊이 감추지 않고, 거의 자랑한 것과 같았으며 후하게 대접하여도 끝내 물리치지 않아 역시 폐를 끼쳤으나 그가 거느린 가족(眷率)과 여러 진술을 참고한 즉, 고의로 표류한 것과는 다름이 있어 실로 더 조사할 실마리가 없다.」

다 그의 죄를 추궁하는 큰 원인으로 작용하였다고 보여진다.

2) [양상 2] 이국인으로 변장해 조선으로 고표해 온 제주인의 사례

다음으로 〈그림 1〉에 보이는 고표 [양상 2]의 사례는 『고종실록』 1877년(고종 14) 8월 12일 기록[33] 속 이원춘(李元春)의 표류 사건을 통해 살펴볼 수 있다. 제주사람 이원춘은 머리를 깎고, 왜인의 옷을 입는 등 일본사람으로 변장함과 동시에 이름까지 고쳐 2차례나 고표를 시행함에 따라 당해년 9월 사형에 처해지고 있다.

그렇다면 이원춘의 1차 고표는 언제 이루어졌을까?

1876년 김기수(金綺秀)는 일본의 사신 파견에 대한 회례사(回禮使) 및 일본의 국정시찰을 위해 제1차 수신사로 선발되어 4월 29일 부산포에서 일본 도쿄[東京]로 출항하게 된다. 이때 『일성록』 고종 13년(1876) 윤5월 18일 기사인 「수신사김기수자강호이발계(修信使金綺秀自江戶離發啓)」를 보면, 일본에서의 20여 일의 일정 동안 그의 활동상을

---

33 『高宗實錄』 권14, 高宗 14년(1877) 8월 12일 甲午. "의정부에서 아뢰기를, "방금 동래부사 尹致和의 보고를 보니, '제주의 표류민 李元春을 좌병영에서 잡아다 엄하게 신문하고 역시 관리관인 일본사람에게 물으니, 두 차례 고의로 표류한 것과 머리를 깎고서 일본사람으로 변장한 전후의 실상이 여지없이 드러났습니다. 그가 범한 죄상은 따져보면 사형과 관계되기 때문에 칼을 씌워 府의 옥에 가두고 처분을 기다립니다.'라고 하였습니다. 머리를 깎고 왜인의 옷으로 바꾸어 입고 이름을 고쳤다고 이미 공초를 바쳤는데 하나하나가 음흉한 짓이었으며 두 번이나 고의로 표류한 흔적이 지금 모두 드러났습니다. 더없이 엄한 나라의 법에서 결코 용서하기 어려우니 죄인 이원춘은 좌수사로 하여금 군민을 크게 모아놓고 梟首하여 백성들을 경계시키고 간사한 버릇을 막고 변경의 금령을 엄숙하게 하는 것이 어떻겠습니까?"하니, 윤허하였다."
* 상기 내용과 동일한 기사가 『備邊司謄錄』·『承政院日記』·『公車日錄』 권4에도 있다.
『高宗實錄』 권14, 高宗 14년(1877) 9월 8일 庚申. "경상좌도 수군절도사 朴鼎和가, '죄인 이원춘을 梟警하였습니다.'라고 아뢰었다."

살펴볼 수 있으며, 이 가운데 5월 12일[34] 연회 도중 일본 외무성(外務省)으로부터 위송(委送)되어온 표류 제주인 이원춘과의 만남에 대한 내용이 다음과 같이 기록되어져 있다.

> 조선 표민(漂民) 한 명이 외무성으로부터 위송되었다. 표류하다 이른 정황을 차근차근 자세히 캐물은 즉, 표민 이원춘은 제주목 거민(居民)으로 1875년(고종 12) 5월 격군(格軍) 7명과 함께 미역 400단(丹)과 양미(糧米) 1석(石), 물건구입을 위한 전(錢) 120냥을 싣고 떠났으나 도중 서북풍을 만나 표류하여 외양에서 영국 선박의 도움으로 구조, 저들의 배에 함께 승선하였다. 10월 일본 북해도(北海道) 함관항(函館港, はこだてこう)에 도착하여 금년(1876년) 2월 영국공사로부터 일본 외무성으로 옮겨 다행히 봉신사행차(逢信使行次)를 만나 생환(生還)되었다. 어느 날 상황을 서로 비교하여 헤아려 살펴본 결과 특이사항이 없었기 때문에 의자(衣資)를 내주고, 동래부로 영부(領付)하였다.

위 내용을 보면, 표류 제주인 이원춘의 1차 고표는 1875년(고종 12) 5월에 이루어졌으며, 영국선의 구조 후 1876년(고종 13) 2월 영국공관으로부터 일본 외무성으로 옮겨져 동년 5월 수신사에 의해 동래부로 생환되고 있음을 확인할 수 있다.

---

34 『日省錄』高宗 13년(1876) 윤5월 18일. "(전략) 十二日 太政大臣三條實美及外務卿以下設宴於遠遼館 臣擧譯官 私禮單應給之處 量宜分給 而我國漂民一名 自外務省委送 漂到情節 築底盤覈則漂民李元春渠 以濟州牧居民 乙亥(1875)五月 竝格軍七名 載持甘藿四百丹糧米一石貿物次錢一百二十兩 離發未及 中流西北 風大作漂流 外洋逢英國船人來救 同騎彼船 十月 到泊日本北海道函館港 今年二月 自英館移日本外務省 幸逢信使行次生還 有日云 參互事狀 果無殊常情跡 故 給予衣資 領付東萊府."

〈그림 2〉 明治九年(1876)六月三日[35] 寺島宗則가 金綺秀에게 보낸 「漂流民引渡件」 중 일부

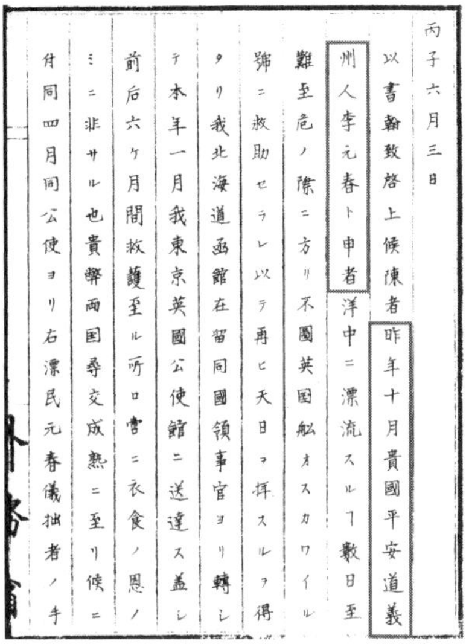
丙子六月三日
以書翰致啓上候陳者昨年十月貴國平安道義
州人李元春ト申者洋中ニ漂流スル事數日至
難至危ノ際ニ方リ不圖英国船オスカワイル
號ニ救助セラレ以テ再ヒ天日ヲ拝スルヲ得
タリ我北海道函館在留同國領事官ヨリ轉レ
テ本年一月我東京英國公使館ニ送達ス蓋レ
前后六ヶ月間救護至ル所啻ニ衣食ノ恩ノ
ミニ非サル也貴弊両国尋交成熟ニ至リ候ニ
付同四月同公使ヨリ右漂民元春儀拙者ノ手

〈그림 3〉 丙子(1876)五月十二日 金綺秀가 寺島宗則에게 보낸 「回答書」 중 일부

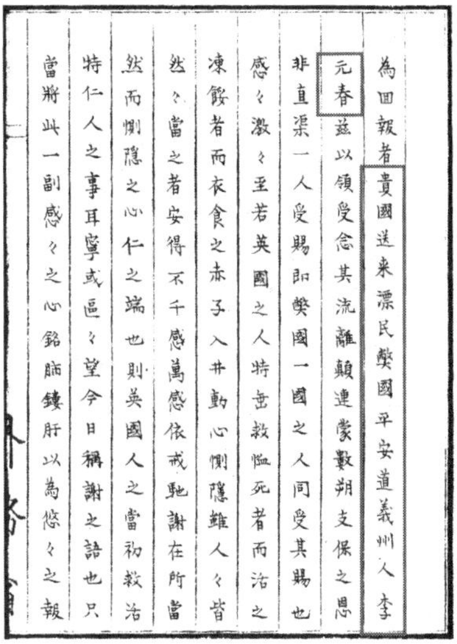
為回報者貴國送来漂民弊國平安道義州人李
元春茲以領受念其流離顛連蒙數朔支保之恩
非直渠一人受賜即弊國一國之人同受其賜也
感々激々至若英國之人特垂救恤死者而活之
凍餒者而衣食之赤子入井動心惻隱雖人々皆
然々當之者安得不千感萬感依我馳謝在所當
然而惻隱之心仁之端也則英國人之當初救活
特仁人之事耳寧或區々望今日稱謝之語也只
當將此一副感々之心銘腑鏤肝以為悠々之報

* 자료: 『航韓必携』 5冊(국사편찬위원회 소장) or 金綺秀, 『日東記遊』 第4卷 「往復文移」

한편 〈그림 2〉에서의 명치(明治) 9년(1876) 6월 3일 외무경(外務卿) 데라지마 무네노리(寺島宗則)가 수신사 김기수에게 보낸 표류민 인도(引渡)에 관한 문서를 보면 표류 제주인 이원춘을 '평안도(平安道) 의주인(義州人)'이라 적고 있으며, 이후 〈그림 3〉의 김기수가 외무경(外務卿)에게 회답한 문서에도 그를 '평안도 의주인'이라 적고 있음을 살필 수 있다.

하지만 분명하게 수신사 김기수가 1876년 5월 12일 일본 원료관

35 일본은 明治 5년(1872) 음력 대신 양력을 사용하였으므로, 明治 9년(1876) 6월 3일을 음력으로 전환하면 丙子(1876) 5월 12일이 된다.

(遠遼館)의 연회장에서 표류민 이원춘과 대면했을 당시, 그가 '제주목(濟州牧) 거민(居民)'임을 인지하고 있었음은 『일성록』을 통해 알 수 있다.

그렇다고 한다면, 이원춘이 영국선에 구조 당시, 자신의 출신지를 제주도가 아닌 평안도 의주로 휘칭했을 가능성이 있다. 만약 그러하다면 〈그림 2〉의 「표류민인도건(漂流民引渡件)」에 적힌 문기(文記)처럼, 일본 외무성으로 넘겨져 심문 받을 당시에도 제주라는 출신지 및 표류 목적 등을 거짓 진술했을 가능성이 크다. 그리고 앞선 시기 표류 제주인들이 자신의 출신지를 휘칭하였음을 밝힌 때는 조선으로 송환되는 과정 혹은 그 이후임을 감안한다면, 『일성록』(고종 13년 윤5월 18일 기사)에서 이원춘이 조선 수신사 김기수를 만나 자신이 제주목 거민이라 밝힌 것은 어찌 보면 의심할 여지가 없어 보인다.

그런데 여기서 한 가지 의문이 드는 점은, 위의 내용처럼 수신사 김기수가 이원춘이 제주인임을 알고 있음에도 불구하고, 〈그림 3〉의 일본 외무경으로의 회답 문서에는 그를 평안도 의주인이라 적고 있다는 점이다. 만약 김기수 자신이 일본과의 외교문서에 이원춘의 출신지를 사실대로 밝힐 경우, 어떠한 외교상(영국·일본-조선)의 문제가 발생될지 모른다는 우려 속에 고의로 그 사실을 은폐했을지도 모르겠다.

그리고 〈그림 2〉와 〈그림 3〉의 일본 외무성과 수신사 김기수 사이에 오고 간 왕복문서의 내용을 보면, 일본 외무성은 조선 표류인 이원춘이 바다에 표류한 가운데 우연히 일본으로 가는 영국선박에 의해 구조되어, 이후에도 수개월 동안 이들에게 호의를 베풀어 주었기 때문에 영국에 따로 감사의 뜻을 표할 것을 권하고 있다(그림 2).[36]

그러나 수신사 김기수는 우회적으로 돌려 이를 회피하고 있음을 해당 문서를 통해 확인할 수 있다(그림 3).[37] 요컨대 이 당시 국제적 상황으로 미루어 보았을 때, 영국은 이전부터 조선의 해안을 측량·탐색하고, 통상수호를 원하였으나 조선의 쇄국정책에 가로막혀 그 뜻을 실현하지 못하고 있던 상황이었다. 이러한 가운데 영국은 외양(外洋)에서 고표한 제주인 이원춘의 구조를 매개로 조선과의 접촉을 시도한 것이 아닌가 하며, 그 중간에 일본 외무성의 도움이 개입되지 않았나 싶다. 이렇듯 1차 고표 기간, 즉 1875년 5월~1876년 5월의 표류–송환되는 과정에서 이원춘이 의도적 표류 사실은 확연히 드러나지도, 영국·일본·조선 관리인들에게도 의심받지 않고 있다.

이후 1여 년 뒤인 1877년(고종 14) 8월, 제주인 이원춘은 일본인으로 변장하여 2번째 고표를 감행하였으며, 결국 일본인 관리관에 의해 밝혀져 당해년 9월, 사형에서 처해지고 있다. 이원춘의 2차 고표에 관한 기록은 『고종실록』의 사료 내용밖에 현전하지 않아 그가 어떠한 경위에 의해서 2차 고표 실시했고, 어떻게 그 거짓이 발각되었는지에 대해서는 소상히 알 수 없다. 다만, 그가 일본인으로 변장함은

---

36 〈그림 2〉의 「漂流民引渡件」 문서는 외무경 데라지마 무네노리(寺島宗則)가 수신사 김기수에게 보낸 것으로, 1875년 영국 선박에 도움으로 구조된 평안도 의주사람 이원춘은 영국공사를 통해 일본 이무성으로 보내졌고, 일본에서는 6개월 동안 그를 보호하다가 수신사의 일행에게 인도하였으며, 영국에도 따로 감사의 뜻을 표하는 것이 좋겠다고 하는 내용이 담겼다.

37 〈그림 3〉의 「回答書」 해당 문서는 김기수가 외무경 데라지마 무네노리에게 보내는 회답문서로, 표류민 평안도 의주사람 이원춘을 수개월 동안이나 보호해 준 것과 영국인은 특별히 구휼을 베풀고, 의식을 제공해 준 것에 대해 감사를 표하고 있음. 영국에도 사례하는 것은 당연한 바이지만, 직접 감사를 전하기보다는 일본 정부에서 영국 공사관에 감사의 인사를 대신 전해달라고 하는 내용이 담겼다.

물론, 이름을 고치고 2차 고표를 실시하였다는 점은 당시 조선정부 입장에서는 국내의 혼란한 내정의 골칫거리일뿐만 아니라, 외교적 상황에 있어서도 문제의 소지를 낳을 우려가 있음에 따라 앞선 고한록의 사례처럼 군민(軍民)의 앞에서 효수형(梟首刑)을 명하여 변경(邊境)의 주민들로 하여금 금령(禁令)의 엄함을 보여주고자 한 것으로 보여진다.

이와 같은 일본으로 변장한 제주인 사례 이전에도 1687년(숙종 13) 호남의 한 백성이 중국 복건성(福健省)에서 표류해 온 유연리(劉連里)라 사칭하여 제주도에 표류해 온 각 성(省)의 중국인들과 힐문(詰問)한 결과, 거짓 중국인[中原人]임이 밝혀져[38] 처벌당한 사례도 있다.[39] 이는 당시 조선인 중에는 표류 중국인의 행세를 하는 사람이 적지 않았는데, 1746년(영조 22) 조선정부가 간행한 『속대전』 「형전(刑典)」

38 ①『備邊司謄錄』 41책, 肅宗 13년(1687) 5월 16일. "'이른바 유씨 성을 가진 자를 제주에 표류해 온 사람들이 있는 곳으로 데리고 가서, 각 省의 사람들과 한 곳에 모여 앉히고 각기 지방의 말로 다방면으로 힐문하게 하였습니다. 그런데 피차의 말이 서로 통하지 않았습니다. 또 표류한 중국인들이 결코 中原 사람은 아니라고 말하니 유가의 기색이 황겁하여 몸둘 곳을 몰랐습니다.'라고 하였습니다."
②『備邊司謄錄』 41책, 肅宗 13년(1687) 6월 1일. "그런데 그자가 앞뒤로 대답한 말이 변덕스럽고 한결같지 않아, 이번 보고서 중의 문답에도 말이 되지 않는 것이 많았습니다. 또한 문답할 때에 모두 우리나라의 말을 썼고 중국말은 간혹 한두 귀절을 했을 뿐인데 역시 익숙하지 못하였습니다. 요전 제주에 표류했던 중국인들과 마주 앉아 힐문했을 때에도 한마디의 말도 통하지 못하였습니다. 그래서 표류해 온 중국인들은 모두 '결코 중국 사람은 아니다'라고 하였고 우리나라 역관도 간혹 이는 중국인이 아닌 것 같다고 하였습니다."

39 『肅宗實錄』 권18, 肅宗 13년(1687) 5월 2일 己卯. "호남의 백성이 '표류한 漢人으로 복건에 사는 劉連里이다.'하고 사칭하며, 말을 이상하게 하여 사람들을 현혹시키고 항간에 돌아다니며 구걸했는데, 사건이 알려지자 按治하여 사실을 알아내고 드디어 법대로 처리하였다."

에 "성명을 바꾸어 표류 중국인이라 사칭, 촌민들을 속이고 국가를 기망한 자는 즉시 참형에 처한다[變異姓名, 詐稱漂漢人, 誑惑村民欺罔國家者, 不待時斬.]"라는 항목을 포함시키고 있는 것[40]으로 보아 그 심각성을 미루어 짐작해 볼 수 있겠다.

반면 이러한 고표 양상은 조선인(제주인)에게만 국한되어 나타난 것이 아니라, 조선에서의 표도인(漂到人)들에 대한 후한 대우로 말미암아 일부러 조선으로 표도해 오는 이국인의 사례도 적지 않았음이 사료를 통해 종종 확인된다.[41]

그 한 예로 이익태 제주목사가 재임기(1694년 7월~1696년 9월)에 저술한 『지영록』에 기재된 제주도로 표도해 온 일본인의 문정(問情)기록을 통해 그들의 고표를 의심해 볼 수 있다. 해당 문정내용을 보면, 1681년 일본 쓰시마[對馬島] 출신 35명[14명 病死, 21명 生存]이 부산 동래에서 곡물을 싣고 돌아가다 제주 정의현 서귀포 밖 초도(草島) 해안변에 표도하였는데, 이들은 제주지역이 자신들에게 베푼 구호조처를 경상좌우도 연해지역과 비교하면서 그에 미치지 못하는 공궤(供饋)

---

40 원종민, 「『濟州啓錄』에 기록된 19세기 제주도민의 해난사고와 중국표류」, 『중국학연구』 제66집, 중국학연구회, 2013, 303쪽.

41 『備邊司謄錄』 85책, 英祖 5년(1729) 1월 17일. "부산첨사 金鑄이 아뢰기를, "부산에 왜관을 설립한 것은 왕래하는 倭船이 대마도에서 곧장 釜山鎭으로 오기 때문입니다. 그런데 어느 해이던가 왜선 한 척이 바람에 표류하여 거제부에 정박하니 본부에서는 主客間에 禮가 있는 터이라서 식량과 반찬거리를 주고 웅천으로 호송하여 웅천에서도 거제의 예와 같이 접대하여 부산의 왜관으로 호송한 바가 있었습니다. 그 뒤로 왜인들이 거제와 웅천 두 고을에서 먹거리를 지급받는 것을 달갑게 여겨 바람의 順不順을 가릴 것 없이 걸핏하면 고의로 길을 돌아 거제와 웅천을 거쳐서 부산의 왜관으로 가고 있습니다. 그러니 中路에서 접대할 즈음 大同米를 떼어주는 수량이 매년 몇 천 석에 이르고 있으니 참으로 한심한 일입니다. 하지만 이 폐단은 막기가 어렵지 않습니다." (후략)"

등에 불만을 표하고 있다.[42] 이렇듯 조선으로 표도해 온 이국인들, 특히나 일본인들은 이미 조선에 체류하는 동안 지급되는 잡물(雜物) 및 접대(接待) 등에 관한 정보를 파악하고 있었으며, 이를 주요 목적으로 조선으로의 고표를 꾀했음을 추정해 볼 수 있다.

4. 고표의 원인분석

앞에서 조선인 가운데에서도 특히 제주인들에 대한 고표의 두 가지 양상을 살펴보았다. 고표 양상의 첫 번째는 순수한 일기불순 및 해난사고가 아닌 의도적으로 이국으로 표류해 간 사례이며, 두 번째 양상은 이국인의 모습으로 변장, 타국에서 조선으로 표류해 온 것처럼 꾸민 사례를 들 수 있다.

일반적으로 사료 속에 기재된 '표류'는 항해 도중 뜻하지 않은 일기불순과 해류에 떠밀려 본인 의지와는 상관없이 목적지 또는 자신이 속한 문화 영역 밖으로 이탈된 사건을 일컫는다. 이 중에는 목적을 지닌 채 표류인인척 가장하여 고의적으로 이국으로 고표해 간 사람들도 포함되어 있었다. 그러나 고표를 감행한 이들은 이국에서의 문정(問情)과정에서 항해 전말을 사실대로 진술할리 만무했으며, 만약

42 李益泰, 『知瀛錄』 漂倭人記. "辛酉(1681) 5월 23일 倭船 한 척이 바람에 밀려와 정의현경 서귀포 밖 草島 안 바다에 와서 정박하였다. (중략) 倭人이 말하기를, "경상좌우도 연해의 각 鎭은 왜선이 표류해 오면 넉넉하게 식량과 반찬을 주어 매우 후하게 대접을 해줍니다. 그런데 지금 이곳에 도착하니 어찌 이 같이 박대를 합니까. 동래에 돌아가면 이런 뜻을 알려 계문하여 조치하겠습니다."라고 운운하였다."

잠상(潛商; 밀무역) 및 진상선(進上船)의 물품 등을 착복하다 발각되었다 하더라도 불법 행위로 처벌될 것을 두려워하여 배에 싣고 있던 물건들을 바다에 빠뜨려 항해 도중 불의의 해난사고를 당한 표류 난민으로 위장할 가능성이 농후했다. 또한 이후 조선으로 송환되어 심문조사를 실시하더라도 이들의 고표 혐의를 밝히기란 매우 어려웠다.

그렇다면 조선후기 제주인들이 고표를 행하는 가장 주된 요인은 무엇일까?

앞서 2장에서 제시한 제주인들의 고표 사례들의 내용을 미루어 보았을 때, 그 무엇보다도 중국, 일본, 유구 등의 표착국에서 표류 제주인에게 베푼 후한 대접과 보상금을 들 수 있겠다.[43]

근세 동아시아 각국은 중국 중심의 책봉체제를 전제로 한 국제질서가 성립되어 있었으며, 이를 바탕으로 상호 국가 간의 표류인 송환체제가 형성되었다. 이러한 송환 구호체제는 시기별·국가별로 차이가 나기도 하지만, 대략 17세기 말~18세기 이후 정비된 제도적 틀 안에서 안정적으로 운영되게 된다. 상술한 고한록의 진술 내용에서도 알 수 있듯이 중국으로 표류해 갈 경우, 해당 국가에서는 조선으로 송환되어 오는 경로의 각 지역[縣·省]을 통과 혹은 머물 때마다 넉넉한 옷과 음식을 제공해 줌은 물론, 훼손된 선박 및 적재품을 값을 매겨 보상해 주는가 하면, 귀국 경비까지 주어 안전하게 송환시키는 등 표류인에 대한 대우가 아주 후하였음을 엿볼 수 있다.

이렇듯 이후 고향으로 생환되어 온 표류 제주인들이 "표착된 특정

---

43 『承政院日記』 117책, 憲宗 4년(1838) 7월 22일 辛酉. "(전략) 최근 (일본) 대마도에서 나온 표류민들의 수를 셀 수 없습니다.[近來漂民之自馬島出來者, 尤不勝其頻.]"

국가에서 후대(厚待) 받았다"라는 구제(救濟) 정보는 주변 지인들은 물론, 제주도 전역에 널리 공유되었을 것이며,[44] 이에 빈번한 자연재해와 과중된 공부(貢賦) 부담에 시달리고 있던 제주인들을 고표로 이어지게 하는 하나의 원인으로 작용하였을 것으로 보여진다.

또한 두 번째 원인으로 동아시아 국가들이 취한 송환체제의 취약성을 들 수 있겠다. 제주인 고한록이 무려 5차례의 의도적 표류를 행함에 있어 마지막 5번째의 고표가 탄로 나기 전까지 그의 이름이 변경되지 않았음에도 불구하고, 중국과 조선 양측 모두 이 사실을 전혀 눈치 채지 못했다. 요컨대 제주인이 중국[淸]으로 표류시 표착지 관할 현(縣)이나 해방청(海防廳)에서 관리에게 첫 취조를 받게 된다. 이후 주현(州縣)에서 상급 관서인 성성(省城)으로 보내져 재심사를 마친 후, 해당 총독(總督)과 순무(巡撫)는 그 사실을 조정에 상주(上奏)함과 동시에 호부와 예부에 자명(咨明)하게 된다.[45] 이때 조정의 지시가 떨어지면 북경[皇城]으로 호송되게 되는데 그 과정에서도 거치는 관부(官府)마다 심문을 거치며, 북경에 도착하여서는 그 표류전말에 대해 소상히 조사받게 된다. 이후 조선 의주로 인계되어 경기감영과 전라도의 도회관(都會館)[46]을 거쳐 제주도로 귀환되기까지 곳곳마다 문정(問情) 과정을 반드시 이행하여야만 하였다.

---

44 민덕기, 『조선시대 일본의 대외교섭』, 경인문화사, 2010, 262쪽.

45 劉序楓, 「淸代 中國의 外國人 漂流民의 救助와 送還에 대하여: 朝鮮人과 日本人의 사례를 중심으로」, 『동북아역사논총』 제28호, 동북아역사재단, 2010, 135쪽.

46 전라도 강진·해남·영암이 매년 윤번을 정하여 제주의 공무로 왕래하는 사람들을 接濟하는 것과 더불어 민간 상인의 제주도로 출입하는데 필요한 公文 발급 등의 업무를 수행하였다.(李源祚, 『耽羅誌草本』 濟州舊例條. "靈巖康津海南三邑 每年輪定 新舊還送支持 月令進上輸運 及公鏁去來 擔當擧行商旅人入島者 有都會館公文 始許越海")

이와 같이 표착국과 자국에서 여러 차례 행해진 표류인들에 대한 심문에도 불구하고, 고한록 등과 같은 동일 인물이, 동일한 국가에 몇 차례씩이나 고표가 가능하였다는 것은 그만큼 해당 송환절차가 형식상에 지나지 않았음을 보여주는 것이라 하겠다.[47] 설령 그 표류 경위가 불순하다고 여겨 이들 표류인들을 대상으로 죄를 묻지만, 이에 대한 물증이 없음으로 말미암아 죄를 확정치 못하고 의혹을 그치고 마는 경우가 대부분이었다.

특히 여기서 제주인들이 고표해 간 나라별 빈도수에 주목할 필요가 있다. 앞에서도 거듭 언급하였지만, 실제적으로 고표 여부를 판가름하기에는 난해한 점이 있기 때문에 고표의 수량적 파악은 물론이고, 시기별 고표의 동향을 읽어내기에는 무리가 있다. 하지만 그나마 문헌상 명백히 제주인들의 고표라 칭할 수 있는 사례들을 들여다보면, 대부분 중국을 고표의 대상지로 꼽고 있음을 살필 수 있다. 그리고 5차례나 동일 국가로 고표해 간 고한록의 사례 또한 고표 대상국을 중국으로 하고 있다. 이처럼 제주인들의 고표가 지리적으로 근접한 거리에 위치한 일본보다도 중국에서 빈번하게 행해졌던 이유는 무엇 때문일까?

기존 선행연구에서 조선시대 제주인의 표류 발생건수를 표착 국가별로 살펴보면, 수치상 일본이 차지하는 비율이 월등히 높은 것으로 파악된다. 하지만 이와 같은 통계는 해당 시기 표류 제주인의 자취를 파악할 수 있는 사료의 양이 타국에 비해 한국－일본에 많이 잔존한

47 劉序楓, 「近世東亞海域의 僞裝漂流事件:道光年間 朝鮮 高閒祿의 中國漂流事例를 중심으로」, 『동아시아문화연구』 45권, 한양대학교 한국학연구소, 2009, 92쪽.

결과임을 주지할 필요가 있다.

그럼에도 불구하고, 고한록과 같은 사례가 일본에서 발견되지 않은 것은 제주인들의 출신지 휘칭 양상과 연결 지어 생각해 볼 수 있겠다. 다시 말해『표인영래등록』[48] 등 표류 제주인들이 조선으로의 귀국 후 문정과정에서 진술한 내용을 담고 있는 기록 가운데 자신들의 출신지를 휘칭하게 된 배경을 살펴보면, 대부분 "왜인이 제주인을 만나면 곧바로 죽인다는 설이 이전부터 있기 때문" 혹은 "제주인이 일본에 표류해 들어가면 곧바로 모두 죽임을 당한다고 들었기 때문", "제주인이 일본에 표착하면 송환되어 오지 못했다고 하는 예를 이미 들은 적이 있기 때문" 등의 휘칭 이유를 들고 있다. 즉 조선시대 임진왜란 및 왜구의 창궐로 인해 일본에 대한 부정적 이미지가 조선인들 사이에 일반화되었고, 더욱이 왜구 침입으로부터 직접적인 피해를 입은 제주인들에게 있어 일본으로 표류해 갈 시에는 현지인으로부터 살해당할 위협에 처할지 모른다는 의구심과 두려움이 구체적인 이유 없이 모호화된 의식으로 후대에까지 전달되어지고 있었다. 이처럼 제주인들은 일본으로 표류해 가는 것을 큰 위기감으로 생각하고 있음에 따라 고표의 대상지로 그다지 선호하지 않은 듯하며, 가령 일본으로 고표해 갔다 하더라도 이 같은 두려움과 공포심이 다른 나라보

---

48 『漂人領來謄錄』은 예조의 典客司에서 편찬한 것으로, 일본에 표류·표착한 조선인들의 송환기록이 연대순으로 수록되어 있다. 이 사료는 총 20책 중 제17책이 전해지지 않고 있어 1734~1736년까지 약 3년간의 상황에 대해서는 알 수 없지만, 1641년(인조 19) 9월~1751년(영조 27) 9월까지 약 110년 동안의 표류기록을 담고 있는 朝·日 표류에 관한 가장 일차적이고 종합적인 자료라고 할 수 있다.(정성일, 「漂流記錄을 통해서 본 朝鮮後期 漁民과 商人의 海上活動」, 『국사관논총』 제99집, 국사편찬위원회, 2002, 5쪽)

다 큰 나머지 한 번의 일시적인 것에 그치지 않았나 싶다.

한편 조선후기에 접어들면서 항해술·조선술의 발달과 상품화폐 경제의 활성화에 따른 사무역의 증대는 제주인들에게 있어 고표를 조장하는 또 하나의 요인으로 작용되었다고 보인다. 다시 말해 18세기 후반 이후 조선사회 전반에 걸친 상업경제의 활성화와 더불어 제주인들의 출륙에 대한 제한이 느슨해짐에 따라 민간차원의 물자유통 또한 활발히 이뤄지게 되었다. 이러한 배경 속에서 제주인들은 기존의 육지 본토↔제주도 간의 한정된 공간에서의 교역을 넘어서, 자신들이 지닌 고도의 해양 지식과 기술을 근간 삼아 타국으로 고표해 갔으며, 이를 통한 통상(通商) 혹은 잠상(潛商) 등의 방법으로 또 다른 이익 창출을 꾀하지 않았나 싶다.

이외에도 정치적 망명, 즉 쇄국 체제하에서 도피처[일종의 파라다이스]를 구하려는 시도의 측면에서 고표를 행하였다는 주장도 있다. 이는 충분한 가능성을 내포하고 있지만, 현재까지 이 같은 이유에서 고표를 실시하였다는 사례는 찾아볼 수 없음에 따라 해당 논의는 좀 더 면밀한 검토가 요구되어진다.[49]

---

49 故漂는 그동안 표류인에 대한 일본 측의 후대를 알고 고의로 표류한다는 주로 경제적인 측면에서만 해석하였지만, 정치적인 이유도 가능하다고 여겨진다. 『濟州啓錄』에 나오는 바 고표의 의심을 받는 趙正杓의 가족일행은 경제적으로 궁핍하지 않았으며, 그는 당시 82세로 기선대부의 관품을 지닌 전직 고위 관리였다. 따라서 이는 경제적 동기보다는 정치적 망명의 가능성도 있고, 쇄국 체제하에서의 해외에서 이상향을 찾으며, 도피처를 구하려는 시도의 하나일 수도 있다.(하우봉, 「제4장 조선시대 표류민의 일본인식」, 『조선시대 한국인의 일본인식』, 혜안, 2006, 279쪽)

* 하우봉은 『濟州啓錄』에서의 趙正杓의 가족 일행은 경제적인 측면이 아닌 도피처를 구하고자하는 정치적인 이유에서 고표를 행하였다고 적고 있다. 『濟州啓錄』의 咸豊 4년(1854, 哲宗 5) 3월 초1일의 기록을 보면, 육지에서 제주로 출선하는 제주 별도리 선주 李德良의 배에 경기도 사람 趙正杓를 포함한 3대의 가족(총 6명)이 동승하였는

5. 맺음말

'표류'란 항해 도중 뜻하지 않은 일기불순(바람·태풍)과 해류에 떠밀려 자신의 의사와는 무관하게 목적지 또는 자신이 속한 문화 영역 밖으로 이탈된 해난사고를 의미한다.

하지만 이들 표류인들 가운데에는 우연이 아닌, 다분한 고의성과 목적성을 지니고서 이국으로 건너간 사례도 확인되어진다. 이렇듯 본고에서는 조선시대 표류인 가운데에서도 제주인들을 중심으로 의도적으로 표류를 가장한 '고표 양상'에 대해 추적함과 동시에 그 발생 배경에 대해 살폈다.

우선 이러한 표류 양상에 대해 사료 속 원문에는 '고표(故漂)'·'가작표인(假作漂人)'·'표류도망(漂流逃亾)'이란 용어로 기술되어져 있음을 확인할 수 있었다. 이 같은 고표의 양상은 두 가지 형태로 나타나는데, 그 첫 번째는 순수한 일기불순 및 해난사고가 아닌 의도적으로 이국으로 표류해 간 사례(고한록의 예)이며, 두 번째는 이국인의 모습으로 변장한 후 타국에서 조선으로 표류해 온 것처럼 꾸민 사례(이원춘의 예)이다.

궁극적으로 조선후기 제주인들의 고표 사례들을 통해 이 같은 행

데, 갑자기 해상날씨의 악화로 표류하고 만다. 1년여 후인 咸豊 5년(1855, 哲宗 6) 3월 초3일 기록에는 그들 일행이 일본으로부터 송환되어 문정한 내용이 기술되어져 있는데, 이를 보면 趙正杓는 "집안이 가난하여 살아나갈 수 없으므로, 가족들과 함께 [제주도에] 住居를 정하려고 들어오는 길에 불행히 표류하였습니다."라고 진술하고 있으며, 趙正杓 가족 일행뿐만 아니라 李德良의 배에 탄 사람들 모두 일본국 女島도 표류해 감에 따라, 하우봉이 해석한 정치적 망명하의 고표의 사례로써는 부합되지 않는다고 보여진다.

동을 실행케 한 가장 주된 요인을 살펴보면, 중국·일본·유구 등의 표착국에서 표류 난민에게 베푼 후한 대접과 보상금을 들 수 있다. 특히 제주인들의 경우, 이국으로의 표류 빈도가 높음과 비례해 그만큼 획득되어지는 정보 또한 많았을 것이며, 이들 표환인(漂還人)에게서 전해들은 이국으로부터 후한 접대를 받았다는 정보는 각종 재해와 기근에 시달리던 제주인들로 하여금 고표를 유발시키는 동인(動因)으로 작용되어지고 있었다.

또한 동아시아 국가들이 취했던 송환체제의 취약성을 들 수 있다. 즉, 표착국과 자국에서 여러 차례 행해진 표류인들에 대한 심문에도 불구하고, 고한록 등과 같은 동일 인물이, 동일한 국가에 몇 차례씩이나 '고표가 가능하였다'라는 것은 그만큼 해당 송환절차가 형식에 지나지 않았음을 보여주는 것이라 하겠다.

그리고 조선후기에 접어들면서 항해술·조선술의 발달과 상품화폐 경제의 활성화에 따른 사무역의 증대는 제주인들에게 있어 고표의 조장요인으로 작동되었다고 보여진다. 다시 말해 기존 조선 본토와의 제주 특산물(감곽(甘藿), 전복(全鰒) 등 해산물 및 양대(凉臺)) 판매 및 운송업을 통한 한정된 공간에서의 교역을 넘어서, 표류 제주인들이 지녔던 해외 각지의 지리 정보망 및 고도의 해양 지식과 기술을 바탕으로 타국으로의 고표를 통한 통상(通商) 혹은 잠상(潛商) 등 또 다른 이익 창출의 근간으로 삼지 않았나 싶다.

이상에서와 같이 본고는 문헌상 어느 정도 명백히 고표라 명명할 수 있는 사례만을 추출하여 조선시대 제주인들의 고표 양상과 그 배경에 모색해 보았다. 이에 실질적으로 고표하였으나, 그 물증을 확보치 못해 의혹으로 그친 사례에 대해서는 미처 추적하지 못하였다.

향후 한국뿐만 아니라 외국측 사료 발굴 및 자료 축적을 통해 제주인들의 고표에 대한 존재양상에 대해 보다 다각적인 해석을 구현해 내고자 한다.

『탐라문견록』에 나타난 제주인의 동아시아 인식과 그 의미

한창훈

1. 서론

본 논문은 18세기경 정운경이 남긴 『탐라문견록』을 자료로 하여, 이 시기 제주인의 실제 체험을 통해 파악된 동아시아 지역에 대한 간략한 인식의 지형도를 그려보는 것을 목적으로 한다. 정운경의 『탐라문견록』은 2008년 한양대 정민 교수에 의하여 번역본까지 출판되었으나,[1] 본 자료에 대한 학계의 관심은 미미한 편이라 할 수 있다. 그러나 필자는 본 자료가 제주학을 인문학 혹은 역사학적으로 구성하는데 대단히 중요한 자료가 된다고 판단한다.

정운경(1699~1753)은 제주 목사로 부임하는 아버지(정필녕)를 따라 제주도에 처음 왔다. 낯선 땅에 온 정윤경은 뜻밖에 많은 제주 사람들이 일본과 대만은 물론, 멀리 베트남까지 표류·표착하다가 다시 돌

---

1 정운경(정민 역), 『탐라문견록, 바다 밖의 넓은 세상』, 휴머니스트, 2008.

아왔다는 사실을 알고, 이들을 하나하나 만나 인터뷰하고 그 내용을 기록으로 남겼다. 이 외에도 한라산이나 제주 섬에 관련된 선학들의 기록을 모으고 이를 재검토 분류하고, 미진한 부분은 자신이 직접 보충하여 다시 정리하였다. 특히 귤에 대한 관심이 많아 「귤보」라는 상세한 보고서를 작성하기도 했다. 이런 기록들을 하나로 모은 것이 바로 『탐라문견록』이다. 여기서 해외 표류민을 인터뷰한 「탐라문견록」이 전체 분량의 절반 이상을 차지한다.

주지하다시피, 해외 지역 사람으로 제주에 대한 기록을 남긴 것으로는 『하멜 표류기』가 유명하며, 우리나라 사람이 남긴 해외 표류·표착 기록 또한 많이 전해져 온다. 대중적으로는 장한철이나 최부의 기록이 유명한 편이다. 이런 자료에 대한 체계적인 접근을 시도한 윤치부에 의하면, "표류자의 표류 동기는 새로운 세계에 대한 탐험이나 개척의 의미인 모험적 성격에 의해서라기보다도 피동적으로 표류를 당하고 있다. 이는 외국인의 새로운 세계나 바다에 대한 동경 및 모험적 본능을 나타내는 해양관과는 대조된다"고 하였다.[2] 여기에 검토되지 않았던 『탐라문견록』도 그 내용을 자세히 검토해 보면, 사실이 같은 범주에서 크게 벗어나지는 않는다. 그러나 여러 가지 이유로 외부의 사정에 능통하지 못했던 조선 혹은 제주 사회에서 이런 표류·표착 경험은 사람들의 인식을 넓힐 수 있는 거의 유일한 기회였다는 점과 그 대상이 동아시아 일대를 포괄하는 광범위한 영역이었음을 주목해야 한다.

2 윤치부, 『한국해양문학연구』, 학문사, 1994.

2. 『탐라문견록』의 성격과 자료적 가치

『탐라문견록』은 1687년 안남국에 표류한 조천관 주민 고상영의 표류기부터 1730년 관노 만적의 가라도 표류기에 이르기까지 모두 14인의 표류 기록이 수록되어 있다. 이 가운데 해외 표류가 13건이고, 국내 표류가 1건이다. 해외 표류는 안남국 1건, 대만이 2건, 일본이 9건, 류쿠가 1건이다. 역시 일본으로 표류한 경우가 압도적으로 많다. 분량은 들락날락하지만, 표류 날짜, 지점, 송환 경과 등이 비교적 자세하게 기록되어 있다. 제보자가 기억하는 것은 최대한 꼼꼼하게 정리한 점이 대단히 특징적이다.

국가간 외교 접촉이 극히 제한적이던 18세기 당시, 이런 표류는 민간에서 해외 문화를 체험하는 유일한 통로가 되었다. 해양 활동의 증가와 어업 및 교역의 활성화로 나라마다 빈번한 표류 상황이 발생했고, 이들의 구조와 송환 과정에서 외교적 관계가 부각되었다. 우리의 경우, 일본과 비교하여 보면, 개별적인 기록은 많이 있지만 체계적인 정리 작업은 되어 있지 못하다.[3] 때문에 『탐라문견록』의 가치가 여기서도 발견된다.

그런데 당시 조선 조정의 업무는 국제적 안목이 결여되어 있었던 것으로 파악된다. 명나라 연호를 사용하는 문제로 청나라 관리와 쓸

---

3 필자는 2019년 2월부터 2020년 1월까지 일본 京都에 위치한 同志社大學에 연구원으로 있으면서, 일본 학계의 상황을 일별할 수 있었다. 더불어 가까운 거리에 교토대학, 리쓰메이칸대학, 교토교육대학 등이 있어 자료 수집이나 학술 교류에도 많은 도움을 받았는데, 이 분야에 관한 일본 학계의 관심이 대단히 크다는 사실을 재확인할 수 있었다.

데없는 실갱이를 벌인다든지, 표류민들을 태워준 중국 상인들을 육로로 돌려보낸다든지 등등 자신만 생각하는 외교적 미숙함이 곳곳에 노출된다. 특히 국교 관계가 없던 안남국이 인도적 견지에서 표류민들을 회송했을 때에도, 뿌리 깊은 사대주의 사상 때문인지 더 이상의 관계를 이어가지 않았던 것으로 파악된다.

특히 표류민들은 예외 없이 제주인임을 숨기고 전라도나 경상도를 고향으로 밝히고 있다. 이에 대해서는 정확한 원인을 알 수 없는데, '이는 1612년 제주로 표착해 온 류쿠국 태자가 탄 상선을 제주 목사 이기빈과 판관 문희현이 습격하여 재물을 빼앗고 그들을 죽인 사건 여파 때문이었다. 이후 제주도민 사이에서는 외국에 표류하여 제주도민임이 밝혀지면 지난 날 사건 때문에 무조건 죽인다는 소문이 널리 퍼져 있었다고 한다.'[4] 그러나 1726년 류쿠에 표류한 김일남, 부차웅의 기록을 보면, 제주인에 대한 적대적 태도를 찾아볼 수 없다. 오히려 일행 중 한 명이 짐 속에 있던 은 궤짝을 훔치다 발각되었으나, 형벌을 써서 죄를 다스리지 않고, 다만 그 죄상을 기록하기만 했다. 이들은 거의 3년을 류쿠와 중국에서 지내다 귀국했는데, 류쿠에 대한 짧은 민속지적 관찰 기록을 남겼다.

류쿠국 태자 이야기는 이중환의 『택리지』에 실려 있고, 박지원의 『열하일기』에도 언급이 나온다. 이것이 역사적 사실인지에 대해서는 명확하지 않다. 그러나 만일 사실이었다면 조선 조정은 류쿠와 관련된 여러 일들을 잘못 처리하고 있었음을 알 수 있다.[5] 여기에 네덜란

4 정운경(정민 역), 『탐라문견록, 바다 밖의 넓은 세상』, 휴머니스트, 2008, 해설 29쪽.
5 심경호, 『여행과 동아시아 고전문학』, 고려대학교출판부, 2011, 385~387쪽.

드인 하멜 일행이 제주에 표류하여 13년 넘게 억류되어 있다가 탈출하여 국제 문제로 비화되었던 사건들을 보건대, 당시 조선 조정은 국제적인 외교 문제는 그리 신통치 않았던 사실을 짐작할 수 있다.

이에 비해 일본의 경우는 사뭇 일처리가 다르다. 일본에서는 일단 현지인에 의해 표류 선박이 구조되면 1640년대 후반에 정비된 도쿠가와 막부의 송환 절차에 따라 모두 나가사키로 보내졌다. 이후 이들은 다시 쓰시마 섬으로 보내지고, 거기서 다시 절차를 거쳐 조선으로 송환되었다. 조선 표류민에 대한 일본인의 태도는 대부분 우호적이었다. 보통 송환까지는 5~6개월이 걸렸는데, 막부가 정한 규칙에 따라 매일 일정량의 식량이 제공되었다. 그들은 임진왜란 때 끌려간 조선인의 후예를 통사로 고용해 이들과 의사소통 문제를 해결하였다.

『탐라문견록』에 의하면, 제보자들이 바다로 나가는 경우는 탐험, 모험 등은 없고, 교통 혹은 장사를 주 목적으로 하였다. 그리고 표류 시 일반적인 의사소통은 필담을 통해 하였다. 당시 동아시아 특히, 중국, 한국, 일본, 베트남은 한문 문화권에 속했고, 과거 제도를 실시하는 나라였으므로, 한문을 통한 필담이 큰 문제가 되지 않았음을 알 수 있다. 대부분 송환은 중국을 거쳐 조선으로 보내지는 절차를 밟았는데, 이 때 명의 연호를 사용하는 문제가 큰 걸림돌이 되었다. 그리고 특히 조선의 경우, 송환 시스템이 체계적으로 갖추어져 있지 않았다. 대만이나 류쿠, 안남 등지의 낯선 풍속과 일본인들의 생활상 등 표류민들의 다양한 해외 체험은 매우 흥미로운 내용이었을 터인데도, 이에 대한 적극적인 관심은 보이지 않는다. 물론 부분적인 관찰기 내용은 전해진다.

3. 『탐라문견록』에 나타난 제주인의 동아시아 인식

여기서는 『탐라문견록』에 나타나는 인식의 문제에 초점을 맞추고, 이를 타자 인식, 관계 인식, 자아 인식으로 나누어 살펴보기로 한다. 우선 고려할 수 있는 사항은 새로운 문물에 대한 충격이나 이국 풍물에 대한 호기심 등이다. 그러나 한편으로는 이들 문화에 대한 적극 수용의 자세를 보여주지는 못한다는 한계도 가지고 있다. 물론 시대의 한계가 제일 중요하겠으나, 인식 주체의 문제도 간과할 수 없다.

비슷한 시기 서양인들의 동양 인식은 이와 뚜렷이 구분된다. 『로빈슨 크루소』는 서구 문학에서 가장 널리 알려진 이야기의 하나라 할 수 있다. 우리는 흔히 허구적 창작이라 알고 있지만, 사실 이 이야기는 스코틀랜드 선원 알랙산더 셀커크의 1704년 체험을 그 모티브로 하고 있다. 항해 탐험과 상업 활동이 활발하던 1719년에 나온 이 소설은 영국 제국주의를 구현한 작품으로 평가되어 왔다. 그럼에도 불구하고 애국 계몽기의 신채호는 "『로빈슨 표류기』와 같은 신기한 이야기를 우리말로 옮겨서 국민의 모험심을 격려하는 방법도 있다"고 했는데, 이는 우리의 해양 문화적 성격이 탐험이나 모험과는 거리가 있었음을 반증한다. 물론 좋은 의미이든 나쁜 의미이든 제국주의에 대한 판단도 작용했을 것이다.[6]

이러한 모험담이 서구의 제국주의적 팽창을 반영하고 있으며, 따라서 조선 후기 표해록의 인식과는 정반대되는 지점에 있음이 틀림없다. 크루소와 프라이데이의 관계는 식민지인을 문명화시켜 노예로

---

6 대니얼 디포(김경섭 역, 한창훈 해제), 『로빈슨 크루소』, 글누림, 2011.

삼는다는 당시의 식민관을 그대로 담고 있다. 프라이데이가 본래 이름을 잃고 지배자에 의해 새로운 이름을 얻음과 동시에 로빈슨 크루소도 자신의 이름이 아닌 '주인'으로 행세한다. 이러한 관계에서는 오직 절대 충성만이 존재한다. 문명화한 원주민의 자발적이고 절대적인 복종을 기대하는 유럽인들의 환상은 작품 곳곳에 드러난다.

물론 관점을 바꾸어 보는 시각도 존재한다. 『방드르디 혹은 태평양의 끝』이라는 소설은 『파리대왕』이 나온 지 23년 뒤인 1967년 프랑스의 미셸 투르니에가 쓴 것이다. 방드르디란 프라이데이의 불어식 이름으로 이 소설이 원주민 노예 프라이데이의 시각에서 쓰여졌음을 암시한다. 그는 크루소와 반대되는 순수를 상징하여 디포식 서양문화를 무너뜨리고 태양도시를 찾아간다는 식으로 결말이 나지만, 기존 발상은 역시 로빈슨 크루소를 벗어나지 못한다.

1) 타자 인식

대만이나 류쿠, 안남 등지의 낯선 풍속과 일본인들의 생활상 등 당시 표류민들은 그들이 체험하고 관찰한 내용을 비교적 소상히 전하고 있다. 특히 1726년 북포 백성 김일남과 부차웅이 류쿠에 표류했던 기록은 특히 풍속이나 제도에 대한 기술이 자세하여, 마치 현대 인류학의 참여 관찰지를 읽는 듯하다. 표류의 성격상 도서지역이나 남방 지역이 많아, 상당히 이국적인 취향과 정취를 느낀 것으로 보인다. 몇 가지 기록을 뽑아서 제시하면 다음과 같다.

> 1-① : 양식과 반찬을 주지 않아서 사방으로 나가 구걸했다. 맞아들여 먹을 것을 주는 것이 전에 있던 곳과 똑같았다. 대개 그 나라의

풍속이 그러했던 것이다. 이로부터 온 고을을 두루 다녀 먼 데까지 다 가 보았다. 시장과 가게의 위치도 훤히 꿰게 되었고, 풍속과 언어도 대략 이해하게 되었다. 땅은 토질이 비옥하고 논이 많았다. 그곳 백성은 남자가 셋이면 여자가 다섯이었다. 날씨가 늘 따뜻해서 소매가 넓은 홑적삼만 입고 바지는 안 입었다. 다만 작은 비단으로 앞뒤를 가렸을 뿐이었다. 머리는 풀어헤친 채 맨발로 다녔다. 남자는 천하고 여자가 높았다. 일 년에 누에를 다섯 번 치고, 벼는 3모작을 했다. 먹고 입는 것이 풍족하여 얼고 굶주리는 근심이 없었다. (안남)

1-② : 대저 대만 땅은 기후가 몹시 더워서 11월인데도 사람들은 홑옷만 입는다. 하지만 여름에도 더 더워지지는 않는다. 4~5월에 벼를 뿌려 가을이 되어 수확하는 것을 추미라고 한다. 9~10월에 또 씨를 뿌려서 겨우내 길러 3~4월에 수확하는 것은 계미라 부른다. 누에는 치지 않고 목면이 있을 뿐이다. 사탕수수가 아주 많으며, 줄기와 잎이 사탕 같다. 길이가 몇 자씩 되는데, 뿌리가 나오고 열매는 없다. 사람들이 베어다가 단으로 묶는다. 커다란 소거 맷돌로 눌러 짜서 즙을 취해솥에다 졸이면 소금 같은 것이 엉긴다. 사탕수수 줄기가 흰 것은 설탕과 사탕이 되고, 붉은 것은 흑설탕이 된다. 후추는 처음 심어 3년이 지나야 열매가 맺는다. 가는 곳마다 있어서 값이 아주 싸다. 조금만 서리 기운이 있어도 바로 죽기 때문에 이곳 외에 절강과 복건 등지에는 없다. (대만)

1-③ : 하루는 관소에 있는데 소록국(인도네시아) 사신이 류쿠 사신과 함께 우리를 보고 싶다고 찾아왔다. 부사가 뜰에 나누어 서서 예를 갖추고는 교의 위에 앉았다. 소록국의 사신은 비단 옷을 입고 있었다. 소매가 몹시 넓고 옷자락은 땅에 끌렸으며, 앞가

> 슴에 둥근 구슬을 매달아 옷에 묶어 놓았다. 머리를 밀었는데, 몇 치가량만 남겨두어 이마를 덮었다. 금관을 쓴 모습이 마치 부처님 머리의 소라상투 같았다. 이는 옻칠한 듯 검었고, 얼굴에 때가 많았다. 부리는 하인 세 명이 뒤를 따르는데, 모두 두건으로 머리를 묶었다. 목면으로 만든 의복에 채색 꽃을 섞어서 수놓아, 어지러이 번쩍이며 사람을 비추었다. (류쿠)

이런 기록의 특징은 특별한 가치 판단이 개재되지 않는다는 것이다. 자신들이 보고 들은 내용들을 비교적 사실 그대로 그려내는 것이다. 특히 ③의 경우에는, 문화적 우위 등의 평가가 있을 법한 장면임에도 불구하고 대단히 객관적으로 묘사가 이루어지고 있다. 인용된 안남국이나 대만, 류쿠 등은 당시 조선보다는 문화적으로 뒤진 나라들로 인식되었는데, 그들의 풍속이나 의식주에 대한 기록은 대단히 객관적으로 이루어져 있다.

이들 중에서 기록도 대단히 상세하고 많은 관심을 보인 나라가 바로 류쿠다. 류쿠는 지금 일본의 오키나와현으로 되어 있지만, 근대 이전에는 독립국이었다. 이들은 조공을 이용해 무역을 하고, 조선, 일본, 동남 아시아 여러 나라들과 외교 관계를 맺고, 중계무역으로 번창하였다. 일본의 에도 막부는 사실상 그들의 지배하에 있던 류쿠를 독립국으로 유지시키며, 중국 무역의 창구로 활용했다고 한다. 그러나 결국 1872년 류쿠 왕국이 번이 되어 일본에 예속되었다. 『탐라문견록』에는 일본과는 변별되는 류쿠의 풍속이나 제도, 사람들의 삶의 양식이 비교적 자세히 그려져 있다.

2) 관계 인식

류쿠 태자 사건에 대해서는 잠시 언급한 바 있는데,[7] 『탐라문견록』에는 엉뚱하게 안남국 기록에서 이 문제가 불거져 나온다. 왜 이런 인식의 혼란이 일어난 지에 대해서는 좀 더 논의가 필요하다. 본고에서는 우선 ①의 자료를 제시하고, 인식의 혼란상을 지적해 두고자 한다.

2-① : 언덕 가의 훌륭한 집은 안남국 회안군 명덕부의 관아였다. 검은색 웃옷을 걸친 한 관원이 말총 모자를 쓰고 가마 위에 앉아 있었다. 양옆에 있는 시자의 복색도 대부분 같았다. 그가 우리를 뜰 아래로 부르더니 글로 써서 사는 곳과 표류하여 이곳에 이른 정황을 물었다. 또 글로 써서 보여주며 말했다. "우리나라 태자가 일찍이 조선 사람에게 살해되었다. 그러니 너희에게 보복하여 태자의 원수를 갚아야 마땅하다." 우리는 그 글을 차례로 보고 모두 땅에 엎드려 목을 놓아 울었다. 그때 비단 옷을 입은 부인이 패옥을 쟁그랑대며 안에서 나왔다. 행동거지가 단아하고, 기이한 향기가 물씬 풍겨왔다. 부인이 글을 써서 보여주며 말했다. "울지 마라. 우리나라는 본래 인명을 살해하는 일이 없으니 마음을 놓아라. 머물려면 머물고, 돌아가려면 돌아가라. 너희가 원하는대로 해주겠다." (안남)

2-② : 그가 마패를 보더니 괴이쩍어했다. 정의현감이 도임한 뒤에

---

7 이 문제에 대해서 2019年10月6日、일본 朝鮮学会 第70回大会에서 天理大学 藤田明良 교수의「17世紀初頭の済州島地方官による「荒唐船」攻撃事件と島津氏の安南通交―『増補耽羅誌』にみる琉球王子殺害事件の実相―」이라는 흥미 있는 발표가 있었는데, 그는 관련 자료의 신빙성을 대부분 인정하는 태도를 보이고 있다.

상사의 마패가 배에 있었던 것이다. 그가 물었다. "너희는 어찌 하여 이 마패를 지녔는가?" 우리가 대답했다. "관사에 있었던 까닭에 지닌 것일 뿐입니다." 그가 또 물었다. "마패 가운데 어째서 명나라 때 쓰던 천계 연호를 쓰고 있는가?" 우리가 대답했다. "그 당시에 주조한 것일 뿐입니다." 그 관원은 의심하면서 끝내 석연치 않아하다가 갔다. (대만)

2-③ : 경신년 2월에 이르러 왜인이 말했다. "너희가 표류하여 이른 일에 대한 보고서가 강호까지 알려져서, 회답하는 이문이 이제 막 도착했다. 마땅히 장기도(나가사키)로 호송하여 고국으로 돌아가게 해주겠다." 12일에 왜선에 오르니 양옆에서 에워싸고 출발했다. 북쪽을 향해 반나절쯤 가서 구지도에 이르렀다. 전처럼 파수꾼이 먹을 것을 주었다. (일본)

2-④ : 왜의 법이 대마도의 조선 통사 한 사람을 교대로 번을 세워 장기도에 머물러 있게 하다가, 만약 조선 사람이 표류해서 오면, 그들에게 접대케 했다. 통사가 말했다. "조선은 먹고 입는 것이 풍족하니 진실로 좋은 나라입니다. 하지만 사람들이 탐욕스런 마음이 많고, 나라 법에 좋지 않은 것이 있습니다." "무슨 말인가?" "큰 밥주발에 놋수저로 밥을 퍼서 먹으니 탐욕스러운 것이 아니고 무엇이겠습니까? 일본의 법으로 말하면, 도주의 자리가 자손에게 전해져서 재물이 예전부터 남아돌아 넉넉하므로 백성을 침탈하지 않습니다. 그래서 백성이 아주 편안합니다. 조선은 외관이 3년마다 한 번씩 교체되니, 빈한한 양반이 요행히 100리 고을의 수령이 되면 온통 자손의 먹고 살 도리에만 마음을 쏟아 과외로 징수하여 거두어 절제함이 없습니다. 이런 법이 좋습니까?" 그가 조선 지도를 꺼내 보여주는데, 부산에서 서울 남대문까지 붉은 줄로 길을 그려놓았다. 또 안팎

> 각 아문에 있는 관원의 숫자도 갖추어 알게 해 놓았다. 그리고 조선의 상말도 잘했다. (일본)

②에서는 역시 명나라에 대한 의리 정신이 빚어낸 외교적 난맥상의 한 편린을 보여주고 있다. 명나라 연호를 사용하는 문제를 포함한 조선의 대명 의리 외교 정책은 실제 교역을 담당하는 이들에게는 하나의 딜레마로 작용했음을 여기서도 알 수 있다. ③에서는 일본에서 당시 표류인들을 어떻게 처리했는지 하는 일의 일면을 잘 보여주는 자료다. 일본은 조선에 비해 행정적 처리가 잘 정비되어 있었다. 단 조선으로의 직접 송환이 아니고 중국 즉 청을 거쳐서 송환하는 것이 원칙이었다. 이에 나가사키 항에서 중국 상선을 통해 중국을 거쳐 본국으로 송환되었으므로, 시일이나 행정적 절차가 더 필요하게 되었다. 구체적인 설명은 없으나, 당시 중국 중심으로 운영되던 동아시아 지역의 외교 문제 처리의 일단을 알 수 있는 자료다. ④는 대단히 특이한 자료다. 일반적으로 『탐라문견록』에는 자국 즉 조선의 문화적 우위성을 확고하게 드러내는 자료들이 주를 이루는데, 비록 통사의 입을 통해서이긴 하지만 조선 문화에 대한 비판적 인식이 보이는 부분이다.

3) 자아 인식

당시에는 망한 왕조인 명에 대한 의식에 정반대되는 의식은 일본 쪽으로 작용했다. 물론 임진왜란이라는 전쟁의 경험도 한몫 했지만, 일본에 대한 조선의 문화적 자부심은 명확한 것이었고, 주로 조선 사람이나 그 후예들로 구성된 일본의 통사들도 같은 의식을 공유했음을 수많은 자료에서 읽어낼 수 있다.

3-① : 작은 배로 어딘지 모를 곳에 통보하니, 한참 만에 통사라는 자가 배로 왔다. 능히 우리말로 이야기를 주고받으니, 기뻐서 마치 옛 친구라도 만난 것 같았다. 통사에게 물어보았다. “그대는 우리말을 배워서 잘하는 것인가? 아니면 혹 우리나라 사람으로 표류해왔다가 이곳에서 사는 것인가?” “내 할아버지는 본래 경상도에 거주하던 백성이었다. 임진년 난리 때 포로로 왔다. 같이 포로로 잡혀온 사람이 아주 많아 한곳에서 함께 살았다. 도망가 돌아갈까 봐 염려하여 나가서 장사하지 못하게 하고, 도자기 빚는 것만 허락하여 먹고 살게 했다. 마을 이름은 옹점이라 한다. 할아버지와 아들, 손자 등 3대가 고향을 그리며 돌아가고픈 마음을 어찌 잠시라도 잊었겠는가? 다만 법으로 엄하게 금하는지라 생각만 있지 이루지는 못했다. 일생토록 애통함을 어찌 말로 다 하겠는가? 지금까지 조선말이 전수된 것은 온 마을이 말을 바꾸지 않았고, 제사 때는 조선의 의복을 입고, 평소에도 망건과 상투, 패랭이를 하여 옛 습속을 따랐기 때문이다. 왜도 그것을 금하지 않는다.”

3-② : 그들이 와서 표류하게 된 정황을 물어보기에 대답해 주고 나서 그들에게 물어 보았다. “너희는 어떻게 우리나라 말을 잘하느냐?” 통사가 둘 다 구슬퍼하며 말했다. “우리의 먼 조상은 모두 조선사람입니다. 임진년에 포로로 잡혀 와서 한 마을에서 같이 살지요. 포로로 잡혀온 사람의 자손이 지금은 수천 호에 이릅니다. 선대로부터 서로 전하여 집 안에서는 조선말을 씁니다. 그래서 배우지 않아도 능히 잘합지요.” 하루는 통사촌에 사는 사람이 와서 말했다. “온 마을 사람들이 조선인이 표류해왔다는 소식을 듣고 모두 기뻐하며 진실로 만나보기를 원합니다. 하지

만 법으로 금하는지라 어찌해볼 수가 없어, 저 혼자만 왔습니다." 그러고는 우리에게 두루 절을 하며 기뻐 사모하는 것이 마치 부모를 보는 듯했다. (일본)

3-③ : 하루는 통사가 병풍 안쪽에 앉아서 막 식사하는 것을 보았다. 놋그릇, 숟가락, 밥사발 등의 그릇이 모두 우리나라의 제도나 모양과 같았다. 이에 웃으며 말했다. "상관께선 어찌 몰래 만드셨소?" 통사 또한 웃으며 말했다. "일본이 비록 법으로 금하고 있지만, 그릇과 의복이 쓰기에 간편하고 몸에 맞기로는 어찌 조선의 제도보다 나을 수 있겠소." 그러면서 장롱 속에서 망건과 도포, 철릭과 가죽신 따위를 꺼내 죽 늘어놓고 보여주며 말했다. "조선은 예의가 잘 갖추어져 있소. 이러한 의관이 어찌 아름답지 않겠소." (일본)

일관적으로 드러나는 통사들의 조선의 문화적 우월성 의식은 아주 뚜렷한 특징을 이룬다. 이는 역으로 일본을 비롯한 타문화에 대한 반감으로 이어지는 것이다. 이는 풍속 자체도 문제될 수 있겠으나, 역시 역사적 관계에서 기인되는 뿌리 깊은 문화적 잔존물이라 할 수 있겠다.

그러나 이들은 사실 일본의 관헌이며, 생활의 뿌리도 조선이 아닌 일본인 것이 현실이다. 이는 역으로 이들의 자아 인식이 구체적인 상황과는 유리된 조건에서 관념적으로 이루어졌음을 말해준다. 통사들의 의식이 이런 상황이니, 표류자들의 의식이 어떠했는가하는 점은 미루어 쉽게 짐작할 수 있다. 이러한 선험적 인식은 타자와의 건전한 관계를 맺는데 좋지 않은 결과를 가져 온다. 때문에 체류 기간 중 다른 나라 사람들과 충분히 교류할 수 있는 처지에 있었음에도 불구하고, 단순한 호기심 이상의 관심을 끌지 못하는 상황이 초래되는 것이다.

4. 제주인의 동아시아 인식론의 문화적 의미

지금까지 우리는 『탐라문견록』이라는 텍스트를 통해, 조선 후기 제주 백성들의 동아시아 표류 체험과 그를 통해 생성된 타자 인식이 어떤 모습이었는지를 간략하게 스케치 하였다. 이에서 드러난 것은 역시 제주인이라고 하는 주체 인식, 그리고 주로 일본을 중심으로 하는 당대 동아시아에 대한 타자 인식이 어떤 관계망을 가지고 조망되는가 하는 문제였다. 이것의 문화적 의미를 따지기 위해서는 우선 지역학으로서의 제주학이 어떤 의미를 갖는지를 살펴보는 것이 중요하다고 본다.

필자의 생각으로는 학문적으로 제주학이라는 분야는 성립 가능하며, 그 대상은 제주라고 하는 지역 전체가 된다고 본다. 이에는 공시적 접근과 통시적 접근이 가능하므로 제주라는 지역이 가지고 있는 현재의 모습은 물론이거니와, '탐라'로 표현되는 과거의 모습도 적절한 연구 대상이 될 수 있다. 그래서 지역 연구로서 제주학을 일단, '제주라는 지역을 대상으로 하여 그것의 장소나 문화에 관한 총체적 접근을 기반으로 하여 이해를 증진하는 학문 분야' 정도로 정의할 수 있을 듯하다. 최근의 지역 연구 경향에 따르면, '지역은 지식의 체계적 축적을 위한 맥락을 제공하며, 이를 위해서는 언어와 인문학 및 사회과학의 분석을 결합하는 것이 필요하다'[8]는 것이다. 이처럼 최근 지역 연구에서는 방법론적으로 학제적 접근을 강조하고 있음을 쉽게 확인할 수 있다.

최근 한 논문을 통해, 전남대학교 호남학연구단이 과거 행정구역상 전라도에 속했던 제주도 지역의 조사연구 성과를 호남학에 포함시키려 했었다는 것을 알게 되었는데,[9] 지역학에서 그 대상은 행정구역도 중요하지만 문화적으로 형성되어 있는 인식 자체가 더 중요하다고 생각한다. 때문에 제주학은 그 나름대로 독자적인 대상과 인식 방법론을 가지고 있으며, 호남학을 포함한 다른 지역과의 관계는 그 다음으로 고려할 사항이 된다는 것이 필자의 판단이다. 전경수도 이런 시각에서, '탐라'와 '제주'를 맥락에 맞추어 같이 사용하거나, '류쿠'와 '오끼나와'를 혼용하기도 한다.[10]

이처럼 지역 연구의 경우, 특수성을 그 기반으로 하는 것은 분명하지만 그것이 직관적 특수성으로 끝나서는 곤란하며, 보편적 인식이 균형을 이루어야 하는 것이다. 이때 중요한 준거가 되는 것이 바로 '비교' 연구라 할 수 있다. 앞서 '특수성'과 '보편성' 이야기를 했는데, 이를 구체화하기 위한 방법론으로도 '비교' 연구만한 것이 없다. 적절한 '비교' 연구는, 그 대상의 특성을 또렷하게 보여줄 수 있을 뿐 아니라 비교 대상과의 상대적 거리를 통해 그것이 가지고 있는 위상을 잘 드러낼 수 있는 것이다.

일반적으로 비교는 '본질적으로 어떠한 현상이나 현상의 집합을

---

8 김경일 편, 『지역 연구의 역사와 이론』, 문화과학사, 1998.

9 염미경·한석지, 「제주학에서 지역연구의 성과와 전망: 타 지역학과의 관계 모색을 위하여」, 『제주도연구』 제30집, 제주학회, 2007.

10 전경수, 『탐라·제주의 문화인류학』, 민속원, 2010.

보다 더 잘 이해하고, 설명하고, 예측하기 위하여 그들 사이의 유사점과 상이점을 찾아내는 것'이라고 정의하지만, 실질은 상당히 복잡한 양상을 띤다. 주체와 객체의 문제도 있고, 비교의 준거 설정이라는 문제도 있다. 필자는 인식의 '방법론'으로서의 비교 문제를 말하고 있지만, 인식과 방법론을 구별해서 논하는 이들도 있고, 이들의 논의가 더 정치하다.

표해록은 저자에 따라 두 가지 유형으로 분류할 수 있다. 하나는 표류 당사자가 기록을 남기는 경우이고, 하나는 다른 사람이 표류 당사자의 이야기를 전해 듣고 대필하는 경우이다. 『탐라문견록』은 후자의 경우에 속한다. 이 경우에는 표해 당사자와 작성자가 불일치하는 경우로, 주로 비 식자층의 표류를 지식인이 듣고 대신 서술한 것이다. 다양한 지역에서 특별한 선입견 없이 본인들이 겪은 이야기를 지식인이 대신 듣고 정리해 나가면서 자연스럽게 비교가 가능해진다.

동남아시아의 경우 지정학적으로 바다와 가장 밀접한 관계가 있는 권역임에도 불구하고 역사적 사실을 기반으로 한 표해록이 거의 남아 있지 않다. 동북아시아권의 경우 한자문화권을 중심으로 기록 문화를 발전시킨 반면, 동남아시아의 경우에는 기록을 통한 전승보다는 구전이 발전했다고 보인다.[11]

이렇게 보면 『탐라문견록』은 한문을 매개로 하여 18세기 제주와 동아시아라는 관계망을 살피는데 대단히 유용한 자료임을 확인할 수 있다. 동아시아의 구체적인 나라는 일본, 류쿠, 안남, 대만 등으로 나

---

11 아시아문화연구소 편, 『동아시아 표해록』, 역사공간, 2018 참조.

타나는데, 이는 해류의 흐름에 따라 자연스럽게 나타나는 것이다. 그런데 주지하다시피 당시 조선의 외교 관계라고 하는 것은 명이나 청 등 주로 중국 대륙을 주 대상으로 하고 있었기에, 이런 해류를 따라 형성된 해양 국가들과의 외교도 상대적으로 중요성을 가진다고 볼 수 있다.

그런데『탐라문견록』의 화자들은 표류 혹은 표착이라는 과정을 겪었기 때문에, 일반적인 여행과는 다르게 대단히 감정적으로 위축되거나 한편으로 과잉된 모습을 보이기도 한다. 이런 모습은 특히 관계 인식에서 잘 드러나는데, 여기서 우리는 당시 제주인들의 문화적 자부심이 대단했음을 알 수 있다. 슬픔, 원망, 분노, 두려움 등 인간이 겪을 수 있는 다양한 감정이 적나라하게 드러나는 공간속에서도, 예를 중요시 여기고 고향에 대한 그리움을 잊지 않는 모습에서, 당시 제주인의 문화적 자부심을 읽어 내기에 충분하다. 인간의 삶이라는 보편성을 비교를 통해 공감적으로 읽어내면서도 자신의 주체적인 삶의 중요성을 한순간도 잊지 않는 모습을 보인다는 말이다. 필자는 이런 점에서 당시 제주인들의 문화적 자존심을 읽어낼 수 있다고 본다.

5. 동아시아 해양 문화의 특징

조선 시대에는 표류 기행을 다룬 기록물이 상당수 나왔다. 특히 문자를 알고 있는 식자층의 경우에는 기록이 비교적 자세히 전하기도 한다. 그러나 이런 기록은 글쓴이들의 선입견이나 가치 판단이 상당히 많이 개입하는 특징을 가진다. 이에 비해『탐라문견록』은 일반 백성들의 실제 경험을 말로써 표현한 것이며, 기록자 정운경이 비교적 있는 그대로 기술하는 태도를 견지했기 때문에 자료로서의 가치가 더욱 살아나게 된다. 필자가 보기에 당시 제주인들이 동아시아를 인식하는 태도로서 중요한 것은 제주의 특수성이 아니라 동아시아와의 보편성을 파악하는 것에 있다. 그런데 문제는 이 경우, 그 경계를 칼로 두부를 자르듯이 명확하게 나눌 수 없다는데 있다.

표류의 경험을 문화적으로 파악하려고 하면, 그것이 가진 해양 문화로서의 특징이 가장 강력하게 부각된다. 『탐라문견록』 같은 해양문학은 작품을 통해 해양 관련 경험을 그 근원에서, 또는 오히려 경험이 우리에게 우리의 유용성의 방향으로 굴절되어 적절히 인간의 경험이 되는, 이 결정적인 전환점을 뛰어 넘어서 찾아야 하는 것이다.[12] 이 점에서 『탐라문견록』이 보이는 인간 특히 타인의 삶의 근본적인 모습에 대한 관심과 공감은 적지 않은 시간의 간격을 뛰어 넘어 현대의 우리에게도 대화를 요청하고 있다.

예나 지금이나 사실 동아시아를 포함한 세계와의 관계를 중요시 여기려면, 우선은 자아의 진취적이고 적극적인 자세가 요망된다. 제주의 경우, 이런 진취성과 관계성이야 말로 해양 문화가 가질 수 있는 본질적인 속성이며, 앞으로도 이어나가야 할 좋은 정신문화라고 판단된다. 사실 제주가 가지는 이런 해양 문화적 성격에 관해서는 이미 송성대에 의해 체계적이고 광범위하게 정리되어 있다.[13]

그러나 『탐라문견록』을 포함하여 조선시대에서부터 전해지는 자

---

12 최영호, 『한국 해양 소설 연구』, 고려대학교 박사학위논문, 1998.

13 송성대, 『문화의 원류와 그 이해』, 파파루스, 1998.

료의 실상은 제주 넓게는 조선의 경우, 그리 대외적인 관계를 중요시 여기지 않았음을 부인하기 힘들다. 그러나 모든 현상에는 이면적인 모습이 있으며, 해양 문화라는 것은 그 본질적인 성격상 주체적이고 진취적인 것일 수밖에 없다. 이에 대한 진지한 접근이 필요하다.

부 록

참고문헌

논문출처

저자소개

참고문헌

1부

〈원천강본풀이〉의 시공간적 의미와 사유체계

강경호, 「'오누리' 노래의 무가적 전통과 「심방곡」과의 관련 양상」, 『영주어문』 제17집, 2009.

강권용, 「제주도 특수본풀이 연구」, 경기대학교 석사학위논문, 2001.

강권용, 「제주도 특수본풀이 연구」, 『민속학연구』 12집, 국립민속박물관, 2003.

고은영, 「제주도 특수신본풀이의 성격과 의미」, 제주대학교 박사학위논문, 2019.

고은임, 「원천강본풀이연구: 오늘이 여정의 의미와 신화적 사유」, 『관악어문연구』 35집, 서울대학교 국문학과, 2010.

권복순, 「원천강본풀이의 본디 모습 연구」, 『배달말』 제56집, 배달말연구회, 2015.

권복순, 「서사무가 원천강본풀이의 인물기능과 우주인식」, 『국제언어문학』 제35집, 국제언어문학회, 2016.

김융희, 『삶의 길목에서 만난 신화』, 서해문집, 2013.

김헌선, 『한국무조신화연구』, 민속원, 2015.

김헌선, 『함경도 망묵굿 산천도량 연구』, 2019.

김혜정, 「제주도 특수본풀이 〈원천강본풀이〉 연구」, 『한국무속학』 제20집, 한국무속학회, 2010.

나카자와 신이치(김옥희 역), 『대칭성 인류학』, 동아시아, 2005.

박명숙, 「한중 구복여행 설화 비교연구」, 『구비문학연구』 제22집, 한국구비문학회, 2006.

송정희, 「제주도 굿 재차 중 〈석살림〉 연구」, 제주대학교 석사학위논문, 2015.

신동흔, 『살아있는 한국신화』, 한겨레출판, 2014.

신동흔, 「서사무가 속의 울음에 깃든 공감과 치유의 미학」, 『한국무속학』 제32집, 한국무속학회, 2016.

아침나무, 『세계의 신화』, 삼양미디어, 2009.

유정월, 「〈원천강본풀이〉의 운명관 연구」, 『한국고전연구』 제42집, 한국고전연구학회, 2018.

아키바 아카마스, 『조선무속의 연구 상』, 대판옥호서점, 1938.

조동일, 『대등한 화합』, 지식산업사, 2020.

조현설, 『신화의 언어』, 한겨레출판, 2020.
조홍윤, 「〈원천강본풀이〉의 서사에 나타난 시간의 의미 연구」, 『남도민속연구』 제23집, 남도민속학회, 2011.
정제호, 「〈원천강본풀이〉의 문화콘텐츠화 요인 분석」, 『동양고전연구』 제77집, 동양고전연구회, 2019.
진성기, 『제주도무가본풀이사전』, 민속원, 2002.
카렌 암스트롱, 『축의 시대』, 교양인, 2010.
한국학중앙연구원, 『한국민속대백과사전』, 1997.
허남춘, 『설문대할망과 제주신화』, 민속원, 2017.
현용준, 『제주도무속자료사전』(개정판), 도서출판 각, 2007.

제주 본풀이에 표현된 집단기억과 제주인의 정체성

강정식, 「제주도 당신본풀이의 전승과 변이 연구」, 한국정신문화연구원 한국학대학원 박사학위논문, 2002.
김영범, 「알박스(Maurice Halbwachs)의 기억사회학 연구」, 『사회과학연구』 6집 3호, 대구대학교 사회과학연구소, 1999.
김헌선·현용준·강정식, 『제주도 조상신본풀이 연구』, 보고사, 2006.
류진옥, 「조상신본풀이 전승 양상: 〈부대각본〉과 〈양이목사본〉을 중심으로」, 『한국무속학』 제38집, 한국무속학회, 2019.
정진희, 「제주도 조상본풀이 〈양이목사본〉의 한 해석」, 『제주도연구』 제32집, 제주학회, 2009.
조현설, 「제주 무속신화에 나타난 이중의 외부성과 젠더의 얽힘」, 『한국고전여성문학연구』 제18권, 한국고전여성문학회, 2009.
조현설, 「말하는 영웅: 제주 조상본풀이에 나타난 영웅의 죽음과 말을 중심으로」, 『동방문학비교연구』 제7집, 동방문학비교연구회, 2017.
진성기, 『제주도 무가본풀이사전』, 민속원, 1991.
현기영, 「순이 삼촌」, 『순이 삼촌』, 창작과비평사, 1980.
현용준, 『제주도전설』, 서문당, 1976.
현용준, 『제주도무속자료사전(개정판)』, 각, 2007.
황태연, 「내부식민지와 저항적 지역주의」, 『한독사회과학논총』 제7호, 한독사회과학회, 1997.
발터 벤야민(최성만 역), 『서사·기억·비평의 자리』, 길, 2012.
피에르 부르디외(이상길 역), 「상징자본과 사회계급」, 『언론과 사회』 21권 2호, 사단법인 언론과 사회, 2013.

당본풀이로 당본풀이 읽기

자료

장주근, 『제주도 무속과 서사무가』, 역락, 2001.
진성기, 『제주도무가본풀이사전』, 민속원, 1991.
현용준, 『제주도무속자료사전』(개정판), 도서출판 각, 2007.
현용준·현승환 역주, 『제주도 무가』, 고려대민족문화연구원, 1996.

논저

강정식, 「제주도 당신본풀이의 전승과 변이 연구」, 한국정신문화연구원 한국학대학원 박사학위논문, 2002.
강정식, 「당신본풀이와 돼지고기 금기」, 『한국구비문학회 2012년 추계학술대회 발표 논문집』, 2012.
고광민, 「당본풀이에 나타난 葛藤과 對立」, 『탐라문화』 제2호, 제주대학교 탐라문화연구소, 1983.
고광민, 「堂神들의 역할 분화와 그 신앙 형태」, 『비교민속학』 제1집, 비교민속학회, 1985.
김진하, 「송당 신화의 분화와 새로운 영웅 문곡성의 탄생」, 『탐라문화』 제30호, 제주대학교 탐라문화연구소, 2007.
김헌선·오정아, 「〈세화리당신본풀이〉의 식성 갈등 구조」, 『한국무속학』 제23집, 한국무속학회, 2011.
문무병, 『제주도 본향당 신앙과 본풀이』, 민속원, 2008.
유요한, 「신들 사이의 영역 구별, 신과 인간의 영역 구별: 제주 토착종교의 정결 개념에 관한 연구」, 『종교와 문화』 25호, 서울대학교 종교문제연구소, 2013.
정진희, 「제주도 당본풀이의 유형과 변천 양상 연구」, 서울대학교 석사학위논문, 1999.
정진희, 「제주도와 미야코지마 신화의 비교 연구: 외부 권력의 간섭과 신화의 재편 양상을 중심으로」, 서울대학교 박사학위논문, 2008.
정진희, 「제주도와 오키나와 미야코지마 신화에 보이는 입도녀·토착남 혼인 화소의 비교 고찰」, 『구비문학연구』 제28집, 한국구비문학회, 2009.
조현설, 「제주 무속신화에 나타난 이중의 외부성과 젠더의 얽힘」, 『한국고전여성문학연구』 제18권, 한국고전여성문학연구, 2009.
허용호, 「세화리 금상님본풀이 연구」, 『제주도 본풀이의 세계』, 경기대학교 인문과학연구소 학술세미나 자료집, 2003.
현승환, 「제주도 신화와 공동체 그 현대적 변용 양상」, 『구비문학연구』 제22집, 한국구비문학회, 2006.

현용준, 『巫俗神話와 文獻神話』, 집문당, 1992.
홍태한, 「서울굿 신령 '금성'의 정체성 고찰」, 『실천민속학연구』 제31호, 실천민속학회, 2018.

18세기 제주문인 정체성의 일단

자료

『일성록』.
『승정원일기』.
睦萬重, 『餘窩集』(『한국문집총간』 속90).
俞晩柱, 『欽英』(규장각소장본).
尹安性, 『冥觀遺稿集』(『한국문집총간』 속5).
李玄綺, 『綺里叢話』(임형택소장본).
張漢喆, 『漂海錄』(국립제주박물관 소장본 및 국립중앙도서관본).
『耽羅志』(동경대소장본).

김영돈 외, 『제주설화집성(1)』, 탐라문화연구소, 1985.
장한철(김지홍 역), 『표해록』, 지만지클래식, 2009.
이석범, 『제주전설집2』, 제주문화원, 2012.
정병욱, 「표해록」, 『인문과학』 6집, 연세대 인문학연구원, 1961.
진성기 편저, 『남국의 전설』, 일지사, 1968.
티모시 브룩(조명헌·손고은 역), 『셀던의 중국지도』, 너머북스, 2018.

논저

강문종, 「장한철 〈표해록〉의 텍스트 형성 동인 연구」, 『해양도시문화교섭학』 23집, 한국해양대 국제해양문제연구소, 2020.
김경옥, 「18세기 장한철의 『표해록』을 통해 본 해외체험」, 『역사학연구』 48집, 호남사학회, 2012.
김미선, 「〈표해록〉으로 본 18세기 제주도선비 장한철과 섬사람들」, 『동양학』 78집, 단국대 동양학연구원, 2020.
김새미오, 「『일재 변경붕 문집』에 나타난 18~19세기의 제주사회 성격에 관한 일고: 유교사회로의 변화 양상을 중심으로」, 『영주어문』 제20집, 영주어문학회, 2010.
서인석, 「장한철의 「표해록」과 수필의 서사적 성격」, 『국어교육』 67집, 한국국어교육연구회, 1989.

안대회, 「여와 목만중의 표류인 전기 「김복수전」 연구」, 『한국문화』 37집, 규장각 한국학연구원, 2014.
윤치부, 「장한철의 〈표해록〉과 한문단편의 관련 양상」, 『고소설연구』 2집, 한국고소설학회, 1996.
정솔미, 「장한철 『표해록』의 야담적 전이양상: 『기리총화』와 『청구야담』을 중심으로」, 『민족문학사연구』 67호, 민족문학사학회, 2018.
정환국, 「동아시아 漂流敍事 서설」, 『대동문화연구』 100집, 대동문화원구원, 2017.
정환국, 「조작되는 하위/하위주체들: 횡재 소재 표류서사의 변이양상과 하위주체의 성격」, 『민족문학사연구』 68호, 민족문학사학회, 2018.
조성윤, 「조선후기 제주도 지방의 신분구조」, 『사회와 역사』 27집, 한국사회사학회, 1991.
홍진옥, 「'유구 세자 살해설'과 김려의 〈유구왕세자외전〉」, 『대동한문학』 47집, 대동한문학회, 2016.
후지타 아키요시(藤田 明良), 「17世紀初頭の濟州島地方官による「荒唐船」攻擊事件と島津氏の安南通交—『增補耽羅誌』にみる琉球王子殺害事件の實相」(천리대 조선학회 2019년 발표집).

2부

『남명소승』을 읽는다

자료

『林白湖文集』(석인본 제3책), 1958.
『白湖逸稿』(필사본 1책), 덕양재(德養齋) 소장.
『謙齋遺藁』(필사본 1책), 성균관대학교 동아시아학술원 존경각 우전문고(雨田文庫) 소장.
임제(신호열·임형택 외 역), 『백호전집』, 창작과비평사, 1997.
임제(신호열·임형택 외 역), 『신편 백호전집』, 창작과비평사, 2014.
金尙憲, 『南槎錄』(필사본인 『淸陰遺集』에 실린 것이 1977년 영인본으로 간행된 『淸陰全集』에 수록되어 있음).
金斗奉, 『耽羅誌』(유인본).

논저

이현일, 「林悌의 『謙齋遺藁』 연구」, 『한국한문학연구』 제46집, 한국한문학회, 2010.
임형택, 「朴趾源의 주체의식과 세계인식: 『熱河日記』 분석의 시각」, 『동아시아 삼국 고전문학의 특징과 교류』, 대동문화연구원, 1985.
임형택, 『실사구시의 한국학』, 창작과비평사, 2000.

신광수의 「탐라록」에 나타난 제주에 대한 인식과 정서

자료

權尙夏, 『寒水齋集』.
金昌協, 『農巖集』.
金春澤, 『北軒集』.
申光洙, 『石北集』.
睦萬中, 『餘窩集』.
李瀷, 『星湖僿說』.
李種徽, 『修山集』.
李玄煥, 『蟾窩雜著』.
任徵夏, 『西齋集』.
丁範朝, 『海左集』.
丁若鏞, 『與猶堂全書』.
正祖, 『弘齋全書』.
趙貞喆, 『靜軒瀛海處坎錄』.
蔡濟恭, 『樊巖集』.
李海朝, 『鳴巖集』.
許穆, 『記言』.
許薰, 『舫山集』.
『承政院日記』.
『正祖實錄』.
『三國史記』.

논저

심경호, 『한문산문의 미학』, 고려대 출판부, 1998.
來裕恂 著, 高維國·張格 注釋, 『漢文典(注釋)』, 南開大學 出版社, 1993.
吳承學, 『晩明小品研究』, 江蘇古籍出版社, 1999.

권경록, 「李海朝의 濟州 관련 시에 나타난 '濟州'의 문화지형과 그 의미: '登漢拏山'과 '賦六十韻 記島中山川風俗'을 중심으로」, 『열상고전연구』 50집, 열상고전연구회, 2016.
김새미오, 「고독한 공간, 제주에 대한 제 인식」, 『한문학논집』 제37집, 근역한문학회, 2013.
김치완, 「梅溪 李漢雨의 '낯선 공간'으로서 瀛洲」, 『역사민속학』 39집, 한국역사민속학회, 2012.
박동욱, 「조정철의 「耽羅雜詠」 연구」, 『동양한문학연구』 제32집, 동양한문학회, 2011.

박용만, 「李玄煥의 「瀛洲唱和錄序」 改作의 양상」, 『한국한문학연구』 제40집, 한국한문학회, 2007.
부영근, 「石北 申光洙의 「耽羅錄」 考察」, 『영주어문』 제8집, 영주어문학회, 2004.
손기범, 「제주를 바라보는 19세기 유학자의 관점: 이한우, 김정희, 이원조를 중심으로」, 『영주어문』 제17집, 영주어문학회, 2009.
송민경, 「조선후기 문인들의 제주명승 인식과 변화」, 제주대학교 석사학위논문, 2015.
이기현, 「石北文學硏究」, 한양대학교 박사학위논문, 1993.
정 민, 「燕巖 朴趾源의 「伯姊贈貞夫人朴氏墓誌銘」 개작과정」, 『문헌과 해석』 13호, 문헌과해석사, 2000.
정 민, 「「黃金臺記」을 통해 본 연암 산문의 글쓰기 방식」, 『고전문학연구』 제20집, 한국고전문학회, 2001.
정은진, 「蟾窩 李玄煥의 詩論」, 『대동한문학』 23집, 대동한문학회, 2005.

고독한 공간, 제주에 대한 제 인식

자료

金熙敦, 『水隱集』, 탐라문화연구소. 2003.
金春澤, 『北軒集』(한국문집총간145).
邊景鵬, 『一齋先生文集』, 개인소장.
沈樂洙, 『恩坡散稿』, 서울대학교 규장각한국학연구원.
安秉宅, 『浮海先生集』, 탐라문화연구소, 2002.
李漢雨, 『梅溪先生文集』, 필사본, 개인소장.
李衡祥, 『耽羅巡歷圖·南宦博物』, 韓國精神文化硏究院, 1979.
담수계, 『增補耽羅誌』, 제주문화원, 2004.

김상헌(김희동 역), 『南槎錄』, 영가문화사, 1992.
이형상(이상규·오창명 역), 『南宦博物』, 푸른역사, 2009.
이한우(김영길 역), 『梅溪先生文集』, 제주문화, 1998.
변경붕(허남춘·김병국·김새미오 역), 『邊景鵬文集』, 제주대학교 탐라문화연구소, 2010.
안병택(오문복 역), 『浮海文集』, 제주문화원, 2009.
김춘택(김익수 역), 『北軒集』, 제주문화원, 2005.
임징하(김익수 역), 『西齋集』, 제주문화원, 2004.
김희돈(오문복 역), 『水隱集』, 제주대학교 탐라문화연구소. 2003.
담수계(오문복 등 역), 『增補耽羅誌』, 제주문화원, 2005.

논저

김새미오, 「매계 이한우의 시문학고」, 『영주어문』 제11집, 영주어문학회, 2006.
김새미오, 「『일재 변경붕 문집』에 나타난 18~19세기의 제주사회 성격에 관한 일고: 유교사회로의 변화 양상을 중심으로」, 『영주어문』 제20집, 영주어문학회, 2010.
김새미오, 「서재 임징하의 유배체험과 형상화」, 『영주어문』 제23집, 영주어문학회, 2012.
부영근, 「조선시대 제주관계 한시의 연구」, 영남대학교 박사학위논문, 2004.
부영근, 「청음 김상헌의 『남사록』 고찰」, 『탐라문화』 제29호, 제주대학교 탐라문화연구소, 2006.
손기범, 「제주를 바라보는 19세기 유학자의 관점: 이한우, 김정희, 이원조를 중심으로」, 『영주어문』 제17집, 영주어문학회, 2009.
현용준, 『제주도무속연구』, 집문당, 1986.

제주를 바라보는 19세기 유학자의 관점

자료

李漢震(金永吉 역), 『梅溪先生文集』, 제주교육박물관, 2016.
吳文福 편역, 『영주십경』, 서귀포문화원, 2019.
金正喜, 『阮堂全集』.
李源祚, 『凝窩集』.
李源祚(白圭尙 역), 『耽羅錄 上』, 제주문화원, 2016.
李源祚(白圭尙 역), 『耽羅錄 中』, 제주문화원, 2017.
李源祚(白圭尙 역), 『耽羅錄 下』, 제주문화원, 2018.
朴珪壽, 『瓛齋先生集』.
宋麟壽, 『圭菴集』.
金羲正(白圭尙 譯), 『海隱文集』, 제주문화원, 2014.
吳文福 편역, 『瀛洲風雅』, 제주문화, 2004.
吳文福 편역, 『耽羅詩選』, 제주문화, 2001.
한국고전종합DB(https://db.itkc.or.kr).

논저

강구율, 「응와 이원조의 생애와 시세계의 몇 국면」, 『퇴계학과 한국문화』 39호, 경북대학교 퇴계연구소, 2006.
김미수, 「凝窩 李源祚의 관료적 삶과 한시」, 『東方漢文學』 제79집, 동방한문학회, 2019.

김새미오, 「梅溪 李漢雨의 詩文學攷」, 제주대학교 교육대학원 석사학위논문, 1999.
김새미오, 「고독한 공간, 제주에 대한 제 인식」, 『漢文學論集』 제37집, 근역한문학회, 2013.
부영근, 「추사 김정희의 제주 유배시 고찰」, 『영주어문』 제11집, 영주어문연구회, 1999.
손오규. 「조선조 사대부시가의 자연인식」, 『산수문학연구』, 제주대학교출판부, 2000.
양순필, 「이원조의 「탐라십요」 소고」, 『논문집』 34권 1호, 제주대학교, 1992.
윤미란, 「조선시대 한라산 유기 연구」, 고려대학교 교육대학원 석사학위논문, 2008.

3부

제주지리지의 형성과 변화에 관한 소고

자료

『九思堂先生文集』, 한국문집총간 222.
『記言』, 한국문집총간 98.
『鏤板考』, 서울대학교 규장각한국학연구원.
『大靜郡誌』, 대정역사문화연구회, 도서출판 가사아히, 2006.
『白湖先生文集』, 한국문집총간 123.
『生活狀態調査』, 국립중앙도서관.
『世宗實錄地理志』, 한국고전번역원db.
『新增東國輿地勝覽』, 한국고전번역원db.
『純祖實錄』, 한국고전번역원db.
『雲問集』, 維基文庫db.
『壽山先生文集』, 한국문집총간 206.
『濟州道實記』, 국립중앙도서관
『濟州邑誌』, 규장각자료총서, 금호시리지 지리지편, 전라도편(21), 2009.
『濟州島勢要覽』, 국립중앙도서관.
『濟州島便覽』, 국립중앙도서관
『淸陰先生集』, 한국문집총간 77.
『冲庵先生集』, 한국문집총간 23.
『耽羅事實』, 서울대학교 도서관.
『耽羅誌』, 가톨릭대학교 도서관.

『耽羅誌』, 서울대학교 규장각한국학연구원.
『耽羅誌』, 국립중앙도서관.
『耽羅誌』, 제주국립박물관.
『耽羅誌』, 성균관대학교 존경각.
『耽羅誌』, 충남대학교 도서관.
『耽羅誌』, 건국대학교 상허기념도서관.
『耽羅誌』, 고려대학교 도서관.
『耽羅誌』(탐라문화총서(5)), 제주대학교 탐라문화연구소, 1989.
『耽羅志略』, 국학진흥원.
『耽羅職方說』, 경도대학교.
국사편찬위원회 한국사데이터베이스
金尙憲(홍기표 역), 『南槎錄』, 제주문화원, 2008.
金錫翼(김새미오 역), 『心齋集1,2,3』, 제주우당도서관, 2018~2020.
김정 외(김계연 외 역), 『탐라문헌집』, 제주도교육위원회, 1975.
김지홍·원창애 역, 『제주삼읍교학사료집』, 제주문화원, 2003.
담수계(김찬흡 외 역), 『증보탐라지』, 제주문화원, 2005.
『大靜邑誌』, 대읍읍지편찬위원회, 파피루스, 2010.
박종기 역, 『고려사지리지역주』, 한국학중앙연구원 출판부, 2016.
윤시동(김영길 역), 『증보탐라지』, 제주문화원, 2016.
李元鎭(실시학사고전문학연구회 역), 『태호이원진의 태호시고』(실학번역총서11), 사람의무늬, 2013.
李衡祥(이상규, 오창명 역), 『南宦博物』, 푸른역사, 2009.
宋廷奎(김용태·김새미오 역), 『海外聞見錄』, 휴머니스트, 2015.
李源祚(김찬흡 외 역), 『耽羅誌草本』, 제주교육박물관, 2007.
李元鎭(김찬흡 외 역), 『耽羅誌』, 푸른역사, 2002.
李衡祥(오창명·이상규 역), 『南宦博物』, 푸른역사, 2009.
李增(김익수 역), 『南槎日錄』, 제주문화원, 2001.
『의성김씨 제산종택』, 한국국학진흥원, 한국국학진흥원소장 국학자료목록집 62, 2019.
鄭運經(정민 역), 『耽羅見聞錄』, 휴머니스트. 2008.

논저

고영섭, 「경기도 이천 北嶽寺(映月庵)의 역사와 인물」, 『韓國佛教學』 제67집, 한국불교학회, 2013.
김경옥, 「『金陵邑誌』의 편찬시기와 성격에 대한 검토」, 『역사학연구』 제52집, 호남사학회(구 전남사학회), 2013.

김남형, 「『驪江世稿』硏究 I : 문헌적 성격 검토를 중심으로」, 『한국학논집』 제42집, 한국학연구원, 2011.
김문식, 「16~17세기 寒岡 鄭逑의 地理志 편찬」, 『민족문화』 제29집, 한국고전번역원, 2006.
김민현, 「1411년 제주도 간본 『논어』의 서지학적 연구」, 『정신문화연구』 제154집, 한국학중앙연구원, 2019.
김새미오, 「병와 이형상의 제주지방 의례정비와 음사철폐에 대한 소고」, 『대동한문학』 제63집, 대동한문학회, 2020.
김새미오, 「『이원진_탐라지』의 의미와 가치에 대하여」, 『대동문화연구』 제112집, 대동문화연구소, 2020.
김선경, 「조선 정부의 강진 파악」, 『다산과현대』 제8집, 연세대 강진다산실학연구원, 2015, 229~256쪽.
김순희, 「吳澐과 「咸州志」」, 『서지학연구』 제29집, 한국서지학회, 2004.
김영진, 「새 발굴 驪州李氏 先世 문집·저술 고찰(1)-〈太湖詩稿〉를 중심으로」, 『온지논총』 제36집, 온지학회, 2013.
김우리, 「조선후기 제주지역 서적간행의 실태」, 『지방사와 지방문화』 제23집, 역사문화학회, 2020.
김효정, 「太湖 李元鎭의 詩世界 考察」, 『한국민족문화』 제73집, 한국민족문화연구소, 2019.
나재록, 「16～17세기 사찬읍지를 통해 보는 지방(향촌)문화」, 『인문사회』 제21집, 사단법인 아시아문화학술원, 2019.
남권희, 「제주도 간행의 서적과 기록류」, 『고인쇄문화』 제8집, 청주고인쇄박물관, 2001.
마치다 타카시, 「민속과 폐습 사이: 제주도의 폐습론에 대한 통시적 접근」, 한국학중앙연구원 박사학위논문, 2017.
마치다 타카시, 「조선시대 제주도 풍속을 둘러싼 이념과 정책」, 『역사민속학』 제55집, 한국역사민속학회, 2018.
박인호, 「김천 읍지 『금릉지』의 편찬과 편찬정신」, 『韓國史學史學報』 제30호, 한국사학사학회, 2014.
박인호, 「성주 읍지 『경산지』의 파판과 그 정치적 함의」, 『퇴계학과 유교문화』 제58집, 경북대학교 퇴계연구소, 2016.
박인호, 「선산 읍지 『일선지』의 편찬과 편찬정신」, 『역사학연구』 제64호, 호남사학회, 2016.
박종배, 「읍지(邑誌)에 나타난 조선 후기의 무학(武學)」, 『교육사학연구』 제26호, 교육사학회, 2016.
박 주, 「조선 중기 丹城지역의 효자 열녀: 『丹城誌』를 중심으로」, 『한국사학보』 제13

호, 고려사학회, 2002.
박 주,「조선시대 경남지역의 효자·효녀·효부:「경상도읍지」를 중심으로」,『韓國思想과 文化』 제54호, 한국사상문화학회, 2010.
박 주,「조선 후기 청도『鰲山志』의 편찬과 효자, 열녀」,『한국사상과 문화』 제74집, 한국사상문화학회, 2014.
박종기,「조선시기 관찬 지리지의 섬 인식과 변화」,『한국학논총』 제48호, 한국학연구소, 2017.
박철상,「조선 최고의 병서 제주도판『황석공소서』의 출현과 의미」,『문헌과해석』 제45호, 문헌과해석사, 2008.
박철상,「제주판『삼국지연의』 간년 고증」,『포럼 그림과 책 2011 논문집(1)』, 화봉문고, 2011.
소순규,「『신증동국여지승람』 토산 항목의 구성과 특징」,『동방학지』 제165호, 연세대 국학연구원, 2014.
양보경·김경란,「일제 식민지 강점기 邑誌의 편찬과 그 특징」,『應用地理』 제22호, 성신여대 한국지리연구소, 2001.
안대회,「茶山 제자 李綱會의 利用厚生學: 船說 車說을 중심으로」,『한국실학연구』 제10호, 한국실학학회, 2005.
안장리,「『新增東國輿地勝覽』의《新都八景》과『大明一統志』의《京師八景》 비교」,『역사민속학』 제36호, 한국역사민속학회, 2011.
우인수,「1749년 蔚山邑誌『鶴城誌』의 편찬과 그 의미」,『한국사연구』 제117호, 한국사연구회, 2002.
원종민,「『현주만록(玄洲漫錄)』·『운곡잡저(雲谷雜著)』를 통해 본 표류 중국인과의 의사소통 과정 및 문정(問情)기록」,『中國學研究』 제60호, 중국학연구회, 2012.
윤봉택,「제주지방의 조선시대 출판문화에 관한 연구」, 전남대학교 문화재학협동과정 석사학위논문, 2007.
윤봉택·노기춘,「濟州牧에서 개간된 17세기 冊板 研究」,『서지학연구』 제34집, 한국서지학회, 2006.
윤재환,「新資料『太湖詩藁』를 통해 본 李元鎭의 詩世界: 資料 소개와 詩世界의 概略을 中心으로」,『漢文學報』 제18집, 우리한문학회, 2008.
윤재환,「少陵家의 使行 經驗과 詩的 形象化－少陵 李尙毅·太湖 李元鎭·梅山 李夏鎭을 中心으로」,『동양한문학연구』 제31집, 동양한문학회, 2010.
이 욱,「임란 이후 순천지역 사족의 변화와『승평지』 편찬」,『대구사학』 제124집, 대구사학회, 2016.
임형택,「다산학단(茶山學團)에서 해양으로 학지(學知)의 열림: 이강회(李綱會)의 경우」,『大東文化研究』 제56집, 대동문화연구원, 2006.

양진석, 「18세기말 전국 지리지 『海東輿地通載』의 추적」, 『규장각』 제43집, 규장각한국학연구원, 2013.
이건식, 「黃胤錫의 1775년 全國 地理誌 編纂 凡例의 특징 분석: 1775년 무렵 弘文館의 전국 지리지 편찬 闕例의 復元 시도」, 『지명학』 제14호, 한국지명학회, 2008.
정대영, 「지식인이 바라본 조선후기 관찬지리지 제작: 영·정조 연간의 지리지를 중심으로」, 『규장각』 제51호, 규장각한국학연구원, 2017.
정 민, 「『상찬계시말(相贊契始末)』을 통해본 양제해 모변사건의 진실」, 『한국실학연구』 제15호, 한국실학학회, 2008.
조성산, 「이강회의 『탐라직방설(耽羅職方說)』과 제주도(濟州道)」, 『다산학』 제12호, 다산학술문화재단, 2008.
최성환, 「19세기 초 문순득의 표류경험과 그 영향」, 『지방사와 지방문화』 제13호, 역사문화학회, 2010.
최원석, 「咸州誌 편찬 및 구성의 역사지리적 특징」, 『문화역사지리』 제27권 제3호, 한국문화역사지리학회, 2015.
허경진·강혜종, 「『朝鮮寰輿勝覽』의 상업적 출판과 전통적 가치 계승 문제」, 『열상고전연구』 제35집, 열상고전연구회, 2012.

조선시대 제주도 지도의 현황과 유형별 특성

자료

『고려사절요』.
『조선왕조실록』.
『제주읍지』.
『영주영도초』.
『삼읍각목장구폐절목』.
오횡묵, 『여재촬요』.
위백규, 『환영지』.
이원조, 『탐라지도병지』.
이원진, 『탐라지』.
이익태, 『지영록』.
이익, 『성호사설』.
이형상, 『탐라순력도』.
이형상, 『남환박물』.

논저

김기혁, 「17~18세기 제주도 고지도의 하천 묘사에 나타난 지도 계열 연구」, 『문화역사지리』 제30권 제2호, 한국문화역사지리학회, 2018.
김오순, 「18～19세기 제주 고지도의 연구」, 『교육과학연구』 제8권 제2호, 제주대학교 교육과학연구소, 2006.
김태호, 「탐라십경도에 표현된 제주도의 지형경관」, 『한국지형학회지』 제21권 4호, 한국지형학회, 2014.
김태호, 「『탐라순력도』의 지형경관에 투사된 지형인식」, 『탐라문화』 제51호, 제주대학교 탐라문화연구원, 2016.
김태호, 「옛 그림 속 제주의 지형경관 그리고 지형인식」, 『대한지리학회지』 제52권 제2호, 대한지리학회, 2017.
노재현·신병철·한상엽, 「탐라십경과 탐라순력도를 통해 본 제주 승경의 전통」, 『한국조경학회지』 제37권 제3호, 한국조경학회, 2009.
양보경, 「제주 고지도의 유형과 특징」, 『문화역사지리』 제13권 제2호, 한국문화역사지리학회, 2001.
오상학, 「『탐라순력도』의 지도학적 가치와 의의」, 『탐라순력도 연구논총』, 탐라순력도연구회, 2000.
오상학, 「조선시대 제주도 지도의 시계열적 고찰」, 『탐라문화』 제24호, 제주대학교 탐라문화연구소, 2004.
오상학, 『한국전통지리학사』, 들녘, 2015.
오상학, 「목판본 탐라지도의 내용과 지도학적 특성」, 『한국지도학회지』 16권 2호, 한국지도학회, 2016.
오창명, 「『탐라순력도』의 땅 이름」, 『탐라순력도 연구논총』, 탐라순력도연구회, 2000.
오창명, 「『신증동국여지승람』의 제주 지명 연구」, 『제주도연구』 제25집, 제주학회, 2004.
오창명, 「『탐라도』와 지명」, 『탐라문화』 제28호, 제주대학교 탐라문화연구소, 2006.
오창명, 「동여비고」의 제주 지명 연구」, 『한민족어문학』 제50집, 한민족어문학회, 2007.
오창명, 「『대동여지도』(1861)의 제주 지명」, 『제주도연구』 제31집, 제주학회, 2008a.
오창명, 「『영주산대총도』의 제주 지명」, 『지명학』 14, 한국지명학회, 2008b.
오창명, 「『탐라십경도』의 제주 지명」, 『지명학』 26, 한국지명학회, 2017.
윤민용, 「18세기 『탐라순력도』의 제작 경위와 화풍」, 『한국고지도연구』 제3권 제1호, 한국고지도연구학회, 2011.
윤봉택, 「제주지방의 조선시대 출판문화에 관한 연구」, 전남대학교 석사학위논문, 2007.
이보라, 「17세기말 탐라십경도의 성립과 『탐라순력도첩』에 미친 영향」, 『온지논총』 제17집, 온지학회, 2007.
이상태, 「제주도 고지도 연구」, 『아세아문화연구』 제1집, 한국 경원대학교 아시아문화연구소·중국 중앙민족대학 한국문화연구소, 1996.
이상태, 「『東輿備攷』 解題」, 『東輿備攷』, 경북대학교 출판부, 1998.
이 찬, 「18세기 탐라지도고」, 『지리학과 지리교육』 9호, 서울대학교 사범대학 지리교육과, 1979.

임은진·서태열, 「여재촬요의 세계지리영역에 대한 고찰」, 『사회과교육』 제51권 4호, 한국사회과교육연구학회, 2012.
제주도민속자연사박물관, 『제주의 옛 지도』, 1996.
제주시 탐라순력도연구회, 『탐라순력도연구논총』, 2000.
한국정신문화연구원, 『탐라순력도, 남환박물』, 1979.

미국 의회도서관 https://www.loc.gov/resource/g7903cm.gct00153/?sp=1.에서 2019년 12월 1일 인출.
아시아경제, 「홍콩서 해외 소장 우리 고미술품, 한국 추상화 경매」, 2015년 5월 19일.

제주 교방 예술의 전통과 가창 문학의 전승

자료

김윤식(김익수 역), 『속음청사』, 제주문화원, 1996.
김정(김익수 역), 『노봉문집』, 제주문화원, 2001.
남구명(김영길 역), 『국역 우암선생문집』, 제주교육박물관, 2010.
이원진(김찬흡 외 역), 『역주 탐라지』, 푸른역사, 2002.
이익태(김익수 역), 『지영록』, 제주문화원, 1997.
이창배 편저, 『한국가창대계』, 홍인문화사, 1976.
이형상(이상규·오창명 역주), 『남환박물』, 푸른역사, 2009.
정재호 편, 『한국잡가전집』 1~4, 계명문화사, 1998.
『역주 제주 고기문집』, 제주문화원, 2007.
『탐라순력도연구논총』, 제주시 탐라순력도연구회, 2000.
『한국구비문학대계』 9-2·9-3, 한국정신문화연구원, 1981.
『한국민요대전-제주도민요해설집』, 문화방송, 1992.

논저

강경호, 「'오ᄂᆞ리' 노래의 무가적 전통과 「심방곡」과의 관련 양상」, 『영주어문』 제17집, 영주어문학회, 2009.
강경호, 「제주의 교방 문화와 기생 활동에 대한 문헌 검토: 제주 교방·기생 문화의 문화원형 탐색을 위하여」, 『반교어문연구』 제40집, 반교어문학회, 2015.
강경호, 「제주 교방 관련 예술의 전통과 문화원형 탐색을 위한 이론적 고찰: 문헌자료를 중심으로」, 『국제어문』 79집, 국제어문학회, 2018.
김새미오, 「제주유배시사 橘會 연구」, 『한국한문학연구』 제57집, 한국한문학회, 2015.

김영돈, 「오돌또기」, 『한국민속학』 20, 한국민속학회, 1987.
김영돈, 『제주도민요연구』(하권, 이론편), 민속원, 2002.
김용찬, 「병와 이형상의 〈금속행용가곡〉에 대한 고찰」, 『고전문학연구』 제10집, 한국고전문학회, 1995.
김학성, 「시조의 시학적 기반」, 『한국고시가의 거시적 탐구』, 집문당, 1997.
나운영, 「제주도 민요의 작곡학적 연구(1)」, 『연세논총』 제9집, 연세대학교, 1972.
양순필, 『제주유배문학연구』, 제주문화, 1992.
양영자, 「제주지역 가창유희요 고찰」, 『영주어문』 제12집, 영주어문학회, 2006.
이보형, 「오독도기 소리 연구」, 『한국민요학』 제3집, 한국민요학회, 1995.
이상원, 「조선시대 생일노래의 성격과 전승 연구」, 『조선시대 시가사의 구도와 시각』, 보고사, 2004.
임미선, 「≪탐라순력도≫의 정재 공연과 주악 장면」, 『장서각』 26, 한국학중앙연구원, 2011
임제(신호열·임형택 외 편역), 『신편 백호전집』, 창비, 2014.
채형지, 「제주도 무용문화의 소멸적 현안에 대한 인식과 극복을 위한 방안 모색」, 세종대학교 박사학위논문, 2010.

〈탐라별곡〉에 드러난 제주의 문화 공간 연구

자료

『朝鮮王朝實錄』.
『역주 증보탐라지』, 제주문화원, 2005.
金尙憲, 『南槎錄』.
이원진(김찬흡 외 역), 『역주 탐라지』, 푸른역사, 2005.
이형상(이상규 외 역), 『남환박물』, 푸른역사, 2009.

논저

가스통 바슐라르(곽광수 역), 『공간의 시학』, 동문선, 2003.
강민경, 『조선중기 유선문학과 환상의 전통』, 한국학술정보, 2007.
김남형, 「정언유의 〈耽羅別曲〉에 대하여」, 『한국학논집』 36집, 계명대학교 한국학연구소, 2008.
김영화, 「제주 역사와 문화」, 『탐라문화』 제17호, 제주대학교 탐라문화연구소, 1997.
류연석, 『한국시가문학사』, 국학자료원, 1994.
박수진, 『장흥지역 가사문학의 문화지리학적 연구』, 한양대학교 박사학위논문, 2010.

박승규, 『일상의 지리학: 인간과 공간의 관계를 묻다』, 책세상, 2009.
신영헌, 「문학적 영화읽기와 문화연구적 영화읽기: 영화 〈장미의 이름〉을 중심으로」, 『문학과 영상』 제5권 2호, 문학과영상학회, 2004.
염은열, 「기행가사의 공간 체험이 지닌 교육적 의미」, 『고전문학과 교육』 제12집, 한국고전문학교육학회, 2006.
윤석창, 「〈耽羅別曲〉 연구」, 『명지어문학』 12호, 명지대학교 국어국문학과, 1982.
윤치부, 「〈耽羅別曲〉의 구성과 표현」, 『제주교육대 논문집』 24, 제주교육대학교, 1995.
이영권, 『새로 쓰는 제주사』, 휴머니스트, 2005.
임형택, 「신발굴 자료를 통해본 가사의 재인식」, 『옛노래, 옛사람들의 내면풍경』, 소명출판, 2005.
정기철, 『한국 기행가사의 새로운 조명』, 역락, 2001.
정치영, 「문화·역사지리학에서의 지역문화 연구의 동향과 과제」, 『정신문화연구』 제30권 제3집, 정신문화연구, 2007.
조동일, 『한국문학통사 3』, 지식산업사, 1994.
조동일, 『지방문학사』, 서울대학교 출판부, 2003.

4부

'탐라'와 '제주'의 해양문명사적 성찰

자료

『高麗史』.
『三國史記』.
『漂海錄』.
『海東歷史』.
『史記』.
『益齋亂藁』.
『莊子』.
『耽羅志』.
『唐會要』.

논저

강문규, 「칠성대는 왜 쌓았나」, 『제주문화의 수수께끼』, 도서출판 각, 2006.
고용희, 『바다에서 본 탐라의 역사』, 도서출판 각, 2006.
김태호, 「제주도의 해안지형」, 『탐라문화』 제18호, 제주대학교 탐라문화연구소, 1997.

이기복, 「潮汐·潮間帶와 어업생산풍습」, 『역사민속학』 16집, 한국역사민속학회, 2003.
정진술, 「한국선사시대 해상이동에 관한 연구」, 『제주도사연구』 2집, 제주도사연구회, 1992.
주강현, 「환태평양 화산권역의 섬과 신화의 탄생: 폴리네시안 대항해와 화산섬을 통한 여신의 탄생의 경우」, 『설문대할망과 바다』(탐라문화연구소 자료집), 2010. 5. 15.
주강현, 『돌살: 신이 내린 황금그물』, 들녘, 2006.
주강현, 『적도의 침묵』, 김영사, 2008.
주강현, 『제주기행: 키워드로 읽는 탐라학개론』, 각, 2021.
진영일, 「고려시기 탐라의 '星主'와 '三神人' 탐색」, 『탐라문화』 제26호, 제주대학교 탐라문화연구소, 2005.
허남린, 「제주도의 역사적 토포스: 페리퍼리 그리고 프론티어」, 『탐라문화』 제31호, 제주대학교 탐라문화연구소, 2007.

秋道智彌, *Maritime Peoples of the Pacific An Anthropological Study* (이선애 역, 『해양인류학: 해양의 박물학자들』, 민속원, 2005).
茶圓正明·市川 洋, 『黑潮』(かごしま文庫71), 春庭堂出版, 鹿兒島市, 2005.
安里嗣淳, 「沖縄先史時代の貝文化」, 『선사시대 문화의 재발견』, 국립제주박물관, 2005.
鳥巣京一, 『西海捕鯨業史の研究』, 九州大學出版會, 1993.
Alfred Thayer Mahan, *The Influence of Sea Power upon History 1660-1783*, Little, Brown and Company,1932.
Andres von Brandt, *Fish Catching Methods of the World*, England: Fishing News Books Ltd., 1971.
Badrane Benlahctne, "*The Message in the Malay World*", *The Message & The Minsoon,* Kualalumpru: The Islamic Arts Museum, 2005.
Christopher S.Lobban and Maria Schefter, *Tropical Pacific Island Environments*, Guam: University of Guam Press, 1977.
Fernand Braudel, *LES-MEMORIES DE LA MEDITERRANEE*, Paris, 1998(강주헌 역, 『지중해의 기억』, 한길사, 2006).
Handy, Emory, Bryan, Buck, Wise and Others, *ANCIENT HAWAIIAN CIVILIZATION*, Honolulu: Mutual Publishing, 1999.
Patrick Vinton Kirch, *On the Road of the Winds,* Berkeley: University of Califonia Press, 2000.
Rachel Carson, *The Sea Around Us*, 1951(이충호 역, 『우리를 둘러싼 바다』, 양철북, 2003).

제주 신화 속의 해양문화

자료

『弘齋全書』, 日得錄.
강정식 외, 『동복 정병춘댁 시왕맞이』, 제주대학교 탐라문화연구소, 2008.
金尙憲, 『南槎錄』, 永嘉文化社, 1992.
『新增東國輿地勝覽』 35, 全羅道 羅州牧; 36, 全羅道 靈光郡.
진성기, 『제주도 무가 본풀이 사전』, 민속원, 1991.
최부, 『표해록』.
한국정신문화연구원 편, 『한국구비문학대계』 9-2.
현용준·현승환, 『제주도무가』, 고려대 민족문화연구소, 1996.
현용준, 『제주도무속자료사전』, 신구문화사, 1980.
현용준, 『제주도무속자료사전』(개정판), 도서출판 각, 2007.

논저

강소전, 「제주도 잠수굿 연구: 북제주군 구좌읍 김녕리 동김녕 마을의 사례를 중심으로」, 제주대학교 석사학위논문, 2005.
강정식, 「한국 제주도의 해양신앙」, 『도서문화』 27집, 목포대학교 도서문화연구소, 2006.
국립제주박물관 편, 『조선선비 최부 뜻밖의 중국견문』, 2015.
김진순, 「강원도 민속의 지역적 정체성」, 『비교민속학』 29집, 비교민속학회, 2005.
김진하, 「송당신화의 분화와 새로운 영웅 문곡성의 탄생」, 『탐라문화』 제30호, 제주대학교 탐라문화연구소, 2007.
김헌선 외, 『제주도 조상신본풀이 연구』, 제주대학교 탐라문화연구소, 2006.
東野治之, 『遣唐使』, 岩波書店, 1990.
문무병, 「마을의 설촌과 당본풀이: 성산읍 온평리의 경우」,『백록어문』 7집, 제주대학교 국어교육과, 1990.
森公章, 『白村江 以後 國家危機と東アジア外交』, 講談社, 1998.
윤명철, 「동아지중해의 해양문화와 21세기 제주도의 위상과 역할」, 『바닷길과 별자리로 읽는 탐라문화』, 제주도, 2007.
이기욱, 「제주도 사신숭배의 생태학」, 『제주도연구』 제6집, 제주도연구회, 1989.
이청규, 『제주도 고고학연구』, 학연문화사, 1995.
이현정, 「제주도 서사무가 할망본풀이의 형성원리 연구」, 제주대학교 석사학위논문, 2014.
赤松知城·秋葉隆(최석영 역), 『朝鮮巫俗의 硏究』 상, 민속원, 2008.

전경수, 「상고 탐라사회의 기본구조와 운동방향」, 『제주도연구』 제4집, 제주도연구회, 1987.
조동일, 『동아시아 구비서사시의 양상과 변천』, 문학과지성사, 1997.
조동일, 「시조도래건국의 중세 인식」, 『하나이면서 여럿인 동아시아문학』, 지식산업사, 1999.
조동일, 「탐라국 건국서사시를 찾아서」, 『제주도연구』 제19집, 제주학회, 2001.
카렌 암스트롱(이다희 역), 『신화의 역사』, 문학동네, 2005.
허남춘, 『제주도 본풀이와 주변신화』, 제주대학교 탐라문화연구소, 2011.
현용준, 「삼성신화연구」, 『무속신화와 문헌신화』, 집문당, 1992.
현용준, 『제주도 무속 연구』, 집문당, 1986.
현용준, 『제주도 무속과 그 주변』, 집문당, 2002.
현용준, 『제주도 신화의 수수께끼』, 집문당, 2005.

조선후기 제주인의 고표(高標) 양상에 대한 고찰

자료

『朝鮮王朝實錄』.
『備邊司謄錄』.
『承政院日記』.
『日省錄』.
『漂民被仰上』.
『通文館志』.
『變例集要』.
『航韓必携』.
『日東記遊』.
『濟州啓錄』.
『濟州大靜縣下摹瑟里戶籍中草』.
『稗官雜記』.
『燕轅直指』.
『石湍燕記』.
『夢經堂日史』.
『經世遺表』.
『耽羅誌草本』.
『耽羅紀年』.
『心齋集』.

국사편찬위원회 편, 『邊例集要』 上·下, 국사편찬위원회, 1974.
국사편찬위원회 편, 『各司謄錄』 19 / 全羅道 篇 2, 국사편찬위원회, 1986.
국사편찬위원회 편, 『各司謄錄』 54 / 全羅道 補遺篇 2, 국사편찬위원회, 1991.
국사편찬위원회 편, 『對馬島宗家關係文書: 書契目錄集』 Ⅰ~Ⅴ, 국사편찬위원회, 1991~1994.
김석익(오문복 외 역), 『濟州 속의 耽羅-심재집』, 제주대학교 탐라문화연구소, 2011.
김지남·김경문,(김구진·이현숙 역), 『국역 통문관지』 1~4, 세종대왕기념사업회, 1998.
민덕기, 『조선시대 일본의 대외교섭』, 경인문화사, 2010.

서귀포시 편, 『濟州啓錄』(영인본), 서귀포시, 1995.
서울대학교규장각, 『漂人領來謄錄』 1~7, 보경문화사, 1993.
이원조(고창석 역), 『耽羅誌草本』 上·下, 제주교육박물관, 2007.
이훈, 『朝鮮後期 漂流民과 韓日關係』, 국학자료원, 2000.
정성일, 『전라도와 일본 조선시대 해난사고 분석』, 경인문화사, 2013.
池內敏, 『近世日本と朝鮮漂流民』, 臨川書店, 1998.
하우봉, 『조선시대 한국인의 일본인식』, 혜안, 2006.
한일관계사학회, 『조선시대 한일표류민연구』, 국학자료원, 2001.

논저

김나영, 「조선시대 濟州島 漂流·漂到 연구」, 제주대학교 박사학위논문, 2017.
六反田豊, 「朝鮮後期済州島漂流民の出身地詐称」, 『朝鮮史研究会論文集』 第40集, 朝鮮史研究会, 2002.
원종민, 「『濟州啓錄』에 기록된 19세기 제주도민의 해난사고와 중국표류」, 『중국학연구』 제66집, 중국학연구회, 2013.
劉序楓, 「近世東亞海域의 僞裝漂流事件: 道光年間 朝鮮 高閒祿의 中國漂流事例를 중심으로」, 『동아시아문화연구』 45권, 한양대학교 한국학연구소, 2009.
劉序楓, 「淸代 中國의 外國人 漂流民의 救助와 送還에 대하여: 朝鮮人과 日本人의 사례를 중심으로」, 『동북아역사논총』 제28호, 동북아역사재단, 2010.
정성일, 「日本人으로 僞裝한 琉球人의 濟州 漂着: 1821년 恒運 등 20명의 표착 사건」, 『韓日關係史研究』 제37집, 한일관계사학회, 2010.

『탐라문견록』에 나타난 제주인의 동아시아 인식과 그 의미

대니얼 디포(김경섭 역, 한창훈 해제), 『로빈슨 크루소』, 글누림, 2011.

김경일 편, 『지역 연구의 역사와 이론』, 문화과학사, 1998.
미셸 투르니에(김화영 역), 『방드르디, 태평양의 끝』, 민음사, 2003.
송성대, 『제주인의 해민정신』, 제주문화, 1996.
송성대, 『문화의 원류와 그 이해』, 파파루스, 1998.
심경호, 『여행과 동아시아 고전문학』, 고려대학교출판부, 2011.
아시아문화연구소 편, 『동아시아 표해록』, 역사공간, 2018.
염미경·한석지, 「제주학에서 지역연구의 성과와 전망: 타 지역학과의 관계 모색을 위하여」, 『제주도연구』 제30집, 제주학회, 2007.

윤치부, 『한국해양문학연구』, 학문사, 1994.
장한철(김지홍 역), 『표해록』, 지만지, 2009.
전경수, 『지역연구, 어떻게 하나』, 서울대학교 출판부, 1999.
전경수, 『탐라·제주의 문화인류학』, 민속원, 2010.
전경수, 『일본 열도의 문화인류학』, 민속원, 2011.
정운경(정민 역), 『탐라문견록, 바다 밖의 넓은 세상』, 휴머니스트, 2008.
최부(윤치부 역), 『표해록』, 박이정, 1998.
최영호, 『한국 해양 소설 연구』, 고려대학교 박사학위논문, 1998.
한창훈, 「〈탐라문견록〉에 나타난 제주인의 동아시아 인식과 그 의미」, 『제주도연구』 38집, 제주학회, 2012.
한창훈, 『고전문학과 교육의 다각적 해석』, 역락, 2009.

논문출처

1부

〈원천강본풀이〉의 시공간적 의미와 사유체계

『한국문학연구』 제65집(동국대학교 한국문학연구소)에 게재된 원고를 본서의 취지에 맞춰 수정·보완한 것이다.

제주 본풀이에 표현된 집단기억과 제주인의 정체성

『고전문학연구』 제58집(한국고전문학회)에 게재된 원고를 본서의 취지에 맞춰 수정·보완한 것이다.

당본풀이로 당본풀이 읽기

제주 〈세화 본향당 본풀이〉의 사례

『고전문학연구』 제53집(한국고전문학회)에 게재된 원고를 본서의 취지에 맞춰 수정·보완한 것이다.

18세기 제주문인 정체성의 일단

장한철 『표해록』의 경우

『한국문학연구』 제65집(동국대학교 한국문학연구소)에 게재된 원고를 본서의 취지에 맞춰 수정·보완한 것이다.

2부

『남명소승』을 읽는다

백호문학(白湖文學)에 있어서 현실과 상상

『한국문학연구』 제65집(동국대학교 한국문학연구소)에 게재된 원고를 본서의 취지에 맞춰 수정·보완한 것이다.

신광수의 「탐라록」에 나타난 제주에 대한 인식과 정서

『탐라문화』 제66호(제주대학교 탐라문화연구원)에 게재된 원고를 본서의 취지에 맞춰 수정·보완한 것이다.

고독한 공간, 제주에 대한 제 인식

『한문학논집』 제37집(근역한문학회)에 게재된 원고를 본서의 취지에 맞춰 수정·보완한 것이다.

제주를 바라보는 19세기 유학자의 관점

이한우, 김정희, 이원조를 중심으로

『영주어문』 제17집(영주어문학회)에 게재된 원고를 본서의 취지에 맞춰 수정·보완한 것이다.

3부

제주지리지의 형성과 변화에 관한 소고

『이원진_탐라지』 이후의 제주지리지를 중심으로

『한국문학연구』 제65집(동국대학교 한국문학연구소)에 게재된 원고를 본서의 취지에 맞춰 수정·보완한 것이다.

조선시대 제주도 지도의 현황과 유형별 특성

『제주도연구』 제53집(제주학회)에 게재된 원고를 본서의 취지에 맞춰 수정·보완한 것이다.

제주 교방 예술의 전통과 가창 문학의 전승

『동양고전연구』 제78집(동양고전학회)에 게재된 원고를 본서의 취지에 맞춰 다듬은 것이다.

〈탐라별곡〉에 드러난 제주의 문화 공간 연구

『한국시가문화연구』 제32권(한국고시가문학회)에 게재된 원고를 본서의 취지에 맞춰 수정·보완한 것이다.

4부

'탐라'와 '제주'의 해양문명사적 성찰

『탐라문화』 제42호(제주대학교 탐라문화연구소)에 게재된 원고를 본서의 취지에 맞춰 수정·보완한 것이다.

제주 신화 속의 해양문화

『탐라문화』 제52호(제주대학교 탐라문화연구소)에 게재된 원고를 본서의 취지에 맞춰 수정·보완한 것이다.

조선후기 제주인의 고표(故漂) 양상에 대한 고찰

『한국사연구』 제177집(한국사연구회)에 게재된 원고를 본서의 취지에 맞춰 수정·보완한 것이다.

『탐라문견록』에 나타난 제주인의 동아시아 인식과 그 의미

『제주도연구』 제38집(제주학회)에 게재된 원고를 기반으로 몇 가지 사항을 추가하고, 동아시아적 시각을 강화하여 보강한 것이다.

저자 소개 (게재순)

허남춘 제주대학교 국어국문학과 교수

조현설 서울대학교 국어국문학과 교수

정진희 아주대학교 다산학부대학 강의교수

정환국 동국대학교 국어국문문예창작학부 교수

임형택 성균관대학교 명예교수

박용만 한국학중앙연구원 수석연구원

김새미오 제주대학교 인문과학연구소 전임연구원

손기범 제주대학교 국어교육과 강사

오상학 제주대학교 지리교육과 교수

강경호 경상국립대학교 국어국문학과 조교수

박수진 한양대학교 인문과학대학 강사

주강현 전 제주대학교 석좌교수

김나영 제주특별자치도 학예연구사

한창훈 전북대학교 국어교육과 교수

한국문학연구신서 제25권

제주 고전문학의 지평과 해양문화

2022년 2월 28일 초판 1쇄 펴냄

엮은이 동국대학교 문화학술원 한국문학연구소
지은이 허남춘·조현설·정진희·정환국·임형택·박용만·김새미오
손기범·오상학·강경호·박수진·주강현·김나영·한창훈
펴낸이 김흥국
펴낸곳 도서출판 보고사

책임편집 이소희
표지디자인 오동준

등록 1990년 12월 13일 제6-0429호
주소 경기도 파주시 회동길 337-15 보고사 2층
전화 031-955-9797(대표), 02-922-5120~1(편집), 02-922-2246(영업)
팩스 02-922-6990
메일 kanapub3@naver.com / bogosabooks@naver.com
http://www.bogosabooks.co.kr

ISBN 979-11-6587-295-3 93810

정가 38,000원